HEYNE

Fantasy

Das Buch

Die abenteuerliche Vorgeschichte des Kriegs um die Drachenkrone: Eigentlich hatte Tarrant Valkener anlässlich seiner Volljährigkeit einen Monat voller Prüfungen und Feiern erwartet, aber die Götter wollten es anders. Aus einem fröhlichen Abenteuer in den Wäldern entwickelt sich ein Kampf auf Leben und Tod. Ein Kampf, der Tarrant und seine Gefährten in einen monatelangen Feldzug gegen die schlimmste Bedrohung treibt, der sich die zivilisierten Nationen des Südens seit Generationen gegenübergesehen haben.

Kytrin, die grausame Zauberfürstin aus dem Eiskönigreich Aurolan, greift mit ihren Monsterhorden an, um die Bruchstücke der Drachenkrone in ihren Besitz zu bringen und wieder zu vereinen. Gelingt ihr das, hat sie die Macht, alle Drachen der Welt ihrem Willen zu unterwerfen und Tarrants Welt in einem Feuerorkan untergehen zu lassen.

Werden die Zauberkräfte eines magischen Schwerts oder die Kampfkünste Tarrants und seiner Mitstreiter Kytrins dunkle Lanzenreiter bezwingen?

DÜSTERER RUHM ist die neue große Fantasy-Saga des berühmten Battletech-Autors!

Der Autor

Michael A. Stackpole wurde 1957 in Wausau, Wisconsin geboren, wuchs in Vermont auf und studierte an der dortigen Universität Geschichte. Bereits seit 1977 arbeitet er erfolgreich in der Entwicklung von Computerspielen, 1994 wurde er in die Academy of Gaming Arts and Design's Hall of Fame aufgenommen. Seit vielen Jahren schreibt Stackpole auch Fantasy- und Science Fiction-Romane. Zu seinen größten Erfolgen zählen die Bücher zu den Serien Battletech, Shadowrun und die X-Wing-Romane von Star Wars. Michael A. Stackpole lebt in Arizona.

Eine Liste der im WILHELM HEYNE VERLAG erschienenen Titel von Michael A. Stackpole finden Sie am Ende des Bandes.

MICHAEL A. STACKPOLE

ZU DEN WAFFEN!

DÜSTERER RUHM

Erster Roman

Deutsche Erstausgabe

WILHELM HEYNE VERLAG
MÜNCHEN

HEYNE SCIENCE FICTION & FANTASY
Band 06/9217

Titel der Originalausgabe

THE DARK GLORY WAR
THE DRAGONCROWN WAR CYCLE
BOOK 1

Übersetzung aus dem amerikanischen Englisch
von Reinhold H. Mai
Das Umschlagbild malte Brom
Die Karte zeichnete Erhard Ringer

Umwelthinweis:
Dieses Buch wurde auf chlor- und
säurefreiem Papier gedruckt.

Deutsche Erstausgabe 7/2002
Redaktion: Joern Rauser

Erstausgabe bei Bantam Books,
A Division of Random House Inc., New York
(A Bantam Spectra Book)

http://www.heyne.de
Printed in Germany 2002
Umschlaggestaltung: Nele Schütz Design, München
Technische Betreuung: M. Spinola
Satz: Schaber Satz- und Datentechnik, Wels
Druck und Bindung: Nørhaven Paperback A/S, Dänemark

ISBN 3-453-21376-9

Widmung

Im Gedenken an Gladys McIntyre

Nur ihr Herz war noch größer
als ihre Vorstellungskraft

AUROLAN
BORAGUL
PASS
FESTUNG DRACONIS
DÜSTERMARKEN
ZSIGUL
GEISTERMARK
VORQUELLYN
HARQUELLYN
NYBAL
WÜSTE
SEBTIA
SARENGUL
BILASIA
ALOSA
VIARCA
MUROSO
NORRINGTON
VALSINA
LOQUELLYN
OKRANNEL
WRUONA
HAORRA
ZYEA
SAPORITIA
BOKAGUL
VEGAN

JERANA
KRESZENT MEER
VAEL
MOLIDA
MADYS
VILWAN
ORIOSA
REIMANTIA
CROQUELLYN
VARAGUL
VALSOGON
GUROL
GYRCIRGUL
YSLIN
VALITIA
TEYSROL
HELURCA
ALCIDA
TSAGUL
REQORRA
NALISERRO
SALNIA
SAVARRA
MALCA
MAEROL
SPRIJSA
DRACHEN
PANQUI

KAPITEL EINS

Der Tag, an dem ich meine Maske erhielt, war der erste Tag, an dem ich wahrhaft lebte.

Obwohl ich meine Maske schon vor mehr als zwanzig Jahren erhielt, erinnere ich mich an alles noch so deutlich, als wäre es erst gestern gewesen. In jenem Jahr hatte die Winterkälte sich nie ganz zurückgezogen, und selbst kurz vor dem Mittsommerabend waren die Tage noch kälter, als man es für diese Zeit gewohnt war. Eine Menge Leute waren mehr als zufrieden mit diesem Wetter, denn im Jahr zuvor hatte Bruthitze das Land gelähmt, und mancher wagte sogar die Vermutung, das milde Wetter könnte ein Zeichen dafür sein, dass Kytrin, die Geißel des Nordens, gestorben war. Mich kümmerte weder das Wetter noch die Tyrannin Aurolans. Es war mein achtzehnter Sommer und das machte ihn zu etwas ganz Besonderem. Und mich machte es entsprechend nervös.

Natürlich war die Maske, die ich an diesem Tag erhielt, nicht die erste, die ich je getragen hatte, und es sollte auch nicht die letzte sein. Es war eine einfache Mondmaske, so weiß wie das Gestirn, dessen Namen sie trug. Wenn die Götter sich gnädig zeigten und ich mich würdig erwies, würde ich beim nächsten Vollmond meine erste Lebensmaske erhalten, und diese Mondmaske würde zu einer Erinnerung an meinen Übergang aus der Unbeschwertheit der Kindheit in die Verantwortung des Erwachsenendaseins werden.

Ich hatte geplant, an diesem Morgen früh aufzustehen und mich anzuziehen, wie es zu meiner neuen Lebenslage passte. Ich wollte meinen Vater, wenn er mir die Maske brachte, als Erwachsener begrüßen. Aber leider wachte ich viel zu früh auf, lag eine Weile im Bett und fragte mich, ob es sich lohnte, schon aufzustehen, oder ob ich mir noch ein kurzes Nickerchen gönnen konnte – und schlief darüber wieder tief ein. Danach wurde ich mir meiner Umgebung erst wieder bewusst, als ich meinen Vater mit schweren Schritten die Treppe heraufkommen hörte. Die Tür öffnete sich und er trat ins Zimmer, noch bevor ich Gelegenheit hatte, mir den Schlaf aus den Augen zu reiben.

Die Erinnerung an ihn, wie er an jenem Mittsommermorgen mit der Maske in der Hand an mein Bett trat, ist heute noch eine der liebsten, die ich an ihn habe. In ganz Oriosa erhielten Kinder in ihrem achtzehnten Sommer an diesem Tag ihre Masken. Für viele von ihnen geschah das bei einer Familienfeier, aber bei den Valkeners ist es üblich, dass der Vater dem Sohn und die Mutter der Tochter die Maske überreicht. Das macht es zu einem intimeren und würdigeren Ereignis. Ich war froh über diesen Moment der ehrlichen Zuneigung vor dem Monat des ungebremsten Irrsinns, der mir bevorstand.

Mein Vater stand am Fuß des Bettes und sah auf mich herab. Seine Lebensmaske, die er innerhalb des Hauses nur zu seltenen Gelegenheiten aufsetzte, bot einen wildverwegenen Anblick. An den Schläfen spreizten sich Fächer weißer Temeryxfedern mit ihren typischen Glanzlichtern in allen Farben des Regenbogens. Die Unterkante der Maske verjüngte sich über seiner Nase zu einem Raubtierschnabel. Es war eine Anspielung auf unseren Familiennamen und zugleich darauf, dass Baron Norderstett, und sein Vater vor ihm, meinen Vater häufig zur Jagd auf ihre Feinde eingesetzt hatten, wie ein Falkner seinen Vogel auf Schädlinge hetzen mochte. An beiden Augen konnte man Waisenkerben erkennen, und über seiner Stirn waren zwei grüne Bänder in das braune

Leder eingenäht. Das waren Tapferkeitsauszeichnungen, eine von Baron Norderstett, die andere von der Königin Oriosas persönlich.

Eine graumelierte blonde Haarsträhne hing ihm über die Stirn und die beiden Bänder. Mein Vater weigerte sich, eine Haube zu tragen, obwohl er das Recht dazu hatte, und zog es vor, seine volle Haarpracht zur Schau zu stellen. Durch die schmalen Sehschlitze der Maske konnte ich seine braunen Augen sehen und möglicherweise glitzerte in einer der Waisenkerben sogar die Andeutung einer Träne. Er hat nie vor Schmerz geweint, mein Vater. Jedenfalls nicht vor körperlichem Schmerz. Aber Schicksalsschläge und die Freuden des Lebens konnten seine Augen durchaus feucht werden lassen.

Er war nicht so groß wie ich, aber immer noch ein stattlicher Mann, und in Schultern und Brustkorb erheblich breiter gebaut als ich. Während der Kinderzeit war er mir wie ein Hüne erschienen, und selbst nachdem ich ausgewachsen war, blieb er in meiner Vorstellung immer größer als ich. Damals bewegte er sich schon in den Herbst des Lebens, aber er war noch immer so stark wie je und diente als Baron Norderstetts Friedenswart in Valsina.

Er hob langsam die Hände, zwischen denen der einfache Streifen weißen Leders lag, den ich für den nächsten Monat tragen würde. »Erhebe dich, Tarrant Valkener. Die sorglosen Tage deiner Jugend sind vorüber. Auf dieser Maske und anderen wie ihr wird die Geschichte deines Lebens als Mann verzeichnet werden.«

Ich warf die Decke beiseite, und nur das Knistern der Strohmatratze und das Knirschen alter Bodenbretter durchbrach das Schweigen, als ich vor meinen Vater trat. Ich zupfte einen Strohhalm vom Ärmel meines Nachthemds, dann fuhr ich mir mit den Fingern durch das schwarze Haar und fand einen zweiten. Sie fielen zu Boden, als meine Hände herabsanken.

Ich schien mein ganzes Leben auf diesen Augenblick

gewartet zu haben. Der dem Mittsommer am nächsten gelegene Vollmond war der Tag, an dem wir unsere Mondmasken erhielten. Alle Jugendlichen meines Alters wussten, dass der Vollmond für uns genau auf die Mittsommernacht fallen würde, was uns zu einem besonders begnadeten Jahrgang machte. Von uns würde man Großes erwarten und ich hoffte inständig, dass ich mich eines so vielversprechenden Omens würdig erwies. Seit mir bewusst geworden war, dass der Vollmond in diesem Jahr auf den Mittsommer fallen würde, hatte ich mich auf diesen Tag und den Rest meines Lebens nach ihm vorbereitet.

Das Problem dabei war natürlich, dass es nicht gerade leicht fiel, sich auf etwas vorzubereiten, das man nicht kannte. Ich wusste in groben Zügen, was mich während meines Mondmonats erwartete. Ich war zwar nicht zu den Feiern zugelassen gewesen, die sich um die entsprechenden Perioden im Leben meiner Geschwister gerankt hatten, aber die Ergebnisse ihrer Mondmonate waren deutlich genug gewesen. Meine älteste Schwester Noni hatte geheiratet, und meine beiden älteren Brüder hatten sich bei den Grenzulanen respektive den Orioser Kundschaftern verpflichtet. Deshalb schien es mir ziemlich offensichtlich, dass sie zum Gegenstand von Werbungsmühen unterschiedlichster Art geworden waren, deren Ausgang ihren weiteren Lebensweg bestimmt hatte.

Mein Vater streckte die Arme aus und legte die Ledermaske auf mein Gesicht, dann hob er meine linke Hand und drückte sie auf das Leder, um es an seinem Platz zu halten. Ich spürte seinen Druck an der Schulter und drehte mich um. Er band die Maske fest. Eine Haarsträhne geriet in den Knoten und ziepte nachdrücklich, aber ich wusste: Das war beabsichtigt. *Haar und Maske sind jetzt gleichermaßen ein Teil von mir. Ich bin die Maske, und die Maske bin ich.*

»Dreh dich um, Junge. Lass dich ansehen.«

Ich drehte mich zu ihm um und ein stolzes Lächeln trat

auf seine untere Gesichtshälfte. »Die Maske steht dir, Tarrant.«

»Danke, Vater.«

Er winkte mich zurück zum Bett. »Setz dich für einen Augenblick. Ich habe dir etwas zu sagen.« Er senkte die Stimme und warf einen Blick zurück zur Tür. Dann ging er neben mir in die Hocke. »Du bist der Letzte meiner Sprösslinge, dem ich seine Maske bringe, aber keiner war besser darauf vorbereitet. Beim Training strengst du dich wirklich an. Du machst noch immer Fehler, es gibt auch immer noch manches, das du noch lernen musst, aber du beißt dich durch, und deine Loyalität deinen Freunden gegenüber, besonders den Norderstetts …, also, mir schwillt das Herz vor Stolz. Was deine Mutter betrifft, sie platzt fast vor Stolz auf dich, aber gleichzeitig ist sie den Tränen nahe, weil sie dich verliert. Denk daran, Tarrant, und trage es mit Geduld, wenn sie ständig um dich herumwuselt. Wenn du erst ein Mann bist, wird sie lernen, dir mehr Raum zu lassen. Und vermutlich wirst du sie auf eine Weise zu schätzen wissen, die dir jetzt noch fremd ist. Aber fürs Erste sollst du wissen, dass dein Erwachsenwerden für sie ebenso schwer ist wie für dich.«

Ich nickte ernst und fühlte die Bänder der Maske im Nacken. »Ich würde nie etwas tun, was euch verletzen könnte.«

»Ich weiß. Du bist ein guter Junge.« Er tätschelte mit schwieliger Hand mein Knie. Leberflecken und Narben bedeckten wie Flechtwerk seine Haut. »Außerdem solltest du daran denken, die Maske immer und überall zu tragen, außer hier zu Hause, bei deiner Familie. Ich weiß, mancher hält es für hinnehmbar, die Maske unter Freunden abzulegen, aber wir sind eine alte Familie. Wir tragen die Maske seit den Tagen, als man sie noch tragen musste, und wir geben eine Tradition nicht kampflos auf, für die unsere Vorväter ihr Blut vergossen haben. Versprich mir, Junge, dass du deine Maske immer tragen wirst.«

Ich legte meine Hand auf seine. »Du hast mein Wort.«

»Gut.« Er sah einen Augenblick lang zu Boden, dann nickte er. »Deine Brüder sind gute Jungs, aber nicht ganz so helle wie du. Als ich ihnen ihre Maske gab, habe ich ihnen auch ein paar Ratschläge gegeben, für das, was sie im kommenden Monat erwartet. Aber dir kann ich darüber nichts mehr sagen, was du nicht schon weißt. Für manchen ist der Mondmonat die Chance zu einem Neuanfang. Für andere ist er die Gelegenheit zum Beginn. Aber für dich ist er die Chance, weiter zu lernen und zu dem Mann heranzuwachsen, der du werden willst.« Er richtete sich auf und sah zu mir herab. »Tarrant, du weißt, ich liebe euch alle gleichermaßen. Ich habe keine Lieblinge unter meinen Kindern, aber das will ich dir sagen: Hätte ich mich draußen im Wald verirrt und würde von Frostkrallen gehetzt, dann gibt es nur einen von euch, von dem ich wüsste, dass er mich finden und mir helfen würde, und das bist du. Verstehe mich nicht falsch, die anderen würden es auch versuchen, aber du würdest es schaffen. Ob aus eigener Anstrengung oder durch pures Glück, aber du würdest es hinkriegen. Und das ist einer der Gründe, warum ich stolz auf dich bin.«

Ich brachte vor Gefühl kein Wort heraus. Ich lächelte meinen Vater nur stumm an und er nickte mir antwortend zu.

»Komm, Junge, ich stelle dich deiner Familie vor.« Er öffnete die Tür und winkte mich auf die Galerie, an der die oberen Zimmer des Hauses lagen. Meine Mutter und meine beiden Brüder hatten sich am Eingang unterhalb der Treppe versammelt, kurz vor dem Maskenvorhang, aber ich schenkte ihnen kaum mehr als einen kurzen Blick. Den guten Sitten entsprechend nahmen sie mein Dasein nicht einmal zur Kenntnis.

Ich ging vor meinem Vater die Treppe hinab, dann trat ich beiseite und ließ ihn vorbei. Er räusperte sich und meine unmaskierte Familie lächelte ihn an. »Heute, am fünfzehnten Tag des Goldmonds, möchte ich euch einen neuen Valkener vorstellen. Er heißt Tarrant.«

Ich neigte den Kopf. »Es freut mich, Eure Bekanntschaft zu machen.«

Mein ältester Bruder, Dohk, reichte mir mit halbernster Miene die Hand. »Hauptmann Dohk Valkener von den Grenzulanen, zu Euren Diensten.«

»Und ich bin Sallitt Valkener, Leutnant der Orioser Kundschafter.« Sallitt strich sich eine rote Haarsträhne aus den Augen und schüttelte mir die Hand. »Tarrant war der Name? Ich kannte mal einen Tarrant Valkener. Ein ziemlicher Unruhestifter.«

Meine Mutter zischelte ihn an. »Bist du still, Sal. Freut mich, Euch zu treffen, Tarrant.«

»Die Freude ist ganz auf meiner Seite.« Ich nahm die linke Hand meiner Mutter und küsste sie sanft.

Sie wandte sich so schnell ab, dass ich keine Gelegenheit hatte, ihr Gesicht zu sehen. Das Morgenlicht fiel durch die Fenster an der Vorderseite des Hauses und ließ die langen grauen Strähnen in ihrem braunen Haar aufleuchten. Ich hatte sie schon früher bemerkt und sogar Witze darüber gemacht. Aber als ich sie jetzt durch die Schlitze der Mondmaske sah, erkannte ich sie zum ersten Mal als Vorboten der Sterblichkeit. Meine Eltern waren ein fester Bestandteil meines Daseins gewesen – oder genauer gesagt, bis zu diesem Tag war ich ein Teil des ihren gewesen. Jetzt hatte ich mein eigenes Leben zu führen, und es würde mich von ihrer Seite entfernen. Ich war flügge geworden und es schien Zeit, das sichere Nest zu verlassen und mich aus eigener Kraft durchzuschlagen oder vom Leben besiegt aus dem Himmel zu stürzen.

Als hätte sie meine Gedanken gelesen und wollte sie Lügen strafen, deutete Mutter auf den grob gezimmerten Tisch beim Herdfeuer. »Wir heißen Euch in unserem Heim willkommen, Tarrant. Bitte setzt Euch zu uns.«

Ich durchquerte das Zimmer und setzte mich an die Gästeseite des Tisches. Dort lagen ein Laib Brot, ein grüner Apfel, ein Schüsselchen mit Salz, ein kleines Rad Käse und ein Krug helles Bier. Der Tisch war noch an vier weiteren Plätzen mit Tellern und Trinkschalen gedeckt, aber die waren leer. Nachdem ich Platz genommen hatte, setzten sich auch die anderen und beobachteten mich mit einer Mischung aus Belustigung und Stolz.

Als Erstes nahm ich den Apfel und schnitt einen schmalen Keil heraus. Es war noch etwas zu früh im Jahr für Äpfel, und er schmeckte ziemlich sauer, aber ein Apfel war die erste feste Nahrung gewesen, die ich nach meiner Geburt zu mir genommen hatte, deshalb aß ich auch jetzt nach meiner Wiedergeburt zuerst davon. Ich kaute und schluckte, dann viertelte ich den Rest und verteilte ihn unter meiner Familie.

Danach nahm ich mir auf dieselbe Weise das erste Stück von Brot und Käse und teilte den Rest auf. Schließlich füllte ich Bier in alle Schalen und gab jeweils eine Prise Salz hinein. Ich hob die Schale und sprach den traditionellen Trinkspruch für diese Gelegenheit: »Auf das Nest, das zur Festung wurde, und die Blutbande, die diese Familie einen.«

Wir alle tranken und setzten unsere Schalen mit ernster Miene wieder ab. Einen Augenblick lang störte nur das Knistern des Küchenfeuers die Stille, dann fingen meine Brüder an zu lachen und Dohk griff nach dem Bierkrug. »Na, bereit für den Mondmonat, Brüderchen? Ist dir bange wegen der Abenteuer, die dich erwarten?«

»Bange? Nö.« Ich grinste und fühlte das Leder der Maske auf meine Wangen drücken. »Wovor sollte ich Angst haben?«

Meine Brüder lachten schallend und selbst mein Vater stimmte ein. Mutter warf ihm einen strengen Blick zu und legte ihm die Hand auf den Arm, dann deutete sie mit dem Kopf auf meine Brüder. Das Gelächter meines

Vaters wurde leiser, dann erstarb es in einem Husten. Er schob Sallitt die Trinkschale zu.

»Ich verstehe, dass ihr Tarrant aufziehen wollt, aber ihr seid alt genug, es besser zu wissen, alle beide. Ihr setzt ihm noch alle Arten von Schreckgespenstern ins Hirn.« Er nahm sich die inzwischen frisch gefüllte Schale und saugte den Schaum ab. »Denkt daran, dass er euch beide in eurem Mondmonat mit Respekt behandelt hat.«

Ich erinnerte mich, wie mein Vater mich in Dohks Mondmonat beiseite genommen hatte. Ich war noch ein kleiner Junge gewesen, gut zehn Jahre jünger als Dohk, und Vater hatte mich ermahnt, ihm nicht auf die Nerven zu gehen. »Er ist schließlich dein Bruder. Du wirst ihn in Ruhe lassen und nicht mit tausenderlei Fragen belästigen. Verstanden?«

Ich hatte bejaht, auch wenn ich es in Wirklichkeit keineswegs verstanden hatte. Aber ich hatte mir auch all die Fragen verkniffen, die ich ihm hatte stellen wollen. Als ich jetzt hier am Tisch daran zurückdachte, erinnerte ich mich daran, dass Dohk einmal mit einem gewaltigen Veilchen heimgekommen war, so gewaltig, dass sein ganzes Auge rot gewesen und die Schwellung weit über den Rand der Maske hinausgegangen war. Und ich erinnerte mich, wie Sallitt zwei Jahre später die ganze zweite Hälfte seines Mondmonats gehumpelt hatte, und wie sauer er deswegen gewesen war, dass er dadurch auf den Feiern nicht hatte tanzen können.

Die Erinnerung an diese Verletzungen machte mich schon etwas zaghaft, wenn ich daran dachte, was mich wohl während meines Mondmonats erwartete. Ich kannte zwar das Endergebnis der Mondmonate meiner beiden Brüder, aber davon, was sie während dieser Zeit durchgemacht hatten, wusste ich in Wahrheit nichts. Sicher, jeder wusste von den Feiern und Festen. Als Kind hatte ich daran zwar nicht teilnehmen dürfen, aber alle in meinem Alter hatten die Vorbereitungen gesehen. Doch eigentlich konnte ich mich dessen nicht entsinnen, während dieses für sie so wichtigen Monats meine Brüder nennenswert zu Gesicht bekommen zu haben.

Alle Geschichten, die ich über das gehört hatte, was man im Mondmonat tat, stammten von fahrenden Händlern und ähnlichem Volk. Ich hatte von einem Mädchen gehört, das in einer Hütte eingeschlossen worden war, wo sie Wolle zu Garn spinnen musste, oder einem Bäckerjungen, der so viel Brot hatte backen müssen, wie er an einem Tag schaffte. Aber derartige Monumentalaufgaben waren der übliche Stoff, mit dem man Kindern Angst einjagte, also maß ich ihnen nicht viel Gewicht bei. Aber die Ungewissheit ... Die bereitete mir jetzt doch ein gehöriges Magengrimmen.

Dohk sah zu mir herüber und grinste, als er die Spur von Besorgnis sah, die seine Frage in mir hatte aufkommen lassen. Er legte mir eine riesige Hand um den Nacken und schüttelte mich spielerisch. »Keine Bange, Tarrant. Dir wird nichts passieren, was nicht schon jede Menge anderer mitgemacht hätten. Sie haben's überlebt, und du wirst es auch überleben.«

»Nur überleben? Ich würde auf mehr hoffen.«

»Wie viele andere auch, Tarrant.« Mein Vater schenkte mir ein breites Lächeln. »Aber zu allererst kommt das Überleben. Vergiss das nicht, und du bist den anderen schon einen Schritt voraus. Bleib einfach du selbst, und sie werden dich nie einholen.«

Kapitel Zwei

So wie in allen anderen oriosischen Städten und Dörfern auch, fand in Valsina am Mittsommerabend ein großer Mondmaskenball statt. Der von der Stadtverwaltung ausgerichtete Ball war keineswegs das einzige Fest an diesem Abend. Verschiedene Gilden und religiöse Sekten veranstalteten eigene Empfänge, aber der Stadtball war eine geschlossene Gesellschaft aus den Kindern der besten Familien, einigen der begabtesten Gildensprösslinge und etwa einem Dutzend anderer, die ihre Teilnahme einer Lotterie verdankten. Damals war mir nicht klar, dass diese ›Glückspilze‹ im Grunde vorgeführt wurden. Es war zu erwarten, dass dieser eine Abend, den sie in unserer Gesellschaft verbringen durften, der gesellschaftliche Höhepunkt ihres Lebens sein würde. In meiner Aufregung wurde mir die darin enthaltene Grausamkeit überhaupt nicht bewusst.

Ich verbrachte den Tag so wie die meisten meiner Altersgenossen und absolvierte ein vorgegebenes Pensum an Tätigkeiten, die mein neues Ich widerspiegeln sollten. Es begann mit einem heißen Bad und einer gehörigen Schrubberei mit einem besonderen Stück Seife, das körnig und laugig genug war, um einen Pferdehuf abzuscheuern. Nach dieser Tortur war ich am ganzen Körper knallrot, und meine Haut brannte wie Feuer. Meine Brüder halfen mir, dieses Brennen loszuwerden, indem sie mir eiskaltes Wasser über den Leib schütteten.

Ich wusch mir auch die Haare und meine Mutter schnitt sie kürzer. Ich ging nicht so weit wie manche anderen, die sie ganz abrasierten, aber meine Mutter gestand mir zu, dass ich dazu auch keinen Anlass hatte, da ich schon bei der Geburt volles Haar gehabt hatte. Vor allem im Hinterland kam es sogar vor, dass man Mondmaskenkindern einen Zahn ausschlug, weil die wenigsten Säuglinge mit Zähnen geboren werden, aber in der Stadt gingen wir nicht so weit. Schließlich war die Neugeburt symbolischer Natur, und wir traten als ausgewachsene Menschen in unser neues Erwachsenenleben, nicht als Kinder.

Ich wurde von Kopf bis Fuß neu eingekleidet, von Hemd und Hose bis zu Strümpfen, Stiefeln und Gürtel. Das Hemd war grün und vom selben Ton wie die Livree der Bediensteten Baron Norderstetts, die Hose braun, wenn auch heller als Stiefel und Gürtel. Dazu durfte ich nicht einmal ein Messer tragen. Die Tradition verlangte, dass Mondmaskenträger nicht mit den Waffen des Krieges belastet werden durften, um ihre Unschuld zu bewahren. Ich vermute allerdings, dass dahinter in Wahrheit ein eher praktischer Grund steckt, nämlich der, dass sich nicht wenige Mondmaskenträger unter ihrem neuen Status aufplustern und verrückt genug sind, solche Dummheiten zu begehen wie andere zum Duell herauszufordern.

Die Maske sicher befestigt, machte ich mich auf den Weg zum Götterfeld der Stadt. Valsina begann sein Dasein in einem kleinen Tal, in dem zwei Flüsse aufeinander trafen, und hat sich im Lauf der Jahre über die umliegenden Berghänge ausgebreitet. Im Süden und Westen der Stadt erhebt sich Bokagul, ein von urSreiði bewohntes Bergmassiv – auch wenn ich bei meinen Ausflügen in die Berge nie auch nur einen von ihnen gesehen hatte. Von dort strömen Sut und Car nach Norden und Osten ins Tiefland. In Valsina vereinigen sich die beiden Flüsse zum Carst, der auf seinem kurvenreichen Weg nach Nordwesten erst noch Muroso durchquert, bevor er schließlich ins Kreszentmeer mündet.

Die Stadt selbst ist über fünfhundert Jahre alt. Ihre ursprüngliche dreiseitige Stadtmauer ist im Kern des Stadtgebiets noch erhalten. Von dort aus breitet sich die Stadt nach allen Seiten aus und die Gebäude verlieren zunehmend an Wuchtigkeit und martialischer Strenge und variieren von der Eleganz des Norderstettpalais' bis zum eher heruntergekommenen und trostlosen Aussehen der Häuser am Flussufer. Das Götterfeld liegt im Norden der Alten Feste und beherbergt Tempel und Schreine aller Art. Obwohl es eines der älteren Stadtviertel ist, sind die Gebäude alle recht neu und ausgespochen beeindruckend, aber das liegt daran, dass die meisten irgendwann einstürzen oder abbrennen und die jeweilige Gemeinde das zur Gelegenheit nimmt, sie noch prächtiger wiederaufzubauen, um die konkurrierenden Kirchen auszustechen.

Der Tempel des Kriegergotts Kedyn war ein auffälliges, wuchtiges Gebäude. Die grauen und weißen Steinblöcke, die seine Mauern formten, waren entweder grob aus dem Berg gebrochen oder von einer Fundstelle irgendwo im Feld herangekarrt. Zum Teil waren sie sogar eine beträchtliche Strecke Wegs vom Schauplatz denkwürdiger Schlachten geholt worden. Anschließend hatte man sie dann hier zusammengepasst. Natürlich hatte man dazu die Kanten glätten und ihre Umrisse etwas begradigen müssen, aber die natürliche Form der Steine war doch weitgehend erhalten geblieben. Trotzdem bildeten sie zusammen ein festes Ganzes. Dohk hatte mir gegenüber einmal spekuliert, dass die Erbauer des Tempels damit andeuten wollten, eine in einer gemeinsamen Sache vereinte Vielzahl verschiedener Personen wirke sich stärker aus als jeder von ihnen für sich allein, und das leuchtete mir auch durchaus ein.

Natürlich neigt jeder, der in Oriosa lebt und zum Maskenträger heranwächst, dazu, beinahe überall eine tiefere Symbolik zu sehen. Wir suchen in allem nach einer versteckten Bedeutung und vermuten selbst da eine Absicht, wo bloßer Zufall am Werk war. Mein Vater meinte häufig, dass die Bewohner anderer Nationen diese Eigenschaft an uns hassten und uns vorwarfen, zu verbissen überall nach einem Sinn zu suchen. Allerdings sagte er auch, dass diejenigen, die sich darüber am lautstärksten beschwerten, die waren, die ihre geheimen Pläne nicht aufgedeckt sehen wollten.

Ich stieg die Treppe zum Tempel hinauf und beugte den Kopf, als ich eintrat. Die hohe Decke ruhte auf dicken Säulen, deren Kapitele die Form eines Breitaxtblattes hatten. Eine Treppe in der Ecke führte hinauf zu einer breiten Galerie, dem so genannten Priestersteig, der Zugang zu den oberen Räumen bot. Dort lagen die Privatzimmer der Priester sowie ihre Büroräume und die Lager für die verschiedenen Festdekorationen.

Die Kuppel im hinteren Ende des Tempels erinnerte in ihrer Form an die Unterseite eines Schilds. Unter ihr lauerte das Standbild Kedyns. Es war ein gewaltiges, schreckliches Monument. Der Sockel der Statue lag in einer Senke unterhalb der Straßenebene, in die hinab breite Treppenstufen führten. Die runde Felsscheibe des Sockels war mit Sand bedeckt, in dem Dutzende glühender Kohlen lagen, von denen dicke Weihrauchschwaden aufstiegen und Kedyn umwallten. Narben zogen sich kreuz und quer über seinen Körper, wo dieser nicht vom Drachenhautmantel bedeckt wurde, und unter dem mit Drachenklauen verzierten Helm verschwand sein Gesicht in tiefem Schatten. Auf Kedyns Gesicht saß keine Maske, aber sein Körper trug die Zeichen, mit denen er sie geschmückt hätte. Er passte zu uns und wir zu ihm.

Wandgemälde berühmter Schlachten oder der Großtaten legendärer Helden schmückten den Innenraum. Über den Hauptraum verteilt erhoben sich Heldenstatuen und gelegentlich Steinplatten, unter denen die Gräber oriosischer Helden aus Valsina und deren Umgebung lagen, die man der Ehre für würdig erachtet hatte, im Innern des Tempels beigesetzt zu werden. Bisher hatte noch kein Valkener diese Ehre errungen, aber mein Vater hatte uns erklärt, dass sich das aus unserem unglückseligen Geschick erklärte, Heldentaten der Art zu überleben, die andere in aller Regel umbrachten und ihnen ein Tempelgrab verschafften.

Meine Mutter ermutigte uns im Verlauf ihrer Erziehung nachdrücklich, diese Tradition fortzusetzen.

Auf der rechten Seite lag ein kleiner Schrein für Gesric, Sohn Kedryns, den Halbgott der Vergeltung. Etwas weiter hinten auf der linken Seite lag ein anderer Schrein für Gesrics Halbschwester, die Vettel Fesyin. Sie war für Schmerzen zuständig, und viele Kranke und Verkrüppelte opferten ihr, um sich Linderung für ihre Leiden zu erbitten. Ihr Schrein stank nach Metholanthweihrauch, der sich ganz und gar nicht mit dem moschusähnlicheren Rauch vertrug, mit dem Kedyn verehrt wurde.

Ich trat hinüber zu einem Stand, an dem ein Altardiener kleine schildförmige Holzkohlentäfelchen und Fingerhüte mit Kedyns bevorzugtem Weihrauchpulver verkaufte. Ich bot ihm meine frisch geschlagene Mondmünze, eine Goldmünze, die ich bei meiner Ehre keinem Händler der Stadt mehr als einmal anbieten durfte. Der Altardiener verweigerte die Annahme und reichte mir mit einem schnellen Segen die Holzkohle und den Weihrauch. Eine unausgesprochene Übereinkunft verpflichtete mich, die Großzügigkeit eines jeden, der meine Mondmünze ablehnte, später durch Geld oder Taten zu vergelten, und nach dem nächsten Vollmond würde jeder Händler, dem ich sie anbot, die Münze ohne einen zweiten Blick kassieren.

Ich trug den Holzkohleschild die Treppe hinunter zum Sockel und hielt ihn in eine der dafür vorgesehenen Zündflammen. Als der Rand nach einer Weile Feuer gefangen hatte, blies ich vorsichtig darüber. Funken flogen aus dem langsam breiter werdenden Halbkreis, bis die Holzkohle hellrot glühte. Ich legte sie in den Sand, den noch schwarzen Rand kaum merklich erhöht. Dann kniete ich nieder und senkte den Kopf.

Es heißt, das erste Gebet eines Mondmaskenträgers an einen Gott hat die größte Chance, erhört zu werden. Die meisten sagen das in der Annahme, dass den Göttern, die der Erfahrung Sterblicher zum größten Teil gänzlich entrückt bleiben, die Unschuld zusagt, mit denen diese Gebete vorgetragen werden. Andere, die einige der selbstbewussteren Mondmaskenträger kennen gelernt haben, gehen davon aus, dass die Götter in einem Anflug perversen Humors gerade die ersten Gebete erhören, weil die meisten Bittsteller später erkennen, dass sie das, worum sie dabei gebeten haben, in Wahrheit weder wollen noch brauchen. Und wieder andere vermuten, dass die Götter genauso unvernünftig sind wie die meisten Mondmaskenträger und Spaß daran haben, Gebete zu erhören, deren Folgen ihre Gläubigen nicht gewachsen sind.

Ich hatte über mein Gebet lange und angestrengt nachgedacht. Alle männlichen Valkeners beteten zum Kriegergott und wir hatten keinen Anlass, uns über ihn zu beschweren. Das Gebet, das ich hier und jetzt zu ihm aufschickte, würde in derselben Form erfolgen, wie ich es auch auf dem Feld gesprochen hätte, doch hier sollte es mein ganzes Leben betreffen statt mir nur Unterstützung in einer unmittelbaren Notlage zu liefern. Ich hatte die Wahl zwischen den Gebeten für die sechs verschiedenen Kriegerischen Tugenden, und es war mir nicht leicht gefallen, sie zu treffen.

Niemand betete um Geduld, auch wenn mein Vater der Ansicht war, dass diese Anrufung im Feld durchaus von Nutzen war, wenn man mehr abwarten musste als kämpfen zu können. Viele beteten um Haltung – jene Mischung aus körperlichen Attributen wie Kraft, Schnelligkeit und Ausdauer, die im Kampf eine so entscheidende Bedeutung hatten. Auch Mut und Kampfgeist waren beliebt, ebenso wie Weitsicht, die Fähigkeit, noch bevorstehende Feldzüge zu erkennen und sie durchdacht vorzubereiten. Alle diese Tugenden hatten ihren Reiz für mich, aber schließlich verwarf ich sie alle. Körperlich war ich bestens geeignet für das Kriegerdasein. Ich verstand das Kriegshandwerk und seine Regeln und war mir darüber im Klaren, dass ich im Verlauf meines Lebens noch weit mehr darüber erlernen würde. Mut und Kampfgeist glaubte ich bereits zu besitzen, auch wenn ich mir dessen im Alter von nur achtzehn Sommern keineswegs sicher sein konnte. Trotzdem, der Hochmut der Jugend erlaubte mir, mich in dieser Hinsicht als wohl ausgestattet zu betrachten.

Ich bat um Beherrschung. Ich wollte von keinen Illusionen, keiner Unsicherheit verwirrt werden, wenn ich mich dem Leben und dem Krieg stellte, von keinem plötzlichen Wahn gepackt werden, der mich jäh mit der Frage konfrontierte, wo ich war, was ich dort wollte und was ich tun sollte. Ich wollte die Klarheit des Geistes, die vielen Kriegern fehlt, und ohne die alle anderen Gaben wertlos sind. Dabei war mir klar, dass es für mich kein Entkommen vor dem Irrsinn des Krieges geben würde, falls meine Bitte Gehör fand, mit Erinnerungen von exquisiter, brutaler Genauigkeit leben zu müssen. Aber besser das, als gar nicht zu leben.

Im Verlauf der Jahre habe ich mich häufig gefragt, ob meine Entscheidung nun auf Einfalt, Hochmut oder einer köstlichen Perversität beruhte, die mich herauszufinden drängte, welche Tiefen des Wahns ich würde ertragen können.

Ich ballte die linke Hand zur Faust und presste sie an mein Brustbein, als würde ich einen Schild halten und meinen Körper damit schützen. Mit der Rechten schüttete ich den Fingerhut Weihrauchpulver auf die Holzkohle, dann streckte ich sie schräg von meinem Körper ab nach unten, so, als würde ich mit gezogenem Schwert zu Boden zeigen. Das Pulver schmorte und sandte einen sich kräuselnden weißen Rauchfaden in die Höhe.

»Göttlichster Kedyn, erhöre mein Gebet.« Ich sprach leise, um die Krieger links und rechts von mir nicht zu stören. »Du bist der Quell allen Heldentums. Dein Geist ist von der brillanten Schärfe, die Mär von Tatsache trennt, Gerücht von Wahrheit, Befürchtung von Wirklichkeit. Ich flehe zu dir, schärfe meinen Geist, auf dass ich klar sehen kann, klar denken kann und in meinem Herzen und meinem Verstand weiß, was ich zu tun habe, wann ich es zu tun habe und wie ich es zu tun habe. Mit deiner Hilfe will ich nie vor einem Kampf zurückschrecken, meine Pflicht vernachlässigen oder jene im Stich lassen, die auf mich angewiesen sind. Das schwöre ich bei meiner Ehre für jetzt und allezeit.«

Ich sah zu der Statue hinauf. Rauch sammelte sich um ihren Kopf wie eine Gewitterwolke und ich wartete auf einen Blitz. Aber es zuckte keiner auf und ich erkannte, dass ich kein Zeichen dafür erhalten würde, ob mein Gebet erhört worden war. Dann musste ich schmunzeln, als ich mich fragte, ob diese Einsicht schon eine Bestätigung dafür war, dass Kedyn mir Beherrschung geschenkt hatte. *Oder war es vielleicht nur eine Selbsttäuschung, was der Beweis für das Gegenteil gewesen wäre?*

Ich erhob mich, stieg die Stufen wieder hinauf und kehrte zu dem Altardiener zurück. Er zog einen kleinen geschnitzten Stempel hervor, bestrich ihn mit Tinte und drückte ihn unterhalb des rechten Auges auf meine Mondmaske. Er hinterließ das Dreizacksiegel, das mich als Kedrynsjünger auswies. Ich verbeugte mich vor ihm und verließ den Tempel.

Als ich aus dem Gebäude trat, standen zwei andere junge Männer mit Mondmasken von den unteren Stufen der Tempeltreppe auf und kamen mir entgegen. Beide waren in ähnlichen Farben gekleidet wie ich, aber ihre Kleider waren aus Seide gefertigt, die in der Sonne glänzte. Auf ihren Gesichtern stand ein breites Grinsen, und auf ihren Mondmasken prangten Tempelsiegel.

Ich erkannte sie auf den ersten Blick, aber wegen der Mondmasken musste ich so tun, als hätte ich sie nie zuvor gesehen. »Ich grüße Euch, meine Herren. Wer seid Ihr unter dem Mond?«

»Ich bin Rauns Spilfair.« Rauns war fast so groß wie ich, wenn auch nicht annähernd so breit, machte aber das, was ihm an Kraft fehlte, fast völlig durch Flinkheit wett. Sein braunes Haar war kurz geschoren, in einem Stil, den sein Vater bevorzugte, aber in seinen dunklen Augen blitzte der Schalk, und ich sah ihm an, dass ihm der Haarschnitt wenig ausmachte. Seine Mondmaske trug ebenfalls das Zeichen Kedyns, was mich etwas erstaunte, da ich erwartet hätte, dass er mehr zu Erlinsax neigte, der Göttin der Weisheit, oder zu Graegen, dem männlichen Aspekt der Gerechtigkeit.

»Und ich«, stellte sein kleinerer, blonder Begleiter fest, »bin Boleif Norderstett.« Leifs blaue Augen funkelten, als er eine schnelle, aber kunstvolle Verbeugung machte. Er war fast eine Handbreit kleiner als ich und beinahe zwanzig Pfund leichter. Auch seine Mondmaske war im Kriegertempel gestempelt, aber für Leif hatte es nie eine Alternative gegeben. Auch wenn er etwas klein von Statur und nicht allzu behände war, blieb er Baron Norderstetts Sohn, und damit war klar, dass er nur ein Krieger werden konnte. Zu Leifs Glück hatte er auch nie etwas anderes werden wollen. Obwohl niemand erwartete, dass er je ein Kriegsmann vom Ruf seines Vaters werden würde, gingen die meisten doch davon aus, es werde ihm gelingen, die Ehre der Norderstetts hochzuhalten.

»Erfreut, Euch beide kennen zu lernen. Ich bin Tarrant Valkener.« Ich richtete mich zu voller Größe auf, dann runzelte ich leicht die Stirn. »Warum das Kriegersiegel,

Rauns? Ich hätte nicht gedacht, dass du zum Kriegerleben neigst.«

Rauns zuckte die Schultern. »Die Kriegertugenden sind hilfreich für jeden, der sich mit Streitereien beschäftigt, Tarrant. Auch das Geschäftsleben ist voller Auseinandersetzungen, daher meine Entscheidung. Außerdem hat Leif mich darauf hingewiesen, dass der Dreizack drei Zinken hat, also sollten wir drei zusammenhalten. Das macht uns stärker.«

»Wohl wahr.« Ich nickte Leif zu. »Und wohin führt Euch der Weg, mein Fürst?«

Leif stellte sich in Positur, auch wenn er dadurch, dass er eine Stufe unter mir stand und um dieselbe Höhe kleiner war als ich, ein wenig lächerlich wirkte. »Nicht weit von hier liegt das Geschäft eines Schneiders, der mein Kostüm für heute Abend anfertigt. Ich werde ihm Mondgold dafür geben. Meine Familie bezahlt ihm jedes Jahr genug, dass er es sich gut leisten kann, einen Anzug umsonst herauszugeben. Danach geht es zurück zum Palais, um vor dem Ball noch etwas zu essen. Du wirst natürlich auch kommen. Rauns ist da und ein paar der anderen. Sag mir, dass du kommst. Ich erkennen kein Nein an.«

Ich seufzte. »Ich werde es versuchen, Leif, aber ich kann nichts versprechen. Meine Schwester Noni und ihre Kinder kommen, und meine Mutter hofft, dass auch Annas kommt.«

»Nun, ich will natürlich keine Valkener-Familienfeier verderben.« Seine Miene hellte sich auf. »Bring sie mit, alle, auch Nonis Bälger. Dein Vater ist der Friedenswart meines alten Herrn. Ihr seid alle willkommen. Ihr müsst einfach kommen, allesamt.«

»Ich werde es versuchen, Leif.«

Rauns stützte sich mit dem Arm auf Leifs Schulter. »Das sagt er immer, wenn er weiß, dass es nichts wird.«

Ich grinste. »Mein Vater ist in solchen Sachen stur. Es

liegt in seiner Generation. Er hält sich an andere Regeln als Baron Norderstett oder wir … Er würde niemals ins Norderstettpalais kommen, solange ihn seine Pflichten nicht dazu zwingen oder der Baron ihn ausdrücklich zu sich bestellt. Und es bräuchte geradezu eine bewaffnete Eskorte, ihn die Familie mitbringen zu lassen.«

»Na, dann werden wir die Regeln ändern müssen, wenn wir erst den Platz unserer Väter eingenommen haben, was, Tarrant? Offene Tür und so weiter. Etwas anderes kommt gar nicht infrage.« Leif zog die Schulter unter Rauns' Arm weg und lachte, als der das Gleichgewicht verlor. »Komm mit, Rauns, wir haben noch zu tun. Wir sehen dich heute Abend, Tarrant?«

Ich half Rauns, das Standbein wiederzufinden. »Ich werde mit meinem Vater reden, Leif, aber ich verspreche nichts. Wenn ich euch dort nicht treffe, finde ich euch auf dem Ball.«

»In Ordnung.« Leif verabschiedete sich mit einem lockeren Gruß. »Heute Abend fängt unser Leben wirklich an und die Welt wird nie mehr dieselbe sein.«

Kapitel Drei

Um der Wahrheit die Ehre zu geben, es wäre mir ganz recht gewesen, wenn die Welt etwas mehr dieselbe geblieben wäre, und wenn es nur gewesen wäre, um die Träne im Auge meiner Mutter verschwinden zu lassen, als sie mir an diesem Abend das Wams glatt strich. Der Anblick machte mir deutlich, dass mein Erwachsenwerden sie auf eine Weise schmerzte, die ich nicht nachvollziehen und – schlimmer noch – gegen die ich nichts tun konnte. Ich versuchte, das Schlimmste zu vermeiden, indem ich mit Vater über Leifs Einladung sprach, aber er ließ sich nicht erweichen ... wie ich es vorausgesehen hatte. Stattdessen blieb ich bei meiner Familie und musste mitansehen, wie Mutter die Augen feucht wurden, und das trotz der freudigen Gesellschaft einer nach langer Zeit wieder einmal vereinten Familie.

Valsinas Galaball fand im Senatspalast statt. Eine Freitreppe führte hinauf in den Rundsaal des großen und prächtig dekorierten Gebäudes. Überall sah man Portraits und Statuen großer Staatsmänner, aber das Beeindruckendste war die Galerie mit den Nachbildungen der Masken aller Senatoren des Ober- und Unterhauses. Die sechzehn Mitglieder des Oberhauses waren vom Unterhaus gewählte Adlige. Dessen Abgeordnete waren Ständevertreter und Adlige aus Nebenlinien, die ihre Herkunft bis zurück zur Zeit der Großen Revolte nachweisen mussten, bevor sie ihren Sitz einnehmen konnten. Diese Bedingung hätten eine Menge Einwohner Oriosas erfüllen können, aber um es bis in den Senat zu schaffen, musste man es außerdem auch zu einem gewissen Wohlstand gebracht haben.

An diesem Abend hatten sich Musiker auf der kleinen Galerie des Oberhauses ausgebreitet, die über dem Eingang zum Plenum des Unterhauses lag, und spielten eine Fülle althergebrachter Melodien. Auf dem Weg zum Ball wanderte ich durch einen langen Gang unter der Orchestergalerie, der am Kopf einer breiten Treppe hinab in den rechteckigen Plenarsaal führte. Ein breiter, von einem Geländer eingegrenzter Wandelgang lief um den Saal herum und bot Besuchern Platz, die das Geschehen im Senat verfolgen wollten. Im Gegensatz zum heutigen Abend wurden ihnen dazu aber gewöhnlich keine Sitzgelegenheiten gestellt.

Ich blieb auf dem Treppenabsatz stehen, während ein maskierter Kämmerer in roter Livree zweimal mit seinem Stab aufschlug und mich ankündigte: »Ich stelle vor: Meister Tarrant Valkener.« Seine Worte wurden mit gedämpftem Applaus aufgenommen, der hauptsächlich von den Zuschauern kam. Dann machte ich mich auf den Weg die Stufen hinab.

Der Saal breitete sich zu beiden Seiten vor mir aus. Die gegenüberliegende Wand wurde von einem Bollwerk hoher, aufsteigender Bankreihen beherrscht. Die harten Holzbänke dienten sonst dem Sprecher des Hauses und seinen Assistenten als Sitzgelegenheit, aber heute Abend waren sie mit Blumen geschmückt. Ein riesiger, runder Silberspiegel, der an den Mond erinnerte, hing vom Platz des Sprechers und lieferte eine Sicht des Balls, die uns alle vereinte und zur Bedeutungslosigkeit schrumpfen ließ. Mit Speisen und Getränken überladene Tische umgaben die Sprecherempore wie zu unserer Abwehr aufgebaute Balustraden.

Rauns war schnell gefunden. Er stand an einem Tisch, an dem einer der Diener mir sogleich einen Weinkelch in die Hand drückte. Es war ein trockener und zugleich herzhafter Roter mit einem Hauch von Süße und einem leichten Beerengeschmack. Er hatte Reife, was mich etwas überraschte, denn Mondmaskenträgern wurde häufig die neueste Lese serviert, die noch keine Zeit gehabt hatte, sich zu entwickeln.

Ich lächelte Rauns zu. »Guter Wein.«

»Ich weiß. Ich habe ihn ausgesucht.« Er neigte den Kopf zu mir herüber, als ein weiterer Besucher angekündigt wurde und erneuter Beifall ertönte. »Der Sprecher hat meinen Vater gebeten, den Wein für heute Abend zu liefern. Er wollte die erste Kelterung des vergangenen Jahrs schicken, aber ich habe ihn überredet, etwas tiefer in den Keller zu greifen. Fast hätte er sich geweigert, aber dann erinnerte ich ihn, dass später echtes Gold bezahlt, was heute mit Mondgold gekauft wird, und dass es ihm nur nützen kann, wenn wir uns an einen guten Wein als einen Höhepunkt des Abends erinnern statt als rein symbolische Geste.«

»Gutes Argument.« Ich nahm noch einen Schluck und hob anerkennend das Glas. »Obwohl ich bei Gedankengängen wie diesem Zweifel an deinem Dreizacksiegel bekomme.«

Er grinste mich schräg an. »Jede Armee braucht einen Quartiermeister, oder?«

»Mein Vater hat in seinen Erinnerungen nie davon erzählt, dass er im Feld guten Wein bekommen hätte.«

»Dann werde ich das wohl ändern müssen.« Er nahm seinen Kelch in beide Hände und sah hinein. »Ich habe mit dem Gedanken an Graegen gespielt, wie du vermutet hast, oder sogar an Turic …«

»Turic? Du würdest dich dem Tod verschreiben?«

»Der weibliche Aspekt ist mehr der Veränderung verpflichtet, aber es lässt sich schwerlich argumentieren, der Tod hätte mein Schicksal nicht beeinflusst. Immerhin habe ich das Leben als ältester Sohn eines Händlers begonnen, der nicht mehr war als der Vetter eines Adligen, bis eine

Krankheit dessen Linie der Familie dahingerafft hat. Und plötzlich rückten wir nach. Ich bin im Grunde noch genau derselbe wie vorher, aber …«

Ich nickte. Ich hatte Rauns schon vor der Erhebung seiner Familie in den Adelsstand gesehen, wenn ich meine Mutter auf den Markt begleitet hatte. Spilfair & Söhne war als ehrliche Firma bekannt gewesen, aber Rauns und ich waren nicht mehr als zwei Lausebengel gewesen, die einander misstrauisch beäugten. Als sein Vater zum Adligen wurde, war aus der Familienfirma das Handelshaus Spilfair & Söhne geworden, und Rauns war gezwungen gewesen, sich in neuen gesellschaftlichen Kreisen Freunde zu suchen. Dabei war er im selben Lehrbataillon gelandet wie Leif und ich. Weil wir die anderen beide durch einen frühen Wachstumsschub überragten, waren wir in zahlreiche Übungen zusammen eingeteilt worden, und daraus hatte sich eine Freundschaft entwickelt.

»Weißt du, Rauns, mein Vater sagt immer: ›Es ist nicht der Mann, der vor dem Kampf in der hübschesten Uniform aufmarschiert, an den man sich hinterher erinnert, sondern derjenige, der am Ende der Schlacht noch auf den Beinen steht.‹ Du bist einer von denen, die hinterher noch auf den Beinen stehen werden.«

»Nur, wenn du mich stützt.« Rauns knuffte meinen Arm. »Übrigens solltest du dich vorsehen. Leif hat beim Abendessen deine Gegenwart vermisst. Er könnte etwas gereizt sein.«

»Und was wäre daran ungewöhnlich?«

Rauns lachte, dann deutete er zur Eingangstreppe hoch. »Wirst du schon sehen. Da kommt unser Kleiner.«

Die Schläge des Stabs hallten durch den Saal. Inzwischen waren drei Schläge nötig, um das Gemurmel verstummen zu lassen, und erst nach dem vierten herrschte tatsächlich Stille. Der Kämmerer wartete noch ein, zwei Augenblicke, um sicherzugehen, dass er wirklich die volle Aufmerksamkeit aller Anwesenden hatte, dann machte er seine Ankündigung. »Ich stelle vor: Baron Boleif Norderstett.«

Leif verbeugte sich elegant, während lauter Beifall ihn begrüßte. Die Kleiderordnung des Abends verlangte von uns, zu den Mondmasken ein weiteres weißes Kleidungsstück zu tragen. Rauns und ich hatten diese Bedingung mit unseren Hemden erfüllt. Leif war erheblich weiter gegangen und trug ein vollständig aus weißem Satin gefertigtes Jackett mit Spitzenbesatz an Kragen und Manschetten. Auch seine in weiße Strümpfe mündende Kniehose war aus weißem Satin, und die Halbschuhe, die er dazu trug, waren aus weißem Leder gefertigt und mit breiten Silberschnallen verziert.

Er kam gemächlichen Schritts die Stufen herab und winkte den unten Wartenden lächelnd zu, während er den Zuschauern auf dem Wandelgang zunickte. Leif war in seinem Element. Alle Augen waren auf ihn gerichtet. Wenn man meinem Vater glauben konnte, war das schon von Leifs Geburt an so gewesen, was auch nicht weiter verwunderte, da er Baron Norderstetts Erstgeborener war und dazu noch ein Stammhalter. Der Knabe hatte sein ganzes Leben im Mittelpunkt gestanden und fühlte sich in vielerlei Hinsicht unwohl, wenn er nicht beachtet wurde.

Rauns und ich sahen uns an und lachten, als Leif den Fuß der Treppe erreichte. Er stolzierte durch den Saal zu uns herüber und hielt nur ab und zu an, um sich vor den Mädchen zu verbeugen, die bei seiner Annäherung kicherten. Auf diese Weise brauchte er so lange, dass mir fast genug Zeit blieb, meinen Wein auszutrinken. Rauns hatte sich bereits ein neues Glas genommen, als Leif endlich ankam.

Er stieß gegen mich, sah hoch und lächelte. »Ach, Tarrant, da bist du. Ich hatte erwartet, du würdest dich irgendwo verpflegen. Hallo, Rauns.«

Ich grinste. »So ist es richtig. Tu so, als hättest du überhaupt nicht nach uns gesucht.«

»Nun, natürlich habe ich das, beste Freunde, aber das dürfen *sie* nicht wissen.« Seine Augen hoben sich zur Besuchergalerie. »Es wäre nicht angebracht, sie glauben zu lassen, ich wäre so schwachbrüstig, dass ich ohne meine Freunde nicht existieren kann.«

Rauns rollte mit den Augen. »Mach nur so weiter, dann wirst du bald keine mehr haben.«

»Ihr dürft nicht beleidigt sein. Ihr wisst doch, dass ich nur Spaß mache.«

»Aber ein wenig zu penetrant, Leif.« Ich trat beiseite und gab ihm den Weg zum Weintisch frei. »Womit können wir dienen, mein Fürst?«

Leif rümpfte die Nase und trat an mir vorbei. »Nun, es ist eine durstige Arbeit, hier zu erscheinen …«

Ich sah an ihm vorbei zur Zuschauergalerie hoch und verspürte ein leicht flaues Gefühl in der Magengrube. Alle Beobachter waren elegant gekleidet, aber durchgängig in grellrot gefärbtem Stoff. Ihre Masken bedeckten das Gesicht vollständig und waren ganz und gar leer, sodass sie keinerlei Hinweis auf den Träger gaben. Ein paar wenige, wie der Sprecher des Unterhauses, waren korpulent oder auf andere Weise körperlich auffallend genug, um erkennbar zu sein, aber die meisten gingen in einem Meer aus roter Anonymität unter. Sie waren nicht hier, um gesehen zu werden, sondern um uns zu beobachten und über unser Schicksal zu befinden. Was sie heute Abend sahen, konnte darüber entscheiden, welches Regiment mir eine Chance anbot, ihm beizutreten, oder welches Handelshaus sich um meine Dienste bemühte. Leifs Bemerkung über die Zuschauer verspottete deren Bedeutung, aber er konnte sich das erlauben, weil seine Zukunft bereits feststand. Ich erkannte allerdings in diesem Augenblick siedendheiß, dass es für mich keine derartige Absicherung gab, deshalb leerte ich mein Glas und sah mich nach einer Dame um, die ich auf das Tanzparkett führen konnte, um meine Gesellschaftsfähigkeit unter Beweis zu stellen.

In diesem Augenblick gelang es Leif, mir eine Gelegenheit zur Vorstellung meiner martialischeren Fähigkeiten zu liefern. Er wanderte um den Tisch und schnupperte an den verschiedenen Jahrgängen. Rauns begleitete ihn und Leif gab zu jedem angebotenen Wein ein Urteil über Herkunftsdistrikt und Jahrgang ab, das Rauns anschließend bestätigte. Dieses Spielchen setzte sich fort, bis Leif gegen jemanden zu seiner Rechten stieß und ohne auch nur aufzusehen mit reichlich herrischem Ton bellte: »Macht Platz, mein Herr, meine Mission ist von höchster Dringlichkeit.«

»Die meisten Leute trinken Wein mit dem Mund, aber Ihr scheint ihn durch die Nase zu ziehen, was?«

Leif drehte den Kopf ein wenig in Richtung des Sprechers, und mir war klar, dass er einen Blick auf die schwarze Tuchhose und die polierten, aber abgenutzten Stiefel seines Gegenübers erhascht hatte. Unglücklicherweise war er über den Tisch gebeugt und dadurch in keiner sonderlich günstigen Position, um zu beurteilen, wie groß der Fremde war. »Nun mach er schon Platz, guter Mann.«

»Wie, plötzlich kein ›mein Herr‹ mehr?«

Leif drehte sich um und richtete sich auf. Dann musste er den Kopf weit in den Nacken legen, um dem anderen in das über der muskelbepackten Brust und den breiten Schultern aufragende Gesicht zu blicken. Eine dicke rote Haarmähne bedeckte den Kopf des Mannes, und unter der Mondmaske waren Sommersprossen zu erkennen, die sich über beide Wangen ausbreiteten. Grüne Augen funkelten wie Smaragde hinter der Maske, und unter dem rechten Sehschlitz bemerkte ich einen Dreizack. Der Mann trug ein schwarzes Leinenhemd und hatte ein weißes Stofftuch um den linken Oberarm gebunden. Ein bösartiges Grinsen stand auf seinen Zügen.

»Vielleicht, *guter Mann*«, setzte Leif nach, »sollte ich ihn mit den Umgangsregeln der feineren Gesellschaft bekannt machen.«

Sein Gegenüber hob die rechte Hand und ballte sie zu einer Faust, die eine Teigschüssel von ansehnlicher Größe hätte ausfüllen können. »Vielleicht sollte ich dich mit meiner Faust bekannt machen.«

»Ruhig, mein Freund, kein Grund zur Aufregung.« Ich zwängte mich zwischen ihn und Leif. »Ihr hattet das Glück, heute Abend hier feiern zu dürfen. Fordert das Schicksal jetzt nicht heraus und verzichtet auf eine Prügelei.«

»Wir sind keine Freunde.«

»Zugegeben, aber wir tragen *alle* Kedyns Siegel. Das zumindest sollte etwas zählen.« Ich grinste zu ihm hoch und streckte die rechte Hand aus. »Ich bin Tarrant Valkener.«

Der Hüne nickte langsam, dann öffnete er die Rechte und meine Hand verschwand in seiner. »Nethard Hauer, Waffenschmiedslehrbursche. Ich habe Lust zu benutzen, was ich geschmiedet habe, statt noch mehr davon zu machen.« Langsam breitete sich ein Lächeln auf seiner Miene aus und ich schüttelte ihm herzlich die Hand.

Nachdem ich meine Hand aus seinem Griff befreit hatte, drehte ich mich um und zwang Leif und Rauns damit ein wenig zurück. »Boleif Norderstett habt Ihr schon kennen gelernt. Das hier ist Rauns Spilfair.«

»Angenehm«, meinte Rauns.

»Gleichfalls.« Nethard sah auf Leif herab. »Der Wein ganz hinten ist der beste, falls Ihr in die Richtung weiter wollt.«

Leif blinzelte, dann nickte er. Seine Miene hellte sich auf, als er sich um mich herum und an Nethard vorbei schob. »Das ist nett, Net … Hallo, das reimt sich … Net, sei nett, das macht viel wett.« Er lachte leise. »Geradezu ein Gedicht, der Name.«

Nethards Augen wurden schmal.

Ich hob abwehrend die Hand. »Verzeiht ihm, Nethard, bitte. Er ist nur aufgeregt, dann bekommt er immer solche Anwandlungen. Mittsommernacht und so weiter.«

»Dagegen hilft eine anständige Maulschelle, was?«

Leif nahm sich einen Weinpokal vom Tisch und drehte sich wieder zu uns um. »Aber für mich nur eine vom Allerfeinsten, was?«

Nethards Rechte verkrampfte sich, und ich war mir sicher, dass Leifs Kopf unter seinem besten Schlag gewirbelt wäre wie eine Wetterfahne im Sturm.

Ich versuchte, den Riesen abzulenken. »Welcher Kompanie wolltet Ihr Euch anschließen, Nethard?«

»Ich höre auf Net. Dass ich hart bin, sieht jeder.« Er zuckte die Achseln. »Heimatgarde, wenn's sein muss. Am liebsten die Norderstett Fußgarde. Ich will mehr sehen als nur Valsina.«

»Nicht die Grenzulanen oder die Orioser Kundschafter?« Leif hob den Pokal. »Die Schweren Dragoner könnten jemanden wie dich gebrauchen, aber ich bezweifle, dass es ein Ross gibt, das dich trüge.«

»Manche schaffen's, manche nicht.« Net kippte den Rest seines Weins und setzte an, sich mit dem Ärmel den Mund abzuwischen, beherrschte sich aber noch rechtzeitig. »Reiter stechen und hacken nur. Ich hab jahrelang mit dem Hammer gearbeitet. Mir liegt es eher, mit dem Streitkolben draufzuschlagen.«

»Deine Kraft wird dir im Krieg gute Dienste leisten.« Leif leerte den Wein und stellte den Pokal wieder zurück. »Aber wie sieht das hier auf dem Ball aus? Die Zuschauer haben jetzt gesehen, dass wir trinken können. Wie wäre es, wenn wir ein paar dieser reizenden Damen mit einem Tänzchen beglücken?«

Ich kannte Leif gut genug, um die Spur von Gift in seinem Vorschlag zu erkennen. Ohne Zweifel gab es kein Mädchen im Saal, das nicht begeistert gewesen wäre, mit Leif gesehen zu werden ... oder mit Rauns, was das betraf, aber die meisten jungen Damen hier stammten aus Familien, denen Net kaum einen Blick wert war. Selbst diejenigen unter ihnen, die in ihrer Jugend ein

Handwerk gelernt hatten, waren hier und jetzt daran interessiert, einen Ehemann zu finden, und keine von ihnen dachte in diesem Alter daran, unter dem eigenen Stand zu heiraten. Natürlich hätten sie auf entsprechende Fragen alle geantwortet, allein aus Liebe heiraten zu wollen. Aber ein Titel, Geld oder Landbesitz kann einen möglichen Bräutigam ungeheuer liebenswert machen.

Net sah hinüber zum Mahlstrom der im Takt der Musik über die Tanzfläche wirbelnden Paare. »Den Schritt kann ich nicht.«

In seiner Stimme lag keine Spur von Aufgabe, das erkannte Leif sofort. »Sag uns, welchen Schritt du kannst, und ich lass ihn spielen.«

»Weiß nicht, ob er einen Namen hat.« Net verschränkte die muskulösen Arme vor der Brust. »Wir tanzen ihn zu ›Feuerzeh'n‹.«

Rauns summte ein paar Takte des Liedes vor sich hin, das Net genannt hatte, dann nickte er. »Der Schritt, den er meint, ist der Feuerscheinlauf.«

»Also der Feuerscheinlauf, die Herren.« Leif winkte uns hinter sich her. Ich ließ Net vor, sodass er auf Rauns folgte, was mir einen strengen Blick von Leif einbrachte. »Das galt auch für dich, Valkener.«

»Das war mir bewusst, mein Fürst.«

Net sah über die Schulter zu mir zurück. »Wie nennt man dich?«

»Tarrant, wenn er guter Laune ist, sonst Valkener.«

»Dann hörst du Valkener wohl häufig.«

»Reimt sich leichter als Tarrant.«

»Das habe ich gehört.« Leif drehte sich um und streckte mir die Zunge raus. »Es kamen Net und auch Tarrant, ein Winzling in des Hünen Hand.« Er wirbelte sofort wieder zurück, schoss die Stufen hinauf und sprach mit dem Kämmerer, der sich seinerseits mit dem Orchesterchef unterhielt. Leif kam die Stufen geradezu heruntergehüpft.

»Alles erledigt.« Er grinste und deutete mit ausladender Geste zu einer Reihe junger Damen. »Meine Herren, wählt Eure Waffen.«

Leif und Rauns stürzten sich augenblicklich in eine Wolke kichernder Mädchen. Net sah sich zu einem kleinen Grüppchen links hinter uns um, die ähnlich wie er gekleidet waren, aber ich fasste ihn am Arm. Er sah verwirrt zu mir herab, und ich lächelte ihn beruhigend an. »Ich habe eine Idee, wenn du mitmachst.«

Net grunzte und nickte.

Ich zog ihn zu Marie und Matilda Lambrenn hinüber. Unter den Mondmasken der strohblonden Zwillinge glänzten strahlend blaue Augen. Sie waren zwar so klein, dass selbst ich gegen sie wie ein Hüne wirkte, ganz zu schweigen von Net, und standen, wie alle Zwillinge, in einer besonders engen Verbindung zueinander, aber zugleich waren sie auch bekannt dafür, in allem miteinander zu wetteifern. Wenn ich eine der beiden zum Tanz aufforderte, würde die andere es nicht ertragen, zusehen zu müssen und unter Garantie die nächste Aufforderung annehmen.

Ganz davon abgesehen, dass beide hervorragende Tänzerinnen waren.

»Marie, darf ich um die Ehre dieses Tanzes bitten?«

Marie nahm meine ausgestreckte Hand mit einem freundlichen Nicken. »Die Ehre ist auf meiner Seite.«

Ich lächelte ihre Schwester an. »Matilda, das ist mein Freund Nethard Hauer.«

»Wenn Eure Lieblichkeit es gestattet ...« Net streckte die Hand aus und sie legte ihre hinein.

Wir führten unsere Partnerinnen auf die Tanzfläche und nahmen hinter Rauns und Leif Aufstellung. Rauns hatte Linzi Hutter aufgefordert, was niemanden überraschte, denn er hatte schon seit fast einem Jahr ein Auge auf sie. Leif hingegen hatte Nolda Disper zum Tanz gebeten, obwohl sie von ihrer Statur her besser zu Net gepasst hätte. Trotzdem harmonierte sie mit ihrem langen weißblonden Haar und ihrer Alabasterhaut gut mit dem Baronssohn. Ihre wasserblauen Augen waren noch um einiges heller als seine, und sie hatte einen Blick an sich, der mir das Blut gefrieren ließ.

Unsere Partnerinnen erkannten beim ersten Bogenstrich der Violinen, dass es sich um ein Wetttanzen drehte. Der Feuerscheinlauf ist einer jener festlichen, ausladenden Galopptänze voller schneller Drehungen und ausgelassener Fröhlichkeit. Die langen Röcke, die unsere Damen zu diesem Ball trugen, waren dafür ausgesprochen ungeeignet, aber hier waren Net und ich im Vorteil. Während wir über den Tanzboden jagten und unsere Partnerinnen mal hierhin, mal dorthin wirbelten, konnten wir die Lambrennschwestern einfach hochheben und ihre im Stoff gefesselten Füße befreien ... und gleichzeitig verhindern, dass wir auf ihren Zehen herumstampften.

Man muss Leif zugestehen, dass er seine Unterlegenheit schnell erkannte. Er hielt sich in der Mitte der Tanzfläche und gestattete uns anderen, ihn und Nolda zu umkreisen, während er sie in einer Version des Tanzes führte, die weniger frenetisch als majestätisch ausfiel. Seine Drehungen ließen ihre langen Haare in einem wunderbaren Schauspiel durch die Luft fliegen, und mit häufigen Verbeugungen in ihre Richtung machte er sie zum Mittelpunkt der Aufmerksamkeit. Er stellte sie dem ganzen Saal auf das Vorteilhafteste zur Schau, während wir anderen zu flinken Fischen in einem Ozean von Weiß wurden.

Ich bewunderte seine schnelle Auffassungsgabe, aber zugleich bedauerte ich ihn auch, denn Net, Rauns und ich amüsierten uns königlich. Es dauerte nicht lange, bis die Musik mich völlig in ihren Bann geschlagen hatte. Alle Sorgen, die ich mir wegen dieses Abends und seiner Bedeutung gemacht hatte, verblassten. Mein Gelächter mischte sich mit dem der anderen und durch die

Ohren drang es wieder in mein Inneres und füllte mein Herz.

Was mich betraf, war das Glück viel zu schnell vorbei. Marie hatte meine unbeholfene Führung gut überstanden und lächelte mir sogar zu, als ich mich vor ihr verbeugte. Net und ich bedankten uns mit einem Nicken, als die Zwillinge vor uns knicksten, dann brachten wir sie zurück zu den Freundinnen, aus deren Mitte wir sie zum Tanz geholt hatten. Die anderen Mädchen drängten sich sogleich um sie und schirmten sie mit einer Wand aus Gekicher von der Musik ab, die aus unerfindlichen Gründen meine Wangen heiß werden ließ.

Net schlug mir auf den Rücken. »Tanzt gar nicht schlecht, diese Matilda.«

»Danke für die Hilfe, den Frieden zu wahren.«

»Ach, und ich dachte, wir hätten getanzt.« Net schmunzelte mich an, dann rieb er sich das Kinn. »Wenn du willst, wüsste ich noch zwei andere Mädchen, die Tochter meines Meisters und ihre Freundin, die wir ein bisschen über den Boden schwenken könnten.«

»Hört sich nach einem gerechten Tausch an.«

Wir drehten uns zu der Mädchengruppe um, in deren Richtung Net schon zuvor geblickt hatte, und setzten uns in Bewegung, aber Rauns holte uns ein und Leif schnitt uns den Weg ab. »Wohin des Wegs?«

Ich fixierte ihn mit bohrendem Blick. »Das hier ist immerhin ein Ball, also gehen wir uns amüsieren.«

»O Tarrant. Und ich hatte solche Hoffnung in dich gesetzt.« Leif schüttelte traurig den Kopf. »Das hier ist kein Ball, es ist eine Viehauktion. Wir werden abgeschätzt und ausgewählt.«

Ich zog die Nase kraus. »Die Bezeichnung ›Viehauktion‹ behagt mir nicht gerade.«

»Mir auch nicht, mein Bester, aber zumindest haben wir ein Gebot erhalten.« Leif hielt ein einmal gefaltetes Stück Papier hoch. »Gerade hat man mir das hier überbracht.«

Ich nahm ihm das Blatt aus der Hand und öffnete es. Da ich mir nicht sicher war, ob Net lesen konnte, las ich es halblaut vor. »Euer Auftreten und Feuer sind beeindruckend. Um Mitternacht im Westgarten, am nördlichen Tor.«

Net strich sich mit der Hand durchs rote Haar. »Hört sich wie eine Einladung an, uns eine Tracht Prügel abzuholen.«

»Kaum, mein riesenhafter Freund.« Leif nahm die Nachricht wieder an sich. »Wir sind eingeladen, einen Blick in die Zukunft zu werfen. Und ich habe das Gefühl, dass uns sehr gefallen wird, was wir da sehen werden.«

Kapitel Vier

Der Vollmond schaute unbekümmert auf uns herab, als wir am Nordtor des Gartens standen und warteten. In seinem Licht glänzte Leifs Kostüm und ließ ihn aussehen wie ein herausgeputztes Gespenst. Rauns sah sich alle paar Sekunden zur düster hinter uns aufragenden Silhouette des Senatspalasts um und ärgerte sich stumm darüber, dass ihm diese Einladung einen Strich durch seine Pläne gemacht hatte, den Abend mit Linzi Hutter zu beenden. Ich setzte mich auf eine der Granitbänke und schnupperte an den nachtblühenden Yismynblüten.

Net scharrte mit den Füßen und tigerte nervös über den Marmorkies auf dem sanften Bogen des Gartenwegs, hin und her, immer zwischen Leif und dem Tor. Wir hatten ihm alle versichert, dass mit der Botschaft, die Leif erhalten hatte, auch er gemeint gewesen war.

Net hatte erwidert: »Ein Dreizack hat nur drei Zinken.«

»Aber außerdem hat er auch noch einen Schaft, der größer ist als alle drei Zinken, und das beschreibt dich, Net.« Ich hatte ihm auf den Arm geklopft und war erstaunt gewesen, wie hart die Muskeln waren, die ich fühlte. »Du sollst uns wirklich begleiten.«

Leif hatte mir zugestimmt. »Komm schon, alter Junge, glaubst du ernsthaft, ich würde mich in einer solchen Angelegenheit irren? Die Einladung galt meinen Begleitern, und dazu gehörst auch du. Du hast dich mit einer der gefürchteten Lambrennschwestern aufs Parkett gewagt … Das beweist, wie tapfer du bist.«

Net hatte das Gesicht verzogen. »Ich mag keine Einladungen ohne Absender.«

Aus Leifs Kehle war ein melodisches Lachen aufgestiegen. »Aber gerade das ist doch der Reiz dieses Tages, Net. Das Geheimnis, das alles umgibt. Sieh dir die Zuschauer an, sicher in ihrer Anonymität, alle gehüllt in rote Geheimhaltung. Du weißt, warum sie gerade rot tragen, oder? Es ist der Farbe des Blutes und die Farbe des Lebens. Es betont ihre Wichtigkeit und zeigt, dass sie die Macht haben, unser Leben zu formen oder zu vernichten.« Dann hatte er die Stimme gesenkt, und wir waren gezwungen gewesen, uns zu ihm hinunter zu beugen, um seine nächsten Worte zu hören. »Der Mann, der dem Kämmerer diese Notiz überreicht hat, hatte eine militärische Haltung. Selbst die Schrift entspricht der, die Offiziere lernen, damit sie ihre Befehle deutlich lesbar abfassen. Wir haben gezeigt, dass wir verstanden haben, worum es geht. Wir haben uns nicht betrunken, sondern nur getanzt, und damit bewiesen, dass wir uns beherrschen können. Wir sind auf der Gewinnerstraße, alle vier, Zinken und Schaft.«

Im Garten hatte Leif sich auf dem Weg postiert, um Net am Abhauen zu hindern. Meiner Ansicht nach fesselte Net Leif, weil er ganz offensichtlich keine Angst vor ihm hatte und es ihm auch sichtlich gleichgültig war, ob er den Sohn des höchsten Adligen der Stadt beleidigte. Stattdessen schien Net vor allem Angst zu haben, sich irgendwie seinen Traum zu verbauen. Hier bei uns angetroffen zu werden, ohne eingeladen worden zu sein, hätte ganz sicher diese Wirkung gehabt, aber ebenso hätte es ihn zum Scheitern verurteilt, sich aus dem Staub zu machen, falls er doch hierher bestellt war. Er pendelte zwischen diesen beiden Möglichkeiten hin und her, und nur die Tatsache, dass Leif ihm den Rückweg abgeschnitten hatte, zwang ihn, bei uns zu bleiben.

Was, dem gelegentlichen Lächeln nach zu schließen,

das sich auf seinem vom Mondlicht angestrahlten Gesicht zeigte, wohl im Grunde auch seinen Wünschen entsprach.

Das Nordtor gehörte nicht gerade zu den Sehenswürdigkeiten des Gartens. Es handelte sich um eine kleine, eisenbeschlagene Eichentür in einem gemauerten Torbogen. Efeu bedeckte die Mauer zu beiden Seiten und einzelne Ranken erstreckten sich zum Tor hin. Von dieser Seite hatte ich es noch nie gesehen, und ich konnte mich auch nicht erinnern, es jemals bewusst wahrgenommen zu haben, wenn ich die Hochstraße entlanggegangen war.

Die Grillen wetteiferten mit dem Knirschen der Steine unter Nets Schritten, bis Leif plötzlich zischte: »Still. Hört ihr's?«

Zunächst hörte ich gar nichts, dann drang von der anderen Seite der Mauer der dumpfe Klang von Pferdehufen auf Kopfsteinpflaster an mein Ohr, und das gelegentliche Quietschen einer Kutschenachse. Die Hufschläge hätten eigentlich laut und klar durch die Nacht hallen müssen, also hatte man den Pferden vermutlich Stoffstreifen um die Hufe gebunden. Ich bekam eine Gänsehaut.

Net starrte auf das Tor, als versuche er zu erkennen, was dahinter auf uns wartete. »Gefällt mir ganz und gar nicht.«

»Gehört alles zum Spiel, bester Junge.« Leif versuchte, unbeschwert zu klingen, aber zugleich wischte er sich die Hände an der Jacke trocken.

Ich stand auf, als ein Schlüssel im Torschloss knirschte. Efeublätter schlugen glänzend im Mondschein, als die Tür sich gegen den Zug der Ranken nach außen öffnete. Von meinem Standort aus konnte ich nichts erkennen, aber Net schwenkte den Kopf, dann nickte er. Er zeigte mir zwei Finger.

Ich grinste. *Kluger Kopf. Er kann zwei Leute sehen, aber sie brauchen nicht zu wissen, dass sie entdeckt sind.*

Eine leise, heisere Stimme bellte einen Befehl. »Bewegung, alle vier. Wir haben keine Zeit zu verlieren.«

Leif strahlte Net an, dann schlenderte er durch das Tor, als handele es sich um einen Sommerspaziergang. Rauns folgte ihm und musste den Kopf einziehen, um durch die Türöffnung zu kommen. Net war gezwungen, sich zu ducken und die Schultern seitlich zu drehen. Ich ließ ihn vor, damit er keine Entschuldigung hatte, sich doch noch zu verdrücken. Als ich auch auf der Straße war, hörte ich die Tür hinter mir ins Schloss fallen.

Die Kutsche, die ich hatte anrollen hören, war ein großer Kasten auf Rädern, von der Art, die Kesselflickern und Kaufleuten, die durch das Hinterland ziehen, als Wohnung und Laden zugleich dient. Ich stellte fest, dass die Hufe der angespannten Pferde tatsächlich mit Stofflappen umwickelt waren, ebenso wie die mit Eisen beschlagenen Räder. Die Kutsche besaß keine erkennbaren Fenster, und die Tür sah ich erst, als ich die Rückseite erreichte. Die Scharniere der Tür befanden sich an der Unterkante, und sie diente zugleich als Rampe, über die man ins Innere des Wagens gelangte. Zwei Maskierte, zusätzlich durch Kapuzen in Schatten gehüllt, führten uns die Rampe hoch. Als wir im Innern der Kutsche waren, schlossen sie, wie nicht anders zu erwarten, die Tür und schnitten alles von der Straße hereinfallende Licht ab, bevor ich allzu viel vom Inneren gesehen hatte.

Das wenige, das ich erkennen konnte, war ziemlich nichtssagend. An den Seitenwänden standen zwei gepolsterte Sitzbänke, aber davon abgesehen schien die Kutsche leer. Es gab ein kleines Fenster oben in der Vorderwand, durch das man mit dem Kutscher sprechen konnte, aber das war mit einer Klappe verschlossen. Nachdem die Rampe geschlossen war, hörte ich einen Riegel herabfallen. Jemand schlug mit der Hand gegen den Wagen, dann fuhren wir mit einem heftigen Ruck los, der mich zu Boden stürzen ließ.

»Wirklich, Valkener, du wirst noch Zeit genug haben, dich bei mir dafür zu bedanken, dass ich dich an diesem Abenteuer teilhaben lasse. Es ist nicht nötig, dass du dich mir jetzt schon zu Füßen wirfst …«

Ich stützte mich mit meinem ganzen Gewicht auf Leifs Oberschenkel, als ich aufstand. »Ich möchte auf keinen Fall den Eindruck erwecken, undankbar zu sein, Leif.«

»Das merke ich«, zischte er schmerzverzerrt und gab mir einen Stoß. Ich stolperte auf Rauns' Schoß, dann rutschte ich nach links ab auf die freie Bankhälfte gegenüber von Net. »Ist das nicht ein interessanter Beginn für unser Abenteuer, meine Herren?«

Ich drehte mich um und lehnte mich mit dem Rücken an die Rückwand der Kutsche. »Ich bin mir ziemlich sicher, dass Rauns Linzis warme Küsse diesem kalten Kasten vorziehen würde.«

»Ich werde mich einfach mutig der Gefahr stellen, Tarrant, und mich auf meine Belohnung freuen.«

»So ist es recht.« Leifs Tonfall verlor etwas von seiner Wärme. »Was meinst du, Net?«

»Weiß nicht, was ich davon halten soll.« Net schniefte zweimal. »Wenn wir so weiter rasen, sind wir bald raus aus der Stadt.«

Ich nickte. Die Kutsche bewegte sich in ziemlich gerader Richtung. Die wenigen Kurven, die ich bisher bemerkt hatte, waren die Biegungen der Hochstraße auf dem Weg zum Westtor. Um diese späte Zeit war kaum mit Verkehr zu rechnen, und wenn man plante, uns aus der Stadt zu bringen, besaßen die Führer dieser Kutsche ohne Zweifel auch die nötige Autorität, das Stadttor zu passieren, ohne anzuhalten. »Wenn wir weiter nach Westen fahren, sind wir schnell im Wald. Hat einer von euch eine Idee, was sie mit uns vorhaben?«

»Mein lieber Junge, um irgendeine Vorstellung davon zu haben, was man mit uns vorhat, müssten wir über Kenntnisse verfügen, die uns nicht zustehen.« Leif lachte sorglos. »Ich könnte natürlich darüber *spekulieren,* was uns erwartet, wenn du das möchtest.«

Ich war entschlossen, ihm diesen Triumph nicht zu gönnen, aber dann traf eines der Kutschenräder ein Schlagloch, ich wurde hochgeschleudert und landete so hart auf dem Hintern, dass mir unwillkürlich ein Schmerzenslaut entfuhr.

»Oh, einen Preis für den Wolfskläffer. Das war großartig getroffen.«

»Würdest du es denjenigen unter uns, die nicht so flüssig Wolf können wie Tarrant, bitte erklären, Leif?«

»Es ist nicht weiter schwierig, Rauns. Man wird uns tief in den Wald bringen und irgendwo absetzen, von wo aus wir aus eigener Kraft nach Hause finden müssen. Die Reise wird uns zwingen zusammenzuarbeiten, um zu überleben, und all unser Können erfordern. Wir werden uns zum Beispiel Wasser und Nahrung suchen müssen, all das Zeug. Es wird bestimmt ein lustiger Ausflug.«

Ich kniff die Augen zusammen. »Du hast das alles schon vorher gewusst, richtig?«

»Gewusst? Nein.«

Ich beugte mich vor. »Und wie kommt es dann, dass du ausgerechnet heute Abend ein Jackett trägst, das warm genug ist, um damit zwei Nächte im Wald zu verbringen?«

»Nun, ich hatte möglicherweise eine Ahnung, dass eine warme Jacke nicht schaden könnte, aber du übertreibst.« Leif schlug gegen die Kutschenwand. »Diese Kutsche kommt zweimal so schnell voran wie ein Fußgänger, möglicherweise sogar dreimal so schnell. Ich habe zwar kein Zeitgefühl …«

»Das stimmt«, knurrte Rauns. »Deswegen schaffst du es auch grundsätzlich, zu spät zu kommen.«

»Aber davon einmal völlig abgesehen, Rauns, werden du oder Valkener oder sogar unser neuer Freund hier, sobald man uns abgesetzt hat, mit einem Blick zum Mond feststellen, wie lange wir unterwegs waren. Ich würde meinen, dass wir bestenfalls acht Stunden Fußmarsch vor uns haben.«

»Hast du das ganz allein ausgerechnet?«

»So ist es, Net.« Leif kicherte uns aus seiner Ecke der Kutsche zu. »Natürlich hat mir dabei das Wissen geholfen, dass mein Vater morgen ein Essen zu meinen Ehren – unseren Ehren – gibt. Und er hätte die Einladungen nicht verschickt, wenn er damit rechnen müsste, dass ich mich verspäte. Oder mich mehr als üblich verspäte.«

»Gefällt mir alles gar nicht.« Ein Donnerschlag krachte durch die Kutsche: Net hatte mit der Faust gegen die Wand geschlagen. »Du hättest uns warnen sollen.«

»Meine lieben Freunde, habe ich euch etwa nicht davon abgeraten, dem Wein zu stark zuzusprechen, sodass ihr dieses Abenteuer mit klarem Kopf antreten könnt? Ich habe euch gewarnt. Ohne mich wärt ihr jetzt alle drei im Vollrausch.«

»Ich muss im Vollrausch gewesen sein, dass ich mich darauf eingelassen habe«, knurrte ich wütend. »Hättest du uns einen Tipp gegeben, hätten wir mehr gegessen, Leif. Wir hätten uns Käse in die Tasche stecken können …«

»Wir hätten dir Brot in … die Hose stopfen können.«

»Tsk, tsk, was für ein undankbarer Haufen. Seht euch vor, meine Freunde, oder ich führe euch nicht zurück nach Valsina.«

»Ich find meinen eigenen Weg. Ich brauch deine Hilfe nicht, Leif.«

»Und ihr zwei, nehmt ihr auch den Net-Weg?«

»Ich finde, wir sollten uns alle ein wenig entspannen. Erinnert ihr euch an die Sache mit den Zinken und dem Schaft?« Rauns' energische Stimme schnitt durch die Anspannung. »Wenn man uns zu viert dort hinausschafft, dann stehen uns vermutlich ein paar Herausforderungen bevor, die wir nur gemeinsam schaffen können. Valkener,

Leif und ich haben schon Zeit in der Wildnis verbracht, wenn wir auf der Jagd waren. Wie sieht es mit deiner Erfahrung aus, Net?«

»Hab meine Zeit als Holzfäller verbracht.« Er verstummte kurz, dann sprach er weiter. »Meine Mutter, sie stellt Heiltränke her, dadurch kenn ich mich ein wenig mit ein paar Pflanzen aus, Wurzeln und Beeren.«

»Gut, das ist eine Fähigkeit, die uns dreien fehlt.« Rauns gähnte. »Ich weiß ja nicht, wie es mit euch steht, aber ich habe einen langen Tag hinter mir. Es wird sicher nicht leicht werden, in diesem Wagen einzuschlafen, aber wir sollten es dennoch versuchen. Wenn Leif Recht hat, und es sieht ganz danach aus, steht uns morgen ein noch längerer Tag bevor.«

»Nun, meine werten Mitreisenden, ich kann mich dieser Einschätzung nur anschließen. Wer weiß, vielleicht finde ich im Traum eine Möglichkeit für unsere stilgerechte Rückkehr. Das wäre doch was, oder?«

Ich schüttelte den Kopf. »Das wäre es wirklich, Leif, aber ich überlasse dir das Träumen. Ich befürchte, dieser Ausflug wird eher eine Übung in handfester Realität.«

Ich versuchte wach zu bleiben, aber schließlich holten die Anstrengungen des Tages mich doch ein, und ich nickte weg. Kurz zuvor waren wir, soweit ich das feststellen konnte, in südwestliche Richtung abgebogen und schienen das Vorgebirge Bokaguls erreicht zu haben. Aber das war das Letzte, woran ich mich erinnerte, bevor die Kutsche anhielt und kalte Luft durch die offene Tür drang.

Ich wälzte mich von der Bank und ging die Rampe hinunter. Mit einem Gähnen nickte ich den beiden Männern zu, die auf der mondhellen Waldstraße standen. Nach dem Stand des Mondes waren wir fast drei Stunden unterwegs gewesen, und mit dem Sonnenaufgang war in weiteren drei Stunden zu rechnen.

Als ich von der Rampe trat, warf ich die Arme zur Seite, um mich zu strecken. Eine der Kapuzengestalten kam näher und versetzte mir einen herzhaften Stoß in die Seite. Ich stolperte von der Straße und versuchte, auf den Beinen zu bleiben. Aber nach ein paar Schritten verlor ich den Boden unter den Füßen.

Ich fand mich auf einem Steilhang und brach durch eine Wand aus Dornbüschen bergabwärts. Auf der anderen Seite der Büsche stürzte ich auf die Knie. Beim Aufprall hörte ich einige morsche Zweige brechen, dann rollte ich kopfüber in die Schlucht. Irgendwo brach ich mit dem rechten Oberschenkel einen Schössling ab. Das schleuderte mich zur Seite, sodass ich für den Rest der Strecke mal von diesem Baum abprallte, dann von jenem, bis ich schließlich zwischen den Luftwurzeln einer alten, einzeln stehenden Kiefer landete.

Um mich herum hörte ich meine Begleiter den Berg herabpoltern, und mindestens einer schien, dem Platschen nach zu urteilen, im Wasser gelandet zu sein. Ich versuchte aufzustehen, aber mein rechtes Bein schien der Meinung, dass es für diese Nacht genug geleistet hatte, denn es weigerte sich, mich zu tragen und knickte weg. Ich rutschte mit dem Kopf voraus auf den Bach zu, der durch die Schlucht strömte. Meine Finger gruben sich in kalten Schlamm, sanken aber nicht tief genug ein, um mir ein Bad zu verschaffen.

Ich hörte es wieder platschen, gefolgt von Leifs Gelächter. »Gut, dass ihr kein Brot in meine Sachen gelegt habt. Das wäre jetzt nur noch nasser Brei.«

»Passend zu deinem Hirn.«

»Gut gegeben, Net … gib mir mein Fett, das macht es wett. Dreifacher Reim!«

»Rauns, wo steckst du?« Ich sah mich um und bemerkte nur Leif, der in einer Pfütze saß, und Net, der am Rand des Bachs auf einem Fels kauerte. »Rauns?«

»Hier.« Er kam den Hang hinab. Unterwegs stützte er sich immer wieder an einzelnen Bäumen ab, und er hielt den linken Arm an die Brust gepresst. »Hat sich noch jemand verletzt?«

»Nur mein Stolz.«

»Wird dann wohl eine tödliche Verletzung sein.« Net warf einen kleinen Kiesel in Leifs Richtung. »Ich auch nicht.«

Ich stemmte mich hoch und versuchte, die Beine unter den Leib zu ziehen. Schließlich gelang es mir aufzustehen, aber der rechte Unterschenkel war immer noch ein wenig taub. »Ich brauche nur ein paar Minuten, mich zu erholen. Was ist mit dir, Rauns?«

»Bin auf dem Weg heftig gegen einen Baumstamm geschlagen. Ich befürchte, ich habe mir eine Rippe gebrochen.«

Net stand auf. »Spuckst du Blut?«

»Bis jetzt nicht.«

»Gut.« Net ging auf Rauns zu, dann drehte er ab und brach einen Zweig von einem niedrigen Busch. Er zupfte ihn bis auf das frischeste der fetten, runden Blätter am vorderen Teil des Zweigs kahl und knickte ihn danach um, bis er brach. Anschließend zupfte er auch das letzte Blatt ab und reichte es Rauns zusammen mit dem Zweig.

»Was ist das?«

»Fesyinbann. Ich hab den Zweig so gebrochen wie die Rippe. Press sie aufeinander, gegen den Schmerz. Zerkau das Blatt und behalte es im Mund.«

Ich schnupperte. »Riecht nach Metholanth.«

Rauns nahm das Blatt und steckte es sich in den Mund, winkte den zerbrochenen Zweig aber ab. »Das Blatt reicht.«

Net schob das Kinn vor. »Der Zweig zieht die Schmerzen ab.«

Leif watete laut platschend herüber. »Wie ich sehe, ist unser großer Freund abergläubisch. Meinst du, ich sollte dem Geist dieses Baches dafür danken, dass er mich unverletzt gestoppt hat, Net?«

»Geister sind keine Götter.« Net drückte Rauns den Zweig in die linke Hand und hob sie an dessen Rippen. »Der gebrochene Zweig zieht Schmerz.«

Rauns sah mich an, aber ich zuckte nur die Achseln. »Schaden kann es nicht.«

Rauns nickte. »Es fühlt sich tatsächlich besser an.«

Leif schüttelte sich das nasse Haar aus der Stirn. »Kaum bringt man euch in die Wildnis, und schon werdet ihr alle zu Primitiven. Fürchtet euch nicht, hier entlang geht es in die Zivilisation.«

Rauns folgte ihm. »Meinst du, er weiß, was er tut?«

»Keine Ahnung.« Ich humpelte ihm nach. »Er war immerhin klug genug, sich auszurechnen, was uns bevorstand.«

Net tippte mir von hinten auf die Schulter. »So schlau auch nicht.«

»Wie bitte?« Leif sah sich zu uns um. »Wie kommst du darauf, dass ich nicht so schlau sei?«

»Durch die Schuhe.«

Ich lachte, und für einen Augenblick stimmte Rauns ein, bevor er zischend die Luft durch die Zähne zog und sich die Rippen hielt. »Net hat Recht, Leif. Die Schuhe sind wirklich nicht für einen Fußmarsch zurück nach Valsina geeignet.«

»Vielleicht kennt er ein Mittel gegen Blasen an den Füßen.«

»Zähne zusammenbeißen.« Nets herzhaftes Lachen wärmte mir die Seele. »Das macht Schwielen und stärkt den Charakter.«

»Charakter? Lächerlich! Ich habe genug Charakter für …«

Ein grauenhafter Schrei zerriss die Nacht. Wir antworteten, dann rannten wir in die Richtung, aus der er gekommen war. Net und ich überholten Rauns nach wenigen Metern, aber Leif und Net ließen mich schnell hinter sich. Ich setzte ihnen nach und sah sie einen niedrigen

Hügel hinaufpreschen. Ihre dunklen Silhouetten zeichneten sich vor dem Mond ab, dann taumelte Nets riesige Gestalt nach rechts und sank auf die Knie. Ich sah ihn zucken und seinen Kopf nach unten sinken. Er erbrach sich.

Ich erreichte die Hügelkuppe und blieb neben dem reglosen Leif stehen. Vor uns in einer kleinen Kuhle auf dem Gipfel des Hügels lag ein Mann. Nicht weit entfernt war ein zerfetzter Mantel zu sehen. Der Tote starrte mit unbedecktem Gesicht zum Himmel. Ohne Maske konnten weder Leif noch ich ihn identifizieren. Seine Kleider waren blutgetränkt wie der Boden, auf dem er lag. Im Mondlicht hatten beide dieselbe dunkelrote Farbe.

Ein Schwert lag neben ihm auf dem Boden, der Griff dicht neben dem rechten Oberschenkel. Er hätte es greifen können, wenn er noch gelebt hätte … und noch einen rechten Arm gehabt hätte. Aber beides war nicht der Fall.

Rechts von mir tauchte jetzt auch Rauns auf. »O Götter. Er ist tot, oder?«

»Äußerst tot sogar, im Gegensatz zu dem, was ihn umgebracht hat.« Ich sah meine Begleiter an. »Ich habe das Gefühl, dieser Test unserer Überlebensfähigkeiten ist gerade ein ganzes Stück schwieriger geworden. Die Chancen stehen ausgezeichnet, dass wir uns zu dem Essen morgen gewaltig verspäten.«

Kapitel Fünf

Eine *Verspätung* zum Essen macht mir nichts aus. Aber ich habe keine Lust, das Essen selbst zu *werden.*« Leif bückte sich und hob das Schwert auf. »Valkener, du nimmst dir den Dolch an seinem Gürtel. In seinem Stiefel steckt noch einer für dich, Rauns.«

»Augenblick noch, Leif.« Ich ging hinüber zu Net und kniete mich neben ihn. Er blieb auf allen vieren hocken und zuckte, als ich die linke Hand auf seinen breiten Rücken legte. »Geht's?«

Er drehte mir das Gesicht zu und der Mond raubte seinen Zügen jede Farbe. »Hab noch nie jemanden so zugerichtet gesehen.«

»Das hat keiner von uns.«

Er lachte halb, halb spuckte er. Dünne Speichelfäden rannen aus seinem Mund auf die Tannennadeln am Boden. »So viel zu meiner Bitte um Mut.«

»Ich würde Kedyn nicht ganz so hart beurteilen. Immerhin bist du nur ein, zwei Schritte beiseite gegangen und hast dich übergeben. Wenn du keinen Mut hättest, wärst du möglicherweise schreiend davongerannt.« Ich schob die Hand unter seinen rechten Arm. »Kannst du schon wieder aufstehen? Wisch dir den Mund.«

Net wischte sich mit dem Ärmel über den Mund, spuckte noch zweimal, dann kam er unsicher wieder hoch. Er drehte sich um, warf einen Blick auf die Leiche und hatte Mühe, sich nicht gleich noch einmal zu übergeben. »Danke, Valkener. Es geht wieder.«

Rauns warf mir den Gürtel des Toten zu, komplett mit leerer Schwertscheide und dem noch in der Scheide steckenden Dolch. Ich hängte ihn mir über die rechte Schulter. »Begraben wir ihn?«

»Schätze, wir sollten es wohl.« Rauns nickte und schob den anderen Dolch in seinen Stiefel. »Leif?«

Norderstett, der auf dem Boden kauerte und die Erde untersuchte, packte das Stichblatt des Schwerts und zog sich hoch. »Ich glaube kaum, dass es einen Unterschied macht. Hier gibt es zu wenig Steine. Was immer ihn umgebracht hat, wird keine Mühe haben, ihn wieder auszugraben, gleichgültig, was wir tun.«

»Hast du eine Fährte gefunden?« Ich trat um den Leichnam herum zu der Stelle, an der Laub und Nadeln bis auf den kahlen Erdboden weggekratzt waren. Ich ging in die Hocke und zog die Finger über die drei parallelen Spuren. Ich hatte noch nie etwas Derartiges gesehen. »Was ist das?«

Leifs Silhouette zuckte unbehaglich mit den Schultern. »Ich bin mir nicht sicher, aber mein Vater hat einmal etwas ganz Ähnliches beschrieben.«

»Was glaubst du, ist es?«

»Ein Temeryx.«

Ich sprang auf, und ein kalter Schauder lief mein Rückgrat hinab. »Eine Frostkralle, so weit südlich. Und dann auch noch im Sommer?«

»Mir gefällt der Gedanke genauso wenig wie dir, lieber Valkener, aber es ist ein kühler Sommer.« Leif deutete mit dem Schwert auf die Leiche. »Sieh dir seinen Rücken an. Du wirst dieselben Krallenspuren finden.«

»Aber hier liegen keine Federn. Es kann kein Temeryx gewesen sein.«

Leif schüttelte den Kopf. »Von mir aus, wie du willst. Es war ein wilder Bär, einer mit nur drei Zehen an den Tatzen, der sich an einen Mann angeschlichen, ihn getötet, ihm einen Arm abgerissen hat und dann davongerannt ist, bevor wir hier waren.«

Mein Verstand weigerte sich anzuerkennen, dass eine

Frostkralle hier in Oriosa auftauchen konnte. Weniger, weil das unmöglich gewesen wäre, sondern weil es die Chancen unserer unbeschadeten Heimkehr erheblich verringerte, falls es der Wahrheit entsprach. Natürlich hatte ich noch keine dieser Kreaturen je gesehen, und ohne Zweifel waren die Geschichten übertrieben, die man sich von ihnen erzählte, aber was auch immer diesen Mann getötet hatte, war schnell und lautlos gewesen, und das passte zu der Beschreibung von Temeryxen.

Net stieß mit dem Fuß an den Stiefel des Toten. »Was hat er hier draußen gemacht?«

»Er trägt rot, wie die Zuschauer auf dem Ball.« Rauns hob den Mantel auf und legte ihn sich um die Schultern. »Vielleicht haben sie ihn hier herausgeschickt, damit er uns beobachtet und ihnen Bericht erstattet.«

»Ergibt Sinn.« Ich legte mir den Gürtel um die Hüfte. »Wenn es zurückkommt, um sich einen Nachschlag zu holen, möchte ich so weit weg wie möglich sein.«

Rauns runzelte die Stirn. »Wir können den Leichnam nicht einfach hier liegenlassen, damit diese Bestie ihn auffrisst.«

Net schnaubte. »Ich hab keine Lust, das Fressen einer Frostklaue mitzuschleppen. Und der Mantel ist voll Blut.«

Der Umhang fiel um Rauns' Füße zu Boden. »Danke für den Hinweis.«

»Also, meine Herren, wie es jetzt weitergeht, ist klar. Wir begeben uns auf schnellstem Wege nach Ostnordost.« Leif deutete mit dem Schwert in Richtung Valsina. »Flinken Fußes und wachen Auges.«

Net verschränkte die Arme vor der Brust. »Und du behältst das Schwert ... Du bist also der beste Fechter von uns vieren?«

Rauns schüttelte den Kopf. »Valkener ist besser, ehrlich gesagt.«

»Warum trägt dann Leif das Schwert?«

»Ich habe das Schwert, verehrter Net, weil ich ein

Norderstett bin.« Leifs überraschter Gesichtsausdruck machte deutlich, dass er nicht einmal die entfernteste Ahnung hatte, warum Net hätte denken können, irgendjemand sonst könnte ein Recht haben, es zu führen. »Glaubst du vielleicht, du solltest es bekommen?«

»Nein.« Net ging zu einem umgestürzten Baum und brach sich einen dicken Ast von gut anderthalb Metern Länge ab. »Mir reicht das als Keule. Aber wenn Valkener besser mit dem Schwert ist, sollte er es bekommen.«

Ich hob die Arme. »Soll Leif es behalten. Ich bin vielleicht geschickter damit, aber so schlecht ist er auch nicht. Und wenn man bedenkt, wen er zum Vater hat, wird er vermutlich einiges darüber gehört haben, wie man Frostkrallen tötet, sodass er mehr damit wird ausrichten können.«

Leif breitete die Arme aus. »Sonst noch etwas oder können wir jetzt gehen?«

»Nach Euch, mein Fürst.« Ich winkte Leif vorauszugehen, dann folgte ich ihm. Hinter mir kam Rauns, und Net bildete die Nachhut.

Es war keine der heißen, schwülen Sommernächte, an die ich gewöhnt war, aber auch nicht wirklich kalt. Trotzdem fröstelte ich. Meine linke Hand lag auf dem Heft des Dolchs, bereit, ihn augenblicklich zu ziehen. Meine Ohren lauschten angespannt auf jedes noch so kleine Geräusch, das nicht von unseren Schritten stammte. Der Mond lieferte zwar eine gewisse Helligkeit, aber nicht genug, und auf dem Weg den Nordhang eines Bergs hinunter gerieten wir so tief in den Mondschatten, dass ich Leifs geisterhafte Gestalt kurz vor mir kaum noch wahrnahm.

Unterwegs sagte keiner von uns ein Wort. Ich redete mir ein, dass wir die Frostkralle nicht durch lautes Geplapper auf uns aufmerksam machen wollten. Ich wünschte mir sehnlichst, dass es daran lag, aber ich wusste, es war nicht so. Ich hatte Angst, eine Todesangst sogar, und wollte nicht, dass die anderen es merkten. Ich wusste nicht, ob es ihnen genauso ging, aber ich legte ihr Schweigen als Zeichen dafür aus, dass sie sich der Gefahr sehr bewusst waren, in der wir schwebten.

So sehr ich mich auch anstrengte, ich konnte keinen Temeryx hören, sehen oder riechen. Allerdings hatte ich, unerfahren, wie ich damals noch war, auch keine Chance, ihn zu entdecken. Wir gingen gegen den Wind, sodass ich seinen schweren, muffigen Geruch nicht wahrnehmen konnte. Auf dem Laub, den Nadeln und dem trockenen Geäst machten unsere Schritte genug Lärm, um eine anrückende Reiterei zu übertönen, ganz zu schweigen von Raubtieren, die sich leiser bewegten als fallender Schnee. Und was die Möglichkeit betraf, es zu sehen: Die Frostkralle hatte kein Interesse daran, entdeckt zu werden, bevor sie zuschlug. Ich hätte schon geradewegs durch die Berge hindurchsehen müssen, um sie zu bemerken.

Wir wanderten im Gänsemarsch über einen längs am Berghang verlaufenden Wildpfad, als der Temeryx von oben angriff. Net schrie auf. Ich wirbelte nach rechts und schaute den Hang hinauf. Ich bemerkte eine Bewegung in den Schatten, aber das Biest kam so schnell heran, dass ich es nicht klar erkennen konnte. Es sprang Rauns an, die krallenbesetzten Hinterläufe zum Schlag ausgestreckt. Bevor ich mich ganz umgedreht hatte, hatte es Rauns schon vom Weg gestoßen und jagte seiner sich überschlagenden Gestalt den Hang hinab nach.

Wie soll ich einen Temeryx beschreiben? Von der Spitze der zähnestarrenden Schnauze bis zum Schwanzende ist die gefiederte Bestie drei Meter lang, und aufgerichtet ist sie fast zwei Meter hoch. Ihre Hinterbeine sind nach hinten abgeknickt wie die eines Vogels, und die Vorderbeine entsprechen kleinen Gliedmaßen mit großen, hakenförmigen Krallen, die kaum Kraft haben, aber nützlich sind, um ihre Beute festzuhalten. Die Hinterbeine allerdings sind ungeheuer muskulös, und an den inneren Zehen sitzen riesige Sichelkrallen, die Haut und Muskel schneller durchtrennen als jedes Schwert. Der schmale Kopf weist zwei nach vorne gerichtete Augen und eine lange Schnauze mit scharfen Zahnreihen auf.

Das schwarze Federkleid des Temeryx verbarg ihn in der Nacht ziemlich gut, aber Rauns' Schreie sagten uns, wo er sich befand. Die Bestie beugte sich vor und schnappte nach Rauns' linkem Bein. Dann zuckte ihr Kopf hoch. Die Kreatur zischte Net und mich mit offenem Maul an, als sie uns den Berg hinabpoltern hörte. Ihre Zunge wand sich wie eine Schlange, und das Zischen ließ mir das Blut in den Adern gefrieren, aber ich hatte zu viel Schwung, um anhalten zu können.

Nets Keule traf mit einem Hieb, der dem Temeryx das Maul schloss. Der Schlag schleuderte die Kreatur von Rauns weg und sie stolperte ein, zwei Schritte hangabwärts. Sie wackelte mit dem Kopf und wedelte mit den verkümmerten Vorderbeinen, dann versuchte sie sich nach mir umzudrehen, aber ihr steifer Schwanz prallte gegen einen Baum und blockierte die Bewegung.

Ich warf mich im Hechtsprung auf die Frostkralle, über den wild um sich schlagenden Rauns, und prallte gegen die Flanke der Bestie. Ich schlang den rechten Arm um ihren Hals und hakte die Beine zwischen ihre Schenkel und um ihren Unterleib. Der Dolch in meiner Linken zuckte abwärts und grub sich eine volle Spanne tief in die Brust des Monsters.

Der Temeryx kreischte auf und drehte sich nach rechts, um mich abzuschütteln. Seine kleinen Armklauen fassten meinen rechten Ärmel und zerfetzten den Stoff, als das Biest versuchte, meinen Griff zu lösen. Ich zog den Arm fester und wollte ihm die Luft abschnüren, aber dazu war sein Hals zu muskulös. Der Temeryx warf sich gegen einen Baum und quetschte mein rechtes Bein, doch ich ließ nicht locker, stach und stach und stach zu, bis der

Dolch aus meiner blutverschmierten Hand rutschte und in der Dunkelheit verschwand.

Obwohl bei jeder Bewegung Blut aus seiner Seite spritzte, bäumte sich das Monster immer noch wild unter mir auf. Wenn es mit Schwanz oder Seite gegen einen Baum schlug, zuckte sein ganzer Körper. Der Rücken der Frostkralle bog sich, als sie in die Höhe sprang und steifbeinig aufsetzte, um mir ihr Rückgrat in Brust und Unterleib zu rammen. Mit jeder knochenbrecherischen Landung wurde ich ein Stück höher gestoßen, und unmittelbar danach wirbelte der Temeryx herum und versuchte mich abzuwerfen. Aber ich ließ nicht los, bohrte die Finger meiner linken Hand in das Loch, das mein Dolch zwischen seinen Rippen aufgerissen hatte. Die Knochen bogen sich nach unten und quetschten meine Finger ein, aber ich weigerte mich loszulassen, denn ich wusste, sobald ich weggeschleudert wurde, würde die Bestie sich auf mich stürzen und mich zerfetzen.

Der Monat der Vorfreude vor dem Mittsommer war mir erschienen wie ein ganzes Jahr, aber verglichen mit der Zeit, die ich auf dem Rücken der Frostkralle hing, war er im Bruchteil einer Sekunde vorüber gewesen. Mein rechtes Bein löste sich einen Augenblick, ich war in ernsthafter Gefahr, nach links das Übergewicht zu bekommen. Aber bevor der Temeryx mich abwerfen konnte, verfing sich sein Schwanz wieder in einem Schössling. Seine Vorderkrallen schnitten meinen Unterarm auf. Die Wunden brannten wie Feuer, doch ich konnte den Arm nicht wegziehen. Endlich stolperte der Temeryx und stürzte krachend auf die Seite. Wir lagen so, dass wir den Hang hinauf schauten. Augenblicklich rutschten wir bergab, und mit einer gewaltigen Anstrengung rollte ich das Monster über mich weg. Ich wusste, es konnte nur Sekunden dauern, bis wir gegen einen Baum prallten, und ich hatte kein Bedürfnis, dann zwischen Stamm und Temeryx zu liegen.

Ich klammerte mich krampfhaft weiter fest. Die Glieder der Frostkralle peitschten, und ihre Lungen rangen nach Luft. Ich presste die Knie auf die Brust der Kreatur, und nach ein paar mühsamen Atemzügen gab sie den Kampf auf. Die Finger meiner linken Hand fühlten den starken Herzschlag unregelmäßig werden, flattern und dann ganz ersterben. Aber selbst nach dieser Bestätigung, dass das Monster tot war, wartete ich auf dessen letzte Todeszuckung. Bis Rauns' Schreie das Hämmern meines eigenen Pulsschlags übertönten, weigerte ich mich zu glauben, dass die Kreatur tatsächlich tot war.

Schließlich zog ich die linke Hand aus ihrer Seite und das linke Bein unter ihrem Kadaver vor. Ich rollte mich auf den Rücken, zitterte, wollte mich übergeben. Mein Unterkiefer zitterte und dünne Dampfschwaden stiegen von meiner blutnassen Hand auf. Ich sah zu dem toten Monstrum, dann rutschte ich weiter weg und erhob mich auf Hände und Füße.

Ich kroch den Hang hinauf. Leif und Net hockten über Rauns und warfen keinen Blick in meine Richtung. Ich bin sicher, dass sie glaubten, die Frostkralle hätte mich getötet, und sie würden mich nie wiedersehen. Und überströmt vom meinem eigenen Blut und dem des Temeryx sah ich sicher auch mehr tot als lebendig aus.

Auf halber Höhe schaffte ich es, mich wieder aufzurichten und schleppte mich weiter. Leif bekam fast einen Schlag, als ich eine blutige Hand auf seine Schulter legte. »Es ist tot.«

»Du auch, so wie es aussieht.« Er stand schnell auf und sah den Berg hinunter. Auf seiner Jacke blieb der rote Abdruck meiner Hand zurück. »Du hast es erledigt? Ganz allein hast du es getötet?«

»Ich hatte Hilfe von Net.« Ich sank auf die Knie und blickte auf Rauns. »O Götter. Rauns ist doch nicht tot?«

Net, der an seinen Füßen kniete, schüttelte den Kopf. »Ohnmächtig vor Schmerzen.«

Ich nickte. Zwei Schnittwunden in seiner rechten Seite zeigten, wo der Temeryx ihn bei seinem ersten Angriff getroffen hatte, aber genau wie die Schnitte an meinem Arm waren es nur Fleischwunden. Doch sein linkes Knie war nur noch ein blutiger, zertrümmerter Klumpen. Sein Fuß war auf eine Weise verdreht, die keinen Zweifel daran ließ, dass die Frostkralle Knochen gebrochen und zwischen ihren Kiefern zermalmt hatte. Blut aus den Bisswunden drang durch den Stoff seiner Hose. Net schnitt das Hosenbein mit Rauns' Messer auf und trennte den Stoff dann über der Wunde ab.

Leif starrte auf das zertrümmerte Bein. »Es ist meine Schuld.«

Ich sah zu ihm hoch. »Warum?«

»Ich hatte die Führung. Ich konnte nicht zurück, ihn hat es erwischt. Meine Schuld.« Leifs Augen verengten sich, während er am Daumennagel kaute. »Ich muss es in Ordnung bringen. Ich muss es wieder gutmachen.«

»Du willst es wieder gutmachen, Leif?« Net wischte das Messer an seinem Hemd an. »Der Busch da drüben ist Fesyinbann. Hack einen Ast ab. Das ist ein Anfang.«

Leif gehorchte. Net nahm den Ast und riss die Blätter ab, um sie sich in den Mund zu stopfen. Er brach kleinere Zweige ab und reichte sie uns. »Zerkaut die Blätter und dann packt sie auf seine Wunden.«

Wir gehorchten eilig, und während ich kaute, stellte ich fest, dass meine Schmerzen nachließen. Ich spuckte einen Mund voll zerkauter Blätter in Nets Hände. Er schmierte sie auf die Wunde und ließ uns weiterkauen. Als wir genug für eine Heilpackung beisammen hatten, wickelte er das Bein in den Stoff des zerfetzten Hosenbeins und schnürte den Verband fest. Dann suchte er sich zwei feste Stöcke und riss sich die Ärmel vom Hemd. Damit befestigte er die Schienen über und unter dem Knie an Rauns' Bein.

Ich holte mir neues Metholanth und kaute darauf

herum, um die Schnittwunden an meinem Unterarm zu versorgen. Dann verband ich sie mit den Fetzen, die von meinem rechten Hemdsärmel noch übrig waren. Als ich damit fertig war, sah ich mich nach Leif um. Er kam gerade den Hang wieder herauf, nachdem er offensichtlich am Kadaver des Temeryx gewesen war. Er nickte mir zu und warf vor uns auf den Boden, was er mitgebracht hatte.

Er hatte dem Temeryx alle vier Tatzen abgehackt und ein halbes Dutzend Zähne herausgebrochen. Außerdem hatte er ihm ein ansehnliches Stück Haut abgerissen. Er stieß das Schwert in den Haufen, kniete sich hin und knöpfte das Jackett auf. »Hier ist der Plan, Herrschaften.« Er zog die Jacke aus und legte sie über Rauns' Brust. »Ihr beide baut eine Trage oder Schleppe, um Rauns zu transportieren.«

Net runzelte die Stirn. »Und du …?«

Leif stand schwerfällig auf. »Ich renne nach Valsina, um Hilfe zu holen.« Er hob die Hand, um Nets Protest abzuwehren. »Frag Valkener, wer von uns die größte Ausdauer hat und am längsten laufen kann. Das Schwert bleibt hier bei Valkener, für den Fall, dass noch eine dieser Kreaturen hier herumläuft. Ich würde Valkeners Dolch mitnehmen, aber der ist verschwunden.«

Ich nickte. »Tut mir Leid. Aber es ergibt Sinn, wenn du vorausläufst. Ich will deine Heilkünste nicht madig machen, Net, aber Rauns braucht ernsthaft Hilfe.«

»Stimmt schon. Aber eines ist falsch.«

Leif sah ihn fragend an. »Und das wäre?«

Net drehte den Stiefeldolch um und hielt Leif den Griff hin. »Mir reicht die Keule. Nimm du ihn.«

Leifs Hand schloss sich um den Griff. »Danke. Ich bringe Hilfe, versprochen, und schnell.« Er hob die Hand zur Stirn, um sich von uns zu verabschieden, dann beugte er sich noch einmal zu Boden und hob eine der Hinterbeinkrallen des Temeryx auf. »Wenn sie das hier sehen, werden sie schneller kommen. Haltet euch Ostnordost.

Ich werde meinen Weg markieren, damit ich zurückfinde.«

»Lauf, Leif. Mögen die Götter deinen Weg verkürzen.« Ich stand auf, zog das Schwert aus dem Boden und schob es in die leere Scheide an meinem Gürtel. »Sieh dich vor Frostkrallen vor.«

»Ha«, lachte er im Aufbrechen. »Ich bin ein Norderstett. Sie sollten sich besser vor mir hüten.«

Ich sah ihm nach, wie er durch das Gebüsch brach, bis die Dunkelheit ihn verschlang und das Geräusch seiner Schritte verklang. »Meinst du, wir sehen ihn wieder?«

»Wenn nicht, machen noch mehr Frostkrallen die Gegend unsicher, und dann wird uns wahrscheinlich auch niemand wiedersehen.« Net zuckte die Schultern. »Egal. Sich darüber den Kopf zu zerbrechen, bringt Rauns nicht in die Stadt.«

»Gutes Argument.« Ich grinste ihn an und wir machten uns daran, Rauns nach Hause zu schaffen.

Kapitel Sechs

Aus zwei kräftigen Schösslingen, die wir mit dem Schwert abhackten, bauten wir eine Schleppbahre. Dazu mussten wir den Temeryx zerstückeln, ihm das Fell abziehen und die langen Sehnen abtrennen, die an der Rückseite seiner Beine verliefen und den Schwanz versteiften. Mit den Sehnen banden wir die Kiefernzweige zwischen die Schösslinge, die uns als Rahmenstangen dienten. Dann legten wir das Temeryxfell darauf, die gefiederte Seite nach oben. Wir hoben Rauns auf die Bahre, banden ihn mit seinem Gürtel fest und fabrizierten aus unseren Gürteln und dem Schwertgurt ein Geschirr, mit dem einer von uns die Bahre hinter sich herziehen konnte.

Net schlüpfte als Erster in den Riemen und ich ging voraus, Leifs Markierungen nach. Er hatte einen einfachen Weg gewählt und dabei offensichtlich berücksichtigt, dass wir Rauns transportieren mussten. Der Weg wand sich durch die Täler zwischen den Bergen und gab uns Gelegenheit, etwaige weitere Temeryxen rechtzeitig kommen zu sehen … jedenfalls, nachdem die Sonne aufgegangen war. An anderen Stellen, wo die Bäume weit genug auseinander standen, um uns durchzulassen, führte der Weg uns durch Waldstücke, in denen die steifschwänzigen Bestien Probleme gehabt hätten, sich frei zu bewegen.

Ich sah mich zu Net um. »Du brauchst es nur zu sagen, wenn ich übernehmen soll.«

»Ich pack es noch ein Stück länger.« Er strich sich mit der Hand über die Stirn und hinterließ eine Schmutzspur im Schweiß auf seiner Haut. »Ich dachte, du wärst tot, als du den Temeryx angegriffen hast.«

»Ich auch, aber ich hatte keine andere Wahl.«

»Es gibt immer eine Wahl. Er hatte seine Mahlzeit. Wir hätten weiterziehen können.«

Ich wirbelte auf dem Absatz herum. »Seine Mahlzeit war Rauns, und ich konnte ihn nicht einfach zurücklassen. Und du hättest es genauso wenig getan, gleichgültig, was du jetzt sagst. Du hast die Frostkralle angegriffen, bevor ich es tat.«

»Erstaunlich, was blinde Panik möglich macht. Freut mich, dass du der Nächste in der Reihe warst und nicht Leif.«

Ich ging weiter. »Wenn Leif an meiner Stelle gewesen wäre, hätte er dem Temeryx auch nachgesetzt. Leif kann … nervtötend sein, aber an Mut fehlt es ihm sicher nicht.«

»Hab ich auch nicht behauptet, Valkener.« Er grunzte, als der Boden anstieg. »Er hätte mit dem Schwert gekämpft. Falsche Waffe. Man muss aus der Nähe angreifen, wie du, mit dem Dolch, oder aus größerer Entfernung, mit der Lanze.«

»Das ist eine beachtliche Einsicht.« Aus nächster Nähe konnte der Temeryx seine erschreckende Bewaffnung nicht wirkungsvoll einsetzen, und auf einer Lanze oder Pike aufgespießt, war er zu weit von seinem Jäger entfernt, um ihm zu schaden. Aber auf mittlere Entfernung, wie Leif es mit dem Schwert gewesen wäre, hätte die Kreatur ihn anspringen können, und selbst wenn es ihm gelungen wäre, sie mit seinem Schwert zu durchbohren, hätte die Bestie ihn mit ihren Krallen zerfleischt. »Natürlich wäre ich gar nicht dicht genug herangekommen, wenn du ihn nicht mit deinem Keulenhieb benommen gemacht hättest.«

»Ich hab ihn gut erwischt«, schmunzelte Net. »Vielleicht hab ich nächstes Mal was Kräftigeres als ein Stück morsches Holz.«

»Du wünschst dir ein nächstes Mal?«

»Nö, aber das heißt nicht, dass es keins geben wird.«

Das gab mir zu denken, während wir schweigend weiterzogen. Net überließ mir die Bahre bis zum Schluss nicht, aber wenn wir einen Bach überquerten, hob ich das hintere Ende aus dem Wasser. Es reichte nie höher als bis zu den Knien, sodass es kein Problem darstellte, Rauns trocken zu halten. Aber das Wasser war eiskalt, und wir brauchten die Anstrengung des Marschs, um uns warm zu halten.

Bei Sonnenaufgang waren wir drei Meilen näher an Valsina. Die Sonne füllte den Himmel im Osten mit blutrotem Licht, und Rauns war noch nicht wieder aufgewacht. Das machte mir Sorgen, aber Net beruhigte mich, dass dafür die Fesyinbannverbände verantwortlich waren. Angesichts der Schmerzen, die ihn gepeinigt hatten, als er wach war, war es wohl auch das Beste, dass er schlief. Aber das Morgenlicht zeigte einen gräulichen Schimmer auf seiner Haut. Außerdem fieberte er. Net tränkte etwas Moos in einem Bach, wickelte es in einen Ärmel von Leifs Mantel und legte es Rauns zur Kühlung auf die Stirn.

Zwei Meilen später fand uns die Rettungsmannschaft. Ein Teil war beritten, aber die meisten waren zu Fuß und über die Straße gekommen, auf der die Kutsche uns in den Wald gebracht hatte. Leif hatte sein Hemd an der Seite der Holzfällerstraße um einen Baum gebunden, wo sein Weg sie gekreuzt hatte, und war danach weiter querfeldein gelaufen, um die Strecke zu verkürzen. Die Retter hatten drei Kutschen dabei, die auf der Straße warteten, um sie und vermutlich auch uns zurück in die Stadt zu bringen. Außerdem hatten sie eine Kette Reservepferde mitgebracht.

Einer von Baron Norderstetts Jägern, ganz in grünes Leder gekleidet, fand uns als Erster. Er gab mit seinem kleinen Messinghorn Zeichen, dann zog er einen Tornister vom Rücken und holte eine silberne Feldflasche heraus. Er bot sie mir an, und ich schnupperte erst, bevor ich trank. Ich nahm nur einen kleinen Schluck, trotzdem war es ein wunderbares Gefühl, als der Branntwein sich den Weg durch die Kehle bahnte und mich von innen aufwärmte.

Ich wischte mir mit dem Handrücken den Mund und gab die Feldflasche an Net weiter. »Branntwein.«

Net setzte die Flasche an den Kopf und nahm einen tiefen Schluck. Dann traten seine Augen vor. Er senkte ruckartig den Kopf und schluckte, hustete mehrmals und wischte sich die Tränen weg. Anschließend starrte er mich aus grünen Augen an und flüsterte heiser: »Du wolltest sagen, *echter* Branntwein.«

»Stimmt.«

Er drehte den Kopf und sah nach Osten, als sich lauter Hufschlag näherte. Ein prächtiger schwarzer Hengst kam über den Berg und schleuderte Erdklumpen und rostrote Tannennadeln davon, wo seine Hufe sich in die Erde gruben. Zaumzeug und Sattel waren aus schwarzem Leder mit silbernen Beschlägen, und dasselbe galt für Sattelscheide und Köcher an der linken Schulter des Pferdes.

Auf dem Rücken des Rappen saß ein großer, hagerer Mann mit durchdringenden braunen Augen. Er trug eine Kapuze aus grünem Leder, passend zur Farbe seiner Maske. Die Maske war mit zahlreichen Bändern geschmückt, und über den Sichtschlitzen hingen wie Augenbrauen zwei Temeryxkrallen. Sein Mund war ein grimmiger, dünnlippiger Strich, und er musterte uns müde, zerschundene und verschwitzte Gestalten eingehend.

Ich sank augenblicklich auf ein Knie und beugte den Kopf. Ich warf Net einen schnellen Blick zu, dann forderte ich ihn mit einer schnellen Handbewegung auf, meinem Beispiel zu folgen. Nachdem er es getan hatte, wartete ich gebeugten Hauptes darauf, dass der Reiter uns ansprach.

Das Sattelleder knarrte, als der Mann abstieg. Sein Hengst schnaubte und schüttelte unter Klimpern des Zaumzeugs den Kopf. Zweige knackten unter den Stiefeln des Reiters, dann blieb er vor mir stehen, und ich fühlte seine behandschuhten Hände auf meinen Schultern. »Erhebe dich, Tarrant Valkener. Heute gibt es keinen Grund für dich, vor mir das Knie zu beugen.«

»Mein Fürst Norderstett ist zu gnädig.« Ich stand langsam auf, trat zurück und legte die linke Hand auf Nets Schulter. »Das ist Nethard Hauer.«

»Erhebe dich, Nethard Hauer. Ihr beide habt hier Großes geleistet.«

Ich schüttelte den Kopf. »Nicht mehr als Leif ... Boleif geleistet hat, als er Hilfe holte. Diese Strecke ...«

Baron Norderstett hob einen Finger und unterbrach mich. »Ich weiß sehr wohl, was mein Sohn geleistet hat, und ich bin sehr stolz auf ihn, aber ihr beide ... Mein Sohn sagt mir, dass ihr mit nicht mehr als einem Stock und einem Dolch bewaffnet einen Temeryx angegriffen habt. Und dazu noch in der Dunkelheit.«

Net scharrte unbehaglich mit den Füßen. »Wäre es hell gewesen, mein Fürst, hätte es vielleicht anders ausgesehen.«

»Nach meiner Erfahrung, Meister Hauer, wagen nur sehr wenige des Nachts den Kampf mit Schrecken, vor denen sie tagsüber fliehen.« Er drehte sich um und griff nach den Zügeln seines Rosses. »Ihr beide kommt mit mir. Wir haben Pferde für euch, oder wenn ihr wollt, könnt ihr auch in der Kutsche fahren. Wir haben sogar ein Pferd dabei, das groß genug für Euch ist, Meister Hauer.«

Net runzelte die Stirn. »Aber Rauns ...«

Norderstett drehte sich um und lächelte. »Meine Leute kümmern sich um ihn. Sandes!«

Der Jäger, der uns gefunden hatte, kniete neben Rauns. Jetzt sah er hoch. »Ja, mein Fürst?«

»Bring er Meister Spilfair zur Kutsche. Die Trage kann

er hier lassen, aber das Fell und die anderen Teile, die sie dem Temeryx entfernt haben, bringe er mit. Wir werden sie noch benötigen.«

»Wie mein Fürst befiehlt.«

Andere Jäger, die das Hornsignal alarmiert hatte, rannten heran. Net streifte das Behelfsgeschirr ab und trat links neben mich, sodass ich zwischen ihm und Leifs Vater stand. Ich kannte Baron Norderstett seit frühester Jugend, sowohl als Leifs Vater wie auch als Herrn meines Vaters, und der neigte bei allem, was Baron Norderstett betraf, zu strengster Förmlichkeit. Der Baron selbst war in dieser Hinsicht etwas weniger strikt. Seine Einladung, ihn zu begleiten, überraschte mich nicht, aber es war ungewöhnlich, dass er nicht wieder aufsaß und uns wie die unerfahrenen Mondmaskenträger behandelte, die wir ja nun einmal waren. Und wenn er mit uns sprach, wurde seine Stimme warm und freundlich, als wären wir eher seine Freunde als die seines Sohnes.

»Das Fell, das ihr da erbeutet habt: Seine Federn sind schwarz. Ich habe von schwarzen Temeryxen erzählen hören, aber selbst noch nie einen gesehen.« Er strich sich mit der linken Hand das Kinn. »Vielleicht war es noch ein Nestling, allerdings ist das Fell das eines Erwachsenen. Oder möglicherweise haben sie unterschiedliche Gefieder für Sommer und Winter, mit einer Mauserperiode zwischen den Jahreszeiten.«

Ich nickte. »Das halte ich für denkbar, mein Fürst.«

Norderstett warf den Kopf in den Nacken und lachte. »Sehr gut, Valkener. Man sollte keine Meinung äußern, die man nicht auch wirklich hat. Dein Vater hat dich gut erzogen. Und was sagst du, Meister Carver?«

»Besser zu schweigen und für einen Dummkopf gehalten zu werden, als den Mund aufzumachen und jeden Zweifel zu zerstreuen, mein Fürst.«

»Hört mir zu, Knaben ...« Norderstett stockte und schüttelte den Kopf, dann senkte er die Stimme. »Wie kann ich euch Knaben nennen, da ihr doch ganz offenkundig Männer seid. Verzeiht mir und hört, was ich euch sage. Was ihr hier getan habt, ist selten, äußerst selten. Ich kenne vielleicht zwanzig Männer, die an der Erlegung eines Temeryx beteiligt waren. Dein Vater ist einer von ihnen, junger Valkener. Ich habe selbst ein halbes Dutzend getötet, die meisten mit dem Bogen. Einen habe ich mit einer Lanze aus dem Sattel erlegt. Seine Krallen trage ich auf dieser Jagdmaske. Einen anderen tötete ich mit dem Speer, aber ich sage euch ehrlich, dass ich es nur tat, weil mein Ross sich das Bein gebrochen hatte und ich gegen meinen Willen gezwungen war, zu Fuß zu gehen.«

Er beobachtete uns genau, während er die Bedeutung seiner Worte einsinken ließ. »Es wird Stimmen geben, die abwerten wollen, was ihr geleistet habt, die behaupten werden, ihr hättet euch geirrt oder gelogen. Sie werden eure Taten ›übertrieben‹ nennen. Das sind Kleingeister, mit denen ihr euch nicht abgeben solltet. Andere, wahre Männer wie dein Vater, wie andere in Valsina, werden in dieser Tat eure wahre Größe erkennen. Also lasst keine Selbstzweifel in euch erwachen, gleichgültig, was ihr hört. Am ersten Tag eures Mondmonats bereits habt ihr euch besser bewiesen, als es andere in einem Jahrhundert könnten.«

Net räusperte sich mit einem tiefen Grollen. »Herzlichen Dank für Eure Güte, Baron Norderstett, aber es wäre falsch, daraus zu viel zu machen. Wir haben nur getan, was wir tun mussten. Ohne nachzudenken. Ohne zu wissen, welche Gefahr wir eingingen. Leif dagegen, der kannte seine Aufgabe. Er hat es auf sich genommen, uns zu retten.«

»Noch einmal, ich weiß, was mein Sohn geleistet hat.«

»Wie geht es Leif?«

»Überzeugt euch selbst«, grinste Norderstett. Er deutete über ein flaches Tal zur Holzfällerstraße und den Kutschen, die dort warteten. »Er ist im ersten Wagen. Er hat darauf bestanden, uns selbst hierher zu führen. Nur zu, er wird sich freuen, euch zu sehen.«

Net und ich liefen los, an zwei Magikern vorbei, die unterwegs zu Rauns waren. Wir hetzten den Hang hinauf und die Straße hinab ans Ende der Kutsche. Sie wies einen Kastenaufbau mit gut einen halben Meter hohen Seiten auf, über dem sich ein zwei Meter hoher Segeltuchaufbau wölbte. Als wir die Rückseite des Wagens erreichten, schlugen wir die Plane zurück und fanden Leif.

Er lag auf einem halben Dutzend Kissen, ihn in halbsitzender Haltung abgestützt. Er wirkte müde, und auf der rechten Wange waren rote Kratzspuren zu sehen, als habe er sich das Gesicht an einem Dornbusch aufgerissen. Ähnliche Spuren bedeckten seine Hände und Schienbeine, die schon längst ohne Strümpfe waren. Seine Füße dagegen waren in weiße Bandagen gewickelt, die an mehreren Stellen rosa Flecken zeigten – hauptsächlich an Fersen und Fußsohlen.

Er grinste uns an. »Als ich den einzelnen Hornstoß hörte, wusste ich, dass sie euch gefunden hatten. Und so dicht an der Straße musstet ihr noch am Leben sein. Rauns?«

»Lebt auch noch. Die Leute deines Vaters bringen ihn her. Wir sind Magikern begegnet, die sich um ihn kümmern werden.«

»Gut. Ich habe ihnen erzählt, was du mit dem Metholanth gemacht hast, und sie meinten, unter den Umständen hätten sie es vermutlich selbst nicht besser machen können.« Leif zuckte die Schultern. »Sie haben auch meine Füße mit einer Tinktur daraus bestrichen.«

Net lachte. »Ich hab dir gesagt, das waren die falschen Schuhe.«

»Oh, und die Schuhe waren derselben Meinung. Sie sind etwa eine Meile östlich von hier auseinander gefallen.« Er lachte bellend. »Ich habe sie mit Mondgold bezahlt, also kann ich mich wahrscheinlich nicht beschweren. Vielleicht frisst sie ein Temeryx und erstickt daran.«

Ich lachte laut auf. »Das halte ich nicht für sehr wahrscheinlich. Sie werden längst verwest sein, bevor in dieser Gegend wieder eine Frostkralle auftaucht.«

Leif schüttelte den Kopf. »Hat mein Vater euch nichts gesagt?«

»Was gesagt?« Ich sah Net an, und er starrte mit leerem Blick zurück. »Was hätte er uns sagen sollen?«

»Meine lieben Freunde, ihr glaubt doch wohl nicht ernsthaft, dass mein Vater all diese Jäger mitgebracht hat, nur um nach euch zu suchen, oder?« Er wedelte mit dem Finger. »Nein, nein, nein! Wie es scheint, jagen Frostkrallen im Rudel. Wo einer ist, finden sich mindestens drei andere. Nein, meine Freunde, wir sind mit den Jägern hier, um die anderen Temeryxen zu finden und zu erlegen. Unser Ausflug letzte Nacht war nur die Ouvertüre und wir werden uns aus dieser kleinen Oper erst verabschieden, wenn die letzte Note gesungen ist.«

Kapitel Sieben

Die Jäger kehrten mit Rauns zu den Kutschen zurück. Einer der Magiker stieg zu Rauns in den Wagen, dann wendete die Kutsche und fuhr von vier Reitern begleitet zurück nach Valsina. Wir anderen kletterten in die beiden Kutschen, wobei Net und ich Leif Gesellschaft leisteten. Wir machten uns die Straße hinunter zu der Stelle auf, wo wir vier in der Nacht zuvor abgesetzt worden waren.

Während der Fahrt gelang mir ein kurzes Nickerchen, aber ich wachte wieder auf, als wir anhielten. Zwei weitere Kutschen und zusätzliche Reiter waren vorausgeschickt worden und warteten schon auf uns. Net und ich stiegen aus und begleiteten die anderen zum ersten Opfer. Das Einzige, was wir von dem Beobachter auf der Hügelkuppe noch fanden, war sein zerfetzter Mantel. Die Jäger entdeckten zwei weitere kahle Bodenstellen mit Temeryxspuren, darunter eine mit nur zwei Krallen, die auf ein verletztes Tier hindeutete.

Sandes sah von der Fährte auf und nickte. »Es waren mit Sicherheit mehr als einer. Die anderen sind dem ersten Tier hierher zu seiner Beute gefolgt und haben sie weggeschafft.«

Baron Norderstett rieb sich das Kinn. »Kann er erkennen, wie viele?«

»Ich würde schätzen mindestens zwei, möglicherweise vier.«

Das gefiel mir gar nicht, aber ich sagte nichts, denn das Gemurmel der Jäger klang schon düster und grimmig genug. Net und ich führten sie zum Schauplatz des zweiten Angriffs und dem Temeryx, den wir erlegt hatten. Wir fanden seinen Kadaver, wo wir ihn zurückgelassen hatten, aber er war erkennbar angefressen. Sandes fragte Baron Norderstett, ob er das Tier ausschlachten sollte, aber Leifs Vater lehnte ab.

»Wir haben Proviant genug, und ich möchte allzu viel Verwirrung bei der Suche nach dem Rest des Rudels vermeiden. Wir werden noch genug und frischeres Wild erlegen.«

Wir kehrten zu den Wagen zurück, wo ein Teil der Jäger an einem halbwegs ebenen Fleck auf der anderen, der Schlucht abgelegenen Seite der Straße ein Lager aufgeschlagen hatte. Sie hatten drei Feuer gemacht und einige Zelte aufgeschlagen, darunter ein ziemlich großes mit einem zentralen Pavillon und mehreren kleineren Zelten, die wie Naben von einer Achse seitlich herausragten. Als wir die Lichtung betraten, kam Leif gerade aus dem großen Zelt und grinste uns zu, obwohl er recht vorsichtig auftrat.

In unserer Abwesenheit hatte er die zerschlissene Kleidung des Vorabends gegen eine grünlederne Jagdmontur ausgetauscht. Das Grellweiß seiner Mondmaske stand in krassem Gegensatz zum dunklen Grün des Leders. Er trug Schwert und Dolch am Gürtel und seine Füße steckten in weichen, vorn geschnürten Lederstiefeln mit Fransenbesatz am Schaft. Ein Paar Handschuhe befand sich in seinem Gürtel.

»Willkommen in unserem Reisedomizil.« Er deutete mit offener Hand auf das große Zelt. »Ihr habt jeder einen der Flügel für Euch allein. Valkener rechts, Net links. Es liegen frische Sachen für euch bereit.«

Net hob den Handrücken zum Mund und gähnte. »Ein Nachthemd wäre jetzt das Richtige.«

Baron Norderstett trat hinter uns heran und schlug uns auf die Schulter. »Ja, bitte ruht euch noch etwas aus. In drei Stunden ist es Mittag, dann gehen wir auf die Jagd.«

Ich musste durch das Hauptzelt, um mein kleineres Zelt zu erreichen, und was ich sah, war beeindruckend. Den Boden bedeckten zahlreiche überlappende Teppiche. Viele hatten komplizierte Muster von der Art, wie man sie in Naliserro oder Savarra herstellte, der Rest war einfarbig. Alle waren abgenutzt. Ein langer Esstisch mit zwölf Stühlen stand in der Mitte, aber ich sah, dass sie alle auseinander genommen werden konnten, um Transport und Lagerung zu erleichtern. Eine Ecke wurde von einer Stafellage beherrscht, auf der ein Brett mit einer Karte des Gebiets stand, in dem wir uns aufhielten. Kleine Nadeln markierten die beiden Beutestellen.

Die recht karge Einrichtung überraschte mich – und zugleich auch wieder nicht. Da ich Palais Norderstett kannte, wusste ich, dass der Baron sich das erlesenste Mobiliar aus der ganzen Welt leisten konnte, und die Einfachheit und reine Nützlichkeit dieser Möbel erweckte den falschen Eindruck eines geizigen Besitzers. Vielmehr waren sie genau das, was man im Feld benötigte. Der Baron war ein Mann, der durchaus in der Lage war, die schöneren Seiten des Lebens zu genießen, aber er passte seine Ansprüche den Gegebenheiten an.

Mein kleines Zelt war sehr sparsam eingerichtet. Ein Teppich bedeckte den Boden, und auf einer kleinen Truhe, die vermutlich meine neue Kleidung enthielt, lagen drei dicke, zusammengefaltete Decken. Ich zog mein Ballkostüm aus und wickelte mich in eine der Decken. Die beiden anderen benutzte ich als Kopfkissen, und obwohl es schon Vormittag war, fiel ich sofort in einen tiefen, traumlosen Schlaf.

Die Sonne stand senkrecht über uns, als ich aus dem Zelt trat. Meine neue Ledermontur passte besser als Net die seine. Das grüne Lederwams spannte an seinen Schultern und Armen, aber ihm schien das nicht viel auszumachen. Wir griffen uns jeder einen kleinen Laib Brot, ein Stück

Käse und einen Apfel vom Provianttisch auf der Lichtung und gesellten uns dann zum Rest der Jäger. Wir saßen im Halbkreis vor dem Baron und einem vorgebeugten Greis mit schlohweißem Haar und ausreichend geknoteten Magikzöpfen an der Maske, um jeden Zweifel daran auszuräumen, dass wir es mit einem Magiker von beträchtlicher Macht zu tun hatten.

Baron Norderstett wartete, bis die letzten Nachzügler einen Platz gefunden hatten, dann begann er. »Wir sind hier, um Frostkrallen zu jagen. Wir wollen versuchen, sie heute Nachmittag zu finden, denn solange die Sonne am Himmel steht, sind wir im Vorteil. In ihrer nördlichen Heimat wird es im Winter nie wirklich hell, deshalb haben sie große, lichtempfindliche Augen. Hier und jetzt ist die Sonne für sie schmerzhaft grell. Wir suchen also nach ihrem Bau.« Er bückte sich und hob das Fell des Temeryx hoch, den wir erlegt hatten. »Frostkrallen jagen in Rudeln, und soweit wir wissen, entstammen alle Mitglieder eines Rudels demselben Wurf. Alle Frostkrallen eines Rudels sind miteinander verwandt, was es einfacher macht, sie aufzuspüren. Erzmagiker Heslin wird es erläutern.«

Der alte Mann schlurfte vor und zupfte eine Feder aus dem Fell. »Blut erkennt Blut. Wer in den Äther sehen kann, ist in der Lage, zu erkennen, wie die Blutlinien sich mischen.« Er sah uns an und riss eines seiner braunen Augen weit auf, während er das andere schloss. »Er und er da sind Vettern, und er und er sind Brüder, oder?«

Die Jäger, auf die er mit hagerem Finger deutete, keuchten überrascht auf.

Der alte Mann kicherte. »Die Temeryxfeder hier ist mit denen seiner Blutsverwandten verbunden und ich werde einige der Federn behandeln, damit sie ihnen den Weg zu den Tieren zeigen.«

Einer der Jäger hob die Hand. »Werdet Ihr unsere Waffen verzaubern, damit sie die Frostkrallen töten?«

»Wenn es so einen Zauber gäbe, wozu bräuchte ich dann noch irgendeinen von ihnen?« Seine Erwiderung löste eine Lachsalve aus. Heslin wartete, bis sich das Gelächter gelegt hatte, bevor er weitersprach. »Es wird nicht leicht sein, die Frostkrallen zu erlegen, aber für Männer wie sie auch nicht schwer. Die Schwierigkeit wird darin liegen, sie zu finden, aber darum werde ich mich kümmern. Gehen sie essen und ihre Ausrüstung zusammensuchen, dann erhält ein jeder von ihnen seine Feder und kann sich auf den Weg machen.«

Norderstett hob die Hand und zeichnete einen Kreis in die Luft. »Teilen sie sich in Gruppen auf, bewaffnen sich und rücken aus. Sie haben eine Viertelstunde.«

Zwei niedrigere Magiker traten zu Heslin und pflückten Federn vom Rand des Fells, das wir erbeutet hatten. Sandes kam zu uns dreien herüber und deutete auf den größten der Wagen auf der Straße. »Ihr drei seid in meiner Gruppe. Sehen wir zu, dass Ihr Waffen bekommt.«

Die große Kutsche erwies sich als fahrbare Waffenkammer. Ich erinnerte mich an die Unterhaltung mit Net über den Kampf gegen Frostkrallen und bat um einen langen Dolch, den ich auf den Rücken schnallte. Um die rechte Hüfte hängte ich einen Köcher mit dreißig Pfeilen, die alle eine rasiermesserscharfe breite Spitze, einen schwarzen Schaft und rote Fiederung hatten. Zum Abfeuern der Pfeile wählte ich einen Reiterbogen. Die kompakte, doppelt geschwungene Waffe hatte einen kurzen, aber kraftvollen Zug, der einen Pfeil auf hundert Meter durch ein Kettenhemd treiben konnte.

Sandes sah mich fragend an. »Kein Schwert?«

Ich schüttelte den Kopf. »Ich will nicht darüber stolpern, wenn ich laufen muss. Außerdem hat Net mich darauf hingewiesen, dass es Selbstmord wäre, eines dieser Viecher mit einem Schwert anzugreifen, also verzichte ich darauf.«

Leif lachte über meinen Kommentar, löste aber trotzdem den Schwertgurt und hängte ihn sich schräg über die Brust. Die Scheide befestigte er so, dass ihm der Schwertgriff über die rechte Schulter ragte. So konnte er das zweischneidige Breitschwert ohne Schwierigkeiten ziehen. Zu dem Schwert nahm er sich eine leichte Armbrust mit Geißfuß – ein Hebelmechanismus, der das Spannen beschleunigt. Ein Köcher mit Bolzen an der rechten Hüfte und ein Dolch an der linken vervollständigten seine Bewaffnung.

Net verzichtete auf eine Schusswaffe und rüstete sich stattdessen mit einem Ahlspieß aus. Die zweieinhalb Meter lange Waffe hatte eine breite, dolchförmige Spitze und ein breites Querstück, um zu verhindern, dass sich ein aufgespießtes Beutetier am Spieß entlang auf dessen Träger stürzte. Der massive Eichenholzschaft versprach, der Wucht des Angriffs standzuhalten, und durch die spitz zulaufende Schaftkappe ließ sich der Spieß zur Abwehr in den Boden rammen. Dadurch konnte Net sich hinter den Speer ducken und den Schlag von der Erde abfangen lassen. Zusätzlich zu seinem Ahlspieß entschied er sich noch für ein Beil und einen Dolch.

Nachdem wir uns bewaffnet hatten, kehrten wir zu Heslin und seinen Helfern zurück. Ich fragte mich, was genau sie für uns würden tun können, da wir alle wussten, dass menschliche Magiker nur in den seltensten Fällen lange genug lebten, um Zauber zu meistern, die eine unmittelbare Wirkung auf lebende Wesen hatten. Es gab zwar reichlich Geschichten über Magiker, die mit Feuerbällen um sich warfen und damit Briganten oder Aurolankreaturen erledigten, aber Kampfzauber schienen eine Ausnahme dieser Regel zu sein. Komplexere und diffizilere Magik wie Zauber, mit denen es möglich war, eine Krankheit oder eine Verletzung zu heilen, erforderten eine Beherrschung, die nur die wenigsten Menschen jemals erlangten.

Aber wir stellten schnell fest, dass die Zauber, die uns

helfen sollten, weniger auf die Temeryxen wirkten als umgekehrt.

Auf die Aufforderung des Magikers präsentierte Net als Erster seinen Speer. Einer der Gehilfen hängte mit Flachsfaden eine der Temeryxfedern vom Kreuzstück. Danach hob Heslin die linke Hand und formte mit Daumen und Zeigefinger einen Kreis um die Feder. Er murmelte leise vor sich hin und bewegte die Hand langsam an der Feder entlang.

Ein sanftes goldenes Leuchten schien aus seiner Handfläche zu dringen und die tiefschwarze Feder mit goldenen Glanzlichtern zu bedecken. Als seine Hand die Feder verlassen hatte, verschwand das Leuchten, und die Glanzlichter versanken in der Feder wie Wasser in Sand. Plötzlich hüpfte und drehte sich die Feder wie in einer leichten Brise, obwohl es völlig windstill war.

Heslin nickte und deutete in die Richtung, in die es die Feder zog. »Die Frostkrallen befinden sich in dieser Richtung. Folge der Feder. Je näher sie dem Ziel kommen, desto heftiger wird sie sich bewegen. Wenn sie hektisch zuckt, mach dich bereit.«

Er verzauberte für jeden von uns eine Feder und wiederholte seine Anweisungen. Meine Feder befestigte er am oberen Ende des Bogens, die Leifs am Schwertgriff. Sandes und zwei andere der sechs Jäger, die uns begleiteten, waren wie Net mit Spießen bewaffnet, die anderen mit Bögen, wie ich einen hatte.

Die ganze Jagdgesellschaft hatte sich in die drei Gruppen aufgeteilt. Zwei von ihnen, eine unter der Führung Norderstetts, die andere unter der eines seiner Leutnants, saßen auf und ritten in entgegengesetzter Richtung über die Holzfällerstraße davon. Der Plan sah vor, dass sie den Temeryxbau von zwei Seiten angriffen. Wir neun sollten vom Lager aus zu Fuß auf kürzestem Wege zum Bau marschieren, angeblich, um Kreaturen abzufangen, die in unsere Richtung ausbrachen.

Als wir uns auf den Weg machten, musterte ich Sandes. »Macht es dir nichts aus, auf uns aufpassen zu müssen und keine Gelegenheit zu bekommen, eine Frostkralle zu erlegen?«

Ein Lächeln trat auf sein rundes Gesicht. »Baron Norderstett ehrt mich damit, Euch meiner Obhut zu übergeben.«

»Das ist keine echte Antwort auf meine Frage.«

Leif schlug Sandes auf die rechte Schulter. »Lass ihn in Ruhe, Hawkins. Der Mann ist jetzt seit zwei Jahren der Jagdmeister meines Vaters und in einem Monat wird er heiraten, nicht wahr, Sandes?«

»So ist es, mein Fürst.«

»Also. Uns junge Spunde zu beaufsichtigen und aus dem Gröbsten rauszuhalten ist genug Übung für die kommenden Jahre. Außerdem bin ich sicher, Sandes wird etwas anderes finden, das wir jagen können, wenn uns keine Frostkrallen begegnen. Wir werden ein paar Rehböcke für die Siegesfeier heimbringen.«

Ich runzelte die Stirn. »Und woher wissen wir, wann die Jagd vorbei ist?«

Leif deutete auf die Feder an meinem Bogen. »Wenn die Temeryxen tot sind, hören die Federn auf, sich zu bewegen.«

»Kann gar nicht früh genug sein.« Net deutete mit seinem Speer in Richtung des Federzuckens. »Guter Mann Sandes, es könnte sicherer für uns sein, uns unter den Bäumen zu halten. Da können sie sich schlechter bewegen.«

Sandes nickte zustimmend, und wir änderten unseren Kurs so, dass wir von einem schützenden Baumhain zum nächsten wanderten. Dadurch kamen wir zwar langsamer voran, aber das störte mich nicht. Ich blieb an der Spitze bei Sandes und sah ihm zu, wie er unsere Route festlegte. Er achtete darauf, so wenig Zeit wie möglich in freiem Feld zu verbringen, und ich lernte einiges über Taktik, indem ich ihn beobachtete.

Es war eine Lehrstunde, die uns das Leben retten sollte.

Aus Gründen, die niemand von uns ahnen konnte, hatten sich die Temeryxen an diesem Nachmittag nicht in ihren Bau zurückgezogen. Das erste Anzeichen, dass etwas nicht stimmte, erhielten wir, als die bis dahin träge schwebenden Federn sich plötzlich heftiger bewegten. Sandes befahl augenblicklich einen Halt. Er stand zusammen mit mir auf einem Hügel, die anderen fünf Jäger befanden sich in einer Baumgruppe auf der Kuppe eines anderen Hügels. Net und Leif durchquerten gerade einen Bach, der die beiden Hügel voneinander trennte.

Obwohl wir uns nicht mehr bewegten, wurde das Zucken der Federn immer hektischer.

»Sie kommen näher!« Sandes winkte Leif und Net zu. »Bewegung! Hierher!«

Ich trat an einen umgefallenen Baumstamm am Nordwestrand der Hügelkuppe. In der Ferne sah ich, wie sich etwas bewegte, und es war etwas erheblich Ernsteres als die Feder, die an meinem Bogen tanzte. »Da kommt etwas. Schnell.« Ich legte einen Pfeil auf die Sehne und spannte den Bogen.

Der erste Temeryx kam etwa fünfundzwanzig Meter stromabwärts von Net in Sicht, als der durch den Bach watete. Ich schoss, verfehlte die Brust der Kreatur, traf sie aber in den linken Oberschenkel. Die Frostkralle kreischte auf und rutschte von einem Fels ab, sodass sie platschend ins Wasser stürzte. Sie kam hastig wieder auf die Beine und sprang davon, als Leifs Armbrustbolzen an einem Stein knapp vor ihr Funken schlug.

Noch zwei Temeryxen brachen ins Freie, als der Erste den Bachlauf heraufstürmte. Die Jäger auf dem anderen Hügel nahmen sie unter Beschuss, und drei Pfeile senkten sich in die Flanke einer der Frostkrallen. Sie stürzte um sich schlagend zu Boden, und ihre krallenbesetzten Füße rissen Schlamm und Steinbrocken aus dem Bachufer. Der dritte Temeryx sprang über seinen sterbenden Begleiter und rannte weiter.

Ich legte einen zweiten Pfeil an und versuchte, auf die Frostkrallen zu zielen, aber durch die Bäume erhaschte ich nur kurze Blicke auf sie. Ich blickte zu der Lichtung zurück, auf der ich meinen ersten Treffer erzielt hatte, um nachzusehen, ob noch andere kamen, aber ich sah keine weiteren Frostkrallen mehr. Allerdings bot sich ein anderes Ziel, und ich feuerte, ohne eine Sekunde zu zögern, obwohl ich die Kreatur, auf die ich schoss, nicht kannte. Ich sagte mir einfach, dass alles, was *mit* Frostkrallen lief statt vor ihnen davon, nur bösartig sein konnte.

Mein Pfeil traf die kindgroße Kreatur hoch in der Brust und durchbohrte sie von der rechten Schulter in Richtung der linken Hüfte. Die breite Spitze drang tief in den weich aussehenden braunen Haarpelz. Die Kreatur öffnete das Maul zu einem Schrei, aber stattdessen sprühte nur Blut aus ihrer Kehle. Sie wirbelte herum und schlug zwischen zwei Felsen auf den Boden.

Mit wildem Kreischen stürzte sich die vorderste Frostkralle auf Net. Mir gefror das Blut in den Adern, als ich den Schrei vernahm, aber Net ging ruhig auf ein Knie hinunter und stieß den Schaft seines Speers ins Bachbett. Dann hob er den Ahlspieß und richtete die Spitze auf den schmalen Leib des Temeryx. Die Bestie schlug auf die Querstange und der Spieß rutschte weg. Die Hinterbeine schnellten vor und ihre Krallen verfehlten Nets Kopf und Schultern nur um Haaresbreite. Der Hüne riss den Speer nach links und rammte den Temeryx in die Felsen am Rand des Bachlaufs. Dabei verlor er selbst das Gleichgewicht und landete bäuchlings im Wasser.

Die andere Frostkralle kam schnell näher. Einer der Jäger setzte einen Pfeil in ihren Schwanz. Leif traf mit einem Bolzen ihre linke Schulter, machte damit das

Vorderbein kampfunfähig und schleuderte das Biest ans andere Ufer des Bachs. Zwei weitere Pfeile pfiffen vorbei, aber die Kreatur lag zu flach auf dem Boden, um getroffen zu werden. Die Frostkralle zischte grausam und bleckte zwei Reihen Furcht erregend scharfer Zähne.

Dann rappelte sie sich auf und stürmte auf Net zu.

Kapitel Acht

Net rollte sich auf den Rücken und griff nach dem Beil. Er schrie entsetzt auf, als er das Monster auf sich zupreschen sah. Ich konnte keinen Schuss wagen, ebenso wenig wie die Bogenschützen auf der anderen Seite, und Sandes rannte zwar schon den Hang hinab zum Bach, hatte aber keine Chance, Net rechtzeitig zu erreichen.

Mit im Sonnenlicht silbern und golden blitzendem Schwert sprang Leif über den am Boden liegenden Net und landete platschend zwischen ihm und dem Temeryx. Er brüllte die Frostkralle an und winkte mit dem Schwert. Vornübergebeugt stürmte er mit vorgestreckter Waffe auf das Raubtier zu.

Die Frostkralle hielt an, bäumte sich auf und schlug mit dem Schwanz auf den Boden. Leif kam schliddernd im Bachbett zum Stehen. Er ließ sich auf das linke Knie und die linke Hand nieder, während er das Schwert in der Rechten weiter vorstreckte. Der Temeryx ruckte den Kopf vor und biss nach der Klinge. Leif schlug zu, verfehlte aber seine Kehle, als die Kreatur zurückzuckte. Wieder schnappte der Temeryx nach ihm. Leif versetzte ihm mit der Breitseite des Schwerts einen Schlag auf die Schnauze, dann stand er auf und zog sich langsam zurück.

Der Temeryx blinzelte und sah ihm mit großen bernsteingelben Augen nach. Seine Nüstern blähten sich, als er Leifs Witterung nahm. Er tat einen zögernden Schritt in seine Richtung, dann einen zweiten. Leif wurde schneller. Der Temeryx trabte auf ihn zu.

Im Rückwärtsgehen stolperte Leif über einen Stein und

kippte nach hinten. Er hielt das Schwert fest, aber bei dem Versuch, das Gleichgewicht nicht zu verlieren, ruderte er wild mit den Armen. Er landete flach auf dem Rücken, Arme und Beine ausgestreckt, sein Körper völlig schutzlos. Der Temeryx sah es, kreischte laut und sprang.

Die Jäger auf der anderen Bachseite feuerten drei Pfeile durch die Brust des Tiers, aber seine Beine flogen trotzdem weiter auf Leif zu. Die riesigen Sichelkrallen an den inneren Zehen blieben zum Hieb erhoben. Der Temeryx mochte totgeweiht sein, aber als er sich auf Leif herabsenkte, streckte er davon unbeeindruckt einen Fuß nach seinem Opfer aus. Die messerscharfen Krallen würden durch Lederwams, Haut und Muskeln fetzen und seine Eingeweide freilegen.

Aber sie trafen ihn nicht.

Sandes warf sich in gestrecktem Sprint nach vorne und trieb seinen Ahlspieß in den Bauch der Frostkralle. Die Wucht seines Hechtsprungs genügte, den Temeryx zu stoppen, noch ein wenig höher zu schleudern und am anderen Bachufer landen zu lassen. Sandes ließ den Speer los, dessen Schaft in den wilden Todeszuckungen der Bestie das Wasser zu weißer Gischt aufschäumte, und drehte sich ohne einen weiteren Blick zu Leif um, um ihm aufzuhelfen.

Ich suchte den Wald nach weiteren Bewegungen ab, sah aber nichts. Wichtiger noch, die Temeryxfeder an meinem Bogen war zur Ruhe gekommen. Vorsichtshalber behielt ich trotzdem einen Pfeil auf der Sehne, während ich den Weg hinab zum Flussbett zurückverfolgte und vor lauter Hast den Hang halb hinabrutschte. Leif zog sich auf einen Felsbrocken und ließ das Wasser aus seinen Sachen fließen. Dann schüttelte er den Kopf und spritzte Net und mich mit dem Wasser aus seinen Haaren nass.

Ich zog die linke Augenbraue hoch. »Das war entweder das Tapferste oder das Dümmste, was ich je gesehen habe.«

»Tatsächlich?« Leif schob das Kinn vor. »Ich weiß nur, dass ihr euch reichlich Zeit gelassen habt, euren Teil beizutragen.«

»Wovon redest du?«

»Natürlich davon, dass ihr dieses Ding abschießt, mein bester Tarrant.« Er deutete auf den toten Temeryx. »Du glaubst doch wohl nicht, ich hätte versuchen wollen, es mit meinem Schwert zu erledigen? Nicht doch, ich wollte es nur lange genug von Net ablenken, um euch Gelegenheit zum Schuss zu geben.«

Ich kniff die Augen zusammen. »Ah ja. Aber wenn es dir gelungen wäre, es mit dem Schwert zu erlegen, hättest du uns sicher nicht wissen lassen, dass das gar nicht deine Absicht gewesen war, oder doch?«

Ein verschmitztes Lächeln breitete sich auf Leifs Miene aus, aber statt mir zu antworten, drehte er sich zu Net um. »Bist du unverletzt?«

Net nickte langsam. »Ich weiß nicht, wie ich dir danken soll. Dieses Monster, so nah war ich dem Tod noch nie.«

Leif winkte ab. »Vergiss es, Nethard. Valkener wird dir gerne bestätigen, dass ich mich häufig wie ein Idiot benehme, auch wenn ich es nur selten merke und noch seltener eingestehe, nicht einmal mir selbst gegenüber. Ungeachtet der Umstände unserer Begegnung hast du bewiesen, dass du ein guter Mann bist. Es ist meine Pflicht als Norderstett, gute Männer wie dich zu beschützen.« Ein Grinsen trat auf sein Gesicht. »Und es ist mir eine Freude, das Leben eines Mannes zu beschützen, den ich als Freund betrachte.«

Net runzelte die Stirn, während er sich Leifs Antwort durch den Kopf gehen ließ. Dann nickte er einmal entschieden. »Einen Norderstett zum Freund. Mehr als irgendjemand von einem Mondmonat erwarten würde.«

»Oh, das ist noch nicht alles. Ich denke, du wirst darüber hinaus in einem Poem erscheinen, das ich zu erstellen gedenke. Du auch, Valkener.« Leif legte die Hände aufeinander. »Ich werde ihm den Titel geben: ›Die verflixten Temeryxen‹. Vielversprechend, nicht wahr?«

»Ich kann es kaum erwarten.« Ich schüttelte den Kopf und watete hinüber zu Sandes. »Ich habe noch etwas geschossen, weiter stromabwärts. Ich weiß nicht, was es war, aber es gehörte sicher nicht hierher.«

»Gehen wir.«

Wir marschierten zu zweit den Bach entlang, bis wir zu der toten Kreatur kamen, die in einer flachen Pfütze trieb. Das Ding maß vom Scheitel bis zur Sohle wenig mehr als einen Meter, war aber muskulöser als jedes Kind dieser Größe. Es besaß große, völlig schwarze Augen und eine flache Schnauze, an deren Oberseite eine schwarze, dreieckige Nase saß, wie bei einem Hund. Teile des Gesichts, die Handflächen und die Füße waren unbehaart und offenbarten eine Haut, rot wie eine Hautblase. Es hatte scharfe, schmale Zähne mit verlängerten unteren Reißzähnen, und seine Hände wirkten äußerst menschlich, auch wenn ihnen der kleine Finger fehlte. Die Kreatur hatte große Fledermausohren, die sich an der Seite seines Schädels nach hinten ins das Fell klappen ließen.

Sie hätte sich leicht als kleiner Junge in einem Babybärkostüm beschreiben lassen, auch wenn ihr Körper mehr mageres Muskelgewebe als Fett besaß. Der Hauptwiderspruch zu dieser Beschreibung war die Tatsache, dass sie ein Kugelarmband trug, von dem ein halbes Dutzend schwarze Temeryxfedern hingen. Zudem lag um ihre Taille ein schmaler Gürtel, an dem zwei Taschen mit Kräutern, Steinen und nicht näher erkennbarem Tierfleisch hingen, alles sauber abgepackt.

Sandes zog das Ding ans Ufer, dann kauerte er sich neben den Kopf. »Ich weiß nicht sicher, ob ich so einen je zu Gesicht bekommen habe, und ganz sicher nicht mit dunklem Fell wie dem hier.« Er streckte die Hand aus und teilte das Fell an der Schulter, dann nickte er. »Weiße Wurzeln.«

»Soll heißen?«

»Soll heißen, diese Kreatur hat ihr Fell gefärbt, um im Wald weniger aufzufallen.« Er wischte sich die Hand am Hosenbein ab. »Ich würde sagen, Ihr habt einen Vylæn erlegt.«

Mir schauderte. »Aber die leben in Aurolan, jenseits der Düstermarken und allem, weit, weit im Norden.«

»Genau wie die Frostkrallen. Sie sind beide Kreaturen Kytrins, verdammt sei ihre schwarze Seele.« Sandes hob das Jagdhorn an die Lippen und stieß dreimal kurz hinein. Er wartete einen Augenblick, dann wiederholte er das Zeichen. Kurze Zeit später erhielt er aus zwei verschiedenen Richtungen des Waldes entsprechende Antwort.

Sandes stieß mit der Stiefelspitze gegen den toten Vylæn. »Baron Norderstett wird wissen, was zu tun ist.«

Baron Norderstett und seine Leute kamen auf der Fährte der Temeryxen. Zwei der Pferde waren verletzt, und mindestens einer der Männer hatte einen Schulterverband, wo ihn ein Pfeil getroffen hatte. Über den Rücken von zwei am Zügel geführten Pferden lagen ein Temeryx und drei weitere Kadaver, die ich nicht genauer sehen konnte.

Baron Norderstett lenkte sein Ross an die Stelle, an der Sandes und ich auf ihn warteten. Er stieg ab und reichte dem Jäger die Zügel, dann ließ er sich neben dem Vylæn auf ein Knie nieder. Leifs Vater schnalzte leise, während er nachdachte, dann stand er plötzlich auf und sah mich an. »Das ist dein Pfeil, Valkener?«

»Ja, mein Fürst.« Ich drehte mich um und zeigte zurück zum Hügel. »Ich war dort oben, als er auftauchte. Ich hatte kein freies Schussfeld auf die Temeryxen und dachte mir, dass keine Kreatur, die mit diesen Bestien läuft, statt vor ihnen die Flucht zu ergreifen, irgendetwas Gutes im Schilde führen kann.«

»Ausgezeichneter Schuss, Valkener. Und du hast Recht

mit deiner Vermutung, dass dieser Vylæn mit den Frostkrallen im Bunde war. Ich werde Heslin bitten, es zu überprüfen, aber vermutlich hat dieses Armband mit den Federn sie an ihn gebunden. Vylænz haben eine äußerst hohe Stimme. Hunde können sie hören, und ich vermute, dass Frostkrallen auch dazu in der Lage sind. Möglicherweise hat er ihnen Befehle erteilt, einschließlich Taktiken für den Angriff auf eure Stellung hier.« Er legte mir die Hand auf die Schulter. »Wahrscheinlich hat es euch allen das Leben gerettet, dass du ihn erschossen hast.«

»Da wir gerade davon reden«, meinte ich und deutete stromaufwärts zu Leif. »Euer Sohn hat Net vor dem sicheren Tod bewahrt.«

Baron Norderstett legte den Kopf zur Seite. »Hat er das? Nun, dann werden wir heute Abend sicher eine unterhaltsame Geschichte zu hören bekommen. Eine, die vermutlich mit jedem Vortrag großartiger wird.«

Er drehte sich zu Sandes um. »Wie viele haben sie erlegt?«

»Drei Temeryxen, mein Fürst. Die Bogenschützen haben einen gestoppt, bevor er uns erreichen konnte, Meister Hauer hat einen mit dem Spieß getötet, und Euer Sohn hat den dritten lange genug aufgehalten, dass die Schützen ihn spicken und ich ihn mit dem Spieß durchbohren konnte.« Sandes deutete mit dem Kopf in Richtung der Reiter, die dem Baron gefolgt waren. »Wie ich sehe, habt Ihr auch einen erwischt.«

»Ja, haben wir. Jempson hat ihn mit dem Speer erledigt … aus dem Sattel. Die drei anderen sind Schnatterfratzen.« Er musste den leeren Ausdruck auf meinem Gesicht gelesen haben. »Sie ähneln den Vylænz, aber sie sind größer, tierhafter, mit fleckigem Fell, größeren Zähnen und längeren Schnauzen. Die Ælfen nennen sie Ominire. Ihren Menschennamen haben sie bekommen, weil sie ständig schnattern und jaulen. Die drei hier scheinen so verändert worden zu sein, dass sie nur ein tiefes Flüstern zustande brachten. Einer von ihnen hat Swinbruck einen Pfeil in die Schulter gesetzt, aber er wird es überleben.«

»Ja, mein Fürst.« Sandes tätschelte dem Hengst den Hals. »Was soll mit dem Vylæn und den Frostkrallen geschehen?«

»Lass er seine Männer ihnen das Fell abziehen, auch den Schnatterfratzen. Sie sollen die Zähne, Hände und Füße aufheben, die benötigen wir noch. Dann verbrennen sie die Kadaver. Die Frostkrallen werden wir uns braten.«

Ich blinzelte. »Wir essen sie?«

»Wenn du ein Krieger wirst wie dein Vater, wirst du im Feld noch viel Schlimmeres verzehren. Frostkrallen schmecken sogar ganz annehmbar, meint er nicht, Sandes?«

»Ich bereite sie auf dieselbe Weise zu wie Huhn, mein Fürst.« Sandes zog ein Seil aus der Satteltasche des Hengstes und warf es mir zu. »Bindet es um seine Füße, und wir ziehen ihn zurück zum Lager. Wenn Ihr gute Arbeit leistet, werde ich dafür sorgen, dass Ihr ein Stück mit Wildzwiebeln gebratene Frostkrallenleber bekommt. Es wird eine Mahlzeit werden, die Ihr nie vergesst.«

Sandes hatte Recht. Ich werde jenes Abendessen sicher nicht vergessen, und das liegt nicht nur an der Leber mit wilden Zwiebeln. Das Essen war gut, aber die Gesellschaft machte es noch besser. Wir versammelten uns alle wieder im Lager und machten uns an unsere jeweiligen Aufgaben, vom Sammeln von Feuerholz über das Zerteilen der erlegten Kreaturen bis zur Versorgung der verletzten Jäger und Pferde.

Die dritte Jagdgruppe hat zwei weitere Schnatterer und noch einen Temeryx zur Strecke gebracht, was die Zahl der Frostkrallen auf sechs brachte. Das entsprach der Anzahl der Federn am Armband des Vylæns, und ich betrachtete dies als gutes Zeichen, dass wir alle erwischt hatten. Es hätte mir noch besser gefallen, wenn die Jäger auch ein halbes Dutzend Schnatterfratzen erlegt hätten, aber wir hatten keinen Hinweis darauf, wie viele von ihnen überhaupt Teil der Gruppe gewesen waren. Irgendjemand hielt es sogar für möglich, dass die sechste Schnatterfratze irgendwann an die Frostkrallen verfüttert worden war, um die anderen einzuschüchtern.

Heslin bestätigte die Anwesenheit von Magikspuren am Armband und bot eine einfache Erklärung dafür an, warum die Temeryxen am hellen Nachmittag unterwegs gewesen waren. Er hielt es für denkbar, dass der Vylæn mithilfe des Armbands die Magik bemerkt hatte, mit der wir den Frostkrallen nachspürten, als die beiden berittenen Jagdgruppen sich dem Bau näherten. Angesichts der örtlichen Geländebedingungen hatte sich ein Fluchtweg in unsere Richtung angeboten, und zunächst hatte er uns nicht bemerkt, weil wir noch zu weit entfernt gewesen waren.

»Hätte er die Frostkrallen mithilfe eines anderen Zaubers kontrolliert, hätte er möglicherweise nichts bemerkt, bis es zu spät gewesen wäre.« Der Magiker presste die Lippen zusammen, bis sein Mund nur noch ein dünner Strich war. »Das war kein einfacher Jagdausflug. Dahinter steckt mehr.«

»Mehr, über das wir uns später unterhalten sollten, Heslin«, schnitt Baron Norderstett die Debatte hastig ab. »Vielleicht gelingt es dir in Valsina, mehr über die Magik des Vylæns herauszufinden.«

Dass der Vylæn zwei Temeryxen und eine Hand voll Schnatterfratzen am Bau zurückgelassen hatte, um die Reiter aufzuhalten, während er in unsere Richtung floh, unterstrich, dass niemand erwartet hatte, unser Trupp würde diesmal irgendeiner Gefahr begegnen. Wir waren nur mit auf die Jagd genommen worden, weil man uns nach allem, was wir durchgemacht hatten, schlecht hätte ausschließen können. Dadurch trug uns unsere Leistung den Respekt aller Anwesenden ein.

Leif und ich waren schon früher mit auf der Jagd gewesen und hatten so wie an diesem Abend im Kreis mit den Jägern um das Lagerfeuer gesessen. Aber weil wir in ihren Augen noch Kinder gewesen waren und nur Höflichkeitsmasken mit dem Wappen unserer Familie getragen hatten, hatten sie uns mit Jägerlatein unterhalten. Sie hatten wilde Geschichten über Fiederbarsche gesponnen, Fische, die in Bäumen lauerten und die man mit Pfeil und Bogen erlegen musste, und über Wolpertinger, Hasen mit Hirschgeweih, die so wild sind, dass sie Wölfe und Bären in die Flucht schlagen. Sie hatten unseren Berichten von der Rehjagd oder vom Angeln mit so ernster Miene gelauscht, als hätten sie zum ersten Mal von etwas Derartigem gehört, und waren dann in lautes Gelächter ausgebrochen.

Nach der Temeryxjagd betrachtete uns niemand mehr als Kinder. Wir hatten an ihrer Seite einige der bösartigsten Kreaturen gestellt, die es auf der Welt gab ... Kreaturen, die seit über hundert Jahren niemand mehr so weit im Süden angetroffen hatte. Sandes lobte meine Leistung mit dem Bogen, und die anderen Jäger erklärten, dass sie noch nie eine derartige Kraftanstrengung gesehen hatten, wie Net sie vollführt hatte, als er seinen Temeryx aufgespießt und zur Seite geschleudert hatte. Was wir an gelindem Spott einstecken mussten, war freundlicher Natur und ging nicht über das hinaus, was alle Beteiligten für ihre Aktionen an diesem Tag über sich ergehen lassen mussten, auch Sandes.

Aber Leif wurde in jener Nacht rund um das lodernde Lagerfeuer mit dem meisten Lob bedacht. Jeder von uns, der dabei gewesen war, gab seine Version des Kampfes zum Besten. Es hatte uns alle verblüfft, als er sich dem sicheren Tod in den Weg gestellt hatte. Sein Gebrüll im Angesicht des Temeryx hatte uns allen neuen Mut gemacht, und die Art, wie er die Bestie angegangen war, hatte uns überrascht, aber zugleich auch erfreut. Als er zurückgewichen war, nun, jedem von uns war klar gewesen, dass wir einen Weg finden mussten, ihm zu helfen, und einem Mann, der solch ungeheuren Mut bewiesen hatte, das Leben zu retten.

Leif genoss das Lob in vollen Zügen, und einen winzigen Augenblick lang wirkte er tatsächlich verlegen. Vermutlich war es das erste Mal in seinem Leben, dass andere ihn als Leif wahrnahmen, statt als Baron Norderstetts Sohn. In einer Nacht trat er durch das, was er getan hatte, zum ersten Mal ein wenig aus dem Schatten seines Vaters. Ich glaube nicht, dass er sonderlich darunter gelitten hatte, aber im Schatten kann es ziemlich kühl werden. Es musste gut tun, hinaus ins Licht zu treten.

Nachdem wir unsere Geschichten zum Besten gegeben hatten, erhob sich Leif selbst und unterhielt uns mit seinen Gedanken während des Kampfes. »Nun, da stand ich also. Das verfluchte Biest hatte den Bolzen, den ich in ihm versenkt hatte, einfach abgeschüttelt, und die furchtbare Verletzung durch den Pfeil in seinem Schwanz irgendwie völlig übersehen. Es sah auf Net herab, der vor ihm im Wasser lag, und muss wohl geglaubt haben, die größte grüne Forelle zu sehen, die je einen Fluss zerteilt hat. Nach dem langen Lauf war es natürlich hungrig und stürzte sich auf ihn, aber das konnte ich schließlich nicht gestatten. Sagt selbst. Also sprang ich vor und wedelte mit dem Schwert. Ich versuchte, dem Tier klar zu machen, dass Net gar keine Forelle war, was ich persönlich für offensichtlich erachtet hätte, da er über mehr Arme und Beine verfügt als ein Fisch. Nun, das Biest zischte mich an: ›Ist er wohl!‹ – ›Ist er nicht‹, brüllte ich zurück. Ach, ihr wusstet nicht, dass ich Temeryx spreche, oder? Nun, bis ich ein gutes Stück weiter vorgerückt war, um meinen Argumenten Nachdruck zu verleihen, und es mich erneut anzischte, wurde mir auch nicht klar, dass ich gar kein Temeryx beherrsche ... oder zumindest seinen Dialekt nicht. Also zog ich mich hastig zurück und warf mich auf den Rücken, in der Hoffnung, eine echte Forelle aufzuschleudern, die das Tierchen fressen konnte, und dann habt ihr feinen Gesellen ihn von hier bis nächsten Mannstag gestochen, nicht wahr?«

Seinen Vortrag begleitete Leif, indem er schnell vor und zurück tanzte. Ein kurzer, am Ende rotglühender Stecken, den er aus dem Feuer zog, diente ihm als Schwertersatz, und er wirbelte ihn durch eine hypnotische Abfolge sinnloser Zeichen. Wir alle lachten an den richtigen Stellen, und er strengte sich an, sein Publikum nicht zu enttäuschen. Selbst sein Vater lachte ein-, zweimal. Am Ende seiner Darbietung verbeugte er sich und warf sein hölzernes Schwert zurück ins Feuer, bevor er an die Seite seines Vaters zurückkehrte.

Baron Norderstett stand auf und zerzauste seinem Sohn das blonde Haar. »Meine Herren, es war ein guter Tag für alle hier. Diese Kreaturen hier zu finden ist ein böses Omen, daran ist kein Zweifel möglich, doch es wäre noch schlechter gewesen, hätten wir sie nicht entdeckt. Ich weiß nicht, was die Zukunft uns nach diesen Entdeckungen noch bringen wird, aber heute habt ihr euch alle als Helden erwiesen, und man wird eure Taten so schnell nicht vergessen.«

Kapitel Neun

Auf dem Heimweg nach Valsina wurde mir allmählich klar, wie außergewöhnlich das, was wir geleistet hatten, tatsächlich war. Inmitten der Jagdgesellschaft waren wir alle nur ein Teil des Ganzen gewesen. Die Jagd war unsere Welt gewesen, und wir alle hatten dieselbe Erfahrung gemacht, sodass es uns nicht so besonders erschien. Unsere Rückkehr in die Stadt brachte uns in Berührung mit Leuten, die das Geschehen aus einer anderen Perspektive betrachteten.

Rauns' Rückkehr in die Stadt hatte Gerüchte über Temeryxen in Umlauf gebracht, die durch die Wildnis streiften, und alle Bauern und Hirten, die uns vorbeiziehen sahen, kamen herüber, um nachzufragen, wie die Jagd verlaufen war. Baron Norderstett blieb ruhig und höflich und sagte allen, dass er zufrieden damit war, wie wir uns in der Lage verhalten hatten. »Es gibt keinen Grund mehr für ihn, sich Sorgen zu machen.«

Am Stadtrand Valsinas kamen die Leute auf die Straße, um unseren Tross zu sehen. Nicht, dass allzu viel zu sehen gewesen wäre, nur eine Prozession von Jägern zu Pferd und einigen Kutschen. Alle Monsterfelle und sonstigen Trophäen waren in einem der Wagen unter Verschluss, sodass niemand sie bestaunen konnte. Selbst unsere Verletzten trugen keine Verbände über der Kleidung, so erweckte es den Anschein, als wären wir ausgezogen und hätten unsere Arbeit ohne irgendwelche Schwierigkeiten erledigt.

Als wir in die Nähe der Altstadt kamen, schickte Baron Norderstett Leif, Net und mich zu unseren Eltern los, sie zu beruhigen, dass wir noch am Leben waren. Wir hatten uns bereits darauf geeinigt, uns in Kedyns Tempel für unseren Erfolg zu bedanken, aber der Baron stellte fest, dafür sei später noch Zeit genug. Nach dem Tempelbesuch hatten wir geplant, Rauns zu besuchen, aber Baron Norderstett erinnerte uns, dass er schwer verletzt war und vermutlich eine Zeit benötigen würde, sich zu erholen, sodass es besser wäre, damit bis zum Abend oder vielleicht sogar zum nächsten Tag zu warten.

Ich lächelte und tätschelte meinem Pferd den Hals. »Dann werde ich meinem Vater einen Besuch abstatten, und später das Pferd zum Palais bringen, bevor wir den Tempel aufsuchen.«

Baron Norderstett schüttelte den Kopf. »Das Pferd gehört dir, junger Valkener, und das Zaumzeug dazu. Das gilt auch für dich, Meister Hauer. In jener ersten Nacht hat euer schnelles Handeln Meister Spilfair, euch selbst und – zu meiner besonderen Freude – meinem Sohn das Leben gerettet. Das ist das Mindeste, was ich tun kann, um euch meine Dankbarkeit zu zeigen.«

Net blieb der Mund offen stehen. »Mein Fürst ist zu gnädig.«

Leif verzog das Gesicht. »Ha! Ein Ross und Sattel für mein Leben?«

Norderstett sah sich zu seinem Sohn um. »Ich sagte, das *Mindeste,* was ich tun kann, Boleif, nicht alles. Aber alles Weitere wird sich bei anderer Gelegenheit finden. Lebt beide wohl. Bis ich ein weiteres Mal das Vergnügen habe.«

Ich verabschiedete mich mit einem Nicken, dann zog ich mein Pferd herum und ritt in Richtung unseres Hauses davon. Ich hielt am nächstgelegenen Stall und mietete mit dem Glanz von Mondgold einen Monat Unterbringung für das Ross, dann eilte ich weiter. Eine Gruppe junger Knaben, von denen mich einer schon vorher gesehen hatte, drängte sich um die Eingangstür, aber ich scheuchte sie weg. Sie zogen sich widerwillig zurück, und ein größerer von ihnen tat die Geschichten darüber, dass ich einen tollwütigen Reifreißer getötet hätte, als offensichtliches Märchen ab.

Ich klopfte an, dann trat ich durch die Tür und den Maskenvorhang dahinter. Meine Mutter kam mir aus der Küche entgegen und ich schloss sie fest in die Arme. Sie klammerte sich mit ganzer Kraft an mich, und ein tonloses Schluchzen ließ ihren ganzen Körper erbeben. Ich fühlte ihre feuchten Tränen auf der Wange, drückte ihr einen Kuss aufs Ohr und hielt sie fest. Schließlich ließ ihr Griff nach und sie gab mich frei, wischte sich mit den Daumen die Tränen ab und trocknete die Hände an der Schürze.

»Hast du Hunger, Tarrant?« Sie drehte sich weg und deutete zum Herd. »Ich habe Bohnen im Topf und Brot im Ofen. Ich wusste nicht, wann du zurück bist. Deine Brüder sind in Bereitschaft, und dein Vater ist im Bürgermeisteramt und plant die Gegenmaßnahmen, wenn die Nordhorden bis hierher kommen.«

»Es geht mir gut, Mutter. Nur ein paar Kratzer und blaue Flecken.«

Sie trat hinüber zu dem schwarzen Eisenkessel, der im Feuer hing. Sie schwang ihn an der Halterung heraus, wickelte die Schürze um die Hand, als sie den Deckel hob, und rührte in der duftigen braunen Bohnenmasse. »Ich weiß, Tarrant, aber nach allem, was ich über deinen Freund Rauns gehört habe … Eine Mutter macht sich Sorgen.«

Sie drehte sich wieder zu mir um, den Topfdeckel wie einen Schild in der einen Hand, den glänzenden Holzlöffel wie ein Schwert in der anderen. »Ich bleibe deine Mutter und ich werde mir immer Sorgen um dich machen. Das musst du wissen. Und du musst außerdem wissen, dass es so ist, weil ich dich liebe.«

»Ich weiß«, erwiderte ich nickend. Ich zog einen der

Stühle unter dem Tisch vor und setzte mich. »Wie geht es Rauns?«

»Eines der Backermädchen hat der Familie Brot gebracht. Sie hat erzählt, dass er es überleben wird. Irgendjemand hat da draußen schnellen Verstand bewiesen und ihm das Bein gerettet.«

»Net hat eine Kräuterpackung improvisiert.«

»Net?«

»Nethard Hauer. Ich habe ihn auf dem Ball kennen gelernt. Er war Lehrjunge bei einem Waffenschmied, aber er will Krieger werden. Ich vermute, jetzt bekommt er seine Chance.« Ich lächelte, als meine Mutter mir eine dampfende Schale mit Bohnen vorsetzte. »Danke, aber ich kann warten, bis Vater daheim ist.«

»Ich weiß nicht, wie lange das noch dauert. Iss lieber gleich.« Ein Lächeln hellte ihre Miene auf. »Als wir davon erfuhren, was geschehen war, hat dein Vater gemeint, dass du schon auf dich aufpassen kannst. Er hat gesagt, er erwarte, dass du es heim schaffst. Ich habe ihm natürlich geglaubt, aber ...«

Sie zögerte, verlor sich in der Erinnerung an ihre Befürchtungen, dann schniefte sie einmal, mehr ärgerlich als traurig. »Es spielt keine Rolle, du isst jetzt ...«

»Na, hungrig bin ich tatsächlich. Lageressen ist in Ordnung, aber ...«

»Ganz recht, Tarrant Valkener. All dies Kriegführen und Kämpfen und Töten und die ganze Romantik, die damit zusammenhängt, füllt dir vielleicht den Kopf, aber um zu überleben braucht es mehr, und dazu gehört auch etwas Handfestes. So etwas wie Bohneneintopf im Magen.«

»Und eine Mutter, die dafür sorgt, dass ich ihn bekomme?«

»Ganz genau, Tarrant, ganz genau.« Sie nickte langsam, dann rührte sie den Kessel wieder um. »Möglicherweise lag dein Vater doch gar nicht so falsch.«

Leif, Net und ich trafen uns bei Sonnenuntergang am Tempel. Ich hatte einen Deckeltopf mit Bohnen dabei, den ich Rauns' Familie bringen musste. Darauf hatte meine Mutter bestanden. Einer von Kedyns Tempeldienern achtete darauf, dass er nicht abhanden kam, während wir Holzkohle und Weihrauch kauften – diesmal mit echtem Geld – und in die Standbildsenke stiegen, um uns bei Kedyn für unseren Erfolg zu bedanken.

Ich kniete andächtig vor dem Sockel, den Schildarm über der Brust, den Schwertarm zum Boden ausgestreckt. Ich setzte zu einem Standarddankgebet an, aber ein leichter Zugwind trieb mir Rauch ins Gesicht, gerade als ich tief einatmete. Ich erinnere mich, dass ich husten musste, aber dabei fühlte ich einen Abstand zwischen mir und meinem Körper. Die Ereignisse unseres Abenteuers zogen wieder an mir vorbei, ich erlebte die Schmerzen und Ängste noch einmal, die Anstrengung und Begeisterung der Jagd und des Tötens. Ich erinnerte mich an alles in unglaublicher Schärfe, erinnerte mich an Dinge, von denen mir gar nicht bewusst gewesen war, dass ich sie wahrgenommen hatte. Meine Finger zuckten, als ich fühlte, wie das Herz des Temeryx zu schlagen aufhörte, dann schnappte mein Geist zurück in die Gegenwart.

Ich sah hoch und folgte dem Weihrauchfaden meines Holzkohleschilds, wie er in die Höhe stieg und über Kedyns Gesicht spielte. Der Rauchschwaden wand und drehte sich, schien alles mitzunehmen, was ich durchlebt hatte. Ich erwartete kein Zeichen, dass Kedyn mich bemerkt hatte oder sich um mich sorgte, und ich erhielt auch keines. Die Götter greifen nur selten in die Angelegenheiten der Sterblichen ein. Dergleichen überlassen sie Halbgöttern und Weirun – den Ortsgeistern, die unsere Welt bevölkern. Aber ich legte meine plötzlichen Erinnerungen als ein Zeichen dafür aus, dass er mir möglicherweise meine Bitte um Beherrschung gewährt hatte.

Ich stand auf, verbeugte mich und stieg wieder hinauf

zur Hauptebene des Tempels. Dort fand ich Net und Leif, die sich mit einem Priester von skelettartiger Dürre unterhielten. Er trug eine schwarze Robe aus grob gesponnenem Wollstoff und hatte den Kopf kahl geschoren, trug dabei aber einen Schnauz- und Kinnbart von der gleichen Farbe wie seine Kleidung. Er hielt meinen Bohnentopf unter dem Arm und winkte mich mit der anderen Hand näher.

Er sprach mit leiser Stimme. »Verzeiht die Belästigung, Meister Valkener, aber ich bin beauftragt, Euch von hier an einen anderen Ort zu geleiten. Wie ich den anderen bereits erklärte, ist Euch Euer Ruhm vorausgeeilt. Man hat Euch hier eintreffen sehen und es versammelt sich bereits eine Menschenmenge vor der Tür, um Euch über die Geschehnisse der letzten beiden Tage zu befragen. Wenn Ihr mir folgen wollt?«

Der Priester drehte sich um, und Leif folgte ihm augenblicklich. Net und ich sahen einander an, zuckten die Schultern und schlossen uns der Prozession an. Der Priester führte uns durch einen Torbogen zu einer Treppe, die uns unter die Straßenebene brachte. Sie endete in einem Korridor, der sich nach rechts und links erstreckte, aber der Priester brachte uns hinter die Treppe und in einen unter ihr versteckten Geheimgang. Ich hatte auf den ersten Blick geglaubt, es mit einer soliden Steintreppe zu tun zu haben, aber wie sich herausstellte, waren es in die Wand eingelassene Steinplatten, hinter denen ein Hohlraum lag. Ich folgte den anderen in die Dunkelheit.

Ein Stück den Gang entlang, der nur durch das schwache Leuchten von Pilzbewuchs an der Decke erhellt wurde, sah ich die Umrisse des Priesters. Er deutete den Korridor hinab. »Eine Wendeltreppe führt abwärts und hinaus. Behaltet auf dem Weg hinab eine Hand an der Mittelsäule.«

Leif ging voraus, gefolgt von Net, und ich übernahm die Nachhut. Erst nach den ersten zwei Stufen des

Schwindel erregenden Abstiegs bemerkte ich, dass der Priester mir nicht folgte, und er hielt immer noch den Bohnentopf meiner Mutter. Ich drehte um und stieg wieder hoch. Dadurch sah ich, wie sich die Öffnung in den Gang, den ich eben noch durchquert hatte, schloss, und an der Wand hing das leuchtend grüne Bild eines Vogels mit ausgebreiteten, erhobenen Schwingen. Das Bild war innerhalb eines Herzschlags verschwunden und ich erkannte, dass der ganze Zylinder, in dem wir uns befanden, sich um neunzig Grad gedreht hatte. Hätte ich mich nicht umgedreht, hätte ich davon nichts bemerkt.

Unter mir hörte ich Leifs Stimme. »Nicht unbedingt das, was ich unter einem Ausgang verstehe.«

»Tatsache.«

Hastig stieg ich nach unten und erreichte eine kleine Kammer. Kaum hatte ich die Treppe verlassen, als der Zylinder sich wieder drehte und uns den Rückweg abschnitt. Uns gegenüber sah ich wieder das Vogelbild an der Wand. Diesmal schien es aus durchscheinendem grünem Stein in die Mauer eingelassen. Sein Glanz wurde zu einem strahlenden Leuchten, in dessen Schein ich drei an der Wand hängende Kapuzenmäntel sah. Im Licht des Vogelbilds erschienen sie grün, aber ich vermutete, dass sie in Wahrheit so weiß wie unsere Mondmasken waren.

Net drehte sich zu Leif und mir um. »Irgendeine Ahnung, was hier los ist?«

Ich schüttelte den Kopf.

Leifs Augen wurden schmal. »Das ist doch wohl offensichtlich. Wir haben die Aufmerksamkeit einer Zunft erregt.«

»Einer Zunft?« Nets Schultern sackten etwas herab. »Sicher, die gibt es, aber kein Handwerk führt dieses Zeichen.«

Leif hob die Hand und wedelte mit dem Finger. »Das sind die Niederen Zünfte, Net, die öffentlichen. Jedes Handwerk hat eine, die nur die Besten der Gilde anerkennt. Sie sind nach der Großen Revolte entstanden, als Antwort auf die Hohen Zünfte. Vor der Revolte, lange vorher brachten geheime Zünfte die führenden Persönlichkeiten ihrer Zeiten zusammen und gestatteten ihnen, sich zu beraten und Pläne zu schmieden. Manche Stimmen behaupten, die Zünfte seien sogar noch vor dem Estinischen Reich entstanden. Ob daran etwas ist, kann ich nicht sagen, aber die unfähige Führung des Reiches hat ihre Ausbreitung und ihr Wachstum sicherlich nötig gemacht.«

»Das weiß doch jeder, Leif.« Net verschränkte die Arme. »Daher stammen die Masken, aber nach der Revolte war es damit vorbei.«

»Nicht wirklich. Statt sich aufzulösen, haben sie sich ausgebreitet, in Nationen, die niemals Teil des Estinischen Reiches waren. Die Zünfte bieten den Bewohnern verschiedener Länder die Gelegenheit, Ideen auszutauschen, selbst wenn ihre Heimatnationen möglicherweise verfeindet sind. Sie fungieren als heimliche Botschaften, die bei Bedarf offizielle Konflikte umgehen können.«

Ich hob die linke Augenbraue. »Was wollen sie?«

Leif grinste. »Uns, wie es scheint.«

Das Vogelbild veränderte seine Farbe in einen Goldton. Eine körperlose Stimme sprach mit einem hallenden Klang – wie vom Boden eines tiefen Brunnens herauf – zu uns. »Ihr steht an der Schwelle eurer Zukunft. Streift euer altes Ich ab und legt diese Roben an. Werdet die, die zu sein euch bestimmt ist.«

Leif lehnte sich gegen die Wand und zog die Stiefel aus. Als er den ersten in der Hand hatte, sah er hoch, dann warf er ihn beiseite. »Was ist? Zieht euch aus und legt die Robe an.«

»Bist du sicher, dass du das wirklich tun willst, Leif?« Ich fingerte beunruhigt an der Kordel meines Hemds. »Wir wissen nicht einmal, wer sie sind.«

»Stimmt, Valkener, aber wir kennen ein paar der Leute,

die zu ihnen gehören müssen.« Er machte sich an den anderen Stiefel. »Was haben wir getan, das ihre Aufmerksamkeit erregt hat? Wir waren auf der Jagd, haben Temeryxen erlegt – das ist übrigens ein wundervoll poetischer Name –, Vylænz und Schnatterfratzen. Wahrscheinlich hat inzwischen jeder in Valsina irgendein Gerücht darüber gehört, was wir geleistet haben, aber wir haben es hier nicht mit Leuten zu tun, die uns auf ein Gerücht hin einladen würden. Wir sind hier, weil sie wissen, was wir getan haben.«

Ich nickte und zog das Hemd aus der Hose. »Was bedeutet, sie haben die Mitteilung von jemandem, der wusste, was wir getan haben, wie dein Vater oder Heslin.«

Net grinste, setzte sich auf den Boden und zog die Stiefel aus. »Und sie haben uns aus dem Tempel geholt. Es gab nicht viele Leute, die wussten, dass wir ihn besuchen wollten, oder wann.«

»Ganz genau.« Leif streifte die Hose ab, schälte sich aus dem Hemd und zog sich die Socken von den fleckigen Füßen. Nackt bis auf seine Maske griff er nach einer der Roben. »Vor zwei Tagen haben sie uns beobachtet, gestern haben sie uns bewertet und heute wollen sie uns dabei haben. Wir sind in nur drei Tagen Mondmonat weit gekommen, meine Freunde. Stellt euch nur einmal vor, was wir in einem Menschenalter erreichen werden.«

Kapitel Zehn

Wir standen vor dem leuchtenden goldenen Vogel, in nichts als unseren Mondmasken und den Kapuzenmänteln, die hier auf uns gewartet hatten. Ich zumindest hatte keinen Schimmer, wie es weitergehen sollte, und die Stimme kehrte auch nicht zurück, um uns zu helfen. Ich streckte die Hand nach dem Symbol aus, um festzustellen, ob es warm war, aber Leif kam mir zuvor. Er schlug mit der Hand auf den leuchtenden Stein und zog sie augenblicklich zurück, als hätte er sich an einer Nadel gestochen.

Die Steinwand glitt langsam in die Decke und gab eine kleine Kammer frei, gerade groß genug, um einen von uns aufzunehmen. Net und ich traten einen Schritt zurück und neigten den Kopf in Leifs Richtung. Er blieb einen Augenblick stocksteif stehen, dann sah er uns an und blinzelte überrascht. Seine blauen Augen zuckten zur Wand, dann nickte er und betrat die Kammer.

Die Wand senkte sich.

Ich hörte keinen Aufschrei und nichts, was auf Ausbruchsversuche hingedeutet hätte. Das machte mir Mut. Außerdem ergab es auch keinen Sinn, dass unsere Gastgeber sich solche Mühe hätten machen sollen, uns umzubringen, wenn ein Dolchstoß in den Rücken oder Gift im Wein genügt hätten. Trotz dieser logischen Überlegungen stellte ich fest, dass ich eine Gänsehaut bekommen hatte, die hervorragend zu dem flauen Gefühl in meiner Magengrube passte.

Net winkte mich vor, aber ich schüttelte den Kopf. »Du zuerst.«

»Ich bin mir nicht sicher, ob sie jemand von meiner niedrigen Herkunft haben wollen.«

»Wenn sie dich nicht haben wollten, wärst du gar nicht hier. Der Priester hätte uns leicht genug trennen können, oder sie hätten Leif und mich bei anderer Gelegenheit geholt.« Ich grinste ihn an. »Außerdem kommt Nedhart im Alphabet vor Tarrant, und Hauer vor Valkener. Wenn du vor mir gehst, erleichtern wir ihrem Schreiber die Arbeit.« Ich nickte ihm zu. »Wir sehen uns auf der anderen Seite.«

Net berührte das Emblem und die Wand verschlang ihn.

Ich zögerte kurz und sah mich noch einmal in der Kammer um. Ich betrachtete die Bündel mit den Kleidern, in denen wir hergekommen waren. Die Stimme hatte uns aufgefordert abzustreifen, wer wir gewesen waren, damit wir werden konnten, was uns bestimmt war. Ich wusste wohl, dass der Mondmonat ein Teil eben dieses Vorgangs war, aber das Durchschreiten der Wand verwandeltes es von einem passiven in einem aktiven Vorgang. Es ließ die Dinge schneller eintreffen, als ich erwartete, und während ich mich einerseits freute, dass es so schnell ging, hoffte ich andererseits, bei diesem Tempo nicht schmerzhaft auf die Nase zu fallen.

Ich legte die Hand auf das Vogelbild und zog sie trotz des schmerzhaften Kitzelns in meinen Fingern nicht weg. Es war ein kleinlicher Sieg über Leif, und einer, der nur dadurch möglich geworden war, dass ich seine Reaktion gesehen hatte. Aber ich freute mich trotzdem darüber. Leif war mein Kamerad und Freund gewesen, soweit ich mich zurückerinnern konnte. Seine ichbezogene Art war mir längst vertraut, und ich hatte gelernt, sie im Alltagsleben zu ignorieren und ihn vor ihren bösartigeren Auswüchsen zu warnen, aber es gab Augenblicke, in denen er auch mir gehörig auf die Nerven ging. Ich hegte kleine Triumphe wie diesen als Seelentrost für die Zeiten der Verärgerung.

Ich trat in die Kammer, und hinter mir senkte sich die Wand. Sie schloss mich in einer engen Kammer ein, die mir heiß und stickig erschien. Ich konnte atmen, aber mit jedem Atemzug berührten meine Brust und mein Rücken die Wand. Ich konnte die Arme kaum drei Fingerbreit bewegen, und für meine Beine galt das Gleiche. Als die Luft immer stickiger wurde, fühlte ich mich wie lebendig begraben und spürte den Drang zu schreien.

Aber ich hatte Leif nicht schreien hören, deshalb weigerte ich mich, diesem Drang nachzugeben.

Die Stimme kehrte zurück. »Du wurdest auserwählt, dich der Gemeinschaft einer Elite von Männern und Frauen anzuschließen, deren größten Teil du weder kennst noch jemals kennen lernen wirst. Sie alle arbeiten für dasselbe Ziel, ziehen am selben Strang, mühen sich gemeinsam, den Zusammenbruch der Zivilisation in das Blutbad der Barbarei abzuwenden. Die Richtigkeit ihrer Mission steht außer Frage, nur deine Bereitschaft nicht, dich ihnen anzuschließen. Bist du dazu bereit?«

»Das bin ich.«

»Du, Tarrant Valkener, wirst einen heiligen Eid schwören. Wenn du uns verrätst und offenbarst, was du über uns weißt, wird deine rechte Hand verdorren, dein rechtes Auge erblinden, deine Zunge dir im Munde anschwellen, bis du nicht mehr atmen kannst, und Blut wird aus deinen Ohren laufen. Sag es.«

»Ich, Tarrant Valkener, schwöre einen heiligen Eid, dass, sollte ich die Zunft verraten und offenbaren, was ich über sie weiß, meine rechte Hand verdorren, mein rechtes Auge erblinden, meine Zunge mir im Munde anschwellen wird, bis ich nicht mehr atmen kann, und Blut mir aus den Ohren laufen wird.«

Ein goldenes Leuchten entstand über meinem Kopf und senkte sich langsam über meinen ganzen Körper. Es kitzelte auf dem Weg nach unten, und nachdem es vorbei war, kribbelten meine Glieder, als wären sie eingeschlafen. Meine Beine trugen mich nicht mehr und erschlafften. Irgendwie passte die Kammer sich an, und ich fand mich am Boden wieder, die Knie in Kinnhöhe, die Arme kraftlos herabhängend.

Es wird dem Leser dieser Zeilen nicht entgangen sein, dass man diese Niederschrift als einen Bruch meines Schwurs auslegen könnte. Aber meine rechte Hand ist weiterhin stark, mein rechtes Auge hell, meine Zunge ist nicht dicker als zuvor, und meine Ohren bluten auch nicht. Ich kann daraus nur den Schluss ziehen, dass die Zunft entweder nie die Möglichkeit besaß, jenen Eid Wirklichkeit werden zu lassen – was ich nicht glaube –, oder dass jene mystische Agentur, die über die Einhaltung des Schwurs wacht, wie auch immer sie aussehen mag, das, was ich hier schreibe, nicht als Verrat betrachtet.

Die Hitze im Innern der Kammer stieg sprunghaft an. Dann explodierte sie in einem wogenden grünen Strom aus Feuer. Die Flammen wirbelten immer schneller um mich herum und saugten die Luft aus meinen Lungen. Meine Robe fing plötzlich Feuer, dann verschwamm die Umgebung vor meinen Augen und es wurde schwarz um mich.

Ich erwachte schweißgebadet und von einem schimmernden blauen Licht umgeben. Ich saß noch immer mit an die Brust gepressten Knien auf dem Boden, aber jetzt war ich völlig nackt. Ich bewegte die rechte Hand weniger als eine Handbreit nach vorne und berührte die leuchtend blaue Wand, die den Rand meiner Welt bildete. Sie fühlte sich fest an, und ihre Oberfläche unter meinen Fingerspitzen erschien mir leicht geraut, aber zugleich ahnte ich eine gewisse Brüchigkeit. Ich drückte mit einem Finger dagegen. Die Haut unter dem Nagel wurde kurz weiß, dann zerbrach die Wand. Ich setzte die anderen Finger ein und presste etwas fester, bis ich ein kleines, dreieckiges Stück aus der Wand herausgebrochen hatte.

Herrlich kühle Luft strömte durch das Loch herein und

zauberte ein Lächeln auf mein Gesicht. Ich arbeitete weiter an dem Loch und vergrößerte es vorsichtig. Als ich einen waagerechten Streifen aus der Wand meines ovalen Gefängnisses gebrochen hatte, setzte ich die Ellbogen auf und drückte sie nach außen. Die Schale krachte. Ich rammte den Kopf hoch und nach hinten, dann stieß ich die Arme zurück, so weit es ging. Der nächste Kopfstoß schleuderte die Kuppe des Eis davon und ich stand auf.

Zu meiner Linken rammte Net die Faust durch die Oberseite seines blauen Eis, dann brachen seine Beine durch die Vorderseite. Hinter ihm erhob sich Leif durch die Oberseite seines Eis, ganz ähnlich wie ich es getan hatte, dann trat er mit den Beinen aus und zertrampelte die Eischale zu Staub. Ich stand an meinem Platz, sah ihnen zu und versuchte, mir die Asche meiner Robe abzuwischen, aber dabei verschmierte ich sie nur auf der schweißnassen Haut.

Wir drei befanden uns in den mittleren von fünf Standorten am Rand einer schüsselartigen Senke, deren Wände drei Stufen bildeten, auf denen Männer und Frauen in glänzend roten, gelben und orangefarbenen Kapuzenmänteln standen. In der Mitte der Senke erhob sich eine kreisrunde Plattform, auf der sich zwei Männer befanden. Sie trugen Roben von der gleichen Art wie die anderen, aber der Mantel des einen hatte einen blauen Saum, der des anderen einen schwarzen. Am Fuß der hinter ihnen aufragenden Wand führte ein Torbogen tiefer in die Anlage.

Eine Hand erschien unter dem Mantel des kleineren, gebeugten Mannes und deutete auf uns. »Seht, meine Geschwister, aus den Flammen wurden uns Eier geboren, und aus den Eiern frische Jungnestlinge. Erkennt sie als Boleif Norderstett, Nethard Hauer und Tarrant Valkener. Beobachtet sie, leitet sie, sucht ihre Hilfe. Eröffnet ihnen kein Geheimnis vor seiner Zeit, berichtet alles Handeln, für das ihnen Lob gebührt oder das ihrer unwürdig ist, und achtet, auf welche Weise immer es euch möglich ist, darauf, dass sie nicht zu Schaden kommen.«

Wie ein Mann erhoben alle Versammelten die rechte Hand, berührten die Stirn und senkten den Arm anschließend mit offener Hand bis in Taillenhöhe, wo er nach kurzem Zögern wieder unter der Robe verschwand.

Der kleinwüchsige Mann sprach weiter. »Hier habt ihr drei das erste unserer Zeichen gesehen, das wichtigste. Es vermittelt Verständnis des Gehörten und die Bereitschaft, die damit verbundene Verpflichtung auf sich zu nehmen. Wäre die sinkende Hand zur Faust geballt oder das Antlitz von der sich erhebenden Hand abgewandt, würde dies eine Weigerung beziehungsweise ein Nichtverstehen zum Ausdruck bringen. Habt ihr das verstanden?«

Ich hob die rechte Hand an die Stirn und senkte sie wieder, die Handfläche in die Mitte des Saals gerichtet. Meine beiden Kameraden taten dasselbe.

»Gut, sehr gut, alle drei.« Der alte Mann neigte respektvoll den Kopf in unsere Richtung. »Wir sind die Altehrwürdige und Höchst Geheime Zunft der Ritter vom Phönix. Zu der Zeit, als die Weirun Gestalt annahmen in der Welt, und die Götter noch nicht aus ihren Träumen erstanden waren, streiften zahlreiche magische Wesen durch die Welt. Die Drachen sind heute noch unter uns, aber von anderen bleiben nur noch Legenden. Eines von diesen, der Phönix, baut ein Nest, in dem er den Flammentod stirbt, und wird aus seiner Asche neu geboren. Ebenso haben wir uns in der ganzen Welt versammelt, um die Wiedergeburt dieser Welt sicherzustellen, wenn sie bedroht ist. Erlinsax' Weisheit leitet uns auf der Suche nach Graegens Gerechtigkeit, bei der wir häufig gezwungen sind, die uns von Kedyn gewährten Fähigkeiten einzusetzen, um unsere Ziele zu erreichen. Habt ihr das verstanden?«

Erneut wiederholten wir die Geste, die wir gelernt hatten.

»Sehr gut.« Der kleinwüchsige Mann breitete die Arme aus. »Wer unter euch hat vorgeschlagen, diese Jungnestlinge in unseren Schwarm aufzunehmen?«

Der hinter ihm stehende Mann ergriff das Wort und ich erkannte augenblicklich die Stimme Baron Norderstetts. »Ich machte den Vorschlag, Erhabenster Schwarmherr.«

»Und aus welchem Grunde hast du sie uns empfohlen?«

»Trotz junger Jahre und mangelnder Erfahrung in der Kriegskunst töteten diese hier drei Temeryxen und einen Vylæn. Ihre schnelle Auffassungsgabe und Selbstlosigkeit rettete Kameraden das Leben und alarmierte die Autoritäten über die im Westwald lauernde Gefahr. Dank ihres Handelns wurde die unmittelbare Bedrohung gebannt und wir sind uns nun erhöhter Gefahr für die Welt bewusst.«

Der kleinere Mann, unter dessen Robe ich inzwischen Heslin vermutete, drehte sich einmal um seine Achse und ließ den Blick über alle versammelten Ritter schweifen. »Spricht irgendjemand gegen sie?«

Schweigen antwortete ihm.

»Spricht irgendjemand für sie?«

Unter uns trat ein Ritter einen Schritt vor. »Ich bitte darum, zu ihren Gunsten sprechen zu dürfen, Erhabenster Schwarmherr.«

»Es sei dir gewährt, Größerer Weißphönix.«

»Brüder und Schwestern, wir alle haben vernommen, was diese drei geleistet haben. Es steht in unserer Macht, anzuerkennen, dass die Taten, die sie vollbracht haben, über das hinausgehen, was wir von Nestlingen erwarten. Ich schlage vor, sie als Frische Jungvögel aufzunehmen, denen es auferliegt, sich alle für ihren neuen Rang notwendigen Kenntnisse ebenso anzueignen wie die des Ranges, den sie übersprungen haben.«

Wieder sah Heslin sich um. »Spricht irgendjemand gegen diese Erhebung?«

Schweigen. Er nickte langsam, dann sah er zu uns hoch. »Euch ist hier eine große Ehre zuteil geworden, deren Bedeutung euch mit wachsendem Wissen immer deutlicher werden wird. Als Jungvögel gibt es dreierlei, das ihr sofort erfahren müsst. Das Erste davon ist dieses.«

Heslin warf die Kapuze zurück. Darunter trug er eine einfache schwarze Maske von derselben Größe und Art wie unsere Mondmasken. Er schloss das linke Auge und berührte es mit dem linken Zeigefinger. »Wenn ihr diese Geste seht, und die Person, die sie ausführt, danach auf etwas weist, sei es so unbedeutend wie verschütteter Wein oder so bedeutend wie vergossenes Blut, werdet ihr so tun, als hättet ihr es nicht gesehen und zu niemandem darüber sprechen, außer eine Versammlung von Rittern fordert euch dazu auf. Ihr werdet hinnehmen, welche temporären Strafen euch für euer Schweigen auch immer zuteil werden, in dem Wissen, dass ihr damit unserer Sache dient.«

Anschließend hob er den linken Zeigefinger an den äußeren linken Augenwinkel und danach an das linke Ohrläppchen. »Wenn ihr dieses Zeichen seht, so bedeutet es, dass die betreffende Person zu uns gehört und vertraulich mit euch sprechen möchte. Ihr werdet ihn oder sie bei der ersten sich bietenden Gelegenheit zu einem Gespräch aufsuchen, ohne einen Alarm auszulösen oder irgendwelche Aufmerksamkeit zu erregen, und dies allezeit unter Beachtung der euch auferlegten Schweigsamkeit.«

Schließlich streckte der Magiker den rechten Zeigefinger aus und zeichnete ein Symbol in die Luft, das in einem goldenen Licht ähnlich dem des Wandemblems leuchtete. Er begann mit einer waagerechten Linie, dann fügte er zwei kürzere senkrechte Linien hinzu, die seine erste Linie zu beiden Seiten ein Drittel des Wegs einwärts berührten. Am linken Ende fügte er eine kurze senkrechte Linie hinzu, die sich ebenso weit nach unten erstreckte, wie die beiden anderen über die waagerechte Linie aufragten.

»Dieses Zeichen markiert den Jungvogeleingang zu einem unserer Versammlungsorte. Wenn ihr es seht, bedeutet dies, dass eure Anwesenheit erwünscht wird. Berührt es, und ihr werdet an den Ort versetzt, an dem ihr der Zunft die besten Dienste erweisen könnt. Habt ihr alle diese Symbole verstanden?«

Ich hob die Hand und senkte sie wieder, um die Frage zu bejahen. Net und Leif taten es mir gleich.

»Gut. Als Jungvögel werdet ihr Unterricht in unseren Gebräuchen erhalten. Hier in unserer Versammlungshalle oder in anderen Versammlungshallen. Auf dieser Stufe sind eure Pflichten einfach: Gehorcht euren Vorgesetzten, vollführt all eure rechtmäßigen Aufgaben und bietet denen Beistand, die es von euch verlangen. Die Altehrwürdige und Höchst Geheime Zunft der Ritter vom Phönix ist stolz, euch in unseren Reihen zu wissen.«

Heslin applaudierte uns und die anderen stimmten ein. Wir standen nur da und ließen uns grinsend von ihrem Beifall umspülen. Erst als sie alle den Saal verließen und ihre farbenfrohen Mäntel sich vor dem Ausgang zu einem bunten Mahlstrom versammelten, wurde ich mir bewusst, dass ich splitternackt war. Ich schaute an mir herab und fand ein wenig Trost darin, dass die über meinen ganzen Körper verschmierte graue Asche und das schummrige Licht so hoch unter der Saaldecke einen großen Teil meiner Blöße im Schatten verbarg.

Heslin, Baron Norderstett und ein dritter Mann, den ich schnell als meinen Vater erkannte, kamen die Treppe zu uns herauf. Auf dem Gesicht meines Vaters lag ein strahlendes Lächeln, während die beiden anderen ihre Mienen besser im Griff hatten. Alle drei hielten sie größtenteils braune Umhänge in den Händen, die aus federförmigen Tuchstreifen zusammengenäht waren. Nur die unterste Federzeile war gelb.

Heslin hielt Net seinen Umhang entgegen. »Hier werdet ihr diese Mäntel tragen, die euch als Frische Jungvögel kennzeichnen. Wenn das Leder der Temeryxen, die ihr erlegt habt, fertig gegerbt ist, werden sie um eine Temeryxfederpellerine erweitert.«

Meinen Mantel erhielt ich aus der Hand meines Vaters. »Du ahnst nicht, wie stolz du mich gemacht hast, Tarrant.«

Ich sah ihn an. »Und du weißt nicht, wie froh ich bin, dich das sagen zu hören. Ich verspreche dir, ich werde es auch weiterhin tun.«

»Wie ihr alle, daran hege ich keinen Zweifel.« Baron Norderstett griff unter seinen Mantel und zog drei schwarze Temeryxfedern hervor. »Ihr habt euch alle drei das Recht verdient, eine davon an eurer Mondmaske zu befestigen. Das sollte den Gerüchten darüber ein Ende machen, was ihr im Westwald getan habt – oder nicht.«

»Eine Feder wird tratschende Zungen nicht zum Schweigen bringen.«

Baron Norderstett nickte. »Du hast Recht, Net, aber es mag sie bremsen.« Er drehte sich um und deutete mit offener Hand die Stufen hinab. »Ihr könnt euch jetzt die Asche abwaschen und eure Sachen wieder anziehen. Soweit ich mich entsinne, wart ihr auf dem Weg zu eurem Freund, Meister Spilfair. Man hat ihm mitgeteilt, dass ihr aufgehalten wurdet, und der Topf Bohnen ist bereits angekommen.«

»Danke.« Fast hätte ich hinzugefügt, dass ich mich auf Rauns' Gesicht freute, wenn er hörte, was wir erlebt hatten, aber dann wurde mir klar, dass ich ihm nichts von unserer Initiation erzählen durfte. Ein anderer Gedanke folgte diesem auf den Fersen, und zwar mit der Geschwindigkeit eines Wolfs, der ein Lamm schlägt. »Rauns wird nie ein Ritter vom Phönix werden, oder?«

Mein Vater versteifte sich, dann schüttelte er den Kopf. »Die Knieverletzung ist schlimm, Tarrant. Er wird das

Bein nicht verlieren, aber er wird es auch nie wieder so bewegen können wie vorher. Möglicherweise wird sein Vater nach einem Ælf schicken, der es mit seiner Magik wieder völlig heilt, aber es gibt keine Garantie, dass er tatsächlich kommt – oder wenn, dass der Zauber Erfolg hat.«

Baron Norderstett legte Vater die Hand auf die Schulter. »Seine Verletzung muss ihn nicht ausschließen, aber wir rekrutieren unsere Mitglieder vorzugsweise aus dem Militär. Euer Freund ist ein guter Mann, und er hat eine glänzende Zukunft vor sich. Wahrscheinlich nicht bei uns, aber andere Große Zünfte werden seinen Wert erkennen.«

Nets Kopf kam hoch. »Andere Große Zünfte?«

»Es gibt noch andere, die sämtlich mit unseren Zielen übereinstimmen, aber wir unterscheiden uns in den Methoden, die wir anwenden, um sie zu erreichen.« Heslin presste die Hände aufeinander. »Wir stehen mit keiner von ihnen im Konflikt, aber unsere Differenzen machen die Zusammenarbeit gelegentlich schwierig. Doch das ist nichts, was euch hier und jetzt betrifft.« Der Magiker hob die Hand. »Einen letzten Punkt solltet ihr bedenken: Ihr wißt, wer ihr seid, und andere Ritter können sich euch zu erkennen geben. Fragt niemanden, ob er zu uns gehört. Lasst beim Einsatz eurer Zeichen und der Verfolgung eurer Pflichten Diskretion walten. Wir haben keine wirklichen Feinde, aber man sieht uns nicht immer als Freunde. An euch ist es, abzuwarten, zu beobachten und zu lernen. Das soll für jetzt genug sein.«

Ich hob die Hand zur Stirn und zeigte ihm die Handfläche, ebenso wie es Net und Leif taten.

Heslin nickte. »Dieses Gelege scheint schnell von Begriff und vielversprechend. Das ist gut. Angesichts dessen, was ihr uns mitgebracht habt, brauchen wir Ritter wie euch jetzt mehr als je zuvor.«

Kapitel Elf

Wir besuchten Rauns später am Abend und in den folgenden Tagen noch mehrere Male. Ich erinnere mich, wie sein Gesicht jedes Mal aufleuchtete, wenn er uns sah, und wie er sich bei uns dafür bedankte, dass wir ihm das Leben und das Bein gerettet hatten. Weder damals noch irgendwann seitdem hatte ich einen Zweifel daran, dass seine Dankbarkeit ehrlich war, aber ich hörte von Beginn an eine Spur von Verbitterung in seinen Worten. Die Heiler hatten sein Knie in eine feste Segeltuchschiene mit Eichenholzstangen gebunden, um es gerade und ruhig zu halten. Rauns konnte aufstehen und es belasten – jedenfalls ein wenig, auch wenn er sich die meiste Zeit auf Krücken bewegte –, aber wir alle wussten, dass er niemals wieder würde normal gehen können.

Rauns würde nie ein Krieger werden, und auch wenn er sich vielleicht gar nicht so sehr für dieses Leben eignete, würde er nach dem Schicksalsschlag, der ihm diesen Lebensweg so jäh und endgültig verbaut hatte, immer grübeln, was hätte sein können. In allen Chroniken der Ereignisse, die sich nach seiner Verletzung abspielten, würde er allein als Opfer erscheinen, gelegentlich sogar fehlerhaft für einen Schäfer oder Holzfäller gehalten werden, den wir drei anderen gerettet hatten. Der Temeryx hatte Rauns vielleicht nicht getötet, aber es war ihm gelungen, den Menschen zu töten, zu dem Rauns hätte werden können, und der Überlebende würde die Gedanken darüber nie abschütteln können, wie anders sich die Dinge entwickelt hätten, wäre er an meiner oder Leifs Stelle gewesen.

Zwei Tage nach unserer Rückkehr nach Valsina fiel die Entscheidung, dass jemand eine Meldung über die Ereignisse an den Orioser Hof bringen musste. Normalerweise hätte das eine Reise von sechzig Meilen in die Hauptstadt Meredo bedeutet. Bei ruhigem Tempo von fünf Meilen am Tag eine Strecke von zwölf Tagen oder etwas mehr als einer Woche. Unglücklicherweise war die Königin aber bereits in die alcidische Hauptstadt Yslin aufgebrochen, um sich mit den anderen Herrschern zum Erntefest zu treffen, einem internationalen Ereignis, das alle vier Jahre in einem anderen Land stattfand.

In den Augen des Bürgermeisters und der anderen örtlichen Würdenträger war die Nachricht vom Auftauchen einer so ungewöhnlichen Gruppe aurolanischer Kreaturen in Oriosa von überragender Bedeutung, und sie entschieden, eine Abordnung zur Königin zu entsenden, um sie und ihre Mitmonarchen von dieser gefährlichen Entwicklung zu unterrichten. Baron Norderstett erhielt den Auftrag, die Gruppe zusammenzustellen, und er wählte Net, Leif und mich aus, sie zu begleiten.

Seine Wahl ehrte mich mehr als ich es sagen konnte, aber gleichzeitig empfand ich sie als Fehler und war entschlossen, mich zu verweigern. Ich erklärte es damit, dass ich zwischen irgendwelchen Monarchen ganz und gar fehl am Platze sein würde. Außerdem hatte mein Mondmonat gerade erst begonnen, und die Ernte musste eingefahren werden. Es behagte mir gar nicht, Valsina zu verlassen, so lange noch andere derart üble Kreaturen auf der Lauer liegen mochten.

Mein Vater hörte sich alle meine Proteste schweigend an, dann schüttelte er den Kopf. »Du hast in dieser Frage gar keine Wahl, Tarrant. Baron Kenvin Norderstett ist mein Lehnsherr. Er kann mit uns verfahren, wie es ihm beliebt. So sehr es mir gefiele, euch zu begleiten, ich bin Valsinas Friedenswart. Mein Platz ist hier, um die Stadt auf das Schlimmste vorzubereiten, was eure Entdeckung ahnen lässt. Dein Platz ist bei ihm auf der Straße nach Yslin.«

»Aber mein Mondmonat …«

»Aha, jetzt kommen wir zum Kern der Sache, oder?« Mein Vater gluckste. »All die Feste, all die Gelegenheiten, nach dem, was du geleistet hast, im Mittelpunkt zu stehen. Die Gelage, die du verpassen wirst. Die Liebschaften. Das erscheint dir nicht fair, habe ich Recht?«

Ich blickte zu Boden. »Also, nein.«

»Das Leben ist nicht fair.« Vaters Stimme wurde streng. »Was mit Rauns geschehen ist, war auch nicht fair. So sicher die Woche zehn Tage hat, so sicher wird er mit den Folgen leben müssen, und kein Mondmonat wird daran etwas ändern. Und du wirst es genauso halten. Das Leben stört deinen Spaß. Das ist Pech. Läge es bei mir, es wäre vielleicht anders gelaufen, aber das tut es nicht. Du hast Pflichten, Tarrant, Baron Norderstett gegenüber, der Bevölkerung Valsinas und Oriosas gegenüber. Und auch dir selbst gegenüber. Würdest du hierbleiben, hättest du keine Chance herauszufinden, wie weit du es bringen kannst.«

Ich runzelte die Stirn. »Du bleibst hier.«

»Aber ich bin nicht immer hiergeblieben. Ich bin auf dem Abstieg vom Berg des Lebens. Du stehst noch im Vorgebirge. Du musst dich an den Aufstieg machen.«

Ich nahm seine Zurechtweisung hin und machte mir klar, dass ich in Wahrheit selbstsüchtig und auch ein wenig eingeschüchtert war. Der Mondmonat war als Periode des Übergangs gedacht und ich hatte das Gefühl, dass mir diese Zeit gestohlen wurde. Aber Vaters Hinweis auf Rauns ließ mich erkennen, wie kleingeistig dieser Gedanke war.

Unsere Expedition nahm schnell deutliche Formen an. Baron Norderstett wählte zusätzlich zu vier Jägern und zehn Soldaten noch Heslin und zwei seiner Gehilfen aus, uns zu begleiten. Wir brachten jeder drei Pferde mit, eine

Grundausrüstung aus Decken, Regenkleidung, Rüstung, Waffen und dergleichen, sowie Nahrung für uns selbst und Getreide für die Pferde. Rauns' Vater kümmerte sich um den Proviant und veräußerte sogar einen Teil seiner Waren in einem Handel mit einem Waffenschmied, damit Net und ich unsere Grundausrüstung vervollständigen konnten. Er lehnte jede Bezahlung dafür ab, aber Net und ich gaben ihm trotzdem unser Mondgold. Unterwegs konnten wir ohnehin nichts damit anfangen.

Was Rüstung und Waffen betraf, neigte ich bei meiner Wahl zu Teilen, die mich nicht bremsten oder behinderten. Ich akzeptierte ein langes Kettenhemd mit Kapuze und einen offenen Helm für den Kopf, dazu Handschuhe, Arm- und Beinschienen. Als Kleidung darunter und für den alltäglichen Schutz entschied ich mich für ein gefüttertes Lederwams und eine ebensolche Hose. An Waffen nahm ich einen Reiterbogen und drei Garben zu je dreißig Pfeilen mit, dazu ein Schwert, ein Beil und zwei Dolche. Das Schwert war einen guten Meter lang, mit einer Klinge aus drei Viertelmetern doppelschneidigem Stahl. Ein einfaches Stichblatt schützte meine Hände, und das Heft war lang genug, um die Waffe mit beiden Händen zu führen, wenn das nötig wurde.

Leif und Net rüsteten sich genauso aus, allerdings entschied Net sich gegen ein Schwert. Stattdessen wählte er einen grauenhaft gefährlich aussehenden Streitkolben von fast ein und einem Viertel Meter Länge und einem beinahe handlangen Stahldorn, der an der Spitze noch dazu kam. Das obere Fünftel des Streitkolbens war mit Stahl umwickelt und etwa doppelt so dick wie der Eichenholzschaft, und vier schmale Stahlstreifen zogen sich am Schaft hoch, um Schwerter und Äxte abzuwehren, die versuchten, ihn zu durchschlagen. Die Waffe wog mindestens das Doppelte meines Schwertes, aber Net wirbelte sie herum wie eine Weidengerte.

Es fiel mir nicht leicht, meinen Eltern Lebewohl zu

sagen, und ich war froh, dass ich mich daheim verabschieden konnte und es nicht vor den Augen meiner Reisebegleiter tun musste. Mutter sorgte dafür, dass ich reichlich zu essen hatte und erinnerte mich ständig daran, was ich tun musste, wenn ich mich an irgendeiner Stelle wundscheuerte, mir einen Sonnenbrand holte, die verschiedensten Ausschläge, Beulen, Schürfwunden oder sogar Schnitte zuzog. Darüber hinaus nahm sie mir das Versprechen ab, meine Kleidung immer sofort zu reparieren, damit mich niemand für einen Bettler halten konnte, und sie bei sich bietender Gelegenheit wissen zu lassen, wie es mir ging.

Vater gab mir mit auf den Weg, was er über verschiedene Mitglieder der Expedition wusste, und ermahnte mich, so viel wie möglich von Baron Norderstett zu lernen. Außerdem trug er mir auf, die Pferde zu versorgen, bevor ich mich um mein eigenes leibliches Wohl kümmerte, und meine Pflichten im Lager gewissenhaft zu erfüllen. Es habe sich noch nie jemand über zu schnell aufgefüllte Wassereimer beschwert oder über zu viel gesammeltes Brennholz fürs Feuer. Außerdem warnte er mich davor, mich über das Essen zu beschweren, gleichgültig, wie widerlich es auch schmecken mochte, und nannte mir ein Dutzend Methoden, sich mitten in der Nacht auf Posten wachzuhalten.

Und er ermahnte mich, keinen bösartigen Tratsch zu verbreiten und auf Leif aufzupassen wie auf meinen Bruder. Mir war klar, dass diese beiden Punkte zusammenhingen, denn es gab genug hämisches Geflüster darüber, dass Leif so klein und geckenhaft geraten sei, weil seine Eltern Cousin und Cousine ersten Grades waren. Derartiges Gerede ärgerte meinen Vater schon immer, und ich wusste, dass es auch Leif verletzte, daher war ich nie mit einem Wort darauf eingegangen, und hatte ihn immer wie einen Bruder behandelt.

Jetzt, da ich meinem Zuhause den Rücken kehrte,

schien es mir, dass Vater mir mit diesem letzten Ratschlag einen Teil der Pflichten übertrug, die er dem Haus Norderstett schuldete. Mit ernstem Nicken ließ ich ihn wissen, dass ich gerne bereit war, diese Verpflichtung auf mich zu nehmen. Er lächelte, und kein weiteres Wort war nötig.

Ich küsste sie beide zum Abschied und wischte die Tränen meiner Mutter ab, bevor ich die Mondmaske anlegte. Beim letzten Blick auf sie, bevor der Maskenvorhang sich schloss, sah ich sie Arm in Arm winken, ein tapferes Lächeln auf den Lippen. Ich hob grüßend die Hand, dann öffnete ich die Tür, und das Knirschen des Türriegels verschluckte Mutters leises Weinen.

Wir trafen uns am Südtor der Stadt und machten uns sofort auf den Weg. Er sollte uns um Bokagul herumführen, weniger aus Angst vor einer Begegnung mit den urSreiði, als um unnötige Strapazen zu vermeiden. In vergangenen Jahrhunderten hatten Menschen und urSreiði furchtbare Kriege gegeneinander geführt, und obwohl inzwischen Friede herrschte, gab es nur begrenzte Verbindungen zwischen unseren Völkern. Obwohl ich im Schatten Bokaguls groß geworden war, hatte ich noch keinen einzigen urZreð zu Gesicht bekommen, und kannte sie nur aus den Erzählungen meines Vaters, der ihnen selbst gerade zweimal begegnet war.

Hinter den Bergen wollten wir uns westlich halten und nördlich an den Ruinen von Atval vorbeiziehen, um danach auf die Grenzstraße nach Yslin zu gelangen. Die gesamte Strecke von achtundneunzig Meilen Länge würde achtzehn Tage in Anspruch nehmen und uns mitten im Erntefest nach Yslin bringen.

Die erste Zeit über verlief die Reise ohne Zwischenfälle. Gelegentlich kampierten wir, ansonsten machten wir Halt in den Herbergen einiger kleiner Dörfer auf unserer Strecke. Da unser Reiseproviant neben Mehl, Reis und Hirse vor allem aus Dörrfleisch und Pflastersteinen bestand – kleinen, runden Keksen, hart genug, um ihren

Namen wahrhaftig zu verdienen –, waren alle dankbar für die Gelegenheit, in den Gasthäusern eine etwas abwechslungsreichere Kost zu genießen. Und es gab auch keine Beschwerden, wenn wir die Pferde unterstellen und ihnen mehr Getreide geben konnten, statt sie grasen zu lassen.

Auf Fragen, warum wir nach Süden unterwegs waren, antwortete Baron Norderstett den Herbergswirten, er nähme uns drei Mondmaskenträger nach Yslin zum Herbstfest mit, damit wir ein paar neue Erfahrungen sammeln konnten. Diese Erklärung sorgte regelmäßig für große Erheiterung unter den Tavernengästen, und sie überboten sich darin, uns sämtliche Herbstfestanekdoten zu erzählen, die sie je gehört hatten. Ein paar von ihnen waren wirklich gut, aber die meisten lohnten keine Wiederholung, und wir bekamen sie immer wieder vorgesetzt.

Gleichzeitig erfuhren wir einiges über die örtlichen Neuigkeiten. Bisher waren die Nachrichten aus Valsina noch nicht nach Süden vorgedrungen, sodass niemand wusste, was wir getan hatten. Die schwarzen Temeryxfedern auf unseren Mondmasken hielt man für Schwungfedern ungewöhnlich großer Raben, und ein paar Witzbolde zogen uns damit auf. Leif geriet dabei regelmäßig in Wut, aber sein Vater hielt ihn zurück. Net und ich spannen den Dörflern als Reaktion einfach eine Fabel über unseren Krieg mit den Raben. Die Geschichte wurde mit jeder Wiederholung ausführlicher, und um ehrlich zu sein, war sie um einiges unterhaltsamer als die meisten Herbstfestanekdoten.

Wieder auf dem Weg – als wir drei mit Leifs Vater ritten – fragte ich Baron Norderstett, wann zuletzt Temeryxen, Vylænz und Schnatterfratzen in Oriosa angetroffen worden waren.

Er schürzte für einen Augenblick die Lippen, dann sah er zu mir herüber. »Ehrlich gesagt, ich weiß es nicht. Ihr habt gewiss die Geschichten gehört, wie manche Schäfer einzelne ihrer Tiere als Kadaver vorgefunden oder immer wieder Bauern ein Kalb verloren haben. Das könnte ebenso gut das Werk von Temeryxen wie das von Wölfen gewesen sein. Sie könnten seit Jahren hier sein, ohne dass wir es gemerkt haben. Aber ich bezweifle es, denn sie wirkten reichlich unverfroren. Was bestätigte Sichtungen angeht, so müsste man schon ein Jahrhundert oder mehr zurückdenken, bis zur Zeit der letzten Aurolaneninvasion. Damals erstand unter den Aurolanen ein Führer, wenn die Geschichten stimmen, ein Vylæn-urSreiði-Halbblut mit Namen Kri'tchuk. Er versammelte ein gewaltiges Heer und fiel durch einen Pass in den Borabergen nach Süden ein. Seine Horden überströmten Noriva – das Gebiet, das wir heute die Geistermark nennen – und eroberten Vorquellyn. Niemand hatte es für möglich gehalten, dass ihnen das gelingen könnte, hatte die Aurolanen für fähig gehalten, Schiffsbau oder Segelschiffahrt zu meistern, aber eben das hatten sie geschafft. Sie segelten nach Süden, an Festung Draconis vorbei, um Sebtia und Muroso zu überfallen.«

Leif runzelte die Stirn. »Ich dachte, Festung Draconis war dafür gedacht, den Süden gegen eine Invasion zu beschützen. Sie hat versagt.«

Sein Vater schüttelte den Kopf. »Festung Draconis hat den geeigneten Standort, um einen Nachschubstrom nach Süden abzuschneiden, und genau das hat sie auch getan. Nachdem die Ælfen den größten Teil seiner Flotte versenkten, musste Kri'tchuks Heer von dem leben, was das Land hergab. Seine vordersten Truppen schafften es nach Oriosa, aber urSreiði aus Bokagul und Sarengul brachten ihren Vormarsch zum Stehen. Dann stießen menschliche Heere durch Saporitia vor und trieben die Aurolanen durch die Düstermarken zurück. Einheiten der Festung Draconis setzten ihnen auf dem ganzen Rückweg zum Boragulpass zu, aber in den Bergen wurde sie von starken aurolanischen Kräften aufgehalten.«

»Kri'tchuk fiel am Yvatsenknie«, grinste Net. »Er glaubte, die einzige Furt für Meilen im Umkreis zu kontrollieren. Hielt sich mit dem Fluss zwischen uns und seinem Heer für sicher.«

Baron Norderstett nickte. »Du kennst die Geschichte des Zwielichtfeldzugs?«

»Der Vater meiner Mutter kannte die Geschichten. Hatte sie von seinem Vater gehört. Das hat mich dazu gebracht, ein Krieger werden zu wollen.«

»Wenn dein Urgroßvater am Zwielichtfeldzug teilgenommen hat, stehst du in einer ehrbaren Tradition.« Baron Norderstett schenkte Net ein anerkennendes Lächeln. »Du hast Recht. Ein urSreiðiheer schaffte tonnenweise Felsgestein heran und baute eine zweite Furt, über die unsere Armee ans andere Ufer gelangte. Sie trieb Kri'tchuks Truppen in den Fluss, zerschlug sie und tötete ihn selbst. Danach nahm unser Heer vereint mit den Truppen aus Festung Draconis Kurs nach Norden, entschlossen, dessen widerwärtige Herrin zu vernichten. Kytrin hob eine neue Armee aus und blockierte den Pass.«

Leif verzog das Gesicht. »Wenn wir das Aurolanenheer zerschlagen haben, warum haben wir die Geistermark und Vorquellyn nicht befreit?«

Baron Norderstett zuckte ziemlich steif die Schultern. »Das kann ich nicht mit Gewissheit sagen, da es lange vor meiner Zeit geschah. Der unmittelbare Grund dafür, dass es nicht zu einem Kampf kam, war der frühe Wintereinbruch. Das Heer bewegte sich nach Hause. Der Zwielichtfeldzug hatte eine Menge Leben gekostet und großen Schaden angerichtet, daher waren nur die wenigsten Herrscher bereit, ihr Volk erneut solchen Härten auszusetzen. Später kamen andere Probleme hinzu. Okrannel fühlte sich hinter seiner Gebirgsgrenze sicher und weigerte sich, ein Heer auf sein Gebiet zu lassen. Das ist auch nicht schwer zu verstehen, wenn man bedenkt, welchen Appetit eine Armee hat, und dass diesen in aller Regel die örtliche Bevölkerung decken muss. Außerdem war es in den Jahrzehnten zuvor immer wieder zu Streit zwischen Noriva und Okrannel um die Bucht zwischen beiden Ländern gekommen, sodass es den okranschen Fürsten recht gut ins Konzept passte, wenn die Herrscher Norivas ihre Nation nicht zurück erhielten.«

Leifs Blick wanderte in unbestimmte Weiten. »Wäre eine Invasion über das Meer möglich gewesen?«

»Die Möglichkeit besteht schon, aber ein solches Unternehmen ist äußerst schwierig. Die logistischen …«

Ich kniff die Augen zusammen. »Wird darüber nachgedacht?«

»Darüber nachzudenken ist eine Übung, die schon manchen Krieger während des Garnisonsdienstes in irgendeiner abgelegenen Feste davor gerettet hat, der Langeweile zu erliegen.« Baron Norderstett lachte. »Vielleicht können wir unterwegs die Einzelheiten ausarbeiten.«

»Das ist der Grund, warum Vorquellyn nie befreit wurde?« Nets Blick wurde hart. »Es ist eine Insel.«

»Es ist in der Tat eine Insel, aber das ist nicht der einzige Grund, warum es bis heute unter dem Aurolanenbanner liegt.« Baron Norderstett zog den Stopfen aus seiner Feldflasche und nahm einen tiefen Schluck. Dann wischte er sich mit der Rechten den Mund. »Die Ælfen leben in ihren Heimstätten, zu denen auch Vorquellyn zählt. Ihr Herrschaftsgebiet war zu früheren Zeiten sehr viel größer, doch als wir Menschen uns ausbreiteten, haben sie sich in ihre heutigen Enklaven zurückgezogen. Wenn sie ein bestimmtes Alter erreichen, etwa so wie ihr euren Mondmonat, unterziehen sie sich einem Ritual, das sie an das Land ihrer Geburt bindet. Es ist eine magische Verbindung. Wenn ihre Heimat leidet, leiden sie mit ihm, daher hegen sie ihre Lande sehr viel gewissenhafter als andere Rassen das tun. Als die Aurolanen die Insel überrannten, erlitten die an das Land gebundenen Vorquellyn-Ælfen, die den Angriff überlebten, furchtbare Schmerzen. Manche starben an gebrochenem Herzen. Andere zogen nach Westen. Was aus ihnen wurde, nachdem sie das Meer erreichten, weiß niemand. Sie sind spurlos verschwunden. Die übrigen aber, die jungen Ælfen, ließen sich an keine andere Heimstatt binden, obwohl die anderen Ælfen es ihnen angeboten hatten. Die Vorquellyn-Ælfen sind eine Sache für sich.« Er setzte sich im Sattel zurück. »Ihr drei habt noch nie einen Ælfen gesehen, richtig? Oder einen urZreð, oder irgendeine andere nichtmenschliche Art.«

Ich lächelte. »Ihr meint, abgesehen von Schnatterfratzen und Vylænz?«

»Gut gekontert.«

»Ich nicht.«

Net schüttelte den Kopf, genau wie Leif.

»Vielleicht begegnen wir in Yslin einigen. Gelegentlich nehmen Gesandte an der Feier teil.« Der Baron rieb sich das Kinn. »Wenn euer Mondmonat zu Ende ist, werdet ihr mehr von der Welt gesehen haben als die meisten Menschen in ihrem ganzen Leben. Vielleicht ...«

Was immer er sagen wollte, wurde von einem der Vorausreiter von unserer nördlichen Flanke abgeschnitten, der sein Pferd vor uns zügelte. »Mein Fürst, wir sind im Wald auf die Spuren von Reisenden gestoßen.«

»Menschen?«

»Schnatterfratzen, scheint es. Einen Tag alt.« Der Mann schüttelte den Kopf. »Mindestens ein Dutzend, auf parallelem Kurs zu uns.«

Baron Norderstetts Augen wurden schmal. »Die Straße ist ziemlich offen, also müssten sie nachts angreifen, und wenn sie nur auf Raubzug wären, hätten sie die Gelegenheit längst genutzt.«

Heslin kam zu uns geritten. »Probleme?«

»Die Vorausreiter haben Schnattererspuren entdeckt. Sie verfolgen uns.«

Der Magiker nickte. »Das setzt voraus, dass sie wissen, wer wir sind, und uns seit Valsina beobachten. Meinst du, im Westwald ist uns eine der Schnatterfratzen entkommen?«

»Das würde es erklären. Die Spuren deuten auch darauf hin, dass noch andere Gruppen in Oriosa tätig waren, und es könnte sein, dass sie uns verfolgen, bis sie genug Kräfte für einen Hinterhalt zusammengezogen haben.« Leifs Vater stellte sich in die Steigbügel und sah sich in dem breiten Talkessel um. »Keine Deckung, keine wirkliche Verteidigungsstellung. Die Wälder könnten von Aurolankreaturen wimmeln.«

Heslin deutete nach Süden auf die Hügel, die das Tal abschlossen. »Die Ruinen von Atval liegen etwa ein Dutzend Meilen entfernt.«

»Atval?« Baron Norderstett schüttelte den Kopf. »Wir müssten verrückt sein, das zu riskieren.«

»Oder verzweifelt.« Der alte Magiker schmunzelte. »Wenn sie von Atval wissen, werden sie uns den Weg dorthin nicht abgeschnitten haben, weil sie nicht erwarten werden, dass wir dorthin reiten. Wenn wir es doch tun, haben wir eine Chance, sie abzuwehren. Und selbst wenn der Schrecken, der über Atval kam, zurückkehren sollte, dürfen wir wohl damit rechnen, dass er auch die Aurolanen vernichten würde.«

»Besser, als hier auf grüner Wiese zu sterben.« Baron Norderstett wandte sich an den Vorausreiter. »Böttcher, hol er alle zurück. Wir reiten nach Atval. Er gebe die Parole aus, Rüstung angelegt und auf frische Pferde gewechselt. Wir werden uns nach Kräften beeilen, um zum Abend einzutreffen.«

»Wie Ihr befehlt, mein Fürst.«

Norderstett drehte sich wieder zu Heslin um. »Bist du sicher, dass das eine gute Idee ist?«

»Wenn man schon sterben muss, warum dann nicht in einem glorreichen Feuerwerk?« Der Magiker kicherte trocken, dann zog er das Pferd herum und ritt zurück zu seinen Helfern.

Mein Mund war plötzlich staubtrocken. »Wie hat er das gemeint?«

»Das mit dem glorreichen Feuerwerk? Es war ein Witz, und kein besonders gelungener.«

»Nein, was hat er gemeint, als er vom ›Schrecken, der über Atval kam‹ sprach? Er sagte, er könnte zurückkehren und uns ebenfalls vernichten. Das ist aber doch unmöglich, oder?«

»O nein, Valkener, das ist sogar sehr gut möglich.« Baron Norderstett seufzte schwer. »Denn immerhin waren Drachen der Schrecken, der über Atval kam. Sie legten die Stadt in Schutt und Asche und erklärten, dass kein Mensch dort jemals wieder leben wird. Wenn wir dort Unterschlupf suchen, haben wir eine Chance, die Schnatterfratzen zu überleben, aber falls die Drachen zurückkehren, um ihr Verbot durchzusetzen …«

Ich nickte. »Dann erleben wir eine Mondmonatsfinsternis.«

»Und zwar eine absolute und endgültige, Tarrant.«

Kapitel Zwölf

Die Schwarze Stadt Atval tauchte schemenhaft wie eine Wolke am Horizont auf. Sie lag auf einem Hochplateau, und als wir die Hügel hinter uns hatten, war sie deutlich auszumachen. Während wir auf die Stadt zuritten, wartete ich darauf, dass Einzelheiten erkennbar wurden, aber ich wartete vergebens. Die ganze Stadt schien ein einziger fließender Schatten, auch wenn die untergehende Sonne blutrote Glanzlichter auf ihre nach Westen gelegenen Flächen warf.

Atval war lange vor der Großen Revolte gegründet worden und hatte zunächst nicht mehr als eine einfache Siedlung im Herzen weiter Ebenen dargestellt, die jahrelang bevorzugtes Jagdrevier von Drachen gewesen waren. Doch die Stadtväter kamen zu einer Einigung mit den Drachen. Sie hüteten die Bisonherden und lieferten den Drachen jedes Jahr Tausende der Tiere als Tribut. Die Stadt blühte und gedieh, hölzerne Palisaden wurden durch Steinmauern ersetzt. Gewaltige Befestigungen wurden aufgerichtet und die Menschen begannen zu glauben, ihre Stadt sei wehrhaft genug, um Schutz selbst vor Drachen zu bieten.

Ein Anführer erwuchs ihnen, der sein Volk in eine Revolte gegen die Drachen führte. Sie hielten den Tribut zurück und griffen die Drachen an, die gekommen waren, um ihn abzuholen. Der Legende nach starb mindestens ein Drache – und die Geschichten deuten weniger einen Tod im Kampf als einen kaltblütigen Mord an. Eine Weile feierten die Atvaler ihren großen Sieg und den Führer, der ihn ermöglicht hatte.

Als wir näher an die Stadt herankamen, wurde die Dummheit dieser Tat schmerzhaft deutlich. Die Stadt selbst war immer noch in ihrer ursprünglichen Form erkennbar, mit riesigen Mauern und offenen Toren, breiten Straßen, Standbildern auf den zentral gelegenen Plätzen, hohen und niedrigen Bauwerken, alle in ordentlicher, sichtlich geplanter Weise über die Stadt verteilt. Erschreckend war, dass die Stadt aussah, als wäre sie aus schwarzem Wachs errichtet und dann zu dicht an einem Feuer platziert worden. Alle scharfen Kanten waren abgerundet, Mauervorsprünge in immer noch erkennbare Ströme aus verflüssigtem Stein zerschmolzen. Dachziegel waren wie Wasser zerflossen, und ihre Überreste hingen Eiszapfen gleich von den Dachrinnen. Ehedem quadratische Fenster waren zu durchhängenden Rahmen zerronnen, einst stolze Torbögen nur noch formlose Löcher.

Als wir in die Stadt ritten, deutete Leif auf ein paar Balken, die den Angriff der Drachen irgendwie überstanden zu haben schienen. »Wie ist es möglich, dass Holz dieses Inferno überlebt hat?«

»Wie ist es möglich, dass überhaupt irgendetwas überlebt hat?« Heslin zügelte sein Pferd. »Drachenfeuer hat eine magische Komponente. Es kann vernichten wie hier oder dem Stein eine neue Form geben. Das ermöglicht es den Drachen, in den Bergen ihre Hallen zu schaffen. Hier haben sie die Menschen vertrieben und die Stadt danach zu einem Mahnmal geformt. Kein Mensch, überhaupt keine Kreatur, die sich auf zwei Beinen bewegt, wird sich je wieder hier niederlassen dürfen. Es kommt gelegentlich vor, dass Drachen anderen vertrauen, aber einen Verrat vergeben sie niemals.«

Leif seufzte. »Aber wir haben doch keinem Drachen etwas getan.«

Heslin lachte. »Und wenn du von Drachenüberfällen hörst, unterscheidest du zwischen Drachen und ihren Sippen?«

»Äh … nein.«

»Genauso halten es die Drachen, jedenfalls, was Atval betrifft. Hier wurde ein Drache ermordet. Die Täter bildeten sich ein, sein Tod schreckte andere Drachen ab.« Der alte Magiker deutete mit umfassender Handbewegung auf die Stadt. »Ein tödlicher Irrtum. Dieser Ort stinkt geradezu nach Drachenmagik. Unsere Anwesenheit hier wird ihnen nicht entgehen, aber ich kann auch nicht sagen, wie schnell sie reagieren werden.«

Böttcher, der Vorausreiter, der die Schnattererspuren gefunden hatte, deutete den Weg hinab, den wir gekommen waren. »Sie rücken an. Sieht nach mehreren Gruppen aus, die sich zum Angriff zusammengeschlossen haben. Schnatterfratzen und Temeryxen, wahrscheinlich auch Vylænz.«

Leifs Vater ritt zurück zum Tor und sah hinaus. »Keine Reifreisser oder Hôrgun, aber es müssen mindestens hundert sein. Wir müssen uns ein Gebäude suchen, um uns zu verschanzen.«

»Der Kedyntempel?« Net deutete ins Zentrum der Stadt. »Vielleicht bringt es uns Glück. Zumindest könnte es die Götter amüsieren.«

»Warum nicht? Böttcher, er bleibt mit Alder und Darbin hier. Die Parole ist Mond, die Antwort Sonne. Er zähle sie und komme dann zu uns in den Tempel. Und er warte nicht mit dem Aufbruch, bis sie ihm auf den Fersen sitzen. Eine ungenaue Zählung ist mir lieber als eine, deren Ergebnis ich nicht bekomme.«

Wir nahmen die Reservepferde der Vorhut mit und ritten tiefer in die Stadt, die breite Freitreppe zum Kedyntempel hinauf. Als wir in das Gebäude kamen, das nicht ganz so groß war wie der Tempel in Valsina, sahen wir die ersten Anzeichen dafür, wie vollständig die Vernichtung der Stadt durch die Drachen ausgefallen war. Nicht nur das Bauwerk zeigte Spuren des Feuers, auch seine Einrichtung war davon gezeichnet. Tische und Stühle waren halb zerschmolzen, aber sie bestanden jetzt aus Stein. Die Standbilder Kedyns, Fesyins und Gesrics waren auf ihren Podesten zerlaufen wie von Uferwellen überspülte Sandburgen. Die Vernichtung war so präzise erfolgt, dass alles im Innern des Gebäudes der Vernichtung anheim gefallen war, was seinen Zweck erklärte. Es selbst aber stand noch. Das ließ keinen Zweifel an der Verachtung der Drachen für alles, was menschlich war.

Nachdem wir uns im Innern des Tempels versammelt hatten, brachten wir die Pferde in die Gebetssenke und verbarrikadierten die Türen. Baron Norderstett schickte Kundschafter aus, um nach weiteren Eingängen zu suchen, darunter auch Leif. Das Steinmobiliar war schwer und ließ sich kaum bewegen, aber wir wussten, wenn es erst in Position war, würde es den Aurolanenkräften ebenso schwer fallen, daran vorbeizukommen. Ich wurde zusammen mit vier weiteren Bogenschützen in den ersten Stock auf den Priestersteig abkommandiert. Von dort konnte ich durch die Fenster oder hinunter ins Tempelschiff feuern, falls es den Aurolanen gelang, in das Gebäude durchzubrechen.

Unter uns gelang es Heslin und seinen Gehilfen, mit ihren Zaubersprüchen einen Teil der Votivleuchten wieder zu entzünden, die in früheren Zeiten den ganzen Tempel erhellt hatten. Die wenigen Leuchten, die jetzt noch brannten, waren halb zerschmolzen und so verformt, dass ihre kleinen Flammen ein bizarres, zuckendes Schattenspiel an die Wände warfen. Sie vertrieben die Nacht, spendeten aber nicht mehr Licht, als ich es eine halbe Stunde vor Sonnenaufgang erwartet hätte.

Baron Norderstett hatte zwar auch im Westwald schon den Befehl über die Jagd auf die Temeryxen gehabt, aber dies war meine erste Gelegenheit, ihn in einem rein militärischen Zusammenhang zu beobachten. Seine Entscheidungen waren schnell und endgültig, aber er suchte im Vorfeld den Rat anderer und richtete seine Planung danach, was sie beizutragen hatten. Seine Beschlüsse erschienen mir höchst vernünftig, und dass er Parolen und Antworten festgelegt und Rückzugspositionen bestimmt hatte, gab mir das Gefühl, er habe die Lage im Griff. Mir war klar, dass uns ein verzweifelter Kampf bevorstand, dennoch hatte ich zu keiner Zeit das Gefühl, wir wären dem Tod geweiht.

Dieses Vertrauen in unsere Fähigkeit, dem kommenden Ansturm zu wiederstehen, unterlief allerdings einer gewissen Revision, als die Schnatterfratzen uns erreichten. Böttcher und die anderen meldeten mindestens zweihundert. Ich hatte im Westwald schon Schnatterfratzen gesehen, aber die waren alle tot gewesen. Es war mir leicht gefallen, ihre wuchtige Statur als Fett abzutun, aber bei den Schnatterern, die dort draußen durch die Straßen schlichen, spielten Muskelberge unter dem verfilzten, fleckigen Fell. Ihre großen Ohren mit den schwarzen Haarbüscheln zuckten von einer Seite zur anderen, und sie hoben die breiten Schnauzen in die Luft, um Witterung aufzunehmen. Sie knurrten und bellten einander an, und irgendeine von ihnen stieß einen markerschütternden Schrei aus, der wie eine Mischung aus Wolfsheulen und irrem Gelächter klang. Die meisten waren ungepanzert, aber alle trugen kurze Speere und mörderisch lange Messer bei sich. Ein paar hatten Bögen, und meine Begleiter und ich einigten uns wortlos, dass sie als Erste sterben mussten.

Ich legte einen Pfeil auf die Sehne und zog ihn bis ans Kinn. Die Sehne berührte meine Unterlippe. Ich zielte auf eine gedrungene Schnatterfratze, die ihren Bogen mit heftig pumpender Bewegung in die Luft stieß und einen jener grauenhaften Schreie erschallen ließ. Ich gab die Sehne frei, und der Schrei brach ab. Der Pfeil durchschlug den Hals und bohrte sich in den Oberschenkel eines weiteren Monsters ein paar Schritte dahinter. Schwarzes Blut spritzte über das Fell seiner Kameraden.

Andere Schnatterfratzen wurden von unseren Pfeilen zu Boden gestreckt, dann brach die Horde in einer einzigen wogenden Masse los und schwappte die Freitreppe herauf. Ich feuerte ohne zu zielen einen Pfeil nach dem anderen ab. In diesem Gedränge konnte ich nicht danebentreffen. Einen kurzen Augenblick blieb der Mob stehen, und aus dem Gebrüll unter mir schloss ich, dass die vorderen Reihen unsere Barrikade erreicht hatten. Gebrüll verwandelte sich in Kreischen und tierisches Jaulen. Tiefes Gelächter von unten und der Anblick um sich schlagender Schnatterer, die durch die Menge nach hinten gezerrt wurden, sagten mir, dass wir standgehalten hatten und meine Freunde im Erdgeschoss schwere Verluste austeilten.

Immer wieder brandeten die Horden die Treppe herauf. Kreischend und heulend stürmten sie gegen die Barrikade, als wollten sie uns mit Gebrüll allein niederwerfen. Sie schleuderten Steine und Pfeile, Speere und Beile, um unsere Männer zurückzuzwingen. Wir Bogenschützen ließen nicht nach, sie zu mit Pfeilen zu spicken, und wir taten unser Bestes, die wenigen Vylænz und Temeryxen abzuschießen, die wir entdeckten.

Plötzliche Schreie von unten ließen mich herumfahren. Ich sah links einen hellen Lichtblitz aufzucken, dann rannte ein lodernder Temeryx ins Tempelschiff. Er hatte Mühe, mit seinen Krallen auf dem Steinboden Halt zu finden, und als die Flammen ihn verzehrten, rutschte die Kreatur aus und schlug hin. Beißend schwarzer Rauch stieg von ihr auf, dann tauchten zwei weitere Temeryxen auf und griffen unsere Barrikade von hinten an. Hinter ihnen sah ich einen von Heslins Gehilfen bäuchlings in einer größer werdenden Blutlache liegen. Der andere stützte mit einem Arm den alten Mann und berührte mit einem schmucklosen Stab, den er in der anderen Hand hielt einen weiteren Temeryx, der augenblicklich in Flammen aufging.

Ich schoss einen Pfeil auf einen der Temeryxen ab und spaltete ihm das Brustbein. Die Frostkralle stürzte zu Boden und prallte dabei gegen einen der Vorausreiter, der mit umfiel. Ein anderer unserer Männer wirbelte herum und köpfte das sterbende Biest mit einem einzigen Schwerthieb. Er selbst starb Sekunden später, als der andere Temeryx ihn ansprang und aufschlitzte.

Einige Soldaten wendeten sich von der Barrikade zum Tempelinneren um, um den Angriff in unserem Rücken abzuwehren. Vor dem Gebäude brüllten Vylænz in einer hässlich gutturalen Sprache Befehle. Die Schnatterfratzen knurrten wild und setzten zu einem weiteren Angriff auf unsere Formation an. Einen Augenblick lang wurden sie langsamer, und ich konnte mit einem gut gezielten Pfeil einem von ihnen das Brustbein ans Rückgrat heften, dann brandete die Schnattererflut wieder vor. Diesmal kam sie nicht zum Stehen, und ich wusste, unsere Barrikade war gebrochen.

Ich drehte mich um und feuerte ins Innere des Gebäudes. Der Schuss zerfetzte einer Schnatterfratze den Rücken und warf sie Baron Norderstett vor die Füße. Leifs Vater duckte sich unter einem gefährlichen Schwingschlag gegen seinen Kopf, dann schlug er dem Aurolanen, der ihn ausgeführt hatte, mit dem Schwert die Beine ab. Anschließend flog die Klinge in steilem Bogen hoch und in den Schädel einer anderen Schnatterfratze. Er tänzelte vor den beiden Monstern zurück, die er getötet hatte, half einem unserer Krieger auf die Füße und schlitzte einem weiteren Schnatterer den Bauch auf.

Net hielt sich nicht minder großartig. Er spießte eine Schnatterfratze im Sprung auf dem Dorn seines Streitkolbens auf und schleuderte die durchbohrte Kreatur auf zwei weitere ihrer Sorte wie ein Bauer, der mit der Mistgabel Heu von einem Stoß auf den anderen schaufelt. Mit dem Schaft der Waffe parierte er einen Schwerthieb, dann schlug er ihren Stahlkopf in eine fleckige Schnauze. Ein senkrechter Hieb zertrümmerte den Schädel der Schnatterfratze, dann zerschmetterte ein Seitschlag die Rippen einer zweiten.

Leif konnte ich nirgends entdecken, aber das Tempelschiff hatte sich in ein einziges Chaos verwandelt, über dem ein höllischer Chorus aus Schreien und Heulen, wagemutigem Lachen und zischendem Fluchen hing. Ich sah ein Knäuel Schnatterer nach rechts ausbrechen und erwischte einen, bevor er unter dem Priestersteig verschwand. Ich erkannte, dass die Schnatterfratzen es auf die Treppe abgesehen hatten, über die ich nach oben gekommen war. Ich zog mein Schwert und rannte zum Aufgang.

Ich erreichte ihn einen Herzschlag vor dem ersten Angreifer. Ein beidhändiger Schwerthieb ließ ihn nach hinten fallen, die Hände vor das zerfetzte Gesicht gerissen. Die hinter ihm die Treppe hochkommenden Schnatterfratzen stießen ihn aus dem Weg und stürmten ungebremst heran. Lange Messer und krallenbesetzte Pranken streckten sich nach mir aus.

Ich duckte mich nach hinten und ließ die vorderste der Kreaturen an mir vorbeisegeln. Sie flog quer über den Priestersteig und schlug mit den Unterschenkeln gegen die zerschmolzene Balustrade. Sie überschlug sich und stürzte wie in Zeitlupe nach unten.

Und immer weiter kamen sie die Treppe herauf und schlugen mit ihren Waffen auf mich ein. Ich hackte drauflos, erwischte Arme, Beine, Langmesser, deren Klingen Funken warfen, wenn mein Schwert sie traf. Einer Schnatterfratze durchtrennte ich mit einem sauberen Hieb den halben Hals. Sie wirbelte davon, aber ihr Blut schoss mir in einer heißen Fontäne mitten ins Gesicht und in die Augen. Etwas davon schlug mir in den Hals und ich atmete es ein. Blind und von einem Hustenanfall geschüttelt wich ich hastig zurück und hatte Mühe, auf dem blutverschmierten Boden den Halt nicht zu verlieren.

Ich blinzelte verzweifelt, um meine Sicht zurückzuerlangen und wurde mit dem Anblick einer Wand von Schnatterern belohnt, die auf mich zukam. Ich schlug halbblind um mich, bohrte hier mein Schwert in einen Leib, spaltete dort einen anderen. Meine Rüstung wehrte Treffer ab, die ich überhaupt nicht sah. Meine Schultern schmerzten, und ein Hieb auf meinen linken Arm ließ ihn vom Ellbogen abwärts taub werden.

Und immer noch stürmten sie heran.

Ich schmeckte saures, salziges Blut auf den Lippen, und sein Geruch stieg mir in die Nase. Mein Magen revoltierte, halb durch den Geruch, halb vor Schmerz. Schnatterfratzengeheul hämmerte auf mich ein, während entsetzte Schmerzensschreie meinen Geist folterten. Was als edelmütige Expedition und Gelegenheit begonnen hatte, die Welt zu erforschen, war zu einem blindwütigen Gemetzel verkommen, das meine Mondmaske blutrot färbte. Jede Sekunde musste mein eigenes Blut die Mischung vervollständigen. Panik stieg in mir auf.

Das Kitzeln in der linken Hand, als das Gefühl zurückkehrte, gab mir neue Hoffnung – nicht, zu überleben, wohl aber, mehr Schnatterfratzen mit ins Grab nehmen zu können. Wenn Böttcher richtig gezählt hatte, kämpften wir gegen eine zehnfache Übermacht, und ich hatte noch nicht annähernd meinen Anteil getötet. Ich war entschlossen, das zumindest zu schaffen und biss die Zähne zusammen, als die Schnatterfratzen sich auf mich stürzten.

Meine einzige Hoffnung bestand darin, auf Zeit zu spielen. Ich zog mich den Priestersteig entlang zurück und gestattete den Biestern, sich zu verteilen, sodass ich sie einzeln erwischte. Ein schneller Hieb schnitt dem Vordersten den Leib auf und ließ ihn auf die Knie sinken und wie wild weiße Gedärme zurück in seinen klaffenden Bauch stopfen. Seine Kameraden stürmten unbeeindruckt vorbei.

Ich drehte mich um und rannte bis zum Ende des Priestersteigs, dann wirbelte ich auf dem Absatz nach links, um meine Flucht an der Längsseite des Tempels fortzusetzen. Ich blieb jäh stehen, als eine Schnatterfratze um die Ecke kam. Dann warf ich mich nach vorne. Ich hätte sie durchbohrt, aber sie bremste nicht wie erwartet ab, sondern lief gegen die Tempelmauer. Mein Schwert zuckte zwischen ihrem erhobenen linken Arm und dem Brustkorb vorbei.

Der Schnatterer fletschte in einem wölfischen Siegergrinsen die Hauer.

Meine Klinge zuckte aufwärts in seine Armbeuge. Heißes Blut badete mein Schwert, als ich seine Armschlagader durchtrennte. Ich rannte wieder los, und sein Blut flog von meinem Schwert über die Wand. Er blieb mit schnappendem Maul hinter mir, als wolle er mich zerfleischen, dann verließ ihn seine Kraft und er sackte gegen die Wand. Sein Herz pumpte das Leben aus seinem Körper in einen See aus Blut, in dem einer der ihm folgenden Schnatterer ausrutschte und mit Wucht gegen die Mauer knallte. Die beiden anderen sprangen über die Blutlache und jagten weiter hinter mir her.

Ich bog durch einen Türbogen ab, der irgendwann einmal in die Privaträume eines Priesters geführt hatte. Trotz des durch die offenen Fenster hereinfallenden Mondlichts war es so dunkel, dass ich wenig Einzelheiten erkennen konnte. Ich war kaum drinnen, als ich schon in Schienbeinhöhe gegen ein Hindernis schlug. Meine Beinschienen fingen den größten Teil des Schadens ab, aber ich stürzte kopfüber zu Boden. Das Schwert flog mir aus der Hand und landete scheppernd irgendwo in der Dunkelheit. Ich hebelte mich hoch, um danach zu suchen, aber das Einzige, was ich sah, waren die Silhouetten der Schnatterfratzen. Ich drehte mich um und hechtete durch das nächste Fenster, während ich ein Stoßgebet um eine sichere Landung ausstieß.

Mein Gebet wurde erhört.

Das Fenster ging nicht hinaus zur Straße, sondern in einen auf dem Dach des Erdgeschosses angelegten Garten. Ich landete auf einer rutschigen Oberfläche aus geschmolzenem und wiedererstarrtem Kies, auf der ich gegen die versteinerten Überreste eines ehemals hölzernen Pflanzbottichs mit Rosenbüschen schlidderte.

Die beiden Schnatterfratzen, die mich verfolgt hatten, kletterten mir durch das Fenster nach und zwei weitere folgten ihnen. Sie teilten sich auf, als sie langsam und vorsichtig näher kamen. Ihre Kurzschwerter waren erheblich länger als der Dolch in meiner Hand, und sie stießen verächtliche Jaultöne aus.

Ich zog mich hinter den Pflanzbottich zurück, um ihn als Deckung zu benutzen. Dann richtete ich mich auf und winkte sie heran. »Wer von euch will zuerst?« Ich zwang mich, mit fester, tiefer Stimme zu sprechen. »Der Erste, der mich erreicht, stirbt. Wer von euch will sich diese Ehre verdienen?«

Es war die falsche Frage. Die vier wechselten einige Bell- und Knurrlaute. Offensichtlich nicht bereit, die Ehre irgendeinem Einzelnen zu überlassen, griffen sie alle vier gleichzeitig an.

Kapitel Dreizehn

Das Ende ihrer vereinten Front kam Sekunden vor ihrem eigenen. Die beiden links von mir blieben plötzlich stehen, als wären sie gegen eine unsichtbare Wand gelaufen. Silbernes Mondlicht blitzte auf kreisrunden Klingen, die durch die Luft heranzischten und sich mit einem satten Schmatzen in ihre Brust und Kehle versenkten. Mit nicht mehr als einem rauen Aufhusten brachen die beiden über den versteinerten Rosenbüschen zusammen und zertrümmerten sie knisternd und knackend unter sich.

Der dritte Schnatterer warf sich über die Steinbarrikade auf mich, um mich mit seinem Langmesser zu durchbohren. Ich drehte mich zur Seite, ließ seine Klinge harmlos an mir vorbeizucken, und stieß den Dolch aufwärts. Das Dolchblatt bohrte sich tief in seine Brust. Ein warmer Blutschwall ergoss sich über meine Rechte, als die Spitze der Waffe aus seinem Rücken auftauchte.

Der Schwung seines Sprungs trug ihn weiter und seine linke Schulter traf mich an der Brust. Die Wucht des Aufpralls stieß mich um und wir fielen gemeinsam zu Boden. Wir schlugen hart auf, dann wälzte ich seinen Körper mit ganzer Kraft beiseite. Er flog davon und nahm meinen Dolch mit. Ich hörte einen dumpfen Knall, als er mit dem Schädel gegen einen anderen Pflanzkübel schlug und endgültig aus dem Leben schied.

Ich drehte mich hastig nach links zur letzten der vier Schnatterfratzen um und sah sie über mir aufragen. Dann kippte ihr Oberkörper vor. Ihr Kopf schlug auf die Knie und prallte ab, als die Bestie nach vorne sackte. Sie kam hart mit der Schnauze auf dem Steinboden auf. Eine Sekunde blieb sie dort liegen, auf Knien und Nase balancierend – dann fiel sie tot zur Seite.

Hinter dem Schnatterer erhaschte ich den ersten Blick auf meinen Retter. Blut tropfte von seiner Schwertklinge. Das Mondlicht stahl seiner Haut jede Farbe, ließ die Tätowierungen auf seinen blanken Armen aber deutlich hervortreten. Er hatte spitz zulaufende Ohren, die deutlich zu sehen waren, da sein fahles Haar bis auf einen schmalen Streifen in der Schädelmitte abrasiert war. Sein Profil und die Form der Ohren ließ mich vermuten, es mit einem Ælf zu tun zu haben, aber nach allem, was ich über sie wusste, waren sie groß und schlank. Das war dieser hier ganz und gar nicht. Groß, ja, riesig sogar, aber ein Muskelberg. Er war ein ganzes Stück breiter als Net.

Als er neben mir auf ein Knie ging, lächelte ich ihn dankbar an. »Ich möchte mich be...«

Mit blutnasser Hand hielt er mir den Mund zu und drückte mich zurück aufs Dach. »Still!« Seine Stimme war ein hartes Flüstern, kälter als der Nordwind im tiefsten Winter.

Ich wischte mir mit dem linken Handrücken das Blut aus dem Gesicht, während er an die Kadaver der Schnatterer trat. Denjenigen, den er mit seinem Schwert fast gespalten hatte, ließ er unbeachtet liegen und hockte sich neben den, den ich getötet hatte. Er zog seine Unterlippe herab, dann knurrte er und ging weiter. Er zog die Wurfgeschosse, mit denen er die beiden anderen erledigt hatte, aus ihren Kadavern und überprüfte auch deren Unterlippen. Irgendetwas an dem zweiten, demjenigen, den er in die Brust getroffen hatte, ließ ihn leise kichern.

Im Mondlicht war nicht genau zu sehen, was er tat, aber soweit ich erkennen konnte, stieß er seine Daumen in die Schnauze der Kreatur und drückte die Finger auf ihre offenen Augen. Er murmelte eine monotone Melodie, und die Schatten um seine Hände schienen tiefer zu werden.

Beunruhigender war allerdings, dass eine der Tätowierungen auf seinem linken Unterarm in einem dunkelblauen Licht aufglühte. Es erinnerte mich an den gebrochenen Zweig, das Zeichen Fesyins, aber dieser Zweig war mit bösartig wirkenden Dornen besetzt.

Der Leichnam erbebte. Der Ælf zog seine Hände zurück, und die Schnatterfratze richtete sich schwerfällig auf. Ihre Lippen zogen sich zu einem wilden Zähneblecken zurück. Der Ælf ahmte die Grimasse nach, dann bellte er in einer gutturalen Sprache, deren bloßer Klang mir eine Gänsehaut verursachte, einen Befehl. Der Schnatterer drehte sich mit kraftlos herabhängenden Armen um und trottete zurück in den Tempel.

Der Ælf drehte sich wieder zu mir um. Seine silbernen Augen glänzten im Mondlicht. »Unverletzt?«

Ich nickte.

»Wie viele?«

»Schnatterer? Zweihundert.«

»Vylænz? Temeryxen?«

»Ja, einige.«

»Gut.« Er winkte mir. »Komm.«

Ich wälzte mich auf die Füße und bückte mich, um den Dolch aus der Schnatterfratze zu ziehen, aber ein plötzlicher Befehl meines Lebensretters stoppte mich.

»Lass.« Der Ælf hielt mir eines der Langmesser der Schnatterfratzen mit dem Heft entgegen. »Ist besser zum Töten.«

Ich nahm die Waffe und begleitete ihn zurück zu dem Fenster, durch das ich hier heraus gekommen war. »Wie …?«

Wieder legte er mir die Hand auf den Mund. »Still. Bleib am Leben und ich erkläre es vielleicht.«

Er stieg zuerst durch das Fenster, dann schnippte er mit den Fingern, und ich folgte ihm. Ich hörte Metall auf Stein schaben, dann bohrte sich mir der Knauf meines Schwertgriffs in die Rippen. Ich nahm es mit einem dankbaren

Nicken entgegen. Die geduckte Silhouette huschte zur Tür, dann in den Gang. Ich blieb ihm dicht auf den Fersen.

Das Schiff des Tempels war mit Kadavern übersät. Heslins Zauberlicht brannte noch und gestattete mir den Blick auf meine Freunde, die zum Eingang eines Seitenzimmers zurückgewichen waren, um den wir eine halbkreisförmige Barrikade aus Tischen, die auf die Seite gedreht waren und anderem Mobiliar aufgebaut hatten. Diese Brustwehr sorgte dafür, dass nur eine begrenzte Anzahl von Aurolanen Baron Norderstett und die anderen angreifen konnten, und der Raum dahinter erlaubte einem Teil der Gruppe, sich auszuruhen, damit sie ihre Kameraden ablösen konnten, wenn die müde wurden.

Im Augenblick standen Baron Norderstett und Net hinter der Barrikade und teilten mit einer Leichtigkeit Mord und Totschlag aus, die ihre unzweifelhafte Erschöpfung Lügen strafte. Norderstetts Schwert blitzte silbern funkelnd auf, hackte Tatzen ab, schlug tiefe, rote Wunden in fellbedecktes Fleisch, spaltete Schädel. Nets Streitkolben tanzte mit der tödlichen Schnelligkeit einer Natter. Er zertrümmerte Schnauzen, dass die Zähne davonflogen, stieß den Metallstachel durch Brustkörbe, dass die Rippen barsten und das Metall lebenswichtige Organe zerfetzte. Die Toten und Sterbenden hingen von der Barrikade oder wurden von der Horde nach hinten davongezerrt und auf die Treppe geworfen, wo sie die Stufen hinabrutschten und unsere Pferde scheu machten.

Der Schnatterer, den der Ælf verzaubert hatte, rannte vor uns den Priestersteig hinab, dann schleuderte er sich mitten in die brodelnde Masse der anderen Kreaturen. Er warf sechs von ihnen zu Boden, dann zog er sich hoch und schlug die Zähne in den Hals eines Vylæns. Der kleinere Aurolane schlug mit seinen Krallenhänden nach dem Schnatterer, aber der schüttelte unbeeindruckt den Kopf und brach dem Vylæn mit derselben Leichtigkeit das Genick, mit der ein Hund eine Ratte tötet.

Als andere Schnatterer den Überläufer in Stücke hackten, breitete der Ælf die Arme aus und marschierte den Priestersteig entlang. Er bellte etwas mit lauter Stimme, das den Chor der Schnatterfratzen unter uns verstummen ließ. Grausame, harte Wörter explodierten in schnellem Stakkato aus seinem Mund. Ich verstand nichts von dem, was er sagte, aber dessen ungeachtet war er großartig. Mit nichts weiter bekleidet als einem ärmellosen Lederwams, Lederhosen und hohen, mit Beinschienen verstärkten Stiefeln stand er da und brüllte die Aurolaner Horden nieder.

Ein Vylæn knurrte den Schnatterern Befehle zu und ich sah einige sich vom hinteren Ende der Horde abspalten und Kurs auf beide Treppen zum Priestersteig nehmen.

Der Ælf deutete auf die Öffnung, die ich schon zuvor verteidigt hatte. »Keiner kommt vorbei.«

»Nur über meine Leiche.«

Der Ælf starrte mich aus verkniffenen Augen an, dann schnaubte er und ging zu der Tür, die er verteidigen würde.

Ich sprang durch die Öffnung und schlug nach dem ersten Schnatterer, der die Treppe heraufkam. Die Bauweise des Aufgangs half mir, denn die enge Wendeltreppe sorgte dafür, dass jeder, der heraufkam, die Mittelsäule zu seiner Rechten hatte. Das machte es für Rechtshänder schwierig, die Waffe einzusetzen, während ich reichlich Platz hatte, um mit dem Schwert nach links zu schlagen.

Mein erster Hieb erwischte die Schnatterfratze am erhobenen Unterarm. Ich zog die Klinge zurück, dann hob ich die Rechte, um über den Arm meines Gegners nach unten zu stoßen. Das Schwert bohrte sich zwischen Hals und Schulter, drang eine gute Spanne in seinen Körper ein und kam mit einem satten feuchten Schmatzen wieder frei. Ich parierte seinen kraftlosen Angriff mit dem Langmesser in meiner Linken, dann trat ich mit dem rechten Fuß zu, erwischte ihn an der Schnauze und warf ihn auf seine Kameraden, die hinter ihm heraufdrängten.

Als sie ihn wegzerrten und weiter angriffen, wurde mir klar, dass mein Fehler zuvor gewesen war, nicht gleich die Treppe zu verteidigen. Der Türbogen war eine gute Reserveposition, aber hier befand ich mich meinen Angreifern gegenüber gewaltig im Vorteil. Meine Hiebe trafen Köpfe und Schultern, während sie nur nach meinen gepanzerten Beinen schlagen konnten. Meine einzige Schwachstelle war der ungeschützte Rücken, aber ich ging nicht davon aus, dass es irgendjemandem gelingen würde, an meinem Retter vorbeizukommen.

So hoffnungslos ihre Lage auch war, die Schnatterfratzen ließen nicht locker. Eine kurze Finte ließ ihre Arme abwehrend hochzucken. Dann konnte ich mit einer schnellen Drehung an ihren Messern vorbeistoßen und ihnen die Kehle durchschneiden. Eine niedrige Parade mit dem Langmesser führte zu einer Riposte gegen Brust oder Kopf. Einer tat sein Bestes, mein Schwert zu schlucken, dann spuckte er Blut und brach zusammen. Ein Fehlschlag trennte in der Regel nur ein Ohr ab oder zerschmetterte einen Arm, aber generell reichte der zweite oder dritte Hieb, um den Schnatterer zu erledigen und das nächste Opfer vor meine Klinge zu holen.

Endlich sackte die letzte Schnatterfratze nach hinten weg, mit aufgerissenem Hals, aus dem mit rapide schwächer werdenden Stößen das Blut spritzte. Sie rutschte zurück, stolperte schlapp über blutnasse Stufen und Kadaver und verschwand um die Biegung. Schwaches Stöhnen und schmerzhafte Keuchlaute begleiteten ihren Weg.

Ich zog mich aus dem blutbesudelten Treppenaufgang zurück und sah in den Tempel hinab. Ich hörte immer noch Schwertgeklirr und hatte Mühe zu verstehen, warum keine Schnatterfratzen meine Stellung mehr angriffen. Auf der anderen Seite sah ich den Ælf aus seinem Aufgang treten, und unter mir meine Kameraden, die weiter ihre Stellung verteidigten.

Im hinteren Teil des Tempels entdeckte ich etwas Neues. Es kam aus der Richtung der ersten Temeryxwelle. Zuerst nahm ich nur ein goldenes Licht wahr, das nicht allzu hell erschien, aber es reichte aus, die Schatten der ihm entgegenstürmenden Schnatterer scharf und klar auf die Tempelwand zu werfen. Es kam näher. Schnatterfratzen fielen vor ihm zurück und stürzten aus furchtbaren Wunden blutend zu Boden.

Plötzlich kam Leif in Sicht, der ein goldenes Schwert in Händen hielt. Er schlug mit einer eiskalten Mordlust auf die Schnatterer ein, wie ich sie bis dahin noch nie bei ihm gesehen hatte. Die Waffe zuckte aufwärts und köpfte eine Schnatterfratze, dann flog sie herab und parierte den Angriff einer anderen. Ein schneller beidhändiger Querschlag schnitt einen Leib von einer Hüfte zur anderen auf, dann tänzelte Leif nach links und schlitzte die Nächsten zwei auf, die versucht hatten, ihn zu umgehen.

Ich erkannte Leifs Kampfstil in jedem Hieb. Nichts, was er tat, unterschied sich von dem, was wir alle trainiert hatten, aber irgendwie war er schneller und besser als jemals zuvor. Tiefe Kurvenschläge zerfetzten Schenkel und Unterleiber. Gelungene Paraden stießen Angreiferklingen gerade weit genug beiseite, dann durchbohrte die Riposte ein Herz oder schlitzte eine Kehle auf wie reifes Obst.

Ein Vylæn ging Abstand haltend in Stellung, während sich in seinen offenen Händen magische Energie aufbaute. Die linke Hand des Ælfen zuckte vor. Der Kopf des Vylæns flog zur Seite. Aus seinem Schädel ragte ein silberner Metallstern. Er fiel zu Boden, und der Spruch, den er gegen Leif hatte schleudern wollen, setzte seine Tatzen in Brand.

Der Ælf heulte auf und hockte auf dem Priestersteig wie ein monströser Wasserspeier. Sein unmenschliches

Kreischen und Leifs goldglänzender Erntezug schienen die Schnatterfratzen zu verängstigen. Im Nachhinein wurde mir klar, dass es der Tod der Vylænz gewesen war, der die Horde auseinander brechen ließ. Ohne deren magische Kontrolle und Führung schlug die natürliche Feigheit der Tiere durch. Die Monstermasse, die sich vor der Barrikade drängte, löste sich auf und ergriff die Flucht. Ich drehte mich zu den Fenstern um, durch die ich anfangs auf sie geschossen hatte, und sah die Schnatterfratzen in den Schatten Atvals verschwinden.

Ich sah mich um, aber der Ælf war verschwunden. Vorsichtig stieg ich die Treppe hinab, die ich verteidigt hatte. Ich kam an einem Dutzend Toten und Sterbenden vorbei, ignorierte leises Wimmern oder flaches, blubberndes Atmen. Der Gestank von Blut, Fell und den Ausscheidungen der Kreaturen, die im Todeskampf jede Kontrolle über Blase und Darm verloren hatten, war überwältigend. Ich hatte Mühe, mich nicht zu übergeben. Dann rutschte ich, im Tempelschiff angekommen, auf einer Blutlache aus.

Eine starke Hand packte mich im Nacken am Kettenhemd und hielt mich aufrecht. Ich sah mich zu dem Ælf um. »Danke.«

Er nickte, dann sah er sich zu den Kadavern auf der Treppe um. »Gute Arbeit.«

»Ja, Arbeit. Ein Abschlachten, kein Kampf.«

Der Ælf sah mich mit hochgezogener rechter Augenbraue an. »Ein Schlächter wäre in der Tür gefallen. Der Krieger in dir hat gelernt, die Treppe zu verteidigen.«

»Woher weißt du das?«

»Es ist offensichtlich. Zuerst hast du die Tür verteidigt und wurdest zurückgetrieben.« Er hustete in die linke Hand. »Du hast dich gut gehalten. Ich werde mich zuerst vorstellen. Ich bin Entschlossen.«

Ich starrte ihn überrascht an. Alle Ælfen, von denen ich je in Balladen und Erzählungen gehört hatte, trugen lange Namen, bei deren Aussprache die Zunge im Munde tanzte. Rondelcyn oder Arianvelle, Simsaran und Winfellis. ›Entschlossen‹ war einfach kein Ælfenname, nicht dem wenigen zufolge, was ich über Ælfen wusste.

Entschlossen verschränkte die Arme vor der breiten Brust. »Hast du einen Namen?«

»Ja, äh, Entschuldigung. Valkener, Tarrant Valkener. Ich … wir … kommen aus Valsina.«

Der Ælf streckte die Hand aus und tippte mit einem Finger an die Temeryxfeder, die an meiner Mondmaske hing. »Dekoration?«

»Ich habe sie mir verdient.«

»Tatsächlich?«

»Zusammen mit meinen Freunden.« Ich deutete hinüber zu der Barrikade, hinter der die anderen ins Freie traten. »Komm mit.«

Auf dem Weg fiel mir mehrerlei auf. Zum einen hatten viel weniger aus unserer Truppe überlebt, als ich erwartet hatte. Heslins linker Arm hing nutzlos von der Schulter herab, und alle Bandagen der Welt konnten den seltsamen Winkel nicht verbergen, in dem sein Unterarm geknickt war. Baron Norderstett und Net wirkten, als müssten sie jeden Augenblick vor Müdigkeit umfallen. Einer von Heslins Gehilfen hatte überlebt, ebenso wie vier der Soldaten.

Leif saß auf dem Tempelboden, die Hände um das Stichblatt des goldenen Schwerts gelegt. Er saß tief vorgebeugt, sodass seine Stirn auf der Klinge lag – und seine Brust pumpte. Als ich näherkam, hörte ich ihn schluchzen, und der Klang schnürte auch mir die Kehle zu.

Baron Norderstett trat zu Leif und kniete sich neben ihn. Sie unterhielten sich leise und Leif nickte einmal. Sein Vater klopfte ihm auf den Hinterkopf, dann stand er langsam auf und kam herüber. »Du bist unverletzt?«

»Ein paar blaue Flecken. Nichts Ernstes, mein Fürst.«

Ich nickte in Entschlossens Richtung. »Ohne ihn wäre ich Schnattererfutter geworden.«

Baron Norderstett zog einen blutgetränkten Panzerhandschuh aus und streckte die rechte Hand aus. »Kenvin Norderstett. Danke für die Rettung.«

Entschlossen ergriff Baron Norderstetts Hand. »Ich habe einmal einen Markolf Norderstett aus Oriosa gekannt.«

»Der ältere Bruder meines Vaters.«

»Tot?«

»Seit mindestens zehn Jahren.«

Der Ælf nickte langsam. »Ich bin Entschlossen. Wer ist der Junge mit dem Schwert?«

Baron Norderstett drehte sich halb zu Leif um und lächelte. »Mein Sohn, Boleif.«

»Oh.« Der Kommentar des Ælfs blieb dunkel und tonlos.

Ich runzelte die Stirn. »Warum, was ist los?«

»Nichts, es sei denn, es ist das Schwert, von dem ich es vermute.« Entschlossen zuckte die Schultern. »Falls es so ist … Es ist tragisch, wenn jemand schon so jung ein wandelnder Toter ist.«

Kapitel Vierzehn

Ich schauderte. Plötzlich wurde mir die kalte, klebrige Nässe meiner blutgetränkten Kleidung bewusst, ebenso wie mein blutverschmiertes Gesicht. Ich stank nach Tod, und alle Euphorie, die mein Überleben hatte in mir aufsteigen lassen, erstarb, als ich Entschlossens Worte hörte. Ich schaute mich im Tempel um. Alles, was ich sah, war Vernichtung, Tod und Schmerz. Irgendwie erschienen mir Leifs Tränen als die einzig richtige Antwort auf alles, was wir durchgemacht hatten.

Ich trat zu ihm hinüber, gefolgt von Baron Norderstett und Entschlossen. Ich stieg über eine geköpfte Schnatterfratze und streckte den Arm nach Leif aus. Meine rechte Hand zitterte schon, bevor ich ihn berührte, aber sein Schluchzen floss meinen Arm entlang und schnürte mir die Brust zu. Ich sank neben ihm auf die Knie, schlang den Arm um seine Schultern und legte die Stirn an seine linke Schläfe.

»Wir haben es überlebt, Leif. Wir werden es auch weiter überleben.«

Sein Helm schabte knirschend an meinem, als er den Kopf drehte und mich aus rotgerändertem Auge ansah. »Ich weiß. Töten oder getötet werden, und wir haben getötet.«

»Ja, und getötet.« Ich drückte seine Schultern. »Wir schaffen das. Es ist vorbei, kein Grund für Tränen.«

Leif kicherte kurz und seine Brust hievte vor Anstrengung. »Du denkst, ich weine wegen des Gemetzels?«

»Nicht?«

»Nein.« Er drehte sich ganz zu mir um und presste das Schwert an die Brust. »Meine Tränen strömen, lieber Freund, weil es so unglaublich vollkommen war. Jeder Stoß, jede Parade. Ich wusste, von wo ihre Angriffe kamen und mir stand eine Legion von Möglichkeiten offen. Es war überwältigend, Valkener, besser, als ich es mir je hätte vorstellen können. Besser, als ich es mir je hätte erträumen können – und nun ist es vorbei. Ich weine, weil ich eine derartige Vollkommenheit nie wieder werde erleben können.«

»Oh. Ich verstehe.« Ich federte zurück auf meine Fersen, dann stand ich auf. In seiner Stimme lag vielleicht keine Freude, aber es fehlte nicht viel – und überhaupt keine Spur von Bedauern. Er saß da auf dem Tempelboden, triefend von aurolanischem Blut, und erinnerte sich, ließ vor sich Revue passieren, was er getan hatte. Eine eiskalte Hand schien mein Rückgrat heraufzukriechen. Dann streckte ich den Arm aus und zog ihn auf die Füße.

Leif betrachtete die blutige Schneise, die er hinterlassen hatte, und nickte langsam. Ohne ein Wort wandte er sich ab und sah zu seinem Vater, als Baron Norderstett und Entschlossen uns erreichten.

Der Ælf streckte die Hand aus. »Das Schwert.«

Leifs Augen wurden schmal und er fasste die Waffe fester. Als er sich von Entschlossen abwandte, hatte ich die erste gute Gelegenheit, sie mir anzusehen. Die goldene Klinge verlief vom einfachen goldenen Stichblatt über zwei Drittel der Länge vollkommen gerade. Im letzten Drittel verjüngte sie sich zu einer sehr scharfen Spitze, die allerdings verdickt war, um das Durchdringen von Kettenpanzern mit einem geraden Stich zu erleichtern. Das Blatt war auf seiner ganzen Länge mit fremdartigen Symbolen überzogen, die größtenteils aus Schleifen, Windungen, Haken und Spiralen bestanden. Der Griff war mit violett eingefärbtem Leder umwickelt, und im runden

Knauf saß ein violetter Edelstein, in dessen Herz ein Regenbogen aus Lichtreflexen funkelte.

»Boleif, lass es ihn sehen. Er will dir die Waffe nicht abnehmen, er will sie nur richtig erkennen können.«

»Ja, Vater.« Leif drehte sich wieder um und hielt Entschlossen das Schwert entgegen. »Kennt Ihr es?«

Der Ælf studierte es schweigend. Seine silbernen Augen hatten keine erkennbare Pupille, sodass sich kaum sagen ließ, wohin er blickte. Er drehte den Kopf mal so, mal so, und ich hatte den Eindruck, dass er die Symbole auf der Klinge erst von der einen, dann von der anderen Seite las. Während er das tat, fiel mir auf, dass eine der Tätowierungen auf seinem rechten Unterarm aus ähnlichen Zeichen bestand.

Entschlossen hob den Kopf. »Woher hast du es?«

Leif deutete über die Spur der Vernichtung hinter sich ins Innere des Tempels. »Von dort.«

»Zeigs mir.«

Leif ging los, wir folgten. »Ich war hier hinunter gegangen, um nach anderen Eingängen zu suchen. Ich stieg diese Treppe hinab und sah in einem Gang ein Symbol, das ich erkannte.«

Als Leif auf die Wand zeigte, sah ich, dass das Symbol, von dem er sprach, den Jungvogeleingang zu einer Versammlungshalle der Phönixritter kennzeichnete. Die Steine, aus denen die Mauer bestand, waren so zusammengefügt, dass die Kerben zwischen ihnen genau das Symbol nachzeichneten, das wir bei unserer Aufnahme in die Hohe Zunft kennen gelernt hatten. Ich warf Baron Norderstett einen schnellen Blick zu und erwartete eine Aufforderung, mich blind zu stellen. Aber die kam nicht.

Entschlossen betrachtete die Wand, dann zog er ein Stilett und kratzte mit der scharfen Klinge den Mörtel um einen unter der horizontalen Linie liegenden Ziegel weg, bis er deutlich eingerahmt war. »Du hast diesen Stein berührt?«

»Ja.«

Der Ælf legte die Hand auf den Ziegel. Etwas weiter den Gang hinab zog sich ein Teil der Mauer in die Decke zurück. Wir folgten Entschlossen in eine mittelgroße Kammer. Im Innern fanden wir einen Steinsarkophag, dessen Deckel quer über dem Fußende lag. Im Innern des Sargs war ein Skelett zu sehen.

Leif deutete auf den Sargdeckel. »Ich habe ihn nicht angerührt. Er lag schon so, als ich ihn gefunden habe. Das Skelett hielt das Schwert über der Brust. Ich spürte irgendwie den Drang, es zu nehmen. Als ich es in der Hand hielt, wusste ich plötzlich, was ich zu tun hatte. Ich ging los und machte mich daran, Schnatterfratzen zu töten.«

Entschlossen blies den Staub vom Deckel des Sarkophags, dann strich er mit den Fingern über die in den Stein gegrabenen Runen. »Ein echtes Rätsel.«

Baron Norderstett sah sich die Runen ebenfalls an, aber er schüttelte den Kopf. »Ich kann das nicht lesen. Wärst du so freundlich, es zu erläutern?«

Der Ælf richtete sich zu seiner vollen Größe auf, sodass sein Haar die Kammerdecke streifte. »Ihr seht den letzten Herrscher Atvals vor euch, Baron Dordin Or. Er zeichnete sich dank eines Äonen alten magischen Schwerts im Kampf aus und hielt sich für unbesiegbar. Er war überzeugt, Drachen töten zu können. Einen hat er tatsächlich geschafft …«

Ich starrte mit offenem Mund in den Sarg. »Er war der Grund, dass Atval sich weigerte, Tribut zu zahlen? Er hat die Drachen dazu gebracht, Atval zu vernichten?«

»Das hat er, oder vielleicht war es auch diese Waffe.« Entschlossen deutete auf das Schwert. »Die Schrift. Üblicherweise sind die Zeichen zweiseitig symmetrisch. Die eine Seite ist ein Spiegelbild der anderen. Auf der Klinge ist das nicht so. Dadurch hat der Text von der einen Seite gelesen eine andere Bedeutung als von der anderen. Vom

Heft aus aufsteigend lautet er ›Held‹, aber zum Heft absteigend ›Trägödie‹.«

Leifs Unterlippe bebte. »Was bedeutet das?«

»Diese Waffe hatte eine lange Geschichte. Sie ist unter verschiedenen Namen bekannt, aber der geläufigste ist Temmer. Es heißt, dass vor Urzeiten ein sterblicher Held – ein Ælf, ein urZreə, ein Mensch, es spielt keine Rolle, was er war – zum Weirun eines Vulkans kam und ihn um ein Schwert bat, das seinen Träger im Kampf unbesiegbar machte. Der Weirun warnte ihn, dass die Existenz einer derartigen Klinge einen furchtbaren Preis fordern würde. Der Held erklärte sich bereit, für eine solche Waffe jeden Preis zu zahlen, und der Weirun erschuf Temmer. Einmal gezogen, ist sein Besitzer im Kampf nicht zu bezwingen.«

Ich weiß nicht, wie es Baron Norderstett gelang, seine Stimme im Griff zu halten. »Und der Preis?«

»Das Schwert verzehrt seinen Besitzer.« Entschlossens Antwort kam in einem so nüchternen Ton, dass ich einen Augenblick brauchte, ihre volle Bedeutung zu erfassen. »Er ist schon so gut wie tot.«

Leifs Vater hob den Kopf. »Das Schwert wird ihn *töten?* Er wird sterben? Ohne jeden Zweifel? Sagt das die Legende?«

»Das ist eine mögliche Auslegung der Geschichten. Aber alle Versionen sind sich darin einig, dass die letzte Schlacht den Besitzer Temmers vernichten wird. Körperlich, seelisch, im Gefühl, wie – das spielt keine Rolle. Aber er wird zermalmt werden. Dein Sohn wird die Verbindung mit dieser Waffe nicht überleben.« Entschlossen drehte sich um und deutete auf das Schwert. »Es gehört dir, Boleif Norderstett. Du hast es angenommen. Du hast es in Blut getaucht. Es gehört dir, bis es dich vernichtet.«

Baron Norderstett seufzte schwer und seine Schultern sackten. Mein Magen verkrampfte sich, und als ich zu Leif hochsah, erwartete ich blankes Entsetzen auf seinen Zügen zu sehen.

Leif aber lächelte beinahe milde, zog das Schwert aus der Scheide, das er aus Valsina mitgebracht hatte, und schob Temmer hinein. Obwohl ich hätte schwören können, dass das goldene Schwert eine gute Spanne länger war als seine vorherige Waffe, passte es genau in die Scheide. »Es verbergen sich aurolanische Kräfte in Oriosa. Es ist gut, dass diese Waffe nicht länger verschollen bleibt. Zur Hölle mit dem Preis.«

Ich legte meinem Freund die Hand auf die Schulter. »Leif, hast du nicht gehört, was er gesagt hat?«

Entschlossen musterte Leif. »Wenn die Geschichten stimmen, wussten die anderen Besitzer, worauf sie sich einließen, bevor sie die Waffe annahmen. Möglicherweise werden deine Unwissenheit und Unschuld dich beschützen.«

»Möglicherweise.« Leif zuckte sorglos die Achseln und streichelte mit einer Hand das Heft des Schwerts. Er lächelte, dann ging er zurück in den Gang. »Mit Temmer in meiner Hand werden wir den Aurolanen einen herben Blutzoll abverlangen. Damit verglichen ist der Preis für den Einsatz dieses Schwerts ohne Bedeutung.«

Wir anderen folgten ihm schweigend.

Im Tempel gruben wir unsere Toten aus den Bergen von Schnatterfratzen aus. Wir suchten alles ab und bargen, was wir an Waffen und anderen nützlichen Teilen finden konnten. Da wir vorhatten, die persönliche Habe der Soldaten an deren Familien zu senden, packten wir sie getrennt ein. Nachdem wir die Leichen entkleidet hatten, legten wir sie aufeinander, und Heslins Gehilfe, Schahles, äscherte sie mit einem Zauberspruch ein.

Wir sortierten auch die Aurolanenkadaver. Ich zog das Wurfgeschoss, mit dem Entschlossen einen der Vylænz getötet hatte, aus dessen Schädel. Es bestand aus zwei Fingerglieder langen Bruchstücken aurolanischer Langmesser, die um eine Mittelnabe geschweißt waren. Die

Klingen waren rasiermesserscharf, und die Blutrinnen in ihrer Mitte schienen mit einer dunklen Substanz gefüllt, bei der es sich wohl um Gift handelte.

Ich trug es hinüber zu dem Ælfen, der zwischen den Schnatterfratzen kniete, die er erschlagen hatte. Er sah zu mir hoch, und seine Hände stockten keinen Augenblick, einen Schnatterer zu skalpieren. »Wäre nicht nötig gewesen.«

»Ich dachte mir, du willst ihn vielleicht zurück.«

Er schüttelte den Kopf und drehte sich zu einem anderen Leichnam um, den er ebenfalls skalpierte. »Ich mache mir aus diesen Langmessern neue. Lass ihn hier. Sie sollen wissen, dass Entschlossen hier war.«

»Warum bist du überhaupt hier?«

Er zuckte die Schultern. »Ich verbringe meine Zeit damit, in der Geistermark auf Jagd zu gehen. Dabei fand ich Spuren von nach Süden ziehenden Kreaturen. Ich bin ihnen gefolgt. Habe einigen einen Hinterhalt gelegt, andere gefunden. Vor einer Woche beschleunigten sie und nahmen Kurs auf Atval. Ich bin ihnen gefolgt.«

»Warum die Skalps? Sammelst du sie für ein Kopfgeld?«

»Kopfgeld? Nein, das brauche ich nicht.« Entschlossen widmete sich wieder seiner Arbeit. Er setzte seinen Schnitt von einem Ohr zum anderen quer über die Stirn. Dann riss er die Kopfhaut nach hinten ab, bevor er sie mit einem Hieb im Nacken abtrennte. »Ich habe Verwendung für sie. Du kannst dir deine holen.«

Ich blickte mich zu dem Stoß um, den ich getötet hatte. »Mal sehen. Ich habe eine Frage.«

»Noch eine?«

Ich sah ihn an und nickte. »Was du mit dem Schnatterer im Garten getan hast … Die Tätowierung an deinem Arm, sie sah aus wie das Zeichen Fesyins.«

Entschlossen stieß das Stilett in einen Schnattererkadaver, dann berührte er mit der nun freien Hand die Tätowierung, die ich erwähnt hatte. »Das Zeichen Fesyins. Ja, so etwas ist es auch. Deine Fesyin, sie ist nur ein schwacher Abklatsch älterer, dunklerer Mächte. Ich stamme von Vorquellyn, und ohne eine Heimat, an die ich mich binden kann, habe ich eine andere Wahl getroffen.« Er schob das Kinn vor. »Was ich mit dem Schnatterer getan habe, war Magik. Die Sippentätowierung auf seiner Unterlippe zeigte, dass er auf Vorquellyn geboren ist. Er war an die Insel gebunden, und das gab mir Zugriff auf ihn. Er gehörte mir. Ich habe ihn auf seinen Anführer gehetzt.«

»Aber du bist ein Krieger. Ein Krieger kann keine Magik wirken.«

»Vielleicht ein *menschlicher* Krieger nicht. Für mich gelten solche Einschränkungen nicht.« Er winkte mich mit einer jähen Handbewegung fort. »Geh, Valkener. Erledige, was du zu tun hast, damit wir hier weg können. Wenn Drachen unterwegs sind, wollen wir möglichst weit von hier sein, wenn sie eintreffen.«

Obwohl wir zum Umfallen müde waren und uns der ganze Körper schmerzte, holten wir unsere Pferde und verließen Atval, noch bevor die Sonne aufging. Heslin, den sein gebrochener Arm erheblich behinderte, stimmte Entschlossens Meinung zu, dass sich aus dem Verbot der Drachen, sich jemals wieder in Atval niederzulassen, die Möglichkeit ergab, es käme erst zu Vergeltungsschlägen, wenn Menschen es wagten, einen ganzen Tag in der Stadt zu verbringen. Schließlich lag es im Interesse der Drachen, die Geschichte vom Untergang Atvals nah und fern zu verbreiten, und dazu konnte es nur hilfreich sein, wenn Besucher durch die Ruinen ritten und sich mit eigenen Augen ein Bild von der Vernichtung machten.

Unsere Gruppe von einundzwanzig Reisenden war um die Hälfte geschrumpft, und der einzige Vorteil war, dass wir jetzt reichlich Proviant und mehr als genug Pferde besaßen, um Yslin zu erreichen. Entschlossen entschied sich, uns zu begleiten, und brachte seine drei weiteren Pferde mit. Er hielt sich am hinteren Ende unserer Formation, um Ausschau nach aurolanischen Nachzüglern zu halten.

Wir brauchten nicht ganz eine Woche – acht Tage, um genau zu sein – für den restlichen Weg nach Yslin. Der Verkehr nahm auf der Grenzstraße nach Südwesten zu, aber wir hielten uns soweit möglich von anderen Reisenden fern. Das fiel gar nicht schwer, wie sich schnell herausstellte, denn wir sahen so mitgenommen aus, dass eine ganze Reihe von ihnen wohl Banditen in uns sahen. Jedenfalls hielten sie von sich aus Abstand. Das war uns nur recht, denn jeder Bericht unserer Erlebnisse hätte Gerüchte ausgelöst, die zu einer Panik hätten führen können.

An einem der Abende unterhielten wir uns darüber. Ich fragte Baron Norderstett, ob wir die Friedenswarte der Dörfer auf unserer Route nicht über die Gefahr eines Angriffs durch Aurolanen in Kenntnis setzen sollten. Immerhin arbeitete mein Vater in Valsina daran, Vorkehrungen gegen einen Überfall zu treffen. Ohne Vorwarnung hätten Banden, wie wir sie gestellt hatten, so manches Dorf überrennen können.

Baron Norderstett rieb sich das unrasierte Kinn. »Eine Warnung könnte tatsächlich Leben retten, aber nur, wenn sie dieses Wissen richtig nutzen. Dazu bräuchten sie Führung, und da die Autoritäten Oriosas noch nicht ahnen, was sich hier zuträgt, fehlt diese Führung.«

»Aber sollten die Friedenswarte nicht diese Autoritäten sein?«

»Ja, Tarrant, das sollten sie.« Er lächelte mich milde an. »Dein Vater beispielsweise hat das Zeug dazu. Er ist der Grund, dass ich darauf vertrauen kann, Valsina sei sicher. Dein Vater ist ein Krieger, daher weiß er, wie er im Falle eines Angriffs reagieren muss. Was würde er tun, wenn er Nachricht erhielte, dass Beljos überfallen wird?«

»Beljos liegt in der Nähe Valsinas, also würde er vermutlich einen Trupp Männer zusammenziehen und dem Dorf zu Hilfe kommen.«

»Genau.« Der Baron nahm ein langen Zug aus dem Wasserschlauch. »Dein Vater weiß, dass es besser ist, die Aurolanen dort aufzuhalten als in Valsina, aber, wie schon gesagt, er ist ein Krieger. Für die meisten Dorf-Friedenswarte gilt das nicht. Sie würden vielleicht eine Hand voll Männer zusammenziehen, um das eigene Dorf zu verteidigen, aber sie würden es nicht wagen, es zu verlassen, um andere zu retten. Wenn hingegen die Königin ein Edikt erlässt, das jede Baronie verpflichtet, eine Miliz auszuheben, sie in einer zentralen Ortschaft zu stationieren und sie bei Gefahr auszuschicken, nun, dann geschieht, was nötig ist, um mit diesem Problem fertig zu werden.«

Entschlossen zerbrach einen Ast und warf das kleinere Bruchstück ins Feuer. »Du vertrittst das Wohl der Vielen gegen das der Wenigen.«

»In diesem Falle, ja.«

»Aber dasselbe Prinzip ist der Grund, aus dem meine Heimat noch immer unter der Herrschaft der Aurolanen liegt.«

Baron Norderstett kratzte sich an der Wange. »Was Vorquellyn oder die Geistermark betrifft, oder selbst die Düstermarken, so bin ich nicht damit einverstanden, wie manche Personen das Wohl der Vielen beschrieben haben. Zu viele sehen die Existenz von Festung Draconis als ausreichende Abschreckung gegen eine Invasion, obwohl sie Kri'tchuk vor hundert Jahren keineswegs abgeschreckt hat. Schon ein einziger aurolanischer Vorposten südlich Boraguls ist eine Einladung an sie, den Rest der Welt zu überfallen.«

Das goldene Licht der Flammen tanzte in Entschlossens Augen. »Hast du Einfluss auf eure Anführer?«

»Du meinst: Kann ich sie dazu bringen, eine Expedition auszurüsten, die Vorquellyn befreit?« Baron Norderstett schüttelte bedauernd den Kopf. »All meine bisherigen Versuche waren vergeblich. Allerdings bin ich nie zuvor mit den Beweisen für aurolanische Vorstöße gekommen, die ich diesmal besitze. Dass es ihnen gelingen konnte, so weit nach Süden zu kommen, ohne einen Alarm auszulösen, ist erschreckend.«

»Frieden ist eine Illusion.« Entschlossen breitete die Arme aus, um unsere ganze Gruppe einzuschließen. »Wir wissen, dass der Krieg bevorsteht. Wir haben die erste Schlacht bereits geschlagen. Und trotzdem wird man unsere Beweise nicht anerkennen.«

»Nein, das werde ich nicht zulassen.« Norderstett hob die Hand. »Ich schwöre dir, dass ich alles tun werde, was in meiner Macht steht, um eine Expedition zur Befreiung Vorquellyns in die Wege zu leiten.«

Entschlossen schüttelte langsam den Kopf. »Die ehrliche Absicht bei der Verfolgung einer unmöglichen Aufgabe garantiert noch keinen Erfolg.«

»Und trotzdem wird er es schaffen. Wir werden es schaffen.« Auch ich hob die Hand. »Ich schwöre dir, Entschlossen, bei meiner Ehre und meinem Leben, und vor allen Göttern der Schöpfung, dass ich Vorquellyn noch zu meinen Lebzeiten befreit sehen werde.«

Der Ælf warf den Kopf in den Nacken und lachte. Meine Wangen brannten vor Scham über seine Reaktion, die ich nur als Spott auslegen konnte. Als der Ælf mich wieder ansah, muss er den Schmerz in meinem Gesicht gelesen haben, denn sein Gelächter brach plötzlich ab.

Er blickte Baron Norderstett an. »Diese Jugendlichen in deiner Begleitung sind ein tapferer Haufen. Sie sind allerdings auch einfältig.«

»Ich weiß, was ich gesagt habe, Entschlossen, und ich stehe dazu.«

»Wirklich?« Der Ælf starrte mich mit pupillenlosen silbernen Augen an. »Wenn du einen solchen Eid schwörst, bindet er nicht nur dich, sondern auch alle, bei denen du schwörst. Du hast große Mächte in Bewegung gesetzt, Mächte, die ein gnadenloses Spiel mit dir treiben werden. Sie werden dich für das hassen, was du getan hast. Sie werden alles tun, was in ihrer Macht steht, um dich zu zermalmen. Und wenn es ihnen gelingt, scheiterst du.«

Ich setzte mich auf. »Entschlossen, du hast deine Heimat zu Lebzeiten meines Urgroßvaters verloren, aber du hast den Kampf bis heute nicht aufgegeben. Jetzt bedrohen die Aurolanen meine Heimat, drohen, mir alles zu nehmen. Nichts in dem Eid, den ich dir geschworen habe, könnte schlimmer sein. Die einzige Möglichkeit, sie zu besiegen, besteht darin, sie zurück hinter die nördlichen Berge zu treiben, und genau das werde ich tun.«

»Ich hoffe, du hast Recht, Tarrant Valkener.« Der Ælf nickte mir ernst zu. »Aber weniger für mein eigenes Wohl als für deines.«

Kapitel Fünfzehn

Auf unserem Weg vorbei an Einödhöfen und durch winzige Dörfer bedauerte ich die Menschen, die dazu verurteilt waren, dort ihr Leben zu fristen. Schließlich kam ich aus der großen Stadt, aus Valsina, und auf dieser Reise allein hatte ich schon mehr von der Welt gesehen, als sie es jemals tun würden. Ich hatte einen beachtlichen kulturellen Vorsprung, weil ich in einer Stadt aufgewachsen war, in der Kunst und Theater geboten wurden, und in der ich mein Leben nicht nach dem Auf- und Untergang der Sonne ausrichten musste.

Kurz gesagt, beim Blick auf ihre verdreckten Gesichter – und damit meine ich ihre *ganzen* Gesichter, denn die wenigsten von ihnen waren berechtigt, eine Maske zu tragen – fühlte ich mich weltgewandt und natürlich überlegen.

Bis ich die alcidische Hauptstadt sah. Yslin.

Das Erste, was mir auffiel, als wir uns von Nordosten näherten, war ihre Größe. Valsina hätte leicht drei-, viermal in die äußeren Stadtmauern gepasst, und die Stadt breitete sich weit über die Mauern hinaus aus. Das Herbstfest fand auf einer Wiese südlich der Stadt statt und erweiterte deren Gebiet noch zusätzlich. Schon aus meilenweiter Entfernung konnte ich mit Leichtigkeit drei Festungen innerhalb der Stadt ausmachen, die es von ihrer Größe her mit der kompletten Altstadt Valsinas aufnehmen konnten, ebenso wie eine Vielzahl von Tempeldistrikten und Märkten.

Riesige Herrenhäuser ragten auf den sanft zum Meer abfallenden Berghängen auf. Jedes einzelne von ihnen war groß genug, Baron Norderstetts Palais wie einen Schuppen wirken zu lassen. In der Mitte der Stadt sah ich Häuser zwei oder drei Stockwerke hoch aufragen, und das waren keineswegs nur Tempel und Festungen, sondern echte Wohnhäuser, mit Läden im Erdgeschoss und Wohnungen in den Etagen darüber. Ja, dort wohnten sogar Menschen, die nicht in den Geschäften desselben Hauses arbeiteten, sondern anderswo in der Stadt.

Zudem besaß Yslin einen Seehafen, was für mich ebenfalls ein ganz und gar unbekannter Anblick war, und das Meer beeindruckte mich stark. Am Tag unserer Ankunft war der Himmel etwas zugezogen und aus dem Norden ging eine steife Brise, sodass die Wellen gegen das Ufer schlugen. Das Wasser wirkte grau und aufgewühlt, mit schwachen Andeutungen von Grün und Blau. In der Ferne sah ich Inseln, aber im Gegensatz zu den Seen bei Valsina lag das jenseitige Ufer irgendwo hinter dem Horizont.

In der Bucht lagen Schiffe der verschiedensten Größe vor Anker. Lange Kais ermöglichten es, ihre Ladung geradewegs in die unmittelbar am Ufer gelegenen Lagerhallen zu entladen. Im selben Ufergebiet sah ich Meilen zum Trocknen aufgehängter Fischernetze und einen vor Besuchern wimmelnden Fischmarkt.

Es gab noch Hunderte anderer Kuriositäten, die meine Aufmerksamkeit beanspruchten, aber keine davon zog meinen Blick so unmittelbar auf sich wie die wundervoll bunten Kugeln, die über dem Stadtgebiet schwebten. Sie waren in einem Netz gefangen, an dessen unterer Seite ein Korb hing, und ein Tau verankerte den ganzen Aufbau am Boden. Entschlossen behauptete, ein derartiges Gebilde schon einmal gesehen zu haben, und nannte es einen *Ballon*. Zwei dieser Ballons hingen über dem Festgelände. Ihr regelmäßiges Auf- und Absteigen ließ mich vermuten, dass irgendjemand Geld damit verdiente, einen Ritt in ihren Körben zu verkaufen.

Eine weitere fesselnde Besonderheit waren Körbe, die an Kabeln hingen, die zwischen den Festungen und anderen hohen Gebäuden gezogen waren. In diesen Körben schienen sich Menschen zu befinden und sie bewegten sich an den Kabeln entlang von einem Haus zum anderen. Wie es schien, bewegten sie sich entlang einer Art Schleife, denn regelmäßig begegneten sich unterwegs zwei an parallelen Seilen in entgegengesetzte Richtung reisende Körbe mit derselben geruhsamen Geschwindigkeit. Der Ausblick von dort oben musste eine wahrhafte Vogelperspektive sein, und ohne jeden Zweifel war diese Fortbewegungsart dem Stampfen durch Schlamm und Kot in den Straßen vorzuziehen.

Baron Norderstett führte uns um die Stadt herum nach Süden. Er und Leif verließen uns am Rand des Festgebiets und ritten weiter, um an verschiedenen Pavillons, über denen die Orioser Fahne mit dem weißen Falken auf grünem Feld wehte, Neuigkeiten einzuholen. Eine Stunde später waren sie zurück. Der Baron gab Böttcher seine Anweisungen, was die Unterbringung der Pferde betraf, dann führte er den Rest in die Stadt, zu einer Herberge mit dem Namen ›Zum Einbeinigen Frosch‹. Baron Norderstett, Heslin und Schahles mieteten Einzelzimmer, Leif, Net und ich teilten uns einen kleineren Raum, in dem kein übergroßes Bett stand.

Dort verließ Entschlossen uns, obwohl Baron Norderstett anbot, ihm auch ein Zimmer zu besorgen. Mit dem Versprechen, uns später wiederzusehen, verschwand er ins Stadtinnere. Quint Severus, der Herbergswirt, erklärte uns, Entschlossen würde sich eine Unterkunft bei seinesgleichen in den Dünen suchen, vermutlich einem besonderen Ælfenviertel der Stadt. Ich fragte aber nicht nach, ob ich mit dieser Annahme richtig lag, um nicht wie ein Dummkopf auszusehen.

Die größte Umstellung in Yslin – und was das betrifft, in ganz Alcida – war für mich, dass niemand dort eine

Maske trug. Natürlich trugen auch in Oriosa nicht alle eine Maske, aber diejenigen, die sich unmaskiert in der Öffentlichkeit zeigten, waren allesamt Zugezogene und meistenteils Bauern. Sie waren gewohnt, jedem Respekt zu erweisen, der eine Maske trug, und wir hatten von Kindesbeinen an gelernt, wie man mit Unmaskierten umging. Aber hier in Yslin liefen selbst Grafen, Fürsten und Herzöge von höherem Rang als Baron Norderstett mit bloßem Gesicht herum wie der gemeinste Dieb, und es war schwer, zu wissen, wie man sich verhalten sollte. Und als wäre das noch nicht genug gewesen, betrachtete man unser Aussehen hier als kurios, und immer wieder bemerkte ich, wie die Leute auf uns deuteten und hinter vorgehaltener Hand tuschelten.

Man könnte meinen, die Umstellung wäre dadurch leichter gefallen, dass Entschlossen keine Maske trug, aber dem war nicht so. Der Ælf war zwar unmaskiert, aber seine Tätowierungen schienen in mancherlei Hinsicht dieselbe Aufgabe zu erfüllen. Überhaupt erschien mir Entschlossen selbst als eine einem Ælf übergestülpte Ganzkörpermaske, und obwohl wir reichlich Zeit mit ihm verbrachten, hatte ich zu keiner Zeit das Gefühl, einen Blick hinter die Fassade auf sein wahres Wesen erhascht zu haben.

In unserem Zimmer angekommen, hielten wir uns an Baron Norderstetts Anweisungen und bestellten eine Wanne und genug heißes Wasser für ein Bad. Wir losten die Reihenfolge aus, und ich hatte das Glück, als Erster in die Wanne steigen zu dürfen. Ich schrubbte mich tüchtig ab, bis ich ganz rot war und meine Haut kitzelte. Dann stieg ich aus dem Bad, wickelte mich in ein Badelaken und stülpte mir ein Ende als Kapuze über den Kopf, um mein bloßes Gesicht vor den anderen zu verbergen.

Die Mondmaske in der Rechten, zog ich mich in die hinterste Ecke des Zimmers zurück und setzte mich mit dem Rücken zu Leif und Net. In einer kleinen Schüssel säuberte ich mit etwas Wasser, Sattelseife und einer Bürste meine Maske. Es gelang mir nicht, das Blut völlig abzuschrubben, sodass ein blasses Fleckenmuster zurückblieb. Aber das störte mich nicht allzu sehr, da es mich an das Muster eines Schnatterfratzenfells erinnerte. Um die Temeryxfeder zu säubern, brauchte es nicht mehr als etwas Wasser – und ihre rabenschwarze Farbe glänzte wie zuvor.

Ich band mir die Maske wieder um, wobei ich darauf achtete, ein paar Haarsträhnen im Knoten einzuklemmen. Dann zog ich hastig die saubersten Teile meiner Reisekleidung an und ging hinunter in den Schankraum der Herberge. Ich bestellte einen Krug des örtlichen Biers, das, wie ich schnell herausfand, einen scharfen, holzigen Biss hatte, ohne bitter zu schmecken. Dazu ließ ich mir Brot, Käse und eine große Schale Hühnersuppe kommen, die an Gemüse wettmachte, was ihr an Geflügelfleisch fehlte.

Net und Leif kamen nacheinander ebenfalls herab. Net hatte seine Mahlzeit schon halb beendet, als Leif erschien, aber bevor er sich etwas zu essen bestellen konnte, kehrte sein Vater zurück, gefolgt von zwei maskierten Dienern in rotblauem Wams, das sie als Angestellte des Königshauses kennzeichnete. Die beiden trugen zum Bersten gefüllte Säcke, die sie hinauf in unser Zimmer trugen. Baron Norderstett forderte uns auf, ihnen zu folgen, und kam uns dann nach. Die Diener luden ihre Last ab und gingen wieder, sodass wir vier allein im Zimmer zurückblieben.

»Ich war bei der Königin«, erklärte der Baron, nachdem er die Tür geschlossen hatte. »Sie persönlich habe ich nicht sprechen können, aber ich hatte ein Gespräch mit ihrem Kämmerer, Herzog Ried Larner. Ich habe ihm die Gründe für unser Kommen erläutert, und er hat mir mitgeteilt, dass er von anderen Abordnungen Gerüchte über ähnliche Sichtungen gehört hat. Er ist der Ansicht, dass die Festkonferenz zum ersten Mal seit langer Zeit ein gewichtiges Thema wird behandeln müssen. Aber bis es so weit ist, sollen wir nichts darüber verlauten lassen, was wir gesehen oder erlebt haben.«

Ich spielte mit meiner Temeryxfeder. »Was sollen wir sagen, wenn jemand fragt, warum wir diese Federn tragen?«

»Der ›Rabenkrieg‹ ist unterwegs immer gut angekommen. Spielt ihn noch eine Weile länger, Jungs.« Kurz trat ein strenger Blick in Baron Norderstetts braune Augen. »Ihr wisst, dass ich nichts dergleichen von euch verlangen würde, wenn es nicht wichtig wäre. Was wir bisher getan haben, war einfach, denn wir standen einem Feind gegenüber, der unseren Tod wollte, und das mussten wir verhindern. Ich hege die Hoffnung, dass die Herrscher der Nationen der Welt erkennen werden: Die Aurolanen haben ebensolche Pläne für uns alle. Und ich hoffe, dass sie sich vereinen werden, um gegen sie zu kämpfen, aber zwischen uns und diesem Ziel liegt ein trügerisches Schlachtfeld, auf dem die Politik von größerem Wert ist als die Fechtkunst. Bis unsere Königin sich entschieden hat, wie und wo sie Druck ausüben kann, um andere zur Einwilligung in ihre Plänen zu bewegen, Pläne, die Oriosa sichern und die Gefahr beseitigen, ist es vonnöten, dass unser Wissen vertraulich bleibt.«

»Welch ein Rückschlag für meine Pläne«, schnaubte Leif voll übertriebenem Widerwillen. »Ich hatte geplant, am heutigen Abend Trank und Silber zu verdienen, indem ich mein Opus ›Die verflixten Temeryxen‹ vortrage.«

Sein Vater lachte. »Nun, ich will dir natürlich keineswegs den Spaß verderben, aber da die Gefahr besteht, dass deine dichterischen Ergüsse das gemeine Volk hier zum Aufruhr treiben könnten, muss ich dir mitteilen, dass du heute Abend nicht frei bist. Wie sich herausstellt, sind wir gerade an dem Tag eingetroffen, an dem Oriosa ein Festessen gibt. Das Protokoll verlangt unsere Anwesenheit.«

Leifs Kopf hob sich und seine Augen glänzten. »Nun, wenn es sich denn gar nicht vermeiden lässt.«

Net deutete mit dem Kopf in meine Richtung. »Dann werden Valkener und ich uns umsehen und die dichterische Konkurrenz abschätzen.«

»Das wäre zwar vermutlich unterhaltsamer als dieser Empfang, aber es kann nicht sein.« Der Baron seufzte. »Da wir alle von den Vorkommnissen in Atval wissen, werden Böttcher und die anderen sich in der Kaserne melden, in der die Ehrengarde Ihrer Majestät einquartiert ist. Heslin und sein Gehilfe treffen sich im Arcanorium der Stadt mit den hiesigen Magistern der Magik, und ihr zwei werdet Leif und mich als unsere Adjutanten auf das Bankett begleiten. Herzog Larner hat mir selbst gesagt, dass er sich die Anwesenheit eines Norderstett ohne die Begleitung eines Valkener nicht vorstellen kann, und er hat entschieden, dass auch Leif nicht ohne Adjutant erscheinen sollte. Der Herzog hat die Diener das Gepäck der anderen Adligen nach passender Kleidung durchwühlen lassen. Zieht euch um. In einer Stunde kommt uns eine Kutsche abholen. Redet nur, wenn ihr dazu aufgefordert werdet und versucht euch zu amüsieren, so gut das unter den Umständen möglich ist.«

Zu unserer Überraschung gelang es uns allen, einigermaßen passende Kleidung zu finden. Ich verließ die Herberge in blauer Hose, rotem Seidenhemd und einem schwarzen Lederwams mit blauen Litzen. Einer der Knaben des Herbergswirts behandelte meine Stiefel mit Lampenruß und Wachs, bis sie glänzten, und alles in allem machte ich eine ziemlich gute Figur. Net fand eine rote Hose, ein blaues Hemd und ein schwarzes Wams, und Leif schaffte es, sich von den Knien bis zum Hals rot einzukleiden.

In der Kutsche auf dem Weg zum Bankett, das im Großen Saal der Feste Gryps stattfand, erhielten wir eine schnelle Einführung ins Protokoll. Soweit es Net und mich betraf, waren wir von niedererem Rang als alle Anwesenden mit Ausnahme der Kellner, und wir waren beide klug genug, diese nicht durch hochnäsiges Benehmen zu verärgern. Leif wirkte leicht verstört, als sein Vater ihm mitteilte, dass wir beide die Einzigen waren, die rangmäßig unter ihm standen. Aber da er immerhin von adliger Abkunft war, würde er bei seiner Ankunft vorgestellt werden, und man würde von ihm erwarten, dass er seine besten Wünsche für das Fest vortrug.

Leif lehnte sich zurück, um sich seine Ansprache zu überlegen, und ich sah seine Augen leuchten. Ohne Zweifel versuchte er, einen Reim auszuarbeiten. Ich konnte nur hoffen, dass er gut wurde. Irgendwie hatte ich nicht den Eindruck, es wäre ihm ganz klar, wohin wir unterwegs waren oder was uns erwartete. Ich will sagen: Das Einzige, was von mir erwartet wurde, war herumzustehen und nach Möglichkeit niemandem in die Quere zu kommen, und ich war mir ziemlich sicher, dass ich nicht einmal das fertig bringen konnte.

Wir erreichten unser Ziel viel zu schnell und wurden in einen Seitensaal geführt. Feste Gryps, von den drei Festungen der Stadt die am nächsten zum Hafen gelegene, war eine jener wuchtigen Bauten aus gewaltigen Felsblöcken, die unausgesprochene Verachtung für jeden Feind auszustrahlen schienen, der auf die absurde Idee kam, sie angreifen zu wollen. Stämmige Säulen trugen Kuppeldecken, die mir das Ergebnis späterer Erweiterung zu sein schienen, da die Steine, aus denen sie gefertigt waren, anderer Art als die der Außenmauern waren. Die Fenster boten bunte Glasmosaike, die im Tageslicht ein prächtiger Anblick sein mussten, lieferten aber kaum die Art Fensterschmuck, mit dem die ursprünglichen Erbauer eine Festung ausgestattet hatten. Feste Gryps machte beinahe den Eindruck eines alten Kriegers im Herbst des Lebens, der sich die Zeit damit vertrieb, jüngere Generationen mit Geschichten aus seiner ruhmreichen Vergangenheit zu unterhalten.

Nach und nach bewegte sich die lange Reihe der Wartenden aus dem Seitenraum in den Großen Saal. Als wir uns nach fast einer Stunde dem Ausgang näherten, hörte ich jemanden die Neuankömmlinge ankündigen. Als wir es so weit geschafft hatten, sehen zu können, was geschah, wurde deutlich, dass alles genau so ablief, wie Baron Norderstett es vorausgesagt hatte. Man würde ihn ankündigen, ich würde ihm folgen, er würde vor der Königin auf ein Knie sinken, ihr seine Ehre erweisen und weitergehen.

Schließlich erreichten wir die Tür. Der Kämmerer, ein unmaskierter, dürrer Bursche mit nur einer Hand voll schwarzer Haarsträhnen auf und einer Hand voll mehr Zähnen im Kopf, schlug mit seinem Stab auf den Boden. »Ich darf vorstellen, Baron Kenvin Norderstett von Valsina, aus Oriosa.«

Der Baron war ebenso in geliehene Kleidung gehüllt wie wir anderen, aber wie es sein Recht und seine Pflicht war, hatte er die formelle Maske mitgebracht, die zu tragen er berechtigt war. Sie kennzeichnete ihn als großen Krieger und standhaften Militärführer. Obwohl viele der Gäste in einer Pracht erschienen waren, wie ich sie nie zuvor gesehen hatte und vermutlich auch nie wieder sehen würde, wirkte nicht einer von ihnen so beeindruckend wie Baron Norderstett.

Die Maske bedeckte sein Gesicht von den Mundwinkeln aufwärts, zog sich über seinen Schädel und weitete sich in seinem Rücken zu einem bodenlangen Cape aus. Sie war aus der Haut eines Temeryx gefertigt, den er persönlich erlegt hatte. Die weißen Federn schillerten in allen Farben wie ein Ölfilm auf stiller Wasseroberfläche, und ihr Farbenspiel begleitete jede seiner Bewegungen. Auf

Gefechtsbänder hatte er verzichtet und stattdessen die Federn in der Krone der Maske entsprechend eingefärbt. Eine weißgoldene Schnalle hielt die Maske an seinem Hals zusammen, und der weite Mantel schloss ihn völlig ein, als er vor der Königin aufs linke Knie sank und den Kopf beugte.

»Majestät, es ist eine Ehre, Eure Gegenwart genießen zu dürfen, ebenso wie es eine Ehre ist, in Euren Diensten zu stehen. Ich wage zu hoffen, dass dieses Fest sich als ertragreich erweisen und eine Zukunft frei von Furcht und voller Wohlstand einläuten wird.«

Königin Lanivette musterte Norderstett mit stechenden blauen Augen. Das weiße Haar der schlanken und eleganten Monarchin erschien seinem Mantel ebenbürtig, und das langsam auf ihren Zügen erblühende Lächeln als ein Pendant zu Baron Norderstetts Eleganz. Sie beugte sich vor und streichelte die Federn, die seine linke Wange verbargen.

»Kenvin, er war schon immer einer meiner Favoriten. Ihn hier zu sehen ist eine doppelte Freude, weil sie unerwartet kommt.« Ihre Stimme war leise, kaum mehr als ein Flüstern, aber irgendwie schien es, als wüsste jeder im Saal, dass er Gnade vor ihr gefunden hatte. »Wir werden später Gelegenheit haben, uns zu unterhalten.«

Baron Norderstett stand auf und ich folgte ihm wie ein Schatten. Ich drehte mich um, um auf Leif zu warten und fragte mich, wie sein Gedicht ausfallen würde. Doch alles, was ich beim Eingang erkennen konnte, war Unruhe. Eine hoch aufgeschossene Gestalt schob sich an Leif vorbei und marschierte in den Saal. Der Mann trug Stiefel, Hosen und ein ärmelloses Wams aus senfbraunem Wildleder, Letzteres über der Brust nur lose gebunden. Die Tätowierungen auf den Armen und die weiße Haarmähne verrieten mir, dass es sich um Entschlossen handelte, und ich fragte mich, weshalb ich ihn nicht sofort erkannt hatte.

Es kostete nur eine Sekunde, die Antwort auf diese Frage zu finden, als Entschlossen auf uns zu kam. Ein ungefütterter Flickenmantel wehte hinter ihm auf, bevor er wieder nach vorne um seine Beine schlug. Die einzelnen Flicken waren mit Lederstreifen aneinander genäht, und ich erkannte, dass sie aus den Skalps bestanden, die er den Schnatterfratzen abgeschnitten hatte.

Entschlossen blieb an derselben Stelle stehen, an der Baron Norderstett angehalten hatte, kniete aber nicht nieder. Er legte die rechte Hand aufs Herz und sah sich um. Sein Blick ruhte nicht nur auf Königin Lanivette, ihrem Sohn Swindger und ihrer Tochter Rautrud, sondern auf allen Monarchen und Adligen, die vor uns angekündigt worden waren. Er nickte einmal langsam, dann sprach er.

»Ich bin Entschlossen. Ich bin Vorqælf. Ich habe weder Rang noch Status, aber ich bin hier.« Er senkte die Hand, und der Schnatterermantel schloss sich um ihn. »Ich bin gekommen, um euch mitzuteilen, dass aurolanische Angreifer bis nach Oriosa eingefallen sind, bis nach Atval in den Süden vorgestoßen sind – und ich will wissen, was ihr zu unternehmen gedenkt, um dieser Plage für alle Zeiten ein Ende zu machen.«

Kapitel Sechzehn

Königin Lanivette erhob sich aus ihrem Sessel und hielt ihren Sohn zurück, indem sie ihm die rechte Hand auf die Schulter legte. An einem ihrer Finger glänzte ein Saphir, der in Schliff und Farbe zu dem riesigen Saphir passte, den sie um den Hals trug. Beide Steine verliehen dem blauen Satinkleid, das leise raschelte, als sie aufstand, zusätzlichen Glanz. Sie hob das Kinn und lächelte, aber unter der Maske wurden ihre Augen schmal.

Ihre Stimme war ruhig, aber es lag genug Feuer darin, um mich für Entschlossen zusammenzucken zu lassen. »Ich bin mir der Vorgänge bewusst, die er anspricht. Es ist meine Absicht, mich in dieser Sache mit meinen Mitherrschern zu beraten.«

»Euch zu beraten ist alles, was ihr seit drei eurer Generationen getan habt.« Entschlossen stieß den ausgestreckten Finger in meine und Baron Norderstetts Richtung. »Fragt sie, was Beratungen gegen Schnatterfratzen und Vylænz und Temeryxen nutzen. Vor einem Jahrhundert verlor ich meine Heimat, und in diesem Jahrhundert habe ich eine Ewigkeit von Worten gehört. Taten habe ich nicht eine gesehen.«

Bevor die Königin antworten konnte, schob sich ein anderer Ælf zwischen den Höflingen hindurch und redete hastig in einer Sprache auf Entschlossen ein, die zwar poetisch klang, aber Schärfen enthielt, die hörbar verletzen sollten. Der Ælf war nicht ganz so groß wie Entschlossen und wog wohl ein Drittel weniger als sein muskulöses Gegenüber. Seine gertenschlanke Gestalt passte zu dem feinen schwarzen Haar, das über seine Schultern und die Brustpartie des dunkelblauen Satinjacketts fiel. Seine Kleidung war ähnlich gehalten wie die, in der Leif zum Ball erschienen war, aber das Spitzenhemd und die Strümpfe waren rot, sodass der Ælf mit der Farbe seiner Kleidung das Orioser Königshaus ehrte.

Das Erstaunlichste an ihm war allerdings, dass seine Augen sehr menschlich erschienen. Sie besaßen eine Pupille, und der größte Teil ihrer Farbe war in einem schmalen Kreis um sie herum gebündelt. Zwar konnte man keinen Teil seiner Augen wirklich weiß nennen, da bis in den letzten Winkel ein Hauch von Gold blieb, aber die Stärke der goldenen Farbe in seiner Iris verlieh seinem Blick eine metallische Tiefe, die der Härte mittäglicher Sommersonne glich. Sie schärfte seine wohlgeformten Züge und ließ ihn sogar noch größer wirken.

Entschlossen drehte kaum den Kopf in seine Richtung und ähnelte fast einem Hund, der einem strengen Herrn einen traurigen Blick zuwarf. »In der Menschensprache, damit sie es verstehen.«

Der andere Ælf presste die Hand aufs Herz und beugte vor der Königin das Haupt. »Ich bitte Euch, diesem Vorqælf zu vergeben. Er hat noch keine Beherrschung oder angemessenes Verhalten gelernt.«

»Ich weiß sehr genau, was angemessenes Verhalten ist.«

»Sei still, *Neffe.*«

Entschlossen drehte sich zu dem anderen Ælf um. »Du wagst es, mir Befehle zu geben, *Großvater?* Du hast daran ebenso viel Schuld wie sie.«

Der dunkelhaarige Ælf sprach wieder in jener fremden Sprache auf Entschlossen ein, bei der es sich wohl um Ælvisch handeln musste. Entschlossen antwortete in derselben Sprache, und es kam zu einem schnellen, scharfen Wortwechsel. Entschlossen legte es sichtlich darauf an, sein Gegenüber zu verletzen, aber der andere Ælf ließ sich keine Regung anmerken. Seine Antworten nahmen Entschlossens Wut allmählich den Stachel. Der Vorqælf hielt seinem Gegner schließlich den Zeigefinger ins Gesicht, sagte etwas und wirbelte dann auf dem Absatz herum, um den Saal zu verlassen.

Der zweite Ælf sank augenblicklich auf ein Knie und neigte den Kopf. »Ich bitte um Euer Verständnis, Königin Lanivette, Euer Verständnis und Eure Vergebung. Es gibt keine Entschuldigung für diesen Zwischenfall, außer der Feststellung, dass den Vorqælfen sittliche Reife fehlt. Sie sind unfähig, die Lage der Dinge zu verstehen und Vernunft anzunehmen.«

Die Königin lächelte dem Ælf gnädig zu. »Es ist nicht von Bedeutung, mein guter Jentellin. Auch ich muss mich mit denen auseinander setzen, denen das Ungestüm der Jugend im Blut liegt.« Ihr Blick wanderte zu ihren beiden Kindern.

Ich war völlig verwirrt und drehte mich zu Baron Norderstett um. »Ich verstehe das nicht. Der eine Ælf nannte Entschlossen seinen Neffen, aber Entschlossen bezeichnete ihn als Großvater. Und sie reden von ihm, als wäre er ein Kind, das noch Jahre vor der Mondmaske steht.«

»Es ist ein verwirrendes Problem, Valkener, und ich bin mir selbst nicht sicher, ob ich es ganz verstehe.« Er lächelte zu mir herab. »Verzeih mir, Tarrant, dass ich mit dir rede wie mit deinem Vater.«

Ich zuckte die Schultern und lächelte. »Macht mir nichts aus. Ich hoffe, ich kann Euch so gut dienen, wie er es tut.«

»Da bin ich mir sicher. Du wirst mir und Leif dienen, wie dein Vater vor mir dem meinen gedient hat. Mit einem Valkener an seiner Seite kann ein Norderstett nicht versagen.« Der Baron nickte mir zu, dann wandte er sich wieder um, als der Ælf zu uns herüberkam. Er legte die rechte Hand aufs Herz, als er ihn begrüßte. »Mein Fürst Jentellin, welch ein Vergnügen.«

Jentellin kreuzte die Hände über dem Herzen. »Das Vergnügen ist meinerseits, mein Fürst Norderstett. Und Euer Adjutant ist gewiss ein Valkener?«

»Tarrant, ja. Ich glaube, Ihr seid seinem Vater begegnet, vor etwa zwanzig Jahren?«

»Als das Fest in Jerana stattfand. Ja, ich entsinne mich. Bitte richte deinem Vater meine Grüße aus, wenn du ihn das nächste Mal siehst.«

»Das werde ich, mein Herr, ich meine, mein Fürst.« Hastig hob ich die Hände an die Brust, immer noch entgeistert, dass mein Vater einen Ælf kannte. Zugegeben, er war ihm begegnet, bevor ich geboren war, aber trotzdem hätte ich erwartet, dass er es erwähnt hätte.

Jentellin lächelte mich an, dann drehte er sich wieder zu Norderstett um. »Der Vorqælf hat angedeutet, dass Ihr das, was er sah, ebenfalls gesehen habt. Darf ich die Temeryxfeder an der Mondmaske des jungen Valkener als Bestätigung dieser Aussage werten?«

»Nur eine Bestätigung des Anfangs, aber nicht dessen, was wir in Atval gesehen oder getan haben. Ich verstehe Euren Zorn auf Entschlossen, aber ohne ihn wären wir in Atval vermutlich umgekommen.«

»Ja, Entschlossen hat mir das Leben gerettet, und ohne Leif und sein Schwert ...« Ich brach im Satz ab, als Baron Norderstett einen Finger an das zugedrückte linke Auge legte.

Der Ælf trat einen Schritt zurück und verschränkte die Hände hinter dem Rücken. »Ein Schwert? Womöglich ein Fundstück aus Atval? Darüber würde ich gerne mehr hören.«

»Und ich nehme an, dass Ihr früher oder später davon hören werdet. Frage gegen Frage? Mein Adjutant ist interessiert an Eurem Verhalten Entschlossen gegenüber.«

Der Ælf sah mich mit hochgezogener rechter Braue an. »Was möchtest du wissen?«

»Ihr habt ihn behandelt wie ein Kind.«

»Weil er ein Kind ist.«

Ich runzelte die Stirn. »Aber er ist über hundert Jahre alt.«

Baron Norderstett lachte. »Alter hat nichts mit Reife zu tun, Valkener. Sieh dich hier im Saal um, und du wirst reichlich greise Köpfe sehen, die sich benehmen wie kleine Kinder.«

»Nun gut, das mag wohl sein.«

Der Ælf kicherte leise. »Da Entschlossen ein Vorqælf ist, der nicht an seine Heimat gebunden wurde, ist er nach unseren Gesetzen und Traditionen ganz und gar ein Kind. Die Verbindung mit dem Land unserer Geburt ist für uns in vielerlei Hinsicht ein Gegenstück zu eurem Mondmonat. Es ist die Zeit, in der wir unsere Verantwortung erkennen und annehmen. Sie gibt uns ein Fundament, ein Gerüst, auf dem wir aufbauen können, und Entschlossen wurde dieses Fundament geraubt. Er ist immer noch ein Kind, ungestüm und waghalsig. Sicher hast du seine Augen bemerkt. Es sind die Augen eines Kindes. Bei seiner Bindung an Vorquellyn hätten sie sich so verändert wie die meinen. Da er die Dinge nicht mit den Augen eines Erwachsenen sieht, nimmt er sie noch in sehr einfachen Gegensätzen wahr.« Der Ælf lächelte höflich. »Es freut mich, dass er dir in Atval das Leben gerettet hat, und ich kann deine Sympathie für ihn gut verstehen.« Jentellin wandte sich an Baron Norderstett. »Dieses Schwert, das Ihr gefunden habt ...«

»Mein Sohn Boleif fand es.«

»Ja, Euer Sohn. Ich nehme an, es war kein alltäglicher Fund?«

Baron Norderstett nickte zögernd. »Die Waffe ist von mächtiger Magik erfüllt. Ich habe meinen Sohn früher beim Schwerttraining gesehen und immer davon geträumt, dass er es meistert, aber ich musste schon vor langer Zeit erkennen, dass er nie mehr als ein durchschnittlicher Fechter sein würde. Mit dieser Klinge jedoch wird er zum Meister. Jede Technik, die er kennt, setzt er mit einer Genauigkeit ein, die ich noch nie bei irgendjemandem gesehen habe.«

»Hat diese Waffe einen Namen?«

»Entschlossen sagte uns, dass sie Temmer heiße.«

Der Ælf wurde einen Augenblick lang still. »Und Euer Sohn hat sie in Blut getaucht?«

»Ja.«

Jentellin schloss die Augen und murmelte etwas auf Ælvisch. Er öffnete die Lider erneut und schenkte Baron Norderstett ein dünnes Lächeln. »Unzweifelhaft hat Entschlossen Euch Furchtbares über dieses Schwert erzählt. Es ist tatsächlich ein zerstörerisches Artefakt. Es war siebenhundert Jahre verschollen, aber als ich es zuletzt im Einsatz sah, hatte es auf seinen Träger eben die Wirkung, die Ihr beschreibt.«

Ich rechnete kurz nach. »Dann seid Ihr ja über … Aber Ihr seht gar nicht … keine grauen … äh, will sagen, also, ja, Entschlossen wäre verglichen mit Euch ein Kind.«

Das Lächeln des Ælfs wurde breiter, und ein schallendes Lachen stieg aus seiner Kehle. »Ja, junger Valkener, ich bin so alt und sogar noch älter. Viel älter.«

»Seid Ihr wirklich Entschlossens Großvater?«

»Nein.« Jentellins langes schwarzes Haar strich ihm über die Schultern, als er den Kopf schüttelte. »In unserer Sprache ist das eine ehrende Anrede für ältere Männer. Ich habe ihn als ›Neffe‹ angesprochen, weil dies im Ælvischen als Anrede für jüngere Männer Verwendung findet. Entschlossen ist nicht mit mir verwandt, aber ich habe wirklich einen Vorqælfneffen, deshalb teile ich Entschlossens Schmerz.«

Ein Hauptmann in der Garde der Königin – falls ich seine Maske richtig gelesen habe – kam herüber und salutierte zackig. Baron Norderstett erwiderte den Gruß. »Meine Fürsten, die Königin möchte sich für eine Weile zurückziehen und hat um Eure Gesellschaft gebeten. Wenn Ihr mir folgen wollt.«

»Mit Vergnügen.« Baron Norderstett drehte sich zu mir um und legte mir die Hand auf die Schulter. »Suche meinen Sohn und Net. Achte auf die beiden und sag ihnen, dass ich eine Audienz bei der Königin habe. Wenn ich euch vor Mitternacht noch sehe, fahren wir gemeinsam zurück zur Herberge, sonst finde ich allein dorthin. Ich werde meine Anweisungen für morgen vorbereiten, sobald ich weiß, was zu tun ist. Verstanden?«

Ich nickte, dann faltete ich die Hände über dem Herzen. »Es war eine Ehre, Euch kennen zu lernen, mein Fürst Jentellin.«

Er legte ebenfalls die Hände aufs Herz und nickte mir zu, dann verließen die beiden im Gefolge des Soldaten den Saal. Ich wandte mich wieder zum Saal, und nach kurzer Suche entdeckte ich Nets roten Schopf über der Menge. Ich machte mich auf den Weg und gelangte ohne Probleme an seine Seite.

Er grinste, als er mich kommen sah, und reichte mir einen Weinpokal. »War eigentlich für Leif gedacht, aber der ist beschäftigt.«

Ich folgte Nets Blick und sah Leif sich in einem Sessel lümmeln, umgeben von einem halben Dutzend junger Damen. Zwei von ihnen trugen Masken, der Rest war unmaskiert, aber keine von ihnen schien mehr als vielleicht vier Jahre älter als wir – möglicherweise mit Ausnahme der Ælfe. Ich hatte keine Ahnung, wie alt sie war, aber sie schien in der Blüte der Jugend zu stehen, und da sie schlank und weich wirkte und keine Tätowierungen aufwies, ging ich davon aus, dass sie keine Vorqælfe war.

Leif schnippte mit dem Finger gegen die Temeryxfeder an seiner Mondmaske. »O ja, unsere Abenteuer waren höchst aufregend und äußerst gefahrvoll. Ich würde euch alles erzählen, aber sie sind so schrecklich, dass ich fürchte, ihr könntet vor Entsetzen in Ohnmacht fallen. Selbst ich schaudere bei dem Gedanken an manches, was ich gesehen habe.«

Mir wurde schlecht, als die Mädchen ihn mit mitfühlenden Bemerkungen trösteten, gefolgt von fieberhaftem Drängen nach den Einzelheiten seiner Abenteuer. Leif widerstand der Versuchung mannhaft und verteidigte sich, ihm bräche der Schweiß aus, wenn er nur an das dächte, was er gesehen hatte. Eine neue Welle des Mitgefühls ergoss sich über ihn, und Leif schleckte die Sympathie seiner Bewunderinnen auf wie eine Katze die Sahne.

»Nun denn, ihr Allerliebsten, ich könnte es nicht ertragen, dass ihr mich ob meines Widerstands gegen eure Wünsche für herzlos erachtet. Und ich muss zugeben, dass ich mir schmeichle, so etwas wie ein Poet zu sein. Ich gestattete mir den gelegentlichen Reim, vielleicht als eine Art, das Entsetzen zu verkraften, dessen Zeuge ich geworden bin.« Leif schloss die Augen, senkte den Kopf und massierte sich mit der linken Hand die Stirn. Als der Rotschopf zu seiner Rechten seine Schläfe massierte, öffnete er die Augen und schenkte ihr ein mattes Lächeln. »Wenn ihr es denn verlangt, werde ich mein jüngstes Werk mit euch teilen. Es trägt den Titel ›Die verflixten Temeryxen‹.«

Ich leerte den Pokal mit einem Schluck. Leif war drauf und dran, das Verbot seines Vaters zu brechen, von unseren Abenteuern zu erzählen. Zugegeben, nach Entschlossens Auftritt war es kein Geheimnis mehr, was wir durchgemacht hatten. Aber trotzdem war Leif kurz davor, sich großen Ärger einzuhandeln, und diese Erkenntnis hinterließ einen üblen Geschmack in meinem Mund.

Ich erkannte schnell, dass der üble Geschmack keineswegs allein auf Leifs Konto ging. Nets Geschmack, was Wein betraf, war entsetzlich. Das Zeug, das er mir kredenzt hatte, brannte sich den Weg hinunter in meinen

Schlund, zog mir dabei den Mund zusammen und drohte, unten angekommen, gleich wieder den Rückweg anzutreten. Ich starrte Net an. »Wie kannst du diesen … trinken? Das Zeug ist praktisch Essig.«

Net grinste. »Hab ich für Leif geholt.« Er hob seinen Pokal. »Ich hab was anderes hier drin.«

»Und das hast du mich trinken lassen?«

»Ich dachte mir, der Schock hilft dir, Leif zu Verstand zu bringen.«

Ich nickte und reichte ihm das Glas zurück. »Mein Fürst, wollt Ihr sie so ganz unvorbereitet mit eurem Opus konfrontieren?«

Leif sah leicht verwirrt auf. »Nun, ich dachte …«

»Es ist ein wenig herb, meint Ihr nicht auch?« Ich lächelte den Damen zu, die ihn umringten. »Vielleicht solltet Ihr sie mit etwas Gewitzterem erfreuen, Namensreimen und dergleichen.«

Mein Freund nickte und tippte sich mit dem Finger an die Nase. Ich weiß nicht, ob er möglicherweise glaubte, ich wollte, dass er ihnen ihre Namen entlockte, damit ich sie später zum Tanz auffordern konnte oder etwas dergleichen, aber er erwärmte sich für den Vorschlag, ihre Namen zum Ausgangspunkt für kurze Verse zu nehmen – wie ein Hund vor einem lodernden Kaminfeuer. Seine ersten Versuche ließen die Schönen im Chor kichern, was ihn ermutigte weiterzumachen, und Net reichte ihm einen Pokal Wein, um seine Kehle feucht zu halten.

Ich lachte Net zu. »Noch ein paar Gläser Wein, und er kann sich nicht mehr an genug erinnern, um in Schwierigkeiten zu kommen.«

»Sollte reichen.« Net legte mir die Hand um die Schulter, als wir neuen Wein holen gingen. »Ich hab dich mit einem Ælf reden sehen.«

»Baron Jentellin.« Ich seufzte und erzählte Net alles, was ich gehört hatte. Er hörte es sich mit steinerner Miene an und beschränkte seine Kommentare auf ein gelegentliches Grunzen. »Entschlossen tut mir irgendwie Leid.«

»Klar, aber Jentellin war nicht der Einzige, der hier auf dem hohen Ross gesessen hat.« Net ruckte den Kopf zurück in Richtung Leifs, dessen Zuhörerschar weiter angewachsen war und lauthals kicherte. »Nach dem Streit hat der Empfangsknabe niemanden mehr vorgestellt, und Leif hat sich gehörig gefuchst, dass ihm sein Auftritt durch die Lappen gegangen ist. Du weißt ja, wie er dann wird. Hat mich rumgescheucht: ›Er sei ein guter Bursche und hole mir Wein‹. Ich hätte ihn dir nicht geben sollen.«

»Hauptsache, du lässt mich wissen, wie lange ich habe, bevor das Gift wirkt.«

Wir mussten beide lachen, dann suchten wir nach einem süßen Wein mit durchschlagender Wirkung. Als wir einen gefunden hatten, kehrten wir zu Leif zurück, der inzwischen stehend rezitierte, und reichten ihm einen Pokal nach dem anderen. Nach einer Weile wurde er ruhiger und beschränkte sich auf spontane Reime auf Worte, die sein Publikum ihm zurief. Um Mitternacht war er fest eingeschlafen. Wir brachten ihn zurück zur Herberge, wickelten ihn in eine Decke und legten ihn auf den Boden.

Ich fragte Net sogar noch, ob wir das wirklich tun sollten, da das Stroh im Bett aufgefrischt schien und weicher war als am Nachmittag. »Wenn wir ihn da liegen lassen, ist er steif und verspannt, wenn er aufwacht.«

Der rothaarige Hüne lachte. »Der wird sich noch schlimmer fühlen als nur steif und verspannt, wenn er wach wird, aber das hat nichts damit zu tun, dass er auf dem Boden schläft. Wenn er schon leidet, kann er das ruhig auf dem Boden tun. Ich will ihn nicht bei uns im Bett haben. Wir brauchen jedes bisschen Schlaf, das wir kriegen können, um ihn morgen früh zu ertragen.«

Kapitel Siebzehn

Es wurde viel zu schnell Morgen, aber immerhin schliefen wir länger als Leif. Sein Gesicht war aschgrau, und er hielt sich mit beiden Händen den Kopf wie einen überreifen Kürbis, der jeden Augenblick von seinen Schultern fallen und auf dem Boden zerplatzen konnte. Fast hätte ich ihn mit seinem Zustand aufgezogen, aber dann erinnerte mich sein dumpfes Stöhnen daran, dass Net und ich ihn literweise mit Wein abgefüllt hatten.

»Ich kenn ein Mittel gegen Weinschädel.« Net zog sich die Kleider über und machte sich auf den Weg hinunter in den Schankraum der Taverne. »Bin gleich wieder da.«

Leif kroch über den Boden, ließ den Deckenkokon hinter sich und zog sich langsam aufs Bett. So, wie er sich bewegte, dauerte ein Blinzeln für ihn eine Ewigkeit. Er ließ sich vornüber auf die Matratze fallen. Sein blondes Haar klebte auf der schweißnassen Stirn. Er drehte sich und sah mich mit dem rechten Auge an. »Habe ich mich zum Narren gemacht?«

»Du hast die Kutsche nicht voll gekotzt.«

»Das ist gut. Ich meinte aber auf dem Bankett.«

Ich rutschte gegen das Kopfbrett zurück und zog die Knie an die Brust. »Die Damen fanden dich amüsant – zwei von ihnen ganz besonders. Ich glaube, sie kamen aus Okrannel.«

»Groß und blond, wie Nolda Disper?«

»Ja, die meine ich. Poesie scheint in Okrannel etwas Außergewöhnliches zu sein.«

»Muss wohl.« Er schloss das Auge. »Ich habe das

Gefühl, eine ganze Horde von Schnatterern ist in meinem Schädel eingeschlossen und versucht auszubrechen.«

»Beruhige dich, Leif. Du hast weder deinen Vater noch Oriosa Schande gemacht.«

»Die Königin hat mich nicht gesehen?«

»Nein, sie war in einer Besprechung mit deinem Vater.«

»Und die Prinzessin?«

Ich blinzelte überrascht und klopfte ihm auf die Schulter. »Die gefällt dir wohl? Dabei ist Rautrud doch gar nicht blond.«

»Stimmt, aber, oh, diese Augen, diese blauen Augen. Sie sind so blau wie … wie …«

»So blau wie deine Augen rot sind?« Net kehrte zurück und stieß die Tür mit einem gezielten Fußtritt hinter sich zu. Er warf mir einen kleinen Lederbeutel zu, im dem es wie von Münzen klimperte, dann streckte er Leif einen dampfenden Becher entgegen. »Hier, Euer Ehrwürden, deine Medizin ist fertig.«

Leif wälzte sich so träge wie ein satter Eber im Schlamm herum und zog sich weit genug hoch, um sich mit den Schultern an das Kopfbrett lehnen zu können. Er griff nach dem Becher, dann rümpfte er die Nase und zog die Hand wieder zurück. »Das stinkt ja fürchterlich.«

»Es ist zum Trinken gedacht, nicht zum dran riechen.« Net zuckte die Achseln und hob den Becher an den eigenen Mund. »Wenn du dich nicht besser fühlen willst …«

»Nein, nein, nein, gib, gib.« Der Enthusiasmus, mit dem Leifs Aufforderung ansetzte, nahm gegen Ende spürbar ab, doch seine Finger griffen heftig nach dem Becher. Net vergewisserte sich, dass Leif die Hand fest um den Becher geschlossen hatte, dann streckte er den Arm aus und hielt ihm die Nase zu.

»Auf ex, Leif. In einem Zug. Und kau den Bodensatz.«

Leif blies erst noch einmal über das dampfende Gebräu. Von meinem Standort aus wirkte es dunkelviolett, mit kleinen weißen Sprenkeln, die am Rand der Flüssigkeit trieben. Leif zuckte die Achseln, schloss die Augen und trank. Sein Kehlkopf hüpfte und ich sah eine Träne unter der Mondmaske hervorrinnen, aber er leerte den Becher, kaute kurz und schluckte ein letztes Mal.

Net gab Leifs Nase frei und grinste. »Na also.«

Leif schüttelte sich, als sei ihm eine Schlange das Hosenbein hochgekrochen. »Ghueaah! Das war *widerlich!* Mein Bauch steht in Flammen!« Er stieß den ausgesreckten Zeigefinger in Nets Richtung. »Wie soll das helfen? Indem es mir solche Bauchschmerzen macht, dass mein Kopf sich im Vergleich gut anfühlt?«

Net nahm den Becher wieder zurück, betrachtete ihn und nickte. »Nur Wein, Knoblauch, Weidenrinde und noch ein paar andere Zutaten. Nach den Mittsommerfesten und dergleichen macht meine Ma immer ein gutes Geschäft damit.«

Ich lachte, als Leif sich zurück aufs Bett fallen ließ und den Arm vors Gesicht legte. Ich öffnete den Beutel und schüttete ein Dutzend Silbermünzen in meinen Schoß. Ein gefaltetes Stück Papier blieb im Innern stecken, also zog ich es heraus und öffnete es. Ich überflog die Botschaft, dann tippte ich Leif an. »Es ist von deinem Vater.«

»Lies vor. Net kann nicht lesen, und ich will nicht.«

Net runzelte die Stirn. »Ich kann wohl lesen. Ein wenig.«

»Es ist einfach genug.« Ich räusperte mich. »Meine Herren, die gegenwärtige Lage nimmt meine Zeit reichlich in Anspruch, daher bin ich bis in den Nachmittag beschäftigt. Das beigelegte Geld ist für euch. Amüsiert euch auf dem Fest, aber seid spätestens vier Stunden nach Mittag zurück. Gruß, KN.«

Leifs Arm hob sich und er sah mich mit einem leuchtenden blauen Auge an. »Er gibt uns frei?«

»So steht es hier.«

Leif lachte, setzte sich auf und schwang die Beine über

die Bettkante. »Na, dann wollen wir doch keine Zeit verschwenden, oder, Jungs?«

Ich zog die linke Augenbraue hoch, so weit ich konnte. »Ich dachte, du stündest so kurz vor dem Ableben, dass wir dir schon mal ein Grab schaufeln müssten.«

Leif stand auf, schwankte kurz und legte Net die Hand auf die Schulter, um sich abzustützen. »Das war, bevor ich erfuhr, dass dieser Tag uns gehört. Die Pflicht ruft, Jungs. Wir haben Großes vor.« Er schaute die Münzen auf dem Bett an. »Ah. Sechs Silberlinge für mich, je drei für euch: Wir werden uns königlich amüsieren.«

Net runzelte die Stirn. »Ich kann vielleicht nicht gut lesen, aber rechnen kann ich. Wieso bekommst du sechs?«

»Ich bitte dich, Net, hast du schon jemals mit drei Silberlingen im Beutel ein Fest besucht? Na, hast du? Und hat dich dein Mangel an Finanzen je daran gehindert, dich zu amüsieren?«

Die Falten auf Nets Stirn wurden tiefer. »Nein und nein.«

»Na also. Du wirst mehr Geld im Sack haben als je zuvor, und ich erheblich weniger. Du kannst jubeln und ich werde leiden, aber ich werde es ertragen, und das nicht zuletzt dank deiner Medizin.« Er schlug Net auf den Rücken und schwankte zur Waschschüssel, um mit seiner Morgentoilette zu beginnen. »Es wird ein Riesenspaß, Jungs, ihr werdet sehen. Man wird sich noch lange an den Tag erinnern, an dem wir das Fest besuchten.«

Seit jenen Tagen hat sich das Herbstfest sehr verändert. Als wir aus der Stadt schlenderten, sahen wir nicht ein missmutiges Gesicht, nicht einmal bei den Wachsoldaten, die uns oberflächlich abklopften, um sich zu vergewissern, dass wir unbewaffnet waren. Aus der ganzen Welt waren Händler angereist, um die Waren ihrer jeweiligen Heimat anzubieten, und dazu noch verschiedene

Funde, die sie auf dem Weg erstanden hatten. Jongleure und Akrobaten hatten sich kleine Flecken Boden reserviert, auf denen sie ihre Kunststücke vorführten, für die sie das Publikum mit Geld und anderen Anerkennungen belohnte. Ich sah einen Mann, der einen Tanzbären an der Leine führte, und ein Zelt mit bunten Bannern, die vermeldeten, dass im Innern kurvenreiche Tänzerinnen aus Malqa die verführerischen Geheimnisse ihrer Schleiertänze offenbarten. Für die Festbesucher, die des Lesens unkundig waren, wiegte sich eine der Tänzerinnen auf einer kleinen Bühne neben dem Eingang und machte die Botschaft überdeutlich.

Es gab Spezereien aller Art zu kaufen, ebenso wie Getränke. Die Weinhändler boten ihre Ware becher-, eimer- und fassweise an. Die Speisen reichten von verschiedenen reichlich scharf gewürzten Breisorten bis zu frischem Brot und Fleisch, geschmort, gekocht, geröstet, geräuchert oder getrocknet. Auch Fisch wurde angeboten, und zwar fangfrisch. Ich erkannte kaum eine Art, weil die meisten aus den Tiefen des Kreszentmeeres stammten, und so nahm ich mir vor, einen Bogen darum zu machen, aber dann drehte der Wind und trieb mir einen Duft in die Nase, dass mir das Wasser im Munde zusammenlief.

Wie erwartet übernahm Leif die Führung unseres Ausflugs und steuerte uns fort von den Nahrungsmitteln und geradewegs auf die verschiedenen Glücks- und Geschicklichkeitsspiele zu. Die entsprechenden Stände boten unterschiedliche Preise für diejenigen, die das Spiel gewannen. In aller Regel Kleinigkeiten, darunter reichlich Amulette in Form der Zeichen der Halbgötter des Glücks und des Schicksals, oder der Göttin der Liebe, Euris. Häufig wurden auch Ketten aus getrockneten Blumen oder herrlich duftenden Kräutern offeriert. Das Interessanteste an diesen Gewinden war, dass man sie sich nicht nur um den Hals hängen konnte. Manche Händler nahmen sie auch in Zahlung, und man konnte mit ihnen einen großen Krug für den Preis eines kleinen oder zwei Hühnerschenkel für den Preis von anderthalb bekommen.

Auf unserem Weg über den Festplatz erregten wir häufig Aufmerksamkeit. Die Tatsache, dass Leif wieder vom Hals bis zu den Knien leuchtend rot gekleidet war, machte ihn unübersehbar. Net und ich waren zur saubersten Reisemontur zurückgekehrt, in der wir keineswegs wie Bettler oder Banditen aussahen, aber der Kontrast zu Leif war trotzdem beträchtlich. Unsere Mondmasken zogen zusätzliches Interesse auf uns, und ich war mir der Temeryxfeder, die über meinem linken Ohr flatterte, mehr als bewusst. Ich fragte mich, ob die anderen Besucher, die uns anstarrten, auf uns deuteten und hinter vorgehaltener Hand kicherten, nur einfach neugierig waren, oder ob sie von dem Vorfall am Abend zuvor gehört hatten und sich Gedanken über die Bedeutung unserer Federn machten.

Leif schien von alledem überhaupt nichts zu merken. Er führte uns geradewegs zu einem Stand, der Preise für jeden anbot, der mit Pfeil und Bogen Ziele traf, die für meinen Geschmack viel zu dicht standen. Zehn Pfeile kosteten einen Kupferpfennig, was bedeutete, dass eine unserer Silbermünzen für tausend Pfeile ausreichte. Fünf Pfeile ins Herz des Ziels genügten, um eine Kette zu gewinnen, und auf diese Entfernung war das ein Kinderspiel.

Leif lachte mich an. »Du bist unser Bogenschütze, Valkener. Hast du Lust, dein Glück auf die Probe zu stellen.«

»Mit Vergnügen.« Ich holte einen Silberling hervor und knallte ihn auf den Tresen. »Zehn Pfeile, bitte, guter Mann.«

Der Mann warf einen skeptischen Blick auf die Silbermünze, dann nahm er zehn Pfeile aus seinem Vorrat und reichte mir einen Bogen. Net trat an den Stand und schaute ihm auf die Finger, während er mein Wechselgeld abzählte, während ich zur Schusslinie trat und mir die verfügbaren Zielscheiben ansah. »Ich werde auf den Hirsch schießen.«

»Wie Ihr wünscht, mein Herr.«

Kinderspiel ist genau das richtige Wort für die Aufgabe, vor die ich mich gestellt sah, denn der Bogen, den ich bekommen hatte, war ein kümmerliches Gebilde, wie man es einem kleinen Kind in die Hand gegeben hätte. Die Sehne hing schlaff herab, und das Holz des Bogens federte beinahe überhaupt nicht. Ich hätte den Pfeil weiter *werfen* können, als ich ihn damit schießen konnte, aber ich ging davon aus, ihn trotzdem bis ins Ziel zu bringen.

Die Pfeile schienen kaum besser als der Bogen. Die meisten waren verzogen und alle miserabel gefiedert. Ihre Spitzen waren abgenutzt und stumpf, und eine ganze Reihe war am Aufsatz gespalten. Ich konnte mich des Gedankens nicht erwehren, dass es nicht nur verboten war, Waffen zum Fest mitzubringen, sondern ganz offenbar auch unmöglich, auf dem Gelände welche zu finden.

Leif lächelte mich an. »Gibt es ein Problem, Tarrant?«

»Ganz und gar nicht, mein Fürst.« Ich legte einen Pfeil auf die Sehne, zielte und schoss.

Auf dem Hirsch, einer Attrappe aus Säcken mit Gras und Laub, die um einen grob wildförmigen Rahmen gebunden waren, prangte kurz hinter der vorderen Schulter ein großes rotes Herz. Mein Pfeil flog in vollkommener Linie darauf zu, schaffte es aber nicht bis ins Ziel, sondern landete stattdessen über einen Meter davor im Boden.

Leif hustete in die Faust. »Der Wind, Valkener?«

»Ja, der Wind hat ihn zu Boden gedrückt. Das muss es sein.« Ich legte einen zweiten Pfeil an, spannte den Bogen, visierte das Ziel an, neigte den Bogen ein Stück aufwärts und ließ los. Der Pfeil flog sehr unruhig, traf das Ziel aber trotzdem in der Rippengegend. Er verfehlte das Herz um eine Handspanne. »Lungenschuss. Wäre nicht weit gekommen.«

»Wohl wahr, Valkener, aber immer noch weiter, als es

uns lieb gewesen wäre, nicht wahr?« Leif nahm einen der Pfeile auf und drehte ihn in der Hand. »Vielleicht findet dieser sein Ziel.«

»Diesmal geht er ins Herz des Hirschs.« Ich zog, zielte, feuerte. Der Pfeil fand sein Ziel wie angekündigt und schlug genau in der Mitte des aufgemalten Herzens ein.

Dann prallte er mit einem metallischen Ton ab.

Leifs linke Augenbraue zuckte über den Rand seiner Mondmaske. »Eine ziemlich steife Brise diesmal, was, Valkener?«

»O ja. Der Wind.«

»Vielleicht«, ertönte eine Männerstimme hinter uns, »ist es der Wind von all den Prahlereien über die Fähigkeiten oriosischer Bogenschützen.«

Wir drehten alle drei gemeinsam den Kopf, um zu sehen, wer uns beleidigt hatte – und sanken augenblicklich auf ein Knie. Leif hob den Kopf um eine Winzigkeit und lächelte. »Euer Hoheit, welch eine Ehre.«

Prinzessin Rautrud lächelte uns an, und es ließ sich nicht bestreiten, dass sie wunderschön war. Sie war vier Jahre älter als wir, und ihre funkelnden Augen waren von jenem Blauton, den man auf fernen Bergen oder in einem klaren Sommerhimmel findet. Ihr langes schwarzes Haar war zum kurzen Zopf geflochten und mit Bändern in der Farbe ihrer Augen umwickelt. Sommersprossen blühten auf ihren weißen Wangen und der Nasenspitze, Wangenknochen und Stirn wurden von einer rehbraunen Maske verdeckt. Sie trug ein einfaches, braunes Kleid, das sich besser für einen Ausritt eignete als für einen Einsatz bei Hofe, und in der rechten Hand hielt sie einen kleinen Fächer. Um ihren Hals lag ein blauer Schal, dessen lange Enden hinter ihrer rechten Schulter in einem sanften Wind flatterten.

Sie war umgeben von Höflingen, aber der Mann, der uns angesprochen hatte, war einen Schritt vorgetreten. Er war ein Fingerglied kleiner als ich und ein wenig schlanker, machte aber trotzdem den Eindruck eines Kriegers. Sein schwarzes Haar war nach alcidischer Sitte kurz geschoren, und keine Maske bedeckte sein Gesicht oder die braunen Augen. Er hatte einen buschigen Schnauzbart, dessen Enden über seine Wangen reichten, und an seinem linken Ohr hing ein einzelner goldener Ring. Seine Kleidung, bestehend aus Stiefeln, Hose, einfachem Hemd und Wams, war in dunklem Braun bis hellem Rehbraun gehalten, was ihn und Rautrud wie ein Pärchen aussehen ließ.

Die Prinzessin schloss den Fächer und gab ihm damit einen sanften Hieb auf die Schulter. »Prinz Augustus. Oriosa bringt großartige Bogenschützen hervor, und allem Anschein nach sehr viel bessere als Alcida Bogner.«

»Aber Teuerste, nach dem, was Euer Bruder behauptet, sollte überlegenes Können in der Lage sein, die Beschränkungen ungenügender Bestückung auszugleichen.«

Leif hob den Kopf. »Ich bitte Euch, Hoheit, werft Prinz Augustus nicht vor, ungenügend bestückt zu sein.«

Der Alcider Prinz blickte Leif an, drehte sich um, dann kam sein Kopf wieder herum. Leif strahlte ihn mit einem Lächeln an, das verkündete: ›O ja, ich weiß genau, was ich gesagt habe‹, und Prinzessin Rautrud verbarg ihr Schmunzeln hinter dem wieder ausgebreiteten Fächer. Aus dem Rest ihres Gefolges stieg ein Kichern auf und ich zumindest hatte große Mühe, nicht laut loszuprusten.

Leif stand auf und verbeugte sich tief vor der Prinzessin. »Ich bin entsetzt, Hoheit, dass die Vorführung meines Mannes hier einen Schatten über den Ruf der oriosischen Bogenschützen wirft. Gestattet mir, diesen Schaden gut zu machen. Ich verspreche, ich werde hier und jetzt mit einem einzigen Pfeil das Herz des Hirschen treffen.«

Augustus lachte kurz und bellend. »Das hat dein Mann gerade erst getan.«

»Wohl wahr, doch ich werde es mit einer Augenbinde tun.«

Ich sah Leif an. Er erwiderte meinen Blick. »Bist du immer noch betrunken, Leif?«, flüsterte ich ihm zu.

»Mit deiner Hilfe ist es zu machen, Valkener.« Er lächelte. »Hoheit, wenn Ihr die Güte hättet, mir Euren Schal zu leihen.«

Rautrud reichte einer ihrer Zofen den Fächer und knotete den Schal auf. Augustus nahm ihn entgegen, dann hielt er ihn in die Höhe und sah geradewegs hindurch. »Pah, das ist keine Augenbinde.«

Leif nahm ihm den Schal aus der Hand und faltete ihn mehrfach zu einem Streifen, der nur noch ein Fingerglied breit war. »Zusammengelegt hält er jedem Blick stand.« Er hielt ihn für den alcidischen Prinz hoch, und Augustus schnaubte. Dann drehte Leif sich zu mir um und legte ihn über meine Augen. »Siehst du durch diese Binde noch etwas, Valkener?«

»Nein, mein Fürst.«

»Gut.« Er drehte sich zu Net und reichte ihm den zur Augenbinde gefalteten Schal. »Zeig sie jedem, der sich selbst davon überzeugen will.« Als Net sich auf den Weg machte, trat Leif an den Tresen, auf dem noch sieben Pfeile lagen. Er wählte einen davon aus und zeigte ihn mir. Während Net die anderen ablenkte, flüsterte er mir zu: »Stell dich neben mich, dicht neben mich, auf die andere Seite des Bogens. Richte den rechten Fuß auf den Hirsch.«

Ich nickte. »Dieser Pfeil wird gerade fliegen, mein Fürst.«

»Gut.« Er drehte sich zu unseren Zuschauern um und hob den Pfeil zur Begutachtung in die Höhe. »Ein in keinster Weise ungewöhnlicher Pfeil, oder?«

Alle bestätigten durch Nicken oder Kopfschütteln seine Einschätzung, und Leif reichte mir den Pfeil. Er nahm den Bogen, prüfte den Zug der Sehne und nickte. Er nahm eine heldenhafte Pose ein, die Beine gespreizt, den Bogen fest in der Linken, den Körper senkrecht zum Ziel. Er schaute über die rechte Schulter zurück und winkte Net zu sich.

»Net, die Augenbinde, wenn du so freundlich wärest.«

»Nein, das ist zu einfach.« Prinz Augustus packte ein Ende des blauen Schals. »Er ist dein Helfer.«

»Ich gebe Euch mein Wort, Hoheit, ich würde nicht auf das Ziel blicken, selbst wenn ich es könnte.« Leif hob die Hand und zog seine Mondmaske ein wenig nach oben. »Diese Mondmaske nimmt mir schon halb die Sicht.«

»Augustus hat Recht.« Prinzessin Rautrud nahm Net den Schal aus der Hand und trat hinter Leif. »Ich werde ihm die Augen verbinden.«

»Eure Schönheit und Eleganz blenden mich schon jetzt, Hoheit.«

Rautrud lächelte und hob den Schal über Leifs Augen. Der blaue Stoff legte sich glatt in das von der Mondmaske geschaffene Tal. Sie verknotete die Binde sicher, dann klopfte sie Leif auf die Schulter. »Guten Schuss. Die Ehre Oriosas steht auf dem Spiel.«

Leif hob den Bogen. »Den Pfeil, Valkener. Hilf mir, ihn aufzulegen.«

Ich legte den Pfeil auf seine linke Hand und an die Sehne, dann führte ich seine Rechte, sodass er ihn packen konnte. Wie er mich gebeten hatte, deutete ich mit dem rechten Fuß auf das Ziel. Leif drehte den Kopf nach links, hob den linken Arm ein wenig, zog den Pfeil nach hinten und schoss.

Der Pfeil zuckte von der Sehne und in geradem Flug auf das Ziel zu. Es war wahrscheinlich der beste Schuss, den ich Leif je habe abfeuern sehen. Er senkte sich auf das Ziel und traf den Hirschen ins Herz. Hinter uns ertönte ein Chor aus erstauntem Keuchen.

Dann prallte er ab, und die Zuschauer seufzten enttäuscht auf.

Prinz Augustus' Schock verwandelte sich innerhalb

eines Herzschlags in Triumph. »Er ist nicht stecken geblieben.«

Leif drehte sich gelassen zu ihm um, ohne die Augenbinde abzunehmen. »Ich habe nur versprochen, das Herz des Ziels zu treffen, nicht, es zu durchbohren. Was nützt ein Todesschuss bei einem Ziel, das nicht sterben kann?«

Prinzessin Rautrud legte Augustus die Hand auf den Arm. »Ihr habt nach einem Beweis für Können verlangt, Hoheit, nicht nach einer Mahlzeit. Aber ich versichere Euch, gebt einem Oriosen ein schnelles Pferd, einen vollen Köcher und einen guten Bogen, und es gibt nichts, was er nicht erlegen würde, um Euch zu sättigen.«

Leif verneigte sich tief. »Ihr seid zu gütig, Prinzessin.« Er zog sich die Augenbinde vom Kopf und reichte sie ihr. »Euer Schal.«

Sie schüttelte den Kopf. »Behaltet ihn, edler Herr. Ihr habt ihn verdient.«

»Mein Name ist Boleif Norderstett, zu Euren Diensten und auf immer in Eurer Schuld.«

»Eine Schuld, die mich bereichern wird, daran habe ich keinen Zweifel.« Die Prinzessin lächelte und drehte sich um. Sie wanderte weiter, begleitet von ihrem Gefolge.

Wir sahen ihr nach, dann lachte Leif und reichte dem Besitzer des Stands den Bogen zurück. »Nun, liebe Freunde, das war ein rechtes Abenteuer.«

Net starrte Leif mit offenem Mund an. Er blinzelte langsam, sah von dem Ziel zu Leif und wieder zurück, maß den Schuss, dessen Zeuge er geworden war, erkennbar immer wieder nach. Von völliger Ungläubigkeit getrieben blinzelte er schneller. Seine Stimme war gedämpft und ehrfürchtig. »Der Schuss … Wie?«

Leif sah sich um, merkte, dass der Standbesitzer sich in unsere Richtung neigte, und zog uns beiseite. »Das war ganz einfach, Net. Während ich mich darauf vorbereitete, die Augen verbunden zu bekommen, habe ich zweierlei getan. Zum Ersten habe ich meine Füße so gestellt, dass ich bereits auf das Ziel blickte. Damit war der Hirsch schon so gut wie getroffen. Außerdem habe ich meine Mondmaske ein wenig hochgezogen, sodass ich an meiner Nase vorbei auf meine Füße blicken konnte, und auch auf Valkeners Füße. Valkener deutete mit dem Zeh auf das Herz, was mir erlaubte, mein Ziel noch einmal zu überprüfen. Ich hob den Arm in denselbem Winkel, den er benutzen musste, um seinen Treffer zu erzielen, und feuerte. Treffer.«

Net schüttelte entgeistert den Kopf. »Hätte ich es nicht selbst gesehen …«

Ich lachte. »Lass dich nicht zu sehr beeindrucken, Net. Verrate mir, Leif, welche Ausrede hattest du für den Fall geplant, dass du das Ziel verfehlst?«

Leif kratzte sich das Kinn. »Ach, da hatte ich verschiedene Gedanken, in der Hauptsache mit dem Tenor, dass scheues Wild mich an Prinzessin Rautrud erinnert, und ich es nicht übers Herz brächte, etwas so Wunderschönes, Graziles und Charmantes wie sie zu töten. Oder so ähnlich. Ich hatte verschiedene Variationen dieses Themas vorbereitet.«

Ich schüttelte den Kopf. »Der Hirsch war also nicht das einzige Ziel, auf das du angelegt hattest?«

»Nein, und wie es scheint, habe ich mit einem Pfeil zwei Treffer erzielt.« Er hob den Schal an die Nase und schnupperte. »Zwei solide Treffer.«

»Wir wollen hoffen, dass ihr Herz nicht so gepanzert ist wie das des Hirschs.« Mein Magen knurrte. »Wie wäre es mit etwas zu essen?«

»Ja, ich denke doch.« Leif löste den Knoten des Schals, dann legte er ihn sich um den Hals. »Und danach zurück nach Yslin. Nach diesem Treffer schulde ich Kedyn reichlich Dank, und ich sollte wohl sogar Euris und Arel etwas Silber opfern.«

»Arel jede Menge, denn der Treffer war reinste Glückssache.« Net klopfte Leif auf den Rücken. »Und weil ich den Eindruck habe, dass du in deiner Jagd auf die Prinzessin noch reichlich Risiken eingehen wirst, kannst du mein Silber auch noch haben.«

Kapitel Achtzehn

Wir fanden Kedyns Tempel leicht genug. Vielleicht sollte ich sagen, wir fanden den nächstgelegenen Tempel Kedyns, denn es gab drei davon in Yslin. Der, den wir besuchten, war im alten Reichsstil gehalten, mit hohen Säulen und Friesen im gesamten oberen Bereich, sogar an der Außenseite des Priestersteigs, die verschiedenste Schlachtszenen darstellten. Ein gewaltiges bronzenes Doppeltor, vor Alter fast schwarz, stand weit offen ... ohne dadurch sonderlich einladend zu wirken.

Im Innern unterschied sich der Tempelaufbau nur in einem wichtigen Punkt vom Tempelbau daheim in Valsina – abgesehen von der Tatsache, dass er in einem Maßstab gehalten war, dem gegenüber unser Tempel winzig wirkte. Hinter dem Kedynstandbild, wo bei uns eine leere Wand die Fesyin und Gesric geweihten Nischen trennte, öffnete sich in Yslin eine lange Galerie, die sich ein gutes Stück tiefer ins Tempelinnere erstreckte. Nachdem wir unseren Weihrauch gekauft und verbunden mit unseren Gebeten Kedyn geopfert hatten, nutzten wir die Gelegenheit, sie zu erkunden.

Ich hatte nie zuvor etwas Ähnliches gesehen. Die Wände waren bedeckt von einer Zeile kleiner Standbilder über der anderen. Die meisten Statuetten waren nicht größer als die Puppen, mit denen Kinder spielen, aber sie zeigten verschiedene kriegerische und mythische Posen. Manche stellten Krieger dar, die besiegten Feinden den Kopf abschlugen, während andere Drachen und Greifen, riesige Schlangen und heulende Bestien, Schnatterfratzen nicht unähnlich, mit Speer oder Schwert durchbohrten. Männer- und Frauenstatuen waren bunt gemischt. Um den Sockel jeder Einzelnen bot ein kleiner Sandstreifen Halt für Weihrauchstäbchen und Kerzen, deren flackerndes Licht gespenstische Schatten auf die Wände und bis hinauf in die Krümmung der Decke warfen.

Was uns zu der Galerie gezogen hatte, war die schiere Menge der Tempelbesucher, die an Kedyn vorbei geradewegs zu diesen kleinen Statuetten zog, wobei jüngere Gläubige in der Mehrzahl waren. Sie standen oder knieten vor ihnen, den Kopf gebeugt und die Hände so gehalten, als würden sie zu Kedyn beten. Keiner von uns dreien fand eine Erklärung dafür, was hier vor sich ging, aber ich persönlich hatte den Eindruck, eingeschlafen und in einer fremden Welt aufgewacht zu sein.

Wir kehrten zur Herberge zurück, aber Baron Norderstett kam nicht. Stattdessen erhielten wie eine Nachricht, die uns aufforderte, an einen bestimmten Ort im Stadtinnern zu kommen. Severus zeigte uns, in welcher Richtung wir uns halten mussten, und wir machten uns auf den Weg. Wir schlängelten uns durch die Menschenmengen, dann stiegen wir einen Turm hoch und kletterten in einen der Seilkörbe, die zwischen den Gebäuden pendelten. Unterwegs schwankte der Korb ein wenig, und Leif verzichtete auf die Gelegenheit, nach unten zu sehen.

Net und ich klammerten uns krampfhaft an den Rand des Korbes, als der Fährmann uns zum Ziel zog. Der Weg führte aus einem der neueren Stadtteile in ein älteres Viertel, und dank des Korbs konnten wir das Labyrinth der Gassen unter uns vermeiden. Da wir nur fünfzehn Meter über dem Boden waren, hatten wir einen erstklassigen Ausblick auf alles, was unten geschah. Wir sahen alle Einzelheiten des Stadtlebens, von trocknender Wäsche über spielende Kinder bis zur Verfolgung eines Einbrechers durch zwei Stadtwachen.

Am Zielturm angekommen, stiegen wir hinab in den

älteren Teil der Stadt. Wie befohlen an der Ecke von Fischmarkt und Perlenstraße angekommen, sahen wir niemanden, der uns bekannt vorkam, und es machte auch keiner Anstalten, uns anzusprechen. Ich war mir nicht ganz sicher, was wir hier sollten, bis Net in der Nähe einer Gasseneinmündung das Zeichen der Phönixjungvögel entdeckte und wir uns in Bewegung setzten.

Wir fanden das Zeichen noch an anderen Stellen, in eine Schwelle oder einen Pfosten eingeritzt, und folgten ihm wie einer Wildfährte. Schließlich standen wir vor einer verschlossenen Tür mit einem schmalen, geschlossenen Sichtschlitz. Ich klopfte, und das kleine Fenster öffnete sich. Jemand schaute zu uns heraus und fragte: »Wisst ihr, was ihr hier sollt?«

Ich hob die Hand zur Stirn. Dann senkte ich sie mit sichtbar geöffneter Handfläche.

Das Fensterchen schloss sich, daraufhin öffnete sich die Tür. Wir traten ein und gingen einen engen Gang hinab auf einen Mann in einer Robe zu, der uns weiterwinkte. Er führte uns zu einer kleinen Kammer, in der wir braune Mäntel erhielten und unsere Namen in ein wuchtiges Gästebuch eintragen mussten. Leif unterschrieb mit schwungvollen Schnörkeln, ich ging sparsamer mit der Tinte um, und Net zeichnete das Symbol auf die Seite, mit dem er die von ihm hergestellten Waffen gekennzeichnet hatte.

Unser Führer bot uns einen kurzen Rundgang durch die Halle der Phönixritter in Yslin an, und wir folgten ihm wortlos. Der Große Saal war sehr viel höher als bei uns in Valsina, und alle Versammlungsreihen waren mit weißem Marmor verkleidet. Die Kuppeldecke der Kammer wurde von zwei Dutzend Marmorsäulen getragen und war mit einem gewaltigen Wandgemälde verziert, das den Lebensweg des Phönix darstellte. Seine Wiedergeburt fand über dem Bereich statt, zumindest nahm ich das an, in dem neue Rekruten eingeführt wurden.

Hinter diesem Saal lagen mehrere Serien kleinerer Räume für Besprechungen und eine Messe, die wohl an die dreihundert Menschen fasste. Sie grenzte unmittelbar an eine entsprechend große Küche, und auf dem Weg zurück entlang der linken Seite des Großen Saals kamen wir durch einen Bereich noch kleinerer Zimmer, die als Unterkünfte für Besucher der Zunft ausgelegt waren. Zum Abschluss unseres Rundganges wechselten wir in den Bereich hinter der rechten Seite des Großen Saals und in eine Galerie ähnlich der, die wir in Kedyns Tempel gesehen hatten.

Hier bot sich unseren Augen eine Unzahl von Standbildern, zum größten Teil winzig, aber vielleicht ein Dutzend war lebensgroß und in eigenen Nischen aufgestellt. Vor allen flackerten Kerzen, und bei einigen glühte Weihrauch. Viele von ihnen sahen genauso aus wie die im Tempel, aber ich hätte nicht sagen können, welche ich schon vorher gesehen hatte. Ihre kriegerischen Posen ähnelten sich ohnehin.

Ich kratzte mich im Nacken. »Verzeiht ...« Ich wusste keinen Namen, und entschied mich für eine Anrede, die keine Gefahr der Beleidigung mit sich brachte: »... Meister, aber wir haben bereits in Kedyns Tempel eine Galerie wie diese hier gesehen und verstehen ihren Sinn nicht.«

Er hob die Hand. »Ihr seid hier, um zu lernen und Verständnis zu ermöglichen.« Er führte uns zurück zu den Besprechungsräumen und in ein freies Zimmer. Mit einer kurzen Geste forderte er uns auf, auf den kantigen Holzstühlen Platz zu nehmen, dann ließ er sich auf dem Boden nieder. Der Mantel verbarg seine gefalteten Beine.

»Ihr wisst alle, dass vor fast zweitausend Jahren eine gewaltige Heerschar aus der Wüste über die bekannte Welt hereinbrach, jener Wüste, zu der einst auch das Gebiet gehörte, das wir heute als die Düstermarken kennen, und sie nahezu völlig eroberte. Sie errichtete das Estinische Reich, in dem auch Oriosa nur eine Provinz war. Viele Jahrhunderte regierten die Estinischen Emperatoren gut und weise, aber vor einem Jahrtausend zeigte der Krieg der Menschen gegen die urSreiði, dass der Adel nicht in der Lage war, seinen Verpflichtungen dem Emperator gegenüber nachzukommen. Er verwarf die alte Ordnung und belohnte die erfolgreichen Heerführer mit Titeln und Ländereien. Damit erschuf er eine neue Adelsklasse. Zweieinhalb Jahrhunderte später griff Kajrûn mit seinen Aurolanenhorden aus dem Norden an und verwüstete dank der Macht, die ihm die Drachenkrone gab, die zentralen Reichsprovinzen, unter anderem euer Oriosa. Mit der Hilfe der Ælfen und urSreiði schlugen die Menschen ihn zurück, aber wieder hatte sich der Adel als unfähig erwiesen. Diesmal jedoch setzte der Emperator sie nicht aus Amt und Würden ab, wie es sein Vorgänger Jahrhunderte zuvor getan hatte, sondern er sandte Truppen aus, um die Aufstände in den Provinzen niederzuschlagen.«

Ich nickte. Von diesem Punkt aus war mir die Geschichte Oriosas geläufig. Es war während jener Zeit der Unruhen gewesen, dass Oriosen, Murosonen und Alosen – die Bevölkerung der am schlimmsten verwüsteten Zentralprovinzen – in der Großen Revolte die Masken angelegt hatten. Sie hatten die Oberhoheit des Reiches abgeschüttelt und unsere Nationen hatten ihre Unabhängigkeit erklärt. Sie hatten die Konföderation ausgerufen, in der sie sich zum gegenseitigen Beistand gegen feindliche Übergriffe verpflichteten, und die Einigkeit jener Tage hatte bis heute Bestand.

Unser Lehrer fuhr fort. »Valentinus, der Bruder des Emperators, betrachtete die Handlungsweise seines Bruders als Katastrophe für das Reich. Er zettelte eine Rebellion an und setzte seinen Bruder ab. Emperator Balanicus floh nach Madasosa in Reimantia, von wo er die östliche Hälfte des Reiches zur einzig legitimen Staatsmacht des Kontinents erklärte. Sebtia, Bilasia, Reimantia und Viarca betrachten sich noch heute als das Estinische Reich. Valentinus seinerseits entließ die westlichen Provinzen in die Unabhängigkeit, vereinigte sie aber im Valentiner Bund. Er regierte bis zu seinem Tod, und seither steht der Bundesthron leer. Die Herrscher des Bunds unterhalten Botschafter in den Hauptstädten aller anderen Mitgliedsnationen, und ein Bundesrat tagt rotierend jeweils ein Jahr in jeder der Hauptstädte. Der Rat wird vom jeweiligen nationalen Herrscher geleitet, aber nur ein Großer Bundesrat, in dem alle Herrscher vertreten sind, könnte jemals einen neuen Valentiner Imperator wählen.«

In meinem Verständnis der Geschichte jener Zeit machte Valentinus keine so gute Figur, da seine ersten Anstregungen, die Grenzen des Bundes zu sichern, in dem Versuch bestanden hatten, sie irgendwo nördlich von Muroso und westlich von Reimantia zu ziehen, aber seinen Heeren war der Marsch durch Oriosa alles andere als leicht gefallen. Wie man so sagt, seine Generäle entschieden, dass sie, so wunderhübsch die Landschaft Oriosas auch war, kein Bedürfnis hatten, die Ewigkeit dort zu verbringen, und kehrten nach Saporitia und Alcida zurück.

Eine bedeutende Großtat konnte man Valentinus allerdings nicht absprechen: Er hatte die Drachenkrone zerschlagen und ihre Bruchstücke in aller Welt verstreut. Alle Nationen, die mit ihren Heeren zur Niederlage Keirûns beigetragen hatten, waren für ihre Anstrengungen mit einem Bruchstück der Drachenkrone belohnt worden, sofern sie es nicht ablehnten. Die restlichen Bruchstücke wurden in Festung Draconis untergebracht, die Valentinus gründete, erbaute und bemannte. Er setzte dazu vor allem Bundestruppen ein, aber Kompanien aus der ganzen Welt haben dort schon Garnisonsdienst geleistet.

»Viele Menschen betrachteten Valentinus nach allem, was er geleistet hatte, als einen Gott, aber er weigerte sich, diese Ehre anzunehmen. Er erklärte, nur ein Mensch zu sein, der möglicherweise einzelne göttliche Attribute besaß, aber dessen wahrer Wert darin bestand, Männern und Frauen zu zeigen, dass auch sie durch Hingabe, Gebet und tätige Werke die göttlichen Tugenden erringen konnten. Nach seinem Tod wurde offenbart, dass die Götter selbst sich gnädig gezeigt und ihn über gewöhnliche Menschen erhoben hatten. Damit wurde er zwar kein Halbgott, aber sicherlich mehr als ein Weirun, und ein Schutzpatron für alle jene, die nach den Tugenden streben, die er besaß. Auf dieselbe Weise haben die Götter auch jene in das Heer seiner Jünger aufgenommen, die einen tugendhaften Status errungen haben, und ihre Darstellungen werden von ihren Familien und hoffnungsvollen Strebenden gleichermaßen verehrt. Diese Galerien sind jenen gewidmet, denen es gelungen ist, diesen erhabenen Status zu erreichen. Die hier Verehrten waren Phönixritter, und die in Kedyns Tempel hatten ihr Leben ihm geweiht. Die Priester setzten die Bevölkerung – in aller Regel die Familie – von der Erhebung eines Verstorbenen in Kenntnis, sobald die Götter ihnen dies offenbaren.«

Ich entsinne mich, dass ein kalter Schauer meinen Rücken hinablief, als unser Lehrer uns diese Geschichte erzählte. In einem Anflug von Unsicherheit fragte ich mich, ob die Götter etwa besonderes Gefallen am Bund gefunden hatten, wenn sie seinen Priestern solch große Wunder offenbarten, die unseren Priestern vorenthalten blieben. Es dauerte, bis ich älter und entschieden zynischer geworden war, bevor mir der Gedanke kam, dass es sich bei diesen ›Offenbarungen‹ möglicherweise nur um eine Methode handelte, wohlhabende Familien enger an einen bestimmten Tempel zu binden und sie dazu zu bringen, Geld für die fortwährende Verehrung ihrer verstorbenen Vorfahren auszugeben. Manche Familien gingen sogar so weit, für die Ausrüstung, Ausbildung und Unkosten ganzer Kompanien zu zahlen, die unter dem

Banner ihrer Vorfahren kämpften, was für die Militärbudgets der örtlichen Regierungen eine beachtliche Erleichterung bedeutete.

Als ich später Net gegenüber meine Überlegungen erwähnte, dass wir Oriosen möglicherweise etwas falsch machten, schüttelte er nur den Kopf. »Die Bündler brauchen die besondere Hilfe. Bei uns wissen die Götter, dass wir unsere Sache gleich richtig machen.«

Angesichts des Schauders, der mir durch den Leib zuckte, fragte ich mich auch unwillkürlich, ob ich jemals würdig sein würde, einen derartigen Status zu erlangen. Ein kurzer Blick genügte, um mir zu zeigen, dass Leif sich diesem Gedanken längst ergeben hatte. Ich war mir sicher, dass sein Vater es sicher war, und ich hielt meinen eigenen Vater auch für würdig genug, aber was war mit uns beiden? Ich konnte hoffen, dass das, was wir bis jetzt geleistet hatten, den Göttern genügen würde, uns anzunehmen. Doch wenn deren Gunst so leicht zu erwerben war, dann war die damit verbundene Ehre vielleicht gar nicht so groß.

Ich sollte bei dieser Gelegenheit vielleicht auch darauf hinweisen, dass wir in Oriosa das Angedenken derer, die uns vorausgegangen sind, nicht weniger in Ehren halten, nur weil wir nicht in allen Tempeln Galerien mit Standbildern unser Vorfahren einrichten. Die Masken unserer Vorfahren werden aufbewahrt und an ihrem Todestag hervorgeholt. Wir erzählen uns Geschichten von ihnen und würdigen ihre Leistungen, aber wir vergöttern sie nicht.

Unser Lehrer erzählte uns noch mehr, unter anderem, wie die Ritter vom Phönix ihre Anfänge in den Nachwehen des Krieges gegen die urSreiði gehabt hatten und dass nach dem Zerfall des Reiches ihre Macht gewachsen war. Valentinus war ein Phönixritter gewesen und bis zum Rang eines Größeren Horstmeisters aufgestiegen, was so in etwa der höchste Rang sein dürfte, den irgendjemand innerhalb der Zunft erreichen kann. Er zeigte uns ein paar neue Handzeichen, wie den Befehl, jemandem zu folgen und auch den Befehl, etwas an sich zu nehmen, und das sowohl in der offenen wie der geheimen Variante. Danach brachte er uns zurück zur Galerie, wo wir vor der Statue des Valentinus, von dem es hieß, dass er alle kriegerischen Tugenden verkörperte, Weihrauch abbrannten. Dann mussten wir ihm die Mäntel zurückgeben, und er schickte uns wieder fort.

Bei unserer Rückkehr in die Herberge erwartete Leifs Vater uns bereits. Er schien etwas ungeduldig, erlaubte uns aber eine Stärkung aus Brot und Käse und etwas gebratenem Schweinefleisch, bevor er uns zurück zur Feste Gryps mitnahm. »Ich habe schon davon gehört, was ihr euch heute Morgen geleistet habt. Wäre ich dort gewesen, hätte ich es zwar unterbunden, aber wie sich herausstellt, war es zu eurem Besten. Ihr habt euch dadurch von jungen Burschen in Mondmaske in Krieger von beachtenswertem Können verwandelt, und mancher betrachtet das, was wir in Atval erlebt haben, dadurch jetzt mit anderen Augen.«

Bei unserer Rückkehr zur Feste Gryps wurden wir erneut in den Großen Saal geführt, aber jetzt war er nicht mehr festlich geschmückt. Stattdessen hatte man in der Mitte des Saals mehrere reichlich nüchtern wirkende Tische zu einem großen Kreis zusammengestellt. Hinter jedem Tisch hing ein Banner, das die Nation kennzeichnete, die dort ihren Platz hatte, sowie die Wappen ihrer Repräsentanten. Hinter jeder Delegation standen weitere Stühle. Nur die wenigsten davon waren besetzt, und sie schienen hauptsächlich für Berater der Monarchen reserviert zu sein, die an den Tischen saßen.

Wir nahmen hinter Königin Lanivette, ihren beiden Kindern und dem Kämmerer Platz. Prinzessin Rautrud drehte sich zu uns um, als wir zu unseren Plätzen gingen. Sie schenkte Leif ein freundliches Lächeln. Er erwiderte es und zwinkerte ihr zu, was sie erröten ließ.

Auch ihr Bruder Swindger beobachtete uns. Was ihn betrifft, sollte zumindest ich mich so wenig wie möglich über ihn äußern, aber die wichtige Rolle, die er in den Ereignissen spielte, die ich in dieser Chronik niederschreibe, macht es mir unmöglich, ihn zu übergehen. Er war ebenso gut aussehend wie seine Schwester, obwohl sie sich kaum ähnlich sahen. Er war dreizehn Jahre älter als sie und damit bis auf ein einziges Jahr doppelt so alt wie ich. Er war groß und schlank, wenn auch nicht ganz so groß wie ich, und hatte braunes Haar und haselnussbraune Augen wie ich, die meiner Ansicht nach ein wenig zu dicht aneinander saßen.

Damals wusste ich nicht viel von ihm. Er war verheiratet, so viel war mir klar, denn ganz Oriosa hatte seine Hochzeit und die Geburt seiner beiden Söhne gefeiert. Sie waren noch Jahre davon entfernt, die Maske zu tragen, und lebten bei ihrer Mutter in Meredo. Sie war eine murosonische Prinzessin, und die beiden waren aus dynastischen Erwägungen miteinander verheiratet worden, wobei sie diese Beziehung erheblich gnädiger hingenommen hatte als er.

Als ich mich setzte, trafen sich unsere Blicke zum ersten Mal. Am Abend zuvor, als ich als Adjutant Baron Norderstetts auf dem Bankett gewesen war, hatte er mich keines Blickes gewürdigt. Von diesem Augenblick an wusste ich, dass ich ihn nicht leiden konnte, und er mich noch weniger. Ich habe keine Ahnung, woher diese augenblickliche Feindschaft kam, aber in dem Augenblick, in dem er mein Dasein zur Kenntnis nahm, flammte blanker Hass in seinen Augen auf.

Uns gleich gegenüber saß die Alcider Abordnung. Prinz Augustus hatte an der Seite seines Vaters Penesius Platz genommen. Andere Abordnungen saßen unter den Bannern der Nationen des Valentiner Bundes, und links von uns war Okrannel repräsentiert. Reimantia vertrat das Estinische Reich, Haorra die Altehrwürdige Union, und Jentillin saß unter einem schillernden Banner, auf dem sich entlang einer Seite rote ælvische Schriftzeichen herabzogen.

König Penesius stand auf. »Es scheint, beste Königin Lanivette, dass Eure wunderbaren jungen Krieger eingetroffen sind.«

Die Königin reagierte nicht, aber Herzog Larner drehte sich zu uns um und bedeutete uns aufzustehen. Baron Norderstett erhob sich mit uns.

Der alcidische Monarch schmunzelte. »Wir haben über Baron Norderstett von den Taten gehört, die sie geleistet haben. Wir haben gehört, sie hätten in der schwarzen Stadt Atval eine Streitmacht von mehr als zweihundert Schnatterfratzen besiegt. Sie sollen wissen, dass wir uns alle darin einig sind, dass ihr Kampf entsetzlich gewesen sein muss, und ihr Überleben spricht für sie. Doch fällt es vielen von uns schwer zu glauben, dass so wenige in der Lage waren, sich gegen eine zehnfache Übermacht zu stellen und es zu überleben. Kann wirklich wahr sein, was wir gehört haben?«

Ich hatte keine Ahnung, wie ich darauf antworten sollte, aber Leif hatte keinerlei derartige Bedenken. »Eure Majestäten, ich weiß nicht, was mein Vater Euch berichtet hat, aber da ich ihn kenne, gehe ich davon aus, dass er seine Rolle in dem Gefecht aus grundloser Bescheidenheit untertrieben hat und sein Stolz auf uns dazu geführt haben mag, unseren Beitrag über Gebühr hervorzuheben. Wie allgemein bekannt, lag Oriosa auf der Route der urSreiði-Invasion, der Invasion Kajrûns und vor hundert Jahren auch der Invasion Kri'tchuks. Unsere Nation trainiert ihre Krieger aus bitterer Notwendigkeit gut und jung, um aurolanischen Bedrohungen standhalten zu können. Es ist vielleicht bemerkenswerter als unser Überleben und das einzelner unserer Kameraden, dass elf der Männer, die mit uns ritten, den Kampf nicht überlebt haben. Um der Wahrheit die Ehre zu geben, wir wissen nicht, gegen wie viele Feinde wir angetreten sind. Die letzte Zählung unserer Kundschafter belief sich auf zweihundert, aber es können mehr gewesen sein oder etwas weniger. In einem Kampf ums blanke Leben findet sich nicht die Zeit, die Toten zu zählen.«

Net und ich nickten nur.

König Penesius' braune Augen wurden schmal. »Tapfere Worte, aber sie liefern keine Antwort auf meine Frage. Ist die Gefahr, von der sie berichten, glaubwürdig?«

Leif hob den Kopf, und Rautruds Schal um seinen Hals war deutlich zu erkennen. »Eine Schnatterfratze oder zwei oder zwanzig oder zweihundert, das spielt keine echte Rolle. Ihr alle gesteht uns zu, gegen sie gefochten zu haben, aber diese Frage ähnelt der an jemanden, der im Regen stand, wie viele Tropfen ihn getroffen haben. Ich kann Euch bestätigen, dass wir vom Kopf bis zu den Zehen im Blut unserer Feinde und Kameraden gebadet waren. Es ist ohne Bedeutung, gegen wie viele Schnatterfratzen wir kämpften, wie viele Temeryxen wir erlegten. Worauf es ankommt, ist, dass wir in Oriosa und auf dem Weg hierher gegen sie kämpfen mussten. Wichtiger noch, diejenigen, denen wir uns in Atval zum Kampfe stellten, hatten es darauf angelegt, unsere Ankunft in Yslin zu verhindern. Wenn Ihr dieses Zeichen nicht richtig auslegt, sage ich voraus, dass ein Regen kommen wird, ein gewaltiger Regen, der zu einer Sintflut wird, die uns alle davonspült.«

Ich hatte Mühe, ein Grinsen zu unterdrücken, und Rautrud hatte den Kampf sichtlich aufgegeben. Sie strahlte ihn an. Der Herzog nickte uns zu. Dann erhob sich Prinz Swindger. Als er den Stuhl zurückschob, sah ich, wie sich seine missmutig herabhängenden Mundwinkel in einer dünnlippigen Grimasse hoben.

»Es ist offensichtlich, Hoheiten, dass wir ernsthafte Fragen zu besprechen haben. Dies ist keine Debatte für Kinder, und diese Knaben sollten uns nun verlassen, aber

Boleif Norderstetts Worte erfordern Beachtung.« Swindger hob den Kopf und reckte sich. »Wir stehen vor einer Krise, die seit hundert Jahren zu erwarten war. Wenn wir uns ihr jetzt nicht stellen, mag es sein, dass wir nie wieder eine Chance dazu erhalten.«

Baron Norderstett tippte Leif auf die Schulter, und er führte uns aus dem Saal. Nachdem sich draußen die Türen hinter uns geschlossen hatten, sackte er gegen die Wand, und hätten Net und ich ihn nicht gestützt, er wäre an ihr zu Boden gesunken. Seine Hände zitterten und er fuhr sich mit der Zunge über die Lippen. »Ich glaube es nicht, was ich dort drinnen gesagt habe.«

»Hübsche Rede.« Net grinste. »Die Prinzessin schien beeindruckt.«

Leifs Augen blitzten. »Das ist mir auch aufgefallen. Wie fandest du meine Leistung, Valkener?«

Ich nickte. »Du hast das Rechte getan. Scheint, dass sie nicht glauben wollten, was dein Vater ihnen berichtet hatte, um sich keine Sorgen um die Zukunft machen zu müssen. Du hast ihnen gezeigt, dass sie einen Fehler machten, und der Prinz hat es aufgegriffen.«

»Das hat er wirklich, nicht wahr?« Etwas von der hoffnungsvollen Wärme in Leifs Stimme verblasste, als er sich aufrichtete. »Interessanter Bursche, unser Anwärter auf den Thron.«

»Hat uns schnell genug vor die Tür geschickt.«

Ich schauderte. »Ich glaube nicht, dass er mich sonderlich mochte.«

»Ich denke, es hat ihm nicht gefallen, dass wir ihm die Aufmerksamkeit der anderen gestohlen haben.« Leif schnippte einen Finger gegen seine Temeryxfeder. »Ihr habt seine Maske gesehen, nichts als Einheitsbänder ehrenhalber. Er ist doppelt so alt wie wir und hat noch gar nichts geleistet, und Provinzler wie wir haben Temeryxen und andere Aurolanenviecher erlegt, noch bevor unser Mondmonat vorbei ist.«

Ich runzelte die Stirn. »Du meinst, er ist eifersüchtig auf uns?«

»Nenn es Eifersucht oder Neid, so oder so ist es schlecht.« Leif zupfte an den Manschetten seines Hemds und lächelte. »Wir sollten ihn im Auge behalten.«

»Auf seine Schwester würde ich lieber ein Auge werfen.«

Net nickte. »Ganz meine Meinung.«

»Ja, Jungs, da habe ich überhaupt keine Zweifel.« Leif schlug uns auf die Schultern und steuerte uns den Gang hinab zum Ausgang. »Also werde ich sehen müssen, was ich tun kann, um mir diese Aufgabe zu sichern.«

Kapitel Neunzehn

Baron Norderstett war noch mehrere Tage im Rat der Monarchen gebunden. Wir drei beschäftigten uns damit, durch die Stadt zu streifen, das Fest zu besuchen und in der Versammlungshalle der Phönixritter mehr über die Geschichte der Organisation zu lernen. Die Lektionen, die wir dort erhielten, hatten zwar eine etwas bundfreundliche Tendenz, aber unsere Lehrer schienen keine Abneigung gegen Oriosa zu haben. Stattdessen behandelten sie uns, als kämen wir aus einer ein wenig zurückgebliebenen Provinz. Wir erstaunten sie jedoch mit unserer schnellen Auffassungsgabe und verschlangen das Wissen, das sich Jungvögel aneignen mussten, um in der Zunft weiter aufsteigen zu können.

Das Fest löste bei uns niemals mehr die Erregung aus, die wir am ersten Besuchstag verspürt hatten, aber dafür gab es verschiedene Gründe. An erster Stelle war dabei sicher Leifs Stimmung zu nennen, die mit jedem Augenblick schlechter wurde, in dem er Rautrud nicht sah. Ich hatte Leif schon früher verliebt erlebt … Nolda Disper war nur das letzte Objekt seiner Zuneigung in einer langen Reihe von Schwärmereien gewesen. Dementsprechend gewöhnt war ich daran, dass er mürrisch wurde, wann immer er die Frau seiner Träume vermisste, und tat mein Bestes, ihn zu meiden. Net hatte damit mehr Schwierigkeiten und wurde etwas reizbar, was seinerseits für Spannungen sorgte.

Ich entdeckte auch weiterhin ständig Neues und Ungewohntes in Yslin, und ich erkannte manches, wovor mein Vater mich gewarnt hatte. Ich sah eine Menge Schwindler, die sich an den Festbesuchern bereicherten, häufig durch Betrug beim Glücksspiel – mit Tricks, die ich aus den Ermahnungen meines Vaters kannte. Schläger plünderten diejenigen aus, die zu viel tranken, falsche Krüppel erbettelten sich milde Gaben, und Beutelschneider wanderten durch die Menge und versuchten nicht einmal zu verheimlichen, was sie taten.

Eine amüsante Begebenheit gibt es zu berichten. An dem Stand, an dem Leif mit verbundenen Augen seinen Pfeil ins Ziel geschossen hatte, herrschte rege Betriebsamkeit. Der Besitzer hatte den Hirschen gute sechs Meter zurückgesetzt und sich eine Maske aufgesetzt. Er verbrachte seine Zeit damit, die Vorbeigehenden herauszufordern, sich an dem Blindschuss zu versuchen, den nur ein Oriose schaffte. Die zahlreichen Versuche, den eigenen Nationalstolz zu retten, füllten seine Taschen mit reichlich Kupfer.

Entweder erkannte er uns nicht, als wir vorbeigingen, oder, was ich für wahrscheinlicher halte, er hielt es für klüger, uns nicht zu erkennen. Net hatte gute Lust, ihm die Maske vom Gesicht zu reißen und seinen Betrug aufzudecken, aber ich hielt ihn zurück. Leif schüttelte seinen Trübsinn ab und stimmte mir zu: »Überlege doch einmal, Net. Er leistet hier mehr dazu, die Welt mit unserem Können zu beeindrucken, als es jede Geschichte über das Abmetzeln von Schnatterfratzen könnte.«

An einem der Nachmittage trennten wir uns und gingen jeder des eigenen Weges. Nicht, dass wir uns gestritten hätten, auch wenn die Trennung wahrscheinlich half, ein gewisses Maß an Enttäuschung abzubauen. Wir waren unterwegs, passende Geschenke für die anderen zu kaufen. Das Ende unseres Mondmonats und der Tag, an dem wir unsere ersten Erwachsenenmasken erhalten würden, näherte sich, und es war üblich, Freunden, die ihre Maske erhielten, ein Geschenk zu machen. Die guten Sitten verlangten ein Geschenk, das mehr als ein obligatorisches Mitbringsel, aber andererseits auch nicht extravagant war – auch wenn Prinz Swindger beim Ablegen der Mondmaske einen Titel und eine Burg erhalten haben sollte.

Die Finanzen für den Kauf von Geschenken hätten ein Problem werden können, aber Baron Norderstett ließ es so weit nicht kommen. Er gab jedem von uns drei Goldstücke und erklärte, sie seien von Königin Lanivette persönlich, als Dank für unseren Dienst an der Nation. Und so machten wir uns durch ihre Großzügigkeit ausreichend finanzkräftig auf den Weg.

Ich folgte einer kurvenreichen Route, die mich durch ganz Yslin führte. Ich wollte meinen beiden Freunden etwas schenken, das lange Zeit hielt, gleichzeitig nützlich und bemerkenswert war und sie an die Zeit erinnerte, die wir zusammen verbrachten. Es gibt eine Menge Dinge, auf die diese Beschreibung zutreffen könnte, allerdings sah ich auf meinen Reisen herzlich wenig von ihnen. Die besten Festwaren schienen bereits vergriffen, und die in Alcida angebotene Kleidung erschien mir für Oriosa unpassend. Es waren nicht die leuchtenden Farben, die das Problem darstellten. Es war die luftige Webart und der lockere Schnitt. Derartige Kleidung hätten sie in der Heimat bestenfalls für ein paar Hochsommerwochen tragen können.

Schließlich fand ich im Hafenviertel, wonach ich suchte. Matrosen von den verschiedenen dort vor Anker liegenden Schiffen hatten einzelne Mitbringsel aus fernen Landen zu verkaufen, mit denen sie einen kleinen Gewinn zu erzielen hofften. Ein Mann, der gerade aus Swarskija in Okrannel kam, hatte einen Schaffellmantel anzubieten, der innen mit schwarzer Wolle gefüttert war. Daraus, wie alle von ihm angesprochenen Passanten ihre Schritte beschleunigten, schloss ich, dass natürlich schwarze Wolle in Alcida nicht gerade beliebt war, und möglicherweise sogar aus irgendeinem Aberglauben heraus bewusst gemieden wurde. Der Mantel sah groß genug für Net aus, also wanderte ich langsam um den Matrosen herum und nutzte meine Chance, als seine Enttäuschung ihn sichtbar verzweifelt machte.

Dank zahlreicher Marktbesuche in Gesellschaft meiner Mutter wusste ich gut zu feilschen. Ich hörte mir seine Geschichte an, wie er den Mantel für seinen geliebten Vater gekauft hatte, der aber leider gestorben war, während er noch auf See war, und dass er jetzt das Geld brauchte, um ihm ein anständiges Begräbnis zu geben und im Tempel des Todes im Namen seines Vaters Opfer zu bringen. Ich stellte mich entsetzt über seine furchtbare Lage und täuschte ein Bedürfnis vor, ihm zu helfen, was uns zum Feilschen um den Preis brachte.

Er begann bei vier Goldtalern und ich handelte ihn auf einen Taler und fünf Silberlinge herunter. Dann bot ich ihm zwei Goldstücke an, wenn er einen Malachitanhänger Arels, des Halbgotts des Glücks, dazulegte. Er war einverstanden und wir tauschten Ware gegen Geld. Der Mantel hing so lose um meinen Körper, dass ich mich unwillkürlich fragte, ob das Schaf die Größe eines ausgewachsenen Bären gehabt hatte, und kehrte schnellen Schritts zur Herberge zurück.

Dort angekommen, bat ich Severus, den Mantel für mich zu verstecken, und er erklärte sich, wenn auch widerwillig, dazu bereit. »In Alcida, junger Meister, gelten schwarze Schafe als böses Omen.«

»Oh, das weiß ich.« Ich hob die Hand an das Glücksamulett um meinen Hals. »Ich habe nur gewagt, ihn zu tragen, weil ich dieses Amulett hier hatte, das mir das reinste Glück garantiert. Ich habe unter Garantie mehr Glück als irgendjemand sonst an diesem Ort.«

Bei dieser nicht gerade leise vorgetragenen Bemerkung stellten sich die Ohren eines öligen kleinen Burschen in einer der hinteren Ecken des Schankraums auf. »Ein echter Glückspilz, ja?«

»Das bin ich.«

Der Herbergswirt schüttelte warnend den Kopf, aber ich strahlte ihn an und legte wieder die Hand auf mein Amulett. »Ich hatte echtes Glück, diesen Mantel zu finden, und ich habe heute noch mehr Glück, das fühle ich.«

»Vielleicht hättet Ihr dann Lust, Euer Glück auf die Probe zu stellen.« Der Mann winkte mich an seinen Tisch und stellte drei kleine Becher auf, vor denen eine Holzkugel von der Größe einer Weintraube lag. Er zeigte mir die Kugel, legte sie unter den mittleren Becher und schob die Becher auf dem Tisch herum. Er bewegte sie sehr langsam und tauschte ihre Positionen sehr offensichtlich aus, sodass ich nicht die geringsten Schwierigkeiten hatte, der Kugel zu folgen. »So, wo ist die Kugel?«

Ich deutete auf den rechten Becher. Er kippte ihn um, und die Kugel wurde sichtbar. »Sehr gut. Noch ein Versuch.«

Wieder betastete ich lächelnd mein Amulett. »Ich kann nicht verlieren.«

Er schob die Becher hin und her, und ich deutete erneut auf den rechten. »Ein Kinderspiel.«

»Na«, meinte er da, »warum machen wir es dann nicht etwas interessanter?«

»Wie?«

»Wie wäre es mit einer kleinen Wette. Ich zahle Euch das Dreifache Eures Einsatzes, wenn es Euch gelingt, die Kugel noch ein drittes Mal zu finden. «

Ich blinzelte. »Aber ich habe nur diesen einen Golddukaten.«

Er griff in den Beutel an seinem Gürtel, holte drei Goldmünzen heraus und legte meine oben auf den Stapel. »Und los geht's. Achtet auf die Kugel.« Er legte sie unter den mittleren Becher und begann. Diesmal wurden seine Bewegungen erheblich schneller und sehr viel flüssiger. Ich tat mein Bestes, den Becher nicht aus den Augen zu verlieren, aber es gelang mir nicht. Er musste das Zucken meiner Augen bei der Suche nach dem Becher bemerkt haben, als er kurz aufblickte, denn seine Bewegungen wurden langsamer, und schließlich brachte er die Becher ganz zum Stehen.

»Nun denn, welcher Becher ist es, guter Herr?«

Ich strich mit der Rechten über das Amulett, dann deutete ich zögernd mit der Linken auf einen der Becher. »Es ist dieser hier, nein, wartet ... Ich glaube, es ist der, oder, Augenblick, wartet ...« Ich duckte mich, sodass meine Augen auf einer Höhe mit der Tischplatte waren. »Einen Augenblick noch. Ich weiß, welcher es ist!«

Als ich wieder hochkam, griff ich mit beiden Händen zu und kippte die beiden äußeren Becher um. Sie waren leer. »Da, ich wusste es. Es ist der mittlere.«

Der Mann wurde bleich und griff mit der Rechten nach dem Geld. Ich beugte mich vor, packte seine linke Faust und presste sie mit meinem ganzen Gewicht auf den Tisch. »Ich möchte wetten, mein Freund, wenn ich diese Hand öffne, werde ich eine Kugel darin finden, eine kleine hölzerne Kugel. Wäre das kein glücklicher Zufall?«

»Glücklich vielleicht, aber nicht für Euch.« Sein Blick zuckte an mir vorbei, und er nickte, woraufhin sich ein massiger Kerl von seinem Hocker erhob und zu uns herübergewatschelt kam. »Du hast verloren, Junge. Verschwinde, so lange du noch kannst.«

»Nein, nein, nein, mein guter Mann, er sieht die Lage falsch, ganz und gar falsch«, lachte Leif, als er durch den Schankraum schlenderte. »Er vergisst, dass mein Freund ungeheures Glück hat.«

Das Wiesel knurrte: »Und mein Freund ist ungeheuer groß.«

»Das ist er in der Tat, aber nicht so wild wie unser Freund.« Leif warf einen Blick zurück über die Schulter, als Entschlossen sich unter einem Balken hindurch duckte und in den Schankraum trat. Der Fettwanst blieb auf der Stelle stehen, auch wenn seine Körpermassen noch ein, zwei Sekunden brauchten, um zur Ruhe zu kommen. Entschlossen fletschte die Zähne und der Mann wich einen Schritt zurück.

Leif streckte den Arm aus und entwand dem Wiesel die vier Goldmünzen, dann hob er die Rechte und packte den Burschen bei den Wangen. »Mein Freund scheint vom Glück verfolgt. Ich habe allerdings auch den Eindruck, dass er hier so ziemlich alles verloren hat, was er an Glück besitzt. So lange wir noch hier sind, halte ich es für wahrscheinlich, dass er anderen Orts sehr viel mehr Glück haben wird. Darin stimmt er mir sicherlich bei, nicht wahr?«

Leif bewegte den Kopf des Taschenspielers in einem zustimmenden Nicken auf und ab, aber die Bewegung setzte sich fort, auch nachdem er seine Hand zurückzog. Das Wiesel sammelte seine Becher und rannte davon, sein Handwerkszeug fest an die Brust gedrückt. Ein Knurren von Entschlossen machte ihm erst recht Beine, und der Fettwanst folgte, so schnell er konnte.

Leif reichte mir die Münzen. »Dein Gewinn, Valkener.«

»Vielen Dank.« Ich nickte Entschlossen zu. »Schön, dich wiederzusehen.«

»Entschlossen hat mich unterwegs aufgegabelt. Wir waren auf der Suche nach dir und Net. Ist er hier?«

»Ich habe ihn nicht gesehen.«

Entschlossen verzog das Gesicht. »Keine Zeit, auf ihn zu warten. Kommt mit.«

Leif zuckte die Achseln. »Mir hat er auch nicht verraten, worum es geht.«

Wir folgten dem Ælf wortlos durch Yslin. Zunächst führte uns der Weg nach Norden, auf den Hafen zu, aber bevor wir dem Meer zu nahe kamen, bogen wir nach Westen ab. Wir kamen in einen älteren, verfallenen Teil der Stadt, in dem sich das Abwasser in Pfützen auf der Straße sammelte, über denen Wolken von Insekten waberten. Die Hauswände schimmelten und viele Mauern und Fundamente zeigten Risse.

Dies war der Teil Yslins, den man die Dünen nannte, und er hatte überhaupt nichts von der idyllischen Natur, die dieser Name andeutete. Dieses Viertel sackte allmählich ab und musste schon jetzt damit rechnen, bei besonders hohen Gezeiten überflutet zu werden. In einer anderen Stadt oder einem anderen Land hätte man möglicherweise versucht, es zu retten, aber hier hatten sich die Vorqælfen niedergelassen, und ich vermute noch heute, dass Yslin bewusst keinen Versuch unternimmt, die Dünen vor dem Untergang zu retten, weil man hofft, die Vorqælfen dadurch endlich los werden zu können.

Die feuchte Luft drang durch die Haut und ich fror bis auf die Knochen, aber ich muss zugeben, dass das nicht allein an der Feuchtigkeit lag. Auf unserem Weg durch die Gassen begegneten wir den unterschiedlichsten Gestalten. Allesamt waren sie Ælfen und viele hatten sich die schlankelegante Statur erhalten, aber trotzdem wirkten sie verkrüppelt, kleiner und nicht annähernd so stark wie Jentillin. Ein paar waren tätowiert, hatten ihre Köpfe kahl geschoren oder trugen das lange Haar in einem Gewirr aus tausend dünnen Zöpfen. Ihre schmutzige Kleidung stank nach Schweiß, Blut und anderen, noch unangenehmeren Substanzen. Alle hatten sie Augen ohne Pupillen, deren Farbe von reinem blindem Weiß bis zu Kohlschwarz reichte. Ein paar hatten auch metallisch glänzende Augen wie Entschlossen.

Tiefer im Straßengewirr der Dünen machten Ælfhuren uns an und lüpften lockend die Röcke. Flaschen wanderten zwischen ihnen hin und her, und an anderen Ecken waren betrunkene Ælfen an den Hauswänden zusammengesackt oder lagen mit dem Gesicht im Schlamm. Ein paar von ihnen zuckten und würgten, als sich ihr Mageninhalt den Weg zurück ins Freie bahnte. Wieder andere stolperten aus verräucherten Bretterbuden, an denen der süßliche Duft von Morphit hing. Sie waren verlorene Seelen, die durch die Straßen trieben, ohne die Welt um sich herum wahrzunehmen, den Gefahren einer dunklen Gasse oder Pferdekutsche hilflos ausgeliefert.

Von allen Seiten wurden uns die verschiedensten Dinge zugerufen, meistens auf Ælvisch. Der Tonfall machte mir klar, dass ich keinesfalls erfahren wollte, was es bedeutete, und Entschlossen übersetzte es weder, noch reagierte er darauf. Es fiel mir auf, dass die Ælfen ebenso wütend auf ihn schienen, weil er Menschen mit in die Dünen gebracht hatte, wie auf uns wegen unseres Eindringens.

Schließlich führte Entschlossen uns eine Gasse hinunter und in ein hell erleuchtetes Gebäude, eine Taverne. Auf der gegenüberliegenden Seite des Schankraums zapfte ein Barmann – der einzige dicke Ælf, den ich je gesehen habe – Krüge mit schäumendem Bier, und mehrere Schankmädchen trugen sie zu den Gästen. Ungewöhnlich war dabei vor allem, dass alle Tische an einem Ende des Raums aufgestapelt standen. Die Stühle waren in mehreren Reihen so aufgestellt, dass sie auf einen am Kopfende des Raums stehenden Tisch wiesen. Ælfen verschiedener Art saßen auf den Plätzen, darunter eine von beeindruckendem Äußeren, mit schwarzem Haar, goldenen Augen und genug Tätowierungen, um Entschlossen Konkurrenz zu machen.

Am Tisch saßen vier Ælfen. An ihren Augen erkannte ich, dass es sich um Vorqælfen handelte, aber diese vier waren gut, ja sogar modisch gekleidet. Sie wirkten sauber bis zu den manikürten Fingernägeln. Vor ihnen lagen Pergamentbögen, Schreibfedern und Tinte, sodass sie vermutlich des Lesens und Schreibens kundig waren. Sie sahen zu uns herüber, als wir eintraten, und einer von ihnen, ein rothaariger Mann, deutete auf zwei freie Plätze in der ersten Reihe.

Entschlossen ging zu einem von zwei Stühlen an der Theke. Auf dem zu seiner Rechten, zwischen ihm und dem Tisch, saß eine Ælfe, die ihr weißes Haar ebenso trug wie er. Ihre Augen waren von einer Kupferfarbe, die sich ständig leicht veränderte, als ob sich Strömungen durch das geschmolzene Metall bewegten. Sie wandte Entschlossen nicht den Kopf zu, ließ aber die Hand auf seine sinken, als er sich setzte.

Der rothaarige Ælf stand auf und sagte in schnellem Rhythmus etwas auf Ælvisch, bevor er für uns in der menschlichen Verkehrssprache weitersprach. »Ihr wurdet hierher gebracht, um für Entschlossen auszusagen, denn er steht vor Gericht. Er ist böswilligen Auftretens angeklagt. Zu seiner Verteidigung gegen diese Anklage hat er den Zwang besonderer Umstände vorgebracht. Kurz gesagt, er behauptet, dass sein Verhalten nicht strafwürdig war, weil die Dringlichkeit seiner Mission es erforderlich machte. Ich bin Vergütet. Meine drei Begleiter und ich haben die Anklage erhoben und werden über sie befinden. Neben Entschlossen sitzt unsere Wahrsprecherin Orakel. Sie wird entscheiden, was hier rechtens ist. Falls sie kein Urteil fällt, werden wir bestimmen, was zu geschehen hat.«

Ich runzelte die Stirn. Das hörte sich für meine Ohren ganz danach an, dass dieselben Personen, die Entschlossen angeklagt hatten, auch darüber entscheiden würden, ob er schuldig war oder nicht, und das klang nicht gerade fair. Ich warf ihm einen kurzen Blick zu, aber er schien ganz auf Vergütet konzentriert.

Der blickte auf das Pergament, das vor ihm lag. »Ihr wart anwesend, als es zu einem Wortwechsel zwischen Entschlossen und Jentellin von Croquellyn kam.«

Ich nickte. »Das war ich, aber ich verstehe kein Ælvisch, deshalb weiß ich nicht, was sie gesagt haben.«

»Es spielt keine Rolle. War Entschlossen respektlos?«

Ich kratzte mich an der Stirn. »Er war wütend, aber aus gutem Grund. Ob er respektlos war, weiß ich nicht.«

Der rothaarige Ælf schnaubte. »Ist ein Wutausbruch in einer derartigen Versammlung nicht rüpelhaft, und ist Rüpelhaftigkeit keine Respektlosigkeit?«

»Man könnte es als rüpelhaft und respektlos auslegen, wenn jemand auf einem Empfang ›Feuer‹ brüllt, aber falls das Gebäude in Flammen steht, wäre es trotzdem willkommen.« Ich deutete mit offener Hand zu Entschlossen. »Er hatte gesehen, was in Atval geschehen ist. Er hat mir das Leben gerettet, und er hat deutlich gemacht, dass sich aurolanische Kreaturen in Oriosa breitmachen. Für mich ist das ein und dasselbe.«

Leif grinste mir zu. »Gut gesagt.«

»Danke.«

»Wenn ich bitten darf, Menschen.« Vergütet sah uns streng an. »Hattet Ihr nicht den Eindruck, dass Entschlossens Auftreten eine Störung war?«

Ich seufzte. »Man hatte uns aufgetragen, mit niemandem darüber zu reden, was sich in Atval ereignet hatte, damit die Politiker die Lage ungestört beraten konnten. Entschlossen zwang das Thema an die Öffentlichkeit, sodass es unmöglich wurde, es zu meiden oder zu vergessen. Das mag von mancher Seite unerwünscht gewesen sein, aber es war richtig.«

Entschlossen nickte leicht, aber Orakel blieb stumm und regte sich nicht.

Vergütet sah hinüber zu Orakel und wartete. Die Stille wurde nur von einem Betrunkenen und seiner Schlampe unterbrochen, die lachend irgendetwas in den Falten ihres Rockes zu suchen schienen. Die schwarzhaarige Ælfe brachten sie mit einem wütenden Zischen zum Schweigen, aber Orakel sagte noch immer nichts.

Vergütet nickte. »Nun, wie es scheint, war keine Unwahrheit in dem, was wir gehört haben. Noch muss die ganze Wahrheit ans Licht kommen, und zu diesem Zweck werden wir uns zurückziehen. Entschlossen, du bleibst bis zu unserer Rückkehr hier.« Die vier standen auf und verschwanden in einem Hinterzimmer.

Sobald sich die Tür hinter ihnen geschlossen hatte, zog Entschlossen die Hand unter der Orakels hervor und trat an die Theke. Leif und ich gingen zu ihm, als er gerade drei Krüge Bier bestellte.

Der Barmann zapfte nur einen.

»Ich will drei. Einen für mich, und je einen für diese Menschen.«

Die Talgkerzen warfen einen gelblichen Schimmer auf den kahlen Schädel des Barmanns und auf die Spitzen seiner Ohren. »Dieses Bier ist nicht für ihresgleichen gebraut.«

Ich hob die Hand. »Wir wissen es zu schätzen, Entschlossen, aber es muss nicht sein.«

»Wahrscheinlich ist es ohnehin bitter und versäuert.« Leif schniefte abfällig. »Ich habe in meinem Leben schon mehr als genug schlechtes Bier gekostet.«

Die smaragdgrünen Augen des Barmanns wurden schmal. »Ein Mensch mag auf solche Tricks hereinfallen, aber ich nicht.« Er drehte sich zu seinen anderen Kunden um und übersah uns.

»Also, Entschlossen, was sollte das alles?«

Der Ælf leckte sich den Schaum von der Oberlippe, dann lehnte er sich an die Theke und legte die Ellbogen auf den Tresen. »Es gibt verschiedene Strömungen bei den Vorqælfen. Vergütet und seinesgleichen sind Beschwichtiger. Sie bilden sich ein, Menschen und Ælfen dazu bringen zu können, Vorquellyn zu befreien, wenn sie nett und höflich sind. Mir geht es nur um Gerechtigkeit. Wenn ich jemanden so beschämen kann, dass er oder sie für die Befreiung meiner Heimat tätig wird, dann tue ich es. Und wenn mir das nicht gelingt, ziehe ich los und töte. Wieder andere, nun, ihr habt sie draußen und da hinten gesehen. Sie haben aufgegeben, sind verelendet. Sie haben keine Hoffnung mehr und sind dazu verdammt, sich auf ewig selbst zu bemitleiden.« Er hob den Kopf und deutete mit dem Kinn zu Orakel. »Und dann gibt es noch sie und ihresgleichen. Mystiker, so wie ich ein Krieger bin. Sie sehen Dinge, kleine Teile eines gewaltigen Mosaiks, die uns versichern, dass unsere Heimat eines Tages befreit wird. Aber für meinen Geschmack sehen sie es nicht bald genug.«

»Haben Vergütet und seine Clique Gewalt über dich?«

»Nein, Leif, aber sie möchten es glauben. Schlimmstenfalls können sie mich aus den Dünen verbannen oder sich weigern, mit mir Handel zu treiben. Sie sind wütend, weil ich Jentillin angegangen bin und sie gehofft hatten, sich seiner Hilfe zu versichern.«

»Entschlossen, bring deine Freunde nach Hause.« Ein hagerer Ælf in schmutziger grauer Lederkluft stand in der Mitte des Schankraums und deutete mit dem Finger auf Leif und mich. »Wir brauchen ihresgleichen hier nicht.«

»Ruhig, mein Freund.« Leif strahlte den Ælf an. »Wir sind nur hier, um einem Kameraden zu helfen.«

»Ich bin dein Freund nicht, *Mensch.*« Der Ton, in dem der Ælf es aussprach, ließ mich wütend werden. »Entweder ihr verschwindet hier, oder es gibt Ärger.«

Leifs Lächeln verblasste. »Ach ja, wir verschwinden hier auf deinen Befehl hin, und draußen überfällst du uns dann mit deinen Kumpanen? Ist das der Plan?«

Der Ælf fuhr sich mit gespreizten Fingern durch das verfilzte braune Haar. »Dich erledige ich hier drinnen.«

Ich schüttelte den Kopf und trat zwischen ihn und Leif. »Nein, das wirst du nicht.«

»Ich werde allein mit ihm fertig, Valkener.«

»Ich schulde dir noch was von vorhin, erinnerst du dich?« Ich drehte mich um und erwiderte den Saphirblick des Ælfen ohne mit der Wimper zu zucken. »Wie heißt du?«

»Ich bin Raubtier.« Er grinste schief. »Ich bin der Anführer des Grauen Nebels. Die Dünen gehören uns.«

»Gut, dann kannst du deinen Leuten etwas von mir ausrichten. Wenn du oder irgendein anderer Graunebler einen Norderstett anfasst, werde ich euch eine Menge schmerzhafter Genesungszeit geben, darüber nachzudenken, was für ein Fehler das war.«

»Hübsch gesagt, Valkener. Ich weiß es zu schätzen.«

Ich drehte mich zu Leif um und nickte ihm zu, wobei mir völlig klar war, was ich damit auslösen würde. Leifs plötzlich sich weitende Augen zeigten mir, dass der Schlag unterwegs war, und ich zog den Kopf ein und ließ Raubtiers rechte Faust über meine linke Schulter ins Leere zucken. Ich trat einen schnellen Schritt zurück und rammte dem Ælf den linken Ellbogen in die Rippen. Er quittierte meinen Treffer mit dem erwarteten Keuchen, aber als ich auf dem linken Absatz herumwirbelte und ihn mit der rechten Faust niederschlagen wollte, wich er meinem Angriff aus.

Ich trat nach rechts, um ihm den Weg zu Leif abzuschneiden. Wieder zuckte Raubtiers Rechte auf mich zu. Sie streifte meine rechte Wange, aber der Treffer war nicht annähernd schmerzhaft genug, mich ausser Gefecht zu setzen. Mein linker Arm kam hoch und ich packte sein schlankes Handgelenk, zog ihn nach vorne und drehte mich nach links. Ich traf ihn mit der offenen Hand über dem Herzen und warf ihn über meine rechte Hüfte. Leif tänzelte zurück, als der Ælf vor ihm aufschlug.

Raubtier rappelte sich wieder auf und Leif packte den Stuhl, den Entschlossen aufgegeben hatte. Der Ælf kam jetzt langsamer, respektvoller auf mich zu. Sein Fehler. Ich täuschte einen gemächlichen, tiefen Hieb mit links an, dann riss ich die rechte Faust in einem weiten Schwinger herum. Ich traf ihn rechts am Kinn, und er drehte sich. Seine Beine verhedderten sich. Er prallte gegen die Theke und ging hart zu Boden.

Zwei andere grau gekleidete Ælfen kamen bedrohlich auf mich zu, aber eine laute Ælfenstimme schnitt durch das Juchzen, die Drohungen und die Anfeuerungsrufe. Ich wirbelte zu Orakel herum. Ihre Hand lag auf Leifs Arm, und sie sprach mit klarer, fester Stimme. Ich verstand nicht, was sie sagte, aber die Wirkung, die ihre Worte auf die Ælfen hatten, war nicht weniger als atemberaubend. Viele sackten auf ihren Stühlen oder über der Theke zusammen und schluchzten, während andere Leif erstaunt anstarrten.

Vergütet und die anderen kamen aus dem Hinterzimmer. Ihre Gesichter boten Masken schieren Erstaunens. »Habt ihr das alle gehört? Zwei Verse?«

Entschlossen kam an mir vorbei und kniete vor Orakel nieder, seine zernarbten Hände auf ihren Knien. »Ich habe es gehört. Sie sind in meine Erinnerung eingebrannt.« Er wiederholte, was sie gesagt hatte, aber mit leiser, ehrfürchtiger Stimme. Dann sah er zu mir herüber. »Meine Übersetzung wird dem Original nicht gerecht, denn auf Ælvisch klingt, was sie sagte, ebenso lyrisch wie hoffnungsvoll. In eurer Sprache bedeutet es:

Ein Norderstett, sie zu führen
Unsterblich, in Flammen gebadet
Siegreich vom Meer bis zum Eis.

Des Nordens Macht wird er brechen,
eine Geißel erschlagen,
dann Vorquellyn erlösen.«

Mein Mund war wie ausgetrocknet. »Was bedeutet das?«

Entschlossen setzte zu einer Antwort an, aber Vergütet schnitt ihm das Wort ab. »Es kann viel bedeuten, und es könnte reiner Unsinn sein. Wir werden uns beraten und eine Entscheidung fällen. Wenn es dazu bestimmt ist, außerhalb der ælfischen Räte Gehör zu finden, werden wir es weitergeben.«

Entschlossen stand auf und bleckte in einem wölfischen Grinsen die Zähne. »Entscheidet euch richtig, Vergütet. Wir haben es alle gehört und kennen seine Bedeutung. Wenn ihr nicht sprecht, werde ich es tun, und du weißt, dass man mich hören wird.«

Kapitel Zwanzig

Andere Ereignisse über die Vorhersage der Vorqælfe hinaus übten Druck auf die Monarchen auf dem Erntefest aus, tätig zu werden. Die größte Rolle spielten dabei eine Reihe von Arkantafalbotschaften an die okransche Abordnung, aus denen hervorging, dass sich die Lage in Okrannel rapide verschlechterte.

Da ich kein Magiker bin, besitze ich nur eine sehr oberflächliche Vorstellung von den Geheimnissen einer Arkantafal, aber soweit ich es begriffen habe, läuft das Ganze wie folgt ab: Mithilfe eines äußerst machtvollen Zaubers, der wohl eine sehr lange Vorbereitungszeit und den Einsatz einer Reihe ziemlich seltener und entsprechend teurer Zutaten erfordert, wird ein Stück Schiefer in der Mitte zerteilt, sodass zwei Tafeln entstehen. Diese Tafeln stehen miteinander in magischer Verbindung, und was auf die eine geschrieben wird, erscheint spiegelverkehrt auf der anderen und umgekehrt. Um die Botschaft zu lesen, wird die Arkantafal vor einen Spiegel gehalten. Die Übermittlung der Botschaft erfolgt ohne Zeitverlust und nur zwischen den beiden Tafeln, sodass es unmöglich ist, sie abzufangen. Ich habe mir sagen lassen, dass bei der Herstellung und Verwendung der Tafeln das magische Gesetz der Übertragbarkeit im Spiel – und es keineswegs einfach ist, Nachrichten auf diese Weise zu versenden.

Wie dem auch sei, die Nachrichten aus Okrannel besagten, dass die Angriffe aurolanischer Piraten aus der Geistermark und Vorquellyn immer häufiger wurden und Gebirgsfestungen zunehmenden Kontakt mit Aurolanenkreaturen meldeten. Krost an der Spitze des Okrannelfingers war von Piraten geplündert worden, und es hatte sogar Sichtungen im Swarskijagolf gegeben. Der Grundtenor dieser Meldungen war, dass die Aurolanen den Sturm Okrannels vorbereiteten, und falls nichts geschah, um seinen Verteidigern zu helfen, würde die südliche Hälfte des Kreszentmeers und alle daran angrenzenden Nationen feindlichen Angriffen ausgesetzt sein.

Die Berichte aus Okrannel machten allen klar, was zu tun war, und die ælfische Prophezeiung lieferte ihnen einen Anhaltspunkt dafür, wie sie das Vorhaben organisieren mussten. Schon jetzt befanden sich genug Schiffe und Elitetruppen – die Leibgarden der verschiedenen Monarchen – in Yslin für eine starke Entsatzstreitmacht, die Kurs auf Okrannel nehmen konnte. Gleichzeitig würden die Nationen des Ostens Truppen nach Norden zur Festung Draconis in Marsch setzen, und die Nationen des Westens ihre Flotten auslaufen lassen, um das Kreszentmeer von aurolanischen Piraten zu säubern.

Entsprechend der Prophezeiung sollte Baron Kenvin Norderstett die Expedition leiten, und allen war klar, dass er für ihren Erfolg eine Gruppe fähiger Offiziere benötigte. Die Monarchen entschieden, Baron Norderstett mit einem Zirkel führungsbegabter Helden zu umgeben, wobei ich persönlich allerdings den Eindruck hatte, dass es den meisten von ihnen mehr darum ging, ihr jeweiliger nationaler Repräsentant gehöre zu jenem inneren Zirkel. Die Ehre schien für sie weniger im Kampf zu liegen als in der Präsenz.

Baron Norderstett sorgte dafür, dass Net, Leif und ich an den Debatten über die Zusammenstellung der Streitmacht teilnahmen. Aus den Fragen, die er uns nach den Gesprächen stellte, schloss ich, dass er uns als Hilfe dabei benutzte, das richtige Gleichgewicht zwischen Politik und Zweckmäßigkeit zu finden. Da, wo politische Beweggründe die Kampfkraft der Streitmacht zu unterminieren drohten, brachte der Baron entsprechende Einwände vor oder machte Vorschläge, wie sich das bedrohte Gleichgewicht wiederherstellen ließ.

Zum Beispiel schlug König Stefin von Okrannel vor, Gesandte nach Gyrvirgul zu entsenden, um uns der Unterstützung der Gyrkyme zu versichern, aber Jentillin machte unmissverständlich klar, dass er damit in keinem Fall einverstanden wäre. Er erklärte, Gyrkyme seien Tiere und hätten keinen Platz in einer solchen Koalitionsstreitmacht. Nun hätte ich persönlich gedacht, dass der Nutzen von Kreaturen, bei denen es sich im Grunde um geflügelte Ælfen handelte, auf der Hand lag, aber Jentillin bestand darauf, dass Ælfen sich auf keinen Fall in irgendeiner Weise an einer Expedition beteiligen werden, an der Gyrkyme teilnehmen.

Irgendwie gelang es mir, den ælfischen Widerstand zu verstehen. Als Kajrûn noch über Aurolan geherrscht hatte, war es ihm gelungen, eine Anzahl adliger Ælfenkrieger gefangen zu nehmen, die er durch Magik dazu gebracht hatte, sich mit Araftii zu vereinen wie mit ihren Gattinnen. Araftii sind wilde, ganz und gar tierische Kreaturen mit menschenähnlichem Körper, aber Schwingen an Stelle von Armen und Beinen, die in krallenbewehrten Vogelfüßen enden. In manchen Erzählungen werden sie mit hübschen Gesichtern beschrieben, in anderen als hässliche Vetteln, aber allesamt sind sie weiblich, und diese Araftii legten Mischlingseier, aus denen die Gyrkyme schlüpften. Die Ælfen betrachten deren gesamte Art als das Ergebnis einer Vergewaltigung und sind ebenso wenig bereit, sie anzunehmen wie wir Menschen es wohl wären, die Nachkommen von Schafen anzuerkennen, die von ihren Schäfern geschwängert wurden.

Eine weitere Spezies, die als zu tierisch eingestuft wurde, um wirksam eingesetzt werden zu können, und daher nicht in die Streitmacht aufgenommen wurde, waren die Panqui. Die Sprijsa galten als zu klein für einen gezielten

Kampfeinsatz und zu frivol für ein angemessen kriegerisches Verhalten. Und die Drachen … Nun, niemand wollte die Drachen dabeihaben, ganz gleich, wie hilfreich sie auch sein konnten. Seit Atval war schwer vorauszusagen, ob die Drachen bereit gewesen wären, Menschen zu vertrauen, aber die Gründe für ihren Ausschluss gingen tiefer.

Es erschien allen Beteiligten offensichtlich, dass eines der Ziele der Aurolanenkräfte, die Okrannel angriffen, darin bestehen musste, das Bruchstück von Kajrûns Drachenkrone zu erbeuten, das dort lagerte. Die Drachenkrone hatte es Kajrûn gestattet, eine Armee von Drachen zu kontrollieren. Schon ein einziges Bruchstück würde genug Macht besitzen, um einem Magiker zu gestatten, zumindest einen Drachen unter seine Gewalt zu bringen, und das bedeutete, dass ein mächtiger Verbündeter sich von einem Augenblick zum nächsten in einen tödlichen Feind hätte verwandeln können.

Abgesehen von Menschen und Ælfen wurde nur noch eine weitere Art in die Koalitionsstreitmacht aufgenommen: die urSreiði. Die Zwerge sind kleinwüchsige Wesen mit den Proportionen menschlicher Kinder. Ihre Haut hat die Farbe von Mineralien und ist zum Beispiel grünschwarz wie Kupferspat, schwarz wie Kohle oder rot wie Zinnober. Die urSreið, die in den inneren Zirkel aufgenommen wurde, hieß Faryaah-Tse Kimp und erwies sich als schwefelgelb, mit schwarzem Haar und Augen, die rot waren, wo menschliche Augen weiß sind. Obwohl sie schlank und klein war und äußerst kindlich aussah, hatte sie ein Körpergewicht, das ihr Aussehen Lügen strafte.

Gewöhnlich kommen urSreiði und Ælfen nicht gut miteinander aus, aber Jentellin hieß sie trotzdem in der Koalition willkommen, wenn auch hauptsächlich, weil sie eine Garnisonskompanie in der Festung Draconis stehen hatten. Ohne die urSreiði wäre die Festung nicht zu halten gewesen, denn die Zwerge sind Baumeister und Minenbauer, was sie hervorragend geeignet machte, die Festung auszubauen und gegen die Sappeure Aurolans zu kämpfen. Faryaah-Tse würde den Befehl über diese Einheit übernehmen, sobald wir Festung Draconis erreichten und bis dahin als Beraterin Baron Norderstetts mitreisten.

Die Planung des Feldzugs nahm viel Zeit in Anspruch, wurde von den verschiedensten Streitereien begleitet und war voller langweiliger Detaildebatten, während derer ich nach kurzer Zeit einschlief. Am meisten bedauerte ich Net, der kaum über den Hintergrund verfügte, alle Einzelheiten zu verstehen. Leif und ich kamen etwas besser damit klar, aber selbst für uns war es tödlich langweilig. Da die Besprechungen regelmäßig bis in die Nacht dauerten und am nächsten Tag frühmorgens wieder einsetzten, gelang es uns kaum, länger durchzuschlafen, und bald schon fühlte ich mich müde und gereizt.

Hinzu kam, dass mich das Ende meines Mondmonats melancholisch machte. Eigentlich sollte der Abschluss des Mondmonats eine Zeit des Feierns mit Familie und Freunden sein. Wenn ich meine erste Erwachsenenmaske erhielt, hätte der Kurs meines Lebens eigentlich angelegt sein sollen. Ich hätte bereits eine Einladung von einer Militäreinheit haben sollen, der ich mich anschließen konnte, aber über die verfügte ich nicht. Ich hatte keinen Zweifel daran, dass die Mitgliedschaft bei den Rittern vom Phönix sich als hilfreich erweisen würde, hatte aber nicht die geringste Ahnung, inwieweit. In den ersten zwei Dritteln meines Mondmonats hatte ich eine Menge geleistet, aber seitdem kaum etwas.

Außerdem hatte ich Heimweh und vermisste meine Familie. So wie ich meine Mondmaske von meinem Vater erhalten hatte, hätte ich auch meine Erntemaske von ihm erhalten sollen, oder von einem älteren Bruder oder dem ältesten verfügbaren männlichen Verwandten. Das konnte ich mir offensichtlich abschminken. Noch deprimierender für mich war die Annahme, dass ich nicht am

Kreuzzug gegen Aurolan würde teilnehmen können, weil ich keiner Militäreinheit angehörte. Die einzigen Einzelpersonen, die bei den Besprechungen über den Feldzug erwähnt wurden, waren Helden wie Baron Norderstett. Über Net, Leif und mich fiel im Rat der Monarchen kein Wort.

Die Ereignisse, die mit der Nacht begonnen hatten, in der ich meine Mondmaske erhielt, neigten sich dem Ende zu, und ich war kurz davor, alleine zurück nach Valsina und ins Vergessen zu wandern.

Leif kannte keine derartigen Sorgen. Für ihn stand es außer Frage, dass er seinen Vater auf die Expedition begleiten würde. Aber viel wichtiger noch war für ihn der Goldring mit dem Norderstettwappen, den er zum Ende seines Mondmonats von Prinzessin Rautrud erhalten hatte. In dem Feld des Wappens, das ein Herz zeigte, war ein Rubin eingelassen, und der Ring musste ein kleines Vermögen gekostet haben. Ich hatte zwei Dukaten für einen Silberkragen für ihn ausgegeben, den er tatsächlich umlegte, aber den Ring bewunderte er unablässig, polierte den Stein an seinem Wams und streckte die Hand aus, um ihn funkeln zu sehen.

Net und ich gaben uns zum Ende unseres Mondmonats ebenfalls unbeschwert. Als wir uns beim Austausch der Geschenke unterhielten, hatte ich Gelegenheit, die Dinge aus seiner Perspektive zu betrachten. »Ich wollte bloß Soldat werden, und das wird sicher passieren. Alles andere – Atval, Yslin –, das ist ein ganzes Leben für mich. Selbst wenn mich morgen der Tod holt, habe ich es weiter gebracht, als je irgendwer für möglich gehalten hätte.«

Net gefiel sein Mantel, und er gab mir das kleine Stiefelmesser, das er aus Valsina mitgebracht hatte. »Wollte dir hier eins kaufen, aber die waren alle nicht gut genug. Das habe ich selbst geschmiedet. Es ist kein Meisterstück, aber es ist gut und scharf und wird dich nicht im Stich lassen.«

»Danke.« Ich schob es in den rechten Stiefel. »Wenn die Heimreise auch nur entfernt der Herreise gleicht, wird es sich als äußerst nützlich erweisen.«

Leif schenkte uns beiden dicke schwarze Wolldecken aus Naliserro. Die Nalesker Webkunst war makellos, und mir wurde schon warm, wenn ich die Decke nur ansah. Nachdem ich auf der Suche nach meinen eigenen Geschenken gesehen hatte, was die Erntefesthändler für diese Decken forderten, war mir klar, dass Leif mehr ausgegeben hatte, als er von seinem Vater bekommen hatte. Und ich spürte, dass er lange über seine Wahl nachgedacht und nicht einfach das Erstbeste gekauft hatte, das ihm ins Auge gestochen war. Es schien, als sollten die Decken uns auf der Heimreise warm und zufrieden halten, und das wusste ich zu schätzen.

Gleichzeitig regte es mich auf, denn es unterstrich noch, dass wir zurück nach Valsina mussten, während er die Welt bereiste und die Aurolanenbedrohung zerschlug. Ich wanderte hinunter in den Schankraum der Herberge und saß allein mit einem Krug bitteren Biers an meinem Tisch, als Severus' träger unwilliger Sohn Desid die Treppe herabkam und mich ansprach.

»Bitte um Verzeihung, Meister, aber seine Herrschaft verlangt nach Euch.«

Ich nickte, ließ den Krug Bier stehen, wo er war, und schleppte mich langsam die Stufen hoch. Mit jedem Schritt wurde ich mutloser, und als ich am Kopf der Treppe angekommen war, hätte ich mich fast wieder hinabgestürzt. Aber obwohl in meinem Inneren eine abgrundtiefe Leere gähnte, richtete ich mich auf und zwang ein Lächeln auf mein Gesicht. Ich klopfte an die Tür und trat ein, als ich von drinnen dazu aufgefordert wurde.

Baron Norderstett drehte sich in seinem Sessel um und legte einen Federkiel auf dem Schreibtisch ab. »Danke für dein promptes Erscheinen, Valkener … Tarrant. Bitte, nimm Platz.«

Ich setzte mich am Fußende aufs Bett. »Ihr wolltet mich sprechen?«

»So ist es.« Seine Stimme war unbeschwert, und er klang sogar ein wenig erfreut. »Heute endet dein Mondmonat, und du erhältst deine Erntemaske. Prinz Swindger hat mich – vermutlich auf Drängen seiner Schwester hin – gefragt, ob *er* Boleif seine Maske überreichen darf. Es war eine Ehre, der ich mich nicht widersetzen konnte. Außerdem war mir klar, was ich von Leif zu hören bekommen würde, wenn ich es versucht hätte. Er ist bereits auf dem Weg zur Feste Gryps.«

Ich blinzelte überrascht. »Und Ihr seid hier? Ich meine, ich hätte angenommen …«

Baron Norderstett hob die Hand. »Leif weiß, wie stolz ich auf ihn bin, aber er soll im Mittelpunkt der Aufmerksamkeit stehen. Immerhin wird er der Norderstett sein müssen, der die Prophezeiung erfüllt, sollte ich bei dieser Expedition fallen, richtig?«

Ich nickte.

»Net wird seine Herbstmaske von Herzog Larner erhalten. Soweit ich erfahren habe, hat der Waffenschmied, bei dem Net gelernt hat, einmal ein besonderes Schwert für den Herzog hergestellt, was die Verbindung zwischen den beiden herstellt.« Er lächelte und zog die mittlere Schublade des Schreibtischs auf. »Ich weiß, dass du deine Herbstmaske vom ältesten männlichen Verwandten an deinem Aufenthaltsort erhalten solltest. Wie du weißt, starb mein Vater, als ich noch sehr jung war, daher hat dein Vater mich ausgebildet und in vielerlei Hinsicht Vaterstatt an mir angenommen. Ich persönlich habe meine Erntemaske von meinem Onkel erhalten, dem Mann, der später mein Schwiegervater werden sollte, aber ich war immer der Überzeugung, dass dein Vater mir die Möglichkeit gab, sie mir zu verdienen. Und du und Leif habt so viel Zeit zusammen verbracht, dass ich euch beinahe als Brüder ansehe, sodass …, also, ich hoffe, dein

Vater wird nichts dagegen haben, dass ich mir hier seine Rolle anmaße.«

Er zog eine braune Ledermaske aus der Schublade. Sie unterschied sich nicht grundlegend von meiner Mondmaske, abgesehen davon, dass der Teil oberhalb der Augenschlitze fast doppelt so breit war. Dort war ein mehr als daumenbreiter Streifen Schnattererfell aufgenäht, und zwei schwarze Temeryxfedern baumelten von den Seiten der Maske. Würde ich sie mir heute ansehen, erschiene sie mir äußerst kahl, aber damals war sie das Schönste, was ich je gesehen hatte.

Ich hob die Hände hinter den Kopf und knotete die Bänder meiner Mondmaske auf. Ich erinnerte mich, dass mein Vater mich ermahnt hatte, mein Gesicht vor niemandem außer meiner Familie zu entblößen, aber ich konnte mir nicht vorstellen, dass er etwas dagegen haben könnte, wenn ich es Baron Norderstett zeigte. Leifs Vater senkte den Blick und gestattete mir so, meine Intimsphäre zu wahren. Ich nahm die Herbstmaske aus seiner Hand entgegen und legte das kühle Wildleder auf mein Gesicht. Der Baron trat hinter mich und band sie fest.

»Jetzt und immerdar wird diese Maske anderen zeigen, wer und was du bist. Was uns einst vor unseren Feinden verbarg, offenbart uns nun unseren Freunden. Trage sie mit Stolz und ehre allzeit die Generationen, die gekämpft und ihr Leben gegeben haben, um dir die Maske zu ermöglichen.«

Ich nickte ernst. Dann, als er an seinen Schreibtisch zurückkehrte, strahlte ich. »Danke, mein Fürst.«

»Es war mir ein Vergnügen, Tarrant.« Er schmunzelte, dann streckte er die Hand aus und tätschelte mein Knie. »Ich weiß natürlich, dass es üblich ist, jemandem, der seine Erntemaske erhält, ein Geschenk zu machen, aber ich hatte wenig Gelegenheit, mir darüber Gedanken zu machen, was ich dir geben könnte. Wenn du einen Vorschlag hast, würde ich ihn gerne hören.«

Hoffnung erwuchs in meiner Brust, und das Herz hüpfte mir. »Mein Fürst, es gibt keinen *Gegenstand,* den ich mir von Euch wünschen würde, wohl aber eine Chance, eine Gelegenheit. Für mich und … und für Net. Bitte, mein Fürst, gestattet uns, mit zu Ende zu führen, was wir vor einem Monat begannen. Nehmt uns auf die Expedition nach Okrannel mit. Wir werden Euch keine Mühe bereiten. Wir tun, was immer Ihr verlangt, was immer Ihr für nötig erachtet.«

Baron Norderstett setzte sich zurück. »Ich fürchte, das geht nicht.«

»Aber …«

Er hob die Hand. »Lass mich ausreden. Du machst es mir zu leicht. Du und Net, ihr werdet Leif und mich begleiten. Die Entscheidung dazu ist schon lange gefallen.«

»Was? Wann? Warum?«

»Soweit ich es begriffen habe, existieren in der ælvischen Sprache Feinheiten, die sich unserem Verständnis entziehen. Zum Beispiel lässt sich jener Teil der Prophezeiung, der ›in Flammen gebadet‹ lautet, ebenso richtig als ›aus Flammen geboren‹ übersetzen.«

»Das bezieht sich auf Eure Initiation in die Ritter des Phönix, oder?«

»Das ist die bevorzugte Auslegung unter denen, die über entsprechendes Wissen verfügen, ja. Jedenfalls erweist sich bei näherem Studium ein Teil der Prophezeiung als Hinweis auf eine ælvische Sage, in der drei Gefährten eine wichtige Rolle spielen.« Er zuckte die Achseln. »Eines solltest du jedoch wissen: So oder so hätte ich verlangt, dass ihr drei mich begleitet. Ich kann mir nicht vorstellen, dass ein Norderstett ohne einen Valkener an seiner Seite in die Schlacht zieht, und Nethard ist stramm und besonnen genug, dich und Leif aus dem Gröbsten herauszuhalten.«

Ich nickte. »Und Gefahren werden wir genug begegnen.« Ich kniff die Augen zusammen. »Manch einer, Prinz Swindger und Prinz Augustus beispielsweise, scheint zu glauben, dass wir diese ganze Angelegenheit zum Ende bringen können, bevor die ersten Schneeflocken fallen.«

»Wir wollen hoffen, dass sie Recht behalten. Aber ich werde mich trotzdem warm anziehen.« Baron Norderstett tauchte den Federkiel in die Tinte und machte sich eine Notiz. »Im Augenblick ist das jedoch nicht von Bedeutung. Du hast mir noch immer nicht mitgeteilt, was ich dir schenken kann.«

Ich schüttelte den Kopf. Nichts von alledem, was ich in den letzten Wochen gesehen hatte, kam mir als wünschenswertes Geschenk in den Sinn. »Ich weiß es nicht, mein Fürst. Ich schätze, vielleicht, mag sein …« Ich atmete tief durch und fuhr mir mit der Zunge über die Lippen. »Ich wünschte mir Euer Vertrauen, mein Fürst. Ich wünschte mir, dass Ihr wisst, ich werde Euch nie enttäuschen oder verraten. Könnte ich dieses Euer Vertrauen besitzen, wäre das mehr für mich als alles andere.«

Baron Norderstett saß einen Augenblick stocksteif auf seinem Platz. Dann kaute er auf seiner Unterlippe. »Nun gut, so soll es sein. Es mag dennoch vorkommen, dass ich mich entscheide, dir manches Wissen vorzuenthalten. Wenn dem aber so ist, geschieht es nicht aus Mangel an Vertrauen, sondern weil ich möchte, dass du dir zunächst den nötigen Abstand erwirbst, es zu verstehen. Ich werde dir nichts offenbaren, was dir schaden könnte, es sei denn, es muss sein.«

»Danke, mein Fürst.« Ich fiel vor ihm auf ein Knie nieder, nahm seine rechte Hand und küsste den Siegelring der Norderstetts an seinem Finger. »Ich werde Euer Vertrauen bewahren wie Euer Leben, bis zum letzten Atemzug, zum letzten Blutstropfen und zum letzten Gedanken.«

Er stand auf und zog mich hoch. »Norderstett und Valkener befinden sich auf dem Weg gen Norden, um Kytrin und ihre Aurolaner Horden zu stellen. Wüsste sie, was auf sie zukommt, hätte sie bereits die Flucht ergriffen, und unser ruhmreicher Krieg wäre beendet, noch bevor das Blut der Tapferen vergossen wird.«

Kapitel Einundzwanzig

Meine Freude über die Teilnahme an der Expedition war grenzenlos und hielt mich die nächsten zwei Wochen lang aufrecht. Wäre in dieser Zeit ein Wahrsager an mich herangetreten und hätte mir Schreckliches prophezeit, ich hätte ihm weder geglaubt noch hätte es mich gekümmert. Ich war Teil eines großen Kreuzzugs, der die Welt für immer von einer gnadenlosen Geißel befreien würde … einer Geißel, die einen düsteren, eisigen Schatten über uns alle warf. Was zu tun wir aufbrachen, würde auf ewig besungen werden.

Die zwei Wochen, die uns zur Vorbereitung der Expedition blieben, waren voller Chaos, erfüllt von Freude und Enttäuschungen. Und für mich waren sie voller Entdeckungen. Die erste davon war, dass ich die Flotte zu Gesicht bekam und leibhaftig an Bord eines seetüchtigen Schiffes ging. Den weitaus größten Teil der Flotte stellten Jerana, Alcida und Saporitia mit einer Mischung aus tiefgängigen Handelsschiffen und langen, schlanken Kriegsgaleeren. Die Kauffahrer verließen sich zu ihrem Antrieb vor allem auf die Segel, obwohl sie auch zwei lange Petschen für Manöver im Hafen oder bei völliger Flaute besaßen. Die Kauffahrer waren mit Nahrungsmitteln, Wein und Getreide für die Pferde beladen, und zwei von ihnen waren eigens für den Transport schwerer Kavellerieeinheiten aus Jerna und Alcida ausgerüstet. Prinz Augustus befehligte letztere Einheit und ging an Bord der *Bachlauf,* die ihren Namen von dem Landgut hatte, auf dem die Gardereiter des Prinzen stationiert waren.

Die Kriegsgaleeren hatten nur einen Mast und konnten

bei genügend Wind schnelle Fahrt machen, setzten für Gefechtsmanöver jedoch Ruderer ein. Mit zwanzig von je drei Mann bewegten Riemen auf jeder Seite erreichten sie eine Reisegeschwindigkeit von fünf und beim Angriff auf ein feindliches Schiff Spitzengeschwindigkeiten von bis zu zwölf Knoten. Turmaufbauten an Bug und Heck erlaubten den Truppen an Bord, das Deck gegnerischer Schiffe mit ihren Armbrüsten unter Beschuss zu nehmen. Am Bug formte ein verlängerter Bugspriet einen Schnabel, der im Nahkampf dazu eingesetzt werden konnte, die Ruder einer gegnerischen Galeere zu knicken. Wichtiger war allerdings die Möglichkeit, damit den Schildwall am Dollbord des Schiffs zu durchbrechen. Für diese Gelegenheiten war der Schnabel breit genug, um Entermannschaften Gelegenheit zu geben, darauf entlangzustürmen und auf das feindliche Deck zu springen.

An Bug und Heck waren je vier riesige drehbare Armbrüste montiert, mit denen sich meterlange Bolzen abfeuern ließen, die Schilde und Decks durchschlagen konnten. An festem Tau oder Stahlketten befestigte Enterhaken lagen bereit, feindliche Schiffe zu fassen und festzuhalten. Zwei kleine Mangonas, Wurfmaschinen auf mit Rädern versehenen Plattformen, ließen sich an beliebiger Stelle des Decks in Stellung bringen, um Kanister mit Naphtalm, einer klebrigzähen Masse, die mit großer Hitze brannte, oder Unmengen von Krähenfüßen auf die Decks zu schleudern, die sich in die Planken gruben und den barfüßigen Matrosen die Füße zerschnitten.

Vom Kai aus fiel es schwer, die Flotte zu überblicken, aber ich hatte Gelegenheit, in einem der Körbe unter den Erntefest-Ballons einen Blick aus der Vogelperspektive auf den Hafen zu werfen. Wir stiegen ohne Probleme auf und waren schon bald höher als in dem Seilbahnkorb ein paar Tage zuvor. Der Aufstieg verlief sehr schnell, und ich hatte das Gefühl, meinen Magen am Boden zurückgelassen zu haben. Aber trotzdem war es ein unglaubliches

Erlebnis zu sehen, wie die Menschen auf die Größe von Ameisen schrumpften und die Gebäude scheinbar zu Puppenhäusern wurden. Irgendwie kam mir der Gedanke, dass Gyrkyme ständig die Gelegenheit hatten, die Welt so zu sehen, und ich hoffte, dass der Anblick für sie ebenso beeindruckend blieb, wie er es für mich war.

Zusätzlich zu ihrer Besatzung von einhundertvierzig und einem festen Kriegerkontingent von dreißig Mann konnte jede Galeere eine weitere dreißig Mann starke Kompanie transportieren. Die Leibgardeeinheiten, die uns für die Expedition zur Verfügung standen, beruhten alle auf etwa zwei Kompanien, sodass für jede Einheit zwei Galeeren erforderlich waren. Ein Kauffahrer konnte Vorräte für zehn Galeeren aufnehmen, sodass wir nur vier dieser Schiffe in unserem Konvoi gebraucht hätten, aber wir hatten ihre Zahl verdoppelt, weil wir davon ausgehen mussten, dass die Bevölkerung Okrannels ebenfalls Vorräte brauchte, ganz abgesehen von uns, falls ein längerer Feldzug notwendig wurde. In diesen acht Kauffahrern waren die beiden Kavallerietransporte noch nicht berücksichtigt.

Achtundvierzig Schiffe lagen im Hafen von Yslin vor Anker und warteten auf unseren Aufbruch, und die Schiffsrümpfe und Takelagen leuchteten in den verschiedensten Farben. Wir erwarteten noch weitere Schiffe aus Loquellyn, aber wir konnten nicht mit Sicherheit sagen, wie viele Schiffe die Ælfen uns senden würden. Die urSreiði hatten keine Schiffe, und ehrlich gesagt machte Faryaah-Tse Kimp den Eindruck, ganz und gar nichts mit dem Meer zu tun haben zu wollen. Aber auch so belief sich das menschliche Kontingent des Konvois auf zweitausendvierhundert Soldaten und mehr als das Doppelte an Matrosen, die bei Bedarf auch mit Schwertern ausgerüstet und in die Schlacht geworfen werden konnten. Es war eine Streitmacht von beachtlicher Größe, die den Verteidigern Okrannels eine willkommene Hilfe sein würde.

Zumindest glaubte ich das, aber in der Expeditionsstreitmacht machten Gerüchte die Runde, die daran Zweifel aufkommen ließen. Es hieß, Kytrin, die sowohl als Kajrûns Tochter wie auch als seine Gefährtin bezeichnet wurde, gelegentlich sogar als beides, habe eine gewaltige Horde von Kreaturen in Marsch gesetzt, die Okrannel schon halb überrannt hätte. Es gab sogar Vermutungen, die Nachrichten aus Swarskija seien gefälscht und es gäbe überhaupt keine Verteidiger mehr dort, die auf einen Aurolanenansturm warteten, sondern Kytrin würde uns die Botschaften schicken, um uns in eine Falle zu locken.

Baron Norderstett wies diese Idee augenblicklich zurück. »Es wäre unsinnig von ihr, die Übermittlung von Botschaften zuzulassen, die vor ihren Horden warnen, denn das muss uns veranlassen, ihr Widerstand zu leisten. Außerdem gibt es keinerlei Berichte aus Jerana über Flüchtlinge, und wenn Okrannel zusammengebrochen wäre, müsste man sicher mit einer Massenflucht rechnen. Außerdem hat König Stefin die Botschaften als von seinem Sohn Prinz Kirill stammend bezeichnet. Er sagt, wenn Kytrin in der Lage wäre, jemanden so auszubilden, dass er fähig ist, wie Kirill zu denken und zu schreiben, dann wäre sie noch zu ganz anderen Dingen fähig und wir könnten den Kampf ebenso gut sofort aufgeben.«

Aber der Baron tat andere Berichte über so genannte Sullanciri, eine Elitetruppe von Anführern für Kytrins Truppen, allerdings keineswegs ab. Menschen nannten diese Heerführer auch Dunkle Lanzenreiter, und es hieß, sie wären menschliche Überläufer, besonders gewitzte Vylænz oder auf magische Weise mit Intelligenz ausgestattete Schnatterfratzen. Man hatte diese bösartigen Kriegergestalten in Okrannel gesichtet, aber die Berichte enthielten keine Einzelheiten. Gerüchten zufolge hatte Kytrin sie ihre eigenen Schatten verzehren lassen und sie damit machtvoll und unsterblich gemacht, und jeder Einzelne von ihnen sollte über eine besondere Zauberkraft verfügen, die ihm half, seine Gegner zu bezwingen.

»An diesem Gerücht könnte durchaus etwas wahr sein«, gab Leifs Vater zu. »Aber es wäre nicht gut, ihm zu viel Gewicht beizumessen. Heslin wird dir bestätigen, dass sich Magik immer irgendwie aufhalten oder bannen lässt, und dass der Einsatz von Zaubersprüchen eine äußerst knifflige Angelegenheit ist, nicht zuletzt, weil ihre Wirkung oft genug wortwörtlich ist. Ein Zauber, der fünfzig Männer erblinden lässt, kann Frauen oder Kinder unberührt lassen – und ist er auf Menschen gerichtet, wird er bei Ælfen und Zwergen wirkungslos bleiben. Ganz davon abgesehen ist ein von einem Pfeil durchlöcherter Magiker in den allerseltensten Fällen sonderlich effektiv.«

Innerlich schauderte mir bei dem Gedanken, gegen magisch begabte Feinde antreten zu müssen, aber gleichzeitig akzeptierte ich es auch. Schließlich wäre Kytrin bereits vor Jahrhunderten in den Süden einmarschiert und hätte alles erobert, wäre sie in der Lage gewesen, wirklich unsterbliche Krieger zu erschaffen. Es hätte natürlich sein können, dass sie die dazu benötigte Magik erst vor kurzem entdeckt oder vollendet hatte. Aber wenn dem so gewesen wäre, hätte sie die Voraustrupps nicht benötigt, die bis nach Oriosa vorgedrungen waren. Nein, entschied ich, ihre Magik mochte Einzelnen ihrer Truppen einen Vorteil verschaffen, aber selbst diese Macht hatte Grenzen.

Die Vorbereitungen verliefen zügig und bis zum Vorabend unserer Abreise ohne größere Schwierigkeiten. Die Planung war ein paar Stunden zuvor im Rat der Monarchen abgeschlossen worden. Prinz Swindger hatte den Befehl über die gesamte Expedition erhalten, aber Baron Norderstett war der Heerführer und würde alle Entscheidungen im Bezug auf die Kampfhandlungen treffen. Er würde an Bord der alcidischen *Invictus* gehen, während Prinz Swindger sich auf der jeranischen *Venator* einschiffte. Das passte mir hervorragend. Je weiter entfernt von mir er sich aufhielt, umso lieber war es mir.

Die Expedition sollte mit voller Fahrt direkten Kurs auf Okrannel nehmen, um Krost zu entsetzen. Von dort aus würden wir an der Küste entlang nach Swarskija weiterfahren, um eine mögliche aurolanische Belagerung zu brechen. Danach würde es von den Meldungen aus Festung Draconis abhängen, ob wir nach Osten segelten, um die dortige Garnison zu verstärken, oder gegen die Geistermark zogen und die dort gelegenen Piratenhäfen zerschlugen.

Am Abend unserer Abreise begab ich mich mit Leif, Net, Baron Norderstett und anderen zum größten der Kedyntempel Yslins. Die Sonne war bereits untergegangen, als wir die Freitreppe hinaufstiegen. Ich ließ in Gedanken all die Dinge Revue passieren, dic ich gesehen und gehört hatte, und versuchte zu entscheiden, welches Gebet ich sprechen sollte, als ich mit jemandem zusammenstieß. Ich stolperte eine Stufe zurück und entschuldigte mich reflexartig.

Entschlossen nickte gelassen. »Ich hätte damit rechnen müssen, dass du in Gedanken bist.«

Ich sah Net sich am Kopf der Treppe umdrehen und zurücksehen, aber ich winkte ihn weiter. »Bist du gekommen, um ein Opfer zu bringen?«

»Kedyn? Nein.« Der Ælf schüttelte den Kopf. »Der Gott, der Kedyns Platz in unserem Pantheon einnimmt, schnüffelt weder Weihrauch, noch versammelt er tote Krieger um sich, wie alte Frauen mit einem Beutel Brotkrumen einen Schwarm Tauben.«

Ich versuchte, die Verachtung in seiner Stimme zu übergehen, aber ich bezweifle, dass es mir sonderlich gut gelang. »Was willst du dann hier?«

»Ich bin gekommen, um mit dir zu reden.« Er hob den Kopf. »Jentillin hat Vergütet von den Plänen für euren Feldzug berichtet.«

»Ja, das ist alles furchtbar aufregend, nicht wahr?«

»Aufregend wird es wohl sein, aber das herauszufinden ist nicht meine Sache.«

»Was?«

»Ich werde euch nicht begleiten.«

Ich trat unwillkürlich einen Schritt zurück und stolperte schon wieder eine Stufe tiefer. »Du kommst nicht mit? Aber warum denn nicht? Ich meine, jetzt geht es darum, das ist die Chance, es Kytrin heimzuzahlen. Das ist die Chance, sie zu vernichten.«

»Ich weiß.« In seinen silbernen Augen spiegelte sich die dünne Sichel des Mondes. »Es ist mir nie um ihren Tod gegangen. Mein Ziel ist die Befreiung meiner Heimat. So edel und gut eure Sache auch sein mag, es ist nicht *meine* Sache. Ich weiß, dass ihr euch gut schlagen werdet. Kytrin wird ihren Vorstoß bereuen, aber Vorquellyn wird weiter unter ihrer Herrschaft liegen.«

Ich schüttelte den Kopf. »Aber verstehst du nicht? Wenn wir ihr Heer zerschlagen haben, werden wir die Geistermark von Piraten säubern. Sobald wir das geschafft haben, steht Vorquellyn allein, und wir können es zurückerobern. Dieser Feldzug bringt uns einen Schritt näher an die Befreiung Vorquellyns. Das musst du doch sehen, Entschlossen.«

»Nein, Valkener, das muss ich nicht sehen. Ich sehe, dass ein ebensolcher Erfolg gegen sie vor hundert Jahren nicht zur Befreiung Vorquellyns geführt hat. Wenn ich mitkomme, wenn ich dir zustimme, gebe ich zu, dass ein Teilerfolg ausreicht, und das kann ich nicht zugeben. Würde ich das tun, wüssten Vergütet und Jentillin, dass ich aufgegeben habe. Das werde ich niemals tun. Ich bin Entschlossen. Das ist mehr als mein Name, es ist mein *Wesen.* So sehr ich euch auch begleiten will, ich kann es nicht, bis eine Expedition aufbricht, meine Heimat zu befreien.«

Ich schluckte schwer. »Ich verstehe. Ich wünschte mir, ich könnte dich umstimmen. Wenigstens einen Vorqælf in unserer Streitmacht zu wissen, hätte Kytrin solche Angst eingejagt, dass sie sofort den Rückzug antreten würde.«

»Es werden euch Vorqælfen begleiten und an eurer Seite kämpfen. Ich gelte bei manchen meines Volkes als Extremist, aber das ist eine Bürde, die ich willig auf mich nehme.« Er öffnete einen Beutel an seinem Gürtel und holte einen Fellstreifen hervor. Er reichte ihn mir. »Ich habe dies einer der Schnatterfratzen abgenommen, die du getötet hast. Baron Norderstett hat mich um einen Streifen für deine Maske gebeten. Dieses Stück gebe ich dir für dort drinnen, für dein Opfer.«

Ich runzelte die Stirn. »Ich wollte Weihrauch kaufen …«

»Hör mir zu, Tarrant Valkener. Hör mir gut zu. Hier ist Kedyn … ein Hirte für Ahnengeister, und selbst in deinem Land ist er ein stolzer Wächter. Ihr vergesst, dass er den Krieg verkörpert. Er ist Fleisch und Blut und Knochen und all das, was wir in Atval getan und gesehen haben. Er ist der Meister all dessen, und Weihrauch ist einfach zu höflich, um ihn zu beeindrucken. Verbrenne das hier, Valkener. Lass den Gestank von dir zu ihm hinaufwehen. Dann wird er wissen, dass du die Wahrheit des Krieges kennst. Er wird sich an dich erinnern. Wenn Tod ihm die Liste derer überreicht, die abberufen werden, wird er deinen Namen streichen. Er wird dich für Großes, für Schreckliches bewahren.«

Ich schauderte, dann sah ich ihm die Augen. »Ist es das, was dich am Leben hält?«

Der Ælf lachte, und dies war kein rein angenehmes Geräusch. »Unter anderem, ja.« Er schlug mir auf den Arm. »Viel Glück, Valkener, mutig Herz, klaren Blick und scharfes Schwert. Wenn diese Expedition vorüber ist, wird dein Name auf allen Lippen sein.«

»So ist es. Und dann werden wir beide Vorquellyn befreien.«

»Das werden wir.« Der Ælf hob die Hand zu einem kurzen Gruß, dann lief er die Stufen hinab davon.

Ich strich mit dem Daumen über das fleckige Fell, als ich den Tempel betrat. Ich kaufte zwei Holzkohleschilde und Weihrauch, dann ging ich hinunter zum Standbild Kedyns. Ich kniete vor dem Sockel nieder und blickte empor in die blinden Augen des wohlgeformten Gesichtes. Der Metallharnisch, der seinen Körper bedeckte, war zu einem Mosaik aus Dutzenden von Gesichtern modelliert, und es fiel nicht schwer, sich vorzustellen, dass sie alle auf kleineren Statuen in dem langen Flur hinter Kedyn ihr Spiegelbild hatten. Ich schaute zwischen den Füßen des Standbilds hindurch und sah die Galerie dicht gedrängt von Kriegern, die Weihrauch abbrannten und Kerzen anzündeten.

Auf meinem Armen machte sich eine Gänsehaut breit. Mithilfe meiner Holzkohleschilde kratzte ich mehrere glühende Kohlen auf einen kleinen Haufen zusammen. Ich streute etwas Weihrauch darüber, nur um Kedyns Aufmerksamkeit zu erregen, dann warf ich den Fellfetzen auf die Glut. Die Schnatterfratzenhaare kräuselten sich zu kleinen Knoten zusammen. Der beißende Gestank verbrannten Fells schlug mir ins Gesicht, als der Streifen Feuer fing. Ich musste husten, und meine Augen tränten, aber ich sah der Rauchsäule hinterher, als sie aufstieg und das Gesicht der Statue einhüllte.

Die Hände in Gebetshaltung neigte ich den Kopf. »Kedyn, an diesem Vorabend der großen Expedition, bitte ich um nichts, um das ich nicht schon früher gebeten habe. Gewähre mir die Gelegenheit, mich denen, die an meiner Seite kämpfen, als mutiger und wertvoller Kamerad zu beweisen. Lass mich allzeit meine Pflicht erkennen und sie ohne Zögern erfüllen. Wenn es Dein Wille ist, dass ich überlebe, wird mir das eine Freude sein.

Soll ich sterben, lass mich im Angesicht des Feindes fallen. Mach meine Hand stetig, bewahre mich vor Schmerz, und aller Ruhm und alle Ehre sei Dein.«

Ich blickte wieder hoch, sah aber kein Anzeichen dafür, dass mein Gebet erhört worden war. Entschlossen mochte Recht gehabt und diese Wahl meines Opfers mir Kedyns Wohlwollen eingetragen haben, aber im Grunde schien es mir nicht viel schlimmer, von den Göttern übergangen zu werden, als ihre Aufmerksamkeit zu erregen. Es gab zahllose tragische Geschichten, in denen die Götter sich entschlossen, das Leben eines Menschen interessant zu machen. Ich war bereits auf dem Weg in den Krieg. Ich brauchte wahrhaftig keine göttliche Hilfe, die meine Existenz *noch* reizvoller machte.

Wie sich herausstellen sollte, hatte das, was ich brauchte, überhaupt nichts damit zu tun, was ich bekam.

Kapitel Zweiundzwanzig

Wir segelten mit der Flut, und die kam früh an diesem Tag, sodass wir auf dem offenen Meer waren, bevor die aufgehende Sonne ihren blutigen Glanz auf die ruhige See warf. Das Kreischen der Möwen, das dumpfe Hallen der Trommelschläge und das harte Knallen der Segel erfüllte den Morgen, aber das alles war nicht mehr als Begleitmusik für das zischende Konzert des Wassers am Rumpf. Ich stand auf der Back der *Invictus* und ließ mir den Wind um die Nase wehen.

Endlich waren wir auf dem Weg, unterwegs in einen ruhmreichen Kampf. Man konnte den Gesichtern die Begeisterung ansehen, selbst den Matrosen an den Rudern. Wir waren die Auserwählten, die auszogen, die Welt zu retten. Unsere Mission war klar und einfach, und wir würden sie erfüllen. Die Männer prahlten voreinander mit der Anzahl von Ungeheuern, die sie töten würden, und malten sich die Reichtümer aus, die darauf warteten, erbeutet zu werden. Wenn der erste Schnee fiel, würden wir alle wieder daheim sein, uns vor dem Feuer wärmen und Freunde und Familie mit den Geschichten unserer Heldentaten unterhalten.

Aber wenn ich mich heute an jenen ersten Morgen zurückerinnere, erkenne ich selbst in jenen Anfangsstunden schon die ersten Anzeichen kommender Schwierigkeiten, die ich damals übersehen hatte. Fast wären wir an jenem Morgen wegen eines Streits zwischen einigen der Kapitäne gar nicht ausgelaufen. Ein Teil von ihnen, hauptsächlich Jeranser, verlangten ein Opfer an Tagostscha, den Weirun des Meeres, und erklärten, ohne ein solches Opfer könne er Wind und Wasser gegen uns kehren und eine Reise von einer Woche einen Monat oder länger währen lassen. Ein Fässchen Wein, ein frisch geschlachtetes Schwein, eine Hand voll Goldmünzen, irgendetwas in dieser Art sei genug, ihn zufrieden zu stellen.

Die alcidischen Kapitäne entgegneten, dass Tagostscha im Sommer schlief, und dass Opfer in dieser Zeit Gefahr liefen, ihn aufzuwecken. Die alljährlichen Herbststürme wurden als Zeichen dafür angeführt, dass mit Tagostscha im Halbschlaf nicht gut Muscheln essen sei. Jeder wüsste, meinten sie, dass die Wogen des Meeres die Falten auf Tagostschas Stirn seien, und so lange er schlief, waren sie klein. Aber wenn er wütend erwachte, konnte sein Stirnrunzeln Schiffe versenken.

Baron Norderstett, der sich mit Tagostschas Launen nicht sonderlich gut auskannte, denn unsere Heimat besitzt keine Küste, schlug sich auf die alcidische Seite. Niemand unter uns hatte irgendeinen Zweifel an der Existenz des Weiruns oder daran, dass er ein furchtbarer Feind sein würde, falls wir ihn gegen uns aufbrachten. Aber es erschien klüger, ihn in Ruhe zu lassen. Wir segelten ohne Fanfaren aus dem Hafen und hofften darauf, dass der Meergeist uns für ein Traumbild hielt.

Die Reise hatte tatsächlich etwas von einem Traum, wenn auch nicht für Leif. Net und mir schien das Wiegen des Schiffes vor Anker ebenso wenig auszumachen wie sein Aufbäumen, während es durch die Meereswogen schnitt. Leif hingegen nahm eine ganz und gar unnatürlich graue Farbe an und verbrachte den größten Teil der Zeit über der Reling, wo er Tagostscha sein privates Opfer brachte, wie die Matrosen es ausdrückten. Er sah aus wie kurz vor dem Ableben und erklärte auf unsere besorgten Fragen, sich noch schlimmer zu fühlen. Nur mit Mühe konnte er etwas verwässerten Wein und Haferschleim bei sich behalten, wenn auch nicht viel. Und er verlor schnell an Gewicht.

Am Abend des ersten Reisetags passierten wir Vilwan, die Insel der Magiker. Jede Nation, eigentlich sogar jede Stadt, hatte ein oder zwei Magiker, die in der Lage waren, jene, in denen der Funke glühte, im Gebrauch von Magik zu unterrichten, aber Vilwan ist der Ort, an dem sich die Besten ihrer Zunft versammeln, um zu lernen, zu forschen und zu lehren. Wir näherten uns der Insel nicht allzu weit, und ihre felsige Küste bot auch keinen sonderlich einladenden Anblick. Hinzu kam, dass die im Innern des Eilands sichtbaren Hügel nicht, wie man es erwartet hätte, von üppig grüner Vegetation bedeckt waren, sondern mit gelben, roten, violetten und blauen Pflanzen. Heslin, der erklärte, Vilwan in jüngeren Jahren einmal besucht zu haben, versicherte mir, dass an dieser seltsam bunten Pflanzenpracht nichts Ungewöhnliches war. Ich gab vor, ihm zu glauben, aber trotzdem konnte ich ein Schaudern nicht unterdrücken, wenn ich hinübersah.

Bei Vilwan schloss sich ein kleines Schiff unserer Flotte an. Es hatte keine Ruder und nur ein einzelnes kleines Segel, holte uns aber dennoch ohne Schwierigkeiten ein und hielt sich auf einer Höhe mit den anderen Schiffen. Seine Besatzung bestand aus rund zwanzig Männern und Frauen, zum größten Teil Menschen, die sich in vier Wachen aufteilten, die sich alle zwei Stunden ablösten. Es dauerte nicht lange, bis jedem in der Flotte klar war, dass sie ihr Schiff mithilfe von Magik antrieben, und als wir die Leistung einer ihrer Fünf-Mann-Wachen mit der Mühe verglichen, die unsere Besatzungen hatten, waren wir plötzlich froh, sie als Verbündete an unserer Seite zu wissen.

Am Morgen des zweiten Tages begegnete ich auf der Back unserer Vorqælfe. Ihr langes, schwarzes Haar flatterte hinter ihr im Wind, und ihre goldenen Augen glühten im Licht der aufgehenden Sonne. Sie trug eine lederne Jagdmontur von tiefblauer Farbe, und von ihrem rechten Ohrläppchen baumelte ein goldener Ring. Ich erkannte sie aus Entschlossens Gerichtsverhandlung wieder. Inzwischen wusste ich, dass ihr Name Siede war.

Sie lächelte mir zu, als ich mich neben sie auf den Dollbord lehnte. »Guten Morgen, Meister Valkener.«

»Ebenfalls, Meisterin Siede.«

»Nur Siede. Vorqælfen haben kein Recht, als Erwachsene angesprochen zu werden.«

Ich hörte weder Wut noch Bedauern in ihrer Stimme. Es war eine gelassene Tatsachenfeststellung, mehr nicht. »Gestattest du mir die Frage, weshalb du dich uns angeschlossen hast? Ich meine, dein Name ähnelt dem Entschlossens so sehr, dass ich erwartet hätte, du wärst wie er in Yslin geblieben.«

Sie lachte hell und zog eine Haarsträhne aus dem Gesicht, die der Wind ihr in den Mund geweht hatte. »Ich habe erfahren, dass es mein Schicksal ist, euch zu begleiten. Orakel, die Ælfe, die Euren Freund berührt hat, ist meine Schwester. Sie hat mir erklärt, dass ich euch begleiten werde. Die Aussicht schien ihr um nichts besser zu gefallen als mir, aber eine Prophezeiung ist eine Prophezeiung.«

»Ich freue mich, dass du dabei bist.« Ich kratzte mit dem Daumennagel an Bergholz. »Orakels Namen scheint sie ziemlich genau zu beschreiben, und bei Entschlossen ist es ebenso. Wie kommt ihr zu euren Namen? Du wirkst nicht so wütend auf mich, wie Siede es erwarten ließe.«

»Ihr habt mich noch nicht wütend erlebt, aber das kommt noch.« Sie schloss halb die Augen und warf mir einen schrägen Blick zu. »Manche von uns erhalten ihre Namen, andere wählen sie selbst. Ihr müsst wissen, dass eine Ælfe, die in einem unserer Quellyns geboren wird, für immer an diese Heimstatt gebunden ist. Wenn wir rituell an unsere Heimat gebunden werden, gehen wir einen Pakt mit dem Land ein. Es gibt uns Kraft, fordert aber im Gegenzug Verantwortung. Die Eroberung Vorquellyns hat jene von uns, die zu jung für diesen Pakt waren, von der Möglichkeit abgeschnitten, je diese Verbindung mit unserer Heimat einzugehen, und uns von der Kraft abgeschnitten.«

Sie deutete zu dem vilwanischen Schiff hinüber. »Magik und magische Kraft sind diffizile Angelegenheiten. Heslin wird Euch bestätigen, dass er am Ende seiner Ausbildung einen neuen Namen erhalten hat, einen geheimen Namen. Stellt ihn Euch als einen Schlüssel vor, der die Tür zur Macht öffnet. In seinem Fall ist es ein kleiner Schlüssel für eine kleine Tür, aber das ist genug für ihn. Wenn wir an unser Land gebunden werden, erhalten auch wir einen besonderen Namen, der uns den Zugriff auf die Kraft ermöglicht. Natürlich bleiben diese Namen geheim, denn wer unseren Namen kennt, besitzt eine gewisse Macht über uns. Die Vorqælfen, die an die Insel gebunden waren, erlitten furchtbare Schmerzen, als sie von ihr vertrieben wurden. Sie zogen nach Westen, immer weiter nach Westen. Wir Ælfen glauben, dass es viele Welten gibt, und dass wir, wenn wir diese Welt verlassen, eine andere finden, in der Ælfen leben. Ist es eine Welt, die für uns geschaffen ist, lassen wir uns nieder und gedeihen. Falls nicht, ziehen wir weiter in die nächste Welt und in die hinter ihr, immer auf der Suche nach unserer wahren Heimat. Weil wir ungebunden sind, bleibt uns die Möglichkeit versagt, in jene Anderwelten zu reisen. Und da dies der Wesenskern des Ælfentums ist, sind wir keine wahren Ælfen.«

Sie seufzte. »Wir haben Namen in der Verkehrssprache der Menschen gewählt, Namen, die uns erläutern. Wir geben diese Namen bekannt, weil dieses Risiko uns größere Kräfte ermöglicht als es ein geheimer Name könnte. Es ist ein gefährliches Spiel, aber unsere Macht bietet uns natürlich einen gewissen Schutz.«

»Wenn ihr so viel Macht besitzt, warum holt ihr euch Vorquellyn nicht einfach zurück?«

Sie starrte hinaus aufs Meer und schüttelte den Kopf.

»Jeder setzt seine Macht anders ein. Vergütet ist auf Versöhnung und Kooperation aus. Orakel schaut in die Zukunft. Raubtier vergeudet seine Macht bei dem Versuch, den Stadtsumpf zu kontrollieren. Entschlossen setzt seine nur dazu ein zu töten, einzig und allein zu töten. Und Ihr habt Recht, ich unterscheide mich nicht allzu sehr von ihm, denn mein Ziel ist es auch einzig und allein zu töten. Aber die verschiedenen Richtungen, in die unsere Wege führen, zersplittern unsere Kräfte und hindern uns daran, sie auf das Ziel zu konzentrieren, das wir alle hochzuhalten vorgeben.«

Während unserer Unterhaltung glitt der Konvoi an den dichten Dschungeln Væls vorbei. Hohe Bergmassive ragten entlang des Zentralmassivs der schmalen Insel auf und bohrten sich mit ihren grauen Gipfeln durch die sie umgebende Wolkendecke. Keiner der Seeleute konnte uns viel über die Insel erzählen, abgesehen davon, dass Drachen und Panqui auf ihr lebten. Panqui waren der Legende nach riesenhafte, aber dümmliche Tiere, die von den Drachen als Parodie der Menschen erschaffen worden sein sollten. Sie lebten friedlich in den Gebirgszügen, aus denen die Drachen alten Erzählungen zufolge die urSreiði vertrieben hatten, und waren zu gute Verteidiger, als dass die Menschen gegen sie etwas ausrichten konnten, sodass die Drachen ihre Ruhe vor menschlichen Expeditionen hatten.

In den Geschichten, die uns die Matrosen über Panquipiraten erzählten, machten sie keinen sonderlich schrecklichen Eindruck, aber alle diese Erzählungen stammten aus zweiter Hand. Kein Einziger von ihnen hatte jemals selbst einen Panq gesehen, geschweige denn gegen einen gekämpft. Ich verspürte keinen echten Drang, Piratengaleeren voller gepanzerter Monster mit Schwertern und Äxten zu begegnen, erst recht nicht, wenn diese Kreaturen unter dem Schutz von Drachen standen. Aber trotzdem suchten meine Augen in der verlorenen Hoffnung die Küste Væls ab, irgendetwas Ungewöhnliches zu entdecken.

Ich sah nichts und war ziemlich enttäuscht. Damals ahnte ich noch nicht, dass ich mich in den uns bevorstehenden Wochen über jede Gelegenheit freuen würde, bei der eine mögliche Gefahr nicht auftauchte.

Der dritte Tag führte uns im Osten an Wruona vorbei. Diese Insel war ein bekannter Piratenunterschlupf mit versteckten Riffen und geheimen Buchten, die es mehr als schwierig machten, sie auszuräuchern. Wir passierten sie ohne Zwischenfall, aber Baron Norderstett wies uns auf die durchaus gegebene Gefahr hin, dass die Wruoner Freibeuter Kytrin mithilfe von Arkantafaln vor uns warnen könnten, falls sie mit ihr unter einer Decke steckten.

Dementsprechend froh war ich, als sich uns später, aber noch am selben Tag, gegen Sonnenuntergang, zwei silbrige Galeeren aus Loquellyn anschlossen. Die Schiffe waren aus Silberholz gebaut, einer Baumart mit metallisch-silbern schimmerndem Holz, die nur in den ælfischen Heimstätten wuchs. Aus diesem Material gefertigte Gegenstände, Kästen, Bilderrahmen, Truhen oder Stühle waren äußerst teuer. Menschen erhielten sie in den seltensten Fällen und nur, wenn sie den Ælfen einen wertvollen Dienst erwiesen hatten.

Was mich an den Loquellyner Schiffen besonders fesselte, war ihre Form. Menschliche Galeeren erinnerten an Schwäne, wenn sie übers Wasser glitten. Ein ælfisches Schiff erinnerte viel eher an den als Hai bekannten Meeresräuber. Der Bug des Schiffs sank schräg zu einem breiten Rammbock ab, der knapp unter der Wasserlinie lag. Ein Gefechtsturm ragte in der Mitte des Rumpfes auf, knapp vor dem Mast, und ein zweiter am Heck. Ich sah keine Riemen im Wasser, aber trotzdem saßen im Innern des Schiffes Ruderer auf ihren Plätzen und schienen sogar an langen Stangen zu ziehen. Später erfuhr ich, dass ihre Ruderstangen über Radkränze und Riemen mit riesigen, verborgenen Schaufelrädern in Verbindung standen, die das Schiff antrieben.

Im Morgengrauen des letzten Tages zogen wir an der Loquellyner Landzunge vorbei. Wir hatten vor, westlich an der okranschen Küste entlangzufahren und dann mit nördlichem Kurs nach Krost vorzustoßen. Ein steter Wind aus Süden hatte uns gestattet, konstante fünf Knoten Fahrt zu machen, und wir hatten noch einen Tag auf See vor uns. Zu Pferd hätte dieselbe Strecke zwei Wochen gedauert, und auch das nur über flaches Land ohne Berge, Flüsse oder sonstige Hindernisse.

Am frühen Nachmittag zogen sich im Norden Wolken zusammen, und der Wind erstarb. Die Schiffe kamen dank der Ruderer trotzdem weiter, aber es dauerte nicht lange, und die Debatte setzte ein, ob es nicht besser wäre, Kurs auf die Küste zu nehmen und Ausschau nach einem schützenden Hafen zu halten. Bevor wir jedoch eine Entscheidung treffen konnten, alarmierten uns die Ausgucke in den Krähennestern. Am Horizont waren die geblähten Segel aurolanischer Schiffe aufgetaucht.

Sofort hallten die Befehle über das Meer, und hektische Betriebsamkeit setzte ein. Die Kauffahrer wurden mit einer Eskorte von vier Galeeren in Richtung Küste in Sicherheit geschickt. Der Rest der Flotte formierte sich zu einer Gefechtslinie und nahm Kurs nach Norden, um den Feind zu stellen. Mit Eimern wurde Wasser aus dem Meer gezogen und über die Decks ausgeschüttet, um das Holz zu durchnässen und weniger brandempfindlich zu machen, für den Fall, dass der Feind Naphtalm einsetzte. Und gleichzeitig machte unser Kriegermaat sich daran, eine frische Ladung der Brandmixtur aufzukochen.

Alle Krieger an Bord legten ihre Rüstungen an, und fast hätte ich auf Arm- und Beinschienen oder mein Kettenhemd verzichtet, um nicht wie ein Stein zu versinken, falls ich über Bord ging. Ein vorbeikommender Matrose, der die Besorgnis auf meinem Gesicht wohl richtig zu deuten verstand, lachte und meinte: »Wenn Euch jemand einen Arm oder ein Bein abhackt, schwimmt Ihr überhaupt nicht mehr, also legt lieber einen vollen Panzer an.« Ich befolgte seinen Rat. Dann stieg ich die Stufen zum Bugturm hinauf und griff mir meinen Bogen.

Matrosen hängten stählerne Schilde über den Dollbord und stellten Sturmdächer zum Schutz gegen feindliche Pfeile auf. Sie bewaffneten sich mit Kurzschwertern, und ein paar von ihnen hatten Langbeile, um gegnerische Enterleinen zu durchtrennen. Ein Trupp Marinesoldaten in schwerer Rüstung wartete auf der Back darauf, dass unser Schiff eine Aurolanengaleere rammte. Sobald sich der Schnabel über das gegnerische Deck schob, würden sie losrennen und das andere Schiff entern. Anschließend würde der Rest der am Bug versammelten Besatzung Enterleinen schleudern und die beiden Schiffe miteinander vertäuen, sodass wir ebenfalls hinüberstürmen und den Marinesoldaten helfen konnten.

Hinter die Turmbrüstung geduckt, lugte ich zwischen den Schilden vor und sah die feindliche Flotte näher kommen. Sie bestand aus einer Reihe größerer Schiffe, die mich fast an gewaltige Eimer erinnert hätten, die sich mit den Wellen hoben und senkten, wäre aus Luken und Bullaugen nicht ein bösartiges rotes Licht gedrungen, als lodere in ihrem Innern ein höllisches Feuer. Den Großteil der Flotte stellten zwei Dutzend Galeeren, zwölf pro Flügel, die zu den Flanken ausschwärmten, um unsere Formation einzuschließen. Den Mittelbereich der Gefechtsformation stellten kleinere Boote, die auf Wendigkeit und Schnelligkeit angelegt waren. Auf jedem von ihnen schien eine Ballista montiert, um Brandgeschosse auf uns abzufeuern, die von einem Dutzend Bogenschützen und der doppelten Anzahl Schnatterfratzen unterstützt wurde, die nur darauf warteten, unsere Schiffe zu entern und Verwirrung zu stiften.

Ich warf einen Blick zurück zum Achterdeck und sah

Net in voller Rüstung, den Streitkolben schlagbereit, neben Baron Norderstett. Von Leif war keine Spur zu sehen, aber so krank, wie er war, überraschte mich das nicht. Es hätte mich erstaunt, wenn er die Kraft gehabt hätte, seine Rüstung anzulegen, und selbst wenn ihm das gelungen wäre, hätte ihn diese Anstrengung so ausgelaugt, dass er das Schwert nicht mehr hätte heben können.

Unter uns brüllte der Kapitän seine Befehle. Das Segel wurde gerafft und eingeholt. Das Donnern der Rudertrommeln wurde schneller und half, den Abstand zur gegnerischen Flotte zu verkleinern. Baron Norderstett rief einen Befehl, den der Feldwebel auf der Back wiederholte, und die Bogenschützen standen auf. Wir zielten und feuerten.

Die Armbrustschützen zielten ihre Salve auf eine der großen Briggs. Auf ihrer Back krümmten sich Schnatterer und taumelten zurück. Eine der Kreaturen in der Nähe einer Ballista – ich glaube, es war ein Vylæn – fiel nach hinten, und ihr Gewicht riss an der um ihre Hand gewickelten Schnur. Der Wurfarm der Belagerungsmaschine flog hoch und schleuderte einen Stein durch die Luft, und in einem kürzeren, flacheren Bogen flog auch die wild strampelnde Schnatterfratze davon, die dabei gewesen war, die Maschine zu laden.

Da mein Bogen nicht über die Reichweite der Armbrüste verfügte, suchte ich mir ein näheres Ziel. Ich versenkte einen Pfeil im Bauch des Rudergängers eines der kleineren Boote. Die Kreatur kippte über den hinteren Dollbord und versuchte noch, sich am Ruder festzuhalten. Sein Boot legte sich nach links und drehte unserer Formation die Breitseite zu. Die Schnattererbesatzung drehte sich zum Heck, um nachzusehen, was geschehen war, aber bevor sie noch irgendetwas unternehmen konnte, um die Gewalt über das Boot zurückzuerhalten, traf eine der Ælfengaleeren es mittschiffs. Das Silberholzschiff drückte die Seitenwand ein, zerschmetterte den Bootskiel und ließ nur zerborstene Trümmer in seinem Fahrwasser zurück.

Der Schlag der Trommeln wurde noch schneller und unser Schiff schoss mit Rammgeschwindigkeit voraus. Ich feuerte einen zweiten Pfeil ab und traf diesmal einen Briggmatrosen. Dann duckte ich mich hastig, als eine Antwortsalve aus der Brigg sich über die Back senkte. Ich legte einen neuen Pfeil auf die Sehne, stand auf und schoss. Inzwischen waren wir so dicht heran, dass ich schwarzes Blut aus dem Hals eines Schnatterers auf das weiße Eichenholzdeck spritzen sah, als mein Pfeil sein Ziel erreichte.

Dann krachte die *Invictus* in voller Fahrt in die Brigg, und ich wurde nach vorne auf die Brüstung geworfen. Unser Schnabel zertrümmerte die Bordwand des gegnerischen Schiffes, erschlug eine Schnatterfratze und warf andere in einem Regen von Holzsplittern zurück. Unter uns stießen die Marinesoldaten ein unmenschliches Kriegsgebrüll aus und stürmten über den Rammspriet auf das Deck des Gegners. Mit blanker Klinge teilten sie Tod und Verderben aus, während wir Bogen- und Armbrustschützen auf unserem Gefechtsturm feuerten, so schnell wir konnten.

Die Schlacht um das Kreszentmeer hatte begonnen.

Kapitel Dreiundzwanzig

Ich könnte jetzt erzählen, dass die Pfeile den Himmel verdunkelten, aber die sich immer schneller auftürmenden Wolkenmassen erledigten das auch ganz ohne zusätzliche Hilfe bewundernswürdig. Stattdessen zuckten Pfeile und Bolzen über das Schlachtfeld wie Blitze und fanden auf beiden Seiten ihre Opfer. Schwarzgefiederte Schäfte spickten den Bugturm, bis er aussah wie ein riesiges Stachelschwein. Ein Pfeil prallte von meinem Helm ab und warf mich aufs Deck. Ein Mann landete neben mir, zwei zitternde Pfeile in der Brust, und ein anderer taumelte mit einem Pfeil im Auge nach hinten und stürzte über die Brüstung.

Ich brauchte einen Augenblick, um wieder klar zu werden. In dieser Zeit schaute ich nach Westen unsere Formation entlang. In der Ferne brannten Schiffe, aber ich konnte nicht ausmachen, ob es unsere oder die des Feindes waren. Etwas näher bemerkte ich, wie die kleineren Aurolanenschiffe sich unseren Galeeren näherten und Enterhaken über den Dollbord schleuderten. Die Matrosen der *Invictus* schlugen mit Langbeilen auf die Enterleinen ein, aber gegen die an soliden Ketten befestigten Enterhaken richteten sie wenig aus. Und schon schwärmten die ersten Schnatterfratzen über das Deck.

Baron Norderstett und Net verließen das Achterdeck und schlugen wild auf die Enterer ein. Die silberne Klinge des Barons zuckte blitzend nach links und rechts, zerteilte Fleisch und Knochen, schlitzte Gedärme auf und zerfetzte grinsende Schnauzen. Das Blut spritzte in weitem Bogen von seiner Waffe. Tote und sterbende Schnatterer krallten nach abgeschlagenen Gliedern und versuchten, klaffende Wunden in ihren Körpern geschlossen zu halten.

Net schlug mit seinem Streitkolben mit der ganzen Gewalt um sich, die er noch Wochen zuvor dazu benutzt haben mochte, heißen Stahl zu hämmern. Ein schneller Stoß spießte eine Schnatterfratze auf dem Stahldorn auf, bevor er ihn wieder frei riss, mit dem Heft der Waffe einen Schwerthieb parierte, dann den Kolben wuchtig abwärts schlug und eine Schulter oder einen Brustkorb zerschmetterte. Wenn er die Waffe niedrig hielt, zerbarsten Knie, und Schenkel brachen wie Ruder, die zwischen zwei Schiffen eingeklemmt waren. Kriegsgebrüll wurde zu schmerzhaftem Aufheulen, wenn er mit seiner Keule Schnattererschnauzen zermalmte.

Ich erhob mich auf ein Knie und legte einen Pfeil auf die Sehne, um auf die Massen von Schnatterfratzen zu schießen, die über den Dollbord kletterten. Auf Deck war kaum ein sicherer Schuss möglich, zu dicht drängten sich die Kämpfer. Eine schnelle Drehung in einem Schwertkampf, und ein für den Rücken eines Aurolanen gedachter Pfeil hätte einen unserer Matrosen treffen können. Ich suchte mir meine Opfer unter denen, die gerade erst an Bord drängten oder versuchten, in den Rücken meiner Freunde zu gelangen. Die gute Nachricht war, dass ich mein Ziel fast immer traf, die schlechte, dass sich mir weit mehr Ziele boten, als ich Pfeile hatte.

Gerade wollte ich mein Schwert ziehen und hinab aufs Deck springen, als ich eine Hitzewelle über meinen Rücken schlagen spürte. Ich drehte mich um und fürchtete, ein Kanister mit brennendem Naphtalm sei auf der Back gelandet, aber ich sah keine Flammen. Obwohl die Hitze immer heftiger wurde, gefror mir das Blut in den Adern, als ich sah, woher sie kam.

Eine Gestalt von riesenhafter Größe stieg aus dem Laderaum der Brigg, eine titanische Hand um den Mast gelegt. Das Holz verkohlte unter ihrem Griff. Es schien sich um einen Mann zu handeln, einen Mann, neben dem Net wie ein Winzling wirkte, aber seine Haut war schwarz wie Gusseisen. Eine lange rote Haarmähne und ein langer Bart von derselben Farbe hingen von seinem Kopf herab. Die einzige andere Farbe an seinem Körper, von den lodernden Augen bis zu den Schatten, die die Muskeln seiner nackten Arme, Beine und Brust modellierten, waren von einem so tiefen Violett, dass sein Anblick in den Augen schmerzte.

Einer unserer Marinesoldaten stürmte mit hoch erhobenem Schwert auf ihn ein. Als seine stählerne Klinge herabzuckte, hob die Kreatur den rechten Arm und fing den Hieb mit dem Unterarm ab. Die Klinge senkte sich in die Haut des Monsters, aber nicht allzu tief, und ein hallender Glockenton begleitete den Aufprall. Der Soldat wurde zurückgeschleudert, warf einen Blick auf sein schartiges Schwert, dann schlug die Aurolanenkreatur die Hände zusammen und quetschte den Helm des Mannes auf die Dicke eines Tellers zusammen.

Blut und Hirn spritzten über das Deck und knisterten dabei wie Fett auf dem Grill. Öliger Rauch stieg in Bart und Haare des Ungeheuers auf. Die Kreatur warf den Kopf in den Nacken, als ob sie lachte, aber kein Geräusch drang aus ihrer Kehle. Sie zögerte einen Augenblick, dann stieg sie ganz aus dem Laderaum und bewegte sich über das Deck.

Das musste ein Sullanciri sein, ein Dunkler Lanzenreiter. Unter seiner metallenen Haut spielten die Muskeln. Die unbewaffnete Gestalt wanderte über das Deck der Brigg, und Armbrustbolzen prasselten auf sie ein und prallten Funken schlagend ab, ohne den geringsten Schaden anzurichten. Irgendjemand auf einer der anderen Galeeren feuerte eine Schiffsarmbrust auf das Ungeheuer ab, aber es schnappte den meterlangen Bolzen aus der Luft und heftete einen Marinesoldaten damit aufs Deck.

Plötzlich mischte sich in die Entsetzensschreie unserer Bordsoldaten ängstliches Kreischen der Schnatterer an Bord der *Invictus*. Auf dem Achterdeck war Leif aus dem Bauch des Schiffes gestiegen. Mit bloßem Oberkörper, nur in Maske, Stiefel und schwarzer Lederhose, schwang er Temmer in einem leuchtenden goldenen Kreis um seinen Körper. Obwohl ich unter der Maske die dunklen Augenringe sah, die ihm die Erschöpfung ins Gesicht gezeichnet hatte, bewegte er sich mit einer Vitalität, die ich seit Tagen nicht bei ihm erlebt hatte. Mit einem Vorhandhieb spaltete er eine Schnatterfratze von der Hüfte bis zum Rückgrat, dann bohrte er das Schwert in einem Ausfallschritt nach links durch das Brustbein einer anderen geradewegs ins Herz. Die Klinge schwang zurück, um einen Angriff zu parieren, dann peitschte sie aufwärts, als wäre sein Arm eine Stahlfeder. Er zweiteilte seinen Angreifer, dann glitt er vorwärts, ein Hieb hier, ein Stoß dort, und da ein Arm abgehackt.

Hinter mir schrie jemand auf. Ich wirbelte herum und fiel auf den Hintern, als der Sullanciri auf die Back geflogen kam. Er schlug hart gegen den Bugturm, der heftig wankte und mich quer über das Deck schleuderte. Seine Hände schlossen sich um die Brüstung. Das Metall der Schilde kreischte laut, als seine Hand sie zurückbog. Der Dunkle Lanzenreiter hievte sich auf das Turmdeck, dann streckte er den Arm aus und schloss die Hand um den Kopf eines vor Schreck gelähmten Armbrustschützen.

Das Geräusch zerkochenden Fleischs übertönte das erstickte Schreien des Mannes. Ein scharfer Knall, und etwas klebrig Feuchtes bedeckte mich von Kopf bis Fuß. Der tote Krieger stürzte auf Deck. Der Sullanciri öffnete die Faust, betrachtete die zerbeulte Metallkugel, die einmal ein Helm gewesen war, dann warf er sie verächtlich beiseite wie ein Kind einen unansehnlichen Stein.

Die Kreatur hieb sich mit der Faust auf die Brust, und der Knall schnitt durch den Lärm der Schlacht. Die

Schnatterfratzen schauten zum Bugturm hoch und heulten. Leif stieß das blutige Schwert herausfordernd in die Höhe. Der Dunkle Lanzenreiter winkte Leif näher, aber mein Freund lachte nur verächtlich. Ohne hinzusehen führte er mit der Klinge einen Rückhandschlag aus und köpfte eine Schnatterfratze, die sich an ihn anzuschleichen versuchte, dann deutete er aufs Hauptdeck.

Der Sullanciri sprang vom Turm. Bei seiner Landung zertrümmerte er die Eichenplanken, und die Schnatterer warfen sich entsetzt aus dem Weg. Er pirschte sich vor. Eine furchtbare Freude leuchtete in Leifs Gesicht, als er über Leichen auf seinen Gegner zuging. Ich rappelte mich auf, gerade als Leif Temmer zum Angriff hob, und zum ersten Mal bemerkte ich, dass die violetten Runen auf der goldenen Klinge ebenso brannten wie die Augen des Dunklen Lanzenreiters.

So schnell, dass das Auge kaum folgen konnte, schlug Leif zu. Der rechte Arm des Lanzenreiters schoss hoch, um den Schlag abzublocken. Die goldene Klinge schlug durch das Fleisch des eisernen Kriegers und trennte dessen Arm knapp über dem Handgelenk halb ab. Der Sullanciri schrak zurück, die linke Hand auf den rechten Arm gepresst. Violettes Feuer drang zwischen den Fingern hervor, tropfte herab und benetzte das Schiffsdeck mit winzigen Flammen.

Leif lachte laut auf und schlug mit dem Schwert in Richtung einer Gruppe Schnatterer. Das violette Blut spritzte über die Aurolanen und setzte deren Fell in Brand. Mit der freien Hand winkte er den Dunklen Lanzenreiter näher. »Du hast einen ebenbürtigen Gegner gefunden. Komm und stirb.«

Der Sullanciri allerdings war zwar stumm, aber nicht dumm. Er stampfte mit dem rechten Fuß auf, und mehrere Decksplanken schlugen in die Höhe. Eine davon traf Leif am rechten Knie, eine andere kam unter seinem linken Fuß hoch und schleuderte ihn durch die Luft. Als Leif wieder aufschlug, landete er mit dem Rücken auf einem herrenlosen Helm. Er prallte ab, und Temmer entglitt seiner Hand. Das goldene Leuchten des Schwerts erstarb, und Leif wurde von einem Schwächeanfall geschüttelt.

Ich bückte mich und hob zwei Enterhaken auf, einen in jeder Hand. Mit der Rechten wirbelte ich den Enterhaken an seiner Kette über dem Kopf und schleuderte ihn auf das Aurolanenungeheuer. Der Enterhaken senkte sich über die rechte Schulter des Sullanciri, dann wickelte sich die Kette, an der er hing, um dessen Körper. Die Metallglieder schepperten über seine Brust, dann kam der Haken um die linke Hüfte des Monstrums, und seine drei Metallzinken verklemmten sich in der Kette.

Ich riss hart an der Kette und ließ sie gegen sein Kinn prasseln. »Jetzt bin ich an der Reihe.«

Der Sullanciri drehte sich in der Umarmung der Kette, dann griff er zu und wickelte den freien Teil um seinen verletzten Unterarm. Er riss kurz daran und zog mich bis zur Turmbrüstung. Ich ließ die Kette durch die Finger gleiten, um nicht hinunter aufs Deck gezogen zu werden. Er grinste und rüttelte erneut an der Kette.

Ich nickte und glitt über die Bretterwand, dann fiel ich im Schatten des Turms aufs Hauptdeck. Zu meinen Füßen rollten sich die Ketten beider Enterhaken auf. Hinter dem Dunklen Lanzenreiter konnte ich Leif über das Deck kriechen und die Hand nach Temmers Heft ausstrecken sehen. Nur Leif und das Schwert konnten dieses Ungeheuer vernichten, dessen war ich mir sicher, aber ich wusste nicht, wie lange mein Freund brauchen würde, um sich zu erholen.

Ich musste ihm die nötige Zeit beschaffen.

Ich ließ mich auf ein Knie fallen und zog den Enterhaken in meiner Linken durch die Kettenglieder des ersten Hakens und anschließend durch die Ankerkette. Mit der Rechten schlug ich aus und gab das Ankerspill frei, dann sprang ich mit einem Salto vorwärts über die peitschenden Ketten. Das Gewicht des Ankers riss die Ketten durch die Bugöffnung und spannte die Enterkette, mit der ich den Sullanciri gefesselt hatte.

Einen Herzschlag schien es fast, als könnte meine Taktik Erfolg haben. Der Zug der Kette verformte den rechten Unterarm des Sullanciri, und eine neue Flut sengend heißes Blut schoss aus der Wunde. Der Dunkle Lanzenreiter stolperte zwei Schritte in Richtung Bug. Ich rollte mich nach links, um nicht zertrampelt zu werden, aber Kytrins Kreatur zog den Kopf zwischen die Schultern, beugte die mächtigen Beine und grub die Fersen ins Deck. Fahle Holzspäne schälten sich unter ihren Füßen auf, als sie sich nach hinten legte und drehte, die Kette mit der rechten Schulter abfing und ihre Last zurück mittschiffs zerrte.

Als das Monster sich umwandte, drehte es sich geradewegs in Leifs Angriff.

Leifs beidhändiger Hieb trieb Temmer durch das linke Knie des Sullanciri. Das abgetrennte Bein schüttelte das Deck und zertrümmerte die Planken, als es fiel. Violettes Feuer spritzte stoßweise aus dem Stumpf, verschmorte das Holz und setzte Schnatterfratzenkadaver in Brand. Das Gewicht des Ankers zerrte an dem jäh aus dem Gleichgewicht geratenen Ungeheuer und riss es von seinem verbliebenen Bein. Der Sullanciri stürzte auf den Rücken, und violettes Feuer zeichnete seine Spur nach, als der Anker ihn zum Schiffsrand zog. Leif sprang durch die auflodernden Flammen und hob im Sprung das Schwert hoch über den Kopf. Er flog durch die Luft, eine golden strahlende Gestalt mit violetten Glanzlichtern, wie eine Heldenstatue aus einem der Tempel Kedyns. Er stieß Temmer nach unten und trieb die Waffe mit seiner ganzen Kraft durch die Brust des Monsters. Die Klinge versank bis zum Heft, gebadet von violetten Flammen, und heftete den Sullanciri ans Deck.

Leif brüllte triumphierend auf, ein Knie auf der Brust

des Riesen. Das goldene Leuchten und violette Feuer verwandelten sein Gesicht in eine Maske wilden Blutrauschs. Ein Blick auf seine Miene reichte aus, ein halbes Dutzend Schnatterfratzen entsetzt über Bord springen zu lassen. Wild lachend hob er in einer Siegesgeste die Fäuste zum Himmel.

Dazu musste er das Schwert loslassen.

Er wankte, dann fiel er nach links und brach in meinen Armen zusammen.

Kapitel Vierundzwanzig

Ich ließ Leif aus den Armen gleiten, zog mein Schwert und schnitt den ersten Schnatterer auf, der mich über die Leiche des Sullanciri ansprang. Er flog links an mir vorbei, die Arme auf seinen zerfetzten Leib gepresst, dann schlug er gegen die Wand des Bugturms und bewegte sich nicht mehr. Die Langaxt eines Matrosen spaltete den Schädel des Nächsten, dann brach Net durch die Wand von Schnatterfratzen, die in meine Richtung stürmten. Seite an Seite schirmten wir Leif vor ihren Angriffen ab.

Mit dem Tod des Sullanciri hatte die meisten Schnatterer der Mut verlassen. Ein paar stellten sich uns noch entgegen, aber selbst die sahen zu, dass sie zurück auf ihre Boote kamen, als sie bemerkten, wie ihre Unterstützung dahinschmolz. Wir warfen ihnen ihre Enterhaken hinterher und waren froh, sie los zu sein. Dann lachten wir laut, als der Bolzen einer Schiffsarmbrust einen Rumpf durchschlug und eine Wasserfontäne aufspritzte.

Die schwarzen Gewitterwolken über uns brachen auf, und ein bitterkalter Regen prasselte herab. Donner grollte, und das Schiffsdeck bäumte sich auf. Der heulende Wind peitschte uns den Regen ins Gesicht und fegte das Blut von den Planken. Das einzig Gute an diesem Wetter war, dass es die vereinzelten Brände auf unseren Schiffen löschte.

Das Unwetter brach ebenso plötzlich wie heftig über uns herein und ließ Baron Norderstett keine andere Wahl, als die Flotte zum Rückzug in die Hafenstadt zu beordern, in der die Kauffahrer auf uns warteten. Vorher schickte er aber noch eine Prisenmannschaft an Bord der Brigg, die das aurolanische Schiff hinter uns her steuerte. Unsere Flotte eroberte noch ein paar weitere Schiffe, darunter zwei gegnerische Galeeren. Zwei unserer Kriegsschiffe zogen die kleineren Aurolanenschiffe mit, da sie weder über die Leute für eine Prisencrew noch über die Zeit verfügten, sie loszumachen.

Wir jagten hart am Wind nach Mirwostok. Hinter einer kleinen Landzunge gelangten wir in eine schmale Bucht, die von einem kleinen Fluss gespeist wurde. Das Gewitter tobte noch immer, aber im Innern des Hafens war das Wasser sehr viel ruhiger. Kleine Fischerboote kamen uns entgegen und lotsten uns zu sicheren Anlegestellen. Da der Anker der *Invictus* unbrauchbar war, täuten wir an der *Venator* an. Die meisten waren der Ansicht, wir hätten den alten Anker einfach abschneiden und an seiner Stelle den toten Sullanciri benutzen sollen.

Im Hafen angekommen, brachten wir Leif in eine Herberge, besorgten ihm ein heißes Bad, Suppe und etwas Bier. Net und ich blieben bei ihm, als er aufwachte. Seine Gesichtsfarbe besserte sich zusehends, und ein Hauch von Rosa hellte das fahle Grau auf. Entgegen der strikten Order seines Vaters legte er warme Kleidung an und ging zurück an Bord der *Invictus*, um sein Schwert zu holen. Er zog es aus dem Sullanciri, als sei dessen Leichnam ein Ballen Stroh, dann schob er es zurück in die Scheide und kehrte mit uns zur Herberge zurück.

Oben in seinem Zimmer angekommen, fiel er aufs Bett. Net zog ihm die Stiefel aus, dann kroch Leif unter die Daunendecke. Er setzte sich mithilfe mehrerer Kissen auf und deutete mit dem Kopf auf Temmer, das im Schwertgurt am Bettpfosten hing. »Gib es mir, bitte, Valkener.« Er klopfte aufs Bett und ich legte das Schwert neben ihn.

Er legte die Hand auf den Schwertgriff und schloss

kurz die Augen. Ein Ausdruck völliger Entspanntheit trat auf sein Gesicht. »Danke, mein Freund.«

»Gern geschehen.«

Er öffnete die Augen. Seine Hand streichelte Temmers Heft. »Ja, dir auch, Valkener. Ohne dein schnelles Handeln wäre es sehr viel schwieriger geworden.«

Net runzelte die Stirn. »Ohne Valkener hätte der Eiserne Prinz dich zu Brei zertrampelt.«

Leif lachte. »Ein köstlicher Scherz. Ich hatte Temmer schnell genug wieder im Griff.«

»Dein ›schnell genug‹ sah für mich verteufelt langsam aus. Hätte Valkener Wresak nicht mit der Kette gefesselt, wärst du verloren gewesen. Wir alle wären verloren gewesen.«

Leif blinzelte. »Wresak … Ja, das war Wresak.«

Ich sah Net an. »Du kennst den Namen des Sullanciri? Woher?«

»Es ist eine bekannte Legende unter Waffenschmieden. Der König von Noriva hatte einen kränkelnden Sohn namens Wresak. Der König kam auf die glorreiche Idee, seine Schmiede einen Metallkörper für seinen Sohn bauen zu lassen. Er sollte für ihn leisten, was Temmer für Leif tut. Aber dem Prinzen behagte nicht, wie er sich darin fühlte. Er stieg wieder aus und benutzte ihn kein zweites Mal. Der Metallkörper blieb ungenutzt im Palast Norivas stehen, bis Kri'tchuk angriff. Wresaks jüngster Urenkel, der ebenfalls Wresak hieß, entschied, der Eiserne Prinz könnte im Kampf gegen die Aurolanenhorden nützlich sein. Zunächst hat er auch gegen sie gekämpft, aber dann übermannte ihn der Machthunger, und er wurde zu Kytrins Marionette. Er vernichtete seine Brüder und zerstörte seine Nation.«

Leif nickte langsam. »Ich kannte die Geschichte, aber ich hielt sie für einen Traum. Vielleicht habe ich es tatsächlich geträumt, mit Temmer in meiner Hand.«

Net runzelte besorgt die Stirn, als er das hörte, dann

zuckte er die Schultern. »Wenigstens wissen wir, wer das war. Wenn nicht, gibt es da draußen noch einen von der Sorte.«

Leifs Augen leuchteten auf. »Her mit ihm. Ich werde ihn ebenso schnell erledigen wie diesen.«

Ich tauschte einen schnellen Blick mit Net, dann klopfte ich Leif aufs Bein. »Schlaf jetzt.« Ich schaute an ihm vorbei aus dem Fenster in den strömenden Regen. »Wir werden wohl noch eine Weile hier sein.«

Net und ich besorgten uns etwas zu essen, dann machten wir uns auf die Suche nach Baron Norderstett. Wir fanden ihn in einer anderen Herberge, zusammen mit den Prinzen Augustus und Swindger sowie mehreren anderen Beratern. Prinz Swindger wollte uns wieder fortschicken, aber Baron Norderstett wischte alle Einwände vom Tisch. »Ohne die beiden wäre ich jetzt nicht hier. Sie bleiben.«

Die Anführer unserer Expedition brüteten über Karten der okranschen Küste. Mirwostok lag an der Ostküste, etwa 30 bis 40 Meilen südlich von Krost. Die schnellste Landroute zur Hauptstadt Okrannels wäre die Küstenstraße hinauf nach Krost und auf der anderen Seite der Halbinsel weiter nach Swarskija gewesen. Auf der direkten Route hätten wir einige der höchsten Berge Okrannels überqueren müssen – und es gab keine Pässe, die uns den Weg erleichtert hätten. Das einzige Problem auf dem Weg die Krosthalbinsel hinauf bestand in der Tatsache, dass der Flusslauf des Dnivep eine tiefe Schlucht durch das landwärtige Ende der Halbinsel gegraben hatte, die sie beinahe zu einer tatsächlichen Insel machte. Die Küstenstraße überquerte die Schlucht an der Radujabrücke, und eine einzelne Kompanie konnte diese Brücke gegen eine ganze Armee halten.

Aber um die Landzunge herumzusegeln, um Swarskija zu erreichen, war nicht minder problematisch. Von den Einheimischen erfuhren wir, dass die See sich nur so wie jetzt gebärdete, wenn Tagostscha wach war, und es kostete keine große Mühe zu erkennen, dass Kytrins Streitmacht den Meeresweirun geweckt hatte. Vermutlich hatten sie ihn mit großzügigen Geschenken bestochen, damit er gegen uns tätig wurde. Der Weirun des Hafens war zwar – dank der Opfergaben der Einheimischen – in der Lage, das Wasser vor Mirwostok ruhig zu halten und uns zu beschützen, solange wir im Hafen blieben, aber Tagostschas Zorn zwang uns zu bleiben, bis es ihm langweilig wurde und er uns vergaß.

Was die Sache noch schwieriger machte, war die Tatsache, dass bereits Flüchtlinge aus Krost die Küstenstraße herab nach Mirwostok gekommen waren. Die Geschichten, die sie erzählten, waren alles andere als schön, wenn auch vermutlich übertrieben. Offenbar war ein Teil der Streitmacht, die bei Krost gelandet war, die Küste herab in unsere Richtung unterwegs. Die landseitigen Verteidigungsstellungen der Stadt waren recht ansehnlich, aber nicht geeignet, entschlossene Aurolanenhorden lange aufzuhalten. Und sie brauchten Mirwostok nicht einmal einzunehmen, solange es ihnen nur gelang, uns hier festzunageln. Das würde Kytrins Truppen reichlich Zeit für die Belagerung Swarskijas liefern.

Prinz Swindger stieß einen Finger auf das Brückensymbol auf der Karte. »Ich schlage vor, wir senden Voraustruppen aus, um die Brücke zu verteidigen. Eine kleine Anzahl von uns wird ausreichen, sie gegen die Kräfte zu halten, die den Flüchtlingen folgen. Prinz Augustus' Kavallerie und die Orioser Garde sollte genügen. Das stellt euch andere frei, herumzuschwingen und Swarskija zu entsetzen.«

Prinz Augustus lächelte zuversichtlich. »Das wird sicherlich kein Problem darstellen. Wir werden die Brücke im Handumdrehen erreicht haben.«

Die grimmigen Mienen und das Kopfnicken der anderen Anwesenden schienen Zustimmung zu diesem Plan anzudeuten, aber Baron Norderstett starrte weiter auf die Karte. Er massierte sich mit der Linken das Kinn, und seine Rechte lag auf dem Griff des Dolchs an seiner Hüfte. Ich fragte mich, wonach er suchte, und plötzlich schien mir, dass ich die Antwort gefunden hatte.

»Natürlich.« Ich grinste, dann hob ich die Hände, um mich für die Störung zu entschuldigen. »Verzeiht.«

»Nein, nein, Valkener, du brauchst dich nicht zu entschuldigen.« Baron Norderstett deutete mit der linken Hand auf die Karte. »Sag mir, was du gesehen hast.«

Ich drängte mich zur Karte vor. »Zweierlei. Die Flotte, der wir auf dem Meer begegnet sind, kam wahrscheinlich aus Krost, und das bedeutet, sie war schon gute acht Stunden unterwegs, als die Schlacht begann. Also sind die Aurolanen vermutlich von Spionen auf Wruona mit Arkantafaln alarmiert worden, dass wir unterwegs waren. Durch die Wahl des Schauplatzes für unsere Seeschlacht und den zusätzlichen Einsatz des Kreszentmeeres gegen uns haben sie uns praktisch keine andere Wahl gelassen, als in Mirwostok Zuflucht zu suchen. Wenn wir davon ausgehen müssen, dass die Flotte mindestens acht Stunden Vorwarnung hatte, wird dasselbe auch für ihre Landeinheiten gelten. Es ist also hochwahrscheinlich, dass sie die Radujabrücke bereits erreicht oder sogar schon überquert haben.«

Baron Norderstett blickte Prinz Swindger an. »Ich bin ganz Valkeners Meinung. Wenn ich Euch beide ziehen lasse, könntet Ihr geradewegs in eine bereits im Anrücken befindliche Streitmacht reiten.«

Swindger warf einen verächtlichen Blick in meine Richtung, dann nickte er dem Baron zu. »Ich bin mir der möglichen Gefahren bewusst, aber haben wir eine andere Wahl?« Seine Stimme triefte vor Sarkasmus, als er fragte: »Vielleicht hat er einen anderen Plan, Valkener?«

Ich hätte mich nicht auf seine Herausforderung einlassen sollen, aber ich tat es. »Nun, wenn es uns gelänge, eine Streitmacht nördlich der Brücke zu landen und sie zu halten oder zu zerstören, würde das die jetzt gegen uns marschierenden Einheiten abschneiden. Damit stünde uns vor Krost oder Swarskija ein schwächeres Heer gegenüber.«

Swindger fuhr mit dem Finger über die Küste in der Nähe der Brücke. »Diese Gewässer sind unbeschiffbar. So steht es hier auf der Karte. Der nächste Landungspunkt wäre zwanzig Meilen nördlich der Schlucht.«

»Bitte vielmals um Verzeihung, Hoheit, aber das ist nicht ganz richtig.« Ein grauhaariger einheimischer Fischer kratzte sich den Hals. »Diese Karte hier, die ist von den königlichen Kartographen angefertigt worden. Die Schmuggler hier in der Gegend, hab ich mir sagen lassen, kennen Stellen im Norden, wo ein Schiff landen kann. Die Klippen da oben sind gehörig steil, aber Vögel nisten drin und Schafe verirren sich gelegentlich auf ihnen. Also, unmöglich ist es nicht, sie zu besteigen. Behaupten die Schmuggler.«

Prinz Augustus lachte leise, während Swindger rot wurde. »Tja, Valkener, dein Plan scheint tatsächlich durchführbar zu sein. Das eigentliche Problem ist wohl, dass die See zu unruhig ist, als dass wir eine Streitmacht an deinen Klippen landen könnten. Oder hast du dafür auch eine Lösung?«

Ich zuckte unbehaglich die Schultern. »Woher weiß Tagostscha, welche Schiffe ihm Opfer für eine sichere Überfahrt gemacht haben?«

Der Fischer grinste und zeigte ein halbes Dutzend zufällig in seinem Mund verteilte gelbe Zähne. »Wir opfern ihm Wein. Tagostscha nimmt es nicht sonderlich genau mit dem Jahrgang, und es ist einfach genug, ihn zu täuschen. In schlechten Jahren nimmt er auch schon mal Essig an. Wir lassen den Wein am Schiffsrumpf runterlaufen. Er spürt, welche Schiffe damit benässt sind.«

»Ist es wichtig, welche Besatzung sie haben?«

»Soweit ich das feststellen kann, interessieren ihn nur die Schiffe, nicht die Leute darauf.«

Ich klatschte in die Hände. »Ausgezeichnet. Heslin hat versucht, mir die Arkantafaln zu erklären, und dabei hat er erwähnt, dass es eine Art magisches Gesetz der Übertragbarkeit gibt: Objekte, die in Kontakt mit anderen Objekten gestanden haben, behalten einen Teil von deren Essenz. Ich weiß, dass wir ein paar Boote haben, die wir benutzen können, um Truppen nach Norden zu schicken, damit sie die Brücke zerstören. Aber der Rest der Flotte sollte auch durchkommen, wenn wir Tagostscha übertölpeln. Wenn wir ein paar der erbeuteten Boote auseinander nehmen und ihre Planken an unsere Schiffsrümpfe nageln, müsste diese Übertragbarkeitssache all unseren Schiffe freie Fahrt erlauben.«

Baron Norderstett musterte mich mit skeptischem Blick. »Willst du etwa andeuten, dass du die Grundlagen der Magik verstehst, Valkener?«

»Nein, mein Fürst. Ich rate Euch, vorher Heslins Meinung einzuholen.«

»Aber wie ...?«

Ich wurde rot. »Es ist einfach nur Tarnung, mein Fürst. Wenn wir Tagostscha vorspiegeln können, eine aurolanische Flotte zu sein, wird er uns in Ruhe lassen. Bis er seinen Irrtum erkennt, sind wir ins Swarskija, oder besser noch, Kytrin wird wütend genug, Tagostscha keine Opfer mehr zu bringen, und das böte uns eine Chance, ihn auf unsere Seite zu ziehen.«

»Ah ja, jetzt verstehe ich. Danke.«

Prinz Augustus runzelte die Stirn. »Das größte Problem, das ich bei diesem Plan sehe, ist, dass wir bei seinem Erfolg eine aurolanische Armee hier im Süden mit Kurs auf Mirwostok einschließen.«

»Ihr habt Recht, deshalb werden wir die Stadt evakuieren müssen. Wir werden das in Angriff nehmen, während unsere Truppen nach Norden fahren«, nickte Baron Norderstett und sah den Prinzen an. »Ihr werdet keine Pferde mitnehmen können, aber ich möchte, dass Ihr die Gruppe anführt, die nach Norden aufbricht. Prinz Swindger wird Euer Stellvertreter sein. Ich schlage vor, Ihr wählt gute Kletterer aus.«

»Das werde ich. Darüber hinaus hätte ich gerne Leute dabei, die über Weitsicht verfügen.« Der Prinz nickte mir zu. »Wenn Ihr gestattet, Baron Norderstett, möchte ich Euren Adjutanten, Euren Sohn und sogar Meister Hauer mitnehmen.«

Swindger verzog das Gesicht. »Das sind nur Kinder, Augustus.«

»Als Kinder waren sie in Atval, Swindger. Als Männer haben sie einen Sullanciri erschlagen. Du solltest nicht fragen, warum ich sie dabei haben will, höchstens, warum ich auf sie verzichten wollen sollte.«

Baron Norderstett sah sich zu Net und mir um, dann nickte er. »Wärt ihr noch Kinder, würde ich euch hier behalten, aber auf dieser Expedition sind wir alle in Gefahr. Geht mit Kedyns Segen.«

Kapitel Fünfundzwanzig

Als die Sonne am folgenden Abend hinter den Horizont sank, rückten wir aus. Zwei der kleinen Boote, die wir von der feindlichen Flotte erbeutet hatten, lichteten den Anker und setzten Segel. Noch immer peitschte der Regen auf uns herab, und Blitze zuckten durch die Dunkelheit. Ballistas auf den anderen Schiffen schleuderten brennende Pechkugeln steil in den Himmel, aber unsere Boote wichen den Geschossen aus. Alarmschreie über einen Fluchtversuch von Gefangenen wurden laut, doch wir ließen die Verfolger schnell hinter uns und entkamen durch den Hafeneingang ins Kreszentmeer.

Als wir das offene Meer erreichten, wurden die Wellen größer und hämmerten gnadenlos auf die Landzunge ein. Eine der Galeeren, die uns nachgesetzt hatte, kam hinter uns in Sicht und zerschellte fast. Das Schiff drehte hastig wieder ab und wäre fast noch knapp außerhalb der Hafeneinfahrt auf Grund gelaufen.

Wir hatten freie Fahrt, aber trotzdem fühlten wir uns erbärmlich. Der Regen durchnässte uns bis auf die Haut, und die neuen Mäntel waren kaum eine Hilfe. Wir hatten den größten Teil des Tages damit zugebracht, tote Schnatterer zu häuten und ihr Fell über unsere Lederrüstungen zu ziehen. Heslin wusste nicht, ob eine Verkleidung als Schnatterfratzen helfen würde, Tagostscha zu täuschen, aber er war sich sicher, dass es auch nicht schaden konnte. Wenigstens sorgten die abendliche Kühle und der Seewind dafür, dass die Felle nicht gar so entsetzlich stanken.

Auf jedem Boot waren sechsunddreißig Mann, von

denen jeweils zwölf gleichzeitig an den Rudern saßen. Alle waren Freiwillige aus sämtlichen Einheiten der Streitmacht. Die Prinzen Augustus und Swindger hatten den Befehl, aber zusätzlich zu den Menschen befanden sich auf jedem Boot noch ein Dutzend Vorqælfen. Wir hatten auch Siede und Faryaah-Tse Kimp, die urSreð, an Bord.

Dass die Zwergin uns begleitete, überraschte mich. Ich weiß wohl, dass der Grund ihre geringe Körpergröße war. Irgendwie schien es mir unglaublich, dass jemand von so kindlicher Statur jemals eine hundert Meter hohe Klippe erklettern konnte, erst recht nicht, wenn diese als unbezwingbar galt. Ich hielt es einfach für unmöglich, dass ihr das gelingen könnte, wenn sie darüber hinaus noch über hundert Meter Seil um den Körper geschlungen trug.

An einem Punkt der Überfahrt stand ich am Bug des Boots und lächelte meine schwefelgelbe Begleiterin an. »Seid Ihr sicher, dass Ihr diese Kletterpartie schafft?«

»Ich komme aus Tsagul. Ich habe mein ganzes Leben in den Bergen verbracht.«

»Ich weiß, aber ich dachte immer, die urSreiði verbrächten ihre Zeit im Innern der Berge und kletterten nicht außen auf ihnen herum.«

»Selbst im Innern eines Berges muss man gelegentlich klettern, Valkener.« Sie strich mit der linken Hand über den Dollbord, dann klopfte sie mit einem Finger auf eine aufgewellte Planke, die sich von der unter ihr gelöst hatte. »Das hier ist der Grund, weshalb ich als Erste hinaufklettern werde.«

Sie streckte die Finger der linken Hand aus. Innerhalb von Augenblicken verschmolzen sie miteinander und ihre ganze Hand verwandelte sich in einen spitzen Keil, den sie in die Lücke zwischen den beiden Krummhölzern schob. Ich hörte ein Krachen, dann splitterte ein Teil der Planke und brach auf. Sie zog ihn mit der rechten Hand los. Die Spitze ihrer Linken hatte sich in einen Quader geweitet, der das Holz aufgebrochen hatte. Als sie die Hand zurückzog, bewegte sich der Keil, und einen Herzschlag später wedelte sie mit den Fingern.

Mein Mund arbeitete, aber ich brachte keinen Laut heraus.

Faryaah-Tse grinste mich breit an. »Wir urSreiði besitzen eine gewisse Flexibilität der Gestalt. Es ist … nützlich.«

»Das sehe ich.« Ich zuckte unbehaglich die Achseln. »Und Ihr tragt weder Waffen noch Rüstung, weil …«

In einem Augenaufschlag wurde ihre linke Hand länger und verhärtete sich zu einer breiten Kurzschwertklinge. »Wozu das Risiko eingehen, etwas zu verlieren, was man ohnehin nicht braucht? Ich kann keine Körperteile als Pfeile abfeuern, doch wenn ich kämpfe, geschieht das meistens ohnehin aus kurzer Entfernung.«

»Aber schmerzt es nicht, wenn Ihr getroffen werdet?«

Faryaah-Tse zuckte die Achseln, als ihre Hand wieder die gewöhnliche Form annahm. »Schmerzt es nicht immer?«

»Stimmt.«

Unsere Fahrt nach Norden dauerte knapp drei Stunden. Wir fanden die winzige Schmugglerbucht und zogen unsere Boote an Land. Da Ebbe herrschte und sie bis zu unserer Rückkehr wieder Wasser unter dem Kiel haben würden, vertäuten wir sie an den Felsen. Dann bewaffneten wir uns. Ich nahm mir ein Schwert und ein Schnatterfratzen-Langmesser. Die Bogen und Pfeile überließen wir den Vorqælfen.

Faryaah-Tse krabbelte mit derselben Leichtigkeit die Klippenwand hinauf, mit der ich auf Händen und Füßen über den Strand gewuselt wäre. Nach etwa dreißig Metern verlor ich sie aus den Augen, aber kaum später fiel bereits das Seil die Wand herab. Net folgte ihr, zwei Seilpakete um die Schultern, dann kletterten zwei Krieger aus dem Westen Alcidas hinauf. Als alle fünf Leinen sicher befestigt waren, machte sich der Rest an den Aufstieg, jedenfalls diejenigen von uns, die klettern konnten. Die anderen, Heslin zum Beispiel, wollten wir zuletzt hinaufhieven.

Hundert Meter hört sich nach so viel nicht an, aber auf einer senkrechten, regennassen Felswand, mit eiskalten Fingern und bis auf die Haut durchnässter Kleidung ist es eine Strecke, die schier endlos scheint. Zweimal rutschten mir die Füße weg und ich schlug mit den Beinen gegen den Fels. Einmal wäre ich fast abgestürzt, aber mein Gürtel verfing sich an einem Felsvorsprung und gab mir lange genug Halt, um die Füße wieder sicher aufzusetzen. Als ich mich endlich dem Klippenrand näherte, schienen Schultern und Rücken in Flammen zu stehen, und meine Beine zitterten.

Net packte mich am Nacken meines Schnatterfratzenfells und zog mich auf sicheren Grund. Vor uns sah ich die Silhouetten zweier Loqælfen, die auf einem Hügel hockten, hinter dem das Hauptplateau uns erwartete. Sofern die Karten nicht gelogen hatten, verlief die Küstenstraße etwa zwölf Meter jenseits des Hügelkamms.

Hinter ihnen zeichnete sich im schwachen grauen Licht, das der Mond durch gelegentliche Risse in der Wolkendecke schickte, die Radujabrücke ab. Der steinerne Mauerbogen erstreckte sich majestätisch über den Dnivep. Vier Steinsäulen erhoben sich aus dem Dunst über dem Fluss, um ihn zu stützen. Kleine Obelisken ragten wie Türmchen entlang des Brückenbogens auf, und an ihren Spitzen flackerten Feuer.

Die wahre Größe dieses Bauwerks erkannte ich erst, als ich mich daran erinnerte, dass sie noch eine volle Meile entfernt war. Die Brücke musste mindestens fünfhundert Meter lang sein. Der einzige Trost, den ich daraus ziehen konnte, war die Bestätigung, dass die Obelisken zu klein waren, um eine Garnison zu beherbergen.

Um Mitternacht waren wir glücklich alle auf der Klippe versammelt. Die Loqælfen liefen durch den Wald an der Nordseite der Schlucht voraus, während wir anderen die Straße hinabmarschierten. Wir gingen davon aus, dass die Schnatterfratzen und Vylænz, die zum Schutz der Brücke zurückgeblieben waren, über gute Nachtsicht verfügten, aber keiner von uns wusste, wie genau sie uns würden sehen können. Wir hofften darauf, dass wir in unserer Verkleidung wie Verstärkungen aussahen, deshalb marschierte Faryaah-Tse in der Haut eines Vylæn an der Spitze unserer Formation.

Siede kehrte von ihrem Kundschafterauftrag mit den Loqælfen zurück, kurz bevor wir um die letzte Kurve vor der Brücke bogen. »Zwanzig Schnatterfratzen an dieser Seite und vermutlich noch einmal genauso viele auf der anderen. Durch den Brückenbogen können wir sie nicht sehen, aber in der Mitte stehen zwei Vylænz, die beide Seiten im Blick behalten.«

Prinz Augustus nickte, als er das hörte. »Können die Bogenschützen die Vylænz erledigen?«

Swindger schnaubte. »Über zweihundertfünfzig Meter oder mehr? Nachts, im Regen? Kaum anzunehmen.«

Leif schüttelte so heftig den Kopf, dass seine Schnattererfellkapuze nach hinten fiel. »Völlig egal. Sie sollen die Garnison an unserem Ende unter Beschuss nehmen. Wir brechen durch und kümmern uns selbst um die Vylænz.«

»Das ist annehmbar.« Prinz Augustus schickte Siede mit seinen Befehlen zurück zu den Loqælfen. Leif packte Net und mich und zog uns beiseite.

»Bleibt in meiner Nähe. Hier kommt es auf Geschwindigkeit an.« Er grinste und legte die Hand auf Temmers Heft. »Drauf und dran, der Sieg ist unser!«

Auf Prinz Augustus' Befehl rückten wir vor und marschierten schnellen Schritts die Straße hinunter. Als wir auf Sichtweite an die Brücke herankamen, fiel mir auf, dass die Wachmannschaft aus Schnatterern zum größten

Teil schlief. Nur eine Hand voll Aurolanen gingen am Brückenaufgang auf und ab oder lehnten an den Obelisken. Die flackernden Flammen an deren Spitze warfen Glanzlichter auf das regennasse Fell der Schnatterfratzen, und das Plätschern des Regens auf unserer Verkleidung verschluckte, was immer sie vor sich hin brummelten.

Wir kamen bis auf dreißig Meter heran, bevor die Wachen uns zur Kenntnis nahmen. Zwei von ihnen schlenderten auf uns zu und einer der beiden hob die Hand. Er heulte irgendetwas. Nicht sonderlich laut, aber es war deutlich, dass er eine Antwort erwartete.

Bevor wir eine hätten geben können, und noch bevor Prinz Augustus einen Befehl aussprechen konnte, riss Leif Temmer aus der Scheide und rannte los. Mit jedem seiner Schritte spritzte schlammiges Wasser aus den Spurrillen der Straße. Die irrwitzige Qualität seines Sturmlaufs riss mich mit und ich folgte nur einen Schritt hinter ihm. Ich hielt mein Schwert hoch erhoben, so wie er, und hinter mir hörte ich Net brüllen. Regentropfen tanzten auf Straße und Brücke, und jedes Geräusch außer dem heiseren Donner meines eigenen Atems klang gedämpft.

Vor uns schreckten Schnatterfratzen auf und schüttelten durchnässte Decken ab. Als ein Pfeilhagel auf sie niederging, gerieten sie in Panik. Ein Schnatterer stürzte vornüber in eine Pfütze, beide Hände um einen Pfeil gekrallt, der in seiner Kehle steckte. Andere wurden herumgerissen und prallten gegen die Brückenpfosten oder Seitenmauern, bevor sie zu Boden gingen. Zwei krachten im Aufstehen zurück auf das Kopfsteinpflaster der Brücken, ein anderer krümmte sich am Boden mit einem Pfeil im Leib.

Ich erinnere mich noch kristallklar an den überraschten Ausdruck auf der Miene einer schlaftrunkenen Schnatterfratze, als ein Pfeil Zentimeter vor ihrer Schnauze einschlug. Der Pfeil prallte senkrecht in die Höhe, ganz ähnlich der Bewegung, mit der die Schnatterfratze kerzengerade aufschreckte.

Und derselbe erstaunte Gesichtsausdruck stand noch auf ihren Zügen, als Leifs Schwert ihr den Hals durchtrennte. Ihr Kopf flog durch die Nacht davon. Blutspritzer vermischten sich mit schwarzem Regen und der enthauptete Körper sackte zu Boden.

Mein beidhändiger Schwerthieb traf einen Schnatterer knapp über der rechten Hüfte und öffnete seinen Leib mit einem sauberen Schnitt von einer Seite zur anderen. Er wurde in die Seitenmauer der Brücke geschleudert und landete hart auf der klaffenden Wunde. Ich sah, wie er versuchte, wieder aufzustehen, aber auf dem nassen Stein fanden seine Füße keinen Halt. Er bäumte sich kurz auf, dann fiel er aufs Gesicht und regte sich nicht mehr.

Einen Pulsschlag später waren wir durch die Linie der Schnatterer gebrochen und stürmten auf die Vylænz in der Mitte der Brücke zu. Einer der beiden drehte uns den Rücken zu und hob eine Hand. Eine grüne Stichflamme schoss aus seiner Handfläche in den Himmel. Er winkte mit dem Arm in unsere Richtung. Vermutlich alarmierte er die Truppen auf der anderen Seite der Brücke. Der andere kam auf uns zu, blieb aber nach ein paar Schritten breitbeinig stehen und zeigte keine Reaktion auf die Beschimpfungen, die Leif ihm entgegenschleuderte.

Dass diese Kreatur auf uns wartete, ergab keinen Sinn. Ich verstand nicht, warum der Vylæn nichts unternahm und uns immer näher kommen ließ. Einen Augenblick dachte ich, unsere Verkleidung hätte ihn verwirrt, aber dann sah ich ein Funkeln in seinen schwarzen Augen und verstand.

Wir waren noch nicht in Reichweite.

Leif rannte ein, zwei Schritte vor mir. Ganz eindeutig war er das Ziel des Vylæns. Das goldene Licht Temmers, sein herausforderndes Kreischen, all das machte Leif zur offensichtlichsten Bedrohung. Und so mächtig sein

Schwert auch sein mochte, konnte es ihn vor einem Zauberspruch beschützen?

Er rannte geradewegs in eine Falle und wusste es nicht. Ich zog den Kopf ein und wurde schneller. In einem Wettrennen hatte Leif mich noch nie besiegt. Magisches Schwert und Vorsprung hin oder her, wenn ich diesmal verlor, würde es sein Todesurteil sein.

Bis ich Leif beiseite stieß und den Lichtfunken in der rechten Hand des Vylæns aufglühen sah, kam mir gar nicht der Gedanke, dass ich, indem ich meinen Freund als Ziel ausschaltete, diese zweifelhafte Ehre mir selbst aufbürdete. Leif stolperte und fiel. Ich drehte mich nach rechts und sprang in die Höhe, um seinem Schwert zu entgehen, aber der Griff erwischte mich trotzdem noch am Knöchel, riss mich herum und drehte dem Vylæn den Rücken zu.

Ich erhaschte einen kurzen Blick auf meine hinter mir heranpreschenden Kameraden. Net hüpfte über den am Boden liegenden Leif. Sechs Schritte hinter ihm folgten Faryaah-Tse, Prinz Augustus und ein Pulk alcidischer Soldaten. Dann schlug eine Hitzewand über mir zusammen und grünes Feuer nahm mir die Sicht. Der beißende Gestank verschmorten Fells nahm mir den Atem. Ich schlug hart mit dem Rücken auf und überschlug mich. Ich rollte rückwärts ab und kam schließlich kniend zum Stillstand.

Hinter mir hörte ich ein sattes Schnalzen und wirbelte herum. Ein Vylæn mit einer ernsten Wunde in der Brust – so ernst, dass die Schulter anzusetzen schien, wo gewöhnlich die Rippen aufhörten – prallte vom Brückenpflaster ab. Rechts von mir durchbohrte Faryaah-Tse die Brust des zweiten Vylæns mit ihrem Handschwert.

Zerfetztes, verkohltes, dampfendes Schnattererfleisch hing an meinem ganzen Körper herab. Ich fühlte ein stechendes Brennen zwischen meinen Schultern, wo mich der Zauberspruch vermutlich getroffen hatte. Die Verkleidung hatte den Vylæn zwar nicht getäuscht, aber sie hatte dem Zauber seine tödliche Kraft genommen und mir das Leben gerettet.

Leif sprang mit einem irren Leuchten im Blick auf. Er kam auf mich zugerannt, das Schwert zum Schlag erhoben, dann riss das Heulen angreifender Schnatterfratzen seinen Kopf herum. Er erwiderte ihre Schreie und stürmte dem Feind entgegen.

Wir anderen rannten ihm nach. *Wir* wussten, dass er nicht unverwundbar war, aber er schien davon nicht einmal den Hauch einer Ahnung zu haben. Hoch zu Ross und an der Spitze einer schweren Reitereikompanie hätte Leifs Sturmangriff ihn vermutlich geradewegs durch die zwanzig Kreaturen getragen, die auf uns zurannten. Zu Fuß aber, nur mit einem Schwert bewaffnet und dazu bei seiner geringen Körpergröße, hätte er ebenso gut gegen eine Wand rennen können.

Die kleinen goldenen Flammen, die auf Temmers Klinge tanzten, schienen die angreifenden Schnatterer allerdings zu beeindrucken. Außerdem hatten sie gerade zwei Vylænz sterben sehen und ich stürmte nun ebenfalls weiter auf sie zu, obwohl ich gerade noch in Feuer gehüllt gewesen war. Als Leif mit wildem Gebrüll das Schwert über dem Kopf kreisen ließ, wurden sie langsamer. Dann drehten einige am Rand des Pulks um. Die Schnatterfratzenlinie brach zusammen.

Leif stürzte sich auf sie. Temmer zeichnete goldene Kreise, die durch Arme und Beine schlugen, durch Rücken und Schädel. Sein erstes Opfer krümmte sich noch am Boden, als ich den Pulk erreichte. Mit einem schnellen Hieb in die Kniekehle sandte ich einen Schnatterer zu Boden, dann riss ich das Schwert in einem beidhändigen Schlag hoch und herum, der ihn von einer Schulter bis zur Hüfte aufschlitzte.

Unser Angriff trug uns durch das Schnattererrudel und wir drehten uns zurück, um sie uns noch einmal vorzunehmen. Die Kreaturen an den Seiten wollten fliehen, aber da waren Augustus und seine Männer heran. Nets Streitkolben zertrümmerte Aurolanenschädel, Faryaah-Tse formte ihre Hände zu Klauen und zerfetzte damit Bäuche und Kehlen. Warmes Blut vertrieb die Kälte des Regens, als ich einer Schnatterfratze den Kopf abschlug.

Während des gesamten Kampfes hallte Leifs Kampfgebrüll über das Wimmern und Stöhnen der Sterbenden hinweg. Mir schauderte bei seinem Klang, aber nicht, weil mein Freund wahnsinnig schien. Mir schauderte, weil ich diesen Wahnsinn teilte. Wir standen da im Regen, die Füße in frischem Blut, und ich war begeistert. Ich war stolz.

Ich fühlte mich, als wäre ich zum Töten geboren.

Wieder schauderte ich, dann machte ich mich auf den langen Marsch zurück ans Nordende der Brücke. Als wir uns an den Abstieg den Bogen hinab machten, erhob sich ein Mann aus der Hocke neben einen der Schnatterfratzenkadaver und kam auf uns zu. Ich erkannte Swindger an den langen Locken, die vom Regen durchnässt von seinem Schädel hingen. Er hielt ein Stilett in der Rechten. Das Schwert steckte noch in der Scheide. In der Linken hielt er einen Schnattererskalp.

Swindger hob den Dolch. »Sie sind alle tot. Dafür habe ich gesorgt.«

Augustus deutete hinter uns zum anderen Ende der Brücke. »Die Garnison dort hinten ist ebenfalls tot oder wird es sehr bald sein.«

Der Prinz Oriosas drehte sein Messer zwischen den Fingern. »Ich werde mich vergewissern.«

Ich hob die Hand. »Sie sind tot.«

Swindger setzte zu einer Entgegnung an, aber Heslin schnitt ihm das Wort ab. »Wir haben keine Zeit für Dummheiten. Kommt herüber. Wir müssen diese Brücke zerstören.«

Als wir die Brücke verließen, traten auch Siede und die

ælfischen Bogenschützen aus dem Wald und kamen näher. Abgesehen von ein paar Soldaten, die Fleischwunden hatten einstecken müssen, in einem Fall eine Beinwunde, die sich ein Krieger mit der eigenen Streitaxt zugefügt hatte, als er sein Ziel verfehlte, blieben wir unverletzt. Dieser Ausgang des Gefechts war nachgerade ein Wunder, das wir guter Planung, dem Überraschungsmoment und Leifs Zauberschwert zu verdanken hatten.

Der Magiker ließ sich auf ein Knie nieder und legte die gesunde Hand auf das Fundament der Brücke. »Der erste Zauber wird den Mörtel lösen. Ihr könnt die Pflastersteine herausbrechen, dann kümmern wir uns um die Stützpfeiler. Falls sie aus Holz sind, können wir sie verbrennen. Falls nicht, werde ich eine andere Magik einsetzen müssen.«

Ein bläulich weißes Leuchten glühte unter seiner Hand auf, dann zuckten kleine Funken wie Insekten unter den Fingern vor und liefen an den Mörtelfugen entlang. Sie rasten hierhin und dorthin, links und rechts, kurvten um einige Steine, schnitten zwischen anderen hindurch. Wäre die Brücke aus Eis gewesen und ihre Lichtbahnen Risse, wäre das ganze Bauwerk in einem Herzschlag auseinander gebrochen. Tatsächlich jedoch verloschen die Funken etwa zwei Meter von Heslins Hand entfernt.

Der Magiker setzte sich auf die Fersen und schüttelte die Schnattererkapuze ab. »Das ist seltsam.«

Prinz Augustus runzelte die Stirn. »Was ist los?«

»Dieser Zauber hätte den Mörtel zerbersten lassen müssen und er hätte bis ans andere Ende der Brücke laufen sollen.«

»Und warum hat er das nicht getan?«

Heslin zuckte die Achseln. Dann stand er auf. »Ich glaube, diese Brücke lebt.«

Swindger musterte ihn ungläubig. »Was ist das für ein Irrsinn? Wie kann eine Brücke leben?«

Der Magiker drehte sich um und starrte den Prinzen kühl an. »Sie hat einen Weirun.«

»Unmöglich. Sie ist Menschenwerk.« Swindger wischte die Idee mit einer wilden Geste beiseite. »Vernichte die Brücke, und schnell.«

Heslins Stimme wurde schneidend. »Ich bin ein Mensch. Meine Magik eignet sich für den Einsatz an leblosen Gegenständen. Wäre ich älter und weiser, so hätte ich möglicherweise die Kraft, sie mit einem Zauber zu vernichten.«

»Älter?« Swindger drehte sich zu den Ælfen um. »Was ist mit euch? Habt ihr magische Fähigkeiten? Ihr seid alle älter.«

Die Loqælfen betrachteten ihn mit Mienen, deren Ausdruck von milder Belustigung bis zu eisiger Verachtung reichte. Siede schüttelte nur den Kopf.

Faryaah-Tse deutete mit einem gelben Finger auf die Brücke. »Seht.«

Es dauerte einen Augenblick, bis ich erkannte, was sie meinte, und zuerst hielt ich es für eine flache Wasserwelle, die über die Steine lief und sie verzerrte. Dann erkannte ich, dass sich die Steine selbst verformten. Irgendetwas bewegte sich auf uns zu, und es schien sich unter dem Pflaster der Brückenoberfläche zu bewegen. Als es unser Ende der Brücke erreichte, wurde es langsamer und stieß die Kadaver der Schnatterfratzen vorsichtig an. Es sank kurz zurück in den Stein, dann tauchte es wieder auf.

Als die Beule im Brückenpflaster größer wurde, nahm sie eine entfernt menschenähnliche Form an. Sie besaß einen Kopf … allerdings war er mehr eine Art unförmiger Klumpen, der unmittelbar auf breiten Schultern saß. Die Arme hatten eine ausladende Kurvenform, die ungefähr dem Bogen der Brücke entsprach. In der Brust der Erscheinung lag ein vollendet geformter Schlussstein von der ungefähren Größe meiner Faust. Der Körper verjüngte sich von den Schultern zu einer schmalen Taille, die auf muskulösen Beinen mit breiten, festen Füßen ruhte.

Der Weirun der Brücke schien von derselben Konstruktion wie sie, aus einzelnen, eingepassten Steinen zusammengesetzt, die mit Mörtel ausgefugt waren. Natürliche Vertiefungen in seinem Gesicht dienten ihm als Augenhöhlen, aber in ihrem Innern lag nur Schatten. Der Geist hob die Schultern, um uns anzusehen, dann streckte er die Hand aus und stupste eine der toten Schnatterfratzen an.

»Warum wachen sie nicht auf?« Seine Stimme hatte einen rauen, knarzenden Klang und ähnelte zugleich dem durch die Stützsäulen und Obelisken heulenden Wind. Trotz der unmenschlichen Natur seiner Stimme war die Frage von kindlicher Unschuld. »Warum lecken sie?«

Heslin neigte den Kopf in Richtung des Weirun. »Ihr seht, Prinz Swindger, die Brücke lebt sehr wohl.«

Swindger sagte nichts, aber Augustus zog die Stirne kraus. »Wie ist das möglich, Heslin? Diese Brücke ist gerade einmal fünfhundert Jahre alt. Wie kann sie einen Weirun haben?«

Der Magiker zuckte die Achseln. »Vielleicht haben die Seelen derer, die bei ihrer Errichtung gestorben sind, der Brücke ihr Wesen eingehaucht. Vielleicht ist sie so wichtig, dass ihre bloße Existenz verlangte, dass ein Geist sie bewohnt. Ich weiß es nicht.«

Die urSre∂ neigte vor dem Weirun das Haupt. »Verzeih die Ungebührlichkeit. Sie wachen nicht auf, weil sie tot sind. Sie lecken, weil wir sie getötet haben.«

Der Weirun schlug die Hände zusammen und Funken stoben. Bis auf die urSre∂ sprangen wir alle ein Stück zurück – und Swindger ein Stück weiter als die meisten. »Sie haben mich beschützt. Warum habt ihr sie getötet?«

Faryaah-Tses Stimme wurde sanfter. »Sie haben dich nicht beschützt, sie haben dich als Falle missbraucht.«

»Nein, nein, keine Falle.« Der Weirun stampfte mit dem Fuß auf. »Sie haben freies Geleit garantiert.«

»Für ihresgleichen.«

»Sie haben freies Geleit garantiert!«

Swindger schnaubte. »Ein schwachsinniger Weirun, der für Kytrin arbeitet.«

Siede sah ihn aus schmalen goldenen Augen an. »Wenn er schwachsinnig ist, wie du behauptest, kann er dann für sein Handeln verantwortlich sein?«

»Das ist ohne Bedeutung und Interesse, Siede«, raunzte der Prinz sie an. »Diese Brücke muss fallen, ob sie lebendig ist oder nicht. Er ist geistig nicht auf der Höhe. Er ist zurückgeblieben.« Seine Hand zuckte in Leifs Richtung. »Er hat ein Zauberschwert. Töte er ihn. Das wird die Brücke zerstören, oder nicht?«

Ich streckte die Hand aus, um Leif aufzuhalten, aber er machte keine Anstalten, Temmer zu ziehen.

»Nein!« Net trat zwischen Leif und den Weirun und stieß seinen Streitkolben in den Boden, wobei er mit der Stahlspitze fast Swindgers Fuß durchbohrt hätte. »Es spielt keine Rolle, ob er dumm ist oder nicht. Er wird nicht getötet.«

»Aber die Brücke muss weg.«

Net knurrte und stieß Swindger den Zeigefinger auf die Nase. »So oder gar nicht.«

Heslin nickte. »Bitte, Meister Hauer.«

Mit ausgebreiteten Armen ging Net auf den Weirun zu. »Wir mussten sie töten. Du erinnerst dich, bevor sie kamen, waren andere hier.«

»Ich erinnere mich.«

Nets Stimme klang sanft. Er sprach in dem selben Ton mit dem Brückengeist, in dem ich Eltern mit ihren Kindern habe sprechen hören. Der Weirun mochte so alt wie die Brücke sein, aber nach dem Maßstab von Geistern, Göttern und Halbgöttern war er noch ein kleines Kind.

Net lächelte zögernd. »Und du erinnerst dich, dass sie Angst hatten, große Angst.«

Der Weirun strich sich mit steinerner Hand über die Wange. »Aus ihren Augen hat es geregnet.«

»Weil sie Angst hatten, große Angst. Sie wurden gejagt.« Net sprach langsam, so, als würde er einem Kind etwas erklären. Er hatte offensichtlich verstanden, dass der Weirun wie ein Kind war. Nicht zurückgeblieben, wie Swindger behauptete. *Er ist langsam, aber nur in dem Sinne, in dem ein Fluss sich langsam ein Bett in den Stein gräbt. Net behandelt diesen Weirun auf die einzig mögliche Art.*

Net setzte sich im Schneidersitz auf den Boden und der Weirun tat es ihm nach. »Die Freunde dieser Toten hier haben Jagd auf die verängstigten Leute gemacht. Jetzt sind sie weitergezogen. Aber nur fürs Erste. Sie werden zurückkommen. Die Straße hinauf gibt es noch mehr Leute, die große Angst haben. Wenn die Bösen zurückkommen, werden die verängstigten Leute davonlaufen, oder sie werden lecken und tot sein.«

»Lecken und tot sein.« Der Weirun streckte die Hand aus und streichelte einen Schnatterfratzenkadaver wie ein totes Kätzchen. »Tot ist schlecht.«

»Du hilfst den Leuten. Du bist stark für sie. Du trägst sie über den Fluss. Du beschützt sie.« Net lächelte. »Du beschützt sie sehr gut.«

Der Weirun nickte langsam. »Ich beschütze sie.«

»Aber jetzt werden die Bösen zurückkommen. Sie werden mit ihrer Kraft den anderen wehtun. Du wirst den Bösen helfen. Deine Hilfe wird andere lecken und totgehen lassen.« Nets Stimme zitterte. »Es werden mehr Leute sterben, weil du den Bösen hilfst.«

»Tot ist schlecht.«

»Tot ist sehr schlecht.« Ein fernes Donnergrollen unterstrich Nets Worte. »Wenn du willst, kannst du uns helfen, die Bösen aufzuhalten.«

»Ja, helfen.«

»Der Preis ist hoch. Es wird alles kosten. Aber es wird besser sein als der Schmerz zu wissen, dass du geholfen hast, anderen wehzutun. Verstehst du?«

Der Kopf des Weiruns floss auf seinen Schultern nach hinten, und er betrachtete die Brücke. »Wenn ich hier bin, gehen die anderen tot.«

»Ja.«

»Wenn ich nicht hier bin, bin ich tot.«

Nets Unterlippe zitterte und er nickte stumm. »Du wirst für diese mutige Tat in unserer Erinnerung weiterleben.«

»Es ist nicht genug.«

»Was?«

»Ich war böse. Ich will nicht länger sein. Keine Schmerzen mehr von mir, aber ich kenne Schmerzen.« Der Weirun streckte die Hand aus und berührte Nets Brust. »Du wirst mir helfen. Mir helfen, für die Schmerzen zu büßen.«

»Das werde ich.«

»Versprich es mir.«

Nets Antwort war ein heiseres Flüstern. »Ich verspreche es.«

Der Weirun floss wieder auf die Füße und zog Net an der Hand mit. Dann berührte die Hand des Geistes seine eigene Brust und zog den Schlussstein heraus. Er glühte und funkelte mit einem inneren Feuer, verwandelte sich von einem Augenblick zum nächsten von einem leblosen Mauerstein in ein schillerndes Juwel. Der Weirun streckte den Arm aus und drückte Net den Stein in die Hände. Dann gab er ihm einen kleinen Schubs, der ihn von der Brücke stieß.

Ganz allmählich, Stein um Stein, brach der Weirun auseinander. Hinter ihm zerfiel vom obersten Punkt des Bogens aus die Brücke. Obelisken schwankten und stürzten ein, zogen Flammenzungen hinter sich her, als sie herabkrachten. Riesige Brocken der Straße verschwanden in der Schlucht. Das donnernde Bersten von Mörtel und Steinen füllte die Luft. Immer schneller zerfiel das Monument, immer weniger der gewaltigen Brücke war noch intakt. Die Steine prasselten sich überschlagend und voneinander abprallend hinab in die dunklen Tiefen der Schlucht.

Schließlich brach auch der letzte Rest weg und nahm die Kadaver der Schnatterer und die Kiesreste des Weirun mit in die Tiefe. Selbst die gewaltigen Steinfundamente brachen aus der Erde und überschütteten uns mit Schlamm und Erdbrocken. Als sie in die Schlucht stürzten, prallten sie von den Felswänden ab und schlugen in die Stützpfeiler der Brücke. Die massiven Schwellen zerschmetterten die Säulen und verstreuten ihre Bruchstücke wie ein Bauer die Saat.

Swindger schnaubte. »Na, das ist ja jetzt wenigstens erledigt.«

Ich ging an ihm vorbei und kniete mich neben Net. Er drückte den leuchtenden Schlussstein an seine Brust und schien gar nicht zu bemerken, dass er mitten in einer Pfütze lag. »Bist du verletzt?«

»Sein Name war, sein Name *ist* Tsamoc.« Als Net den Namen aussprach, wurde das Leuchten des Steins ein wenig schwächer. Net lächelte und nickte, als höre er eine Stimme, die ich nicht vernehmen konnte, dann sah er mich an. »Ein bisschen nass, ein bisschen leer. Das ist alles.«

Ich fasste ihn am Arm, Leif nahm seinen anderen. Gemeinsam zogen wir ihn hoch. Ich lächelte ihn zaghaft an. »Das mit dem ›leer‹ verstehe ich. Ich fühle mich auch leer.«

Prinz Augustus kam herüber und legte Net die rechte Hand auf die Schulter. »Denke einfach daran, dass du mit dem, was du hier getan hast, eine Menge Leben gerettet hast.«

»Was *er* getan hat, hat Leben gerettet.« Net blähte die

Nüstern. »Wenn dieser Krieg vorbei ist, werdet Ihr den Ruhm für den Sieg ernten. Ich hoffe, Ihr werdet Euch daran erinnern, wer die Opfer gebracht hat, die Euch diesen Sieg ermöglicht haben.«

Prinz Augustus nickte und machte sich schweigend zurück auf den Weg zum Meer. Der Ausdruck auf seinem Gesicht sagte mir, dass er sich Nets Worte zu Herzen genommen hatte. Hinter ihm kam Swindger, und obwohl der größte Teil seines Gesichts von einer Maske verdeckt wurde, sah ich an seinem Grinsen und an der Art, wie er den Schnattererskalp festhielt, dass er, falls er Nets Worte überhaupt gehört hatte, kein Wort verstand.

Erst viel später erkannte ich die ganze Tragödie seines Versagens.

Kapitel Sechsundzwanzig

Die Rückkehr zu den Booten war sehr viel einfacher als der Weg zur Brücke, vor allem, weil es erheblich einfacher ist, an einem Seil nach unten zu rutschen, als daran eine rutschige Felswand hinaufzuklettern. Wir redeten nicht viel. Als wir in See stachen, duckte ich mich im Bug zitternd an den Dollbord. Und ich wusste sehr wohl, dass ich weder des Regens noch der Kälte wegen zitterte.

Ich fand es erstaunlich, dass ich nicht den geringsten Zweifel daran hegte, dass wir das Richtige getan hatten. Die Aurolanenkrieger hatten sterben müssen. Die Brücke hatte einstürzen müssen. Was wir getan hatten, war der einzig gangbare Weg gewesen, um den Menschen in Krost und Swarskija zu helfen. Indem wir jetzt so und nicht anders gehandelt hatten, hatten wir zahllose Leben gerettet, Leben, die das Aurolanenheer mit Freuden beendet hätte.

Und trotzdem, die Begeisterung, die ich während des Tötens gespürt hatte, das Gefühl der Macht … Das war falsch. Sicher, in jeder Heldengeschichte, der ich je gelauscht hatte, hatten sie ihren Triumph gefeiert, aber dieser Eindruck wurde nur von Liedern und Erzählungen geweckt, deren Urheber die Helden vermutlich nie gekannt hatten, deren Leistungen sie … ausbeuteten. Heldensagen und -lieder dichteten Gestalten größere Motive und Gefühle an, als sie zu Lebzeiten je gehabt hatten.

Leif sackte neben mir an die Holzwand, das sicher in der Scheide steckende Schwert locker zwischen den Knien. Das Heft lag an seiner Stirn an, die Spitze drückte gegen eine leicht vorstehende Planke. Seine Hände umklammerten das Stichblatt. Seine Haut hatte wieder den gräulichen Farbton angenommen, der für ihn an Bord eines Schiffes obligatorisch schien. Die einzige Farbe, die in seinem Gesicht noch existierte, stammte von Blutstropfen, die der Regen noch nicht weggewaschen hatte.

»Ich wette, du hast schon ein Gedicht über die Schlacht an der Radujabrücke verfasst.«

»Hast du jemals versucht, einen Reim auf Raduja zu finden?«

»Nein.«

»Versuche es gar nicht erst.« Er strich sich mit der Rechten über die Stirn. »Valkener, da oben auf der Brücke. Du ...«

»Nicht der Rede wert.«

»Doch, ich muss darüber reden, ich muss.« Leifs Stimme versagte, als habe er die Kraft verloren, weiterzusprechen. »Du hast mir das Leben gerettet. Es wäre fast dein Tod geworden.«

Ich bewegte die Schultern. »Es schmerzt etwas, aber mein Lederzeug hat mich gerettet.«

»Hör einfach nur zu, Valkener, bitte.« Er atmete tief durch. »Als du mich zu Boden gestoßen hast, da *verstand* ich, was du getan hast, aber irgendwie habe ich es auch *nicht* verstanden. Etwas tief in meinem Innern hat es als einen Angriff wahrgenommen. Du hattest mich verletzt. Du hattest mich verraten. Nein, warte, lass mich ausreden. Und als ich wieder aufstand, da war etwas in meinem Innern, das dich dafür bezahlen lassen wollte. Ich wollte dich bestrafen. Dann hörte ich die Schnatterfratzen heulen und ich erkannte, dass sie Feinde waren. Ich stürzte mich auf sie.« Die dunkle Farbe seiner Maske stand in scharfem Kontrast zum leuchtenden Blau seiner Augen. »Temmer, es macht mir so Vieles möglich. Es macht mich schneller. Es macht mich sicherer. Es macht mich zu einem Helden.«

Ich stieß ihn mit der linken Schulter an. »Du warst schon vorher ein Held, Leif. Du hast uns im Westwald Hilfe geholt. Du hast einen Temeryx in Schach gehalten und Net das Leben gerettet.«

»Ich weiß, was du sagen willst, aber in meinem Herzen war ich nie ein Held. Ich war bereit loszurennen und Hilfe zu holen, weil ich Angst davor hatte zu bleiben. Und ich rannte los, um Net zu helfen, weil ich Angst vor dem hatte, was die Leute sagen würden, wenn er starb, ohne dass ich einen Versuch unternommen hätte, ihn zu retten.« Leif legte den Kopf nach hinten gegen das Holz des Dollbords. »Es ging nicht um Mut, es ging immer nur um Angst. Mit Temmer ist das anders. Größtenteils.«

»Wie meinst du das, größtenteils?«

Leif tätschelte das Schwert. »Hast du vergessen? In meiner letzten Schlacht wird es mein Untergang sein.«

»Sicher, aber diese letzte Schlacht wird kommen, wenn du uralt bist und deine Großenkel sich darum streiten, wer auf deinem Schoß sitzen darf.«

Leif lachte, aber möglicherweise zu laut. »Wäre das nur möglich, Valkener, aber das wird nicht geschehen. Siehst du, mein guter Mann, dieses Schwert windet sich in meine Gedanken. Es zehrt an mir. In Atval habe ich alle gerettet, aber jetzt, jetzt macht es mich skeptisch. In Atval habe ich zehn Schnatterfratzen erschlagen, doch ich frage mich, ob ein wahrer Held nicht ein Dutzend oder noch mehr getötet hätte. Werde ich meinen Vater oder die Helden der Großen Revolte übertrumpfen? Es treibt mich an, macht mich mutiger. Macht mich waghalsiger.«

Ich drehte mich zu ihm um. »Dann wirf es weg.«

»Nein, das kann ich nicht.«

»Doch, du kannst es.«

»Nein!« Seine Augen wurden schmal und er streichelte den Griff der Waffe. »Ohne Temmer wäre ich ein Nichts.«

»Du wärst immer noch mein Freund.«

Leifs Züge entspannten sich. »Nun ja, das wäre immerhin etwas. Aber es geht hier noch um eine weit praktischere Überlegung, Valkener. Wenn ich das Schwert jetzt wegwerfe, wird jemand anders es aufheben. Wenn dieser Jemand ein Verbündeter ist, wird es ihn vernichten.«

»Du könntest es Swindger geben, aber ich bezweifle, dass er es jemals zöge.«

»Oh, sehr treffend und bösartig. Gefällt mir.« Leif lachte wieder, und diesmal klang es echter. »Wenn eine von Kytrins Kreaturen es in die Finger bekommt, zum Beispiel ein anderer Sullanciri, dann sind wir alle tot.«

»Es muss einen Weg geben, dich aus dieser Zwickmühle zu befreien, Leif. Du hast nicht gewusst, worauf du dich einlässt, als du das Schwert genommen hast.«

»Vielleicht doch, Valkener, vielleicht doch.« Er seufzte. »Der einzige wertvolle Gegenstand in einer von Drachen zerstörten Stadt, deren bloßes Betreten mit dem Tode bestraft wird? Ich wusste, dass es etwas ganz Besonderes, Mächtiges und wahrscheinlich Hochgefährliches sein musste, wenn man bedachte, wie gut es bewacht war. Aber wenn Drachen Angst davor hatten, dass es jemandem in die Hände fallen könnte, war es wie für mich gemacht, oder?«

»Genau wie dein Tanz mit Nolda: Du greifst grundsätzlich zu hoch.«

»Stimmt.« Seine Augen funkelten einen Augenblick lang. »Aber Nolda ist nur noch eine Erinnerung. Was meinst du, wie würde Rautrud an meinem Arm aussehen?«

Der Hoffnungsschimmer in seiner Stimme ließ mich lügen. »Nur ein Held wie du könnte eine Prinzessin wie sie erringen.«

Leif schlug mir auf die Schulter und schloss die Augen. »Wir wollen hoffen, dass sie es ebenso sieht. Falls ja, Valkener, verspreche ich dir eines. Ich werde dafür sorgen, dass du, Tarrant Valkener, in allen Legenden um den Helden Leif Norderstett immer als der beste Freund erscheinst, den je ein Mann besaß.«

Wir stießen eine Stunde nach Sonnenaufgang zum Rest der Flotte. Wir wussten, dass die Sonne aufgegangen war, denn das Gewitter war nach Süden weitergezogen, und wir konnten die Sonne tatsächlich sehen. Ein Teil der Flotte nahm mit Flüchtlingen beladen Kurs nach Süden, während der Rest zu uns herübersegelte. Ein Signalmaat übermittelte der *Invictus* mit Fahnenzeichen die Einzelheiten unseres Sieges, und Baron Norderstett ließ uns seine Glückwünsche ausrichten.

So gut dieses Gefühl war, so niederschmetternd wirkte der Anblick der schwarzen Rauchsäule, die in den Himmel stieg, wo wir Krost hätten finden sollen. Ich hatte die Stadt nie gesehen, aber die rußgeschwärzten Ruinen zeigten mir, dass sie einmal ein wunderbarer Anblick gewesen sein musste. Hohe Türme beherrschten das Bild, jetzt allerdings zerborsten oder in Rauch und Flammen. Einzelne der luftigen Bogengänge, die sie verbunden hatten, existierten noch, andere streckten sich nach einander über eine Leere aus, die sie nie wieder überbrücken würden. Ab und zu sah man eingefallene weiße Mauern, und an den Kais brannten die Lagerhallen.

Selbst unter dem grellen Licht der Mittagssonne hatten die Ruinen etwas von der Dunkelheit der Nacht … und sie schienen Kälte auszustrahlen. Wir gingen nicht an Land und machten einen weiten Bogen um den Hafen, obwohl er leer war. Die einzigen Lebenszeichen, die ich an der Küste ausmachen konnte, waren Raben und wilde Hunde, die nach Aas suchten. Die Größe der Schwärme und Rudel, die durch die Stadt streiften, legte den Schluss nahe, dass die Suche nach Nahrung nicht sonderlich schwierig war.

Wir segelten in den Swarskijagolf und legten Kurs Südost auf Okrannels Hauptstadt an. In der Abenddämmerung trafen wir auf Trümmer einer furchtbaren Seeschlacht. Ich konnte Überreste ausgebrannter Schiffe erkennen, zwischen denen die sterblichen Überreste von Menschen und Schnatterfratzen trieben. Kleine Fische nagten an den Körpern, während größere – Haie und andere – sie völlig zerfetzten. Man sah die Leichen kurz hüpfen, dann verschwanden sie unter der Oberfläche. Das Wasser brodelte, wo sie kurz zuvor getrieben waren, dann tauchten sie plötzlich wieder auf, um einen Arm oder ein Bein erleichtert, oder manchmal auch ohne Kopf. Oder es fehlte ihnen ein riesiges Stück Leib, aus dem die Gedärme heraushingen wie Fäden, um die Wunde zu vernähen.

Wir fanden wider alle Erwartung zwei Überlebende, die sich an die Trümmer klammerten. Beide schienen in einer fürchterlichen Verfassung. Ihre Lippen waren aufgeplatzt, die Haut verbrannt, und sie waren halb blind. Nachdem wir ihnen etwas Wasser eingeflößt hatten, erzählten sie, wie die okransche Flotte aus Swarskija in See gestochen war und die Schiffe besiegt hatte, die von der Vernichtung Krosts gekommen waren. Während auf der landwärtigen Seite ein aurolanisches Heer die Stadt völlig abgeriegelt hatte, blieb der Hafen noch in der Hand der Okraner. Beide Männer erklärten uns, dass die Süd- und Westtore bisher standgehalten hatten, aber sie bezweifelten, ob das auch noch der Fall sein würde, wenn wir die Stadt erreichten.

In jener Nacht konnte ich am südwestlichen Horizont ein fernes Leuchten sehen. Danach wussten wir, dass zumindest ein Teil der Stadt in Flammen stand, und gegen Mitternacht begegnete uns ein Schiffskonvoi, der aus der Stadt geflohen war. Wir nahmen ein paar Hafenlotsen in unsere Boote, die uns helfen sollten, sicher ins Hafenbecken von Swarskija zu gelangen. Dass diese Männer und Frauen bereit waren, mit uns zurückzufahren, war der lebende Beweis für den Mut des okranschen Volkes.

Die Lotsen erklärten sich nicht zuletzt des Edelmuts wegen bereit, uns zu begleiten, den Prinz Kiril bewiesen hatte, und des Mutes seiner Familie. Als er die Evakuierung befahl, hatte er seine gesamte Familie mit fortgeschickt, mit Ausnahme seiner Tochter Alexia, die noch ein kleines Kind war. Es hieß, Prinz Kiril habe seinem Gyrkymukameraden Preiknosery gegenüber erklärt: »Ich werde nicht zulassen, dass meine Tochter in dieser Stadt der Tod ereilt.«

Der Gyrkymu sollte geantwortet haben: »Ich schwöre dir, dass es dazu nicht kommen wird. Aber sie ist deine Tochter. Sie wird hier bleiben, um diese Stadt zu lieben, wie du es tust. Sie wird um sie weinen, wie du es tust. Eines Tages wird sie zurückkehren und sie befreien.«

Der Prinz hatte dieses Versprechen angenommen, und die Verteidiger hatten geschworen, der jungen Prinzessin – so lange es in ihrer Macht stand – die Zeit zu erkämpfen, in ihrer Heimatstadt zu bleiben. Die äußeren Stadtmauern waren gefallen, aber die inneren Mauern hielten noch stand, und die Verteidiger zwangen Kytrin einen furchtbaren Preis für ihren Angriff auf.

Wir erreichten Swarskija in den frühen Morgenstunden, gerade als die Sonne hinter der Krosthalbinsel sichtbar wurde. Im Stadtkern konnten wir die hohen, stolzen Türme noch stehen sehen, die das Wahrzeichen der okranschen Baukunst waren. Was mich an ihnen besonders beeindruckte, waren die leuchtenden Farben, in denen sie gehalten waren, und die Art, wie Kachelsimse ihre Türen und Fenster umrahmten. Die komplexen Verzierungen, wie ich sie in Yslin gesehen hatte, hatten hier feineren Formen Platz gemacht, die in den harten Wintern des Nordens weniger Gefahr liefen, beschädigt zu werden. Hier machten die überdachten Brückengänge zwischen den Gebäuden durchaus Sinn – sie erlaubten es den Bewohnern, sich durch ihre Stadt zu bewegen, selbst wenn der Boden nach einem Sturm unter einer meterhohen Schneedecke lag.

Die Verteidiger der Hauptstadt empfingen uns laut und herzlich. Wir legten abwechselnd an den wenigen Anlegestellen an und schifften unsere Truppen aus, so schnell wir konnten. Leif, Net und ich kehrten an die Seite Baron Norderstetts zurück, und zusammen mit den beiden Prinzen, Siede und Faryaah-Tse Kimp bahnten wir uns den Weg durch die trümmerübersäten Straßen, um Prinz Kiril zu suchen. In verschiedenen Gebäuden trafen wir auf ausruhende Garnisonstruppen, die uns immer tiefer ins Stadtgebiet schickten.

Während wir uns vom Hafen zur inneren Stadtmauer durchschlugen, erkannte ich, dass die Trümmer bewusst so gelegt waren, dass sie die aurolanischen Truppen möglichst behindern würden, wenn sie durchbrachen. Wenn man den Hafen als Nabe eines riesigen Rades sah, breiteten sich die Straßen wie Speichen von dort aus. Querstraßen verbanden diese Speichen und erzeugten einen Stadtplan, der entfernt an ein Spinnennetz erinnerte. Die Straßen waren gegeneinander verschoben, sodass keine Speiche von den inneren Stadttoren gezielt zu den äußeren Toren verlief, und die Belagerer gezwungen waren, parallel zu den Mauern verlaufende Straßen zu benutzen, was den Verteidigern Gelegenheit gab, sie mächtig unter Beschuss zu nehmen, bevor sie die Tore erreichen konnten.

Es dauerte nicht lange, bis wir Prinz Kiril gefunden hatten, und er war mir auf den ersten Blick sympathisch. Er hatte lockiges schwarzes Haar, und sein Mund wurde von einem Schnauz- und Kinnbart eingerahmt. Seine Augen waren vom dunklen Grün der Tannennadeln. Er trug einen schwarzen Wappenrock über einem vollständigen Kettenpanzer. Auf der Brust des Wappenrocks prangte in Silber ein aufsteigendes geflügeltes Ross, das allerdings von Blut befleckt war. Dasselbe Wappen leuchtete auf allen Fahnen über den Türmen der Innenstadt.

Er begrüßte Baron Norderstett wie einen lange vermissten Kameraden. »Baron Norderstett. Willkommen in meiner Stadt. Bin ich froh, Euch zu sehen! Es tut mir Leid, dass ich nicht mehr von Swarskija für Euch halten konnte.«

»Ihr habt Beachtliches geleistet, überhaupt so viel zu halten.«

Ein Blick über die Mauern genügte, um mir zu beweisen, dass der Baron keineswegs übertrieben hatte. Die Innenstadt erschien immer noch stolz und prächtig, aber die äußeren Stadtviertel lagen in Trümmern. Klaffende Löcher in roten Ziegeldächern gaben den Blick auf verkohlte Balken frei. Die Türme waren blutbesudelt, und häufig hingen die früheren Bewohner – oder Teile der früheren Bewohner – aus den Fenstern oder aufgespießt an Metallspitzen auf Balkons und Dächern. Die Schatten schienen düsterer dort draußen, und durch die Gassen und über die Straßen bewegten sich Schnatterfratzen, Vylænz und andere Ungeheuer über die überall verstreuten Leichen und Kadaver, die von Pferden und Hunden bis zu kleinen Kindern reichten.

Dahinter wehten aurolanische Fahnen. Während die zivilisierte Welt zu Standarten mit edlen Geschöpfen und anderen erhebenden Symbolen neigt, tendieren die Horden des Nordens zu Darstellungen grundlegend anderer Art. Auf einem Turm sah ich ein Banner mit neun Totenschädeln flattern, auf einem anderen eine grüne Fahne mit einem roten geviertelten Leichnam. Ein Banner war nichts weiter als ein rotes Seidentuch, das von einem Temeryx zerfetzt worden war, ein anderes wehte von einer mit Skalps dekorierten Stange.

Prinz Kirill lachte. »Ich fühle mich geehrt, dass Kytrin mich für würdig erachtet hatte, gleich von zwei ihrer Armeen angegriffen zu werden. Der größte Teil der einen verschmutzt dort draußen mit ihren Überresten die Straßen. Ich werfe jedes Mal ein Paar Knöchel, um mich zwischen meinen verschiedenen Schlachtplänen zu entscheiden, sodass sie nie wissen, wo ich zuschlage. Der Verlust der Stadt ist nicht mehr aufzuhalten, und ich hätte sie längst völlig aufgegeben, aber da gibt es ein Problem.«

Baron Norderstett verschränkte die Arme vor der Brust. »Welches?«

Kirill deutete auf einen der älteren Türme in der Nähe des Hafens. »In diesem Turm wurde das unserer Obhut anvertraute Fragment der Drachenkrone aufbewahrt. Offensichtlich ist das ihr Ziel, und wir wollen verhindern, dass ihnen das Fragment in die Hände fällt.«

»Und wo liegt das Problem?«

Prinz Kirill drehte sich um und zeigte auf einen grünen Turm nur drei Straßen von uns entfernt. »In diesem Turm dort befindet sich die vilwanesische Botschaft. Vor einem Jahr ersuchten mehrere Magiker um die Erlaubnis, das Fragment untersuchen zu dürfen, und es wurde beschlossen, es ihnen unter strengster Geheimhaltung zu leihen. Niemand hat davon erfahren, dass es in die Botschaft gebracht wurde, nicht einmal mein Vater. Sein Hofmagiker erlaubte die Leihgabe in seinem Namen, in der Annahme, dass arkane Belange unter Magikern geregelt werden sollten. Mein Vater weiß bis heute nichts davon, und ich selbst bin nur darüber informiert, weil sein Hofmagiker mir diese Tatsache über eine Arkantafal mitgeteilt hat.«

Baron Norderstett fuhr sich mit der Hand über den Mund. »Wollt Ihr damit sagen, die Aurolanen haben das Gebäude, in dem sich das Fragment der Drachenkrone befindet, bereits in ihrer Hand?«

»So ist es. Die darauf liegenden Schutzzauber haben sich bisher als zu stark für ihre Bemühungen erwiesen, aber das ist nur eine Frage der Zeit. Deshalb plane ich einen Ausfall zu diesem Gebäude, um das Kronfragment zurückzuholen.«

Baron Norderstett schüttelte langsam den Kopf. »Waghalsig und gefährlich.«

Prinz Kirill stellte die rechte Augenbraue schräg. »Ihr helft mir?«

»Wenn es uns gelingt, einen Plan mit Aussicht auf Erfolg zu finden, ja.« Norderstett grinste. »Nachdem wir über mehr Kenntnisse verfügen als unsere Gegner, müsste es einen derartigen Plan geben. Sehen wir zu, dass wir ihn ausarbeiten, und dann kann es losgehen.«

Kapitel Siebenundzwanzig

Der Plan, den Prinz Kirill und Baron Norderstett aufstellten – mit Unterstützung der Prinzen Augustus und Swindger – nutzte, was wir über die taktische Lage in Okrannel wussten. Prinz Kirill teilte uns mit, dass der Eiserne Prinz der Einzige von Kytrins Sullanciri war, der in der Invasionsstreitmacht gesichtet worden war. Soweit er das wusste, besaß Kytrin nur insgesamt vier Sullanciri, sodass der Tod des Eisernen Prinzen ein schwerer Schlag für ihre Eroberungspläne war. Andererseits hieß es, dass jede ihrer Armeen von einem Sullanciri angeführt wurde, und sie hatte zwei Armeen zur Eroberung Okrannels eingesetzt. Also bestand die Gefahr, dass ein weiterer Dunkler Lanzenreiter an der Spitze unserer Gegner stand.

Zugleich jedoch wussten wir, dass selbst ein Sullanciri hier in Swarskija unter erschwerten Bedingungen würde kämpfen müssen.

Da wir die Radujabrücke zerstört hatten, würde die nach Süden in Marsch gesetzte Armee mindestens eine Woche brauchen, um hier einzutreffen. Außerdem nahmen wir an, dass Kytrin Tagostscha dazu benutzte, unsere Flotte zu binden, und der Weirun bis jetzt immer noch glauben musste, unsere Schiffe hätten den Hafen von Mirwostok nicht verlassen. Selbst wenn die Truppen Mirwostok erreichten und unser Verschwinden meldeten – und Kytrin daraus den richtigen Schluss zog, dass wir in Swarskija waren –, würden ihre Möglichkeiten, Gegenmaßnahmen einzuleiten, sich fürs Erste darauf beschränken, Arkantafalbefehle zu versenden.

Und falls dem nicht so sein sollte, stellte ich mir lieber nicht vor, was uns bevorstand.

Der Plan war so einfach und schnell erstellt, dass man ihn als verzweifelt hätte bezeichnen können. Und das wäre ihm auch durchaus gerecht geworden. Er begann mit dem Trompetensignal zum Rückzug entlang der gesamten okranschen Linien. Die Soldaten verschwanden von den Mauern und Türmen, besonders im Westen auf der Linie, die den aurolanischen Truppen den schnellsten Vorstoß zum Kronturm versprach. Da die Aurolanen unsere Flotte ohne Zweifel hatten eintreffen sehen und die Okraner schon zuvor eine Menge Stadtbewohner übers Meer evakuiert hatten, lag die Schlussfolgerung nahe, dass die Truppen die Flucht ergriffen.

Und da die abziehenden Truppen das Bruchstück der Drachenkrone unter keinen Umständen in der Stadt zurücklassen würden, musste es für die Aurolanenhorden das dringlichste Ziel sein, durchzubrechen und den Turm zu erobern. Die Notwendigkeit eines schnellen Erfolgs schloss jede Finesse von ihrer Seite aus. Was ihnen jetzt geboten erscheinen musste, war ein massiver Sturmangriff, und das bedeutete, sie würden ihre Einheiten aus dem Rest der Stadt abziehen, um mit einer möglichst großen Übermacht zuschlagen zu können.

Sobald wir unter ihrem Ansturm zurückwichen und sie in den Bereich um den Kronturm ließen, konnten wir einen Flankenangriff starten. Die Okraner Verteidiger würden ihren Vorstoß bremsen – und die Truppen unserer Expeditionsstreitmacht von beiden Seiten gegen sie losschlagen. Während sie auf diese Weise abgelenkt waren, würde eine kleine Einsatzeinheit sich zur vilwanesischen Botschaft durchschlagen und das Fragment der Drachenkrone bergen. Wenn alles lief wie vorgesehen, würden wir rechtzeitig zum allgemeinen Rückzug und zur Evakuierung wieder zurück sein. Während die Aurolanen erkannten, dass sie getäuscht worden waren, planten wir, bereits auf hoher See zu sein.

Prinz Augustus erhielt den Befehl über die Verteidigung des Kronturms und er bat sich Swindger als Stellvertreter aus. Baron Norderstett musste erkannt haben, dass die Ereignisse an der Brücke Leif, Net und mir auch noch das wenige Wohlwollen ausgetrieben hatten, das wir Swindger gegenüber je besessen hatten. Und er teilte uns für die Diebeskompanie ein. Siede, Heslin, Faryaah-Tse Kimp und eine Hand voll Ælfenkrieger wurden zu unserer Begleitung abgestellt. Den Rest der Truppe stellten wir zu gleichen Teilen aus okranschen und Koalitionskriegern auf, allesamt tüchtigen Männern und Frauen. Vierundzwanzig von uns würden den Ausfall am Boden durchführen, und sechs weitere, alle sechs Gyrkyme, würden zum Botschaftsturm fliegen, aber erst, nachdem wir durchgebrochen waren und ihn gesichert hatten. Sie konnten das Kronenfragment durch die Luft in Sicherheit bringen, während wir uns den Rückweg freikämpften.

Die Ælfen wollten mit den Gyrkyme nichts zu tun haben und hätten beinahe die Teilnahme an der Mission abgelehnt, aber sie waren sich der Wichtigkeit unseres Erfolges sehr bewusst. Prinz Kirill fand einen Weg, ihre Ehre zu retten, indem er sie darauf hinwies, dass es die Aufgabe der Ælfen war, an den Turm, in die Botschaft und wieder zurück zu gelangen. Die einzige Aufgabe der Gyrkyme bestand darin, das Fragment abzutransportieren, sodass ihr Teil der Mission keinerlei Überschneidung mit dem aufwies, was die Ælfen zu tun hatten. So fadenscheinig diese Ausrede auch war, sie genügte den Ælfen.

Ich hatte noch nie einen leibhaftigen Gyrkymu zu Gesicht bekommen. Im Großen und Ganzen sehen sie aus wie Ælfen, mit spitz zulaufenden Ohren, scharfen Gesichtszügen und großem, drahtigem Körperbau. Ihr ganzer Körper ist von einem Daunenkleid bedeckt und sie tragen kaum Kleidung, abgesehen von leichtem Schmuck oder um Arm oder Oberschenkel geschnallten Dolchen. Flügel, Rücken, Hals und Kopf sind von längeren Federn bedeckt, und ihr Kopfgefieder hat häufig die Form eines Kamms, der sich aufstellt, wenn ein Gyrkymu erregt ist. Die zusammengelegten Schwingen ragen hoch über den Kopf des Gyrkymus auf und haben entfaltet eine Spannweite von locker achteinhalb Metern. Ihre Färbung variiert. Manche waren nahezu völlig weiß, andere rabenschwarz, und Preiknosery, ihr Anführer war fast wie ein Turmfalke gefärbt, mit braunem Rückengefieder, weißer Brust und bis auf eine auffallende dunkle Färbung um die Augen und entlang der Nase ebenfalls weißem Gesicht.

Die Gyrkyme besitzen nur vier Finger und Zehen. Ihre Füße erinnern stark an die eines Menschen, nur sind die Zehen etwas verlängert. Bei ihrem Anblick kam mir unwillkürlich der Gedanke, dass sie in der Lage sein müssten, etwas zu greifen. Sämtliche Zehen enden in bösartigen Krallen, die kaum weniger Schaden anrichten dürften als die eines Temeryx. Auch ihre Finger sind krallenbewehrt, aber die Gyrkyme hatten sie an Daumen und Zeigefingern fast vollständig zurückgeschnitten. Ihre Bogenschützen hatten darüber hinaus auch die Kralle des Mittelfingers gestutzt, um einen Bogen spannen und abfeuern zu können, ohne die Sehne zu zerschneiden.

Preiknosery hatte große, bernsteingelbe Augen, und als ich mit einer Nachricht von Baron Norderstett Prinz Kirills Quartier betrat, drehte er den Kopf und sah mich an. Der Gyrkymu sagte nichts, sondern blinzelte nur einmal sehr langsam, dann drehte er den Kopf wieder zu Kirill um. Der Prinz lächelte und sah zu ihm auf, dann drehte er sich zu mir um.

»Ist es Zeit?«

»Bald.«

Er nickte, dann widmete er sich wieder dem strampelnden Bündel in seinem Arm. »Du hast meine Tochter noch nicht gesehen, Valkener, oder?«

»Nein, Hoheit.«

Er setzte sie auf seine linke Hand und stützte mit der Rechten ihren Kopf und Rücken. »Das ist Alexia, meine Tochter und Erbin.« Das Kind zupfte an einem aus blonden Haaren geflochtenen Armband am rechten Handgelenk ihres Vaters. »Sie hat die Haare ihrer Mutter – die Götter behüten ihre Seele. Sie ist ein fröhliches Kind. Mein Augapfel.«

Ich habe es schon immer ebenso schwierig gefunden, aus dem Gesicht eines kleinen Kindes irgendwelche Rückschlüsse auf seine Zukunft zu ziehen, wie aus einem Samen vorherzusagen, welche Gestalt der einmal daraus wachsende Baum haben wird. Ein Vergleich Alexias mit dem, was ich von meinen Nichten und Neffen noch wusste, ließ mich vermuten, dass sie höchstens ein halbes Jahr alt war. Ihre Haare waren äußerst hell, fast weiß, und an einem kleinen Zopf über ihrer linken Schläfe hingen zwei Gyrkymefedern. Das Kind hatte die leuchtendsten blauvioletten Augen, die ich je gesehen habe, und ein breites, kicherndes, glucksendes Lächeln.

»Ich kann verstehen, warum Ihr stolz auf sie seid.«

»Sie ist alles, was ich habe.« Er wiegte sie in den Armen, und sie zog mit ihrer kleinen Hand an seinem Bart. Er lachte, dann küsste er sie auf die Stirn und reichte sie Preiknosery. »Es wird Zeit, dass ich sie dir anvertraue.«

»Dafür ist später noch Zeit, Kirill, mein Freund.« Seine Stimme überraschte mich. Ich hatte erwartet, dass sie einen hohen, harten Klang haben würde, aber stattdessen war sie tief und sonor. »Ich werde mit dir an Bord eines der Schiffe gehen, und wir werden gemeinsam in See stechen.«

Kirill schüttelte den Kopf. »Nein, mein Freund. Ich möchte, dass du und dein Schwarm von hier aufbrecht, sobald der Angriff beginnt. Das ist der Zeitpunkt, zu dem ihr die größte Chance habt zu entkommen. Nimm Alexia mit in eure Heimat. Ich werde sie dort abholen.«

Der Gyrkymu nahm das Kind in die Arme, und Kirill streichelte seiner Tochter noch einmal über den Kopf. »Armes Kind. Deine Mutter hast du bei der Geburt verloren, und deine Heimatstadt, bevor du ein Jahr alt warst. Dein Lebensweg beginnt am Fuße eines gewaltigen Berges, aber du wirst ihn bezwingen.« Er küsste sie noch einmal, dann drehte er sich weg. »Geh, Preiknosery, mein treuer Freund. Sie ist jetzt deine Tochter. Geh, so lange Swarskija noch unser ist. Lass sie nie vergessen, dass diese Stadt ihr Erbe ist.«

Der Gyrkymu ruckte hinter dem Rücken des Prinzen mit dem Kopf, dann verließ er den Raum. Kirill sah ihm nicht nach. Stattdessen legte er sein Schwert um und nahm seinen Helm. Als er sich wieder zu mir umdrehte, lächelte er. »Komm, Valkener, mein Freund. Kytrin verlangt nach meiner Stadt. Der Pachtpreis hat sich noch einmal erhöht, und es wird Zeit, dass sie ihn in Blut bezahlt.«

Alle Mitglieder der Diebeskompanie mit Ausnahme Faryaah-Tse Kimps waren zu Pferd. Sie verwandelte ihre Beine einfach in die muskulösen Gliedmaßen eines Temeryx. Die Veränderung verlieh ihr einen seltsam hüpfenden Gang und gestattete Sprünge von beachtlicher Weite. Nachdem ich Temeryxen in Bewegung gesehen hatte, zweifelte ich nicht daran, dass sie sich äußerst schnell bewegen konnte, und ihr Anblick war entgeisternd genug, den Feind stutzen zu lassen, bevor er angriff.

Aus dem Westen hörten wir die Tore unter dem Ansturm der Aurolanen nachgeben. Auf das laute Krachen folgte ein triumphierendes Geheul. Das Echo der Gebäude verzerrte den Klang, aber es fiel mir nicht schwer, mir die Flut der Vylænz und Schnatterfratzen vorzustellen, die durch das aufgebrochene Tor strömte. Im Innern der

Mauer erwartete sie als einzig gangbarer Weg eine breite Allee, denn alle übrigen Gassen und Querstraßen waren von Trümmern blockiert. Doch mit dem Kronturm gerade voraus würden sie sich kaum Gedanken um ihre Flanken machen.

Auf der Mauer über dem Südtor erhoben sich die Bogenschützen und feuerten eine Salve um die andere auf die nächsten Feindeinheiten. Mehrere Krieger zogen den riesigen Balken, der das Tor verriegelte, beiseite und schwangen die massiven Flügel auf. Wir preschten in vollem Galopp hinaus, die Schwerter blankgezogen, Kirill und Baron Norderstett an der Spitze der Formation, Leif an der linken Flanke, Net und ich mit Siede an der rechten. Faryaah-Tse sprang und hüpfte in der Mitte zwischen uns, und der Rest unserer Truppen folgte hinter diesem Keil.

Die schiere Vernichtungskraft eines Kavallerieangriffs auf Fußtruppen sollte man nicht unterschätzen. Manch einem, darunter auch Barden, die einer Schlacht nie näher gekommen sind als bei der Beteiligung an einer Kneipenschlägerei, scheint ein Pferd mit Reiter in der Konfrontation mit einem Fußsoldaten verletzlich. Schließlich genügt ein kurzes Ausweichen zur Schildseite des Reiters, und dessen Hieb wird sein Ziel verfehlen, während der Infanterist anschließend das Pferd verwunden und zu Boden werfen kann. Der Reiter wird aus dem Sattel geworfen, und der Fußsoldat kann ihn angreifen, bevor er sich von dem Sturz erholt hat.

Das Problem dabei ist natürlich, dass es unmöglich ist, einer Wand heranpreschender Reiter auszuweichen. Außerdem sorgt das bloße Gewicht eines galoppierenden Pferdes dafür, dass es einen Fußsoldaten nur streifen muss, um ihm die Knochen zu brechen. Im günstigsten Fall wird er weggeschleudert – im ungünstigsten auf der Stelle getötet. Und auch wenn ein am Boden liegender Soldat ein Hindernis darstellt, über das die meisten Pferde lieber hinwegspringen als darauf zu treten, hat der unglückselige Infanterist keine Möglichkeit, die Reiter zu verfolgen. Wenn er es überhaupt wieder auf die Füße schafft, macht er sich damit wahrscheinlich nur zum Ziel für den nächsten Sturmangriff, wenn die Reiterei auf der anderen Seite der Linien umdreht.

Leif und Net verließen sich in diesem Kampf auf Temmer beziehungsweise den Streitkolben, aber ich hatte mir einen Reiterbogen gegriffen und feuerte, so schnell ich ein Ziel fand. Ich versenkte einen Pfeil in einer Schnatterfratze, einen Sekundenbruchteil, bevor Baron Norderstetts Charge die Kreatur mit der Schulter rammte. Der Schnatterer flog wie eine Stoffpuppe durch die Luft davon und brach sich das Genick, als er gegen eine Hausecke prallte.

Siede schwang ein schweres Schwert, dessen Klinge eine minimale Krümmung hatte. Die Waffe war beinahe identisch mit der, die Entschlossen benutzt hatte. Das Blatt verbreiterte sich nach zwei Dritteln seiner Länge vom Heft, dann verjüngte es sich wieder zu einer scharfen Spitze, die sich hervorragend zum Stechen eignete. Die Klinge war auf der gesamten Länge einer Seite und einem vollen Drittel der gegenüberliegenden mit einer Schneide versehen, sodass Siede sie mit Vor- und Rückhand einsetzen konnte. Sie hatte ein einfaches Stichblatt und einen leicht gebogenen Hartholzgriff, schien aber ansonsten unverziert.

Eine eintätowierte Rune auf ihrem Unterarm leuchtete in irisierendem Rot auf, das sich über den gesamten rechten Arm ausbreitete. Sie schlug den Schaft eines Speers beiseite und zog das Schwert mit einer kurzen Drehung des Handgelenks so schnell herum, dass meine Augen nicht folgen konnten. Nur das auf der Klinge sichtbar werdende Blut und ein Schnatterer, der tot nach hinten kippte, legten Zeugnis davon ab, was sie getan hatte.

Ein Pfeilregen von den Mauerzinnen erledigte die Schnatterfratzeneinheit, deren Reihen wir durchbrochen hatten. Unsere Hufschläge donnerten durch die Stadt, als wir zum vilwanesischen Botschaftsturm galoppierten. Wir erreichten ihn und das zerbrochene Tor in der einfachen Mauer, die ihn umgab, nach wenigen Sekunden. Ich duckte mich unter den Torbogen, dann erschoss ich einen Vylæn, der dabei war, an einem der Blumengitter emporzuklettern, das an der Turmwand hing. Andere Mitglieder unserer Truppe sprangen aus dem Sattel und hieben mit Schwert, Beil und Keule um sich. Faryaah-Tşe segelte über die Gartenmauer und zerquetschte einen anderen Vylæn unter ihren Füßen, dann schlug sie aus und zerfetzte eine Schnatterfratze mit einem Hieb der beiden mit Widerhaken bewehrten Klingen, in die sich ihre rechte Hand verwandelt hatte.

Eine ganze Reihe von Vylænkadavern waren über den kleinen Garten des Turms verteilt, und die meisten von ihnen hatte der Tod ereilt, lange bevor wir eingetroffen waren. Brandspuren um eine der Türen zeigten, wo sie bei dem Versuch gestorben waren, in den Turm einzubrechen. Die Tür selbst schien aus einem soliden Obsidianblock zu bestehen, ohne einen Griff oder irgendeinen Hinweis darauf, wie sie zu öffnen war. Allerdings zeigten die verkohlten und zerborstenen Überreste mehrerer Dachbalken unmissverständlich, dass ein Rammbock nicht die Lösung war.

Heslin stieg die Stufen zur Tür des Turms hinauf und strich mit der Hand durch die Luft davor. Hinter seiner Hand sah ich eine Art milchig jadegrünes Spinnennetz aufleuchten, aber die Fäden dieses Netzes waberten und verformten sich, als würde man sie durch eine bewegte Wasseroberfläche betrachten. Der Magiker studierte das Netz einen Augenblick lang, dann streckte er die Hand aus und berührte die Tür. Rotviolettes Licht breitete sich unter seiner Handfläche aus, und die Steintür verschwand.

Heslin ging uns voraus. Ich betrat den Turm hinter

dem Prinzen und Baron Norderstett. Der Erzmagiker schritt mit einer selbstbewussten Leichtigkeit und Kraft in den Turm, die er seit seiner Verwundung in Atval nicht mehr gezeigt hatte. Fast war mir, als zöge er Kraft aus dem Gebäude selbst, was mich nicht allzu sehr verwunderte, denn es war ein äußerst merkwürdiges Bauwerk.

Obwohl der Turm rund war, schien er alle möglichen Ecken und Winkel zu besitzen. Sein Inneres erschien ganz eindeutig größer als das Äußere, was mir ein enormes Unbehagen verursachte. Und es wurde noch dadurch verstärkt, dass sich all die Einrichtungen, die ich sah, als Heslin uns tiefer in das Bauwerk führte, Treppen und Fenster, Kamine und Durchgänge, vor meinen Augen verschwanden und ebenso nützlichen, aber andersartigen Gegenständen Platz machten.

Ich behielt mein Unbehagen für mich, aber Siede rechts hinter mir zischte plötzlich: »Dieser Bau stinkt nach Illusion. Kannst du dagegen nichts tun, Heslin?«

Der Magiker schnaubte und sah über die Schulter zu uns zurück. »Die Zauber zu zerstören, würde mehr Zeit kosten, als sie zu lenken. Außerdem werden die Fallen hier weitere Aurolanen töten, wenn sie nachsehen kommen, warum wir den Turm betreten haben.«

»Ein guter Grund, alles zu lassen, wie es ist.«

»Wie mich das freut, dass du mir zustimmst.« Der Magiker grinste sie an. »Für dich ist es wahrscheinlich schlimmer als für die anderen, weil du für Magik offener bist.«

Die Vorqælfe zuckte die Schultern. »Es ist die Mühe wert.«

Heslin führte uns eine – in eine der Mauern eingelassene – Wendeltreppe hoch. Wir kamen an zwei Treppenabsätzen vorbei, bis wir fast an der Spitze des Turms angelangt waren. Der Raum, der sich vor uns ausbreitete, nahm das ganze Stockwerk ein. Fenster und eine Tür führten auf einen Balkon hinaus, der sich um den gesamten Turm zog. Der Boden war aus hellen Eichenbrettern gebaut und von so guter Facharbeit, dass er unter unseren Schritten keinen Laut von sich gab.

In der Mitte des Raumes hing das Fragment der Drachenkrone in der Luft. Das Metall, das den faustgroßen Stein umgab, schien Gold zu sein. Es wirkte so glatt, dass ich mich unwillkürlich fragte, ob es etwa glutflüssig war und ich nur aus irgendeinem Grund die von ihm ausgehende Hitze nicht spürte. Der Stein, den es umschloss, strahlte mit jenem klaren Sternenglanz, der einen Saphir auszeichnet, aber er war von einer tiefen, reichen grünen Farbe mit Spuren von Gold. Er war nicht nur von einer atemberaubenden Schönheit, er strahlte auch eine geradezu mit Händen greifbare Macht aus.

Rund um die Krone waren in einem bis auf drei Lücken geschlossenen Kreis Tische mit Glasbehältern, seltsamen Gerätschaften, bunten Mixturen und getrockneten Überresten von Kreaturen angeordnet, von denen ich bis heute nicht weiß, worum es sich gehandelt hat. Heslin hob die Hand zur Warnung, nicht ins Innere des Raums zu treten, dann näherte er sich langsam den Tischen. Er blieb in einer der Lücken stehen, dann bewegte er die Hand durch die Luft, ganz ähnlich wie am Turmeingang vor der Steintür.

Wieder wurde ein ätherisches Netzwerk sichtbar. Drei Kugeln aus blauen, roten und gelben Lichtfäden umgaben das Fragment, eine im Innern der anderen. Alle drei Kugeln drehten sich langsam um ihre Achse, die blaue nach rechts, die rote nach links, die gelbe nach unten. Es war theoretisch möglich, durch das Netzwerk zu fassen und das Kronenfragment zu ergreifen, aber die Kugeln hätten den Arm mit Sicherheit getroffen, bevor es möglich gewesen wäre, den Preis aus ihrem Schutz zu entfernen. Ich erinnerte mich, wie es den Vylænz ergangen war, die versucht hatten, den Turm zu betreten, und stellte mir lieber nicht vor, welche Wirkung diese Magik haben würde.

»Schlaue Burschen, meine Brüder, aber nicht schlau genug.« Heslin streckte die Hand aus und legte sie auf die blaue Kugel. Er schien keine Mühe damit zu haben, sie anzuhalten, aber die beiden anderen Kugeln reagierten darauf, indem sie sich schneller drehten. »Hübsche Falle.«

Prinz Kirill runzelte die Stirn. »Wie meinst du das, nicht schlau genug?«

»Nun, wären sie wirklich intelligent gewesen, hätten sie das Fragment mitgenommen, als sie flohen, statt es hier zu lassen. Aber dieser Zauber ist ein guter Schutz, denn er macht es für eine einzelne Person unmöglich, es zu stehlen. Siede, wenn du so freundlich wärst ...«

Die Ælfe steckte ihr Schwert ein und marschierte in den Saal. »Ich bin nicht im Gebrauch von Magik geschult. Ich benutze nur die in meine Haut eingebrannten Zauber.«

»Es spielt keine Rolle, du bist offen für die Kraft der Magik.« Er nahm ihre rechte Hand in seine Linke und brachte sie an die Stelle, an der er die blaue Kugel festhielt. »Pack sie einfach nur und halte sie fest.«

Sie nickte und schloss die Hand um die leuchtende blaue Lichtbahn. Heslin ließ los und die Ælfe keuchte auf. Die blaue Kugel bewegte sich und schien Siede von den Füßen zerren zu wollen, aber sie widersetzte sich, und die blaue Kugel hielt wieder an. »Keine unnötige Zeitverschwendung, Magiker.«

Heslin schmunzelte und bewegte sich um den Kreis der Tische. Er nahm ein silbernes Gerät mit zwei Haken an jedem Ende von einem der Tische, streckte die Hand durch die ruhende blaue Kugel und fing die rote damit ab. Er befestigte das andere Ende des Geräts an der blauen Kugel und brachte damit auch die mittlere der drei Lichtsphären zum Stehen. Siede quittierte seinen Erfolg mit einem lauten Grunzen. Sie musste ihre ganze Kraft einsetzen, um die beiden Lichtkugeln festzuhalten, und die innerste, gelbe Kugel drehte sich jetzt noch schneller.

Heslin wanderte hastig um den Kreis der Tische und lachte laut auf. Die gelbe Kugel wirbelte jetzt zwar mit solcher Geschwindigkeit, dass sie von der Türe aus wie ein gelber Vorhang vor dem Kronenbruchstück lag, aber er befand sich jetzt in einer Linie mit der Achse, um die sie sich drehte. Er streckte die Hand durch die blaue und rote Kugel und in die Polöffnung der gelben Sphäre. Seine Hand schloss sich um den grünen Stein. Er zog ihn heraus und nickte Siede zu. Sie ließ los und gestattete den magischen Globen, sich wieder frei zu drehen.

Ich zog den Kopf ein, als das silberne Gerät, mit dem Heslin die beiden äußeren Kugeln verbunden hatte, in Richtung Tür geschleudert wurde. Siede wankte an meine Seite zurück, während Heslin und der Prinz auf den Balkon traten. Kirill winkte mit beiden Armen, und kurz darauf landete einer der Gyrkyme neben ihm und schob das Bruchstück der Drachenkrone in eine Tasche, die er um seinen rechten Oberschenkel geschnallt hatte. Drei andere, mit Bogen bewaffnete Gyrkyme kreisten über ihm. Die vier nahmen Kurs zurück zur Innenstadt und zu den Schiffen, die uns alle in Sicherheit tragen würden.

Vor dem Turm erschallte plötzlich ein lautes Gebrüll, und wir hasteten die Treppe hinab und ins Freie. Eine Einheit Schnatterfratzen hatte sich formiert und griff das Tor an. Einige versuchten, über die Mauer zu klettern, aber auf der linken Seite warfen Loqælfpfeile sie wieder zurück, und auf der rechten tanzte Leif über die Mauerkrone, gebadet in Temmers goldenem Feuer. Er drehte und duckte sich unter Pfeilen, Steinen und Speeren weg und hieb mit dem Zauberschwert wild auf die Schnatterer ein, wenn sie versuchten, an der Mauer hochzuklettern.

Faryaah-Tse sprang erneut mit einem Satz über die Mauer und landete diesmal auf dem Pulk der Aurolanen, der sich auf der Straße angesammelt hatte. Ich schoss an Net vorbei, der im Toreingang stand und auf die Schnatterfratzen einschlug. Schließlich musste er zurückweichen, als ein Langmesser seinen linken Oberschenkel aufschlitzte. Siede sprang vor und nahm seinen Platz ein, dann ließ Leif sich auf die Straße fallen. Kirill, der inzwischen fest im Sattel saß, befahl, das Tor freizumachen.

Baron Norderstett folgte ihm hoch zu Ross und wehrte die Flut der Schnatterer ab, die sich sonst um Kirill geschlossen und ihn aus dem Sattel gezogen hätte. Ich ließ den Bogen fallen, zog blank und rannte los, um die Schnatterfratzen aus der Flanke zu bekämpfen, als sie sich zu den Reitern umdrehten. Prinz Kirill und Baron Norderstett hieben rechts wie links mit ihren Schwertern. Siede folgte dicht hinter ihnen. Ihr Schwert zuckte wie die Zunge einer Schlange, durchbohrte einen Aurolanen, riss die Innenseite eines Schenkels auf, schob sich unter einen Schild zum Todesstoß.

Verglichen mit ihrer kunstvollen Fechtleistung war ich ein Holzfäller mit stumpfer Axt. Ich blockte einen Schlag auf meinen Kopf ab, dann fasste ich das Schwert um und rammte der Schnatterfratze den Knauf ins Gesicht. Als sie zurückfiel, schlug ich zu und traf ihre Brust. Ich schrie auf, als das Langmesser eines anderen Schnatterers meine linke Seite traf, aber die Klinge richtete mein Wams schlimmer zu als meine Brust. Ich schlug aus und traf die widerwärtige Kreatur mit gepanzerter Faust. Sie stolperte nach hinten und kippte über einen sterbenden Kameraden. Einer der okranschen Soldaten durchbohrte sie mit dem Schwert.

Die Schnatterfratzen ergriffen die Flucht. Ich sah acht von unserer Kompanie am Boden. Faryaah-Tse half einem weiteren auf, und Net kam humpelnd zurück. Prinz Kirills Stiefel waren zerfetzt und sein Pferd blutete aus einer Schnittwunde an der rechten Schulter. Baron Norderstetts linker Ärmel war blutgetränkt, und selbst Siede blutete aus einer Wunde am rechten Oberarm.

Wir wandten uns in Richtung Innenstadt, um unseren

Weg zurückzuverfolgen – und der Anblick, der sich uns bot, jagte uns kalte Schauer über den Rücken. Auf der Straße vor uns lag ein Gyrkymu, die Schwingen ausgebreitet, den Rücken seltsam um den schwarzen Pfeil gebogen, der in seinem Körper steckte. Ein weißer Temeryx schlug mit den Vorderbeinen nach dem rechten Oberschenkel des Gyrkymu und bekam die Tasche zu fassen, in der sich das Fragment der Drachenkrone befand. Das Tier riss sie ab und rannte nach Osten davon.

Kirill gab seinem Ross die Sporen und galoppierte die Straße hinab. Ich rannte hinterher, ebenso wie Leif, Faryaah-Tse und Siede, die mich allesamt überholten. Als Kirill die Kreuzung erreichte, auf der der Gyrkymu lag, schoss von Osten ein schwarzer Pfeil heran und bohrte sich in die Brust seines Pferdes. Es stürzte und warf Kirill auf den toten Gyrkymu. Der Prinz versuchte aufzustehen, aber er rutschte auf einer Blutlache aus und stürzte wieder hin.

Ein zweiter Pfeil zuckte knapp über seinen Kopf hinweg und zerschmetterte mehrere Ziegel in einer Gebäudewand auf der anderen Straßenseite.

Ich erreichte die Kreuzung ein, zwei Lidschläge hinter Leif, Siede und der urSreð. In östlicher Richtung rannte ein Pulk von vier Temeryxen davon. Auf einem von ihnen ritt ein Vylæn, der die Tasche in der Hand hielt. Faryaah-Tse setzte ihnen nach, aber hundert Meter die Straße hinab trat eine dunkle Gestalt aus einem Hauseingang. Zwischen ihr und uns lagen die von Temeryxen zerfetzten Leichen der anderen Gyrkymekrieger auf dem Kopfsteinpflaster.

Die groß gewachsene, schlanke Gestalt wirkte ælfisch, daran konnte kein Zweifel bestehen, und die Form des Bogens, den sie in der Hand hielt, unterstrich diesen Eindruck noch. Aber im Gegensatz zu den Silberholzbogen der Loqælfen schien die Waffe dieses Ælfen schwarz mit goldenen Flecken. Hinter ihm blähte sich ein Mantel auf einer Brise, von der ich keinen Luftzug wahrnahm. Aber noch unheimlicher war die Art, wie sich immer kleine Teile davon flammengleich aufwärts drehten, vom Rest des Mantels lösten und in Nichts auflösten.

Sein Haar war vom selben Mitternachtsschwarz wie der Mantel und seine Kleidung, und in seinen Augen leuchtete das gleiche violette Licht, das im Blick des Eisernen Prinzen gelegen hatte. Es war kein Zweifel möglich, dass in der Tat ein zweiter Sullanciri die Aurolanenhorden begleitet hatte. Und dieser Dunkle Lanzenreiter konnte uns alle töten, bevor Leif nahe genug an ihn heran war, um ihn mit seinem Zauberschwert anzugreifen.

Der Sullanciri legte einen neuen Pfeil auf und schoss. Ich sah den tiefschwarzen Schaft auf mich zukommen und konnte nichts tun, um ihm auszuweichen. Ich sah ihn größer und größer werden, wusste, dass er mein Brustbein durchschlagen und mein Herz zerfetzen würde. Ich wollte mich bewegen, eine Schulter wegdrehen, in der Hoffnung, der Schuss könnte mich verfehlen, aber ich wusste mit absoluter Sicherheit, dass dieser Pfeil sein Ziel finden würde.

Dann drehte er sich im Flug, bog um die Straßenecke und weiter auf den vilwanesischen Turm zu. Heslin hob den Kopf, als das nachtschwarze Geschoss Kurs auf ihn nahm. Der Pfeil traf den Magiker hoch in der rechten Brust und schleuderte ihn zu Boden.

»Leif, los! Hol ihn dir!«

Leif sah hoch, als ich ihn anschrie, dann blickte er auf sein Schwert und drehte sich um. Er rannte die rechte Straßenseite hinauf, und Faryaah-Tse sprintete auf der linken Seite mit. Ich hechtete zu einem der toten Gyrkyme und griff mir einen Bogen. Es war mir gleich, dass er länger war als mein Reiterbogen und erheblich schwerer zu spannen. Ich legte einen Pfeil auf die Sehne, zog sie zurück, so weit ich konnte – und schoss.

Mein Pfeil, ein goldener Holzschaft mit leuchtend roter

Fiederung, bohrte sich durch den Umhang des Dunklen Lanzenreiters. Ich hätte schwören können, dass er ihn in die Seite getroffen hatte, aber ihm war keinerlei Verletzung anzumerken. Ich knurrte enttäuscht auf, als mir klar wurde, dass er nur von einer magischen Waffe verwundet werden konnte. Den nächsten Pfeil tauchte ich in Gyrkymublut, in der Hoffnung, es könnte einen Unterschied machen, aber der Pfeil zuckte mitten durch den Sullanciri hindurch, ohne dass er mich auch nur eines Blickes würdigte.

Der Dunkle Lanzenreiter legte an und schoss auf Faryaah-Tse. Sie sprang hoch, um dem Pfeil auszuweichen. Der drehte sich im Flug und änderte seinen Kurs. Er bohrte sich durch ihren linken Oberschenkel und in den rechten. Sie wurde in der Luft herumgewirbelt und schlug vor Schmerzen schreiend mit dem Rücken aufs Pflaster der Straße.

Leif war bis auf halbe Entfernung heran. Goldenes Feuer waberte um Temmer, als wäre das Schwert eine Fackel im Sturm. Leif brüllte den Sullanciri in einer Sprache an, die ich nicht kannte, und rannte ohne jeden Versuch, Haken zu schlagen oder sich zu ducken, geradewegs auf ihn zu.

Der Dunkle Lanzenreiter feuerte einen seiner Pfeile auf Leif ab, und … schoss vorbei. Ich weiß nicht, wie oder warum, aber es geschah, nachdem die Pfeile so offensichtlich auf magische Weise ins Ziel gelenkt wurden. Niemand hätte Faryaah-Tses Sprung voraussehen können, und trotzdem hatte der Pfeil sie getroffen. *Und der Schuss, der Kirill verfehlte, ist daneben gegangen, weil er ausgerutscht ist, etwas, das ihn selbst überrascht hat.* Plötzlich erkannte ich, dass die Pfeile irgendwie die Gedanken ihres Opfers lasen.

Inzwischen war Leif in seinem wütenden Sturmangriff so nahe an seinen Gegner heran, dass es keinerlei Zauber mehr bedurfte, ihn zu treffen. Der Dunkle Lanzenreiter legte an, zog die Hand bis an seine Wange und wartete darauf, dass Leif noch näher kam. Keiner von uns konnte ihm etwas anhaben, und er hatte freie Bahn, Leif in aller Ruhe zu erschießen.

Ich weigerte mich, Leif sterben zu sehen. Ich weiß nicht, woher ich die Eingebung hatte, aber als ich den dritten Pfeil anlegte und den Bogen spannte, wusste ich genau, was ich zu tun hatte. Ich zielte, flüsterte ein kurzes Stoßgebet zu Kedyn – und schoss. Als mein Pfeil ins Ziel jagte, gab der Schwarze Lanzenreiter den seinen frei.

Mein Pfeil schlug in die Breitseite des Ælfenbogens am Ohr des Sullanciri. Der Aufprall riss den Bogen etwas nach hinten. Nicht viel, aber gerade genug, um den Schuss nach oben abzulenken, sodass der Pfeil über Leifs linke Schulter ins Leere ging. Er streifte die linke Wange meines Freunds und riss sein Ohrläppchen auf, aber Leif schien es gar nicht zu bemerken.

Temmer zuckte in weitem Bogen durch die Luft. Ein unmenschlicher Schrei gellte auf, als die brennende Klinge durch den Leib des Sullanciri schnitt. Goldenes Feuer loderte in den Augen des Dunklen Lanzenreiters auf und brach sich Bahn wie glutflüssige Tränen. Er spie goldene Flammen, dann krümmte er sich und erbrach Feuer. Die dunkle Gestalt fiel zu Boden und schlug mit dem Gesicht auf das Kopfsteinpflaster. Eine goldene Flammensäule schoss hoch in die Luft, dann brach sie in einer Säule öligschwarzen Rauchs zusammen.

Von dem Dunklen Lanzenreiter blieb keine Spur zurück, nur sein Bogen lag noch auf der Straße. Leif fiel neben ihm auf ein Knie und hielt sich an seinem Schwert fest. Net rannte zu Faryaah-Tse, und Siede lief los, um Leif zu helfen. Baron Norderstett zog Prinz Kirill hinter sich in den Sattel. Jetzt kam auch der Rest unserer Kompanie gelaufen.

Ich stand auf und suchte nach Heslin. »Der Magiker. Wo ist er?«

Einer der Loqælfen schüttelte den Kopf. »Heslin sagte, er liege im Sterben, und nichts kann ihn mehr retten. Er wollte, dass wir ihn im Turm zurücklassen, damit er die Aurolanen teuer dafür bezahlen lassen kann, wenn sie ihn einzunehmen versuchen.«

Baron Norderstetts Mund war nur noch ein grimmiger Strich. »Helft den Verwundeten. Wir müssen alle zurück in die Innenstadt schaffen.«

Ich sah zu ihm hoch. »Was ist mit dem Bruchstück aus der Drachenkrone?«

Er schüttelte den Kopf. »Wir haben weder die Leute noch die Zeit, die wir bräuchten, um eine Suche zu organisieren. Kytrin hat hier in Okrannel zwei Sullanciri verloren. Der Handel gefällt mir zwar nicht, weil sie das bessere Geschäft gemacht hat, aber jetzt lässt sich nichts mehr daran ändern. Außerdem hat sie das Fragment noch nicht in Händen, also besteht weiterhin eine Chance, dass wir es uns zurückholen können.«

Ich hörte die Worte wohl und verstand auch, was er sagte, aber tief in meinem Innern hatte eine düstere Unheilsahnung Wurzeln geschlagen. Faryaah-Tse kämpfte in Nets Armen gegen die Schmerzen an, Leif brauchte Siedes Hilfe, um sich auf den Beinen zu halten. Heslin und zahlreiche andere lagen tot oder sterbend am Turm, und meine Rippen schienen in Flammen zu stehen. Die große Expedition, die so weit gekommen war, um Okrannel zu retten, war gescheitert, und schon damals wusste ich, dass es ein böses Omen war.

Kapitel Achtundzwanzig

Bei unserer Rückkehr in die Innenstadt schallten die Trompeten und gaben das Zeichen zum allgemeinen Rückzug. Unsere Truppen traten langsam und mürrisch den Rückweg an. Obwohl die meisten von ihnen verwundet waren und die Köcher der Bogenschützen leer, triumphierten die Krieger. Sie wehrten sich gegen den Rückzug wie Hunde gegen die Leine. Jeder Einzelne war überzeugt, dass der Feind unmittelbar vor dem Zusammenbruch stand und nur das Rückzugssignal einen totalen Sieg verhinderte.

Sie schafften es, selbst unsere Niederlage in einen Anlass zum Feiern umzudeuten. Ich konnte es ihnen nicht einmal verdenken, denn der Tod eines Sullanciri war wirklich eine gute Nachricht. Die Bedeutung des Drachenkronenfragments war ihnen nicht klar, möglicherweise weil sie sich weigerten, sich die entsetzlichen Folgen in ihrer ganzen Tragweite bewusst zu machen, die sich daraus ergaben, dass es in die Hände des Gegners gefallen war. Vorerst war Leif ihr Held, denn er hatte zwei Sullanciri erschlagen. Die Soldaten auf dem Marsch zu den Booten jubelten ihm zu, als er auf der Back der *Invictus* saß und die Wunde in seinem Gesicht nähen ließ.

Es hagelte Kommentare, wie stoisch er die Prozedur über sich ergehen ließ und nicht einmal zuckte, als Siedes Nadel sich durch seine Haut bohrte und die Wundränder verschloss. Der Pfeil hatte sein Gesicht links gestreift, seine Maske aufgeschnitten und sein Ohrläppchen fast komplett abgetrennt. Siede nähte auch das Ohr wieder an und entschuldigte sich für die Narbe.

Leif schüttelte lethargisch den Kopf. »Eure Magiker haben mehr als genug damit zu tun, die wirklich Verwundeten zu retten. Meine Maske wird die Narbe verdecken.«

Verwundete gab es wirklich, zum Teil Schwerstverwundete, und die ælfischen Magiker der Koalitionskontingente von Vilwan und aus Loquellyn sahen sich mit einem Übermaß an Arbeit konfrontiert, ebenso wie Winfellis, eine Croqælfe, die uns von Beginn an begleitet hatte. Dementsprechend war es nötig, die Verletzten in drei Gruppen einzuteilen: Tödlich Verwundete, Schwerverletzte und Leichtverletzte wie Leif, Net und mich. Die ælfischen Magiker kümmerten sich zunächst um die mittlere und dann um Einzelfälle der ersten Gruppe. Wir anderen mussten uns mit Nadel, Faden und Heilpackungen begnügen.

Die menschlichen Magiker wurden damit beschäftigt, diese Heilpackungen herzustellen oder die Schiffe seetüchtig zu machen. Inzwischen habe ich mir erklären lassen, dass Zauber mit Wirkung auf lebende Wesen notorisch schwer zu meistern sind, sodass sich menschliche Magiker weitestgehend auf die Handhabung lebloser Gegenstände beschränken. Ælfen leben sehr viel länger und haben dadurch eine bessere Chance, die höhere Magik zu studieren und zu meistern. Sie legten aber immer großen Wert darauf, ihren Patienten deutlich zu machen, dass ihre Zauber den Heilungsprozess zwar beschleunigten, es aber im Grunde deren eigener Körper war, der die Verletzungen ausheilte. Deshalb benötigten die durch die Ælfenmagik Genesenden viel Ruhe und Nahrung, um ihrem Körper die Kraftreserven zu liefern, die er für die Reparatur des erlittenen Schadens benötigte.

Siede beugte sich dicht an Leifs Wange vor und biss das Ende des verknoteten Fadens ab. »Das sollte reichen, Meister Norderstett.«

»Danke.«

Als Nächstes wandte sie sich mir zu. »Zieht die Rüstung aus, damit ich Euch nähen kann.«

Ich löste die Riemen, die mein Wams schlossen, zog den linken Arm aus dem Ärmel und schälte das Leder zurück. Ich hob den Arm, damit die Ælfe die Schnittwunde besser sehen konnte. Sie hatte nicht allzu stark geblutet. Siede kniete sich neben mir aufs Deck, wusch mit einem feuchten Tuch das eingetrocknete Blut ab und machte sich an die Arbeit. Ich sah nach rechts, statt ihr zuzusehen, in der Hoffnung, die Stiche und das Ziehen des Fadens dadurch besser ertragen zu können.

Leif tastete mit zitternden Fingern über seine zerrissene Wange. »Er hätte mich umgebracht.«

Mein Lachen erstarb in einem Zischen, als Siede mir die Nadel in den Arm stach. »Autsch! Leif, er war ein lausiger Schütze. Er brauchte Magik, um ein Ziel zu treffen.«

Leifs Augen wurden zu Schlitzen, als er sich zu mir umdrehte. Wut verzerrte seine Züge. »Lass das, Valkener! Mach keine Witze. Ich weiß, was du getan hast. Ich habe deinen Pfeil an mir vorbeizucken gefühlt. Ich sah, wie er seinen Bogen traf. Ohne dich wäre ich jetzt tot.«

»Ohne dich, Leif, wären wir jetzt alle tot.«

Seine Schultern sackten etwas herab, dann schien er sich mit einem bellenden Lachen halb aufzumuntern. »Vashendir Krisron hätte mich getötet und sich Temmer genommen.«

»Wer?«

»Der Sullanciri. Das war sein Name, Vashendir Krisron.«

»Woher weißt du das?«

Leif schloss die Augen und schüttelte den Kopf. »Keine Ahnung. Von Temmer wahrscheinlich, genau wie beim Eisernen Prinzen. Ich weiß nur, dass ich seine Herkunft erfahren habe, als ich auf ihn zustürmte. Es war, als könnte ich mit jedem Schritt einen Barden die Geschichte seines Lebens erzählen hören. Ursprünglich war er ein Adliger aus Harquellyn. Er nahm sich der Sache der Vorqælfen an und begab sich auf eine friedliche Expedition – mit dem Ziel, Kytrin dazu zu bringen, Vorquellyn freizugeben. Sie verhandelte mit ihm, machte ihm Hoffnung, zeigte ihm die Wunder ihrer Welt und verführte ihn mit den Verlockungen der Macht. Sie fand seinen schwachen Punkt, einen abgrundtiefen Hass auf die Gyrkyme. Das nutzte sie aus. Er nahm ihr Angebot an, ein Dunkler Lanzenreiter zu werden. Es hieß er oder ich, das Dunkel oder das Licht. Ich musste ihn töten oder alles wäre verloren gewesen.« Leifs Blick ging in eine unbestimmte Ferne, und ich bemerkte, dass seine linke Hand auf Temmers Heft gefallen war und das Schwert gedankenverloren streichelte. Von dem Zittern, das seine Finger kurz zuvor noch befallen hatte, war nichts mehr zu bemerken. »Es war fast mein Tod. Ich wäre in meiner letzten Schlacht besiegt worden.«

Leif blinzelte und sah mich an. Er lächelte, dann beugte er sich nach rechts, und als er sich wieder aufrichtete, hielt er den Bogen des Dunklen Lanzenreiters in der Hand. »Du hast da draußen deinen Bogen verloren. Ich möchte, dass du diesen hier annimmst.«

Ich hob die Hände. »Du hast ihn getötet. Er gehört dir.«

»Nein, Valkener, *wir* haben ihn getötet, und dieses Beutestück ist dein. Er ist verzaubert. Mit seiner Hilfe kannst du den nächsten Sullanciri töten, dem wir begegnen.«

»Um die Wahrheit zu sagen, Leif, mir wären magische Pfeile lieber, und meine Chance, sie einzusammeln, habe ich verpasst.«

Leif zog die linke Braue hoch. »Ja, du warst da draußen ziemlich beschäftigt.«

»Das ist dir aufgefallen?«

»Ja, ist es. Und wenn du wirklich einen Zauberpfeil brauchst, hast du immer noch den in Faryaah-Tse.« Er hielt mir den Bogen hin. »Nimm ihn. Nutze ihn.«

Ich nahm den Bogen aus seiner Hand, und als ich die Linke um das Griffstück legte, fühlte ich ein Kitzeln meinen Arm herauflaufen. Ich sah an Siede vorbei in die Stadt und wählte ein Fenster als Ziel. Der Bogen vermittelte mir ein unbestimmtes Gefühl für die Entfernung, und ich spürte einen Drang, den linken Arm im richtigen Winkel zu heben, um einen Pfeil durch das offene Fenster zu feuern. Ich erhielt keine Entfernungsangabe in Metern und Zentimetern. Es war mehr die Art Eingebung, auf die ich mich zu verlassen gelernt hatte, wenn ich auf die Schnelle einen Schuss abgeben musste.

Der Wert einer derartigen Waffe war mir augenblicklich klar, aber gleichzeitig erfasste mich ein gewisses Unbehagen. Wenn ich mir angewöhnte, mich auf ihre Magik zu verlassen, lief ich Gefahr, mein natürliches Gespür für den richtigen Schuss zu verlieren. Aber konnte ich es verantworten, in einer so verzweifelten Lage wie der, in der wir uns jetzt befanden, auf ein so mächtiges Hilfsmittel zu verzichten? Würde es sich als gut oder schlecht erweisen, wenn ich für das Wohl unserer Sache zuließ, dass meine natürlichen Fähigkeiten verkümmerten?

Auf diese Frage hatte ich keine Antwort, aber ich nickte trotzdem und nahm den Bogen an. »Vielen Dank, Leif.«

Er nickte, als habe er mich kaum gehört, dann riss er den an der linken Seite von seiner Maske herabhängenden Lederstreifen ab. Er setzte die Maske wieder auf und band sie fest. »Ich gehe schlafen.«

»Gute Idee.«

Er stolperte auf die Stufen hinab zum Hauptdeck und stützte sich mit beiden Händen schwer auf das Geländer. Fast wäre er ausgerutscht und gestürzt, aber Net kam gerade die Stufen herauf, fing ihn auf und stützte ihn. Ich konnte seine feuerrote Mähne sehen, während er Leif zum vorderen Niedergang brachte, dann kehrte er um und humpelte die Treppe zu uns hoch.

Er ließ sich auf das Weinfässchen fallen, das Leif als

Sitzplatz benutzt hatte, und streckte das linke Bein aus. Durch den Riss in seiner Lederhose sah ich die genähte Wunde. Er seufzte müde und kratzte sich unter der Maske am rechten Auge. »Faryaah-Tse wird wieder gesund.«

»Freut mich zu hören.«

Er nickte. »Der Pfeil hat grausam geschmerzt. Sie konzentrierte sich und veränderte ein wenig die Gestalt, und sie brauchten nur die Haut aufzuschneiden, um ihn rauszuholen.«

Ich runzelte die Stirn. »Warum haben sie den Pfeil nicht einfach durchgebrochen, das eine Ende rausgezogen und das andere durchgeschoben?«

»Ging nicht. Keine Ahnung, woraus er gemacht ist. Aber danach, wie er sich anfühlt, ist es ein übles Zeug.«

»Leif und ich haben uns gerade über diese Pfeile unterhalten. Ich würde ihn mir gerne mal ansehen. Könnte zu diesem Bogen hier passen.« Ich zuckte zusammen, als Siede den Faden festzog und verknotete. »Wie gehts deinem Bein?«

»Auch nicht schlechter als deinen Rippen.« Net warf mir ein trockenes Grinsen zu. »Wir drei haben Glück gehabt. Heslin ist tot. Faryaah-Tse ist durchbohrt. Prinz Kirill hat sich bei dem Sturz die Schulter verletzt, und er ist untröstlich bei dem Gedanken, seine Tochter könnte es auch erwischt haben.«

»Überrascht mich nicht, aber sie lebt. Der Dunkle Lanzenreiter war hinter der Drachenkrone her, nicht hinter einem Kind.«

Siede sah zu mir hoch. »Wie könnt Ihr Euch dessen so sicher sein?«

Ich schauderte. »Wäre Preiknosery abgeschossen worden, hätte der Sullanciri Alexia gegen das Drachenkronenfragment eingetauscht. Entweder sie oder ihren Leichnam, was immer Kirill mehr Leid zugefügt hätte.«

Die Vorqælfe dachte einen stummen Augenblick nach, dann nickte sie. Sie beugte sich vor und biss den Faden ab, mit dem sie meine Wunde vernäht hatte. Dabei berührten ihre Lippen meine Haut. Die Berührung ging mir durch Mark und Bein. Ich streckte die linke Hand aus, um ihr dankbar auf die Schulter zu klopfen, aber auf dem Weg strich ich ihr über das Haar und die weiche Wange. Sie sah auf und unsere Blicke trafen sich. Mein ganzer Körper kribbelte.

Siede stand langsam auf, dann nickte sie. »Ich muss mich noch um andere kümmern.«

»Danke, Siede.« Ich zögerte. »Wenn es irgendeine Möglichkeit für mich gibt, es dir zu vergelten …«

Sie lachte. »Ich werde darüber nachdenken, Meister Valkener. Vielleicht komme ich auf Euer freundliches Angebot zurück.«

Ich nickte, dann sah ich hinüber zu Net, um herauszufinden, ob er bemerkt hatte, was sich zwischen Siede und mir abgespielt hatte. Ich glaube, in diesem Augenblick war ich weniger besorgt, dass er es bemerkt hätte und mich damit aufziehen würde, als dass es ihm entgangen sein könnte und ich keine Möglichkeit hätte, mich zu vergewissern, dass ich mir das alles nicht nur eingebildet hatte.

Glücklicherweise, oder vielleicht auch unglücklicherweise, waren seine Lider schwer geworden und er schwankte sichtbar auf dem Fässchen. Ich fasste ihn an der Schulter und half ihm runter aufs Deck. Er rollte sich gegen die Schiffswand ein und schnarchte. Fast hätte ich ihm einen Stoß gegeben, weil ein Schnarchen inmitten der sich für die Abfahrt bereit machenden Flotte so fehl am Platze wirkte. Aber dann überlegte ich, dass sein Schnarchen das einzig Natürliche in einer äußerst unnatürlichen Situation war, und aus diesem Grund ließ ich ihn schlafen.

Ich suchte nach einer Möglichkeit, mich nützlich zu machen, aber ich schien den Matrosen nur im Weg zu stehen, also machte ich mich auf die Suche nach Baron Norderstett, in der Hoffnung, dass er etwas für mich zu tun hatte. Ich fand ihn auf dem Wellenbrecher, der den Hafen vom Golf trennte. Die Mauer war aus riesigen Felsbrocken aufgebaut, erhob sich gute zwei Meter über das ruhige Wasser des Hafenbeckens und war an ihrer Oberkante doppelt so breit. Der Baron unterhielt sich mit den drei Prinzen, und auch wenn man es mir als gehässig auslegen könnte, darauf hinzuweisen, möchte ich doch bemerken, dass Swindger es als Einziger geschafft hatte, die Schlacht ohne die geringste sichtbare Verletzung hinter sich zu bringen. Den fünften Mann in der Gruppe erkannte ich als einen der Lotsen wieder, die wir auf der Fahrt nach Swarskija an Bord genommen hatten.

Er deutete hinaus auf den Golf. Über dem Meer hatten sich dunkle, immer wieder von Blitzen durchzuckte Wolkenmassen aufgetürmt, die langsam in unsere Richtung zogen. Die Brandung schlug gegen den Wellenbrecher, schleuderte ihren Schaum bis in das ruhigere Wasser des Hafens und durchnässte uns. »Tagostscha scheint ein wenig verärgert über Euer Täuschungsmanöver.«

Baron Norderstett nickte. »Kytrin weiß ohne Zweifel, dass es uns gelungen ist, den Weirun zu überlisten, und sie will sichergehen, dass wir keine Gelegenheit erhalten, zur Festung Draconis in See zu stechen.«

Swindger breitete die Arme aus. »Hier können wir nicht bleiben. Selbst wenn wir die Schiffe im Hafen zusammenziehen, können wir immer noch mit Brandpfeilen und Feuerbooten versenkt werden.«

Augustus, dessen Kopf mit weißen Bandagen umwickelt war, deren Material sich an mehreren Stellen rötete, legte Swindger die Hand auf die Schulter. »Niemand hat vor, hierzubleiben. Wir müssen weiter, die Frage ist nur, ob es gelingt, den Weirun auf unsere Seite zu ziehen.«

Swindger verschränkte die Finger und hakte die Daumen in den Schwertgurt. »Das kostet Opfer, oder? Was wird der Weirun fordern?«

Kirill runzelte die Stirn. »Ich habe Tagostscha noch nie so wütend erlebt, jedenfalls nicht so früh im Laubfall.«

Siede tauchte links neben mir auf. »Die Weirun waren schon immer aufbrausend.«

Baron Norderstett sah sie an. »Wir unterhalten uns gerade über mögliche Opfer an Tagostscha. Hast du eine Idee? Es müsste etwas Besonderes sein.«

Siede lachte, dann drehte sie sich um und spuckte ins Meer. »Da. Ich opfere Tagostscha, was er wert ist: Gar nichts. Er hat auf seinem Rücken die Schiffe getragen, die Vorquellyn den Tod brachten. Von mir hat er nichts als Hass zu erwarten.«

Eine Welle krachte gegen die Felsen und überschüttete sie wie aus Kübeln mit Salzwasser. Unter der Wucht der Wassermassen stolperte sie zurück, aber ich fing sie auf und konnte verhindern, dass sie in den Hafen stürzte.

Baron Norderstett kratzte sich am Kinn. »Interessanter Vorschlag, aber wenig hilfreich. Hat sonst noch jemand etwas anzubieten?«

Ich trat zur Golfseite des Wellenbrechers vor und zog den Bogen des Sullanciri von der Schulter. Wieder spürte ich ein Ziel, diesmal tief im aufgewühlten, düsteren Meer. Ich hätte nur einen Pfeil auf den Bogen legen und ihn zu spannen brauchen und hätte den Pfeil durch den Weirun treiben können, der uns aus der Tiefe beobachtete. Ich ließ die Hand vom Griffstück der Waffe gleiten und tippte den Bogen in die Gischt der nächsten Welle. »Hier, Tagostscha. Ich opfere dir eine magische Waffe. Ich könnte dich damit vermutlich nicht töten, aber ich könnte dich verletzen. Jeder könnte das, aber ich übergebe sie dir, damit du auf sie Acht geben kannst. Als Gegenleistung erbitte ich von dir desgleichen. Gib auf uns Acht.«

»Nein!«, schrie Swindger hinter mir auf.

Ich schleuderte den Bogen so weit ich konnte übers Meer. Eine Woge wuchs empor und holte ihn aus der Luft. Er versank ohne einen Laut oder eine Spur.

Das Meer beruhigte sich ein wenig.

Lächelnd drehte ich mich zu den anderen um. »Das scheint gewirkt zu haben.«

In Swindgers Augen loderte die Wut. »Das war die Verschwendung eines kostbaren Werkzeugs. Wenn er ihn nicht wollte, hätte er ihn mir geben sollen.«

»Oh, ich wollte ihn, ganz und gar. Genau deshalb war er ein äußerst wirksames Opfer.«

»Er ist ein Narr, Valkener. Dieser Bogen hätte den Krieg für uns entscheiden können.«

»Wenn dieser Bogen Kytrin hätte besiegen können, hätte sie ihn niemals einem Sullanciri überlassen.« Siede wrang das Meerwasser aus ihren langen Haaren. »Und eine derartige Waffe macht noch keinen Krieger.«

Swindgers Nüstern blähten sich. »Soll heißen?«

»Soll heißen«, antwortete Baron Norderstett, »dass Valkener guten Grund hatte, den Bogen zu opfern, nicht wahr, Valkener?«

»Ich denke schon, mein Fürst.« Ich breitete die Hände aus. »Die Magik in diesem Bogen hätte jeden Schuss sicherer gemacht, wenn ich bereit gewesen wäre, mich auf ihn einzulassen. Aber das Problem dabei wäre, dass ich zugleich meinem eigenen Instinkt nicht mehr vertraut hätte. Er hätte mich Stück für Stück aufgezehrt. Das war keine Waffe, die für sterbliche Hände gedacht war, und in denen ruht sie jetzt auch nicht mehr.«

Auf Prinz Kirills Züge trat allmählich ein Lächeln. »Persönliche Opfer, Dinge, an denen uns etwas liegt, die aufzugeben uns schwer fällt … das sind die Opfer, die für Tagostscha von Wert sind. Selbstlos gegeben, was Kytrins Opfer sicherlich niemals sein können.« Er zog den Armreif aus dem Haar seiner toten Frau über die rechte Hand. Er verzog das Gesicht, als er es tat – vermutlich weniger wegen der Schmerzen in der Schulter als aus dem Gedanken heraus, ihn zu verlieren.

Er warf den Armreif ins Wasser. »Hier, das ist alles,

was mir von meiner Gemahlin geblieben ist, abgesehen von Erinnerungen und meiner Tochter.«

Tagostscha nahm das Opfer an, und das Meer beruhigte sich noch etwas mehr.

Prinz Augustus starrte verkniffen in das tiefschwarze Wasser, dann nickte er. »Hör mich an, Tagostscha. Du kennst mich, Augustus von Alcida. Du hast mein Wort, dass mein Opfer an dich von besonderem Rang ist. Ich sende meinem Stallburschen in Yslin so schnell es mir möglich ist den Befehl, mein Lieblingspferd, Cursus, das ich selbst herangezogen habe, seit es ein Fohlen war, in deine Tiefen zu treiben.«

Augustus' Stimme verklang, und das Hämmern der Brandung an den Wellenbrecher wurde leiser. Er nickte, dann entschuldigte er sich und ging los, um die Arkantafal zu suchen, mit der er seinen Befehl nach Yslin übermitteln konnte.

Aller Augen richteten sich auf Swindger. Er strich sich mit der Hand über den Mund, und es war deutlich zu sehen, wie sich hinter seinen schmalen Augen die Gedanken überschlugen. Sein Blick zuckte von mir zu Siede, zu Prinz Kirill und zu Baron Norderstett. Er schloss einen Augenblick lang die Augen, dann zog er den goldenen Trauring von der linken Hand.

»Hier, nimm das, das Symbol meiner unsterblichen Liebe für meine Gemahlin und die Mutter meiner Kinder.«

Die Wellen nahmen sein Opfer an, und möglicherweise verloren sie sogar tatsächlich etwas von ihrer Ruhelosigkeit.

Ein trockenes Grinsen kam über Baron Norderstetts Züge. Er ließ sich auf ein Knie hinab und schöpfte mit den hohlen Händen etwas Seewasser aus einer Pfütze. Er senkte das Gesicht hinein, dann stiegen Luftblasen an die Oberfläche und zerplatzten neben seinen Ohren. Er hob den Kopf wieder aus dem Wasser, dessen kristallene

Tropfen von seinem Bart herabtropften, und ließ das Wasser aus seinen Händen zurück ins Meer fließen, aus dem sie gekommen waren.

Die Kräuselwellen, die dabei entstanden, breiteten sich schnell und weit über das Wasser aus, ebneten die höchsten Wogen ein und ließen eine spiegelglatte See zurück. Ich keuchte unwillkürlich auf, als ich das sah, und Kirill starrte mit offenem Mund hinaus. Siede verzog keinen Muskel, aber Swindgers Augen weiteten sich genug für beider Schock.

Kirill packte Baron Norderstett am Arm. »Was hast du getan, mein Freund?«

»Ich habe ihm geopfert, was mir das Teuerste ist.« Der Baron lächelte zögernd und wischte sich mit der linken Hand über das Kinn. »Ich habe Tagostscha meinen wahren Namen offenbart.«

Siede verneigte sich tief vor Baron Norderstett. »Als jemand, die für eine Sache, die ich über alles andere stelle, ein ähnliches Opfer auf sich genommen hat, erweise ich Euch meinen aufrichtigen Respekt.« Als sie sich wieder aufrichtete, trat eine gewisse Schärfe in ihre Stimme. »Euch ist klar, was Ihr getan habt, hoffe ich?«

Er nickte langsam. »Spielt es eine Rolle angesichts der Notwendigkeit, Festung Draconis zu erreichen?«

»Vielleicht nicht.«

Ich schüttelte den Kopf. »Wahrer Name? Wovon redet Ihr?«

Baron Norderstett lachte und zerzauste mir spielerisch mit der Rechten das Haar, als er an mir vorbeiging. »Es ist bewundernswert, wie viel du bereits von der Welt weißt, Valkener, aber es gibt noch vieles, wovon du nichts weißt. Du hast mein Vertrauen, wie du es dir gewünscht hast, und eines Tages wirst du auch dieses Geheimnis erfahren. Wenn du so weit bist.« Er blickte hinaus aufs Meer. »Der Weirun ist bereit, uns zu empfangen. Wir wollen ihn nicht warten lassen.«

Kapitel Neunundzwanzig

Wir ließen Swarskija in Flammen hinter uns. Bei unserem Aufbruch wurde es dunkel, und ich erinnere mich noch, wie Prinz Kirill auf dem Achterdeck stand, vom Widerschein der Feuer eingerahmt. Am Ufer tanzten und hüpften Vylænz und Schnatterfratzen, aber ich konnte nicht erkennen, ob sie ihren Sieg feierten oder wütend über unser Entkommen waren. Eine Kompanie Schnatterer rannte auf den Wellenbrecher, um uns von dort anzugreifen, und bot den okranschen Bogenschützen in der Ehrengarde des Prinzen eine letzte Gelegenheit, Rache zu nehmen. Die Okraner spickten sie mit ihren Pfeilen und schickten ein weiteres Opfer in Tagostschas wartende Arme.

Der Wind war uns günstig und wir kamen auf der Fahrt zu Festung Draconis schnell voran. Tagostscha ebnete uns den Weg so glatt, dass selbst Leif die Reise überstand, ohne seekrank zu werden. Er wirkte immer noch schwach und stützte sich auf Temmer wie auf eine Krücke, aber seine Laune war deutlich besser. Er unterhielt die okranschen Soldaten mittschiffs mit seinem Temeryxgedicht und schmiedete sogar ein paar schnelle Reime auf ihre Namen.

Am Abend des zweiten Tages kamen wir dicht an Vorquellyn vorbei. Obwohl Baron Norderstett die Schiffe anwies, die Insel weit im Norden zu umfahren, um uns keiner Gefährdung durch aurolanische Einheiten auszusetzen, die aus deren Häfen hätten auslaufen können, sorgte Tagostscha mit seinen Strömungen dafür, dass wir durch die Brecher glitten, die gegen Vorquellyns Strände schlugen. Aber er gestattete uns nicht, näher heranzukommen, sodass wir keine Möglichkeit hatten, den Fuß auf die Insel zu setzen.

Ich wusste ebenso gut wie jeder andere an Bord der Flotte, dass es Wahnsinn gewesen wäre, Truppen auf Vorquellyn zu landen. Nicht nur hatten wir keine Ahnung, wie viele feindliche Einheiten welcher Art uns dort erwartet hätten, eine Befreiung der Insel hätte auch in keinster Weise dazu beigetragen, die Belagerung um Festung Draconis zu brechen. Selbst ein überwältigender Sieg dort auf der Insel wäre ein hohler Erfolg gewesen.

Trotzdem, obwohl mir das bewusst war, verspürte ich einen ungeheuren Drang, an Land zu gehen. Ich fühlte mich durch meinen Schwur Entschlossen gegenüber dazu verpflichtet, obwohl mir klar war, dass ich allein nichts ausrichten konnte. Noch andere sahen sehnsüchtig auf die Insel hinüber, wieder andere verängstigt, aber niemand mit solchen Qualen wie Siede.

»Das tut Tagostscha nur, um mich zu quälen.« Sie lehnte sich ans Mars der *Invictus,* und das lange schwarze Haar wehte über ihre Schultern. »Ich habe ihm meine Verachtung gezeigt, und jetzt rächt er sich, indem er mir das Herz bricht.«

Ich stand neben ihr, mit einer Gänsehaut von der kalten Abendbrise, und betrachtete die Insel, die einmal ihre Heimat gewesen war. Es fällt mir schwer, sie zu beschreiben, denn viel von dem, was ich sah, war durch den traurigen Klang ihrer Stimme gefärbt – oder durch die Sehnsucht in ihrem Blick. Beides vermittelte mir die Vorstellung eines Landes von unermesslichem Wert, weit über das hinaus, was sich in nüchternen Berechnungen des Ernteertrags pro Hektar, der erwirtschaftbaren Klafter Holz oder der verfügbaren Wassermenge ausdrücken lässt. Sie brauchte Vorquellyn, brauchte es so wie ich Luft zum Atmen oder Wasser zum Trinken brauche.

Die Insel selbst war nicht mehr als ein Schatten dessen,

woran sie sich erinnert haben muss. Sie war schwarz, völlig schwarz, wie ein Berghang nach einem Waldbrand. Die Bäume waren entblättert und reckten kahle schwarze Skelettarme in den Himmel. Die Täler schienen sich schwarz in schwarz zu falten, die Schatten der Hänge sich hinter ihnen zu Bergen zu verfestigen. Die ins Meer strömenden Bäche gossen Wasser an dunklen Klippen herab – es war schwärzer als jedes Abwasser.

In der gesamten Zeit, in der Vorquellyn unter dem Licht der Sonne lag, sah ich nicht das kleinste Anzeichen von Leben, aber mit der Nacht erwachte die Insel. Millionen roter Lichter leuchteten überall auf, als existiere tief im Herzen der toten Bäume noch rote Glut. Ich streckte die Hände aus, um zu sehen, ob die Glut Wärme ausstrahlte, aber stattdessen wurden meine Hände noch kälter. Unbeschreibliche Gestalten bewegten sich durch die Landschaft, nicht mehr als Schatten, die gelegentlich die roten Lichter verdeckten. Entsetzliches Kreischen drang aus den Bergen herab, begleitet von Knurren und Brüllen, aber nichts davon hatte etwas vom edlen Klang eines Raubtiers, vom stolzen Triumphgebrüll eines über seiner Beute stehenden Jägers. Nein, diese Klangkulisse speiste sich allein aus Angst, Angst davor, gefressen zu werden, Angst davor, die erlegte Beute zu verlieren.

Vorquellyn war zu einem toten Land geworden, in dem erbarmungsloses Grauen herrschte.

Ich streichelte Siede mit der Linken den Rücken. »Dein Verlust tut mir sehr Leid.«

Sie kaute einen Augenblick lang auf der Unterlippe, dann sah sie mich an. Eine einzelne Träne kullerte an ihrer linken Wange herab. »Als sie kamen, war ich drei Jahre jünger als du jetzt. Ich war nur noch Tage davon entfernt, an das Land gebunden zu werden. Zuerst sagte man uns, wir sollten uns keine Sorgen machen, unsere Krieger würden den Feind aufhalten. Niemand glaubte, Kri'tchuk könnte seinen Angriff durchhalten. Aber dann kamen immer mehr Schiffe – und sie landeten im Norden, im Süden und im Westen. Wir hatten uns auf den Schutz des Wassers verlassen, und Tagostscha hat uns verraten. Man gab meine Schwester und meinen kleinen Bruder in meine Obhut, und ich hielt uns zusammen. Wir entkamen in einer gewaltigen Flotte. Sebtia, Saporitia, Muroso, Handelsflotten aus allen Staaten kamen, um uns in Sicherheit zu bringen. Auch Fischerboote – Männer und Frauen, die sich von Vorquellyn immer fern gehalten hatten, aus Angst vor wilden Geschichten darüber, was wir mit ihnen anstellen würden, wenn wir sie dabei erwischten, dass sie in unseren Gewässern ihre Netze auswarfen. Sie sind gekommen, um uns zu helfen.«

Sie zog die Nase hoch, und eine zweite Träne trat aus ihrem linken Auge. Ich hob die Hand und wischte sie ab. »Und Loquellyn? Haben die Loqælfen Schiffe geschickt?«

»Ein paar, habe ich mir sagen lassen, obwohl die Loqælfen darauf bestehen, dass sie damit beschäftigt waren, die aurolanische Flotte zu versenken. Das mag die Wahrheit sein, sie mögen Kri'tchuk daran gehindert haben, seine Armee auf Vorquellyn zu verstärken, aber zu diesem Zeitpunkt war es bereits zu spät. Unsere Heimstatt war überrannt, und das Zerstörungswerk hatte begonnen.« Siede schenkte mir ein zaghaftes Lächeln. »Wollt Ihr wissen, warum wir Vorqælfen die Zustände in Menschenstädten wie den Dünen ertragen, zumindest die meisten von uns? Warum wir Menschenwörter als Namen gewählt haben? Wegen der mutigen Gnade, die uns die Menschen erwiesen haben, als sie uns retteten. Das ehren wir, und wir ehren euer Ungestüm.«

»Das verstehe ich nicht.«

Nun hob sie die Hand und streichelte meine Wange. »Die Gnade unseres langen Lebens gestattet es den Ælfen, die Dinge zyklisch zu betrachten, als unterlägen Zeit und Beziehungen Gezeiten wie das Meer. Wir warten auf den richtigen Zeitpunkt, statt nur auf eine Möglichkeit. Menschen arbeiten, wenn es nötig ist. Sie freuen sich darüber, wie leicht es im richtigen Augenblick sein kann, aber sie schrecken nicht davor zurück, etwas auch dann in Angriff zu nehmen, wenn der Zeitpunkt dafür nicht geeignet ist. Wir Vorqælfen können nicht auf den *besten* Zeitpunkt für die Rückeroberung Vorquellyns warten. Die anderen Ælfen erzählen uns, der Zeitpunkt sei noch nicht gekommen, und die Menschen, nun, es ist schwer zu vermitteln, warum sie ihr Blut für die Befreiung eines Landes vergießen sollten, auf das sie keinen Anspruch haben. Entschlossens Hoffnung auf einen Feldzug zur Befreiung Vorquellyns ist äußerst schwach. Ich hoffe darauf, dass ich andere zur Hilfe inspirieren kann, indem ich mich dieser Expedition anschließe und mit euch für die Rettung von Menschen kämpfe.«

Ich nickte ernst. »Ich habe Entschlossen einen Schwur geleistet, dass ich Vorquellyns Befreiung noch erleben werde. Ich schwöre dir dasselbe.«

Siede betrachtete mich schweigend. Ihre goldenen Augen bewegten sich nicht. Dann wurde ihr Lächeln breiter, aber gleichzeitig legte sie die Stirn in Falten. Ihr Gesicht nahm einen verwirrten Eindruck an. »Ihr seid ein seltsamer Mensch, Tarrant Valkener. Ihr seid jung, und doch uralt, weise, und dabei ein furchtbarer Narr. Ihr seht die Dinge äußerst klar, aber Ihr seht nicht weit genug. Trotzdem verpflichtet Ihr Euch Euren Freunden und Euren Idealen, und Ihr wankt nicht in Eurer Hingabe an sie.«

Ich schluckte schwer. »Darauf weiß ich nichts zu sagen.«

»Und doch gebt Ihr es zu.« Sie lachte ein wenig. »Das ist eine Eurer sympathischeren Qualitäten.«

Fast hätte ich ihr eine jener schnellen, glatten Antworten gegeben, wie ich sie früher von Leif hätte erwarten können, aber ich schluckte sie herunter. »Danke.«

»Nichts zu danken, Tarrant, nichts zu danken.« Sie

drehte sich wieder um, legte die Ellbogen auf den Dollbord und schaute hinüber zu den roten Lichtern auf ihrer Heimatinsel. »Ich weiß, Ihr werdet Euer Versprechen halten, und ich freue mich darauf, an Eurer Seite im Herzen eines neugeborenen Vorquellyn zu stehen.«

Wir brauchten einen ganzen Tag, Vorquellyn zu passieren. Ich blieb während der ganzen Zeit an Siedes Seite. Ich hüllte sie in die Decke, die Leif mir geschenkt hatte, und legte mich am Dollbord neben sie. Ich holte uns Essen und Wasser. Wir redeten nicht viel. Es war nicht nötig. Eine gelegentliche Berührung, das Gewicht ihres Körpers, wenn sie sich an mich lehnte, mehr brauchte es nicht. Sie hatte sich bei ihrer Rettung von Vorquellyn auf Menschen verlassen, und jetzt, als wir die verwüstete Heimstatt umsegelten, verließ sie sich wieder auf einen Menschen als Stütze. Ich glaube, es erschien ihr richtig und natürlich so.

Einmal an Vorquellyn vorbei, entschieden wir, ein paar der Buchten und Häfen anzufahren, die an der ganzen Küste der Geistermark zu finden waren. Wir wollten Kundschafter an Land schicken, um so viel wie möglich über die Aurolanenkräfte in der Nähe in Erfahrung zu bringen. Arkantafalberichte aus Festung Draconis meldeten, dass aurolanische Kräfte mit zwei Armeen die Halbinsel von Land her abgeriegelt hatten. Das überraschte uns nicht sonderlich, denn Kytrin konnte es sich nicht erlauben, Festung Draconis die Gelegenheit zu bieten, die Nachschubwege ihrer vorrückenden Truppen zu stören und ihrem Heer in den Rücken zu fallen.

Ihre Flotte blockierte den Hafen der Festung, aber wir hielten es für wahrscheinlich, dass wir die Seeblockade durchbrechen konnten. Nur würde das nicht genügen, die Belagerung aufzuheben. Dazu planten wir, Truppen im Westen der Festung auszuschiffen, die über Land angreifen würden, während unsere Schiffe die Flotte der

Aurolanen zerschlugen. Das sollte bei Kytrins Bodentruppen den Eindruck erwecken, unsere gesamte Streitmacht sei auf Festung Draconis konzentriert und sie liefen Gefahr, von hinten aufgerollt zu werden.

Aber bevor wir uns an die Umsetzung dieses Plans machen konnten, mussten wir sichergehen, dass keine aurolanischen Einheiten durch die Geistermark streiften und uns ihrerseits in den Rücken fallen konnten. Alle Schiffe der Flotte schifften an verschiedenen Punkten der Strecke je ein Dutzend Krieger in einem Langboot aus. Wir sollten uns umsehen, versuchen, so viel wie möglich in Erfahrung zu bringen, und uns am folgenden Tag zurückmelden.

Leif, Net, Siede und ich stellten ein Drittel der Kundschafter der *Invictus.* Baron Norderstett wollte uns begleiten, aber seine Position machte das unmöglich, ebenso wie Prinz Kirills Verletzungen ihn an Bord festhielten. Wir hatten allerdings zwei Gyrkyme dabei, die Siede ausgesprochen kühl behandelte, aber zumindest war sie bereit, ihre Anwesenheit zu tolerieren. Die Loqælfkundschafter weigerten sich heftig, irgendwelche Gyrkyme in ihrer Begleitung zu dulden, trotz der Leichtigkeit, mit der diese zurück zum Schiff fliegen und unsere Erkenntnisse melden konnten … ganz abgesehen von der Möglichkeit, aus der Luft weit mehr auszukundschaften, als sich am Boden herausfinden ließ.

Die Loqælfen waren aber nicht völlig abweisend. Sie hatten erfahren, dass ich Tagostscha den Sullanciribogen geopfert hatte, obwohl ich in Swarkija meinen Bogen verloren hatte. Daraufhin schnitzte einer der ælfischen Bogenschützen einen Silberholzrohling zu einer guten Kopie des Reiterbogens, mit dem ich vertraut war und verkürzte dazu zwei Dutzend Pfeile, um sie an die kürzere Spanne meiner Waffe anzupassen. Er fiederte sie in den Orioser Farben grün und weiß und schickte sie mir mit seiner Empfehlung.

Ich wusste gar nicht, wie ich auf eine solche Freundlichkeit und überhaupt auf die Bekanntheit reagieren sollte, die ich in der Flotte erlangt hatte. Wahrscheinlich hatten Net, Leif und ich tatsächlich eine Menge geleistet, wenn man es rückblickend betrachtete, aber damals fehlte mir dazu der Abstand. Wir hatten im Westwald die Temeryxen erlegt, weil uns keine andere Wahl geblieben war. Dasselbe galt für das Gefecht in Atval. Leifs Blindschuss auf dem Erntefest in Yslin war zu einer Legende geworden, aber ich wusste genau wie Net und Leif selbst, dass er das Ziel mehr aus purem Glück denn durch Können getroffen hatte. Unser Handeln an der Brücke und der Sieg über die beiden Sullanciri waren sicherlich bedeutend gewesen, aber auch dabei hatte sich uns nie eine Alternative geboten. Wir hatten uns aus Naivität auf ein Abenteuer eingelassen, das weisere, erfahrenere Krieger an unserer Stelle sicherlich vermieden hätten.

Net reagierte mit Schweigen oder verlegenem Lächeln. Leif nahm das Lob bei zurückkehrenden Kräften mit einer Mischung aus Witz und Prahlerei entgegen. Er spielte herunter, was er geleistet hatte, übertrieb zugleich aber die Umstände, unter denen es dazu gekommen war, und beeindruckte alle mit seiner draufgängerischen Gleichgültigkeit allem gegenüber, was er durchgemacht hatte. Mir war das alles ausgesprochen unangenehm, obwohl ich gleichzeitig sehr stolz auf unsere Leistungen war. Ich bedankte mich bei unseren Bewunderern und versuchte ihnen zu entkommen, aber ich gebe durchaus zu, dass ich meine Freude daran hatte zu sehen, wie die Zuhörer die Augen aufrissen, wenn ich manche unserer Abenteuer erzählte. Lob kann sehr verführerisch wirken, und selbst wenn ich es nicht darauf anlegte, welches zu ernten, scheute ich auch nicht übertrieben zurück, wenn es mir angeboten wurde.

Die sechs Krieger in unserem Boot, je zwei Oriosen, Alciden und Okraner, erwarteten ausgerechnet von Leif und mir ihre Befehle. Ich trat freiwillig hinter Siede zurück und überzeugte Leif, es ebenso zu halten, da sie uns beiden ein Jahrhundert an Erfahrung voraus hatte. Leif sah mich bei diesem Vorschlag zwar schräg an, aber dann nickte er augenzwinkernd. Mir war klar, dass er annahm, ich wollte Siede mit meinem Vertrauen in ihre Entscheidungen beeindrucken, weil ich ein Auge auf sie geworfen hatte.

Wir gingen abends in einer kleinen sandigen Bucht an Land, von deren Strand ein ausgetretener Trampelpfad in einen fast bis ans Wasser reichenden Wald führte. Hinter einem Hügelkamm erreichten wir ein Sumpfgebiet übersät von Rohrkolben, Riedgras und umgestürzten Bäumen. Wir versuchten es zu umgehen, und einer der Gyrkyme suchte aus der Luft nach einem Weg auf die andere Seite. Schließlich konnten wir es durchqueren, indem wir uns über umgelegte Baumstämme von einer kleinen Insel zur nächsten bewegten, wobei wir immer wieder über sumpfige Pfützen springen und durch stinkendes Brackwasser waten mussten.

Etwas weiter westlich fanden wir Spuren eines Weges, der uns zurück durch den Sumpf führen konnte, ohne dass wir dabei allzu nass wurden. Er ging in einen kurvenreichen Pfad über, der unter dem Hügelkamm entlangführte. Vermutlich wären wir auf ihm weitergezogen, hätte Net nicht eine kleine Gruppe Metholanthbäume entdeckt und sich entschlossen, ein paar Blätter zu ernten. Er bemerkte mehrere bereits entblätterte Zweige und einen Fußabdruck, der nach Westen deutete. Als er der Spur folgte, fand er einen schmalen Wildwechsel, der sich auf der anderen Seite des Hügels in dieselbe Richtung zog wie der breitere Fußweg.

Wir folgten dem Wildwechsel nach Norden. Wir bewegten uns so leise wie möglich, angeführt von Siede, weil sie im Dunkeln sehen konnte. Hinter ihr folgte Leif, dann kamen Net und ich. Die Soldaten folgten im Gänsemarsch hinter mir, und die Gyrkyme bildeten das Schlusslicht. Das dichte Laubdach über uns hinderte sie am Fliegen, und da sie ebenso wie Siede nachtsichtig sind, ist es ein beruhigendes Gefühl, sie in der Dunkelheit als Rückendeckung zu haben.

Plötzlich ertönte vor uns ein leises Ploppen, dann wirbelte Siede herum und ging von einem Pfeil getroffen zu Boden. Temmer flog aus der Scheide. Die Klinge leuchtete wie eine Fackel, als Leif lospreschte. Er sprang über Siede, dann schwang er das Schwert in weitem Bogen, der durch einen jungen Baumstamm schnitt wie durch einen Grashalm. Der Baum krachte zu Boden, und irgendetwas wand sich in seinen Zweigen. Leifs Klinge hob sich und fiel wieder herab, und die Bewegung erstarb, während er weiterstürmte.

Ich kauerte mich neben Siede. Der Pfeil war durch ihren linken Oberarm gedrungen. Sie zog zischend den Atem durch die Zähne, packte mich aber mit der Rechten am Wams und stieß mich hinter Leif her. »Folgt ihm. Los! Alle, Bewegung!«

Ich sprang auf und hetzte Leif nach, dicht auf Nets Fersen. Gespaltenes Astwerk und sterbende Krieger bedeckten seinen Weg. Dass sie von hinten erschlagen worden waren, löste bei mir keinerlei Mitgefühl aus. Sie hatten einen Hinterhalt für uns gelegt, der misslungen war, und jetzt bekamen sie dafür nicht mehr, als sie verdient hatten.

Über einen zweiten Hügelkamm und einen dicht bewaldeten Abhang hinab führte unser Weg. Ich roch den Rauch, lange bevor ich das Feuer sah. Ich preschte in gestrecktem Galopp durch den Wald, bis ich mit der Schulter gegen einen Baum prallte. Ich flog herum und krachte durch ein Gebüsch, das meine Knöchel festhielt. Ich schlug am Rand einer Lichtung aufs Gesicht. In ihrer Mitte loderte ein Scheiterhaufen, in dessen Licht ich Leif stehen sah.

Temmers Licht wetteiferte mit dem des Feuers, warf

riesige Schatten über Zelt und Baum, bevor es sie mit einem Hieb zerteilte. Leif war ein majestätischer Anblick, der Körper gespannt, jede Bewegung präzise und exakt. Er parierte einen tiefen Stichangriff, dann riss er das Schwert mit einer schnellen Bewegung hoch, die seinem Gegner den Leib aufschlitzte. Ein schneller Seitschritt, um einem Schmetterhieb auszuweichen, dann zog er Temmer über den Bauch des Angreifers. Er zog die Waffe frei, wirbelte herum, duckte sich unter einem auf seinen Kopf gezielten Schlag weg und säbelte dem vorbeispringenden Gegner die Beine weg. Als der Aurolane sich unter Schmerzen wand, hieb Temmer ihm den Kopf von den Schultern.

Wieder wirbelte Leif herum, das glühende Schwert hoch erhoben, das flackernde Licht des Feuerscheins in den Augen.

»Leif, nein!« Ich hastete auf die Füße und rannte los. »Nein, Leif!«

Temmer stürzte heran, wie von meinem Aufschrei getrieben. Kein Zögern, keine Unsicherheit in seiner tödlichen Bahn.

Ein entsetztes Kind, dessen Mutter tot vor ihm zusammenbrach, starrte aus riesigen Augen zu Leif empor und brach in Tränen aus.

Wieder hob sich Temmer, und im selben Augenblick prallte ich im Hechtsprung mit der Schulter gegen Leifs Knie. Ich drückte seine Knöchel an meine Brust, verlor sie aber aus dem Griff, als wir auf den Boden schlugen. Leif wirbelte wieder hoch und richtete Temmer auf mich. Wut verzerrte seine Züge und er knurrte mich in einer so urzeitlichen Sprache an, dass mich ein eiskalter Schauder packte. Temmer hob sich in eine Linie mit meinen Augen und Leif sprang auf mich zu.

Net legte ihm den Streitkolben über Kopf und Schultern, dann zog er an und presste den kleineren Norderstett mit dem Rücken gegen seine breite Brust. Er bog die

Schultern zurück und hob Leif vom Boden. Leif versuchte, mit beiden Fersen nach Nets Schienbeinen zu treten, aber der hatte die Beine bereits gegrätscht. Jetzt schloss er sie wieder und klemmte Leifs Knöchel ein, dann drehte er sich und fiel zur Seite. Net wälzte sich nach rechts und auf Leif zu. Ich setzte den Fuß auf Leifs rechtes Handgelenk, sodass er Temmer nicht mehr heben konnte.

Leifs Hand öffnete sich, und das Schwert fiel aus seinem Griff. Net wartete einen Augenblick oder zwei, dann ließ er locker und trat das Schwert beiseite. »Was hat er getan … Warum?«

Einer der okranschen Soldaten drehte mit dem Fuß die Leiche der Frau um. »Sie hatte ein Messer.«

Ungelogen, sie hatte ein Messer. Ein kurzes, stumpfes Messer, an dem kurz vor dem hölzernen Griff noch ein Stück schmutzige Wurzelschale hing. Nicht weit entfernt von ihr lagen ein Haufen Schalen, ein Topf und einige noch ungeschälte Wurzeln. Dem Aussehen der Wurzeln nach zu schließen, die bereits im Wasser des Topfes trieben, hätte sie Leifs Ledermontur mit ihrem Messer nicht einmal einen Kratzer zufügen können, geschweige denn, dass es ihr möglich gewesen wäre, ihn zu verletzen.

Ich sah vom bewusstlos am Boden liegenden Leif zu Net hoch, der auf seinem Rücken saß. »Sie hatte ein Messer. Sie war der Feind.«

Net schüttelte den Kopf. »Leif kann in ihr unmöglich eine Gefahr gesehen haben.«

»Nein, Leif nicht.« Ich stieß Temmer mit der Fußspitze an. »Aber der Mann, der dieses Schwert führt, ist nicht Leif. Ich weiß nicht, wer oder was er ist, aber ich bete zu allen Göttern, dass er unseren Freund nicht völlig abgetötet hat.«

Kapitel Dreissig

Was wir auf unserer Erkundungsmission herausfanden, deckte sich mit den Ergebnissen der anderen Gruppen. Kytrins Armeen waren durch den Pass in den Borabergen nach Süden vorgestoßen und geradewegs zur Festung Draconis marschiert. Täglich kamen neue Truppen durch den Pass, und ein Teil von ihnen kam nicht weit. Die Männer, die uns angegriffen hatten, machten Jagd auf alles, was sich durch dieses Gebiet bewegte. Aurolanen, Menschen, ihnen war gleichgültig, wen sie angriffen.

Die Bande, die wir gefangen hatten, bestand hauptsächlich aus Frauen und Kindern. Leifs Angriff auf die Frau am Kochtopf war brutal genug gewesen, jeden einzuschüchtern, aber die meisten von ihnen zeigten keinerlei Anzeichen, dass es sie in irgendeiner Weise berührte. Was sie in ihrem Dasein hier schon gesehen hatten, hatte längst jedes Gefühl absterben lassen. Sie wirkten ehrlich überrascht, dass wir die Toten begruben, und ich konnte mich des Eindrucks nicht erwehren, dass die Wurzeln in ihrem Kessel, hätten wir die Leichen zurückgelassen, von einer Fleischeinlage begleitet worden wären.

Die Gerüchte, die unsere Kundschafter aufschnappten, zeichneten ein düsteres Bild der Truppen, die Festung Draconis belagerten. Die Armeen, die nach Westen gezogen waren, um Okrannel zu überfallen, hatten in der Hauptsache aus Vylænz, Schnatterfratzen, einer Hand voll Ælfrenegaten und ein paar Temeryxen bestanden. Bei ihrer Aufstellung schien das Hauptgewicht auf Schnelligkeit und Beweglichkeit gelegen zu haben. Auch bei den nach Süden gezogenen Armeen waren viele Vylænz und Schnatterer gewesen, aber sie wurden von Reifreißern, Hôrgun und versklavten Menschenkriegern verstärkt.

Reifreißer und Hôrgun kannte ich bisher nur aus Legenden. Die Reifreißer ähnelten Bären und stammten von Eisfeldern nördlich des Boragebirges. Es hieß, sie seien von gewaltiger Größe, mit langen Säbelzähnen und weißem, hellblau gestreiftem Pelz. Ein Gerücht erwähnte einen urZreð-Sullanciri, der in einem von Reifreißern gezogenen Wagen fuhr, aber ich hatte so meine Zweifel, denn diese Bestien hörten sich meiner Meinung nach ganz und gar nicht nach Zugtieren an. Doch es klang ganz danach, als ob sie an Kraft wettmachten, was ihnen an Geschwindigkeit fehlte, und das Gerücht, dass ihre bevorzugte Beute aus Temeryxen bestand, erfüllte mich nicht gerade mit Zuversicht.

Hôrgun ist der aurolanische Name für Gletscherriesen. Gelegentlich wird behauptet, sie bestünden ganz aus Eis, aber ich ging davon aus, dass es sich dabei um einen Irrtum handelte, der auf dem weißen Haar und Bart und der bleichen Haut dieser gigantischen Kreaturen beruhte. Sie waren zwei- bis dreimal so groß wie ein Mensch und hatten riesige Füße, mit denen sie über den Schnee gehen konnten, ohne einzusinken. Es hieß, sie bevorzugten Keulen als Waffe, ähnlich wie Net, was mir das Bild eines hoch über mich aufragenden Monsters in den Sinn kommen ließ, das einen mit Eisenreifen verstärkten Eichenstamm schwang.

Kein Bild, das einen ruhig schlafen lässt, eher schon die Art Albtraum, bei der man in den frühen Morgenstunden schweißgebadet aufschreckt.

Als wäre das noch nicht schlimm genug, sollte zudem einer der Hôrgun ein Dunkler Lanzenreiter sein. Diejenigen, die ihn gesehen hatten, erklärten, sie hätten ihn daran erkannt, dass seine Haut schwarz war, auch wenn

Bart, Haare und Augen weiß geblieben wären. Selbst jetzt noch, Jahre später, läuft mir bei dem Gedanken an einen riesenhaften Sullanciri ein kalter Schauer den Rücken hinab.

Eine Arkantafalberatung mit Dathan Cavarr, dem Markgrafen der Festung, führte zu einem einfachen Plan, dessen Umsetzung uns nach unseren Kundschaftsgängen nicht nur machbar, sondern äußerst vielversprechend erschien ... und dazu noch mit kaum einem Risiko verbunden. Wir setzten unsere Hauptstreitmacht nordwestlich der Halbinsel ab, etwa zehn Meilen westlich vom Flusslauf des Dûrgru. Die nach Süden vorrückenden Aurolaneneinheiten passierten ihn meistenteils im Osten und zogen in langen Kolonnen durch die Wälder, die bis an die Ebene reichten, auf der sich Festung Draconis erhebt. Nach Auskunft der Kundschafter, die Cavarr in dieser Gegend besaß, bewegten sich die Marschkolonnen ohne irgendwelche Furcht vor Angriffen durch die Wälder, was einen Überfall geradezu herausforderte.

Gleichzeitig plante er noch eine zweite Überraschung für die Aurolanen-Heerscharen, einen Trumpf, den er sich für den passenden Zeitpunkt aufgehoben hatte. Der Dûrgru war in früheren Zeiten in einen Salzwassermorast nordwestlich von Festung Draconis gemündet, aber nach der letzten Invasion aus dem Norden war der Sumpf trockengelegt worden, und man hatte Deiche angelegt, die das Meer ebenso zurückhielten wie die Flusswasser. Der Markgraf hatte bereits seine urSreiði-Sappeure in Stellung. Sie hatten tiefe Tunnel angelegt, mit denen sie den Fluss in das trockengelegte Gebiet umleiten und es komplett fluten würden. Unser Angriff würde die Aurolanengeneräle zwingen, ihre Truppen ins Tiefland zu verlagern, um uns den Weg zur Festung abzuschneiden, genau dorthin, wo die Flut über sie hereinbrechen würde.

Wir landeten 3500 Mann an der vereinbarten Stelle und während unsere Schiffe nach Süden weitersegelten, um die Seeblockade zu brechen, nahmen wir Kontakt zu den Draconiskundschaftern auf – Ælfen aus Croquellyn und Harquellyn. Wir hatten nur einhundertzwanzig Reiter, die Prinz Augustus in zwei Bataillone einteilte, die unsere Nordflanke deckten. Die sechs Gyrkyme flogen voraus und erkundeten die Lage für uns, auch wenn sämtliche Ælfen sich weigerten, ihre Existenz zur Kenntnis zu nehmen, diejenigen, die mit uns gekommen waren, ebenso wie die aus der Festung. Die übrigen Truppen gruppierten sich in Kompanien gleicher Nationalität, und der Rest, Leif beispielsweise, Net, Siede, Faryaah-Tse Kimp und ich, schloss sich Baron Norderstetts Befehlskompanie an.

In meinen Bemerkungen über den Hinterhalt der Banditen in der Geistermark habe ich möglicherweise den Eindruck erweckt, dass ein Hinterhalt ein feiger und erbärmlicher Akt ist. In ihrem Falle war dem meiner Meinung nach auch so – weil es eindeutig Banditen waren. Sie wollten uns ausschließlich zu ihrem persönlichen Vorteil abschlachten. Sie griffen uns an, wie sich ein Prospektor auf die Erde stürzt, um Gold oder Edelsteine aus ihrem Innern zu brechen.

Der Hinterhalt, den wir für die Aurolanen vorbereiteten, war hingegen in keinster Weise feige, das kann ich ohne jede Heuchelei feststellen. Unser Ziel war es, eine Streitmacht zu vernichten, die es darauf abgesehen hatte, unsere Kameraden in der Festung Draconis abzuschlachten. Wir wollten die Nordlandtruppen auf eine Weise verschwinden lassen, die geeignet war, unter den Belagerern für Unruhe zu sorgen. Trotzdem konnte niemand das, was wir planten, jemals als ehrenhaft im mythischen Sinne bezeichnen. Die Barden würden keine Lieder über die Einzelheiten unseres Unternehmens singen, nur über sein Ergebnis.

Wir brachen auf, zu tun, was getan werden musste.

Für den Hinterhalt wählten wir einen Straßenabschnitt, der einigermaßen gerade durch den Wald verlief. Er lag kurz hinter einem Tal, das einen geeigneten Ort für einen Hinterhalt abgegeben hätte, und in dem die aurolanischen Truppen zweifellos angespannt sein würden. Ihre Erleichterung, diese Stelle ohne Zwischenfall passiert zu haben, würde sie unaufmerksam und unseren Angriff wirksamer machen. Die Berge auf der Westseite des Tals drängten sich auch hier noch bis unmittelbar an die Straße, aber auf der anderen Seite floss ein Bach durch einen flachen Graben, und dahinter erhob sich vielleicht zwanzig Meter von der Straße entfernt ein Hügel. Durch die Bewaldung in diesem Gebiet konnte man von der Straße aus nur die unteren zehn Meter des Hanges einsehen. Auf der Kuppe war man praktisch unsichtbar.

Baron Norderstett stellte seine Kräfte ausgezeichnet auf. Die Okraner Garde schickte er auf die Hügelkuppe, bewaffnet mit Speer, Axt und Schwert. Im Süden versteckte er zu beiden Seiten der Straße Orioser und Alcider Krieger. Auf dem westlichen Berghang stellte er die Bogenschützen auf, sodass sie die Aurolanen von oben unter Beschuss nehmen konnten. Prinz Augustus blieb mit seinen Reitern auf einer Lichtung westlich der Straße zurück. Sobald die Falle zusprang, würden sie den Hang herabgaloppieren und durch alle Aurolanentruppen brechen, die versuchten, sich nach Norden zurückzuziehen. Andere Kompanien waren abgestellt, die Straße zum Norden hin abzuriegeln und alle sonstigen Truppen daran zu hindern, unseren Opfern zu Hilfe zu kommen.

Ich war bei den Bogen- und Armbrustschützen eingeteilt und befand mich dadurch in der Nähe Baron Norderstetts, denn sein Zeichen an uns sollte das Signal zum Angriff werden. Leif, Net und Siede standen mit einer Kompanie Oriosen bereit, einen Gegenangriff der Aurolanen auf uns zurückzuschlagen. Nicht dass wir uns nicht selbst hätten wehren können, aber für unser Vorhaben waren die Ziele auf der Straße wichtiger als Schwertgefechte mit Schnatterfratzen auf dem Berghang.

Siede stand ganz in meiner Nähe, das Schwert schlagbereit in der Hand. Der Pfeil, der sie am Abend zuvor getroffen hatte, war leicht zu entfernen gewesen, und ich hatte ihre frühere Fürsorge vergolten und meinerseits ihre Wunde vernäht. Ich war nicht so geschickt wie sie, aber ich tat mein Bestes, denn ich wollte ihre glatte Haut nicht mit einer Narbe verunstalten.

Net stand neben Leif, den Streitkolben über der rechten Schulter. Leif hatte Temmer noch nicht gezogen. Stattdessen hielt er eine Armbrust in der Rechten. Trotzdem lag die Linke auf dem Schwertgriff. An Bord der *Invictus* hatte er sich bei Net und mir dafür bedankt, dass wir ihn aufgehalten hatten. Er hatte vor sich ins Leere gestarrt und die Hand ausgestreckt, als wollte er die Tränen vom Gesicht des kleinen Mädchens wischen. »Was ich da fast getan hätte …«, hatte er immer wieder gemurmelt. »Nie wieder.«

Als ich ihn jetzt musterte, während er auf das nächste Gefecht wartete, wirkte er entschlossen. Im Chaos des Hinterhalts hatte das Schwert ihn überwältigt, das schien ihm klar geworden zu sein, und er war nicht bereit, dies noch einmal zuzulassen. Ich sah dieselbe Entschiedenheit auf seinen Zügen, die ich schon zahllose Male zuvor bemerkt hatte, wenn mein Vater uns trainierte. Es war ein gutes Gefühl, diesen Ausdruck erneut an ihm zu sehen.

Die Aurolanen kamen mit einer Sorglosigkeit die Straße heruntermarschiert, dass man hätte meinen können, sie wären auf einer Parade, nicht bei der Durchquerung feindlichen Geländes. Von der Einheitsgröße her konnte man es wohl als Bataillon bezeichnen: acht Kompanien aus jeweils dreißig Mann, angeführt von zwei Hand voll Vylænz und einigen jüngeren Schnatterfratzen als Bannerträgern. Hinter ihnen folgten mehrere primitive Karren, beladen mit Waffen, Rüstungen, Proviant und sonstigem Bedarf einer marschierenden Armee. Als Nachhut tauchte schließlich noch eine letzte Kompanie mit einem einzelnen schlurfenden Hôrgun auf, der eine gewaltige Keule hinter sich herzog.

Wir hatten unsere Ziele schon im Vorhinein erhalten, und als die Mitte der Kolonne auf unserer Höhe war, jede Kompanie in sechs Fünferreihen formiert, standen wir auf Baron Norderstetts Handzeichen aus unserer Deckung auf. Mit dem ersten Hornsignal feuerten wir. Die Bogen sirrten, die Armbrüste brummten. Pfeile und Bolzen zischten durch die Luft und schlugen mit sattem Schmatzen, hartem Krachen oder lautem Scheppern ein. Die vordere Kompanie brach zusammen wie von einer wütenden Kinderhand umgeworfene Zinnsoldaten.

Ich schoss auf die mittlere Kompanie, und der Ælfenbogen erwies sich als großartige Waffe. Er ließ sich leicht spannen und meine Pfeile flogen sicher ins Ziel. Ich traf einen Vylæn, und der Aufprall wirbelte ihn herum, bevor er zu Boden stürzte. Sein Offiziersstock fiel ihm aus der Hand und flog davon, dann sackte eine Schnatterfratze mit Kopfschuss über ihm zusammen.

Ich schoss wieder und wieder, versenkte einen Pfeil in einem Schnatterer, in dessen Bauch bereits ein Armbrustbolzen steckte. Einen anderen erwischte ich, während er den Hang herauf auf uns zulief, und durchbohrte die Tatze, mit der er sich an einem Baum hochgezogen hatte. Zwei weitere Pfeile schlugen in seine Brust und ließen ihn einen Augenblick lang vom Stamm hängen, bevor sein Gewicht ihn losriss.

Auf der Straße herrschte blindes Chaos. Die vor die Karren gespannten Pferde gingen durch, als sich Pfeile in ihre Flanken senkten. Die Wagen schleuderten von der Straße in den Graben, überschlugen sich und barsten. Rüstungen und Proviant krachten und schepperten als eine Lawine hinab, die einige fliehende Schnatterer unter sich begrub. Ich sah wenigstens einen Kutscher von seinem abstürzenden Wagen springen. Doch bevor er auf dem Boden aufschlug, war er bereits von einem halben Dutzend zitternder Pfeile durchbohrt.

Schnatterfratzen strömten über den Straßenrand in den Bachlauf, um vor uns zu fliehen. Auf allen vieren rannten sie davon und wirkten in ihrer Panik äußerst tierisch. Durch die Bäume verlor ich sie schnell aus dem Auge, ein Trompetenstoß jedoch zerriss die Nacht auf der anderen Seite der Straße, gefolgt vom Kriegsgebrüll menschlicher Kehlen. Kreischende und stöhnende Schnatterer taumelten den Hang herab zurück.

Einige stürmten zu uns herauf, und Leif warf die Armbrust beiseite und stürzte sich in den Kampf. Temmer loderte hell, als Leif kalt entschlossen den Hang hinabschritt. Eine Schnatterfratze warf sich mit zum Stoß erhobenem Langmesser auf ihn. Leif trat einen halben Schritt zurück, zog Temmer durch einen Drehschwung, der den Schwertarm der Kreatur am Ellbogen durchschlug und sie Sekundenbruchteile später köpfte. Der abgeschlagene Kopf hüpfte den Hang hinab vor die Füße anderer Schnatterfratzen, die entsetzt auf ihn und auf Leif starrten. Mein Freund stieß den Kopf vor, lehnte sich zu ihnen hinab, grinste sie an, forderte sie heraus, ihn anzugreifen.

Die Nachhut ergriff bis auf den Hôrgun die Flucht nach Norden und rannte geradewegs in Augustus' Reiterangriff. Die Flucht der Bodentruppen zerbrach an der Brust der Kavallerierösser. Die Reiter schlugen mit ihren Säbeln alles nieder, was vor ihnen davonrannte. Sie preschten durch eine Kompanie nach der anderen, brachen durch die Reihen, schleuderten die Schnatterer nach allen Seiten davon und jagten sie die Straße hinunter.

Der Hôrgun sprang von der Straße und wuchtete sich krachend zu uns den Hang herauf. Mit der freien Hand stieß er Baumschösslinge beiseite und seine breiten Füße zertrampelten Gebüsch und tote Schnatterer. Ein Hagel von Pfeilen schlug ihm entgegen, bohrte sich in sein Gesicht, in Brust, Bauch und Beine, aber er schien davon völlig unbeeindruckt. Seine Schritte rissen den Boden auf, und bei seinem Anmarsch sprangen die Leif gegenüberstehenden Schnatterfratzen eilig beiseite. Die Keule des Hôrgun hob sich, brach durchs Geäst und zitterte, als er bis auf Schlagweite an den Mann mit dem goldenen Schwert heran war.

Leif starrte zu ihm hoch, das Schwert erhoben.

Trotzig.

Vor Angst gelähmt.

Bereit zu sterben.

Die Titanenkeule des Gletscherriesen bewegte sich, aber bevor ich eingreifen konnte, flog Net den Hang hinunter und schwang seinen Streitkolben in flachem Bogen. Die Waffe krachte seitlich auf das linke Knie des Riesen, zerschmetterte die Knochen, zerfetzte die Sehnen. Der Hôrgun schrie vor Schmerzen, und seine Keule schlug zwischen Leif und Net auf den Hang. Der Hieb ließ den Boden erzittern und schleuderte Leif davon. Er rollte den Berg hinab.

Net blieb auf den Beinen und tänzelte nach rechts. Er wirbelte den Streitkolben durch einen Aufwärtshieb, der den linken Ellbogen des Riesen traf und ihn mit einem Krachen zerschmetterte, das an das Bersten eines Schiffsmasts erinnerte. Als sich der Riese mit der linken Hand abzufangen versuchte, stürzte er zu Boden. Sein Kinn grub eine Furche in die laubbedeckte Krume und ein wuchtiger Eichenstamm beendete seine Rollpartie.

Nets letzter Schlag landete hart auf der rechten Schläfe des Riesen. Ein sattes Schmatzen dämpfte das scharfe Krachen der Knochen, aber die Delle, die er im Schädel des Hôrgun hinterließ, war unübersehbar. Der titanische Körper des aurolanischen Gletscherriesen schüttelte sich und sein letzter, mühsamer Atemzug deckte Leif mit aufgewirbelten Blättern zu.

Es flogen noch mehr Pfeile, es kreischten noch mehr Schnatterer, und es floss noch reichlich Blut, aber es dauerte nur Minuten, und wir hatten ein Bataillon Aurolanen aufgerieben. Unser Hinterhalt war schnell und tödlich gewesen. Wir mussten selbst auch ein paar Verletzungen einstecken, aber nichts, was sich nicht mit Schienen und Nähgarn hätte beheben lassen. In nicht einmal einer Viertelstunde hatten wir eine feindliche Streitmacht aufgerieben. Wir freuten uns redlich über unseren Erfolg, aber wir alle wussten, dass es nicht mehr als ein Anfang war.

Es heißt, was wir als Nächstes taten, hätte Kytrins Armee den Mut genommen. Wobei ich nicht sicher bin, wie viel Mut sie je besessen hatte. Aber jedenfalls zeigte es ihr und uns, wozu wir in unserem Feldzug fähig und bereit waren. Irgendwie hatte ich nie irgendwelche Zweifel daran gehabt, dass wir tun würden, was nötig war, aber auf so drastische Weise vorgeführt zu bekommen, wozu wir fähig waren … Nun, es war die Art von Erlebnis, die mir heute noch Albträume besorgt.

Prinz Swindger organisierte das Ganze. ›Inszenierte‹ wäre vermutlich das bessere Wort dafür. Auf Swindgers Anweisungen hin drehten wir den Hôrgun um und lehnten ihn gegen ein paar Bäumstämme, so, als hätte er sich nur eben an den Straßenrand gesetzt. Die Keule lag auf seinen Knien, seine Arme waren über ihr verschränkt. Sein Kopf lag so an einen der Bäume gestützt, dass der eingedrückte Teil seines Schädels versteckt war. Dadurch machte er den Eindruck, nur kurz eingeschlafen zu sein.

Ich halte es allerdings für wenig wahrscheinlich, dass irgendjemand, der die Szene sah, die sich unter ihm ausbreitete, noch hätte schlafen können, damals nicht und überhaupt nie wieder.

Wir schlugen jedem Einzelnen der Vylænz und Schnatterer den Kopf ab, dann platzierten wir sie eine Reihe um die nächste exakt in der Formation wieder auf der Straße, in der sie marschiert waren. Die Einheitsbanner stießen wir vor ihnen in den Boden, sodass sämtliche Kompanien sofort zu erkennen waren. Wir bargen zwei ihrer Wagen und beluden sie mit Waffen, Rüstungen und anderen Überbleibseln. Swindger bestand darauf, dass wir Fellstreifen von den Schnattererkadavern rissen; einen für jeden von uns, und noch ein paar zusätzlich für die Könige und Königinnen, deren Untertanen wir waren. Danach wurden die Kadaver zu einer nahen Schlucht geschafft und hinabgeworfen.

Als wir davonmarschierten, die Abenddämmerung stahl sich schon langsam durch die Bäume, drehte ich mich noch einmal um. Aus der Ferne und im ersterbenden Tageslicht schien es fast, als wäre die Aurolanenstreitmacht irgendwie bis zum Hals im Schlamm versunken. Die Szene wirkte furchtbar friedlich, und mir war klar, dass das nicht richtig war.

Andererseits hätte ich damals auch nicht sagen können, was daran falsch gewesen ist.

Siede streckte die rechte Hand aus. Sie fasste mich an der Linken und zog mich weiter. »Besser, wir verschwinden hier.«

»Hast du Angst vor Geistern, Siede?«

»Nein, Tarrant, nicht vor Geistern.« Sie sah zu den Reihen abgeschlagener Köpfe zurück, und ich fühlte, wie sie zitterte. »Nur vor einer Heimsuchung.«

Kapitel Einunddreissig

Wir brauchten anderthalb Tage, bis wir Festung Draconis erreicht hatten. Wir rückten am Fluss entlang vor und kamen gut voran. Prinz Augustus' Reiter überquerten den Dûrgru etwa eine Meile nördlich der Brücke. Sobald die Gyrkymescouts uns bestätigten, dass sie in Position war, schlugen wir zu und griffen die Brückengarnison gleichzeitig aus Osten und Westen an. Wir machten kurzen Prozess mit den Aurolanen, und ebenso mit der Brücke, nachdem wir sie alle überquert hatten.

Sie war keine hundert Jahre alt und besaß keinen Weirun. Unter dem mörtelzersetzenden Einfluss der Magik fiel sie sofort in sich zusammen.

Es war ein kühler Tag, und Nebel hielt sich über dem Land, bis wir gegen Mittag die weite, wogende Ebene erreichten, die zwischen den Hochlandwäldern und der Halbinsel an der westlichen Seeküste lag. Im Osten breitete sich die Ebene in einem weiten Halbkreis aus, der sich vom Nordwesten zum Südosten erstreckte und die Draconishalbinsel völlig einschloss. Hier lagerten die Aurolanenheere, vom Rand der Wälder bis hinab ins Tiefland kurz vor der Festung, so weit das Auge reichte. Ihre Zelte bedeckten die Landschaft wie Pilze, und Rudel von Schnatterfratzen wimmelten zwischen ihnen wie Ameisen, von ihrem Bau zu den Nahrungsquellen und zurück.

Zwischen den feindlichen Lagern und den niedrigen Mauern der äußeren Stadt Festung Draconis' erstreckte sich eine Serie von Gräben. Die Aurolanengräben verliefen parallel zu den Mauern, mit Ausläufern darauf zu. Ihre Absicht bestand erkennbar darin, Belagerungsmaschinen dicht genug heranzuführen, um die Festungsmauern unter Beschuss zu nehmen, während Sappeure sie mit Tunneln unterminierten und zum Einsturz brachten. Die der Festung am nächsten liegenden Gräben waren nach auswärts auf die Aurolanengräben gerichtet, einerseits, um mögliche Gassen für einen Angriff abzuschneiden und zum anderen, um *unseren* Sappeuren die Gelegenheit zu geben, feindliche Tunnel aufzuspüren und zu verschütten.

Der einzige Bereich, in dem keine Gräben existierten, war das Gebiet, durch das wir anmarschierten. Bisher hatten die Aurolanentruppen diese Route noch nicht blockiert, aus gutem Grund nicht. Falls Dathan Cavarr sich entschloss, die Festung zu evakuieren, waren sie durchaus bereit, ihn nach Norden entkommen zu lassen, wo er keine Hilfe erwarten konnte. Die Aurolanen hatten sich vor allem auf das Gebiet östlich und südlich der Halbinsel konzentriert, um eine Flucht zu verhindern und Verstärkungen den Landweg abzuschneiden. Sie würden die Festung komplett abriegeln, sobald weitere Verstärkungen aus dem Norden eintrafen, und erst dann könnte die Belagerung ernsthaft beginnen.

Leicht würden sie es nicht haben … das zu erkennen, genügte schon ein Blick auf Festung Draconis. Ich entschuldige mich dafür, sie nicht sofort beschrieben zu haben, obwohl sie die Ebene beherrschte, aber wäre ich als Erstes auf ihre Majestät eingegangen, wäre es mir unmöglich gewesen, die gegen sie aufmarschierten Aurolanenkräfte noch als nennenswerte Bedrohung darzustellen. Als mein Blick auf die Festung fiel, sang mir das Herz in der Brust, und selbst Leif, der nach der hautnahen Begegnung mit seiner Sterblichkeit spürbar verschlossener geworden war, kämpfte sich ein Lächeln ab. Hätten wir nicht unter Befehl gestanden, Schweigen zu bewahren, hätte sich ein lautes Jubelgebrüll von unserer Kompanie in den Himmel erhoben.

Der Grundstein der Festung Draconis war siebenhundert Jahre zuvor gelegt worden, und seit jener Zeit hatte man sie beständig ausgebaut. Sie lag auf einer in das Kreszentmeer reichenden Landzunge und erhob sich an ihrem höchsten Punkt hundert Meter über den Meeresspiegel. An der Nordwestseite befand sich ein natürliches Hafenbecken, das durch eine als Wellenbrecher fungierende Dammstraße ausgebaut worden war. An ihrem westlichen Ende ragte ein gewaltiger Turm auf, der die Hafenzufahrt völlig beherrschte.

Eine niedrige, breite Mauer, aus der sich in zweihundert Metern Abstand Wachtürme erhoben, riegelte die landwärtige Seite der Halbinsel ab. Die Felsenklippen der Landzunge dienten als Seemauern, aber zusätzlich waren auch an der Küste Wachtürme errichtet worden, um Angreifer zurückzuschlagen. Die Türme wurden durch hohe Brücken verbunden, was die Lücken zwischen ihnen äußerst verführerisch machte. Aber hätten irgendwelche Angreifer die Klippen tatsächlich erklettert, so wie wir es getan hatten, um die Radujabrücke zu erreichen, wären sie von den Verteidigern auf den Brückengängen mit geschmolzenem Blei, Pfeilhageln und siedendem Öl empfangen worden, eine mehr als wirksame Methode, Angriffe abzuwehren.

Eine zweite, höhere Mauer schloss den Kernbereich der Halbinsel nahezu völlig ein. Ihre einzige Lücke öffnete sich zum Hafen. Zwischen der Küste und dieser zweiten Mauer lag Draconisstadt. Hier wohnten die Steinmetze, Waffenschmiede, Pfeilmacher, Bogner, Kleriker, Kaufleute, Tavernenwirte und Huren, schlicht alle Zivilisten, deren Arbeit es erst möglich machte, an einem solchen Ort zu leben. Die Stadt selbst schien weiter nicht bemerkenswert, abgesehen davon, dass ihr Straßenplan keinerlei erkennbaren Sinn zu besitzen schien, denn ihre Straßen und Gassen knickten in den verrücktesten Winkeln ab, kurvten wie von einem Betrunkenen gezogen kreuz und quer und endeten irgendwo jäh und unvermittelt ... ein Albtraum für jeden Kartenzeichner. Es dauerte eine ganze Weile, bis ich erkannte, welch ein wirksames Hindernis für eine angreifende Armee in diesem Straßenlabyrinth schon ein einzelnes eingerissenes Haus oder eine geschickt platzierte Barrikade darstellte.

Im Bereich zwischen der zweiten Mauer und dem ursprünglichen Festungsbau lag die Garnisonsstadt. Hier befanden sich die Kasernen der Truppen, die Rüst- und Waffenkammern, ein Tempel des Kedyn und Lagerhallen voller Proviant, Wein, Öl und anderen Bedarfsgütern für das Aussitzen einer Belagerung. In diesem Teil der Stadt waren die Gebäude von erkennbar anderem Charakter, mit wuchtigem, kantigem Profil. Als Fenster dienten Schießscharten, alle Türen waren aus Eisen und in tiefen Eingängen gelegen, die es den Verteidigern erlaubten, Angreifer aus Mordlöchern über ihnen unter Beschuss zu nehmen. Jedes einzelne dieser aus grauen Granitblöcken errichteten Gebäude war eine Festung für sich. Wie ich später herausfand, verband ein Netzwerk von Tunneln die Lagerhallen und Vorratsgebäude mit dem Bergfried und gestattete die schnelle Bewegung von Truppen und Vorräten dorthin, wo sie benötigt wurden.

Der Burgfriedkomplex war von beeindruckend massiger, düsterer, verwitterter Majestät, die der Architektur von Swarskija und Yslin in nichts nachstand. Wo deren Häuser durch kunstvolle Bauweise bestachen, dominierte diese hoch aufragende martialische Monstrosität durch ihre schiere Wuchtigkeit. Der gesamte Turmbau war von Balkonen umringt. An seiner Spitze endete ein bleibedecktes Spitzdach in einem Mast, von dem eine blaue Fahne mit einem aufsteigenden Drachen wehte.

Eine höhere, breitere Mauer zog sich um den Fuß des Bergfrieds und ließ genug Platz für mehrere Straßenzüge, deren Häuser aber vermutlich von derselben gedrungen wuchtigen Bauweise waren wie die der Garnisonsstadt. An den Kardinalpunkten unterbrachen acht kleinere Türme die Mauer, von denen aus das umliegende Gebiet völlig zu beherrschen war.

Falls Festung Draconis einen Weirun besaß, musste es ein kämpferischer Geist sein, den Kedyn mit Freuden als seinen Sohn anerkannt hätte.

Der Croqælf, der Cavarrs Kundschafter anführte, deutete auf einen Weg über den die See zurückhaltenden Deich. »Wir werden dort entlang marschieren und über den Hafen in die Festung gelangen.«

Baron Norderstett runzelte die Stirn. »An die Außenmauer schlägt die Brandung. Ein Aurolanenangriff könnte uns vom Deich ins Meer treiben. In unseren Rüstungen sind wir keine guten Schwimmer.«

Der Ælf lachte. »Keine Angst, der Schneefuchs denkt an alles.«

»Der Schneefuchs?« Prinz Kirill verzog das Gesicht. »Ist das Dathan Cavarr?«

»Ja. Sein Vater war vor ihm Markgraf und trug den Beinamen ›der Fuchs‹. Sein Sohn steht ihm in nichts nach. Ihr werdet es sehen.«

Auf den äußeren Zinnen wurde eine Fahne gehisst, und der Ælf führte uns den Deich entlang. Er war breit genug für eine Straße, und da seine Oberkante zudem glatt und eben war, kamen wir gut voran. Die Ebene zwischen uns und den Aurolanenhorden war offen und flach, was sie erstklassig geeignet für einen Angriff machte, aber wir vertrauten dem Wort des Croqælfen und unterdrückten unsere Besorgnis. Schließlich sollte das Tiefland überflutet werden, während der Gegner uns angriff.

Und er griff an. Als wir auf den Deich traten, schallten Trompeten und Fahnen winkten. Eine Kompanie Schnatterfratzen und Vylænz um die andere rannte hierhin und dorthin, um Aufstellung zu nehmen. Wir standen einer

Frontlinie aus zehn Kompanien gegenüber, und wenn ich die Fahnen richtig zählte, folgten acht weitere Linien hinter ihr, sodass wir es insgesamt mit neun Bataillonen oder beinahe zweieinhalbtausend Monstern zu tun hatten. Das war eine Streitmacht, die mich gehörig beeindruckte, aber was mich noch weit mehr beunruhigte war die Tatsache, dass sich kaum ein Zehntel der vor Festung Draconis aufmarschierten Aurolanen gegen uns in Marsch gesetzt hatte.

Wir marschierten weiter, und ich wartete darauf, dass die geheimen Tunnel vom Flussbett aufbrachen. Ich wollte sehen, wie weiß schäumende Wassermassen die Frontreihen wegspülten und Schnatterer von den Fluten hinweggerissen wurden. Ich wollte die anderen Reihen panisch umdrehen und die Reihen hinter ihnen aufbrechen sehen. Ich wollte einen See das Becken füllen sehen, mit Schnatterfratzenkadavern übersät wie mit hunderten winziger Inseln.

Die Fluten kamen nicht. Im Gegensatz zu den Schnatterfratzen, die sich immer mehr näherten. Wir hatten zwar die zahlenmäßige Übermacht, aber wir waren über den ganzen Deich verteilt. Ihr Sturmangriff würde uns mit derselben tödlichen Wirkung treffen wie unser Hinterhalt ihre Verstärkungen. Ich zog den Bogen von der Schulter und tastete nach einem Pfeil. Ich bemerkte, wie die übrigen Bogenschützen ähnlich reagierten, und selbst Baron Norderstett lockerte das Schwert in der Scheide.

Unser Führer schien davon völlig unbeeindruckt, was meine Stimmung allerdings auch nicht besserte. Prinz Augustus formierte seine Kavallerie am Nordende des Deichs, bereit, die feindliche Formation in einem Selbstmordangriff von der Flanke aufzubrechen. Die Reiter würden nicht weit kommen, bevor sie von der schieren Übermacht der Kreaturen überwältigt wurden, aber Augustus' vorausdenkende Tat war bezeichnend für seine Führungsqualitäten.

Die Schnatterer waren inzwischen kaum noch tausend Meter entfernt, und sie wurden schneller. Sie stürmten im Laufschritt auf uns zu. Ich legte einen Pfeil auf die Sehne und verfluchte mich selbst für meine Nervosität. Die weiter hinten folgenden ælfischen Bogenschützen hatten noch nicht angelegt, weil sie wussten, dass selbst unsere besten Schüsse keine Schnatterfratze erlegen konnten, bevor sie wenigstens auf hundert Meter heran war. Ich schluckte schwer und fuhr mir mit der Zunge über die Lippen, öffnete und schloss die rechte Hand und marschierte weiter, bereit, jeden Augenblick anzuhalten und zu feuern.

Fünfhundert Meter vor dem Deich stürmten die Schnatterer los, und jetzt hallten Trompetenstöße von den Mauern der Festung. Fahnen schossen an den Stangen der Türme hoch. Ich hörte von Ferne Befehle ertönen und wäre verzweifelt, hätten die Fahnen und Rufe unseren Führer nicht auflachen lassen.

Belagerungsmaschinen aller Größen, hinter Mauern und Zinnen versteckt in Stellung gebracht, schleuderten ihre Ladung. Ich sah Holzfässer durch die Luft fliegen, die dicke Seile hinter sich herzogen. Als das Seil sich spannte, brach das daran befestigte Fass auf, und seine Dolden breiteten sich aus wie die Blütenblätter einer Blume. Aus dem Innern schossen Tausende von Krähenfüßen auf das Schlachtfeld, aus so miteinander verschweißten Nägeln gefertigt, dass immer ein Stachel in die Höhe zeigte, gleichgültig, wie sie landeten. Dieser Regen aus spitzen Metalldornen breitete sich vor den Schnatterfratzen aus, und die vorderen Reihen kamen plötzlich fußlahm zum Stehen, nur um von den nachfolgenden Rängen umgeworfen oder überrannt zu werden – mit dem einzigen Ergebnis, dass sie sich ebenfalls die Füße aufrissen.

Wolken aus Pfeilen und Speeren senkten sich über das Schlachtfeld. Hinter den Spitzen waren Bleigewichte angebracht, mal schwerer, mal leichter, sodass sich der

Projektilhagel in einer langen Linie quer über die Ebene zog. Ganze Kompanien starben auf einen Schlag und rissen breite Breschen in die gegnerische Formation.

Riesige Baumstämme flogen durch die Luft, aber sie senkten sich nicht auf den Feind wie Pfeile. Sie landeten breitseits, schlugen auf die Schnatterer hinab, zermalmten die, auf denen sie aufschlugen, dann rollten sie weiter, von den Mauern fort, und wälzten ganze Kompanien nieder. Ein Stamm geriet auf dem Flug ins Schwingen und schlug zuerst mit dem einen Ende auf, dann mit dem anderen, und schleuderte zerschmetterte Körper und Erdbrocken hoch, als er wie eine tödliche Wippe über das Schlachtfeld hüpfte.

Durch eine Kette aneinander gekoppelte Steinbrocken unterschiedlicher Größe taumelten durch die Luft. Ich hatte ähnliche Geschosse in der Seeschlacht gesehen, wo sie dazu gedient hatten, Mast und Segel zu brechen, aber hier in der Ebene hatten sie eine andere, erstaunliche Wirkung. Der schwerere Felsen traf zuerst und zermalmte die Schnatterfratzen, auf denen er landete. Danach diente er als Anker für den zweiten Stein, der durch seinen Schwung die Kette spannte und in einem weiten, blutigen Bogen herumgerissen wurde, sodass er wie eine riesige Sense Aurolanenkreaturen niedermähte.

Noch furchtbarer als die Wirkung all dieser Waffen war die der Naphtalmspucker. Ihre Bronzemündungen waren wie Schlangenköpfe geformt und in mittlerer Höhe der Turmmauern montiert. Sie versprühten einen gewaltigen Strom von Naphtalm, und geschickt platzierte Fackeln verwandelten die dunkle Flüssigkeit in einen Feuerregen. Ein Turm schleuderte einen Flammenvorhang in die Bahn der Aurolanen, während die anderen ihre feurigen Fluten über die Schnatterfratzen spielen ließen. In lebende Fackeln verwandelte Krieger kreischten und ergriffen die Flucht, oder sie krümmten sich wimmernd zu einem Ball zusammen und verbrannten.

Nichts drang durch den Feuervorhang, um uns anzugreifen. Noch immer flogen Pfeile, Speere, Steine und Baumstämme aus der Festung auf das Schlachtfeld, um den Angriff der Schnatterer zu brechen, aber von ihren Formationen war schon nichts mehr geblieben. Sie stürzten in panischer Flucht davon.

Ich blickte über das lodernde Schlachtfeld hinüber zu den Aurolanenhorden. Es spielte keine Rolle, ob da draußen zwanzig- oder dreißigtausend Kreaturen aufmarschiert waren. Es war völlig unmöglich, dass sie Festung Draconis erfolgreich belagerten. Das musste auch Kytrin wissen. Sie musste wissen, dass ihre Truppen diese Festung nicht erstürmen konnten.

Mir schauderte. Trotz dieses sicheren Wissens hatte sie ihre Truppen in Marsch gesetzt, und das hieß, sie wusste mehr als ich. Diese Erkenntnis erschien mir als ein äußert unheilvolles Omen.

Kapitel Zweiunddreissig

Als wir uns der Außenmauer näherten, glitten drei Barken in Position, und ihre Besatzungen vertäuten sie miteinander, sodass sie eine schwimmende Brücke bildeten, die unsere komplette Streitmacht in die Stadt trug. Unser ælfischer Führer brachte Baron Norderstett, Prinz Kirill, Net, Leif, Siede und mich zu einem Treffen mit Dathan Cavarr, dem Markgrafen Draconis'.

Es war unschwer zu erkennen, warum man ihn den Schneefuchs nannte. Er war von kleinem Wuchs, mit so blondem Haar, dass es fast weiß wirkte. Ein sorgfältig gestutzter weißer Schnurrbart und spitz zulaufender Kinnbart betonten seine scharfen Gesichtszüge noch zusätzlich. Die hohen Wangenknochen ließen sein Gesicht etwas eingefallen wirken. In seinen grauen Augen waren blaue Sprenkel zu erkennen. Sein Blick war unstet und wechselte ständig zwischen weitäugigem Staunen und scharf fixierter Betrachtung eines Gegenübers oder Gegenstands.

Seine geringe Größe – er war gut einen Kopf kleiner als ich – wurde von seiner Kleidung noch unterstrichen. Er trug ein loses blaues Seidenhemd, schwarze Seidenkniehosen und kniehohe schwarze Lederstiefel. Ein überbreiter Gürtel zog sich um seine Taille, und an der rechten Hüfte hing ein Dolch in der Scheide. Links trug er kein Schwert als Gegengewicht, stattdessen steckte dort ein gefaltetes Paar Handschuhe. Er besaß lange, schlanke Finger, aber es war nicht eine Schwiele an ihnen zu sehen, so als habe er in seinem ganzen Leben noch keinen Tag körperlich gearbeitet.

Und nach der faltenlosen Glätte seines Gesichts zu urteilen, hatte dieses Leben auch noch nicht allzu lange gewährt. Wenn er auch nur fünf Jahre älter war als ich, hätte ich selbst Feuer spucken und die Schnatterer in die Flucht schlagen können. Wie jemand wie er es zum Kommandeur von Festung Draconis hatte bringen können, war mir unbegreiflich. Dann, als ich gerade im Begriff stand, ihn als unfähigen Stutzer abzutun, trieb der Wind den Gestank von gebratener Schnatterfratze herüber, und ich musste die Wirksamkeit seiner Methoden anerkennen.

»Ah, Baron Norderstett, endlich.« Er packte Norderstetts Rechte mit beiden Händen und schüttelte sie enthusiastisch. »Ich habe Eure Korrespondenz über Arkantafal wirklich genossen. Wie schön, Euch hier begrüßen zu können. Ihr habt 3500 Mann mitgebracht, ja? Gut. Damit kommen wir hier in der Garnison auf beinahe zehntausend, die Miliz aus der Stadt nicht mitgerechnet. Sie ist nicht viel wert, aber … Ja?«

Baron Norderstett hob die freie Hand. »Ich freue mich auch, hier zu sein, aber bevor wir uns weiter unterhalten, gestattet mir, Euch Prinz Kirill von Okrannel vorzustellen …«

»Es ist mir ein Vergnügen, Hoheit.« Der Schneefuchs schüttelte Kirills Hand und lächelte, dann wurde er schnell wieder ernst. »Mein Beileid zum Verlust Eurer Gemahlin, und nun auch noch Eurer Hauptstadt.« Sein Lächeln kehrte ebenso blitzartig zurück. »Ich habe Nachricht erhalten, dass Eure Tochter unversehrt im Süden eingetroffen ist.«

Kirills Züge hellten sich auf. »Danke.«

Dathan drehte sich weiter und hob Siedes rechte Hand zu einem Kuss. »Eine Vorqælfe. Du bist gewiss Siede, die Schwester Orakels, von der die Norderstettprophezeiung stammt?«

Siede riss die Augen auf. »Die bin ich.«

»Gut, sehr gut. Der Klang dieser Prophezeiung gefällt

mir, aber ich würde es vorziehen, sie im originalen Ælvisch zu hören. Ich spreche es natürlich nicht allzu flüssig. Mir fehlt die Übung und ich habe einen fürchterlichen croqælfischen Akzent, aber falls du Lust zu einer Unterhaltung verspürst …«

»Danke, mein Fürst.« In Siedes Stimme lag leichte Verwirrung. »Vielleicht findet sich eine Gelegenheit.«

»Dessen bin ich mir sicher.« Dathan gab ihre Hand frei, dann breitete er die Arme aus und trat auf Net, Leif und mich zu. »Und hier sind sie, drei vom selben Schlag. Ihr werdet Nethard Hauer sein, der Riesentöter, wenn die Berichte stimmen.«

»Früher oder später hätten ihn auch die Bogenschützen erledigt.«

»Und dazu noch bescheiden. Großartig. Und Ihr seid Boleif Norderstett. Ihr führt Temmer und habt zwei – ZWEI – Sullanciri erschlagen. Vielleicht kann Eure Anwesenheit hier auch den beiden dort draußen Angst einjagen.«

Leif nickte matt. »Ich hoffe es.«

»Natürlich, mein Junge, natürlich.« Der Schneefuchs drehte sich um und sah mich an. »Und Ihr seid Tarrant Valkener. Wie ich hörte, habt Ihr einem Temeryx in die Brust gegriffen und sein Herz gequetscht, bis er starb. Wie ich an dem Bogen sehe, ist es Euch auch gelungen, loqælfische Bogenschützen zu beeindrucken – gar nicht leicht für einen Menschen.«

»Ich habe nicht mehr geleistet als alle anderen auch.«

»Außergewöhnliche Umstände erfordern von allen Außergewöhnliches.« Er klatschte in die Hände, dann wandte er sich wieder zu Baron Norderstett um. »Nun denn, es wäre mir eine Freude, Euch die Festung zu zeigen, falls Ihr nichts dagegen habt. Meine Leute werden Eure Truppen zu den Unterkünften bringen. Es ist reichlich Platz vorhanden. Wir werden sie verpflegen und sich ausruhen lassen, dann helfen wir ihnen, sich mit der Festung vertraut zu machen. Vorerst noch mit keinen schweren Arbeiten. Ein wenig Entspannung, ja?«

Baron Norderstett nickte. »Hört sich gut an. Ah, da kommen die Prinzen Augustus und Swindger. Meine Fürsten, dies ist unser Gastgeber, Dathan Cavarr.«

»Prinz Augustus. Eure Reiterei wirkte höchst schneidig, wie sie dort draußen auf der Ebene in Stellung ging. Fast hätte ich einige der Schnatterfratzen durchgelassen, um sie zu Werk gehen zu sehen. Aber ich war zu selbstsüchtig. Vergebt mir.«

Prinz Augustus grinste. »Ich bin sicher, wir werden noch Gelegenheit bekommen, Euch von unserem Können zu überzeugen.«

»Ganz sicher.« Dathan drehte den Kopf in Swindgers Richtung. »Ich hoffe, Ihr werdet Euren Aufenthalt hier genießen.«

Prinz Kirill zupfte die Schlinge um seinen linken Arm zurecht. »Ihr sagtet, fast hättet Ihr einige Schnatterfratzen durchgelassen. Wir dachten, Ihr wolltet die Ebene überfluten.«

»O ja, das wollte ich auch ...«

»Schwierigkeiten mit den Vorbereitungen?«

»Keineswegs, Prinz Kirill, keineswegs. Alles ging bestens.« Dathan lächelte. »Ihr werdet Euch natürlich selbst davon überzeugen können, aber ich habe mich entschieden, die Flut für ein andermal aufzusparen. Sonst hätte ich die Krähenfüße nicht einsetzen können, versteht Ihr. Der Boden wäre zu stark aufgeweicht worden. Das wäre einfach nicht gelungen. Ich wollte ihnen Stoff zum Nachdenken geben, deshalb habe ich mich auf eine Kostprobe dessen beschränkt, was sie erwartet.«

Leifs Vater nickte. »Es war eine beeindruckende Vorführung.«

»Wenn Euch das gefallen hat, dann kommt, lasst mich Euch den Rest zeigen.« Der Schneefuchs setzte an, Kurs auf die Außenmauer zu nehmen, dann bemerkte er, dass wir dazu den Weg der in die Festung strömenden Truppen hätten kreuzen müssen, und so drehte er um und machte ein paar Schritte in eine andere Richtung, bevor er sich schließlich für eine dritte entschied. »Hier entlang, so ist es richtig.«

Die Festung Draconis, durch die er uns führte, kann sich jemand, der sie nicht schon früher gesehen hat, heute kaum vorstellen. Die Veränderungen im Laufe der Jahre hatten die Brillanz der ursprünglichen Bauten weniger in den Schatten gestellt, als maßlos überladen. Sie ähnelte auf gewisse Weise einer Kerze, die immer wieder neu in Wachs getaucht wurde, manchmal ganz, manchmal nur ein Stück weit, bis man schließlich ein aufgeblasenes Gebilde erhielt, das nichts mehr von der Eleganz besaß, die sein Kernstück auszeichnet.

Zum Beispiel zeigte er uns kleine, auf einer Drehscheibe montierte Katapulte, die nach Belieben gedreht werden konnten. Oder dass die Naphtalmspeier Ventile im Mittelteil eines Turms waren, die sowohl auf und ab wie seitlich bewegt werden konnten und durch einen dicken Schlauch mit einem Tank in einer weiter oben im selben Turm gelegenen Kammer verbunden waren. Das Eigengewicht des Naphtalms trieb es aus dem Schlauch, ohne irgendwelche Pumpen, die hätten blockieren können. Anderenorts verliefen lange parallele Metallschienen, auf denen Karren liefen, die Pfeile, Speere, Steine oder Krähenfüße zu den Wurfmaschinen transportierten.

Es ist ziemlich schwierig, Dathan Cavarr wörtlich zu zitieren, da er fast unaufhörlich redete. Jeder seiner Monologe berührte Dutzende verschiedener Themen, und ich war allein damit, Tatsachen und Meinungen auseinander zu halten und dem richtigen Thema zuzuordnen, so beschäftigt, dass ich auf der ganzen Führung kein Wort zum Gespräch beitrug. Immerhin erhielt ich aber die Bestätigung, dass er nur vier Jahre älter war als ich, also in

Prinzessin Rautruds Alter. Doch er wusste mehr von der Welt als selbst der älteste Greis Valsinas.

Er war Markgraf Draconis geworden, weil sein Vater Raakin vor ihm diesen Titel geführt hatte, obwohl dieser Posten nicht erblich war. Als sein Vater sich auf den Ruhestand vorbereitete, hatte er es dem Erntefestrat mitgeteilt, und die Monarchen hatten sich nach einem Nachfolger umgesehen. Dathan, der sein gesamtes Leben in Festung Draconis verbracht hatte, hatte sich unter einem Decknamen beworben. Auch sein Vater, der an der Wahl seines Nachfolgers beteiligt gewesen war, hatte nicht geahnt, dass sein eigener Sohn unter den Kandidaten war.

»Ihr müsst verstehen, dass ich nicht über die militärische Erfahrung der anderen Bewerber verfügte, nein, ganz sicher nicht. Aber seit fast hundert Jahren hatte niemand mehr einen Angriff der Aurolanen zurückgeschlagen, sodass in Wahrheit auch niemand sonst wirklich über die nötige Erfahrung verfügte. Aber ich hatte mein ganzes Leben hier verbracht, war in der Festung aufgewachsen und hatte all ihre Ecken und Winkel erforscht. Ich hatte alle Truppen beobachtet, war das Maskottchen mancher Einheit geworden, hatte Ælvisch und urSreð gelernt – und das ist eine Sprache, die wahrhaft nicht für Menschenzungen geschaffen ist – und herausgefunden, dass ich kein Geschick für Waffen besitze, abgesehen von dem, sie zu erfinden und zu verbessern, und Methoden für ihren Einsatz zu finden.«

Dathans Grinsen wurde breiter, seine Schritte weiter, und seine Arme flogen, als er sich im Kreise drehte und durch das Innere der Festung führte. Seine Rechte streichelte liebevoll die Zentralsäule des Kronturms, als er die Wendeltreppe in dessen Herzen hinaufstieg. Auf jeder Etage holte er uns von der Treppe und auf die Balkone, damit wir die Steinmetzarbeiten an den Wänden besser sehen konnten, oder die Wandteppiche oder irgendein kleines Schmuckstück aus dieser oder jener Nation.

Er war auf alles und jedes stolz, und das mit gutem Recht.

Ich persönlich war wohl am meisten von den Strebebögen beeindruckt. Sie waren nicht gehauen, sondern aus einer Mischung aus Kalkstein und Sand gegossen, die dazu in einen Brei gemengt und dann in – mit geschnitzten Motiven versehene – Holzformen gespeist worden war. Er nannte es Wuchsstein. Die langsam hart werdende Mixtur wurde in ihrem Innern von Metallstreben zusätzlich stabilisiert, und sobald sie ausgehärtet war, wurde das nächste Stück gegossen. Die Formen stellten Steine in der Form eines Drachen her, der auf dem Kopf seines Vorgängers stand, ebenso wie dieser auf dem Kopf des Drachen unter ihm und so weiter bis hinab zum Boden, wobei die einzelnen Drachen entlang des aufstrebenden Bogens immer kleiner wurden. Als wir oben ankamen, lehnten sich die obersten Drachen einwärts, um den Turm zu stützen. Wir hätten ohne weiteres auf ihren breiten Rücken hinaussteigen können. Dathan wollte sogar, aber ich lehnte dankend ab.

»Der Stein ist solide, Valkener. Er hält viel aus.«

»Es ist gut, ich glaube es Euch gerne.« Ich hob die Hände. »Nach allem, was wir bereits durchgemacht haben, ist ein Spaziergang dort draußen ein Risiko, das ich nicht auch noch eingehen möchte.«

»Ein ausgezeichnetes Argument, Valkener.« Dathan lachte laut auf. »Warum jetzt aus dem Schlauch des Glücks trinken, wenn man möglicherweise später noch einen guten Schluck braucht?«

Wie zu erwarten, befand sich die Kronkammer an der Spitze des Turms. Wuchtige Holzbalken stützten das spitze Bleidach. Die Kammer selbst enthielt keinerlei Dekoration oder Einrichtung abgesehen von einer runden Feuerstelle in der Mitte des Bodens, in der ein kleines Weihfeuer brannte, und drei darum herum angeordnete Stelen. Auf jeder Stele ruhte ein strahlender, in Gold gefasster Stein – nahezu identische Gegenstücke zu dem Bruchstück der Drachenkrone, das ich in Swarskija gesehen hatte. Einer der Steine war ein Rubin, ein anderer ein leuchtend gelber saphirgleicher Stein, der Letzte ein grüner Stein ähnlich dem, den ich zuvor gesehen hatte. In seinem Innern waren gelegentliche blaue Schimmer zu erkennen, aber ich wusste nicht, ob das eine Bedeutung hatte.

Wir schauten durch eine Wand aus denselben Eisenstangen ins Innere des Raumes, die in einem Schräggitter die Fenster sicherten. Dathan grinste und legte die Hand auf die ebenfalls aus Eisenstangen gefertigte Tür in der Mitte der Wand. »Ich würde Euch einladen, die Bruchstücke der Krone aus der Nähe zu betrachten, aber es würde viel zu lange dauern, die Diebstahlsicherungen außer Kraft zu setzen. Doch wenn Ihr einen Blick darauf werfen möchtet, könnt Ihr mich bei meiner wöchentlichen Inspektion begleiten.«

Baron Norderstett nickte kurz. »Das wäre schön, aber nur, wenn es keine Umstände bereitet.«

»Gar nicht, nein, nein, ganz und gar nicht.« Der Meister der Festung Draconis winkte uns zurück zur Treppe. »Ihr seid einen langen Weg gekommen und habt viel erreicht. Erlaubt mir, mich um Eure Unterbringung zu kümmern. Bitte fühlt Euch in der Festung wie zu Hause. Besucht die Gärten, bedient Euch aus meinem Weinkeller, habt keine Hemmungen. Was immer Ihr wollt.«

Prinz Kirill schmunzelte. »Ihr seid äußerst großzügig.«

»Das würde ich gerne glauben, aber alles, was ich hier besitze, stammt aus den Nationen der Welt … aus Euren Nationen. Unser Nachschub übertrifft häufig den Bedarf, daher haben wir Überschuss für Zeiten wie diese. Indem ich ihn Euch zur Verfügung stelle, zahle ich nur zurück, was Ihr getan habt. Es ist das Mindeste, was ich tun kann.«

Dathan Cavarrs Mindestes war die bei weitem luxuriöseste Behandlung, die ich in meinem ganzen Leben erfahren hatte. Die Räume, zu denen er uns brachte, waren klein, aber prächtig ausgestattet. Ich hatte ein großes Bett mit einem Baldachin und dicken Federkissen. Zu beiden Seiten der Tür hielten ein Kleiderschrank und eine passende Kommode wie zwei Posten Wacht, und ein niedriger Schrank, ein kleiner Tisch und vier Polsterstühle füllten die Hälfte des Zimmers neben dem Bett. Ein kleiner Eisenofen übernahm die Rolle eines Kamins. Er stand an der rechten Wand unmittelbar neben dem Bett, und sein Abzugsrohr verschwand in der Wand, vermutlich zu einem dahinter versteckten Kaminschacht. Zwei Teppiche bedeckten den größten Teil des Bodens. Aus dem schmalen Fenster hatte ich einen Blick auf den fernen Hafen.

Auf dem Schrank standen drei volle Karaffen mit Wein und vier Kelche sowie etwas Käse und ein kleiner Korb mit Trockenfrüchten. Ich hatte gerade eine der Kristallkaraffen geöffnet und wollte mir ein Glas Rotwein einschenken, als es leise an der Tür klopfte und ein Diener das Zimmer betrat. Er war älter als ich, wenn auch nicht viel, und hielt sich äußerst gerade, was mich vermuten lässt, dass es sich um einen Soldaten handelte, der für diese Aufgabe abkommandiert worden war.

»Ich bitte um Verzeihung, mein Herr, aber der Markgraf hat mich gebeten, Euch den Weg zu den Bädern zu zeigen.«

Ich setzte den Stopfen wieder auf die Karaffe und stellte sie zurück. Er öffnete die Tür zum Gang und ich folgte ihm. Wir nahmen eine in die Außenwand gearbeitete Treppe hinunter zum Erdgeschoss. Dort führte er mich durch den Türbogen in einen riesigen, in Elfenbein gefliesten Raum mit Mosaiken an den Wänden und am Boden der Badebecken. Der aus den meisten Becken aufwallende Dampf verschleierte die Bilder, aber das generelle Thema der Mosaike schien etwas mit dem Erlegen aurolanischer Bestien zu tun zu haben.

Ich kleidete mich in der Nische aus, die mir der Diener zuwies. Meine Maske hing ich an einen Haken und legte statt ihrer eine schmale braune Bademaske aus Stoff an. Ich lief durch einen kühlen Korridor und ließ mich in ein Becken mit warmem Wasser gleiten, eines von mehreren, die alle durch niedrige Wände vom Rest des Saals und voneinander getrennt waren. In Nischen am Beckenrand fand ich verschiedene Bürsten und Seifen. Offenbar wurde erwartet, dass ich mich hier in diesem Becken säuberte, bevor ich eines der anderen aufsuchte, und die Trennwand bot mir die Privatsphäre, die ich brauchte, um zum Baden die Maske abzunehmen. Ich nahm mir den Wink zu Herzen, legte die Maske ab und scheuerte mich gründlich ab. Es dauerte nicht lange, und meine Haut verlor die braune Farbe, die ich irrtümlich für Sonnenbräune gehalten hatte.

Zum ersten Mal seit einer Ewigkeit wieder gründlich sauber, band ich mir die Bademaske erneut um und wechselte in ein etwas heißeres Becken und von dort in ein noch heißeres. Ich schloss die Augen und ließ mich seelig treiben, während ich die warme, feuchte Luft tief in meine Lungen sog. Die Hitze brannte die Verhärtungen aus meinen Muskeln und gab mir ein Gefühl des Friedens zurück, dessen Existenz ich schon beinahe vergessen hatte.

Mein Körper tanzte auf den Wellen, als sich noch jemand in das Becken gleiten ließ. Ich wälzte mich herum und lächelte, als ich Leif und Net erkannte, die sich zu mir gesellten. Net trug ein breites Grinsen zur Schau und seufzte glücklich, als er bis zum Hals im dampfenden Wasser versank. Leif bewegte sich immer noch reichlich träge, aber selbst sein Gesicht hellte in der heißen Umarmung des Wassers auf. Ich war schon froh darüber, ihn einmal ohne Temmer zu sehen.

Net seufzte laut. »Es gab Nächte auf dem Schiff, während des Regens, da konnte man von so etwas nur träumen.«

Leif nickte. »Die Kälte setzt sich in den Knochen fest, aber das hier brennt sie fort.« Er tauchte den Kopf unter Wasser, dann kam er mit triefendem Gesicht und leuchtenden blauen Augen wieder hoch. »Was, Jungs? Wer hätte vor gerade einmal drei Monaten gedacht, dass wir heute hier und an einem derartigen Unternehmen beteiligt sein würden? Valkener, du hast gehofft, ein Kundschafter zu werden, und Net, nun, ich habe keine Ahnung, was du gehofft hast.«

»Kundschafter wäre mir auch recht.«

»Ziele, die wir immer noch erreichen können.« Ich blickte Leif stirnrunzelnd an. »Was hast du dir denn erhofft?«

Er zuckte die Schultern. »Spielt das eine Rolle? Heute habe ich neue Ziele. Eine Prinzessin heiraten, eine Dynastie gründen ... das Übliche halt.«

»Oh, natürlich.« Ich setzte den typischen Singsang seines Tonfalls auf. »Einen Dachen töten, Aurolan erobern, Kleinigkeiten.«

»Ganz recht, ganz recht.« Nets Versuch, Leifs Tonfall nachzuäffen, besaß genug Enthusiasmus, um die Steifheit zu überspielen. Ich erwartete, dass er weiterredete, aber er verstummte, und alle Farbe wich aus seinem Gesicht. Ich wirbelte herum, um nachzusehen, was er anstarrte, dann musste ich nach dem Beckenrand hechten, um mich abzufangen.

Ein Mann stand ihm Nebel. Er trug den Zeremonienmantel eines Ritters vom Phönix. Seine linke Hand kam hoch, berührte das Gesicht knapp unter dem linken Auge, senkte sich und kam erneut hoch – das Zeichen, ihm zu folgen. Er drehte auf dem Absatz um, sein Mantel wehte durch den Nebel, dann verschwand er aus dem Badesaal.

Wir überwanden unsere Überraschung ziemlich schnell

und hievten uns aus dem Becken. Ich lief sofort zu der Nische, in der ich meine Maske gelassen hatte. Meine Nacktheit machte mir weniger aus als die Tatsache, dass ich nur eine dünne Bademaske trug. Meine beiden Freunde folgten mir auf dem Fuße. Wir fanden unsere Masken und Phönixmäntel an Stelle unserer Kleider. Wir warfen sie über und rannten den Korridor hinab, um den Ritter zu finden, der uns gerufen hatte, aber er war verschwunden.

Leif deutete auf nasse Stiefelabdrücke auf dem Steinboden. Hastig folgten wir ihnen eine Treppe hinab, dann fanden wir das Jungvogelzeichen in einem Stein in der Seitenwand eines schmalen Korridors. Net drückte auf den Stein, dann zuckte seine Hand zurück, als habe ihn etwas gestochen. »Das gefällt mir gar nicht.«

Aus dem Innern des Steins drang ein magisches Leuchten. Ein Stück den Gang hinab kippte ein Wandabschnitt nach hinten und verwandelte sich in eine Brücke zu einem anderen Gang. Ich ging voraus, dann musste ich sofort nach links abdrehen um weiterzukommen, obwohl der Gang aussah, als setze er sich noch eine gehörige Strecke weiter fort. Hätte sich nur eine Öffnung in der Wand aufgetan und ich hätte versucht, über den Abgrund hinter ihr auf die andere Seite zu springen, wäre ich hart gegen eine Mauer geprallt, deren Bemalung täuschend echt einen Gang vorspiegelte. Entweder hätte ich mir den Schädel eingeschlagen, oder ich wäre abgeprallt und in den Tod gestürzt, und ich war mir nicht sicher, welches Schicksal vorzuziehen gewesen wäre.

Wir stiegen eine Wendeltreppe hinab zu einem schmalen Absatz. Von seinem Rand aus verliefen steile Stufen zu einer breiteren und tieferen Plattform, die etwa anderthalb Meter über und fünf Meter vor uns lag. Auf gleicher Höhe mit ihr begann eine Tribüne aus fünf halbkreisförmigen Bankreihen. Auf den Bänken saßen Männer und Frauen in Kapuzenmänteln der verschiedensten Farben.

Der kleine Mann in der Mitte der Empore konnte nur der Markgraf Draconis sein. Er trug einen roten Mantel mit goldenem Besatz. Er streckte eine behandschuhte Hand in unsere Richtung aus, und als er sprach, lag eine Tiefe in seiner Stimme, die ich ihr nach unserer vorherigen Begegnung keinesfalls zugetraut hätte.

»Seht drei, die erst vor Wochen in Oriosa Frische Jungvögel wurden. In Alcida erhielten sie ihre Belehrung, und seither haben sie der Welt zu Diensten gestanden. Der Erste der drei hat zwei Sullanciri getötet, eine in den Annalen des Heldentums ungekannte Leistung. Der Zweite tötete einen Riesen, erschlug ihn mit drei Hieben. Und der Dritte hat sich Sullanciri entgegengestellt und sich als Bogenschütze von solchem Können bewiesen, dass Loqælfen für ihn einen Bogen aus Silberholz schnitzten. Ihre selbstlosen Leistungen haben uns großen Ruhm gebracht.«

Die versammelten Ritter klatschten höflich Beifall. Ihre Mäntel waren verschieden genug, um sie als Ritter unterschiedlicher Nationen auszuweisen. Manche Mäntel hatten Säume aus Schnatterfratzenfell. Andere waren mit weißen Temeryxfedern verziert und mindestens eine Kapuze war aus Vylænleder genäht. Dass sie uns applaudierten, erschien mir durchaus seltsam, denn das waren Männer und Frauen, die allein durch ihre Stationierung in Festung Draconis wahrscheinlich schon mehr gesehen und geleistet hatten, als es uns jemals gelingen würde. Genau wie bei Cavarrs früherem Lob hatte ich auch diesmal das Gefühl, so viel Zuspruch nicht zu verdienen.

Net schien es ganz ähnlich zu gehen, aber Leif strahlte voller Stolz. Ich konnte es ihm nicht verdenken. Er hatte Kytrins halben Führungsstab ausgemerzt, eine monumentale Leistung. Es konnte kein Zweifel daran bestehen, dass er ein Held war, und der Beifall schien ihm etwas von dem Leben zurückzugeben, das sein Zauberschwert ihm geraubt hatte.

»Als amtierender Schwarmherr des Reviers der Festung Draconis frage ich euch nun, ob jemand unter euch ist, der das Wort ergreifen will.«

Auf dem ersten Rang trat ein Mann in einem roten Mantel mit schwarzem Saum vor. Auch die Federn auf seinem Mantel hatten einen schwarzen Rand. Bis er zu sprechen ansetzte, hatte ich ihn nicht erkannt, aber seine Stimme war unverwechselbar.

Prinz Augustus räusperte sich. »Ich habe das Handeln dieser drei beobachtet. Sie haben sich weit besser geschlagen, als man es angesichts ihrer Jugend oder ihres Ranges für möglich gehalten hätte. Ich bin der Meinung, dass die Erhebung auf den Schwingenrang geboten ist.«

»Danke, Großer Schwarzphönix.« Cavarr drehte sich langsam und ließ den Blick durch den Saal schweifen. »Spricht irgendjemand gegen diese Erhebung?«

Die anderen Ritter blieben stumm.

Der amtierende Schwarmherr drehte sich wieder zu uns um. »Es ist mir eine Freude, euch im Range der Schwinge willkommen zu heißen.« Auf sein Zeichen verließen drei andere Ritter ihre Plätze und stellten sich in einer Reihe hinter ihm auf. Jeder von ihnen trug einen zusammengelegten Mantel auf den Armen. Der Schwarmherr winkte uns zu sich hoch, und als wir die Stufen hinaufstiegen, öffneten sich die Verschlüsse unserer Mäntel, und sie fielen von uns ab. Nackt stiegen wir in der Reihenfolge unserer Vorstellung zur Empore hoch.

Man legte uns die neuen Mäntel über die Schultern. Abgesehen von einer roten Federbahn über der gelben Bahn, die schon unsere vorherigen Mäntel besessen hatten, waren sie einfarbig braun. Cavarr stand vor jedem Einzelnen von uns und hob die Arme, um die Schnallen zu verschließen. Danach trat er einen Schritt zurück und neigte den Kopf.

Er sprach mit würdevoller Stimme, die das Amphitheater ohne Schwierigkeiten erfüllte. »Im Verlauf eures

Aufenthalts hier in Festung Draconis werdet ihr von allem unterrichtet werden, das ihr wissen müsst, um den Pflichten und Verantwortlichkeiten eures neuen Ranges nachzukommen. Ihr dürft stolz in dem Wissen sein, dass nur in seltenen Fällen vor euch ein Mitglied der Zunft diesen Rang so schnell erreicht hat. Meines Wissens ist es noch nie vorgekommen, dass drei Ritter so schnell so hoch aufgestiegen sind. Am Vorabend der Schlachten, denen wir hier entgegengehen, betrachten wir dies als ein äußerst ermutigendes Zeichen.«

Kapitel Dreiunddreissig

Nach unserer Erhebung, einem Ereignis, das mich gleichermaßen überraschte und freute, holte ich mir etwas zu essen, kehrte allein zurück in mein Zimmer und schlief sofort ein. Natürlich hatte ich auch an Bord der Schiffe geschlafen und mir auch während des Marschs so viel Ruhe gesichert, wie ich konnte. Trotzdem ließ sich nicht verhehlen, dass ich erschöpft war. Die Sonne ging gerade unter, als ich ins Bett kroch, und als ich wieder aufwachte, stand sie schon seit Stunden wieder am Himmel.

Ich legte ein paar der Sachen in meinem Kleiderschrank an – in dem sich nichts von den verschlissenen Stücken fand, die ich seit unserer Abreise aus Yslin getragen hatte. Irgendwer hatte meinen Schrank mit Hemden und Hosen bestückt, die ganz ordentlich saßen. Sie waren alle von oriosisch-grüner Farbe. Das Stiefelmesser, das ich von Net erhalten hatte, schob ich in den rechten Stiefelschaft.

Ich schlenderte hinunter in den Speisesaal und stellte fest, dass ziemlicher Betrieb herrschte. Cavarr hatte uns am Tag zuvor erklärt, dass die Garnisonstruppen schichtweise aßen, sodass ständig etwas verfügbar war. Ich griff mir eine Schale mit dickflüssigem Eintopf und einen halben Laib Brot und zog mich an einen freien Tisch zurück. Ich war mir ziemlich sicher, dass ich bei jeder der Gruppen an den anderen Tischen einen Platz gefunden hätte, aber ich hielt mich absichtlich abseits.

Trotz des Lobes, mit dem man uns in der Versammlung der Phönixritter überschüttet hatte, wusste ich, was in der realen Welt geschah. Die Männer und Frauen, die hier Dienst taten, waren durch ihre Erfahrungen zusammengeschweißt. Sie trainierten zusammen und traten jeden Tag ihren Dienst an, bereit für den Schutz der Festung zu kämpfen und zu sterben. Ihre Opfer waren größer als alle, die ich je auf mich genommen hatte. Ich war nur ein junger Bursche auf Abenteuer und hatte es einfach nicht verdient, als ihnen gleichwertig oder womöglich sogar überlegen hingestellt zu werden.

Innerlich drängte es mich allerdings ungemein, mich ihnen anzuschließen, und das warme Lachen, das durch den Saal hallte, war mir ein großer Trost. Prahlereien wechselten zwischen den Tischen hin und her. Einzelne Soldaten forderten sich gegenseitig heraus, ebenso wie ganze Einheiten. Wetten wurden abgeschlossen, wer mehr Gegner töten würde, mehr Gefangene machen, mehr Belobigungen einkassieren oder Ehrungen erwerben, selbst über die Anzahl von Stichen, die nötig sein würden, Wunden zu vernähen, wurde gewettet. Die hier versammelten Krieger strahlten eine fröhliche Selbstsicherheit aus, die mehr zur Verteidigung von Festung Draconis beitragen würde als Mauern und Waffen.

Hungrig verschlang ich mein Frühstück, säuberte die Krümel vom Tisch und brachte die Schale zurück ... nachdem ich das letzte Stück Brot einem der Hunde zugeworfen hatte, die durch den Speisesaal schlichen. Dann wanderte ich durch die Festung und fragte, ob jemand Net gesehen hätte. Zunächst hatte ich wenig Erfolg, aber einer der Gardisten, die auf unserem Schiff gewesen waren, sagte mir schließlich, er habe ihn in der Waffenschmiede der Festung gesehen.

Die Waffenschmiede befand sich nicht im Burgfried, aber ein rundum geschlossener Brückengang verband die beiden Gebäude. Noch bevor ich ihn ganz durchquert hatte, roch ich den Rauch der Essen und fühlte die Hitze. Als ich die Stufen zum Eingang hinaufstieg, erbebte mein

Körper unter dem Lärm der Schmiedehämmer. Ihr Klang war so sauber und tödlich wie das Donnern von Kriegstrommeln.

Meine Augen tränten, als ich im Eingang stehen blieb. Gleich vor mir hämmerte Net eine gelborange glühende Stahlstange. Sein schweißnasser Oberkörper glänzte rot im Licht der Feuer. Mit jedem Hieb flogen die Funken, und die Schläge trafen das Metall in gleichmäßigem, forderndem Rhythmus. Er kam weder hastig noch träge, sondern im Takt der Pulsschläge eines hart arbeitenden Mannes.

Der Stahl verdunkelte sich zu einem tiefen Rotton, und Net stieß ihn zurück in die Esse. Zwei Lehrlinge bearbeiteten den Blasebalg, und unter ihren Bemühungen loderten grellgelbe Flammen über den heißen Kohlen. Net wischte sich mit der behandschuhten Linken die verschwitzte Stirn, dann griff er in eine Tasche seiner Lederschürze und zog den Stein heraus, der Tsamoc war. Er starrte ihn an, und ein schwaches Glühen wurde im Innern des Steines sichtbar. Net lächelte. Er steckte den Stein wieder in die Tasche, griff sich die Zange und holte die Schwertklinge erneut aus den Kohlen. Er musterte sie eingehend, dann hämmerte er weiter.

Er war so in seine Arbeit vertieft, dass er mich gar nicht bemerkte. Nicht dass er dazu eine sonderlich große Chance gehabt hätte, denn für ihn konnte ich nicht mehr sein als ein Schattenriss im Türrahmen. Ich entschied mich, ihn nicht zu stören und ging weiter. Auf meinen Zügen machte sich ein Lächeln breit, als mir klar wurde, dass Nethard zu dem zurückgekehrt war, was er vor seinem Mondmonat getan hatte und gewesen war, um den Kontakt zur Wirklichkeit nicht zu verlieren. Vermutlich verwirrte ihn unsere Lage nicht weniger als mich, und ich war froh, dass er einen Weg gefunden hatte, mit dem Problem fertig zu werden.

Ich entschloss mich, es ebenso zu machen, und da ich in

der Vergangenheit den größten Teil meiner Freizeit in Leifs Gesellschaft verbracht hatte, machte ich mich auf die Suche nach ihm.

Ein Aspekt der Festung Draconis, den ich bisher nicht erwähnt habe, waren die Gärten, die sich um die westliche Hälfte des Burgfrieds erstreckten. Zwei der fünf Gartenbereiche waren von der üblichen Art, mit Kräuter-, Gemüse- und Blumenbeeten. In dem der Waffenschmiede am nächsten gelegenen standen auch zwei Apfelbäume, aber deren Früchte waren noch nicht reif.

Hohe, breite Hecken trennten die einzelnen Gärten. Ich ging den Halbkreis ab und trat durch ein Gusseisentor in den zweiten Garten. Hier war der Boden mit weißen Kieseln bedeckt, die so glatt gerecht waren, dass sie fast an eine Schneedecke erinnerten. Zwei Bäume, einer an der Außenmauer, der andere schräg gegenüber am Turm, boten etwas Schatten, ohne den Garten übermäßig zu verdunkeln. Flache Steine waren zu einem sich windenden Fußweg angeordnet, der das Eingangstor mit dem nächsten und einer Tür im Burgfried verband. Ein trockener Bachlauf aus Stein teilte die weiße Kieselfläche, und eine steinerne Brücke spannte sich über ihn. An mehreren anderen Stellen erhoben sich größere Steine wie Inseln aus einem weißen Meer.

Hier fand ich Leif, der im Schneidersitz auf dem Brückengeländer saß. Er trug nur eine locker fallende Robe und Seidenhosen. Sonst nichts, auch keine Stiefel. Temmer war nirgends zu sehen. Mein Freund saß nur da und starrte mit dunkel umrandeten Augen hinab in das trockene Flussbett, als könne er Wasser strömen sehen.

Ich versuchte, das Tor lautlos hinter mir zu schließen und dachte auch, es wäre mir gelungen, bis ich mich umdrehte, und feststellte, dass Leif zu mir herübersah. »Tut mir Leid. Ich wollte dich nicht stören.«

Er schüttelte den Kopf. »Das hast du auch nicht. Ich habe nur nachgedacht. Ich habe eine Menge nachgedacht.

Über alles. Darüber, wie sich die Dinge entwickelt haben.« In seiner Stimme lag eine Traurigkeit, die mir einen Stich versetzte.

»Irgendwelche interessanten Ergebnisse?«

Leif setzte ein zögerndes Lächeln auf. »Ich fühle hier einen inneren Frieden. Ich weiß nicht, ob du es auch spüren kannst, aber ich fühle mich sicher. Vorher hing immer diese drückende Aura um mich. Wenn ich Temmer nicht in der Hand hielt, fühlte ich mich nicht sicher.«

»Ja, ich fühle den Frieden hier.« Ich ging langsam zur Brücke, von einem Trittstein zum nächsten. »Ich bin froh, dass du das Schwert nicht dabei hast.«

»Ich auch, aber ich muss dafür bezahlen.« Er streckte die rechte Hand aus, offen und parallel zum Boden. Sie zitterte wie die eines Greises. »Obwohl ich es hier nicht brauche, verlange ich nach ihm. Ich fühle mich sonst hilflos.«

»Dieses Schwert ist ein übler Gegenstand. Es leistet Großartiges, aber der Preis …« Ich erreichte die Brücke und lehnte mich an das Geländer, auf dem er saß. »Wenn du das nur gewusst hättest, als du es gefunden hast.«

Leif lächelte mich schräg an und starrte hinab in den mit Steinen gefüllten Graben. »Ich wusste es, Tarrant. Ich wusste es. Als ich es da liegen sah, und sah, wie die Hände des Skeletts sein Heft umklammerten, da wusste ich genau, dass ich es nicht hätte anfassen dürfen. Mit einer Hand zog das Skelett das Schwert an seinen Körper, aber mit der anderen stieß es Temmer weg. Ich wusste, dass damit etwas nicht stimmen konnte, dass etwas Böses an diesem Schwert war, aber das hat mich nicht abgehalten. Ich war wieder ein kleines Kind und sah etwas, von dem ich spürte, dass es nicht für mich bestimmt war und ich es nicht hätte nehmen dürfen, wie ein Kuchen, der auf der Fensterbank auskühlt. Irgendwie wusste ich schon damals, dass ich erwischt und dafür bestraft werden würde, doch ich griff trotzdem zu.«

Ich schüttelte den Kopf. »Aber die Geschichte, die Entschlossen erzählt hat, der Handel mit dem, der Temmer benutzt, davon hast du nichts gewusst. Der Gewinn ist den Preis nicht wert.«

Leif lachte dünn und neigte sich nach hinten. »Aber er ist es wert, Tarrant. Er ist es. Wenn du Temmer gezogen hast – und ich bete zu allen Göttern, dass du es niemals tust –, erfüllt dich eine solche Macht, dass du weißt, nichts kann vor dir bestehen. Du weißt, dass deine Feinde fallen und deine Freunde leben werden, so wie ich es in Atval wusste. Du bist der Richter über Leben und Tod … Und in diesem Augenblick, für diese Zeit, ist Temmer den Schmerz der Zukunft wert.«

»Aber was in der Geistermark geschehen ist …«

»Ja, die Frau, die das kleine Mädchen beschützen wollte.« Leif schloss die Augen und fuhr sich mit der Hand über den Mund. »Du sollst wissen, dass ich das Kind nicht angegriffen hätte. Ich wusste, dass es keine Gefahr darstellte. Ich … Die Mutter hatte ein Messer, und ich habe es gesehen … Es blieb keine Zeit nachzudenken. Ich habe einfach zugeschlagen, und dann war sie tot, und das Kind begann zu weinen.« Er sah kurz zu mir herüber und saugte an seiner Unterlippe. »Ich muss mich bei dir dafür bedanken, dass du mich aufgehalten, mich zu Boden geworfen hast. Zweimal hast du jetzt schon Temmers Zorn riskiert, um mich zu retten. Ich könnte keinen besseren Freund haben.«

Ich grinste kurz. »Wir sind schon ewig Freunde, Leif. Daran kann auch ein Zauberschwert nichts ändern. Ich will nur nicht, dass dir etwas zustößt.«

»Mir? Etwas zustoßen?« Er zuckte die Achseln. »Teil des Handels mit dem Schwert.«

»Ich weiß, aber es gibt mehr als eine Weise, auf die einem etwas zustoßen kann.«

Seine blauen Augen wurden schmal. »Wovon redest du?«

Ich verschränkte die Arme. »Der Zwischenfall in der Geistermark, von dem ich gesprochen habe, war nicht die Sache mit der Frau und dem kleinen Mädchen. Ich meinte die Sache mit dem Hôrgun. Du hast einfach nur dagestanden und darauf gewartet, dass er dich erschlägt.«

Leifs Stimme wurde zu einem Flüstern. »Du glaubst, ich wollte sterben.«

»Ich weiß nicht, was du da draußen gedacht hast, Leif, aber ich weiß, wovon ich möchte, dass du es dir überlegst.« Ich streckte den Arm aus und legte ihm die Hand auf die Schulter. »Ich möchte, dass du dir sagst, es gibt noch andere Möglichkeiten, Temmer zu besiegen, als zu sterben.«

»Sicher. Es nie wieder zu ziehen. Nie wieder in die Schlacht zu ziehen. Das würde es besiegen.« Er deutete mit der Linken nach Osten. »Natürlich hieße das, denen den Sieg zu überlassen. Es könnte dich und Net und meinen Vater das Leben kosten, aber ich würde gewinnen. Ich würde überleben, um auf ewig meinen Sieg zu genießen.«

»Gut, in Ordnung, diese Lösung glückt nicht, aber es gibt noch andere. Wir werden sie schon finden.«

»Werden wir das, Tarrant?« Leifs Blick ging durch mich hindurch. »Während ich hier gesessen habe, ist mir ein Gedicht eingefallen. Möchtest du es hören?«

»Bitte.« Ich zog freudig die Hand zurück. Wenn es Leif gut genug ging, Gedichte zu verfassen, war noch nicht alles verloren. »Wie lautet es?«

»Es ist noch nicht fertig, aber bis jetzt habe ich Folgendes:

Schwaches Herz zaudert
Wenn Probleme sich zeigen.
Mutig Herz, es brüllt,
macht den Sieg sich zu eigen.

Falsches Herz
Es vertrocknet im Frieden
In der Furcht
Wird von Trost es gemieden.«

Er lächelte mich an. »Was meinst du?«

»Es ist ernster als die meisten anderen deiner Gedichte, Leif.« Ich seufzte und suchte hinter den hohlen Augen den Freund, mit dem ich groß geworden war. »Wir werden eine andere Lösung für das Temmerproblem finden.«

»Natürlich werden wir das, Valkener.« Leif nickte zögernd. »Verlass dich darauf.«

Er versank wieder in seine Betrachtung des trockenen Bachs und ich ließ ihn allein. Entschlossens Bemerkung über Leif kam mir wieder in den Sinn – dass er ein wandelnder Toter war. Es war weniger so, dass er das Leben aufgegeben hätte, vielmehr saß er in der Falle. Hätte er die Wahl gehabt, hätte er das Schwert weggeworfen, aber das hätte Kytrin weiterleben lassen. Zwischen seiner Rettung und der Rettung der Welt wurde Leifs Seele zermahlen.

Ich ging durch den nächsten Garten, in dem verschiedene Pflanzen, die in schwüler Hitze gediehen, zwischen dampfenden Teichen mit heißem Wasser wuchsen. Danach kam ich in einen abgesenkten und gefluteten Garten. Aus dem Wasser ragten kleine Felseninseln auf, die von hölzernen Brücken und Stegen verbunden wurden. Das kristallklare Wasser gab den Blick auf die Fische frei, die träge darin herumschwammen. Ich erkannte keine einzige Art, aber alle Fische, die ich kannte, lebten in den Seen und Flüssen um Valsina, und sie waren meistenteils schlank und kräftig. Diese Fische hatten Flossen, die an elegante Flügel erinnerten und bewegten sich nur langsam, aber ihre goldenen Schuppen leuchteten hell.

Es vermittelte mir ein Gefühl des Friedens, sie zu beobachten, und ich nahm es als schlechtes Zeichen, dass Leif seine Zeit im toten Steingarten verbrachte statt hier zwischen all diesem Leben. Den alten Leif hätte ich hier gefunden, wo er auf den Stegen gesessen und mit den Zehen im Wasser geplanscht hätte. Er hätte jedem Fisch einen Namen gegeben und ausgebreitete Geschichten über sie und ihre Beziehungen zueinander erfunden. Er hätte sie mit seinen Zehen angelockt und jeden, der schnell genug gewesen wäre, zuzuschnappen, bevor er den Fuß zurückziehen konnte, mit einem Spitznamen und einem kleinen Reim zu seinen Ehren belohnt.

»Ihr wirkt nachdenklich, Valkener.«

Ich drehte mich um und zwang mich zu einem Lächeln. »Siede. Ich habe dich nicht kommen hören.«

Sie blinzelte mir aus einem goldenen Auge zu. »Uns Vorqælfen darf man nicht aus den Augen lassen. Wir sind tückisch.«

»Es heißt, das sei der Grund, warum Kytrin keine Nacht durchschläft.«

»Oh, sehr gut.« Ihr helles Lachen nagte an der Kälte, die ich in Leifs Gegenwart gespürt hatte. Ihre goldenen Augen leuchteten vor Leben, und ihr Lächeln teilte es mit mir. So froh Leif war, mich zum Freund zu haben, ich freute mich noch mehr über sie.

Sie hatte das lange schwarze Haar zu einem Zopf geflochten, der über ihre rechte Schulter hing. Ihre beiden Hände spielten mit seinem Ende. Auch Siede trug eine Seidenrobe, aber diese war blau mit schwarzem Saum, passend zu ihrem langen Rock. Genau wie Leif war sie barfüßig.

Ich runzelte die Stirn. »Habe ich ein Schild übersehen, dass in den Gärten keine Schuhe erlaubt sind?«

»Nein, ich glaube nicht, Valkener.« Sie grinste und schlug spielerisch mit dem Zopf in meine Richtung. »Ich würde sagen, es liegt daran, dass Ihr immer für alle Möglichkeiten vorbereitet sein wollt. Ihr denkt immer voraus. Ihr habt ein Messer dabei, ich nicht. Ihr tragt Stiefel, ich nicht. Ihr tragt Sorgen hinter Eurer Stirn mit Euch herum, ich hier und jetzt nicht.«

»Nicht?« Ich blinzelte. »Nicht eine einzige Sorge?«

Siede rümpfte die Nase und zuckte andeutungsweise die Schultern. »Nun, vielleicht ein paar, aber die sind für den Augenblick in meinem Zimmer eingeschlossen.« Sie lehnte sich gegen das Geländer des Stegs und stützte die Ellbogen auf. »Na gut, es gibt eine Sorge, die ich nicht eingeschlossen habe, nämlich diese: Es bekümmert mich, dass ich Euch meine Dankbarkeit dafür nicht gezeigt habe, dass Ihr an meiner Seite wart, als wir an Vorquellyn vorbeisegelten.«

»Das war nicht weiter wild.«

»Nicht dass Ihr es erwähnen würdet, falls doch, oder, Valkener?« Sie lächelte mich an, dann drehte sie sich weg und sah hinunter zu den Fischen. »Ich hatte Vorquellyn schon früher gesehen, wisst Ihr. Vor Äonen, lange, bevor Ihr geboren wurdet und vielleicht sogar, bevor Eure Eltern geboren waren. Ich befand mich bei einer Reihe anderer Vorqælfen … Entschlossen war auch dabei. Er ist der Einzige von ihnen, den Ihr kennt. Wir saßen in einem kleinen Boot. Wir waren unterwegs in die Geistermark, um nach Norden zu ziehen und Kytrin zu töten. Wir waren schon so nahe, aber wir konnten nicht an Land gehen. Wir wussten, dass es Selbstmord gewesen wäre, und das hat uns vor dem Schmerz und der Enttäuschung geschützt. Das Unternehmen, zu dem wir unterwegs waren, würde der erste Schritt zur Befreiung unserer Heimstatt werden. Diesmal besaßen wir eine Flotte und Krieger. Ich wusste, dass wir hätten angreifen können. Wir hätten die Aurolanen von Vorquellyn vertreiben können. Wir hätten es retten können, wir hätten es uns zurückholen können, aber das war nicht das Ziel unserer Expedition.«

Sie drehte sich um und sah mir in die Augen. Ihr Blick war so durchdringend, als könnte sie durch meine Maske und sogar bis in meine Seele sehen. »In diesem Augenblick wollte ich alle auf der Expedition hassen. Ich wusste, warum Entschlossen seine Teilnahme abgelehnt hatte. Ich verstand ihn so wie nie zuvor, seine Militanz, seine Unnachgiebigkeit. Ich hasste die Tatsache, dass wir so nahe waren und Vorquellyn trotzdem unbefreit zurücklassen würden, und ich wollte alle Menschen dafür hassen, dass sie in all den Jahren nichts unternommen hatten. Aber du hast es nicht zugelassen. Du warst bei mir. Du hast dich um mich gekümmert. Auf dieser Reise habe ich Vorquellyn zum zweiten Mal hinter mir gelassen, und wieder hat mir ein Mensch geholfen es durchzustehen.« Siede richtete sich auf und kam zu mir. Sie beugte sich vor, und ich fühlte ihren Atem wie eine Feder auf meiner Haut, kurz bevor sie mich küsste.

Es war nicht mein erster Kuss, beileibe nicht, aber dieser Kuss war anders … Und das lag nicht nur daran, dass Siede eine Vorqælfe war. Ihr Kuss war leicht und langsam. Einen Augenblick lang fragte ich mich ernsthaft, ob unsere Lippen sich tatsächlich berührt hatten, aber der Schauer, der meinen Körper durchlief, war die Bestätigung. Dann küsste sie mich noch einmal, ein wenig fordernder, und ich legte die Arme um sie. Ich zog sie an mich, und wir küssten uns zum dritten Mal.

Ich habe das Gefühl ihres warmen Körpers nie vergessen, die Art, wie ihre Hände mein Gesicht hielten, den Geschmack ihrer Lippen, die Wärme ihres Atems. Ihr schlanker Körper lag wie hineingegossen in meinen Armen. Ich klammerte mich wild an sie, und sie klammerte sich an mich. In diesem Augenblick war unsere gemeinsame Erfahrung auf der Expedition wichtiger als alle Unterschiede, die uns hätten trennen können.

Arm in Arm, unter ständigem Austausch von Küssen, zogen wir uns aus dem Garten zurück und versteckten uns in dem kleinen Zimmer, in dem sie untergebracht war. Der Morgen ging in den Nachmittag über und dann in den Abend, während wir beieinander lagen, uns berührten, flüsterten, über die kleinen Dinge kicherten, die Liebende erheitern. Wir tranken wenig und aßen noch weniger, aber keiner von uns bemerkte das Verstreichen der Zeit oder die Leere unserer Mägen. Wir sättigten einander auf warme und sanfte, hitzige und leidenschaftliche Weise, die jeden Hunger auf Nahrung auslöschte.

Als die Nacht hereinbrach, lag ihr Kopf auf meiner Brust. Ich zog die Laken über ihre Schultern und streichelte ihr inzwischen offenes Haar. Ich beugte mich zu ihr hinab und setzte einen Kuss auf ihren Scheitel. »Siede, ich muss dich etwas fragen.«

»Ja?«

»Wie sollen wir ... Die anderen werden bemerken, dass du und ich ... Was sagen wir ...?«

Sie küsste mich auf die Brust, dann wälzte sie sich auf den Bauch und lächelte zu mir hoch. Ihre goldenen Augen glühten im gedämpften Widerschein der untergehenden Sonne. »Machst du dir Sorgen, dass jemand über unsere Beziehung tratschen könnte? Dass mein Ruf leiden wird?«

Ich wurde verlegen. »Ich will nicht, dass dir jemand wehtut.«

Ihr kehliges Lachen wärmte mich, ebenso wie der schnelle Kuss, der es unterstrich. »Keine Angst, mein Held, wir Vorqælfen sind dafür bekannt, anders zu sein. Die anderen Ælfen hier werden unsere Romanze als ein Zeichen meiner mangelnden Reife betrachten, als tragische Folge meiner Heimatlosigkeit. Dein Volk – diejenigen deines Volkes, die aus hoffnungsloser Eifersucht auf dich zur Grausamkeit getrieben werden –, werden wissen, dass wir miteinander Kraft und Frieden gefunden haben. Sie werden uns beneiden, aber sie werden es gleichzeitig auch verstehen.«

Ich zog die linke Augenbraue hoch. »Ähmmm, ich

glaube, du hast eine weit bessere Meinung von den Menschen als ich.«

»Ah, aber du inspirierst mich mit dem Vertrauen in dein Volk, Tarrant.« Sie schloss halb die Augen, dann legte sie das Kinn auf meine Brust. »Es spielt keine Rolle, was sie sagen. Sie können uns nicht verletzen, wenn wir es nicht zulassen. Hier bei dir bin ich jenseits aller Schmerzen, und nur das zählt. Andere Ælfen meiden Verbindungen mit Menschen, weil flüchtige Freude ihnen Angst macht. Ich fürchte mich nicht davor – und du solltest es auch nicht. Hier und jetzt brauchen wir einander, und das ist Grund genug. Vergiss das nie, was auch geschieht, und niemand wird dich je verletzen können.«

Kapitel Vierunddreissig

Festung Draconis liegt so weit nördlich, dass die Herbstmorgen gehörig kalt sind, was es mir noch schwerer machte, aus dem warmem Bett zu steigen. Wie sich herausstellte, erwähnte mir gegenüber niemand meine Liaison mit Siede … außer, um mich zu beglückwünschen. Aus einer Bemerkung Siedes schloss ich, dass Baron Norderstett sich mit ihr über unsere Beziehung unterhalten hatte. Ich fühlte mich geschmeichelt, dass er sie in keinem unserer Gespräche mit einem Wort erwähnte. Ich betrachtete das als Beweis dafür, dass er meinem Urteilsvermögen vertraute.

Leif zog mich ein wenig damit auf, aber das war in Ordnung, denn es war ein Zeichen für die Rückkehr des Leifs, den ich von früher kannte. »Ein feiner Fang, Valkener. Ich hätte auch ein Auge auf sie geworfen, wäre ich nicht entschlossen, eine Prinzessin zu ehelichen. Aber deswegen solltest du keine Enttäuschung über deine Wahl empfinden.«

»Wer, ich? Aber nein. Ich weiß, dass es eine seltene Kunst ist, jemandem den Hof zu machen, die einem ein Jahrhundert voraus hat.«

»Ein erworbener Geschmack, das ist es sicherlich, und einer, bei dem ich mir nicht sicher bin, ob ich das Bedürfnis habe, ihn mir zuzulegen.«

Ich grinste. »Ah, aber Frauen sind wie Wein. Mit steigendem Alter werden sie immer besser …«

»Oh, die jüngeren Jahrgänge haben auch ihren eigenen Charme.« Leif strahlte mich mit einem Lächeln an, in dem nichts von der unheilschwangeren Aura lag, die sich über ihn gelegt hatte. »Sobald wir diese Belagerung gebrochen und Kytrin vernichtet haben, werde ich mich formell um Rautrud bemühen. Swindger meint, sie sei mir zugetan.«

»Na, mit solchen Freunden bei Hofe ...«

Leifs Blick wurde stechender, und seine Stimme sank auf ein Flüstern herab. »Ich weiß, dass ihr nichts füreinander übrig habt. Er hat sich recht gehässig über dich ausgelassen, mein Freund, und ich weiß, woran ich bin. Mach dir darüber keine Sorgen. Aber jede Brücke über einen Fluss, egal wie brüchig, ist besser als sich die Füße nass zu machen.«

Das musste ich ihm zugestehen, aber trotzdem bereitete es mir Unbehagen, wenn ich Swindger und Leif zusammen die Zinnen entlangschlendern oder über dem Essen lachen sah. Das einzig Gute an ihrem Plan, Leif mit Rautrud zu verheiraten, war, dass es Leif beschäftigte. Er verstand sich ausgezeichnet darauf, Theater zu spielen und sich so zu geben, wie es gerade nötig war, um zu bekommen, was er wollte, und das Scharwenzeln um Swindger lenkte ihn von Temmer und den mit dem Schwert verbundenen Problemen ab.

Mir kam der Gedanke, dass es möglicherweise Leifs Fähigkeit war, seine Persönlichkeit der jeweiligen Lage anzupassen, die der Waffe die Möglichkeit gab, ihn so unerbittlich zu beherrschen. Der Gedanke hatte einen gewissen Reiz, aber dieser Reiz bedeutete nur eine dünne Eisschicht über einem sehr tiefen und sehr dunklen See. Die einzige Lösung für dieses Problem war, dass Leif unbeweglicher, erwachsener, stärker in Geist und Seele werden musste. Das hätte den Leif zerstört, den ich kannte, aber genau das tat auch das Schwert.

Ich bekämpfte derlei düstere Gedanken, indem ich mich auf die Lage der Festung konzentrierte. Ich hielt Wache mit den Männern und Frauen der Siebten Orioser Garde. Einheiten der verschiedenen Nationen taten jeweils ein Jahr Dienst in Festung Draconis, bevor sie in die Heimat zurückkehrten. Damals wurden permanente Garnisonseinheiten noch nicht, so wie später, ab und zu mit unerfahrenen Rekruten oder Meckanshii verstärkt. Noch war die Lage so verzweifelt nicht, und die Soldaten, mit denen ich Dienst tat, hatten noch nicht jene grimmige Schicksalsergebenheit entwickelt, die Festung Draconis in späteren Jahren beherrschen sollte.

Gelegentlich zog Dathan Cavarr mich beiseite, damit ich ihn, Baron Norderstett und die Prinzen Augustus und Kirill bei Inspektionen verschiedener Sektionen der Festung begleitete. Im Großen und Ganzen waren diese Inspektionen reine Routine, und ich war sehr beeindruckt von den Vorräten an Nahrungsmitteln und Waffen in den Lagerhallen. Alle Nationen steuerten ihr Teil zum Unterhalt der Festung bei, und so verfügte sie über genug Vorräte für zwölf Jahre.

Der interessanteste Ausflug ereignete sich drei Tage nach unserer Ankunft. Der Markgraf schickte mir eine Nachricht, in der er mich aufforderte, meine Rüstung anzulegen, mich mit einem Dolch oder zweien zu bewaffnen und ihn in der äußeren Stadt zu treffen. Ich tat wie geheißen und schob noch eines der erbeuteten Schnatterfratzen-Langmesser in den Gürtel, um bei Bedarf etwas Handfesteres zur Verfügung zu haben als nur einen Dolch. Als ich das als Treffpunkt bestimmte Haus betrat, entdeckte ich riesige Erdhaufen, die es vom Boden bis zur Decke füllten, und dazwischen eine unter die Erde führende Treppe. An deren Fuß erwarteten mich Cavarr, Baron Norderstett, Prinz Augustus, Prinz Kirill und Faryaah-Tse Kimp. Sie alle waren gepanzert und bewaffnet. Die Waffen der urSreə waren zwei bösartig aussehende Stachel, die aus ihrem rechten Handgelenk einen halben Meter über ihre Fingerspitzen hinausragten. Selbst Markgraf Cavarr trug unter einem Kettenhemd einen seidenen, wattierten Waffenrock und hatte zwei Dolche umgeschnallt, was für mich keinen

Zweifel mehr daran ließ, dass wir uns in Gefahr begaben.

Cavarr ging uns durch einen regelmäßig abgestützten Tunnel nach Nordosten voraus. Von den Balken hingen Laternen und spendeten Licht, aber ich hatte trotzdem Mühe zu sehen, wohin ich ging, denn ich bildete das Schlusslicht unserer Formation, und der Gang war so niedrig, dass ich mich ständig ducken musste, um mir nicht den Kopf zu stoßen. Dadurch bewegte ich mich gleichbleibend im Schatten meiner Vorgänger. In der Enge des Tunnels hätte ich ein Schwert höchstens als Stichwaffe benutzen können, und ich war froh, mich für das Langmesser entschieden zu haben.

Der Tunnel weitete sich in eine kleine Kreuzung, von der drei weitere Gänge abzweigten. Als wir auf die Kreuzung traten, marschierte ein Dutzend urSreiði an uns vorbei, die Säcke mit Erde auf dem Rücken trugen. Im Gegensatz zu Faryaah-Tse waren sie von dunklerer Farbe, rot wie Lehm, grau wie Asche und schwarz wie Kohle. Ihre Hände endeten in Schaufelblättern, und ihre Augen und Ohren waren übergroß. Sie kümmerten sich nicht um uns und marschierten unbeeindruckt weiter, vermutlich, um ihre Ladung auszuschütten, bevor sie zurückkehrten und weitergruben.

Cavarr ging in die Hocke und deutete auf die Tunnel. »Wir befinden uns jetzt knapp hinter unseren Mauern, etwa sechs Meter unter der Oberfläche. Unsere Leute graben ständig weiter, auf der Suche nach den Tunneln, mit denen die aurolanischen Sappeure unsere Mauern unterminieren wollen. Wir stützen unsere Gänge natürlich ab, damit wir ihnen nicht die Arbeit abnehmen, während wir Jagd auf die Aurolanen machen. Der Grund für die größeren Ohren der urSreiði-Gräber ist, dass sie so die Sappeure orten und auf sie zu graben können. Ich habe Nachricht bekommen, dass sie hier gen Osten ganz in der Nähe eines feindlichen Tunnels sind und heute Morgen einen Durchbruch erwarten. Ich dachte mir, Ihr möchtet vielleicht dabei sein.«

Er hob den Finger an die Lippen, dann zeigte er den mittleren Gang hinab, der beinahe gezielt nach Osten verlief. Faryaah-Tse übernahm die Spitze, gefolgt von Augustus, Baron Norderstett und Kirill. Dann kam ich, und Cavarr blieb hinter mir. Einen Augenblick lang wunderte ich mich darüber, bis ich mich erinnerte, dass er über so gut wie keine Kampferfahrung verfügte. Wenn es irgendeinem der Aurolanen gelang, in unseren Tunnel einzudringen, würde er es kaum bis zu ihm schaffen, was für die Führung der Festung auch besser war.

Der Gang knickte mehrmals scharf links oder rechts ab, dann mussten wir einen steilen Hang hinab und wieder hinauf. Die Senke diente dazu, eine Überflutung zu verhindern, da das nächste Tunnelstück tiefer lag als das vorherige, während die Knicke dazu dienten, Angreifer abzubremsen und den Verteidigern Zeit zu geben, sich für den Gegenangriff zu organisieren. Darüber hinaus wäre es den Verteidigern weiter hinten vermutlich auch recht leicht gefallen, den Gang zum Einsturz zu bringen und so ein Eindringen des Gegners in die Festung zu verhindern.

Die Luft im Tunnel stank, und selbst die Laternen schienen weniger Licht zu liefern. Ich hatte mich noch nie vor engen, geschlossenen Räumen gefürchtet, aber die ganze Zeit mit dem Rücken an der Tunneldecke entlangzuscheuern ließ mich auch nicht völlig unbeeindruckt. Der arme Dathan Cavarr zahlte den Preis für mein Unbehagen, indem ständig Erdklumpen auf seinen Kopf herabregneten. Doch er beschwerte sich nicht.

Am äußersten Ende des Ganges – ich habe keine Ahnung, wie weit entfernt von der Festung wir waren – hielten wir im Rücken einer urSreiði-Formation an. Die vor uns aufmarschierten Zwerge waren von derselben Gestalt wie die Gräber, aber nicht lange. Beulen und harte Kanten stiegen unter ihrer Haut auf, als würde feuchtes Tuch über einer Rüstung straff gezogen. Schildkrötenpanzer wuchsen aus ihren Körpern und deckten sie völlig ab. Haken und Stacheln wuchsen aus Schultern, Ellbogen und Handgelenken. Ihre Ohren verschwanden und ihre Augen versanken in tiefen Höhlen. Auf ihren Gesichtern wölbten sich Schnauzen mit einem harten, knochigen Längskamm vor. Die Schnauzen verjüngten sich zum Ende hin, sodass sie schmaler waren als die einer Schnatterfratze, und verliehen ihren Besitzern eine größere Reichweite. Manche urSreiði formten Reiß- oder Stoßzähne, andere zogen die Lippen zurück und legten Reihen von Sägezähnen frei. Ihre Hände verformten sich zu mindestens einem Dolchblatt, in der Regel kurz und sehr breit. Viele verwandelten ihre andere Hand in eine große, dreifingrige Greifkralle, die wie eine Faust zuschlagen, aber auch in den Leib des Gegners stoßen und ihn ausweiden konnte. Ihre Beine schrumpften und wurden dicker, während ihre Oberkörper sich breiteten und ihre Arme gewaltige Muskelpakete entwickelten.

In nicht einmal einer Minute hatten sie sich von Gräbern in Krieger verwandelt, die an den Kampf in diesen engen Tunnelgängen ideal angepasst waren. Sie konnten nicht allzu schnell laufen, aber das brauchten sie auch nicht. Hier würde der Kampf dicht auf dicht ablaufen, und gnadenlos, ein Gemetzel aus Beißen, Reißen und Stechen.

So leise wie möglich zog ich mein Langmesser, dann streifte ich, fast verspätet, den linken Handschuh ab und stopfte ihn ins Wams.

Cavarr musterte mich kurz, dann nickte er. »Ja, im Dunkeln ist der Tastsinn wichtiger als jeder andere. Klug überlegt, Valkener.«

»Alles was Fell hat, kann ich abstechen.«

Vor uns in der Nähe der Tunnelwand strahlte Faryaah-Tse im Vergleich zu den anderen urSreiði wie ein Leuchtfeuer. Sie hatte die Gestalt beibehalten, in der sie mit uns gekommen war, und wirkte dadurch äußerst kindlich und unschuldig. Sie hob die Arme, kreuzte sie, dann riss sie sie in einer schnellen Bewegung auseinander.

Zwei Gräber am Ende des Tunnels stießen die Hände tief in die Erde und rissen sie weg. Ein kleines Loch entstand in der Wand, aber bevor sie es weiten konnten, stürmten die urSreiði-Krieger vor und rissen die Wand mit ihren Schultern ein. »Für Boragul«, rief einer, und eines halbes Dutzend Stimmen antwortete: »Varagul bleibt siegreich.« Die anderen Schlachtrufe verstand ich nicht, aber das gutturale Hämmern von »Kang watt kidett« brauchte eigentlich auch keine Übersetzung. Sie stürmten durch die Wand und in den feindlichen Tunnel, wo sie Knurren, Schnappen und Heulen begrüßte.

Vom Kampf bekam ich nicht viel zu sehen, denn die heftig schwankenden Laternen gestatteten mir nur gelegentlich einen kurzen Blick auf das Geschehen. Am stärksten ist mir der Geruch in Erinnerung geblieben, der schwere, moschusartige Geruch der Schnatterfratzen, und der süßlich-beißende Duft von Blut. Ich erinnere mich auch noch an die Geräusche, das zum Wimmern verblassende Knurren, das feuchte Platschen stoßartig spritzenden Bluts, das Knirschen brechender Knochen, das Grunzen, wenn jemand sich unter einem Körpertreffer krümmte und die Todesseufzer mit zerschmettertem Schädel zu Boden gehender Kreaturen.

Ich trat auf die rechte Seite des Gangs und bewegte mich vorwärts, aber für mich gab es nichts zu tun. Wir waren nur als Beobachter hier, und die urSreiði hatten nicht vor, uns darüber hinaus zu beteiligen. Vermutlich waren wir nur eingeladen worden, damit wir uns selbst von den kämpferischen Qualitäten der urSreiði überzeugen konnten ... als ob das irgendwelche Bedenken hätte zerstreuen können, die wir nach dem Krieg zwischen Menschen und urSreiði Jahrhunderte zuvor gehabt hätten. Ich persönlich allerdings hegte von Anfang an keinerlei Zweifel, und das Einzige, was diese Vorstellung bei mir auslöste, war Erstaunen, dass es den Menschen gelungen war, den urSreiði standzuhalten.

Der Kampf war schnell vorbei. Wir waren hinter der Grabmannschaft in den Tunnel eingedrungen, und obwohl die Aurolanen bewaffnet gewesen waren, hatte die Enge der Umgebung ihnen wenig Platz zum Kampf gelassen. Die urSreiði hatten sie abgeschlachtet und selbst nur zwei Verluste zu beklagen. Niemand machte sich die Mühe, die getöteten Aurolanen zu zählen, aber es waren sowohl Vylænz wie Schnatterer unter ihnen. Nach der Anzahl der erbeuteten Langmesser zu urteilen, hatten mindestens zwei Dutzend Feinde den Tod gefunden.

Die urSreiði schickten ein halbes Dutzend Leute mit Seilen den Gang hinauf, die sie an den Stützbalken des Aurolanengangs befestigten. Nachdem sie wieder in unserem Tunnel waren, formierten die Zwerge sich in einer Reihe und zerrten an den Seilen, um die Balken und Pfosten einzureißen und den gegnerischen Tunnel zum Einsturz zu bringen. Ein gewaltiger Windstoß schlug in unseren Tunnel, begleitet von einer Staubwolke, die mir einen Hustenanfall und brennende Augen bescherte.

Über uns, weit östlich der Festung, markierte ein schlangenähnlich gewundenes Stück abgesunkener Boden das Grab der Aurolanen.

Der Markgraf Draconis führte uns zurück an die Oberfläche. Wir sahen allesamt erschreckend aus, von Kopf bis Fuß von einer dicken Staubschicht bedeckt, die nur im Gesicht von Tränenstreifen durchbrochen wurde. Prinz Augustus spuckte reichlich Dreck, dann leistete er mir an einer Zisterne auf der Straße Gesellschaft, in der ich den Kopf eintauchte und mich wusch.

Ich genoss das Gefühl des an meinem Nacken und über den Rücken hinablaufenden Wassers. Es war herrlich, aus dem Tunnel heraus zu sein, wieder kühle, frische Luft zu atmen. Ich wünschte mir nichts so sehr, wie loszulaufen und mich in einem der heißen Badebecken des Burgfrieds zu entspannen, aber ich blieb und beobachtete Cavarr und die urSreiði.

Der kleinwüchsige Markgraf begrüßte jeden Einzelnen der urSreiði, als er oder sie das Haus verließ. Er dankte ihnen und schien sie alle mit Namen anzusprechen. Das fand ich angesichts ihrer Gestaltwandlung bemerkenswert. Aber wenn er es verstand, sie auseinander zu halten, wenn er jeden von ihnen persönlich ansprechen konnte, wie er es bei unserer Ankunft mit uns getan hatte, erklärte das, warum die Garnison trotz seiner Jugend und fehlenden Kampferfahrung Vertrauen in seine Führungsqualitäten hatte.

Ich ging zu Faryaah-Tse hinüber. »Was werdet Ihr zum Angedenken an die beiden tun, die gefallen sind?«

Sie schüttelte den Kopf. »Sie sind begraben, wo sie gefallen sind. Das ist das Schicksal von Kriegern, nach ihrem Tod an den Ort zurückzukehren, an dem sie gestorben sind, oder so dicht wie möglich in seine Nähe. Weil wir unsere Gestalt verändern können und diese Veränderung auch im Tod anhält, besitzen wir kein kulturelles Bedürfnis, die Toten zu sehen, wie es bei den Menschen der Fall zu sein scheint. Wir ziehen uns einfach zurück, essen, erzählen uns gegenseitig von ihnen und erinnern uns, damit sie ihren Verwandten berichten können, wie sie gestorben sind.«

»Eine Gedenkmahlzeit, das ist eine gute Idee.« Ich nickte. »Das gibt es auch bei uns Menschen.«

»Für uns ist es darüber hinaus lebenswichtig.« Sie sah mich mit schwarzen Augen an. »Die Gestaltwandlung fällt uns nicht leicht. Sie ist ermüdend und körperlich anstrengend. Wir müssen essen, um neue Kraft aufzubauen, sodass wir uns zurückverwandeln können. Könnten wir das nicht, müssten wir diese Gestalt behalten.«

»Oh.« Ich stand auf, als die krummbeinigen urSreiði an

uns vorbeiwatschelten. Ein paar von ihnen beugten sich sogar vor und liefen auf allen vieren, aber die meisten mühten sich aufrecht ab. »Dann will ich Euch nicht aufhalten. Ich bin froh, Euch am Leben zu sehen.«

»Und ich bin froh, am Leben zu sein.« Sie schenkte mir ein schnelles Lächeln. »Kommt später noch einmal vorbei. Ich habe etwas für Euch. Ein Relikt unserer Abenteuer, das sich als nützlich erweisen könnte. Bis dahin, alles Gute.«

»Ebenfalls.«

Ich blickte ihr nach und fragte mich, wovon sie sprach. Aber bevor ich Gelegenheit hatte, die Antwort zu finden, drehte ich mich um und sah Baron Norderstett auf mich zukommen. »Wie hat dir der Kampf dort unten gefallen, Valkener?«

»Es hatte etwas von einem Kampf in einem Grab. Ich fand es nicht sonderlich angenehm.«

»Ich auch nicht, aber nach dieser Vorführung bin ich mir ziemlich sicher, dass die Mauern standhalten werden, bis Kytrin sie persönlich einreißt.« Er lachte. »Aber dazu wird es so schnell nicht kommen. Wir haben eine lange Belagerung vor uns.«

Ich nickte zustimmend, ohne zu ahnen, wie schnell sich herausstellen sollte, dass wir uns beide irrten.

Später am selben Nachmittag erhob sich ein gewaltiger Jubel aus dem Feindeslager. Ich ging gerade mit Siede in den äußersten Stadtvierteln spazieren, und wir kletterten hastig die Mauer am Haupttor hinauf. Es herrschte ein solcher Andrang, dass wir nur auf hundert Meter herankamen. Aber auch so hatten wir einen ganz guten Blick auf das Geschehen und verstanden schnell, warum die Aurolanenhorden so begeistert waren.

Kytrin war eingetroffen.

Sechs riesige Reifreißer zogen ihre vergoldete Kutsche, als deren Kutscher und Lakaien Vylænz fungierten. Der wuchtige Aufbau des Gefährts hatte die Form eines weißen Drachen, dessen langer Hals und Kopf über das Gespann seiner Furcht erregenden Zugtiere hinausragte. Die nach hinten gezogenen Schwingen bildeten das Dach und der Schwanz balancierte den Hals aus. Alle vier Pranken waren um die Achsen der Kutsche gelegt, und in die Flanken waren Fenster eingelassen, hinter denen Kytrin jedoch durch Vorhänge neugierigen Blicken entzogen war. Jede Schuppe und Kante der Kutsche war mit Gold nachgezogen, und die Nachmittagssonne funkelte auf dem Fahrzeug wie auf dem sanft bewegten Meer.

Über all dem knatterte ein weißes Banner, auf dem die schwarze Silhouette eines Mannes in rotes, gelbes und orangefarbenes Drachenfeuer gehüllt war. Ich hatte diese Fahne schon früher gesehen, auf einigen der Wandgemälde in der Festung. Es war das Banner, unter dem Kajrûn den Süden überfallen hatte. Dass sie es noch immer benutzte, obwohl er seit Jahrhunderten tot war, machte mich wundern, ob sie möglicherweise weniger auf Eroberungen aus war als vielmehr auf Rache. Was sie, sofern ich Recht hatte, in meinen Augen nur noch gefährlicher machte.

Siede legte die Hand über die Augen, um sie vor dem Licht zu schützen. »Da wäre sie also. Ich schätze, es wird bald etwas geschehen.«

»Ganz sicher, aber ich denke, wir können ihr standhalten.« Ich zeigte auf das Gefolge, das sie begleitete. »Sie hat nicht allzu viele Truppen mitgebracht. Das reicht nicht, um die Festung einzunehmen.«

»Wir wollen hoffen, dass du Recht hast. Ich hoffe nur, Kedyn sieht keinen Anlass, deinen Glauben an ihn auf die Probe zu stellen.«

Ein Teil der Kompanie, die in Kytrins Begleitung eingetroffen war, löste sich aus der Formation und marschierte vor – bis zu einem pyramidenförmigen Haufen

Steinkugeln. Die Steine lagen schon seit Tagen dort, aber sie waren zu weit entfernt und zu leicht, um als wirksame Munition für die von den Aurolanen gebauten Belagerungsmaschinen zu dienen. Jetzt zogen zwei Reifreißer einen langen und schmalen, mit einer Tuchplane abgedeckten Karren neben den Steinen in Stellung, dann brüllten mehrere Vylænz auf die Schnatterfratzen ein, die ihn herumdrehten und von einem der Wagen Fässer abluden.

Ein Vylæn zog mit einem Ausdruck so ernster Erhabenheit die Plane von der Karre, dass bei den Zuschauern auf der Festungsmauer ein Kichern laut wurde. Unter dem Stoff kam eine robuste Holzkonstruktion zum Vorschein, auf der ein langes Bronzerohr mit abgerundetem, geschlossenem Ende lag. Das Gebilde schien die Sorgfalt, mit der es der Vylæn behandelte, kaum wert. Das ganze Rohr war in einem Drachenschuppenmuster ziseliert, und am vorderen Ende saß ein großer Drachenkopf mit offenem Maul. Es wirkte weder schön noch erschreckend, und keiner von uns hatte die geringste Idee, um was es sich bei diesem Ding handeln mochte.

»Was ist denn das jetzt?« Cavarr schob sich zwischen mich und Siede. »Was hat sie da mitgebracht?«

Ich zuckte die Achseln. »Keine Ahnung. Könnte sie das Bruchstück der Drachenkrone darin aufbewahren?«

»Vielleicht ist es ein Becher für einen Drachen.« Siede runzelte die Stirn. »Ich habe so etwas noch nie gesehen.«

Cavarr sagte nichts und starrte das Ding nur angestrengt an.

Eine Grupe Vylænz füllte ein schwarzes Pulver aus den Fässern in Eimer, die sie in das Maul des Drachen ausschütteten. Ein anderer stieß einen langen Stock mit verdicktem Ende in seinen Hals und stopfte ihm das Pulver tief in den Schlund. Schließlich hoben vier Schnatterer eine der Steinkugeln und rollten sie in das Rohr. Aber sie schienen ihre Arbeit nicht allzu ordentlich gemacht zu haben, denn zwei Vylænz benutzten die Stopfstange dazu, die Kugel weiter hinabzustoßen.

Hinter ihnen öffnete sich auf dem Hügel eine Tür in der Seite der Kutsche, und Kytrin stieg aus. Da sie eine gute Meile entfernt war, hatte ich Schwierigkeiten, Einzelheiten zu erkennen, aber sie besaß leuchtend goldenes Haar, das ihr allem Anschein nach den Rücken tief hinabfloss. Sie trug Stiefel, einen Rock und eine Bluse, und obwohl ich wusste, dass sie über hundert Jahre alt war, konnte ich an ihrer Haltung und ihren Bewegungen keine Spur von Gebrechlichkeit erkennen. In vielerlei Hinsicht wirkte sie so zeitlos wie Siede, und das machte mir ein wenig Angst.

Kytrin trat zu dem Metalldrachen, und einer der Vylænz reichte ihr eine Fackel, die er an einem nahen Lagerfeuer angezündet hatte. Sie winkte damit hin und her, wie als Gruß zur Festung. Die auf der Mauer versammelte Bevölkerung, ich eingeschlossen, winkte zurück. Ein paar fügten der Bestätigung ihrer Anwesenheit noch verschiedene Beschimpfungen hinzu. Die Aurolanen brüllten zurück, aber nicht lange, dann brachten die Vylænz sie mit bellenden Befehlen zum Schweigen.

Kytrin streichelte das Ende des Drachenrohrs sanft mit der Fackel, und die Welt war nie wieder dieselbe.

Ich sah eine Flammenzunge aus dem Maul des Drachen schlagen, der eine weißlich graue Qualmwolke folgte, so, als hätte der Drache sich übergeben. Dann, kaum einen Pulsschlag später, traf mich ein gewaltiger Knall. Ich fühlte den Donner meinen Körper treffen, stärker als ein Windstoß, und mein ganzer Körper zitterte, als er sich durch mich hindurchzog. Es war, als wäre ich hart gegen eine Wand geprallt, ohne mich bewegt zu haben.

Dann schlug die Kugel ein. Sie traf die Mauer über dem Tor, genau an einem der Zinnenzähne. Die Kugel zertrümmerte den Stein und ließ ihn in Tausende tödlicher Splitter zerbersten. Die Menschen, die dort standen, verwandelten sich in eine blutig rote Masse. Zerfetzte

Körper stürzten von der Mauer. Unter ihnen bohrten sich in den Straßen Steinfragmente durch die Passanten, zertrümmerten Knochen, zerschnitten Haut und Muskeln. Die Steine trafen auch Häuser, zermalmten Mauerziegel, schlugen durch Fenster, machten Kleinholz aus Türen.

Mir stieg beißende Galle in den Hals und ich streckte eine zitternde Hand nach Siede aus. »Was ist das?«

»Ich weiß es nicht.«

Gegen die Zinnen geduckt, so gut es ging durch eine der Lücken hinausstarrend, schüttelte Cavarr den Kopf. »Das ist die Waffe, die diese Festung vernichten wird, und verdammt noch mal, ich weiß nichts, was wir dagegen tun könnten.«

Kapitel Fünfunddreissig

Es war hochinteressant, aber kaum ein Trost, zu erfahren, dass die Draconelle keine magische Waffe war. Wäre dem so gewesen, hätten unsere Magiker die Zauber erforschen können, auf denen sie basierte, und Gegenzauber entwickelt. So aber machte die Entfernung es unmöglich, die Waffe oder ihre Lademannschaft, die Stopfer und Feuerkreaturen mit Kampfzaubern anzugreifen. Jemand machte den Vorschlag, die Magiker könnten versuchen, die Steinkugeln im Flug zu beeinflussen. Doch sie hätten Splitter von den Kugeln gebraucht, um sie kontrollieren zu können.

Das einzig Positive an unserer Lage war das Ergebnis von Cavarrs Voraussicht. Die den äußersten Mauern am nächsten liegenden Straßen und Häuser waren längst evakuiert und viele enthielten bereits jetzt nichts als Erde und Schutt. Die über die Mauern kommenden Draconellkugeln pflügten in diese Gebäude, zermalmten die Fassaden und schleuderten zerborstene Dachziegel in alle Winde. Die Häuser selbst aber stürzten nicht ein. Im Grunde bildeten sie eine Mauer hinter der Stadtmauer und begrenzten den Schaden tiefer im Stadtinnern, was Kytrin veranlasste, in immer höherem Bogen immer weiter zu feuern, bis ihre Schüsse die zweite Festungsmauer erreichten.

Die Feuergeschwindigkeit der Draconelle war ziemlich gering, aber ihre Treffsicherheit machte sie zu einer furchtbaren Waffe. Ein Katapult oder eine Ballista schleuderte Felsen, Feuertöpfe und Schutt in Richtung eines Ziels. Je nach dem Gewicht der benutzten Ladung flog sie über das Ziel hinweg oder kam vor ihm herunter, und häufig trieb sie ein beachtliches Stück seitlich ab. Aber die Draconelle schoss gezielt und sicher. Zwei Schüsse genügten, die Tore der Festung zu zertrümmern. Spätere Schüsse pulverisierten die Barrikaden, die wir an ihrer Stelle errichteten. Was die Mannschaft der Draconelle sehen konnte, konnte sie auch treffen, und das machte die Verteidigung der Festung äußerst schwierig und gefährlich.

Die Aurolanenhorden rollten die Belagerungstürme vor, die sie für den Sturm auf Draconis gebaut hatten. Es waren bemerkenswerte Konstruktionen, die gut drei Meter über die äußere Mauer aufragten. Oben auf den mit Zinnen versehenen Holztürmen standen Schnattererbogenschützen. Unter ihnen waren die Türme mit nassem Segeltuch verkleidet, um es zu erschweren, sie mit Naphtalm in Brand zu setzen und zu vernichten. Zusätzlich waren die Vorderwände der Türme mit Scharnieren versehen, die es gestatteten, sie wie Zugbrücken herabzulassen und den Kriegern im Innern den Weg auf unsere Mauern freizugeben.

Kytrin feuerte die Draconelle in dieser ersten Nacht unablässig ab. Das langsame, rhythmische, nicht enden wollende Donnern raubte uns allen den Schlaf. Ein Schuss nach dem anderen krachte in Mauern und Häuser. Eine sorgfältig platzierte Serie von Treffern riss Breschen nördlich und südlich des Haupttors auf und verschaffte ihren Kreaturen drei von den Belagerungstürmen unterstützte Angriffsbahnen. Ihre Truppen nutzten die Nacht dazu, sich in drei Heerzüge aufzuteilen.

Wir erwarteten ihren Angriff im Morgengrauen.

Dathan Cavarr beeindruckte mich mit seiner entschlossenen Gelassenheit trotz der verzweifelten Lage, in der wir uns plötzlich sahen. Er teilte unsere Kräfte ebenfalls in drei Gruppen auf und übergab Baron Norderstett den Befehl über die nördliche Flanke, während er die südliche Flanke Prinz Augustus anvertraute. Er selbst behielt das Kommando über die Mitte und stellte sich damit gegen die Aurolanentruppen unter dem direkten Befehl Kytrins.

Während der ganzen Nacht rissen Arbeiter Häuser im Innern der Außenstadt ab, um die aurolanischen Angreifer auf vorgeplante Wege zu lenken. Dort, wo sich ein Auftauchen der Belagerungstürme abzeichnete, stellten sie Barrikaden auf, damit deren Truppen sich in Sackgassen totliefen und in Feuerzonen sammelten, wo sie von den auf der zweiten Mauer in Stellung gegangenen Belagerungsmaschinen unter Beschuss genommen werden konnten. Truppen wurden losgeschickt, damit sie in befestigten Verstecken warteten, bis sie von den Trompetern in den Kampf gerufen wurden.

Der Tag brach trübe und kalt an, und Nebel hing tief über dem Land. Ich wartete zusammen mit Prinz Kirill, Baron Norderstett, Siede, Leif und Net auf den Zinnen in der Nähe der nördlichen Mauerbresche. Fünfhundert Meter vor uns formierte sich die aurolanische Legion in grausiger Pracht. Banner erhoben sich an der Spitze ihrer Abteilungen, riesige, auf Räder montierte Trommeln dröhnten, und gewaltige Trompeten gellten fürchterlich. Kehliges Kriegsgebrüll knurrte und bellte durch die Morgenluft. Die feindliche Streitmacht hörte sich an wie ein Rudel wilder Hunde, das um etwas Fressbares streitet … Ein Eindruck, den ihr Anblick und Geruch eher noch verstärkte.

An die Spitze ihrer Aufstellung kam eine Kreatur, die ich augenblicklich als einen Sullanciri erkannte. Sie besaß einen gewaltigen Menschentorso, der ab der Hüfte auf dem Körper eines riesigen Pferdes saß. Der Oberkörper besaß vier Arme, die alle mit einer langen, gezahnten Knochenklinge entlang des Unterarms und zwei längeren, krummen Säbelklingen ausgestattet waren, die einen Meter über die wuchtigen, krallenbewehrten Hände hinausragten. Die massigen Brauenwülste und Säbelzähne der Kreatur nahmen ihr jeden Anschein von Zivilisation. An Schildkrötenpanzer erinnernde Knochenplatten bedeckten sie von Kopf bis Schweif.

So beeindruckend dieser Anblick bereits war, er wurde dadurch noch unterstrichen, dass der Dunkle Lanzenreiter weiß glühte. Alle urSreiði, die ich bis dahin gesehen hatte, waren von der Farbe eines Minerals oder einer Erde gewesen, und bei diesem war es nicht anders, aber seine Haut hatte die Farbe von Eisen im Schmiedefeuer. Die schillernde Farbe beherrschte die inneren Bereiche seines Leibes, wurde aber in den äußeren, kühleren Bereichen leicht gelblich. Ich fühlte keine Hitze, aber ich hatte auch keinen Bedarf, mich dem urZreð zu nähern, um festzustellen, ob das an der Entfernung lag.

Meine Hand suchte nach Siedes oder vielleicht suchte auch ihre Hand die meine. Ich weiß es nicht mehr. Ich lächelte ihr aufmunternd zu. »Wir werden das durchstehen.«

»So oder so, nehme ich an.« Sie streckte die Hand aus und zupfte an der Bogensehne über meiner Brust. »Wenn es so weit kommt, heb einen Pfeil für mich auf. Lass sie mich nicht gefangen nehmen.«

Ich schüttelte den Kopf. »Sie werden dich nicht bekommen. Ich verspreche es.« Ich gab ihr einen schnellen Kuss, der dann doch länger wurde. Als wir uns trennten, brannte mein Gesicht, und Prinz Kirill drehte sich lächelnd weg.

Leif starrte mit zusammengekniffenen Augen auf den Sullanciri und umklammerte Temmers Heft mit der gleichen Unbedingtheit, mit der Siede meine Hand hielt. »Ja, mein Liebling, ich verstehe … Das dort ist Vank-dæ Ynl. Er wurde als Verräter aus Boragul verbannt. Kytrin machte ihn zum Ersten ihrer Dunklen Lanzenreiter. Er dürfte mir gehören.«

Baron Norderstett legte Leif die Hand auf die Schulter.

»Du bist nicht der Einzige, der heute hier in die Schlacht zieht, mein Sohn.«

»Aber ich bin der Einzige, der ihn töten kann.«

Leifs Vater lächelte. »Wenn er in den Kampf eingreift, darfst du ihn stellen, aber gewinnen werden wir diesen Kampf, indem wir Schnatterer töten.«

»Schnatterer werden wir genug zu töten bekommen.« Net hob den Streitkolben über die Schulter. »Valkener kann Vylænz mit Pfeilen spicken, und Leif und ich werden den Rest zu Teilen zerpflücken.«

Leif wandte den Kopf in seine Richtung. »War das ein Reim?«

»Mag wohl sein.« Ein langsames Grinsen machte sich auf seinen Zügen breit. »Bei der Schmiedearbeit braucht es nicht viel Denken. Hab ein bisschen mit den Wörtern gespielt.«

Leif strahlte. »Sehr gut, Net. Sehr gut. Eine Wette dann. Ein Punkt für jede getötete Kreatur. Der Verlierer muss ein Gedicht auf den Sieger verfassen.«

»Ist gemacht.«

»Ist gemacht.« Leif sah zu mir herüber. »Wir würden dich ja einladen, dich zu beteiligen, Valkener, aber du würdest alle Leichen für dich beanspruchen, in denen ein Pfeil steckt.«

Ich zuckte die Achseln. »Schon gut. Ich könnte es ohnehin nicht ertragen, von euch beiden mit Lob überschüttet zu werden. Viel Glück.«

Leif nickte. »Kedyns Wille geschehe.«

Ich warf Net einen Blick zu. »Bist du sicher, dass du für diesen Wettkampf nicht lieber das Schwert benutzen willst, an dem du gearbeitet hast?«

Er grinste, dann sah er auf seine Füße. »Das wäre ein toller Kampf für Tsamoc, aber es besitzt noch keine Schneide. In der nächsten Schlacht, wenn wir sie hier zurückgeschlagen haben.«

»Ja, in der nächsten Schlacht.« Ich nickte, dann drehte

ich mich wieder zu der Aurolanenhorde um. Aus dem Osten ertönte ein heller Trompetenstoß, der im Norden und Süden ein Echo fand. Ein Donnerschlag krachte, dann schlug eine Steinkugel in einem der Tortürme ein und schleuderte die Soldaten hinab auf die Straße. Der Anblick der hinabstürzenden Krieger, aus deren Köchern die Pfeile fielen, brannte sich unauslöslich in meine Erinnerung ein.

»Sie kommen.« Baron Norderstett zog blank und deutete auf die Katapulte und Ballistas hinter der Mauer hinab. »Laden und bereithalten. Auf mein Zeichen feuern.«

Die nördliche Aurolanenarmee setzte sich in Bewegung. Ihre vorderen Reihen verschwanden bis auf die Banner an ihrer Spitze, als sie in das nebelverhangene Tiefland abtauchten. Wir beobachteten, wie die Banner immer näher kamen, als würden sie von einer Geisterarmee getragen. Auf der anderen Seite des Nebelstroms wedelte der Sullanciri mit den Armen und trieb die Truppen mit einer schrillen, heulenden Stimme an, die krachte und knackte, obwohl sie so hoch war, dass ich sie kaum wahrnehmen konnte.

Baron Norderstett hob das Schwert, dann riss er es herab. »Feuer!«

Das dumpfe Flüstern der abgefeuerten Steine und Baumstämme klang im Vergleich zu den Rufen des Sullanciri nachgerade unmöglich tief. Ein Hagel von Krähenfüßen senkte sich aus dem Himmel und klirrte und klimperte wie ein Sack voller Münzen. Nicht einmal das harte Knallen, mit dem die Katapultarme gegen die Bremsstangen schlugen, klang martialisch, auch wenn es die Geräusche, mit denen die Bedienungsmannschaften sie für die nächste Salve zurückkurbelten, ganz sicher waren.

Ebenso wie die Ergebnisse dieser ersten Schüsse.

Ich sah einen Baumstamm im Nebel verschwinden und kurz darauf hochprallen und einen blutigen Dunst hinter sich herziehen, bevor er wieder außer Sicht tauchte. Banner brachen und stürzten in seiner Bahn, und Schreie klangen hinter ihm auf. Ein riesiger Felsen krachte ebenfalls durch die Aurolanenformation. Dann verbreiteten die Krähenfüße zusätzliche Schmerzen.

Der Feind setzte seine eigenen Belagerungsmaschinen ein, die Felsbrocken und Pfeilsalven verschossen. Ich duckte mich hinter eine Mauerzinne, als ringsumher die Pfeile einschlugen. Ein Zittern ging durch die Mauer, als unter mir ein Stein mit voller Wucht aufschlug. Doch er prallte ab und stürzte zurück in den Nebel, wo er eine von Kytrins Kreaturen zerquetschte. Zum Glück, denn wir hatten die Heimtücke des Sullanciri unterschätzt.

Die Banner waren den einzelnen Kompanien vorausgegangen, als sie in den Nebel eintauchten, aber einmal außer Sicht, waren die Krieger losgerannt, während die Bannerträger langsam weitermarschiert waren. Unsere erste Salve hatte einen Teil der Krieger erwischt, aber das waren allesamt Nachzügler gewesen. Die vordersten Schnatterfratzen waren längst dichter heran, und jetzt brodelten sie aus dem Nebel auf uns zu.

Ich zog und schoss und durchbohrte einen Vylæn. Auch andere Bogenschützen feuerten und versenkten ihre Pfeile in den anstürmenden Schnatterfratzen und Vylænz, aber sie kamen zu schnell. Sie stürmten geradewegs auf die von den Draconellschüssen aufgerissene Mauerbresche zu. Die vor ihr aufgetürmten Trümmer formten einen erstklassigen Zugang. Sie rannten auf allen vieren herauf, das Langmesser zwischen den Zähnen, sprangen über die Kadaver ihrer von Pfeilen durchbohrten Kameraden oder stießen sie zurück in den Nebel.

Die Horden ergossen sich ohne Zögern in die Bresche. Die stumpfsinnigen Bestien verloren keinen Gedanken darüber, weshalb sich ihnen niemand entgegenstellte, um sie aufzuhalten. Sie erreichten die Mauerlücke und sprangen auf der anderen Seite herunter. Jetzt gab Baron Norderstett den Schießbefehl für die Ballistas.

Seile wurden strammgezogen, Haken lösten sich, Federstäbe drehten sich und trieben ein breites, flaches Schlagblatt gegen die Enden der salvenweise in den Abschussrohren aufgestellten Speere. Die Speere schossen aus den Rohren, und normalerweise hätten sie sich in einer weiten, bogenförmigen Flugbahn auf die Reihen des Gegners gesenkt, um dessen Truppen zu durchbohren, aber hier fanden sie ihr Ziel bereits lange, bevor sie einen spürbaren Teil ihrer Wucht verbraucht hatten. Eine ganze Reihe schlug glatt durch eine Schnatterfratze hindurch und bohrte sich in den Körper der nächsten. Da die Ballistas in unterschiedlichen Winkeln aufgestellt waren, überschütteten sie die Bresche mit einem Hagel aus Geschossen, der sie mit mörderischer Gründlichkeit von allen Eindringlingen säuberte.

Und trotzdem kamen sie immer weiter, ein buntscheckiger, jaulender, heulender Mob. Vylænz schleuderten Zauber, überschütteten die Mauern mit grellgrünem Feuer oder regneten stinkende Säure auf die Verteidiger herab. Ich legte einen Pfeil nach dem anderen auf die Sehne und feuerte blindlings in die wogende Masse der Kreaturen unter mir, denn in diesem Gedränge war Zielen überflüssig. Die Pfeile trafen, die Schnatterer versanken unter der Masse ihrer nachdrängenden Kameraden, und die Lücken schlossen sich sofort wieder.

Als ich meine Munition bis auf den letzten Pfeil – ein Geschenk Faryaah-Tses – verschossen hatte, suchte ich mir neue auf den Wehrgängen und feuerte die Pfeile der Aurolanen dorthin zurück, woher sie gekommen waren. Es dauerte nicht allzu lange, bis mir auch diese Geschosse ausgingen, also schlang ich den Bogen über die Schultern und zog das Schwert. Das war ohnehin nötig, denn die Schnatterfratzen waren die Mauern heraufgeklettert und kamen immer näher.

Siede trat ihnen entgegen und schlug sich bewundernswürdig. Ihr silbern plattiertes Kettenhemd glühte im spärlich durch die Wolken dringenden Sonnenlicht. Sie trug einen mit Flügeln geschmückten Helm, dessen Krone ein Stachel zierte, und ihr schwarzes Haar strömte unter ihm hervor. Ihr Schwert hieb und stach mit tödlicher Sicherheit. Sie wirbelte und drehte sich, stieß zu und schnitt mit der Klinge durch die Leiber ihrer Angreifer, als könne sie in alle Richtungen gleichzeitig sehen. Ihre Opfer fielen massenweise von den Zinnen, und ein blutiger Kreis um ihre Position kennzeichnete ihre Reichweite.

Net und Leif waren unter uns in Stellung gegangen und verteidigten eine der Ballistas, während deren Mannschaft sie neu lud. Net kämpfte mit einer wilden Besessenheit, die den Schnatterfratzen auf deren eigenem Gebiet Konkurrenz machte. In seinem Kettenhemd zeigten sich Risse, dann auch in dem gepolsterten Lederwams, das er darunter trug. Doch kein Schnatterer bekam Gelegenheit, einen tödlichen Schlag anzubringen. Die Bestien, die dicht genug herankamen, waren fürchterlich zugerichtet, sei es von einem Stoß mit dem Metalldorn, einem Schlag mit der Metallkappe am Schaftende des Streitkolbens, oder einem knochenbrechenden Hieb mit dem Keulenkopf.

Aber so tapfer auch alle um uns herum fochten, niemand konnte Leif das Wasser reichen. Wie inspiriert von dem Sullanciri, glühten Leif und Temmer in goldenem Licht, und ich *spürte* die Hitze, die von der Klinge ausging. Ein Schlag reichte, um jeden Aurolanen zu Boden zu schicken, aber Leif war so schnell, dass er zwei, gelegentlich sogar drei Treffer landete, bevor sein Opfer aufschlug. Dessen Blut verschmutzte Temmer nur einen Sekunde lang, bevor es zu einer greulichen Qualmwolke verkochte. Leif lachte lauthals, winkte die Schnatterer näher, erzählte ihnen von seiner Wette mit Net, bettelte sie an, zu kommen und sich abschlachten zu lassen. Und mehr als genug folgten seiner Einladung.

Unterhalb der Mauern strömten die aurolanischen Angreifer in einen von Häusern und Schutthalden begrenzten Korridor. Ælfische und menschliche Bogenschützen nahmen sie aus den Fenstern der oberen Stockwerke unter Beschuss. Okransche Speerkämpfer verteidigten die Schutthalden, stießen und stachen und schlugen nach allen Schnatterern, die an ihnen vorbeizukommen versuchten. Tiefer den Korridor hinab kämpften verwegene Orioser Gardisten mit Schwert und Beil. Die Verteidiger der Festung kämpften um jeden Fußbreit, aber in einem scheinbar endlosen Strom von Körpern zwang die Aurolanenhorde sie langsam zurück.

Überall tobte der Kampf. Mein Bogen war nutzlos geworden und ich musste ein Langmesser einsetzen. Die Schnatterfratzen kamen über die Mauer, und ich schlug zu. Ich kreuzte mit einer von ihnen die Klinge, dann duckte ich mich zur Seite, und der Schwung ihres Angriffs trug sie über die Brüstung und hinab. Eine andere Schnatterfratze erwischte mich knapp über dem rechten Knie, aber ich schlitzte sie auf und schleuderte ihren Kadaver die Mauer hinab.

Trompeten gellten außerhalb der Mauern, und die Letzten der Aurolaneneinheiten setzten sich in Bewegung. Einer unserer Trompeter stieß ins Horn, um es weiterzugeben. Ich gestattete mir einen schnellen Blick hinaus auf die anrückenden Truppen, aber der Sullanciri war nirgends zu entdecken. Sofort machte sich eine erschreckte Eiseskälte in meinem Körper breit, und schon sagte mir das begeisterte Jaulen der Schnatterer unter mir, wo er war.

Der Sullanciri sprang aus den Tiefen der Nebelbank auf die Kuppe der Mauerbresche, und unter seinen Hufen spritzten Steinbrocken in alle Richtungen davon, um Schnatterfratz und Mensch gleichermaßen niederzustrecken. Leif, dessen Zauberschwert zahllose Schnatterer zum Opfer gefallen waren, hatte eine weite Schneise in die Formation unserer Feinde geschlagen, durch die der Dunkle Lanzenreiter jetzt vorpreschte. Auf seinen schrillen Befehl zogen die Schnatterfratzen sich zurück und öffneten eine Arena um die beiden Duellanten. Der aurolanische Heerführer hob alle vier Arme und kreischte meinem Freund seine Herausforderung entgegen.

Ein tiefes Lachen löste sich aus Leifs Kehle. Sein Schwert, das dunkle Rauchfäden hinter sich her zog, lag locker in seiner rechten Hand. Er bewegte sich lässig, beinahe unbeholfen, wie betrunken, und winkte den Sullanciri locker mit der Linken heran. Sein Gesichtsausdruck war unter der Maske nicht zu erkennen, aber seine Augen funkelten wild.

Der Sullanciri griff an und hieb mit den Klingen an seinen rechten Armen nach Leif. Der junge Norderstett duckte sich unter den oberen Klingen hinweg, dann schwang er sein Schwert in einem tief angesetzten Hieb nach links, seiner Körperdrehung voraus. Seine Parade blockte die unteren Klingen mit dem Klirren aufeinander schlagenden Stahls ab, dann sprang Leif hoch in die Luft, zog die Beine an den Körper und hüpfte über den unteren Arm des Dunklen Lanzenreiters. Temmer zuckte in einem feurig goldenen Bogen hoch, der es durch das untere rechte Handgelenk des Sullanciri trug, und Leif flog nach links davon.

Die klingenbewehrte Faust rollte in die Reihen der Schnatterer und ließ den Ersten, den sie berührte, in Flammen aufgehen. Glutflüssiges Metall tropfte aus dem Stumpf, und wo es Blutpfützen traf, verdampften sie unter lautem Brodeln. Der Dunkle Lanzenreiter schrie vor Schmerz und wirbelte zu Leif herum. Mein Freund reagierte, indem er sein Schwert in Richtung der Aurolanentruppen schnippte und sie mit dem glühenden Blut ihres Kommandeurs bespritzte.

Wieder stürzte sich der Sullanciri auf Leif, den verletzten Arm an die Brust gepresst. Er hieb mit dem oberen rechten Arm nach ihm, in einem schrägen Schlag, der ihn von der linken Schulter bis zur rechten Hüfte spalten sollte, aber Leif tänzelte ohne Schwierigkeiten außer Reichweite. Dann sprang er vor. Er stieß zu und trieb Temmer in die Seite seines dämonischen Gegners. Glutflüssiges Blut spritzte aus der Wunde. Der Sullanciri kreischte auf, dann schlug er zurück.

Er traf Leif mit einem Rückhandschlag seines unteren rechten Arms, erwischte ihn in den Rippen unter dem Schwertarm und schleuderte ihn wirbelnd zurück in Richtung Mauerbresche. Leif stolperte und fiel, ließ Temmer jedoch nicht los. Er presste die linke Hand auf die Seite und ich konnte sehen, wie er sich unter einem schmerzhaften Hustenanfall krümmte. Er war zu weit entfernt, als dass ich hätte erkennen können, ob Blut auf seine Lippen trat. Aber es war offensichtlich, dass er ernsthafter verwundet war als jemals zuvor.

Der Sullanciri heulte triumphierend und warf seine drei unverletzten Arme in die Höhe. Er trabte langsam vor und drehte den Kopf von einer Seite zu anderen, in einer offenen Herausforderung an uns, ihn aufzuhalten. Unter seinem lodernden Blick schraken gestandene Krieger zurück. Dann begegneten sich unsere Blicke.

In meinen Augen konnte er bis in meine Seele sehen.

In seinen sah ich, dass er keine hatte.

Ich warf das Langmesser beiseite, zog den Bogen von der Schulter und legte meinen letzten Pfeil an. Ich ließ den Blick des Sullanciri nicht entkommen, als ich den Silberholzbogen spannte. Ich starrte ihn an der breiten Pfeilspitze vorbei an und zielte auf seine Brust. Er grinste mich spöttisch an und kaute langsam, um mir zu zeigen, dass er mein Herz verschlingen würde, sobald er mit Leif fertig war. Ich schüttelte zur Antwort kaum merklich den

Kopf, dann schoss ich meinen letzten Pfeil ab, den Pfeil, den ich bis jetzt aufgehoben hatte.

Es war der Pfeil, der in Okrannel Faryaah-Tse durchbohrt hatte. Er flog sicher und genau. Die Magik seines ursprünglichen Sullanciri-Besitzers hatte nichts von ihrer Kraft verloren. Ich weiß nicht, ob das in der Natur seiner Verzauberung lag, oder daran, dass er die urZreð, für die er ursprünglich bestimmt gewesen war, nicht hatte töten können. Der schwarze Pfeil traf den Sullanciri hoch in der Brust, zwischen beiden Schulterpaaren, und als er aufschrie quoll loderndes Blut aus seinem Mund – wie aus einem Schmelztiegel strömendes geschmolzenes Blei.

Der Dunkle Lanzenreiter sprang blindlings vor und hätte Leif fast unter seinen Hufen zertrampelt, ohne es überhaupt zu bemerken. Er landete in der Bresche, dann stürmte er aus der Festung hinaus. Seine Hände umklammerten den Pfeil und versuchten ihn abzubrechen, aber er widerstand allen Bemühungen. Das weiß glühende Ungeheuer tänzelte wütend, hüpfte in unverkennbarem Schmerz vor und zurück. Sein Torso und Pferderücken ragten aus dem sich allmählich auflösenden Nebel hervor.

Statt weiter zu versuchen, den Pfeil abzubrechen, versuchte er als Nächstes, ihn herauszuziehen, aber auch das wollte nicht gelingen. Dann grinste Kytrins Kreatur, ein albtraumhafter Anblick, und schaute zu mir hoch. Ihr Grinsen wurde breiter, als sie mit der Faust auf das herausragende Ende des Pfeils schlug, und ihn tiefer in den Körper trieb. Unter den Schmerzen hüpfte und tänzelte der Pferderumpf des Sullanciri, und er drehte sich dabei so weit zur Seite, dass ich die Spitze des Pfeils aus seinem Rücken ragen sah. Ein zweiter Hieb stieß den Pfeil eine Handlänge weiter, dann griff der Aurolanenheerführer in seinen Rücken und zog den Pfeil frei.

Noch mehr glühendes Blut strömte aus den Wunden und lief über seinen Bauch und Rücken, und ebenso aus seinem Mund, als er lachte. Ich hatte keine Ahnung, wie lange es dauern würde, bis er sich von seinen Verletzungen erholt hatte, aber ich wusste: Solange noch ein Funken Leben in ihm war, würde er sich erholen. Er mochte für Leifs Schwert oder diesen einen Pfeil verletzbar sein, aber sobald er wieder bei Kräften war, würde er uns vernichten.

Glücklicherweise fehlte ihm dazu die Zeit.

Der Trompetenstoß, der den Einsatz der aurolanischen Verstärkungen angezeigt hatte, war zugleich das Zeichen für andere unter uns gewesen, zu handeln. Die Tunnel, durch die der Dûrgru in das Tiefland umgeleitet wurde, öffneten sich. Wassermassen brachen in riesigen, schmutzigbraunen Wogen durch das Gras, schleuderten Steine und Erdklumpen, Schutt und Kadaver in die Höhe. Wasser krachte in den Nebel, brodelte zu einer braunschäumenden Brandung auf. Dann wälzte es sich vorwärts und donnerte gegen den Sullanciri.

Dampf stieg in gewaltigen zischenden Wolken von seinem Körper auf. Weiße Glut verdunkelte sich zu roter, wurde grau, dann schwarz, und schließlich brach sie auf. Ein wütender Mahlstrom schloss den Dunklen Lanzenreiter ein, schlug über sein Gesicht, kühlte sein Blut zu schwarzen Eiszapfen an seinem Kinn ab. Er setzte sich zurück, so, als wolle er sich aufbäumen, aber seine Hinterbeine knickten weg. Seine Vorderbeine brachen auseinander, als sie aus dem Wasser stiegen, dann kippte er auf die Seite und explodierte.

Die Flut verschlang ihn in einem namenlosen Grab und wälzte sich weiter, donnerte durch die dichten Ränge der Schnatterfratzen und Vylænz. Ein paar Temeryxen krallten sich schreiend an Schnatterer, in dem Versuch, sich über das Wasser zu retten. Aber mit ihren sterbenden Trägern versanken auch sie unter den Fluten. Die Frostkrallen bissen nach dem Wasser, als wollten sie es vertreiben, aber es zog sie hinab und warf sie um, trieb sie mitten hinein in die schreiende, um ihr Leben kämpfende Menge.

Der Trompetenstoß brachte auch unsere Verstärkungen aus ihren Verstecken. Bogen- und Armbrustschützen mischten sich unter die Ränge der Speerkämpfer. Ihre Salven schlugen durch die Schnatterfratzen und brachen den Schwung des Aurolanenvormarschs. Zusätzliche Bogenschützen nahmen den Korridor unter Beschuss, und die wieder geladenen Ballistas mähten Dutzende nieder. Net und eine Orioser Kompanie stürmten vor und trieben einen Keil in die Flanke der Angreifer. Sie brachen zu Leif durch, der inzwischen wieder auf den Beinen war und einige weitere Schnatterer getötet hatte, obwohl er Temmer jetzt mit der Linken führte.

Beide die Bresche flankierenden Türme spieen loderndes Naphtalm und überzogen das Wasser mit einem Feuerteppich. Auftauchende Schnatterfratzen und all jene, die schwimmend den Rückzug angetreten hatten, fanden sich plötzlich eingeschlossen. Weiter abwärts entlang der Mauer kippte einer der Belagerungstürme um, als das Wasser den Boden aufweichte, auf dem er stand. Er schlug in einem majestätischen Schauspiel um, schleuderte die Bogenschützen auf seinem Dach in die Flut und ging in Flammen auf, als das Naphtalm ihn erreichte.

In weniger als einer Stunde hatten wir die nördliche Armee zerschlagen und die Bresche in der Mauer mit einem brennenden See verschlossen. Aber noch tobten in der Stadt weitere Kämpfe, deren Ausgang nicht entschieden war. Jetzt war es an uns, unseren Sieg und den unserer Kameraden zu sichern, und grimmig machten wir uns ans Werk.

Kapitel Sechsunddreissig

Alle Truppen mit Ausnahme der Garnison, die wir zur Verteidigung der Bresche zurückließen, schwenkten nach Süden und griffen Kytrins rechte Flanke an. Ihre Truppen, die ebenso ins Innere der Stadt gelenkt worden waren wie die nördliche Armee, wichen zurück. Um unseren Angriff abzuwehren, setzte sie einen Schwarm Großtemeryxen ein. Diese Frostkrallen mit ihrem leuchtend bunten Gefieder waren ein Stück größer als die, die wir aus früheren Kämpfen kannten. Ihr auf die Mitte unserer Formation gerichteter Angriff war reinster Selbstmord, aber er nahm unserem Unternehmen den Schwung und verhinderte, dass wir einen Teil ihrer Armee vom Rest abspalten konnten.

Darüber hinaus brannte sie die äußere Stadt nieder. Ich sah mit eigenen Augen, wie ihre Vylænz mit Zaubersprüchen die Feuer legten. Cavarr war nicht der Urheber der Feuersbrunst, ebenso wenig wir irgendjemand sonst unter unseren Kräften, was auch immer später an Gerüchten laut wurde. Er hatte natürlich längst die entsprechenden Pläne für einen derartigen Fall ausgearbeitet, und bevor der Rauch der brennenden Gebäude sich wie ein erstickender Nebel über das Schlachtfeld legen konnte, gaben die Trompeten das Signal zum Rückzug und wir wichen in die innere Stadt zurück. Auch Kytrin zog ihre Truppen zurück, einschließlich der südlichen Armee, denen Augustus' Truppen ein Patt abgetrotzt hatten.

Das Feuer lieferte Kytrins Einheiten eine Verschnaufpause, und uns ebenso, auch wenn es in der verrauchten inneren Festung äußerst schwierig war, frei zu atmen. Im

Nachhinein muss Kytrin wohl mit Magik dafür gesorgt haben, dass wir unter solchen Bedingungen leiden mussten, denn gewöhnlich hätte der von See kommende Wind die Rauchwolken in ihre Richtung treiben müssen. Damals haben wir uns darüber aber keine Gedanken gemacht. Viele Veteranen grinsten nur und erklärten, der Qualm würde uns Haare auf der Brust oder eine gute Singstimme bescheren, aber es fiel mir schwer, angesichts der Lage darin irgendeinen Wert zu erkennen.

Ich musste ziemlich lange suchen, bis ich Leif gefunden hatte, weil ich fälschlicherweise glaubte, ihn bei dem Heilerposten finden zu können, der für die Orioser Truppen eingerichtet worden war. Die meisten unserer Leute hatten sich gut geschlagen, und die Verletzungen waren nicht ernster als meine eigene – reine Fleischwunden. Einzelnen hatten Pfeile oder Schwerthiebe die Lungen verletzt – und tiefe Schnittwunden vom Temeryxangriff waren recht häufig, aber alle schienen bei guter Laune und waren damit beschäftigt, Wunden zu vernähen, Heilpackungen herzustellen oder verletzte Freunde zu beruhigen, die auf das Erscheinen von Ælfenmagikern warten mussten.

Ich fand Leif schließlich in einer kleinen Blockhütte in der Nähe des inneren Festungstors. Man schickte mich dorthin, weil sie den Sanitätsposten für den Adel beherbergte. Dort herrschte herzlich wenig Betrieb, und wäre ich zynisch veranlagt gewesen, hätte ich das damit erklärt, dass die meisten Adligen weniger glücklich davongekommen als sich nie wirklich in Gefahr begeben hatten. Aber jung wie ich war, und unter dem Eindruck des Einsatzes, den Prinz Kirill und Baron Norderstett gezeigt hatten, glaubte ich, gute Ausbildung und Klugheit hätten die meisten Adligen davor bewahrt, verletzt zu werden.

Leif lag auf einer Pritsche in einer Ecke des Zimmers, und Prinz Swindger hatte am Fußende Platz genommen.

Der Prinz stierte mich bei meinem Erscheinen augenblicklich wütend an, aber Leif lächelte mir zu. Er zog sich mit Temmers Hilfe höher. Man hatte einen Verband um seinen nackten Oberkörper gelegt. Ich konnte die wütend dunkelviolette Verfärbung einer Prellung auf seiner ganzen rechten Brustseite sehen und wusste, dass er große Schmerzen hatte, so tapfer er sich auch gab.

»Metholanth würde das lindern.«

Leif winkte ab. »Andere haben es nötiger.«

Swindger, der eine Heilpackung auf eine böse Beule an der Stirn drückte, raunzte mich an. »Diese Station ist nur für Adlige. Er wird sich sein Bein anderenorts behandeln lassen müssen.«

Ich warf ihm einen Blick zu, in den ich alles legte, was ich an Verachtung aufbringen konnte. Dann schüttelte ich den Kopf und nickte Leif zu. »Wie schlimm ist es?«

»Die Rippen sind gebrochen, das steht fest. Aber ich habe kein Blut gespuckt.« Er zuckte zusammen und sein Atem ging mühsam und kurz. »Ein Ælf ist unterwegs. Sobald der Prinz versorgt ist …«

»Ah ja.« Wieder sah ich mich zu Swindger um. »Was ist Euch zugestoßen?«

»Ich wurde abgeworfen und habe mir den Kopf angeschlagen.«

Ich tat mein Bestes, meine Überraschung zu verbergen, denn ich wusste, dass er Augustus begleitet hatte, und ich konnte mir nicht so recht vorstellen, dass Swindger sich in den Kampf gestürzt haben sollte. Aber Krieger beantworteten Fragen nach einer Verletzung in der Regel damit, wer oder was sie getroffen hatte, sodass ich davon ausging, dass es in diesem Fall kein feindlicher Krieger gewesen war. Wie ich später erfuhr – natürlich nicht von dem Prinzen –, hatte Swindger es geschafft, einen kleinen Trupp Soldaten zur falschen Zeit an den falschen Ort zu führen. Eine durch die Stadt streifende Schnattereinheit hatte sie angegriffen, sein Pferd war gestürzt, und er hatte sich den Schädel an einem Wassertrog angeschlagen. Seine Leute hatten ihn gerettet, aber nur unter dem Verlust von zwei Leben.

Leif hustete schwach, dann sog er schmerzhaft zischend den Atem ein. »Der Prinz hat mir berichtet, dass der Sullanciri, der die südliche Armee anführt, ein Hôrgun ist. Wie er sagt, besitzt der Riese eine grauenhafte Macht. Angst breitet sich um ihn herum aus wie eine Infektion. Schlimmer noch, er ist nicht zu töten.«

Swindger nickte nachdrücklich. »Ja, er ist bereits tot, deshalb kann er kein zweites Mal sterben. Unsere Pfeile hatten keinerlei Wirkung. Die engen Straßen hinderten ihn daran, seine Keule frei einzusetzen, sonst hätte er uns zermalmt.«

»Wie hat sich Augustus geschlagen?«

»Gut.«

»Prinz Swindger hat mir erzählt, dass es Augustus gelungen ist, den Sullanciri mithilfe eines Katapults mit Naphtalm zu beschießen und in Brand zu setzen. Das drängte ihn zurück, aber die Flammen haben ihn nicht verzehrt.«

Ich nickte, dann deutete ich auf Temmer. »Magische Waffen scheinen das Einzige zu sein, das etwas gegen sie ausrichten kann. Du siehst besser zu, dass du wieder auf den Beinen bist, wenn er das nächste Mal auftaucht.«

»Das habe ich vor.« Er grinste und sah an mir vorbei zur Tür. »Und da ist auch schon der erste Schritt in diesem Plan.«

Ich drehte mich um, als ich Röcke rascheln hörte, und fühlte mich augenblicklich fehl am Platze. Die Ælfe, die den Raum betreten hatte, trug ein braunes Kleid, das zwar nicht festlich war, aber ganz und gar nicht zu Kampf und Krieg zu passen schien. Da stand ich also, nach Rauch stinkend, von Kopf bis Fuß verdreckt von Ruß und Blut, und sie war sauber und lieblich, mit hellen Augen und einem wundervollen Lächeln. Sie schien das ganze Gegenteil all dessen, wofür wir standen.

Sie trat augenblicklich zu Leif, aber er schüttelte den Kopf. »Ihr solltet Euch um Prinz Swindger kümmern.«

Sie lächelte nachsichtig. »Ihr werdet verzeihen, aber ich entscheide, wen ich wann heile. Meine Kräfte sind begrenzt, und ich will sie auf die bestmögliche Art einsetzen.«

»Aber mein Kopf, er schmerzt.« Swindger nahm die Heilpackung beiseite und zeigte ihr seine Beule.

»Und ich sehe eine mögliche Ursache.« Sie streckte die Hand aus und strich mit dem linken Mittelfinger über Swindgers Beule. Ich sah es kurz blau aufblitzen, wie einen Wollfunken. Swindger jaulte und sprang nach hinten, sodass er mit dem Kopf gegen die Wand prallte.

Der Prinz knurrte sie an. »Was hast du getan?«

»Magik erfordert den Einsatz von Energie. Ich kann diese Energie aus meinen eigenen Reserven ziehen oder in geeigneten Fällen die Kräfte des zu heilenden Körpers selbst nutzen. In Eurem Fall habe ich die Schwellung verringert und den Schaden behoben, aber das hatte einen Preis. In diesem kurzen Augenblick habt Ihr den gesamten Schmerz gefühlt, den die Wunde verursacht hätte, wäre sie auf gewöhnlichem Wege verheilt.«

Swindger verzog das Gesicht und sackte an der Wand herab. Am Boden angekommen rieb er sich den Hinterkopf.

Die Ælfe lächelte Leif zu. »Ich bin Jilandessa. In Eurem Fall muss ich zunächst herausfinden, was Euch fehlt, bevor ich einen Zauber weben kann, der Euch heilt.«

Leif strahlte sie an. »Ich stehe ganz zu Eurer Verfügung.«

Jilandessa strich sich das rabenschwarze Haar über die Schultern nach hinten, dann spreizte sie die langen Finger ihrer Hände und hielt sie über seinen Brustkorb. Ein sanftes rotes Leuchten breitete sich von ihnen aus, drang aber nicht bis zu seiner Haut vor. Sie zog sich zurück und ihre stahlblauen Augen wurden schmal. »Etwas blockiert mich. Ich kann keine Zauber an Euch wirken.«

Leif runzelte die Stirn, dann warf er einen Blick auf das in der Scheide steckende Schwert in seiner rechten Hand. »Könnte das der Grund sein?«

Die Ælfe nickte. »Sehr gut möglich. Ihr habt eine Verbindung mit ihm. Solange Ihr es berührt, kann ich Euch nicht heilen. Keine simple Magik kann Euch beeinflussen.«

Leif grinste und sah mich an. »Siehst du, Valkener, du hättest dich auf der Brücke nicht rösten lassen zu brauchen.«

»Schön, das jetzt zu wissen.«

Er warf einen zweiten Blick auf das Schwert. »Nun, wenn ich es ablegen muss ...«

Swindger richtete sich rechts von Leif auf die Knie auf, die Hände nach dem Schwert ausgestreckt. »Ich werde es für dich halten.«

»Ihr seid zu gnädig, Prinz Swindger, aber ...« Leif schüttelte den Kopf. »Ich kann Euch nicht zum Dienstboten machen.« Er nahm das Schwert in die Linke und streckte es mir entgegen. »Valkener, hältst du das kurz für mich fest?«

Fast hätte ich gegen meine Rolle als Dienstbote protestiert, aber mir war klar, dass er es nicht so meinte. Ich nahm die Waffe aus seiner Hand entgegen, fasste sie sicher an der Scheide und achtete darauf, Temmer selbst nicht zu berühren. Das Schwert war leicht – viel leichter, als es hätte in der Hand liegen dürfen – und gut ausbalanciert. Selbst ohne Zauberkraft war es eine ausgezeichnete Waffe.

In dem Augenblick, in dem es Leifs Hand verließ, wurden seine Züge schlaff und sein Blick kraftlos. Schmerzen verzerrten sein Gesicht und er fiel in sich zusammen. Er versuchte zu lächeln, aber seine Zähne waren fest zusammengebissen. »Ich bin so weit.«

Jilandessa machte sich sofort an die Arbeit, und diesmal drang das rote Zauberlicht durch seine Haut. Ich sah eine silberne Spur an seiner rechten Seite leuchten. Ihr Licht leuchtete durch den Verband. Möglicherweise zeichnete sie die gebrochenen Rippen nach. Sie erinnerte ein wenig an einen Blitz und vermutlich schmerzte sie auch genauso.

Das rote Licht wurde grün, der silberne Blitz verblasste langsam und ging schließlich völlig darin unter. Die Prellungen auf Leifs Brust wurden blasser und verschwanden wie eine Armee auf dem Rückzug. Leifs Atmung wurde leichter und seine Kiefer entkrampften sich. Er lag noch immer kraftlos auf den Kissen, aber jetzt schien das mehr eine Folge seiner Erschöpfung als die Unfähigkeit, sich zu bewegen.

Er nickte ihr schläfrig zu. »Ich fühle mich viel besser. Danke.«

Jilandessa lächelte. »Ihr müsst jetzt eine Weile schlafen, aber wenn Ihr wieder aufwacht, habt Ihr Euch erholt.«

Leif erwiderte ihr Lächeln, dann streckte er die Linke nach mir aus. »Temmer, bitte.«

Er klang wie ein Kind, das vor dem Schlafengehen nach seinem Kuscheltier verlangt. Ich zögerte, nicht, weil ich die Waffe behalten wollte, sondern weil ich ihm den Frieden wünschte, den er zuvor ohne sie gekannt hatte. Aber etwas in meinem Innern sagte mir, dass er einen solchen Frieden nie wieder kennen würde, also reichte ich ihm Temmer und versuchte mich für ihn zu freuen, als er das Schwert an seine Brust drückte, ganz ähnlich der Art und Weise wie er es seiner Beschreibung nach in der Gruft vorfand, aus der er es genommen hatte.

Die Ælfe drehte sich zu mir um. »Soll ich mich um Euer Bein kümmern?«

Ich sah überrascht zu ihr auf. »Nein, meine Dame, ich bin kein Adliger.«

»Das ist der Magik gleich.« Sie zuckte kurz die Achseln.

»Und Ihr tragt einen Silberholzbogen. Euer Handeln hat Euch als meiner Hilfe würdig bewiesen.«

»Aber ich möchte nicht, dass Ihr Euch meinetwegen schwächt. Es ist nur eine Fleischwunde, geeignet für Nadel und Faden, nicht Magik.«

Jilandessa lächelte sanft. »Dann werde ich Eure eigene Kraft einsetzen, wie ich es bei Prinz Swindger tat.«

Nun, das war eine Gelegenheit, die ich nicht ungenutzt verstreichen lassen konnte. Ich nickte ihr zu und bereitete mich auf den Schmerz vor. Ich war schon immer überzeugt gewesen, Schmerzen besonders gut aushalten zu können. Die verschiedensten Verletzungen hatten mir weniger ausgemacht als anderen und ich hatte das zu meinem Vorteil benutzt und mir einen Ruf als Stoiker erworben. Ich setzte ein unbewegtes Gesicht auf und starrte an ihr vorbei auf Swindger.

Jilandessa strich kurz mit einem Finger über die Schnittwunde in meinem Oberschenkel. Es fühlte sich an, als hätte sie einen Glasbohrer in die Wunde gestoßen und würde ihn unablässig weiterdrehen und den Schmerz immer tiefer treiben. Er baute sich einen Pulsschlag auf, dann zwei, und ich erwartete, dass er abklänge, aber er wurde nur noch schlimmer. Ich wollte die Schmerzen verfluchen, wollte Fesyins Namen schmähen, aber ich beherrschte mich. Ich zwang mich, weiter gleichmäßig zu atmen und keinen Muskel in meinem Gesicht zu verziehen, als sich der Schmerz zu einem Krescendo aufbaute. Dann verbarg ich auch meine Erleichterung, als er langsam abklang.

»So, das wars's.« Die Ælfe lächelte mich an, dann trat sie einen Schritt zurück und knickste vor dem Prinzen und Leif. »Ich wünsche noch einen schönen Tag, gute Menschen.«

Ich nickte ihr zu. »Vielen Dank für Eure Hilfe.«

Sie glitt davon. Ich sah ihr hinterher, dann drehte ich mich wieder zu Leif um, der bereits eingeschlafen war.

Swindger starrte mich wütend an. Sein Gesicht sah aus, als wären die Schmerzen, die ich ertragen hatte, ein Krug vom bittersten Essig gewesen, den er hatte leeren müssen.

Ich ignorierte ihn, beugte mich übers Bett und küsste meinen Freund auf die Stirn. »Schlaf gut, Leif. Morgen wird dein Handeln über das Schicksal von Festung Draconis entscheiden.«

Irgendwie gelang es mir im Chaos der inneren Festung Siede zu finden und wir zogen uns in den Kronturm zurück. Wir suchten Frieden in ihrem Zimmer. Obwohl wir beide verdreckt und hungrig und erschöpft waren, zogen wir uns aus und warfen uns aufs Bett. Wir stürzten uns mit einer wilden Leidenschaft aufeinander, die der Schlacht an Heftigkeit in nichts nachstand, und ich erfuhr größere Freuden, als ich sie bis dahin gekannt hatte.

Ich habe manche Spekulation darüber gehört, woran es liegen mag, dass man unter solchen Umständen so wild darauf ist, miteinander zu schlafen. Mancher behauptet, der Kampf mit all seinen Schrecken, dem Blut und Tod erinnere uns an unsere Sterblichkeit. Die Fortpflanzung oder zumindest der damit verbundene Liebesakt sei die einzige Antwort auf die Begegnung mit dem Tod. Andere meinen, dass die Freude darüber, überlebt zu haben, so gewaltig ist, dass Worte, Gedanken und Lieder allein sie nicht ausdrücken können. Es braucht die gesamte Person, ihr Lob zu singen, Körper und Geist. Und wieder andere finden, es sei eine Methode, sich nach dem Ausflug in den wahnwitzigen, die Seele zermalmenden Schmelztiegel des Krieges wieder in der Normalität zu verankern.

Für mich, so scheint mir, war es all das und mehr. Obwohl ich jung und völlig im Banne all dessen war, was Siede ausmachte, ließ mir die Klarheit der Gedanken, die Kedyn mir gewährt hatte, keinen Zweifel daran, welches Schicksal unserer Beziehung schließlich gewiss war. Selbst wenn wir beide diesen Krieg überleben sollten, würde ich altern und sie nicht. Früher oder später würde sie meiner müde werden, oder aber, wenn ich Glück hatte, meine Hand halten, während ich auf dem Totenbett lag. Ich glaube, ich wollte hier und jetzt, unter diesen Umständen, meine Leidenschaft mit ihr teilen, um ihr etwas zu geben, an das sie sich erinnern konnte. Ich wollte verhindern, dass sie mich jemals vergaß, weil ich wusste, dass ich sie nie würde vergessen können.

Was ihre Gründe betrifft, kann ich nur raten. Als sie während einer Pause in unserem Liebestaumel bemerkte, dass meine Beinwunde mit Magik verschlossen worden war, beschuldigte sie mich im Scherz, bei einer anderen Ælfe gewesen zu sein. »Haben wir dich etwa für die Menschenfrauen verdorben, Valkener?«

Wir lachten beide und stürzten uns wieder in unser Liebesspiel, aber ich hörte eine traurige Note aus ihren Worten heraus, als sie mich schalt. Als Vorqælfe fühlte sie sich grundsätzlich als Außenseiterin, sodass die Vorstellung, eine andere Ælfe, eine an eine Heimstatt gebundene Ælfe, könnte für mich irgendwie attraktiver sein als sie, nur allzu leicht in ihrem Herzen Wurzeln schlug. Ich tat, was ich konnte, in Wort und Tat, um ihr diese Idee auszutreiben … und ich bin mir ziemlich sicher, dass es mir schließlich gelang. Aber ich denke doch, dass sie sich deshalb an mich klammerte, um zu jemandem zu gehören, um mehr als eine Außenseiterin zu sein.

Während wir beisammen waren, ging die Welt um uns herum ihren Lauf, und sie hatte sogar Auswirkungen auf uns. Als es dunkel wurde – früher als gewöhnlich, weil der Rauch die Sonne verdeckte, krachte ein lauter Donnerschlag durch die äußere Stadt, und der Burgfried erbebte stark genug, um mich aus dem Bett zu werfen. Meine Ohren klingelten, sowohl als Nachwirkung der Explosion wie auch von Siedes Lachen. Ich spießte sie mit einem gespielt wütenden Blick auf, dann zog ich ein Laken vom Bett und wickelte es um meinen Körper. Ich hörte Leute über den Flur hetzen und erkundigte mich, was geschehen war.

Damals wusste mir niemand eine Antwort zu geben, aber im Nachhinein rekonstruierte Markgraf Dathan Cavarr eine plausible Abfolge von Geschehnissen, die zu dem Zwischenfall geführt hatten. Anscheinend hatte ein Vylæn mit dem Befehl über den Pulverwagen in der Hast, die Draconelle in die Stadt zu bringen, um das innere Festungstor einzureißen, den Wagen in die brennende Außenstadt gefahren. Er hatte sich verfahren, war in einer von brennenden Häusern umgebenen Sackgasse gelandet, und eines davon war auf seinen Wagen gestürzt. Die Trümmer hatten das Pulver entzündet und eine Explosion ausgelöst, die sechs Häuserblocks vernichtet hatte.

Die Explosion hatte auch etwas Gutes, denn sie löschte einige der Feuer … die zum großen Teil ohnehin bereits niederbrannten. Als die Sonne unter- und der Mond aufging, lichtete sich der Rauch und trieb zurück über Kytrins Heerlager. Dadurch wurde es schwieriger festzustellen, wie stark wir ihre Kräfte geschwächt hatten, aber die in den Straßen zurückgebliebenen Kadaver und die Berichte der verschiedenen Kommandeure deuteten darauf hin, dass sie mindestens die Hälfte ihrer Horden verloren hatte.

Die Explosion raubte ihr auch das Pulver, das für den Einsatz der Draconelle nötig war. Damals wussten wir natürlich nicht, dass sie keinen Vorrat besaß, aber auch so war das Ausbleiben weiterer Draconellschüsse in sich bereits eine willkommene Erleichterung. Wir waren jederzeit auf die Wiederaufnahme des Bombardements vorbereitet, aber als die ausblieb stieg unser Zutrauen in die Stärke der Festung gewaltig.

Der Verlust der Möglichkeit, uns mit der Draconelle zu beschießen, zwang Kytrin zu einem Vorgehen, auf das sie meiner Ansicht nach wohl lieber verzichtet hätte. Unser erster Hinweis auf ihr Handeln kam, als eine geflügelte

Silhouette einen Augenblick lang den Mond verdunkelte. Ich hatte es nicht bemerkt, aber andere schrien laut, einen Drachen gesehen zu haben. Cavarr berief sofort alle zu sich, die ihn gesehen hatten, und verhörte sie einzeln, aber das Gerücht breitete sich trotzdem wie ein Lauffeuer aus, und selbst die Ælfen und urSreiði schienen beunruhigt. Ich kannte Drachen wohl aus Erzählungen, aber es ist schwer, vor einer Kreatur große Angst zu entwickeln, die man praktisch nur als Legende kennt.

Nach dem, was ich in Atval gesehen hatte, hätte ich eigentlich vor Angst wie gelähmt sein müssen. Ich hatte gesehen, was Drachen mit einer Stadt anstellen konnten, und es hätte mir klar sein müssen, wie leicht einer von ihnen die Festung hätte verwüsten können. Aber trotzdem lernte ich erst zu zittern, als die gewaltige Kreatur im Morgengrauen ihre Fledermausflügel ausbreitete und sich in die Lüfte erhob.

Die Legenden und Bardengeschichten, die Drachen als gewaltige, schuppenbedeckte Ungeheuer mit Hörnern und stachelbesetztem Schwanz, Krallen und Flügeln und Feuerodem beschreiben, übertreiben in keinster Weise. Doch in zwei Punkten bleiben sie hinter der Wirklichkeit zurück, und der erste der beiden ist die elegante Leichtigkeit, mit der sich ein Drache bewegt. Ich würde einen Drachen niemals als verspielt bezeichnen wollen, aber die Art, wie der Schwanz sich im Flug krümmte und wie er den Kopf nach links und rechts drehte, als er über die Festung flog, glich der Neugier von Katzen und erinnerte an die Geschmeidigkeit eines Marders.

Der andere Punkt, auf den die Legenden nicht eingehen, ist die Klugheit in den Augen eines Drachen. Als er vor dem Tor der inneren Festung landete, seine Krallen Pflastersteine ausgruben und sein Körper die ausglühenden Trümmer der Häuser zerbrach, strich der Blick des Drachen über uns. Goldene Punkte tanzten in seinen grün leuchtenden Augen, ein Muster, das sich auf seinen

Schuppen umkehrte. Er beobachtete uns, und als ich in diese gigantischen Augen blickte, wusste ich, dass er in mir lesen konnte und durch mich in meinen Eltern und deren Eltern und so weiter bis zurück zum Anbeginn der Zeit. Ich sah keine Sympathie in seinem Blick, kein Mitgefühl. Nur Neugierde und vielleicht eine Spur intellektueller Befriedigung darüber, wie sich manche Linien durch die Zeitalter fortgepflanzt hatten.

Dann wurde sein Blick stumpf und seine Brust wölbte sich. Auf den Zinnen ein gutes Stück nördlich des Tors konnte ich den Windzug spüren, als der Drache einatmete. Dann erstarb der Wind, ganz ähnlich der Windstille vor einem Sturm. Nur die panischen Schreie der Soldaten, die aus der Nähe des Tores flohen, brachen die Stille.

Dann atmete der Drache aus.

Eine Hitzewelle traf mich, so wie beim Betreten eines gut geheizten Hauses in einer kalten Winternacht, nur viel heißer und viel härter. Meine Augen tränten und verengten sich, als ein gleißender Flammenstrahl aus dem Maul der Echse schlug. Die eisernen Beschläge der Eichenholzbohlen des Tors verfärbten sich von Schwarz zu Rot, und dann waren sie auch schon verdampft. Die Bohlen hielten noch für einen Augenblick stand, gestützt von dem schweren Balken, der das Tor geschlossen hielt. Dann gingen sie in Flammen auf, unmittelbar gefolgt von eben diesem Balken. Ich hörte ihn zerbrechen, und brennende Eichenholzstücke flogen über den Platz hinter dem Tor, als habe jemand achtlos ein Lagerfeuer zertreten und die Scheite verstreut.

Wer bei der Flucht von den Zinnen zu langsam gewesen war, wurde von dem Feuerstoß weggeschleudert und verbrannte zu Asche, noch bevor er auf den Boden aufschlug. Noch seltsamer, und eine unbestimmte Erinnerung an Atval, war, wie die Steine in der Nähe des Tors zerschmolzen und dann wieder erstarrten. Das Tor sah aus, als habe eine steinerne Meereswelle es überspült und sei erstarrt, bevor sie wieder zurückfließen konnte. Diese neuen Verformungen verliehen dem Tor einen Ausdruck des Erstaunens, so, als könne es nicht fassen, was es in Kürze durchschreiten würde.

Der Drache erhob sich wieder in die Lüfte, schrie einmal trotzig auf, dann umkreiste er die Festung und flog zurück zu Kytrins Lager. Dort landete er hinter ihrem Pavillon und brüllte triumphierend.

Siede drückte sich an mich und zitterte. Baron Norderstett trat neben mir an die Zinnen. »Das Bruchstück der Drachenkrone, das sie aus Okrannel erhalten hat, gestattet ihr, diesen Drachen zu kontrollieren. Wenn sie die hier lagernden Fragmente in ihren Besitz bringt, wird sich ihre Macht vervielfachen. Statt einen einzelnen Drachen zu kontrollieren, wird sie ein ganzes Heer von ihnen beherrschen.«

Ich nickte. »Das können wir nicht zulassen.«

»Nein, das können wir nicht.«

Wie zum Spott auf unsere Entschlossenheit dröhnten die Kriegstrommeln im Lager der Aurolanen, und Kytrins Legionen setzten sich in Bewegung.

Kapitel Siebenunddreissig

Siede, Baron Norderstett und ich rannten die Treppe hinunter zu Cavarr und Prinz Kirill, die Befehle gaben, Ballistas zur Verteidigung des offenen Tors in Stellung zu bringen. An anderer Stelle halfen Net, Leif, Augustus und sogar Swindger mit, Barrikaden zu errichten. Pferdewagen wurden in Stellung gebracht und auf die Seite gekippt, mit langen Metalldornen gespickte Holzstämme ausgelegt. Selbst brennende Überreste der zerschmetterten Torflügel wurden mit Tritten und Stößen zurück in Stellung gebracht, um die anrückenden Armeen aufzuhalten.

Vom Boden aus konnten wir die Linien der Aurolanen nicht sehen, die sich durch die Stadt auf uns zubewegten, aber der Einsatz der Katapulte und Feuerwerfer zeigte uns, dass sie näher kamen. Steine flogen durch die Luft, Wolken von Krähenfüßen und Feuerströme begleiteten sie. Wir hörten die fernen Schreie und sahen den ölig schwarzen Qualm aufsteigen, aber das Dröhnen der Trommeln ließ nicht nach.

Eine Gestalt ragte durch den Rauch auf, riesig und schwankend, langsam näherschlurfend, eine gigantische Keule hinter sich herziehend. Als sie näher kam, hing der Rauch wie ein Schleier an ihr und löste sich nur widerwillig. Die Haut des Monstrums war von derselben Farbe wie der Rauch, und durch klaffende Risse waren geschwärzte Muskelbündel zu erkennen. Als es sich ungeschickt gegen ein Gebäude lehnte und seine Schulter kurz im Rahmen eines Fensters im ersten Stock hängenblieb, bevor er zerbarst, wurde mir klar, wie gewaltig diese

Kreatur war. Es war ein Hôrgun, und als sein Gestank in meine Nase drang, erkannte ich, dass es in Wahrheit ein Untoter war, ein wiederbelebter Leichnam, und ein Sullanciri.

Zweierlei geschah, als er sich in Sicht schob. Das Erste ähnelte dem Gefühl, das ich nach jenem ersten Draconellschuss gespürt hatte. Aber diesmal traf mich die Wand auf keiner greifbaren Ebene. Ich fühlte sie nicht körperlich. Sie schüttelte mich nicht, aber ich weiß, dass sie sich durch mich hindurchbewegte. Sie machte mich schaudern. Dann fühlte ich Schmerz.

In meinem rechten Bein, wo ich verwundet worden war. Wo ich geheilt worden war.

Durch den Riss in meiner Hose sah ich, dass sich die Wunde wieder geöffnet hatte. Rings um mich herum, auf den Mauern, auf dem Platz, brachen Soldaten zusammen. Blut strömte aus Wunden, die von Magik verschlossen worden waren. Leif brach mit um den Leib geschlungenen Armen zusammen.

Baron Norderstetts Augen wurden schmal. »Kytrin hat irgendwie alle Heilzauber außer Kraft gesetzt. Evakuiert die Verwundeten. Holt sie von den Mauern und bringt sie in den Turm. Bewegung! Schnell!«

Ich sah hinüber zu Leif. Net half ihm auf die Beine und ein anderer Mann hatte Leifs linken Arm bereits über der Schulter und zog ihn davon. Ich brauchte eine halbe Sekunde, bis ich erkannte, wer Leif da half, dann stieg die Wut in mir hoch. *Swindger!* Der Feigling benutzte Leif als Entschuldigung, sich vom Schlachtfeld zu stehlen.

Ich rannte den beiden hinterher, sprang über einen Pferdekarren und war im nächsten Sprung über mehrere brennende Holzbalken, als mich der zweite Schlag traf. Angst breitete sich wellenartig um den Sullanciri aus, wie Echos in einem riesigen Saal. Rings um mich her trat ein wilder Blick in die Augen der Verteidiger. Manche ließen ihre Waffen fallen und schlugen die Hände vors Gesicht, wagten es nicht, den Blick auf das sich nähernde Ungeheuer zu richten. Andere krümmten und übergaben sich, und wieder andere schrien ihre Angst unkontrolliert heraus.

Ich konnte die Magik des Dunklen Lanzenreiters an mir nagen fühlen, konnte spüren, wie sie nach einer Furcht in meinem Innern suchte, die sie zum Schwingen bringen konnte. Irgendeine Furcht, gleichgültig wie groß oder klein. Sie brauchte einen Ansatzpunkt, um eine Wunde in meine Seele zu schlagen. Von dort aus konnte sie sich ausbreiten und mich in die Panik treiben. Ich würde den Verstand verlieren und ein hilfloses Opfer der Aurolanenhorde werden.

Ich jagte an einer Ballista vorbei, gerade als Prinz Kirill das Seil löste und zwanzig anderthalb Meter lange Speere auf den näher schlurfenden Riesen abfeuerte. Viele von ihnen trafen, durchbohrten seine Beine und Arme, sanken ihm in Bauch und Brust. Einer riss ihm die Kehle heraus. Unter der Wucht des Angriffs stolperte der Sullanciri zurück und krachte gegen einen Kamin. Der brach unter dem Monster zusammen, aber die Kreatur richtete sich mühsam wieder auf.

Ich verlor sie schnell aus den Augen, aber die Angst gab mich nicht wieder frei. Vermutlich bin ich nur deshalb nicht vom Wahnsinn übermannt worden, weil ich mehr mit Leif beschäftigt war als mit mir selbst. Irgendwie hatte die Magik also doch eine Wirkung auf mich, aber diese verstärkte nur, was ich bereits vorher fühlte, sodass sie kaum einen Schaden anrichtete.

Fast hätte ich die beiden verfehlt, denn Swindger hatte Leif in eine Seitengasse gezerrt und an einer Hausmauer abgesetzt. Der Prinz hockte neben ihm, beide Hände auf Temmers Scheide. Leif hielt mit einer Hand den Griff des Schwerts und versuchte Swindger kraftlos mit der anderen wegzudrücken.

Mein Rückhandschlag erwischte Swindger voll im

Gesicht und schleuderte ihn nach hinten die Gasse hinab. Er landete auf dem Hintern, die Knie an die Brust gezogen. Unter meiner Backpfeife war seine Lippe geplatzt. Eine rosa Zungenspitze zuckte heraus und schmeckte Blut. Sie verschwand augenblicklich wieder, als sei die Wunde eine Nessel, an der sie sich gestochen hatte.

Ich fiel neben Leif auf ein Knie und legte ihm die Hände auf die Schultern. »Leif, Leif! Du musst aufstehen. Du musst den Sullanciri erschlagen.«

Er schüttelte wild den Kopf, sah mich an und dann an mir vorbei. »Nein, nein, nein!«

»Leif!« Ich hob die Hand zum Schlag.

Er knurrte mich an und schien das Schwert ziehen zu wollen, dann musste er husten und krümmte sich vor Schmerzen. Aber wenigstens kam er dadurch wieder zu Verstand. »Ich kann nicht, Valkener.«

»Du musst. Du hast Temmer. Du kannst ihn umbringen.«

»Ich kann nicht, Valkener.« Leifs Hand krallte sich in mein Kettenhemd. »Verstehst du nicht, das Schwert hat mich nicht vor der Magik geschützt. Es hat mich nie geschützt. Wenn ich … der Sullanciri … Valkener, ich kann es nicht. Ich werde sterben. Der Fluch wird sich erfüllen.«

»Wenn du es nicht ziehst, werden deine Freunde und dein Vater sterben.« Ich schüttelte ihn, nicht zu fest, aber trotzdem heftig. »Du musst es tun, Leif.«

»Ich kann … es … nicht!«

Swindger kroch auf Händen und Knien näher. »Er kann es nicht, Valkener, das sieht er doch. Leif, gib mir das Schwert. Ich werde es tun.«

Leifs Augen weiteten sich und Entsetzen färbte seine Stimme. »Nein, nein, nein, nein!« Er presste das Schwert an den Körper. »Nein, nein, nein!«

»Leif!« Ich fasste mit beiden Händen seinen Kopf und zwang ihn, mich anzusehen. »Du musst kämpfen.«

Seine Augen nahmen mich nicht wahr. »Nein, nein, nein, nein …«

»Er wird es nicht tun, Valkener. Gib er mir das Schwert.«

Ich schnaubte und versetzte Swindger noch eine Ohrfeige. »Du bist ein Idiot.«

Er saß auf dem rechten Oberschenkel und rieb sich mit der linken Hand das Gesicht. »Ein Idiot, ich? Ohne dieses Schwert …«

»Ja, ich weiß.« Ich sah auf meinen Freund herab, der sich vor mir auf dem Boden krümmte. Er klammerte sich an das Schwert wie ein Kind an seine Mutter. Ich erinnerte mich an den lachenden, Reime schmiedenden Leif, seinen Auftritt auf dem Ball, die galante Art, mit der er Rauturds Schal als Preis angenommen hatte.

Jener Leif war mir so vertraut und teuer wie ein Bruder.

Der Mann, der sich da vor meinen Füßen um ein Schwert krümmte, war nicht jener Leif.

»Es tut mir Leid, es tut mir so Leid.« Ich boxte ihm in die Rippen und er heulte auf. Die Schmerzen raubten seinem Körper jeden Rest an Kraft, und es war ein Leichtes, Temmer aus seiner Hand zu reißen.

Ich fletschte die Zähne und stieß Temmer in die Richtung des Orioser Prinzen. »Du *bist* ein Narr, weil du nach diesem Schwert gefragt hast, Swindger. Ein Schwert wie dieses muss man nehmen.«

Ich zog Temmer und sah mein Spiegelbild in seiner goldenen Klinge. Mein Herz weinte um Leif, denn plötzlich verstand ich alles, was er durchgemacht hatte. Temmer war zugleich wundervoll und schrecklich, ein bester Freund und ein verhasster Feind. Ich gierte nach ihm, ich hasste es, und ich war voller Ehrfurcht vor seiner Macht.

Mit diesem Heft in meiner Hand, mit der goldenen Klinge blank, veränderte sich die Welt vor meinen Augen. Plötzlich sah ich einen Regenbogen von Farben, von deren Dasein ich bis dahin nichts geahnt hatte. Angst und

Schmerz durchzogen Leif, während auf Swindgers bloßer Haut der Hass loderte. Ich erkannte ihn augenblicklich als Feind, den ich auf der Stelle hätte erschlagen sollen, aber zugleich fühlte ich eine größere Beute in der Nähe, und Temmer verlangte, dass ich sie mir holte.

Ich riss mein altes Schwert vom Gurt und schleuderte es beiseite. Ich hatte Temmer, ich brauchte kein anderes Schwert. Es vermochte mich nur zu bremsen, mich zu behindern und mir den Ruhm zu stehlen, den ich mit Temmer erringen konnte.

Ich rannte aus der Gasse und stemmte mich gegen die Flut fliehender Krieger. Als ich um die Ecke bog und auf den Torplatz trat, duckte sich der Sullanciri gerade unter dem Torbogen hindurch. Ein paar Pfeile zuckten auf ihn zu, in der Hauptsache von ælfischen Bogen. Ihre Schäfte spickten den Riesen, aber sein kaltes Gesicht und die leeren Augen gaben keinen Aufschluss darüber, ob er dadurch irgendwelche Schmerzen verspürte.

Er kam näher. Jeder schwerfällige Schritt brach die Pflastesteine unter seinen Füßen aus dem Boden, und die Aura der Angst, die ihn umgab, wurde immer mächtiger. Die Wellen kamen immer schneller und heftiger, suchten die Gedanken nach jeder möglichen Furcht ab, die sie benutzen konnten. Ich durchlebte zahllose erschreckende Szenarien im Zeitraum eines einzigen Pulsschlags, und jede Einzelne von ihnen hätte mich überwältigen können, hätte ich nicht Temmer in meiner Faust gehalten.

Ich besitze Temmer. Was habe ich noch zu fürchten?

Jemand sprang über eine Barrikade und stürmte mit gezücktem Schwert vor. Es war Kirill, und ich wusste, dass er es war, aber Temmer malte ihn in neuen Farben. Mut stieg von ihm auf wie Nebelschwaden über einem See und Zorn loderte wie Feuer in seiner Brust. Sein Schwert zuckte nach links und rechts, zertrennte Muskeln, zerhackte Knochen, als er sich unter einem Keulenschwung duckte und auf die Beine des Hôrgun einschlug. Er sprintete hinter den Riesen und schlitzte dessen Wade auf, in der Hoffnung, ihn zu lähmen. Dies hätte möglicherweise sogar Erfolg haben können, wäre dieser Gletscherriese eine Kreatur aus Fleisch und Blut gewesen.

Aber das war er nicht. Er war ein Sullanciri, und seine furchtbarste Waffe fand schließlich doch ihr Ziel.

Angst. Angst um seine Tochter. Angst davor, was aus ihr werden würde, wenn er versagte. Sie rollte sich in seinem Magen zusammen und stieß zu wie eine Viper. Kirill zögerte, bewegte sich nicht. Ich konnte die Angst davor, seine Tochter nie wiederzusehen, in ihm aufwallen und ihn nur einen kurzen Augenblick lähmen sehen.

Einen kurzen Augenblick zu lang.

Die Keule des Dunklen Lanzenreiters flog herum und schmetterte Kirill gegen die Innenseite der Festungsmauer. Seine Beine tanzten zuckend auf dem Boden. Der Rest seines Körpers rann aus dem Krater, den der Keulenhieb in der Mauer zurückgelassen hatte.

Als ich auf Schlagweite heranhetzte, offenbarte Temmer mir seine ganze Macht. Der Sullanciri schien sich langsamer als zuvor zu bewegen, und ich konnte Serien von Geisterbildern erkennen, die mir zeigten, wohin er sich bewegte, wohin seine Keule unterwegs war. Es war ein Kinderspiel auszuweichen. Ich duckte mich unter dem Keulenhieb hindurch und stand zwischen den Beinen der Kreatur.

Ich schwang die Klinge in einem beidhändigen Schwinghieb auf das linke Knie des Sullanciri herum. Als die Schneide sich in das Fleisch von Kytrins Monster senkte, wurden Haut und Muskeln vor meinen Augen nahezu durchsichtig. Ich konnte die Klinge durch die Sehnen schneiden sehen, und mit einer kurzen Neigung hier, einer Drehung dort führte ich sie durch das Kniegelenk, ohne sie in den Knochen zu versenken. Temmer zuckte auf der anderen Seite des Beins wieder ins Freie und versprühte die faulige Brühe, die dem Dunklen Lanzenreiter als Blut diente, über die Mauer.

Ich sprintete vor, als der Hôrgun kippte, und wirbelte zu einem zweiten Angriff herum. Ich hieb das Schwert durch den Muskel seines linken Oberschenkels und ließ Temmers Spitze den Knochen kaum ankratzen. Ich sprang in die Höhe und landete auf dem Hintern des Sullanciri, als seine Hüften auf den Boden prallten, dann hastete ich seinen Rücken hinauf. Er versuchte sich mit den Armen aufzurichten, aber ein schneller Hieb aufwärts durch die linke Achsel und ein paar sägende Bewegungen Temmers, und der Arm flog davon.

Der Sullanciri krachte nach links und warf mich ab, aber ich landete locker, drehte mich zu einem Ball ein und rollte ab. Als ich den Schwung des Sturzes abgefangen hatte, sprang ich wieder auf und tänzelte zurück zum Kopf des Monsters. Es bäumte sich auf, stieß sich mit dem rechten Arm vom Boden hoch. Es gelang ihm, seinen Kopf um knapp zwei Meter zu heben. Obwohl der Sullanciri riesig und hässlich war und nach Tod stank, sprang ich auf ihn zu und stieß das Schwert in die Höhe, trieb Temmer durch die leere linke Augenhöhle tief in das, was immer an Überresten eines Gehirns noch vorhanden war.

Eine dunkle, stinkende Brühe schoss aus der Wunde und durchnässte mich bis auf die Haut. Ich wollte Temmer freiziehen, aber es gelang mir nicht, und der ölige Schleim ließ das Heft aus meiner Hand rutschen. Der sich aufbäumende und windende Sullanciri riss die Waffe aus meinem Griff und ich segelte nach hinten davon, wo ich hart auf dem Kopfsteinpflaster aufschlug. Von Furcht gepackt, wirbelte ich herum und sah den Hôrgun auf die Beine kommen.

Es war ein Beweis für die Furcht erregende Kraft dieser Kreatur, dass es ihr gelang, sich mit nur einem Arm aufzurichten. Das rechte Bein streckte sich und der Riese wäre fast auf den Füßen geblieben, doch ohne linken Arm konnte er das Gleichgewicht nicht halten oder sich am Torbogen abstützen. Sein Kopf krachte gegen die Zinnen über dem Tor, dann kippte der Sullanciri nach rechts, trieb den Stumpf seines linken Beins in den Boden und stürzte ein zweites Mal nach vorne.

Der Kopf des Sullanciri donnerte auf die Pflastersteine des Torplatzes. Ich hörte ein Krachen und Bersten, dann trat Temmers Schwertspitze aus dem Hinterkopf des Riesen. Eine Sekunde später tanzte und schlidderte das Heft der Waffe, mit nicht mehr als einer Handbreit verbliebener Klinge über die Steine und kam – sich wie eine Münze drehend – neben meiner rechten Hand zur Ruhe.

Die Schnattererhorde vor dem Tor heulte auf und stürmte die Langmesser schwingend vorwärts.

»Valkener, Kopf runter!«

Ich presste mich auf den Boden, als hinter mir die Ballistas feuerten und ein Hagel von Speeren und Pfeilen über den Kadaver des Sullanciri jagte. Die Salven rissen breite Lücken in die Reihen der Aurolanen, aber noch immer stürmten die Schnatterfratzen heran. Ich versuchte auf die Füße zu kommen, aber das Blut des Dunklen Lanzenreiters machte den Boden so glitschig. Ich lag hilflos am Boden, mit einer Handbreit Schwert als einzige Verteidigung.

Dann tauchte Baron Norderstett über mir auf, das Schwert in der Hand, und hieb es der Schnatterfratze, die mir am nächsten stand, ins Gesicht. Er parierte eine andere Klinge, trat dem Schnatterer, der sie geschwungen hatte, in den Magen und zertrümmerte ihm dann mit dem Schwertknauf den Schädel. Baron Norderstetts Schwert beschrieb einen weiten Bogen und mähte alles nieder – ein Mann mit dem Rücken zur Wand, entschlossen, mich zu beschützen.

Ich rollte nach rechts, aus der Reichweite seines Schwerts und griff mir ein Langmesser. Ich drehte mich nach links und stieß die Waffe vor meinem Körper vorbei in die Kehle eines Schnatterers, der dem Baron in den Rücken fallen wollte. Er starb, aber vorher musste ich ihn noch wegtreten, weil er nach Baron Norderstetts Beinen fasste. Ich stellte mich hinter Norderstett und er nickte mir zu. Gemeinsam hielten wir die Stellung und metzelten alles nieder, was uns vor die Klinge kam.

Es hätte unser Tod werden müssen, denn Kytrins gesamte Heerschar strömte durch das Tor ... zumindest erschien es mir so. Ringsum konnte ich Männer und Frauen brüllen hören. Bogen brummten, Katapulte krachten, Schwerter sangen, Äxte hackten, Speere stachen und Magik zischte, aber um Baron Norderstett und mich herum sah ich nichts als Schnatterfratzen ... Eine Reihe um die andere strömten sie um unsere Stellung wie ein Fluss um einen Fels. Kadaver türmten sich um uns auf wie Sand, wuchsen zu einer unüberwindbaren Barriere, und immer noch teilten wir aus, was wir konnten.

Ich glaubte, mit dem Aufbrechen unserer Kräfte hätten wir den Tag verloren. Aber wie sich herausstellte, kehrten Männer und Frauen in die Schlacht zurück, jetzt, da die Angst sie aus ihren Krallen entlassen hatte. Sie waren so von Entsetzen gepackt gewesen, dass alles andere ihnen als Erleichterung und sogar Verbesserung erschien. Für viele wurde das Fehlen von Furcht zum Ersatz für Tapferkeit, und sie stürzten sich zurück in den Kampf. Der Strom der Kreaturen um unsere Stellung wurde langsamer, dann dünner und änderte die Richtung.

Der Donner von Hufen auf Pflastersteinen hallte über den Platz, als Prinz Augustus und seine Reiterei durch eine Öffnung, die sie in die Barrikaden gerissen hatten, in die Schnatterermeute preschten. Von Mauern, Treppen oder nahen Dächern schossen Bogenschützen in die Menge. Blutrünstiges Gebrüll verwandelte sich in schmerzhaftes Winseln, und als in der Ferne Trompeten zum Rückzug bliesen, ergriffen die Schnatterer die Flucht.

Unsere Leute brachen in Jubel aus, aber er hielt sich nicht lange. Als hätte ihn dasselbe Trompetensignal herbeigerufen, schwang sich der Drache hoch über uns in die Lüfte. Er brüllte trotzig, dann wurden seine Kreise enger und er senkte sich auf den Burgfried.

Ich verstand sofort, was hier geschah. Kytrin hatte Festung Draconis niederreißen wollen, weil deren Existenz eine Beleidigung für sie darstellte. Die Festung war nach Kajrûns Niederlage erbaut worden, um einen erneuten Angriff aus dem Norden aufzuhalten. Ihre bloße Existenz war ein Stachel in Kytrins Fleisch, und sie war entschlossen gewesen, sich dieser Irritation zu entledigen. Aber die Festung hatte sich als zu harter Brocken erwiesen, und nach dem Tod ihrer Generäle drohte ihre Streitmacht auseinander zu brechen.

Aber sie hatte den wichtigsten Preis, den Festung Draconis schützte, keine Sekunde aus den Augen verloren. Hier waren drei Bruchstücke der Drachenkrone untergebracht. Zusammen mit dem Fragment, das sich bereits in ihrem Besitz befand, würde sie mit diesen dreien die Hälfte der Krone erlangen. Schon die Macht, einen einzigen Drachen zu kontrollieren, hatte sich als überragend erwiesen, und es war ein Leichtes, mit seiner Hilfe an die drei übrigen Fragmente zu kommen.

Die Schlacht um die Festung hatten wir für uns entschieden, aber Kytrin war entschlossen, sich ihren Preis zu holen.

Der Drache breitete die Schwingen aus und landete auf dem Turm. Alle vier Pranken fanden guten Halt an den Strebebögen, und die Spitze des Dachs berührte eben seinen Bauch. Er legte mit einem triumphierenden Schrei den Kopf in den Nacken, dann senkte er den langen Hals nach vorne. Wie ein Hund, der ein Hühnerei verschlingt, schloss der Drache die Kiefer um das Dach des Kronturms, zerquetschte es und riss es ab. Er schüttelte den Kopf nach links und rechts, verstreute Trümmerbrocken über die ganze Festung, dann schleuderte er die bleiverkleideten Überreste weit hinaus übers Meer.

An zwei Aspekte dieses Augenblicks erinnere mich mit kristallener Klarheit. Der eine war das Licht der Kronenfragmente, das über die goldenen Bauchschuppen des Drachen spielte. Die gewaltige Echse senkte den Kopf und betrachtete sie unter der Wölbung ihres Leibes, fast mit der Sanftheit einer Hundemutter, die ihre Jungen säugt. Das Licht schien sie für einen Augenblick zu verwirren.

Das Zweite, woran ich mich erinnere, ist die völlige Gelassenheit auf Dathan Cavarrs Gesicht, als er zusammen mit uns allen zur Spitze des Turms hinaufsah. Alle ringsum starrten mit schreckgeweiteten Augen in die Höhe, nur er betrachtete das Geschehen friedlich und erwartungsvoll. Er wusste, was geschehen würde, und freute sich auf die Gelegenheit, feststellen zu können, ob Jahrhunderte der Vorbereitung sich auszahlen würden.

Gegenstände großen Werts in einem Turm unterzubringen, macht für Menschen einen Sinn, aber nur, weil wir nicht fliegen können. Die Bruchstücke der Drachenkrone in der obersten Etage eines Turms zu platzieren, ergab jedoch ganz und gar keinen Sinn, vor allem dann nicht, wenn man damit rechnen musste, dass ein Drache kommen und sie stehlen wollte. Die Architekten, die Festung Draconis entworfen hatten, waren sich dessen von Anfang an bewusst gewesen und hatten entsprechende Vorkehrungen getroffen, von denen nach so langer Zeit nur noch die Markgrafen Draconis' und einige wenige Vertraute etwas ahnten.

Durch das Abreißen des Turmdachs waren vier gewaltige Gewichte freigegeben worden, die nun durch Schächte in der Außenmauer des Turms stürzten. An diesen Gewichten hingen mit magischer Hilfe aus Stahl gesponnene Seile, die über ein System von Flaschenzügen mit einem über zehn Meter langen Stahldorn verbunden waren, der in der Zentralsäule der Wendeltreppe untergebracht war, die sich in der Mitte des Turms befand. Als die Gewichte herabstürzten, schoss dieser Dorn in die Höhe. Er flog durch die Feuergrube in der Kronkammer des Burgfrieds empor und bohrte sich in das Herz des Drachen.

Der Drache sprang auf und davon, und hätte er nicht unter Kytrins Kontrolle gestanden, wäre er möglicherweise mit einer Fleischwunde davongekommen. Er schlug zweimal kräftig mit den Schwingen, erhob sich von der Turmspitze und drehte nach Norden ab, dann krümmte sich sein Schwanz und schlug gequält aus. Der Drache brüllte wieder auf, aber diesmal leiser, dann brach er jäh ab. Ein Flügel versagte, der andere knickte halb ein, und der Drache stürzte ab.

Er schlug in den neu entstandenen See nördlich der Festung. Keiner von uns sah ihn aufschlagen, aber die Wasserspritzer flogen über die gesamte äußere Festungsstadt bis zu uns. Wir alle standen starr vor Schock nur da. Keiner von uns war sich sicher, was sich da soeben vor unseren Augen abgespielt hatte. Dann wurde hier und da ein Fluchen oder Rufen laut und bald übertönte der Jubel das Stöhnen, Schluchzen und Wimmern der Verletzten und Sterbenden. Ich brach in helles Gelächter aus und umarmte Baron Norderstett – und er umarmte mich.

Alle, wie wir da waren, alle Überlebenden der Belagerung jauchzten vor Freude. Und dann legte sich der Tumult ebenso schnell, wie er ausgebrochen war, und wir machten uns an die brutale Arbeit, die Aurolanenhorden aus unserem Land zu vertreiben.

Kapitel Achtunddreissig

Der Drache starb kurz nach Mittag. Prinz Augustus führte die Reiterei der Festung in einer Serie von Angriffen gegen die aurolanische Nachhut, aber Kytrin ließ nicht zu, dass sich ihr Rückzug in eine Flucht verwandelte. Sie hielt Vylænz und Temeryxen an den Flanken aktiv, sodass die Reiter ihre Attacken auf die Schnattererformationen schnell abbrechen mussten, um den Angriffen von den Seiten auszuweichen. Trotzdem gelang es ihnen, die Wachen aus der Nähe der Draconelle zu verjagen, sodass eine kleine Nalesker Reiterstaffel das Geschütz erobern konnte. Anschließend hetzten Augustus' Leute die Aurolanen in die Wälder und verfolgten sie zwei Stunden die Straße nach Norden hinauf, bevor sie zurückkehrten.

Als er wiederkam, hatte die aurolanische Flotte sich aufgelöst und wir konnten unsere Schiffe landen. Besser noch, von Süden trafen Orioser Kundschafter, die Schwere Murosonische Garde und Sebtische Leichte Infanterie ein. Sie hatten ursprünglich die Belagerung brechen wollen, aber ihre Ankunft als Verstärkungen war uns auch willkommen.

Ich machte mich auf die Suche nach Leif, um mich für das zu entschuldigen, was ich getan hatte. Zuerst ging ich zu dem Heilposten, in dem ich ihn nach dem vorigen Kampf gefunden hatte. Diesmal quoll die Hütte über vor Verletzten. Manche saßen nur mit glasigem Blick da und starrten ins Leere, andere heulten mit nicht mehr menschlich zu nennenden, schmerzerfüllten Stimmen. Überall lagen Körper. Männer griffen nach mir, als ich mich an ihnen vorbeischob und verwechselten mich mit Bekannten oder Freunden. Ich löste mich aus ihren flehenden Händen und suchte weiter.

Schließlich entdeckte ich Leif in demselben kleinen Zimmer, in dem er schon vorher untergebracht gewesen war. Durch die offene Tür konnte ich einen kurzen Blick auf ihn werfen. Er saß auf dem Bett und zitterte … Zumindest redete ich mir ein, dass er zitterte und nicht unter dem Schüttelkrampf litt, dessen einzige Kur Temmer war. Er war in graue Decken gehüllt, die den fahlbleichen Ton seiner Haut noch unterstrichen. Er saß auf dem Bett, wiegte sich vor und zurück und umklammerte einen Stock, streichelte ihn, als wäre er sein Schwert. Redete mit ihm.

Ich wollte zu ihm gehen, aber eine Hand packte meinen Arm und wirbelte mich herum. Jilandessa schüttelte den Kopf. Sie wirkte verhärmt und war blutbesudelt. »Ihr könnt dort nicht hinein.«

»Aber Leif …«

»Körperlich ist er in Ordnung, Valkener.« Die Ælfe senkte kurz den Blick. »Es gibt andere Wunden, die ich nicht heilen kann. Das kann nur die Zeit.«

»Vielleicht kann ich …«

»Nein, Valkener. Euer Anblick wäre jetzt gerade keine Hilfe für ihn.« Sie fasste mich an den Schultern. »Ihr müsst ihm Zeit lassen …«

Obwohl sie sanft und mitfühlend waren, öffneten ihre Worte eine gähnende Leere in meinem Innern. Er hatte den Preis gezahlt, der damit verbunden war, Temmer führen zu dürfen. An seinem letzten Gefecht war Leif zerbrochen. Das Problem dabei war: Ich hatte ihn zerbrochen. Ich hatte sein Vertrauen gebrochen, ich hatte ihn verraten, und für mein Leben wusste ich nicht, wie ich diesen Schaden wieder gutmachen konnte.

Ich warf einen letzten Blick über meine Schulter zu Leif hinein, sah ihn sich auf dem Bett wiegen, und ein eisiger

Schauder durchlief mich. »Danke, Jilandessa. Gebt auf ihn Acht.« Sie nickte, dann gab sie mich frei und ich ging zurück, hinaus in die Sonne.

Net zu finden, erwies sich als einfacher, und ich war froh, ihn bei guter Laune zu sehen, obwohl er am Sanitätsposten auf Hilfe wartete. Er saß mit ausgestrecktem linkem Bein auf einem Mauerrest. Sein Fußgelenk war zerfleischt. Der Verband war rot von Blut, und dasselbe galt für seine Hose. Er hielt den Streitkolben wie ein alter Mann einen Gehstock und grinste mich an.

»Du hast einen Sullanciri erledigt und bist nicht einmal verletzt? Du bist tatsächlich ein Held, Valkener.«

»Nur ein Überlebenskünstler, Net. Was ist dir zugestoßen?«

Er lachte trotz der Schmerzen. »Ich hab Schnatterer links und rechts geplättet. Einer hat sich auf dem Bauch angeschlichen und in meinen Knöchel verbissen. Hat ihn zertrümmert. Solange ich sitze, ist es auszuhalten.«

»Sie flicken dich schon wieder zusammen.« Ich sah zu der Blockhütte zurück, in der ich Leif zurückgelassen hatte. »Hast du Leif schon gesehen?«

Er nickte ernst. »Bin rüber gehumpelt. Er wird überleben.«

»Das habe ich auch gehört.« Ich sah zu Boden. »Sie haben gesagt, mein Anblick würde ihm nicht helfen.«

Net senkte den Blick. »Er ist nicht mehr richtig im Kopf, Valkener, völlig verwirrt und verängstigt. Es hilft auch nicht gerade, dass Swindger ihm da oben Gesellschaft leistet.«

»Das habe ich gar nicht gesehen. Großartig.« Ich schüttelte den Kopf und drehte Temmers Heft in den Händen. »Ich wusste, dass ich ihn …«

Net schlug mit dem Stiel seines Streitkolbens hart auf den Boden. »Jetzt hör aber auf. Du hast getan, was nötig war. Leif weiß das. Ich habe es ihm gesagt. Ich glaube, er hat es sogar gehört.« Nets Stimme wurde zu einem Flüstern. »Damals am ersten Tag unseres Mondmonats habe ich um Mut gebetet. Kedyn hat ihn mir gewährt, aber als der Sullanciri kam, hat er versagt. Ich habe gezittert und gebebt vor Angst. Kein Witz. Bepisst hab ich mich.« Er lachte und hob den linken Fuß. »Das einzig Gute an dem Biss war, dass er mir ein Loch in den Stiefel gerissen hat. Brauche ich nicht mehr zu waten.«

»Hatte es wenigstens etwas Gutes.«

Nets Blick wurde hart, als er die Hand ausstreckte und das Schwertheft aus meiner Hand nahm. »Ich hätte mir auch noch in die Hosen geschissen, als er durch das Tor kam, aber dann habe ich dich mit Temmer um die Ecke kommen sehen. Hab gesehen, wie du ihn getötet hast. Gesehen, wie das Schwert zerbrochen ist. Ich hab darüber nachgedacht, und ich habe eine Idee.«

»Warum es zerbrochen ist?«

Er nickte langsam. »Es hieß, im letzten Kampf zerbricht das Schwert jeden. Von den anderen weiß ich nicht, aber Leif ist zerbrochen. Er nahm das Schwert und hoffte, es mache ihn zu einem Helden. Er nahm es für sich selbst, und deshalb konnte es ihn brechen. Du, du hast es nicht für dich selbst genommen, sondern um andere zu retten. Es hatte dich nicht im Griff, deshalb konnte es dich nicht brechen, und daran ist es selbst zerbrochen.«

Mir lief es kalt den Rücken hinunter. »Ich weiß nicht, ob du damit Recht hast, aber wenn ja, soll es mir recht sein. Ich kann nicht behaupten, dass ich über sein Ende traurig bin.«

»Es war ein Schwert. In den richtigen Händen war es gefährlich.« Er legte den Kopf zur Seite und schmunzelte. »In den falschen Händen war es noch gefährlicher.«

Ich nickte zögernd, dann hob ich die Hand, als er mir den Griff zurückgeben wollte. »Nein, behalte ihn. Ich will ihn nicht. Ich glaube kaum, dass das Schwert zu reparieren ist, aber selbst wenn es möglich wäre, denke ich nicht, dass ich der Mann bin, es zu führen – nach dem, was es mit Leif gemacht hat.«

»In dem Punkt sind wir verschiedener Meinung, aber …« Net nickte und schob das Heft in seinen Gürtel. »Sie kommen mich holen. Du hast das Richtige getan, Valkener. Glaube es mir. Bis später.«

Ich blieb stehen und wartete, während zwei Männer ihm in den Sanitätsposten halfen, dann wanderte ich in die innere Stadt und lief durch die Ruinen der äußeren Stadt nach Norden. Um mich herum ging das Leben weiter: Hunde rissen an Kadavern, zerlumpte Gestalten plünderten Leichen aus, Raben hackten nach toten Augen. Soldaten bewegten sich durch die Straßen und sammelten die Kadaver ein, um sie auf große Haufen aufzuschichten, mit Naphtalm zu übergießen und zu verbrennen. Ich hielt mich so gut es ging windaufwärts der Scheiterhaufen, denn beim süßlichen Geruch des verbrennenden Fleischs wurde mir übel.

Ich stieg die Stufen auf die Krone der Mauer hinauf, von der aus ich auf den urSreiði-Sullanciri geschossen hatte. Der Drache war nicht weit entfernt auf die überflutete Ebene gestürzt und lag halb versunken auf der linken Seite im Wasser. Sein Kopf war schließlich tot herabgesunken, und das Wasser schwappte gegen seinen Unterkiefer. Seine Zunge hing wie ein Teppich nach rechts und verschwand im Wasser.

Drei Knaben stießen mit langen Stangen ein selbst gebautes Floß in seine Richtung. Schmutziges Wasser spülte über das Gefährt und ihre nackten Füße. Sie stritten untereinander über die beste Methode, sich ihm zu nähern. Der kleinste der drei bestand lautstark darauf, dass sie zum halb offenen Maul mussten, nur weil er selber hineinkriechen wollte. Die beiden anderen, größeren Jungen, tauschten kurze Blicke aus, dann lenkten sie das Floß in die gewünschte Richtung, während ihr kleinerer Begleiter aufgeregt am Rand des Gefährts wartete.

Natürlich kam mir der Gedanke, dass diese drei Knaben leicht Leif, Net und ich unterwegs in unser großes Abenteuer hätten sein können. Wir waren mit der gleichen ehrfürchtigen Begeisterung aufgebrochen wie diese Kinder, ohne uns um die Gefahren zu kümmern. Wir alle hatten die Herausforderung angenommen, die sich uns gestellt hatte, ohne uns klar zu machen, dass wir den Preis dafür würden zahlen müssen.

Ich formte die Hände vor dem Mund zu einem Trichter. »He, ihr da draußen, lasst das. Bleibt da weg. Ihr könntet euch verletzen.«

Sie drehten sich um und betrachteten mich mit der verächtlichen Gleichgültigkeit, die alle Jugendlichen für Erwachsene empfinden. Du magst vielleicht Angst haben, sagten ihre Blicke, aber wir nicht. Wir sind unsterblich.

Zu meinem – und ihrem – Glück, tauchte gerade in diesem Augenblick ein Schnattererkadaver vor dem Floß auf. Der kleinere Junge schrie auf und sprang nach hinten. Die beiden anderen stürzten ins Wasser. Alle drei schrien vor Angst. Die beiden durchnässten Burschen kletterten zurück aufs Floß und lagen zitternd auf den Brettern, während die um den Drachen verlaufende Strömung sie langsam aus dessen Nähe trieb.

»Gut, dass du sie gewarnt hast. Sie hätten sich wirklich verletzen können.«

Ich wirbelte herum, dann senkte ich den Kopf. »Mein Fürst. Ich habe Euch nicht kommen hören.«

Baron Norderstett lächelte und legte mir die linke Hand auf die rechte Schulter. »Du und ich haben in der Schlacht Rücken an Rücken gestanden. Wir haben viel zusammen durchgemacht, und noch mehr steht uns bevor. Nenne mich bei meinem Namen, Kenvin.«

Mit vor Überraschung offen stehendem Mund hob ich den Kopf. »Danke, mein Fürst. Ich meine, Ken … Ich kann nicht.«

Baron Norderstetts Lächeln verwandelte sich in ein fragendes Schmunzeln. »Warum denn nicht?«

»Mein Vater würde mir die Haut abziehen, wenn er je hörte, dass ich Euch so vertraulich anspreche. Er wäre verletzt und …«

Baron Norderstetts Hand drückte meine Schulter. »Ich verstehe, Tarrant. Keiner von uns möchte deinen Vater verletzen. Aber vielleicht brauchst du nicht ganz so sehr auf Formalitäten zu achten, wenn wir allein sind, so wie jetzt.«

»Wie Ihr wollt, Kenvin.« Ich versuchte mich zögernd an seinem Namen, und er ging mir ohne Schwierigkeiten von der Zunge. »Aber ich finde, Ihr gewährt mir diese Belohnung zu freigebig.«

Er verschränkte die Arme. »Wie meinst du das?«

»Was ich Eurem Sohn angetan habe …«

Er hob den Kopf und seine Augen wurden schmal. Dann nickte er. »Du hast ihn von einem Fluch befreit, Tarrant, und dafür kann ich dir nicht genug danken. Seit Atval hatte ich Angst, dass er auf diesem Feldzug sterben wird. Ich weiß, mein Sohn ist nicht vollkommen, doch ich liebe ihn deshalb nicht weniger. Es schmerzt mich, dass er leidet, aber die Tatsache, dass er noch leiden kann, statt auf einem Scheiterhaufen zu verbrennen, freut mich ungemein. Er wird genesen, Tarrant. Die Linie der Norderstetts wird weiterexistieren. Was du getan hast, hat unsere Zukunft gerettet, daher nehme ich dir nichts übel.«

»Ihr liebt ihn und hattet des Schwerts wegen Angst um ihn, und doch habt Ihr ihn in den Kampf ziehen lassen?«

Baron Norderstett nickte, dann drehte er sich um und lehnte sich auf einen Zinnenzahn und blickte nach Norden. »Meine Pflichten der Nation und dem Rat der Könige gegenüber – ja, meine Pflicht allen zivilisierten Völkern gegenüber – zwangen mich, in jeder der Schlachten, zu denen wir angetreten sind, die besten Streitkräfte aufzubieten, die ich einsetzen konnte. Durch das Schwert wurde Leif zu dem einzigen Mittel, das ich gegen die Sullanciri besaß. So sehr ich ihn auch von jeder Gefahr fern halten wollte, ich musste ihn ihr aussetzen. Ich musste darauf hoffen, dass der nächste Kampf nicht sein letzter sein würde. Ich hasste es, dich und Net ebenfalls so in Gefahr bringen zu müssen, aber ohne euch beide hätte Leif sich nicht so verhalten, wie er es getan hat. Ist dir bewusst, dass es das erste Mal in seinem Leben war, dass ich Leif etwas selbstlos tun sah, als er durch die Wälder rannte, um Hilfe für euch zwei und Rauns zu holen? Etwas in seinem Innern weigerte sich aufzugeben, solange ihr in Gefahr wart. So sehr seine Füße in jener Nacht auch schmerzten, so erschöpft er auch war, ich konnte seine Sorge erkennen und seine Freude darüber, euch durch sein Handeln gerettet zu haben. Indem er euch rettete, übernahm er Verantwortung für euch, und auf diesem ganzen Feldzug hat dieses Gefühl der Verantwortung ihn angetrieben.«

Er sah mich aus dem Augenwinkel an, als ich mich neben ihm aufstützte. »Eines Tages, Tarrant, wenn du eigene Kinder hast, wirst du ihre Stärken erkennen, und auch ihre Schwächen. Du wirst versuchen, sie in Richtungen zu lenken, in denen sie Aufgaben erwarten, von denen du weißt, dass sie ihnen gewachsen sind, und sie vor Schwierigkeiten zu bewahren versuchen, für die das nicht gilt. Das Problem dabei ist nur, dass sie die Dinge anders sehen werden als du. Sie werden nicht dieselben Stärken und Schwächen an sich erkennen wie du. Und dann, eines Tages, werden sie dich überraschen und werden Dinge erreichen, die du nie für möglich gehalten hättest. So war es mit Leif, hier auf dieser Expedition. Auch wenn es nicht so gut abgelaufen ist, wie es hätte ablaufen können, so weilt er noch unter den Lebenden und hat die Gelegenheit, seine neuen Stärken auszubauen.«

Eine neue Stimme mischte sich hart und knurrend in unser Gespräch. »Wie kannst du es wagen, Kenvin Norderstett, mir zu verwehren, was mir zusteht!« Prinz Swindger stampfte wild gestikulierend die Stufen zum

Wehrgang herauf. »Du hast mir meinen Platz in deiner Expedition nach Norden verweigert. Und warum? Damit du diesen Streuner mitnehmen kannst, der deinen Sohn angegriffen hat, der *mich* angegriffen hat?«

Ich runzelte die Stirn. »Was?«

Baron Norderstett legte mir die rechte Hand auf die Brust und hielt mich zurück. »Woher wisst Ihr das, mein Prinz?«

Swindger wedelte mit einer Hand in Richtung Burgfried. »Es ist Allgemeingut, die Spatzen pfeifen es von den Dächern. Du lässt mich zurück, aber du nimmst Augustus und die anderen mit. Ich habe von Augustus verlangt, dass du mich mitnimmst, aber er sagte, du wärst entschlossen, mich hier zurückzulassen. Und ebenso entschlossen, Valkener mitzunehmen.«

»Ich verstehe.« Baron Norderstetts Stimme war von einer Frostigkeit, die mich erschaudern ließ. »Zweierlei solltet Ihr Euch deutlich machen, Prinz Swindger. Erstens und als Wichtigstes, dass ich tatsächlich den Befehl über die Expedition habe, deren Ziel die Vernichtung Kytrins ist, nicht Ihr.«

»Wegen dieser verdammten ælfischen Prophezeiung.«

»Aus welchem Grunde auch immer, ja, und glaubt nicht, dass meine Erfahrung in der Führung von Truppen bei dieser Entscheidung eine geringe Rolle gespielt hat. Tatsache ist, Prinz Swindger, dass Ihr auf dieser Expedition wenig mehr geleistet habt als Verwundeten die Kehle durchzuschneiden oder vom Pferd zu fallen. Ihr mögt Barden anheuern, damit sie Lieder zu Eurem Ruhme dichten, aber Ihr und ich und jeder Soldat, der Euch hat davonrennen sehen, kennt die Wahrheit.«

Der Teil von Swindgers Gesicht, der nicht von seiner Maske verdeckt war, wurde bleich. »Das, das ist, das ist übelste Verleumdung!« Er zeigte mit dem Finger auf mich. »Er hat deinen Kopf mit Lügen über mich gefüllt. Ich habe gesehen, wie er deinen Sohn angegriffen und ihm das Schwert gestohlen hat. Ich wollte ihn aufhalten, aber …«

»Aber Ihr habt versagt, so, wie Ihr bei jedem anderen kriegerischen Unternehmen versagtet, an dem Ihr Euch versucht habt.« Baron Norderstett wischte Swindgers empörtes Gestammel beiseite. »Und Valkener hat kein Wort gegen Euch vorgebracht, im Gegensatz zu allen anderen. Mein eigener Sohn hat mir berichtet, was im Radujatal geschah, und nicht einmal seine Darstellung lässt Euch auch nur halbwegs glänzen. Eure Gegenwart kostet Leben, mein Prinz, und ich bin nicht bereit, meine Leute in Gefahr zu bringen, um Euch zu retten. Wenn Ihr auf Eurer Forderung besteht und uns wirklich begleitet, werdet Ihr sterben. Das kann ich beinahe garantieren.«

»Soll das eine Drohung sein?«

»Nein, ich stelle nur Tatsachen fest.« Baron Norderstett legte die Hände aufeinander. »Ihr habt die Wahl. Ihr könnt Euch mit der Verlautbarung abfinden, dass ich Euch mit den Orioser Kundschaftern hier zurücklasse, um den Wiederaufbau von Festung Draconis in Angriff zu nehmen, oder ich rufe alle Armeen zusammen, die sich hier befinden und erkläre Euch vor ihnen zum Feigling. Mehr noch, als Belohnung für das, was wir hier erreicht haben, werde ich verlangen, dass Eure Schwester mit meinem Sohn vermählt wird und Eure Mutter Euch aus der Thronfolge ausschließt, sodass die Krone an Rautrud übergeht. Und macht Euch keine Illusionen, sie würde sich weigern.«

Swindger wich zurück und presste beide Hände an die Brust. »Das würdest du nicht tun!«

»Ohne mit der Wimper zu zucken.« Er drehte sich zu mir um. »Hol mir eine Arkantafal und einen Magiker, um sie zu bedienen.«

»Nein! Bleib er stehen, Valkener. Keinen Schritt weiter.« Swindgers Augen waren ebenso verkniffen wie seine Stimme. »Dann soll es also so sein? Ich bleibe hier, und du verzichtest darauf, mich zu verleumden?«

Baron Norderstett nickte. »Es ist mehr, als Ihr verdient, aber glaubt nicht, dass Ihr dadurch völlig entlastet seid. Sollte ich jemals Grund haben, mit Eurer Herrschaft über Oriosa unzufrieden zu sein, werden meine ›Memoiren‹ die Runde machen und Euch beschädigen.«

»Wirst du darauf bestehen, dass dein Sohn meine Schwester ehelicht?«

Baron Norderstett zögerte einen Augenblick. »Das ist eine Frage, der wir uns widmen werden, wenn es meinem Sohn besser geht. Wir werden nach meiner Rückkehr darüber reden.«

Swindger schürzte einen Augenblick lang die Lippen, dann nickte er. »Bist du sicher, dass du dich so als Politiker aufspielen willst?«

»Nein, aber da Ihr darauf besteht, Euch als Soldat aufzuspielen, bleibt mir wenig Wahl.« Baron Norderstett winkte ihn fort. »Verschwindet, mein Prinz. Fallt jemandem anderen zur Last.«

Swindger gefiel es sichtlich gar nicht, so abgefertigt zu werden, aber er zog sich zurück. Vorher warf er mir einen letzten wütenden Blick zu, dem ich mit ausdruckslosem Schweigen begegnete. Als ich ihn zum letzten Mal sah, legte sich der Qualm eines der Scheiterhaufen über ihn.

Baron Norderstett lächelte, als er sich wieder zu mir umdrehte. »Nun, wie du soeben gehört hast, werden wir eine Streitmacht nach Norden schicken, um Kytrin zur Strecke zu bringen. Wir brechen morgen früh auf. Ich möchte, dass du uns begleitest. Siede, Faryaah-Tse Kimp und einige der anderen werden ebenfalls mitkommen.«

»Auch Net?«

»Nein, ich fürchte, er kann nicht.« Er seufzte. »Nets Bein muss mit Magik geheilt werden. Sollte Kytrin den Zauber erneut einsetzen, der die Heil-Magik neutralisiert, während wir in Aurolan sind, könnten wir ihren Opfern nicht helfen. Wir stellen unsere Streitmacht ausschließlich aus denen zusammen, deren Wunden ohne magische Hilfe verheilt sind. Der Rest wird hier bleiben und die Garnison verstärken oder nach Hause geschickt. Net wird zurück nach Valsina reisen.«

»Ihr schickt ihn Leif zur Begleitung mit?«

»Ja.«

Ich nickte. »Wie hat Kytrin diesen Zauber geworfen?«

Er zuckte die Achseln. »Es gibt vieles auf dem Gebiet der Magik, das sich meinem Verständnis verschließt. Es sieht so aus, dass alle Zauber Knoten in einem Seil ähneln. Weiß man, wie sie geknüpft wurden, ist es leicht, sie zu lösen. Manche Knoten sind sehr kompliziert und dadurch schwierig aufzuknüpfen, aber Heilzauber sind recht einfach, damit mehr Personen sie meistern können. Es mag natürlich dennoch Jahre dauern, aber Kytrin hat mehr als genug Zeit dafür gehabt. Die Magiker sind überzeugt, dass die Gelehrten auf Vilwan neue Heilzauber entwickeln können, die sie nicht wird neutralisieren können, doch das braucht Zeit.«

»Zeit, die wir nicht haben, wenn wir sie erwischen wollen.«

»Unglücklicherweise.«

Ich nickte, dann schob ich die Daumen unter den Gürtel. »Wenn wir morgen aufbrechen, sollte ich mich besser um die Vorbereitungen kümmern.«

»Gute Idee, aber das hat noch ein wenig Zeit.« Baron Norderstett deutete zum Burgfried. »Mit den Kundschaftern ist auch dein Bruder Sallitt eingetroffen. Ich dachte mir, du würdest ihn vielleicht gerne sehen, bevor wir uns auf den Weg machen, deshalb habe ich ein gemeinsames Abendessen für euch arrangiert.«

»Schließt Ihr Euch uns an?«

»Nein. Ich täte es gerne, aber während du Zeit mit deiner Familie verbringst, werde ich dasselbe mit meiner tun.« Er deutete mit lockerer Geste nach Norden. »Fülle dein Herz mit wärmenden Erinnerungen, Tarrant. Dort draußen werden wir sie bitter nötig haben.«

Kapitel Neununddreissig

Ich war ein wenig nervös vor dem Wiedersehen mit meinem Bruder. Ich bin mir nicht sicher, warum. Ich kehrte in mein Zimmer im Turm zurück und wusch mich, dann legte ich die leichte Bekleidung an, die Cavarr bevorzugte. Mir war klar, dass ich auf dem Marsch keine Gelegenheit haben würde, etwas von dieser Art zu tragen, und irgendwie halfen mir Kleinigkeiten wie diese Kleider, die nichts mit Kriegsführung zu tun hatten, daran zu glauben, dass Kytrins Horden tatsächlich besiegt waren.

Meine Besorgnis über das Wiedersehen mit meinem Bruder erreichte ihren Höhepunkt, als ich ihn mit ein paar anderen Orioser Kundschaftern vor dem Speisesaal des Burgfrieds warten sah. Sallitt musterte mich ein wenig unsicher, dann grinste er breit, als einer seiner Kameraden ihm einen Stoß gab. Wir umarmten uns und klopften einander auf den Rücken, dann stellte er mich seinen Freunden vor. Ich prägte mir keinen ihrer Namen ein, aber das war auch nicht nötig, denn sie entschuldigten sich gleich darauf und ließen uns allein, damit wir uns etwas zu essen holen und einen ruhigen Tisch suchen konnten – von denen es durch die Verluste der Belagerung reichlich gab. Zu viele.

Sal wirkte müde, was nicht verwunderlich war, denn die Kundschafter hatten einen wochenlangen Gewaltmarsch hinter sich. Aber seine braunen Augen leuchteten, und als wir uns unterhielten, wurde er wieder so lebendig, wie ich es bei ihm gewöhnt war. »Und als wir hörten, wer die Expedition anführen würde, ist Vater vor Stolz so sehr die Brust geschwollen, dass sie fast geplatzt wäre. Er wusste, dass Leif und du auch mitziehen würden, und es hat uns einige Mühe gekostet, ihn dazu zu bringen, sich weiter als Friedenswart um Valsina zu kümmern, statt eine eigene Milizkompanie auszuheben und uns hier nach Norden zu begleiten.«

Ich grinste. »Es wäre toll gewesen, ihn hier zu haben.«

»Das wäre es wirklich.« Mein Bruder streckte den Arm aus und tätschelte meine Hand. »Du wirst ihn bald genug sehen, wenn du Leif nach Hause begleitest.«

Ich schüttelte den Kopf. »Ich ziehe mit Baron Norderstett weiter nach Norden. Net wird Leif heimbringen.«

An meinem gedrückten Tonfall erkannte Sal sicher, dass nicht alles eitel Sonnenschein war, aber er bedrängte mich nicht mit Nachfragen. »Wir sind für eine Weile der Garnison hier zugeteilt, unter Prinz Swindger.«

»Tu dir selbst einen Gefallen, Sal, und lass ihn nicht wissen, dass du mein Bruder bist. Und sollte er es herausfinden, erzähl ihm, dass du mich nie hast leiden können.«

»Was?« Sal brach in lautes Gelächter aus. »Dich nicht leiden können? Du bist ein Held. Du weißt es zwar nicht, aber als wir hier ankamen, hat Hauptmann Cross mich bei meinem Namen gerufen, und jede Menge Leute hier haben mich bejubelt. Sie müssen gedacht haben, ich wäre du, und die bloße Erwähnung des Namens Valkener hat gereicht, ein Lächeln auf ihre Gesichter zu zaubern. Was könnte der Prinz gegen dich haben?«

Fast hätte ich ihm die Wahrheit gesagt. »Es ist aber so, Sal. Wir sind vom ersten Augenblick an nicht miteinander ausgekommen. Für ihn bin ich einfach nur ein Bauerntölpel. Nicht einmal adlig. Halte dich einfach von ihm fern. Bitte.«

Mein Bruder musterte mich für eine Weile, dann nickte er. »Du bist erwachsen geworden, Tarrant. Ich bin stolz auf dich.«

»Danke.«

Wir verbrachten den Rest des Essens mit Gesprächen über alltäglichere Themen als Prinzen und Kriege. Ich musste mir ein paar Frotzeleien darüber anhören, dass ich mit einer Ælfe angebandelt hatte, aber Sal erzählte mir, dass er in Valsina zwei Mädchen gleichzeitig den Hof gemacht hatte, und wir verließen recht schnell das Thema Liebesleben. Er erzählte mir amüsante Anekdoten über die Kundschafter und ihre Zeit unterwegs, und ich war ihm dankbar dafür. So brauchte ich weniger über meine Erfahrungen zu berichten, die so gar nicht zum Lachen waren.

Nach dem Essen trennten sich unsere Wege und ich kehrte in mein Zimmer zurück. Ich packte meine Ausrüstung zusammen und machte mich reisefertig. Die größten Schwierigkeiten hatte ich mit der Decke, die Leif mir geschenkt hatte. Einerseits schien mir, dass ich sie nicht verdient hatte, andererseits wollte ich sie aber auch nicht zurücklassen. Nachdem ich alles fertig hatte, kam ein Diener vorbei und holte es ab. Er nahm auch meine Langmesser mit, um sie frisch schleifen zu lassen.

Als Nächstes führten meine Schritte mich in Siedes Zimmer. Wir leisteten uns den Luxus, keinen Gedanken an den kommenden Morgen zu verschwenden. Zuerst nahmen wir ein gemeinsames Bad, dann liebten wir uns lange und ausführlich im Licht einer Konstellation von Kerzen. Obwohl wir, denke ich, beide eine gewisse Anspannung fühlten, verdrängten wir sie und kosteten jeden Augenblick bis zur Neige aus. Ich erinnere mich noch an den goldenen Glanz des Kerzenlichts auf ihrer Haut, an die Kraft, mit der sich ihr Körper an meinem und mit meinem bewegte, an die süße Wärme ihrer flüsternden Stimme. Unsere Finger verschränkten sich ebenso ineinander wie unsere Körper, und ich wusste, dass ich mich an diese Nacht erinnern würde, wann immer ich ihre Hand in späteren Zeiten in der meinen hielt.

Wir erwachten im Morgengrauen, zogen uns an, frühstückten und schlossen auf dem Platz vor dem Burgfried zum Rest der Befehlskompanie auf. Es hatte sich ein Abschiedskommittee für uns versammelt. Dathan Cavarr unterbrach sein Studium der Draconelle, um uns eine gute Reise zu wünschen. Er gab Baron Norderstett eine silberne Feldflasche mit feinstem Branntwein mit. Ich erhielt einen Köcher, in dem dreißig Pfeile mit breiten, versilberten Spitzen steckten. »Die Größe der Pfeilspitzen sollte es einfach machen, Temeryxen zu erlegen, Valkener. Zumindest hoffe ich das. Gute Jagd.«

»Danke.« Ich band den Köcher an den Sattel und schob meinen Bogen in seine Halterung. Als ich gerade aufsitzen wollte, bemerkte ich, dass meine Langmesser zwar von dem über den Sattelknauf geschlungenen Gurt hingen, aber kein Schwert zu sehen war. Ich runzelte die Stirn und wollte mich gerade deswegen beschweren, als eine bekannte Stimme mich aufhielt.

»Vermisst du nichts, Valkener?«

Ich drehte mich um und grinste, als ich Net auf mich zukommen sah. Er hielt mir ein in der Scheide steckendes Schwert entgegen, das eindeutig nicht das war, das ich fortgeworfen hatte. Aber es war auch nicht Temmer. »Was ist das?«

Net grinste verlegen. »Ich habe an der Radujabrücke ein Versprechen gegeben, aber ich habe es nicht einlösen können. Du weißt, dass ich jetzt mit Leif zurück muss. Deshalb möchte ich dich um einen Gefallen bitten. Nimm Tsamoc hier mit. Diese Klinge wird dich nicht im Stich lassen.«

Ich nahm das Schwert und zog es langsam und mit einer gewissen Besorgnis aus der Scheide. Im Innern des Schwertblatts war der Schlussstein eingebettet, der Tsamocs Herz gewesen war. Kleine Lichter funkelten in seinem Innern, und ich wusste, dass dieses Schwert von Magik durchzogen war, aber ich spürte sie nicht von mir

Besitz ergreifen, wie es geschehen war, als ich Temmer gehalten hatte. Die Klinge war um den Stein herum verstärkt, und ich spürte keine Bedenken, dass sie zerbrechen könnte. Stichblatt und Knauf wiederholten das Schlusssteinmotiv in Messing. Der Griff war mit Leder umwickelt und ich wusste: Dieses Schwert würde ich nicht verlieren, selbst wenn beide Hände von Schweinefett triefen und taub von Kälte sein sollten.

Ich schob es zurück in seine Scheide und schluckte mühsam. »Pass du gut auf Leif auf – und ich werde auf Tsamoc aufpassen.«

Net nickte. »Das ist ein faires Geschäft.« Er grinste mich schräg an und klopfte mir auf die Schultern. »In der Nacht damals, als wir uns kennen lernten, habe ich mir schon gedacht, dass du es von uns am weitesten bringst. Ich hätte nicht gedacht, dass Leif so endet. Sicher nicht, dass ich es so weit schaffen könnte. Aber bei dir habe ich Großes vorhergesehen. Freut mich, dass ich Recht hatte.«

Ich schüttelte den Kopf. »*Wir* haben Großes geleistet, Riesentöter, alle drei. Daran wird man sich erinnern, nicht an mich.«

Net hielt mein Pferd, als ich mich in den Sattel schwang, dann schlug er mir aufs Bein. »Wenn du wieder nach Valsina kommst, erzähl mir, wie es Tsamoc ergangen ist, und wie es Kytrin erwischt hat.«

»Noch ein gutes Geschäft.« Ich schüttelte ihm die Hand, dann zog ich an den Zügeln und trottete hinter den anderen durchs Tor hinaus in die innere Stadt. Auf unserem Weg jubelten uns die Menschen aus Türen und Fenstern, vom Straßenrand und von den Dächern zu. Sie jubelten, als wären wir eine siegreich zurückkehrende Armee, nicht im Aufbruch zur Verfolgung eines flüchtenden Feindes. Noch mehr erstaunte mich, wie ihre Begeisterung den rußgeschwärzten Ruinen der äußeren Stadt und den von Leichen übersäten Weiten hinter ihr zu spotten schien. Von ihrem Überleben berauscht bejubelten sie uns beim Abmarsch zu einem Unternehmen, das noch mehr Tod bringen würde.

Aber nicht ihnen.

Ich zuckte die Schultern, stieß meinem Pferd die Absätze in die Seite und ritt neben Siede aus Festung Draconis fort. Ich wollte mich umdrehen, um zu sehen, ob Leif irgendwo an einem Fenster stand und uns nachsah, aber ich verzichtete darauf, aus Angst davor, was ich in seinem Gesicht hätte lesen können. Stattdessen stellte ich mir vor, dass er auf der Brücke im Turmgarten saß, ein Bachbett ohne Wasser betrachtete und langsam von seinen Wunden genaß.

Die Barden, die von dieser zweiten Expedition singen, haben die Befehlskompanie in zahllosen Liedern unsterblich werden lassen. Ich habe schon reichlich von Baron Norderstett, Siede, Faryaah-Tse Kimp und Prinz Augustus berichtet. Auch Winfellis war dabei, die Croqælf-Magikerin, die uns seit Yslin begleitet hatte. Die anderen waren nicht minder heldenhaft, auch wenn sie an unserem früheren Abenteuer nicht beteiligt gewesen waren, weil man ihrer Dienste andernorts bedurft hatte.

Herzog Brendis Galacos hatte sich mit der Jeranser Krongarde in Festung Draconis aufgehalten, als Kytrin angegriffen hatte. Die Krongarde hatte in den Kämpfen des ersten Tages an der südlichen Mauerbresche schwere Verluste erlitten, aber der weißhaarige Krieger hatte sie geordnet zurückgezogen und den Tod noch weiterer seiner Leute verhindert. Seine Teilnahme verstärkte unsere Truppe nicht nur um einen guten Taktiker, sie ehrte auch das Opfer, das seine Krieger an der Festung gebracht hatten.

Die Edle Jeturna Costasi aus Viarca war so etwas wie eine Glücksritterin. Sie hatte die Hausgardeeinheit ihrer Familie gegen die Schnatterfratzen angeführt, die es bis nach Viarca geschafft hatten, so ähnlich wie Baron Norderstett. Sie hatte sie nach Norden bis nach Nybal gehetzt, wo sie sich mit einem nybalesischen Gouverneur zusammengetan hatte und nach Festung Draconis geritten war. Die beiden hatten sich unseren anrückenden Verstärkungen angeschlossen und waren bereit, Kytrin bis nach Aurolan zu verfolgen.

Der nybalesische Gouverneur, der die Edle Jeturna begleitet hatte, hieß Aren Asvaldget. Er war kleiner als ich und von hagerer Statur, mit langen blonden Haaren und blauen Augen. Aren erinnerte mich stark an einen Wolf, und das nicht nur wegen seines Wolfsfellmantels. Er war ein Schamane, nach allem, was ich wusste, im Vergleich zu einem vilwanesischen Magiker das, was ein Straßenschläger für einen ausgebildeten Krieger war. Abgesehen von seinem ansteckenden Lachen waren seine Hauptstärken ein ausgezeichnetes Wissen über die Nordlande und viel Erfahrung mit Pflanzen und Heilmethoden. Ich ging davon aus, dass er eine der Rollen würde übernehmen können, die Net in unserer Kompanie gespielt hatte.

Die beiden verbleibenden Mitglieder der Truppe werden in den Liedern häufig recht stiefmütterlich behandelt, und alles in allem glaube ich kaum, dass ihnen das sonderlich unangenehm ist. Drugi Oldach war ein Krieger aus dem fernen Valsogon, der sich nach einer Dienstzeit dort als Söldner in Festung Draconis niedergelassen hatte. Von seiner Unterkunft in der äußeren Stadt pflegte er nach Norden aufzubrechen und einen Großteil des Jahres als Fallensteller zu verbringen, auf der Suche nach Gold oder mit dem Sammeln seltener Pflanzen, die er getrocknet in den Süden verkaufen konnte. Er behauptete, fünfundvierzig Jahre alt zu sein, aber sein weißes Haar und die ledrige, wettergegerbte Haut ließen mich vermuten, dass er nur nicht weiter zählen konnte und längst den Versuch aufgegeben hatte, es zu lernen. Seine bevorzugte Waffe war eine doppelköpfige Streitaxt, und sein Mantel ebenso wie die übrigen Kleider waren mit ausreichend Schnattererfellstücken versetzt, dass ich keinen Zweifel an seiner Geschicklichkeit in deren Einsatz hatte.

Edamis Vilkaso stammte aus noch ferneren Gegenden. Die goldblonde Kriegerin aus Naliserro hatte persönlich die Nalesker Reiterstaffel angeführt, die aus der Festung ausgebrochen war, um Kytrins Draconelle zu erobern, und die sie danach gegen die Angriffe der Aurolanen verteidigt hatte. Baron Norderstett hatte sie eingeladen, uns zu begleiten, weil sie gewitzt genug gewesen war zu erkennen, dass die Draconelle vermutlich das wichtigste Beutestück der ganzen Invasion war. Das war etwas, was die anderen Kommandeure übersehen hatten: Sie waren von selbst in alte Denkmuster zurückgefallen, als die Draconelle uns nicht mehr beschoss und die Schnatterer die Flucht ergriffen hatten. Sie hatte große Voraussicht bewiesen, und ich bezweifelte keine Sekunde, dass wir auf unserer Expedition dafür noch reichlich Bedarf haben würden.

Als Truppen nahmen wir drei Einheiten mit: die Schwere Murosonische Garde, die Sebtische Leichte Infanterie und eine Kavallerieeinheit, die wir zum Teil aus den Reitertruppen zusammengestellt hatten, die uns seit Yslin begleitet hatten. Sie hatten den Namen Draconis-Lanzer bekommen und führten mit einer Lanze bemalte Schilde, die bemerkenswerte Ähnlichkeit mit dem Burgfried der Festung hatten. Prinz Augustus führte den Befehl über sie, sodass wir alles in allem etwa tausend Fußsoldaten und fünfhundert Reiter zählten. Zusätzliche dreihundert Mann befanden sich in unserem Tross aus vierzig Wagen und über tausend Pferden.

Als wir uns nach Norden auf den Weg machten, brach die Sonne durch die Wolken und wärmte uns. Die meisten von uns betrachteten das als gutes Vorzeichen. Mir ging es damals wohl ebenso.

Heute erinnere ich mich nur noch, dass es der letzte Zeitpunkt war, an dem ich mich nicht kalt fühlte.

Kapitel Vierzig

So schwer unsere Expedition bis dahin gewesen war, der Marsch nach Norden ließ sie aussehen wie einen Gartenspaziergang im Frühling. Es war nicht so weit zum Pass über die Boraberge, und Festung Draconis hatte uns mit einem Überfluss an Vorräten, Nachschub und Winterausrüstung ausgestattet. Wir hätten unser Ziel in vielleicht einer halben Woche erreichen müssen. Aber tatsächlich hatten wir nach fünf Tagen gerade die Hälfte der Strecke zurückgelegt.

Ich erinnere mich, dass ich mich im Sattel umdrehte und zu Festung Draconis umsah, als wir sie hinter uns zurückließen. Die äußere Stadt lag wie ein Kohlering um die Festung. Die Metallnadel, die den Drachen getötet hatte, funkelte im Sonnenlicht. Gruppen von Arbeitern waren damit beschäftigt, den Drachen zu zerlegen. Ich wusste, dass Dathan Cavarr den Befehl dazu gegeben hatte, um die Anatomie der gewaltigen Echse zu studieren, aber aus der Ferne wirkten die Metzger wie Insekten, die den Leichnam zerfraßen.

Wir zogen auf alles gefasst nach Norden. Jetzt erwiesen sich unsere zuvor gesammelten Erfahrungen als äußerst nützlich, denn sie sorgten dafür, dass wir vor möglichen Hinterhalten auf der Hut waren. Sobald wir uns einem Gefahrenpunkt näherten, schwärmten Soldaten aus und kämmten die Wälder nach versteckten Aurolanen ab. Auf diese Weise entdeckten und vereitelten wir eine ganze Reihe von Hinterhalten mit dem Ziel, Baron Norderstett und den Rest unserer Kommandeure zu ermorden. Und jeder Strich, den wir durch Kytrins Pläne zogen, ermutigte uns ungemein.

Aber Kytrin lernte schnell. Zusätzliche versteckte Schnatterergruppen überfielen unsere Suchtrupps und bremsten uns zusätzlich. An manchen Stellen kam es zu wilden Kämpfen, aber die Schnatterfratzen zogen letztlich immer den Kürzeren. Das Problem mit den Gefechten tief in den Wäldern war, dass weder unsere Reiterei noch die Bogenschützen recht zum Zuge kamen. Es war der schlichteste Hieb- und Stichkampf, dem sich unsere Leute zwar bestens gewachsen zeigten, aber der Kampfeinsatz, die Bergung der Verletzten und die Notwendigkeit, den Heerzug anschließend wieder in Bewegung zu setzen, verringerten unsere Marschgeschwindigkeit beträchtlich.

Gegen Mittag des fünften Tages nach dem Aufbruch von Festung Draconis hatte sich das Wetter deutlich verschlechtert, und ein eisiger Wind trug Schnee aus dem Norden herab. Vor uns lag der Pass. Wir würden ihn in weiteren fünf Tagen, zum Ende der Woche, erreichen, aber im Augenblick konnten wir ihn kaum sehen. Wolken verschleierten die dunklen Felszacken und weißer Schnee bedeckte alle sichtbaren Hänge. Wenn der Schnee nachließ, bestand die Möglichkeit, dass wir es noch über den Pass schafften. Aber wenn es danach weiterschneite, würden wir fünf lange Wintermonate in Aurolan durchstehen müssen, bevor der Weg zurück in den Süden wieder passierbar wurde.

An diesem Punkt zwang Kytrin uns eine Entscheidung auf, eine Entscheidung, die sich als schicksalhaft herausstellen sollte. Unsere Kundschafter fanden reichlich Hinweise darauf, dass der größte Teil ihres Heeres nach Westen in die Geistermark abgebogen war. Prinz Augustus und Baron Norderstett erkannten sofort, dass sie ihre Truppen dorthin geschickt hatte, um uns abzuschütteln. Es bestand die Gefahr, dass ihre Horden es nach Okrannel schafften und sich mit der Armee verbanden, die sie dort zurückgelassen hatte. Das brachte Jerana in Gefahr, ganz abgesehen von den Menschen, die noch in der Geistermark lebten.

Gleichzeitig fanden wir Spuren, die darauf hindeuteten, dass Kytrin und ihr Gefolge weiter nach Norden unterwegs waren. Ob wir sie rechtzeitig einholen und unschädlich machen konnten, wenn wir ihr nachsetzten, konnte niemand vorhersagen. Es war kein Zweifel möglich, dass sie die größere Gefahr darstellte – und dass ihr Tod die Welt für lange Zeit sicherer machen würde. Aber ganz gleich, ob es uns gelang, sie zu stellen, wir würden die aurolanischen Armeen im Rücken haben. Nichts würde sie daran hindern, erneut umzuschwenken und uns an Boragul in die Enge zu drängen, Festung Draconis wieder anzugreifen oder Okrannel zu verwüsten. Solange sie niemand aufhielt, würde es Tote geben.

Es war diese Überlegung, die Baron Norderstett veranlasste, unsere Hauptstreitmacht unter Prinz Augustus' Befehl abzuspalten. Reiter mit Befehlen, die Orioser Kundschafter – allerdings ohne Prinz Swindger – und unsere Flotte in die Geistermark in Bewegung zu setzen. Auf die Einzelheiten des Geistermarkfeldzugs brauche ich hier nicht einzugehen, es gibt genug populäre Lieder über seinen Verlauf. Keines der Lieder, die ich je gehört habe, konnte die heldenhaften Anstrengungen übertreiben, die Prinz Augustus und seine Leute auf sich nahmen, um die aurolanischen Horden zu stellen und zu vernichten. Sie kämpften sich vom Dûrgru bis zur jeranischen Grenze durch. Die Tatsache, dass es ihm unterwegs gelang, eine Frau zu finden und die okranschen Flüchtlinge zu retten, deren Gemeinden heute in allen zivilisierten Städten zu finden sind, ist nur ein weiterer Beweis für seinen Mut und seine Klugheit.

Wir übrigen zehn, die so genannte Befehlskompanie, wollten so schnell wie möglich nach Norden vorstoßen, um Kytrin einzuholen und zu töten. Wir nahmen je zwei Ersatzpferde und reichlich Vorrat für einen Monat mit. Da wir erwarteten, schon nach einer Woche zurück zu sein und Augustus' Spuren zu folgen, machten wir alle unsere Witze darüber, dass wir schlemmen würden. Die anderen, die uns auf ihrem Marsch nach Westen verließen, nahmen den Witz auf und lachten mit, denn wir alle waren uns des Risikos bei diesem Unternehmen bewusst.

Es mag den falschen Eindruck hinterlassen, wenn ich das hier anführe, besonders, nachdem ich überlebt habe, aber Augustus – inzwischen König Augustus – kann es bestätigen. Tatsächlich hat er selbst es an dem Abend, bevor wir uns von der Hauptstreitmacht lösten, angesprochen. Die Befehlskompanie hatte sich um ein großes Lagerfeuer versammelt und nahm eine Mahlzeit aus gekochten Bohnen und Pökelfleisch zu sich, als Augustus sich vorbeugte und mit der Gabel auf Baron Norderstett zeigte.

»Mein Fürst, eines nur wünschte ich, das Ihr mir für meinen Feldzug gewährt.«

Baron Norderstett hob kaum den Kopf vom Teller. »Und das wäre, Prinz Augustus?«

»Wir wissen, dass die Aurolanenkrieger ein missmutiger, stumpfsinniger Haufen sind, die zu Angst und panischer Flucht neigen.« Augustus kniff die Augen zusammen und sah zu mir herüber. »Ich hätte gerne einen Sullanciri-Töter dabei. Gebt mir Euren Adjutanten hier mit, den jungen Valkener. Seine Gegenwart allein wäre ein Bataillon Truppen wert.«

Baron Norderstett nickte. »Ein vernünftiges Argument, Prinz Augustus.«

Meine Hände zitterten, als ich den Teller abstellte. »Tut das nicht, mein Fürst, schickt mich nicht fort.«

Baron Norderstett sah auf und fixierte mich mit einem mitfühlenden Blick. »Du glaubst, ich will dich fortschicken, weil wir in den Tod ziehen, nicht wahr? Du glaubst, ich möchte dir dieses Leid ersparen, dein Leben schonen.«

»Ja, Baron Norderstett.«

»Du irrst dich, Valkener.« Er sah sich in unserem Kreis um, ließ den Blick über die zischenden Flammen schwenken. Die anderen hatten ihre Teller gesenkt und betrachteten uns aufmerksam. Ich erinnere mich, wie Drugi sich mit dem Handrücken die Essensreste aus dem weißen Bart wischte und mich beobachtete, um zu sehen, wie ich reagieren würde. Sie alle wussten, dass der Baron sehr wohl versuchte, mein Leben zu retten, und sie schienen allesamt bereit, ihm dabei zu helfen. »Du irrst dich, Valkener, denn die Schlachten, die Prinz Augustus schlagen wird, können ebenso leicht dein Tod sein wie alle, zu denen wir aufbrechen. Du wirst keinen Gefahren entgehen. Du wirst an der Seite der anderen kämpfen müssen. Du wirst nicht geschont werden.«

Ich stand langsam auf und konnte nur mit Mühe die Tränen zurückhalten. »Bei allem Respekt, mein Fürst, Ihr irrt Euch. Ich werde keine Chance erhalten, dem Bösen ein Ende zu bereiten, das mein Leben übernommen hat. Ihr könnt nicht vergessen haben, wie ich in der ersten Nacht meines Mondmonats einen Temeryx tötete, um einen Freund zu retten … nur um erkennen zu müssen, dass die Bestie sein Leben zerstört hatte. Meine Familie daheim in Valsina lauscht begeistert den Geschichten über diese Expedition, aber ich weiß, dass Angst an ihren Eingeweiden nagt, so wie sie jedem von uns zusetzt. Ich habe Freunde durch Kytrin verloren, und Freunde durch sie zu Krüppeln werden sehen, und mein gesamtes Erwachsenendasein ist darauf gerichtet, sie aufzuhalten. Die Mission, zu der Prinz Augustus aufbricht, ist wichtig und notwendig, um ihr Übel zu begrenzen. Was Ihr zu tun aufbrecht, wird ihm ein Ende bereiten. Wenn ich ihn begleite und Ihr irgendwie scheitert, werde ich mit dem

Wissen leben müssen, dass es durch meine Abwesenheit dazu kam.«

Baron Norderstetts Augen wurden schmal. »Und was, wenn wir alle scheitern, Valkener? Was, wenn die Kälte uns umbringt? Was, wenn wir sie niemals finden und in den Bergen festsitzen, um kläglich zu verhungern? Es gibt Tausende von Möglichkeiten des Scheiterns. Wir anderen, die wir uns auf diesen Weg machen, haben unser Leben hinter uns und können das Risiko einschätzen. Wir wissen, worauf wir uns einlassen. Du nicht.«

Ich schob das Kinn vor. »Ich sage Euch, mein Fürst, in den letzten Monaten habe ich ebenfalls ein ganzes Leben hinter mich gebracht. Ich kenne die Gefahren. Es mag tausend Möglichkeiten des Scheiterns geben, aber die tausendunderste wäre es, mich zurückzulassen. Verringert das Risiko zumindest so weit.«

Baron Norderstett starrte eine Weile in die Flammen, dann sah er hinüber zu Prinz Augustus. »Ich danke dir, mein Freund, dass du um Valkener gebeten hast. Ich entschuldige mich dafür, es dir vorgeschlagen zu haben.«

Augustus nickte. »Es war mir ein Vergnügen, dir zu helfen. Und, Valkener, was ich über dich gesagt habe, war die lautere Wahrheit. Ich hätte dich liebend gerne an meiner Seite.«

Baron Norderstett lächelte, dann sah er sich noch einmal in unserem Kreis um. »Ich hätte es besser wissen müssen, als es auch nur zu versuchen, und ich entschuldige mich bei euch allen für dieses Schauspiel. Tarrant Valkener hier ist jemand, den ich seit seiner frühesten Kindheit kenne. Wie ihr vielleicht wisst, ist es bei uns gebräuchlich, dass ein Jugendlicher, wenn er seine erste Erwachsenenmaske erhält, wie diese, die er jetzt trägt, von seinen Freunden ein Geschenk erhält. Ich bot ihm die Wahl aus allem, was in meiner Macht stand, ihm zu gewähren. Valkener hier bat nur um eines: mein Vertrauen. Ich habe es ihm gewährt, und hier und jetzt erneuere ich dieses Geschenk. Ich hoffe, dass ihr euch mir in diesem Vertrauen anschließt, denn er ist ein wahrhaft würdiger Begleiter in dieser unserer Mission.«

Die um das Feuer versammelten Krieger, die Helden, die bereit waren, sich nach Aurolan zu wagen, murmelten und nickten zustimmend, dann aßen sie weiter. Gelegentlich warf der eine oder die andere mir einen Blick zu und nickte, nicht so wie ein Erwachsener geduldig einem Kind zunickt, sondern in einer Geste zwischen Gleichrangigen. Alle Zweifel, die sie meinetwegen gehabt haben mochten, gingen in den Flammen in Rauch auf.

Über die Jahre hatte ich Gelegenheit, über diesen Abend nachzudenken. Ich weiß bis heute nicht, ob Baron Norderstett mir damals tatsächlich eine Gelegenheit bieten wollte, dem Unternehmen zu entkommen – oder eine Möglichkeit, den anderen zu beweisen, dass ich von unserer Sache ebenso überzeugt war wie sie selbst. Vielleicht ein wenig von beidem, aber im Kern ging es ihm wohl darum, dass ich die Verantwortung für mein Leben übernahm.

Hatte ich mich in diesem Augenblick von meiner eigenen Legende einfangen lassen? In so heldenhafter Gesellschaft war es leicht, bescheiden zu sein, aber die Leichtigkeit, mit der die anderen mich anerkannten, machte mich glauben, dass ich verdient hatte, sie zu begleiten. Ich glaubte tatsächlich daran, dass meine Rolle bei der Jagd auf Kytrin entscheidend sein würde, auch wenn ich niemals erwartet hätte, sie könnte so verzerrt werden, wie es dann geschah. Und auch wenn ich nicht bestreiten will, dass es Tage gegeben hat und heute noch gibt, an denen ich mir wünschte, ich hätte mich Augustus angeschlossen, so glaube ich doch, dass damals an jenem Feuer die richtige Entscheidung fiel, trotz allem, was sich daraus ergeben hat.

Die Verabschiedung am nächsten Morgen war eine Sache von fröhlichen Glückwünschen und lauter Prahlerei.

An diesem Morgen wurden sicher tausend Locken von Kytrins Haar versprochen und doppelt so viele Schwertstiche in ihr Herz. Ich bin sicher, in den Augen der meisten anderen ritten wir los, um uns unsterblichen Ruhm zu sichern, aber gleichzeitig hätte sich wohl kaum mehr als eine Hand voll von ihnen uns angeschlossen, hätten sie die Gelegenheit bekommen.

Wir brauchten drei Tage, den Pass zu erreichen. Während dieser Zeit entwickelte sich eine lockere Routine, und der Neuschnee gab der Landschaft ein so sanftes Aussehen, dass wir fast vergaßen, weshalb wir hier waren. Der Schnee brachte eine Stille mit sich, die jedes Waldstück, durch das unser Weg uns führte, in einen Tempel des Friedens verwandelte. Ich dachte an die guten Zeiten der Vergangenheit zurück und projizierte sie in die Zukunft, mit Siede an meiner Seite. In jenen Augenblicken verspürte ich keinerlei Zweifel an meiner Fähigkeit zu überleben und ging dummerweise davon aus, dass, wenn *ich* überlebte, wir alle überleben würden.

Wegen des Schnees beeilten wir uns nicht so sehr, wie wir es gekonnt hätten. Ich kannte zwar auch aus Oriosa Winter und war Schnee gewohnt, aber Drugi und Aren brachten mir einiges über das Überleben in den kälteren Regionen des Nordens bei. Manches war einfach, etwa, kein Feuer unter schneebeladenem Geäst zu machen, weil der Schnee, wenn er vom Feuer erwärmt wird, herabstürzt und es löscht. Sie brachten mir auch bei, Fährten im Schnee zu lesen, und wir alle waren froh darüber, dass wir keine Temeryxspuren für meinen Unterricht fanden.

Andere Lektionen waren wichtiger. Wir schmolzen Schnee, um Wasser zu erhalten, und lernten, ihn ständig umzurühren, damit er nicht anbrannte. Wichtiger noch, wir aßen keinen Schnee und tranken soweit möglich nur Tee oder aufgewärmtes Wasser. Zu diesem Zweck trugen wir ständig Wasserschläuche unter dem Mantel, damit unsere Körperwärme das Wasser aufheizte. Kaltes Wasser hätte uns unterkühlt, und unter den gegebenen Umständen wäre das tödlich gewesen.

Nachts schliefen wir zu zweit in einem Zelt und wärmten uns unter dicken Decken und Fellen gegenseitig. Drugi brachte uns bei, Schneeunterkünfte zu bauen, und häufig errichteten wir an der Windseite der Zelte eine schützende Wand. Siede und ich teilten uns ein Zelt. Wir waren mehr als Kameraden, aber weniger als Liebende. Wir drängten uns aneinander und pressten unsere nackten Körper fest zusammen, aber wir liebten uns nicht. Es war nicht nötig. Wir hatten einander, und das war mehr als genug. Wir schliefen in den Armen des anderen, weckten einander mit herzlichen und warmen Worten und schlossen uns unseren Gefährten an, um die Reise fortzusetzen.

Am Mittag des dritten Tages kamen wir über die Kuppe eines Hügels und Baron Norderstett ließ uns anhalten. Der Himmel hatte aufgeklart, und kaum einen halben Tagesritt voraus lag der Pass vor uns. Der Schnee verbarg die Einzelheiten der steilen Felsklippen zu beiden Seiten, aber auch das konnte den Eindruck nicht auslöschen, dass eine titanische Axt das Bergmassiv gespalten hatte. Der Pass war schneebedeckt, und obwohl sehr klare Sicht herrschte, war keine Spur von Kytrin zu entdecken.

»Entweder sie ist schon durch oder sie wurde verschüttet.« Drugi biss ein Stück Dörrfleisch ab und stopfte es sich in die linke Wange. Mit dem Rest des Fleischstreifens deutete er zum Pass. »Wäre möglich, dass eine Lawine sie erwischt hat.«

Baron Norderstetts Atem drang in einer weißen Dunstwolke durch die grüne Wolle seines Schals. »Es spielt keine Rolle, was sie gemacht hat, solange sie nur nicht umgedreht ist. Die Frage ist, schaffen wir es durch den Pass?«

Aren Asvaldget schob die Wolfskopfkapuze zurück und blickte nach Norden. »Sie hat es möglicherweise ohne Lawine auf die andere Seite geschafft, aber uns würde sie erwischen. Seht ihr, wie der Wind da im Osten den Schnee auf die Überhänge treibt? Wenn das runterkommt, findet uns niemand mehr.«

Drugi nickte bestätigend.

Baron Norderstett drehte sein Pferd um. »Faryaah-Tse, die Berge auf der Ostseite des Passes sind Teil von Boragul, nicht wahr?«

Die kleine urSreð nickte. »Die zunehmende Kälte hat die urSreiði vor langer Zeit nach Süden getrieben. Boragul wurde aufgegeben.«

»Völlig aufgegeben? Es lebt niemand mehr dort?«

Drugi schüttelte den Kopf. »Ich habe Lebenszeichen in den Bergen gesehen. Irgendwer lebt da noch.«

Faryaah-Tse hob die Hand. »Mit aufgegeben meinte ich, dass alle, die konnten oder den Mut dazu hatten, aufbrachen und nach Süden zogen. Die Zahl derer, die zurückblieben, war unbedeutend. Ich weiß nicht, ob sie inzwischen ausgestorben sind.«

»Gibt es Wege durch Boragul?« Baron Norderstett tätschelte den Hals seines Pferds. »Könnte Kytrin Boragul für die Rückkehr nach Norden benutzt haben oder auf diesem Weg Verstärkungen nach Süden bringen?«

Die urSreð setzte sich im Sattel zurück, zog das linke Bein hoch und legte den Unterschenkel über die Schultern des Pferds. »Es *gibt* Wege durch Boragul, falls sie inzwischen nicht eingestürzt sind. Vermutlich könnten wir sogar einen Eingang finden. Was Kytrin betrifft und die Möglichkeit, ob sie Boragul benutzt hat, das weiß ich nicht.« Sie zögerte kurz, dann setzte sie zu einer Erklärung an. »Ihr Menschen bildet euch ein, alle Ælfen oder urSreiði wären gleich. Ich bin auch bereit zuzugeben, dass ich euch Menschen häufig nicht auseinander halten kann. Aber ihr kommt alle aus verschiedenen Nationen mit unterschiedlichen Gebräuchen. Würde es euch überraschen zu erfahren, dass jemand aus Valsogon sich in Oriosa nicht auskennt? Bei uns ist es genauso. Ich komme aus Tsagul. Wir haben es in der Invasion weiter nach Süden geschafft als alle anderen, und darauf sind wir stolz. Die im Norden Zurückgebliebenen interessieren uns nicht.«

»Ich verstehe, und ich nehme Euch Euren Mangel an Ortskenntnissen nicht übel.« Baron Norderstett öffnete die Arme. »Uns bieten sich also die folgenden Möglichkeiten: Entweder wir drehen um, oder wir reiten weiter und versuchen, Boragul zu betreten. Wir wollen sehen, ob wir von dort nach Norden kommen können, und falls dort noch urSreiði leben, werden wir herausfinden, ob sie etwas über Kytrins Schicksal wissen. Ich bin dafür weiterzureiten, aber ich bin bereit, mich dem Wunsch der Mehrheit zu beugen.«

Niemand widersprach, und so ritten wir, angeführt von Faryaah-Tse Kimp, dem Schicksal entgegen, das uns verschlingen sollte.

Kapitel Einundvierzig

Faryaah-Tse führte uns zunächst eine Stunde nach Osten, dann bog sie nach Norden in Richtung Boragul ab, am Ufer eines unter Schnee und Eis gluckernden Bachs entlang. Vor uns lag eine tiefe, enge Schlucht, deren Südhang der Sonne ausgesetzt war. Was dort an Schnee gefallen war, war längst geschmolzen und in den Bach geflossen, an dem wir uns entlangbewegten. Wir erreichten den Eingang der Schlucht, als es Abend wurde.

»Hier müssen wir anhalten.« Die urSreə drehte sich im Sattel um und hob die Hand. »Für den Augenblick könnt ihr nicht weiter.«

Drugi zog seinen grauen Schal herab und spuckte aus. »Da drinnen gibt es keinen Eingang. Ich war schon früher da und habe nichts gefunden.«

»Das überrascht mich nicht.« Faryaah-Tse warf mir die Zügel ihres Pferdes zu und zog die Stiefel aus. Bevor einer von uns sie fragen konnte, was sie plante, veränderten ihre Füße sich zu einer breiten Löffelform, und ihre Beine wurden länger, sodass sie nicht aus dem Sattel zu springen brauchte. Sie stand auf, und der Schnee trug sie. Sie marschierte mit knirschenden Schritten zu einem Findling an der Westseite des Schluchteinganges und berührte ihn. Dann ging sie hinüber zu einem an der Ostseite und berührte ihn ebenfalls. Anschließend kehrte sie in die Mitte der Schlucht zurück und winkte uns vor.

Ich sah keine Veränderung, bis ich die Höhe der beiden Felsen erreicht hatte. Als ich über die Verbindungslinie zwischen ihnen ritt, blendete mich ein grelles Licht, fast so, als wäre die untergehende Sonne wieder aufgestiegen und hätte mich schneeblind gemacht. Mein Magen rebellierte und mein Mittagessen kam hoch, aber ich zwang es wieder zurück. Als ich mich umblickte, schien die Schlucht kaum verändert, nur dass sie jetzt an ihrem gegenüberliegenden Ende – ein wenig tiefer als wir uns befanden – nach Westen abbog.

Faryaah-Tse nahm mir die Zügel ihres Pferds wieder aus der Hand und führte es hinter sich her. »Jetzt ist es nicht mehr weit.«

Drugi duckte sich unbehaglich in den Sattel, als er sich umschaute. »Ich war schon einmal hier, aber ich habe nichts davon gesehen.«

Die urSreð sah ihn an. »Du solltest es auch nicht sehen, Drugi Oldach. Dieser Anblick war weder für Menschen noch für Ælfen bestimmt. Er war allein urSreiði-Augen vorbehalten.«

Als wir um die Biegung kamen und unser Blick in den westlichen Ausläufer des Tals fiel, stockte mir der Atem. Keine hundert Meter vor uns erhob sich ein gewaltiges, aus dem Fels gehauenes Portal. Es war rund, und von oben herabtropfendes Wasser hatte den Rand mit Eis überzogen. Der Rahmen des kreisrunden Portals war unmittelbar aus der Felswand gehauen und mit fremdartigen Runen und Zeichen bedeckt. Die Tür selbst, die wie eine riesige runde Platte aus schwarzem Fels aussah, war mehrere Meter nach hinten versetzt. Breite Stufen führten zur Eingangsschwelle empor.

Aber noch beeindruckender als das Portal waren die beiden Standbilder, die es flankierten. Sie stellten zwei kniende nackte Frauen dar. An Stelle von Armen hatten sie Flügel, die sie hoch über den Kopf erhoben hatten, als wollten sie die Sonne berühren. Die Statuen strahlten eine machtvolle, erhabene Ruhe aus.

»Wer sind diese beiden?«

Faryaah-Tse drehte sich um. »Bei den urSreiði gibt es

einen Mythos, dass wir, wenn wir uns zu unserer vollkommenen, mächtigsten Form entwickelt haben, eine Gestalt werden annehmen können, die uns das Fliegen ermöglicht. Es hat weniger mit der Größe der Schwingen zu tun als mit der Natur des Geistes, der es seiner Besitzerin gestattet, sich in die Lüfte zu schwingen. Es ist vielleicht nicht wirklich überraschend, dass ein Volk, das sich größtenteils im Innern der Erde aufhält, den Wunsch verspürt, fliegen zu können.«

Ich nickte zögernd und fragte mich, ob dieser Mythos nicht auch erklärte, warum die urSreiði bereit gewesen waren, den Zorn der Ælfen auf sich zu ziehen, indem sie Gyrvirgul als Heimat der Gyrkyme erschufen. Möglicherweise waren die Gyrkyme für die urSreiði ebenso sehr eine Verkörperung ihrer Wunschträume, wie sie für die Ælfen bestialische Missgeburten darstellten. Wie dem auch sei, selbst Winfellis schien von der Schönheit der Statuen wie gebannt.

Wir ritten in schweigender Ehrfurcht auf das Portal zu. Baron Norderstett schwang sich aus dem Sattel und stieg zusammen mit Faryaah-Tse die Stufen hinauf. Die urSreð studierte die Runen rings um das mindestens vier Meter durchmessende Portal, dann zog sie einen Handschuh aus und streckte den Arm, um den Schlussstein zu berühren. Beide traten zurück, als aus dem Innern ein Knirschen ertönte, dann rollte der schwarze Türfelsen langsam beiseite und ein warmer Luftstrom schlug uns entgegen.

Die Wärme war mir willkommen, aber der Geruch keineswegs. Er war etwas muffig, mit einer scharfen Note, und erinnerte mich an einen zu lange nicht ausgemisteten Stall. Wahrscheinlich hätte ich den scharfen Geruch als gutes Zeichen werten sollen, da er bedeutete, dass es im Innern des Berges Leben gab. Vermutlich hätte ich das auch, aber die urSreiði Boraguls verloren keine Zeit, sich zu zeigen.

Vier von ihnen humpelten uns entgegen. Ihre Hautfarbe variierte vom Gelb alter Knochen bis zum Weißgrau kalter Asche. Manche hatten verschiedenförmige Füße, andere an einem Bein ein zweites Kniegelenk, und eine sogar ein zweites, kleineres Armpaar, das ihr aus der Hüfte wuchs. Sie schienen alle weiblich zu sein, oder zumindest hatten sie alle Brüste, wenn auch häufig eine ungerade Anzahl. Ihre Augen befanden sich meistens zu beiden Seiten der Nase, und häufig sogar in gleicher Höhe, was mehr war, als man von ihren Ohren behaupten konnte – sofern sie welche besaßen.

Um zu erkennen, dass sie missgestaltet waren, genügte bereits ein kurzer Blick, denn die Lumpen, mit denen sie bekleidet waren, verhüllten sie kaum. Trotzdem kostete es mich ein, zwei Sekunden, zu erkennen, wo das Problem tatsächlich lag. Ich erinnerte mich an Faryaah-Tses Erklärung, dass die Gestaltwandlung anstrengend war und Energie kostete. Soweit ich es sehen konnte, waren diese urSreiði alle unterernährt, und ich vermutete, dass sie in einem Zwischenstadium der Verwandlung eingefroren waren.

Eine urSreð, die einen rostigen Speer und einen Schild trug, der wahrscheinlich irgendwann einmal rund gewesen war, trat vor und sprach uns an. »Wer wagt es, den Weg nach Boragul zu öffnen?«

Faryaah-Tse schwenkte den stockdürren gelben Arm und presste die Hand auf ihre Brust. »Ich wage es. Ich bin Faryaah-Tse Kimp und habe einen weiten Weg aus Tsagul zurückgelegt. Ich bitte um die Gastfreundschaft Boraguls für mich und meine Begleiter.«

Während die vordere urSreð keine Reaktion auf Faryaah-Tse erkennen ließ, zitterten ihre drei Begleiter. Sie studierten ihre Beine und ihren rechten Arm, und ihre Augen weiteten sich, als sie den verlängerten Arm schrumpfen ließ, bis er wieder dieselbe Länge und Dicke wie der andere hatte. Sie starrten sie an, dann deuteten sie zum Himmel und schnatterten miteinander.

Die Anführerin wirbelte herum und schlug einer von ihnen den Speerschaft auf den Kopf. »Ruhig. Haltet eure Zungen im Zaum, wenn ihr sie behalten wollt. Das ist eine Angelegenheit für die Königin.« Sie drehte sich wieder um und stolperte, richtete sich aber noch einmal auf. »Die Königin wird entscheiden. Folgt mir.«

Wir saßen ab und führten unsere Pferde ins Innere des Berges. Siede keuchte und hob die Hand an die Kehle, als sie sich umsah. Ich konnte wenig erkennen, weil tiefe Schatten verbargen, was wohl hohe Galerien mit kunstvollen Bögen und komplexen Verzierungen sein mussten. Aber selbst das, was ich dicht am Boden erkennen konnte, war beeindruckend. Aus jeder Ecke und Nische grinste ein verspieltes Gesicht oder drohte ein Krieger. Ich sah Statuen von urSreiðí, die ebenso gebaut waren wie Faryaah-Tse, und andere, die in Gestalten verwandelt waren, die sich für den Kampf, den Bergbau oder zahllose andere Beschäftigungen eigneten.

Andere Merkmale der Hallen Boraguls waren weniger beeindruckend und lösten vielmehr Mitleid, Überraschung und Wut aus. Die Säle ließen sich beim besten Willen nur als Sauställe beschreiben. Angenagte Knochen und zerbrochenes Tongeschirr lag über die Gänge verstreut. Bälle aus Federn, Staub und Haaren rollten von unseren Schritten aufgewirbelt hinter uns her. Fliegen hingen über Kot- und Abfallhaufen. Aus der Dunkelheit knurrten räudige Köter, und wilde Katzen – an ihren leuchtenden Augen leicht zu entdecken – fauchten uns an. Vogeldreck verunzierte Standbilder und bedeckte den Boden, und irgendwo über uns in der Dunkelheit hörte ich das ledrige Flattern von Fledermausflügeln.

Die Federn und der Vogeldreck wunderten mich einen Augenblick lang, dann bekam ich den Schock meines Lebens, als ein Rudel kleiner Temeryxen auftauchte und neben uns herlief. Meine Hand fiel auf Tsamocs Heft, und ich hätte das Schwert gezogen, aber unsere Führerin streckte den Arm aus und kraulte eine der Kreaturen unter dem Kinn. Bei dieser Behandlung gurrte das kleine Vogelwesen, dessen Gefieder einfarbig dunkelpilzbraun war, zufrieden.

Die urSreə führte uns auf einem sich mal hierhin, mal dorthin windenden Weg durch eine Serie von Sälen, kleinere, in denen ich fast die Decke sehen konnte, dann wieder größere, prunkvollere Hallen. Je näher wir dem Ort zu kommen schienen, an dem die Königin hauste, desto sauberer und sogar heller wurde die Umgebung. Aber selbst dort hatte ich den Eindruck, dass der Müll einfach nur in den nächsten greifbaren Gang geschafft wurde, den man wenig benutzte.

Durch die bessere Beleuchtung konnte ich jetzt auch erkennen, was zuerst nur Siede gesehen hatte. In den Gängen hatten die urSreiði riesige Mosaike angelegt, die gewaltige Schlachten zeigten, Szenen aus der Geschichte und sogar Mythen wie die Entwicklung der urSreiði von ihren Anfängen bis zur Flugfähigkeit. Jedes Steinchen der Mosaike schien ein Juwel zu sein, dessen Bruchstück bereits genügen würde, um für Jahrzehnte ein sorgenfreies Leben zu führen. Aber selbst als mir dieser Gedanke in den Sinn kam, hätte ich mir nicht vorstellen können, eine solche Pracht zu beschädigen.

Schließlich erreichten wir ein weiteres rundes Portal, das in goldenem Licht erstrahlte. Mehrere urSreiði nahmen die Zügel unserer Pferde und führten sie davon, während wir in den Thronraum der Königin traten. Ich bezeichne ihn als Raum, weil das die passende Bezeichnung für die runde Kammer war, auch wenn man das in seinem Innern leicht vergessen konnte.

Das Erste, was mir auffiel, war die schiere Menge an Gold. Im ganzen Raum war keine Fläche zu finden, die nicht vergoldet war, und keine flache Oberfläche, auf der nicht eine goldene Urne oder Statuette stand, oder ein goldenes Kettenhemd ausgebreitet war. Selbst der Thron, der die Form eines riesigen, an einer Seite offenen Eis hatte, war mit Gold überzogen und mit Edelsteinen verkrustet. Das Innere war mit goldenen Kissen ausgelegt.

Die zweite unübersehbare Eigenheit des Thronraums war das Vogelthema, das alles in seinem Innern verband. Die Wände waren vom Boden bis zur Oberkante der Fußleisten mit einem Schirm aus goldenen Zweigen und Ästen bedeckt. Sie waren überlebensgroß, aber so verwoben, wie ein Vogel es beim Bau seines Nestes hätte tun können. Sie verbreiterte sich sogar zum Boden hin, um die Höhlung eines Nests anzudeuten, und die goldene Einlegearbeit auf dem Boden setzte das Thema fort. Über uns an der Decke hingen goldene Blätter von beinahe unsichtbaren Drähten, und über ihnen waren Sterne, Mond und Sonne dargestellt. Teppiche und Kissen hatten Federmuster, während alle Statuen und sonstigen Verzierungen Vögel darstellten oder einzelne Vogelattribute zum Thema hatten.

Selbst das Kleid der Königin war von goldener Farbe und mit einem Vogelmotiv bestickt. Es dauerte allerdings etwas, bis ich mir dessen bewusst wurde, denn dort, wo ihre Ärmel endeten, konnte ich mit Federn bedeckte Arme sehen. Die Federn waren von demselben Grauton wie das Gesicht der Königin und ihre übrige sichtbare Haut, also ging ich davon aus, dass sie ein Teil von ihr waren. Sie hatte nichts von der Würde oder Haltung der Gyrkyme, die ich in Okrannel und Festung Draconis gesehen hatte, aber sie trug Federn.

Unsere Führerin rannte vor und kam am Fuß des Throns in einer Rutschpartie auf den Knien zum Stillstand. Sie sprach hastig mit der Königin, die mit einem scharfen, krähenartigen Krächzen antwortete. Unsere Führerin zuckte zurück, dann wirbelte sie herum und blieb mit auf den Boden gepresster Stirn in kniender Haltung sitzen, während sich die Königin erhob.

»Ich bin Tzindr-Coraxoc Vlay, Königin von Boragul.« Die Königin hatte krumme Schultern und die Figur eines Branntweinfässchens. Sie warf einen Blick auf unsere Führerin. »Man hat mir mitgeteilt, dass sie, eine der Ausgestoßenen, die in Tsagul leben, um unsere Gastfreundschaft ersucht.«

Faryaah-Tse versteifte sich bei der Bezeichnung Ausgestoßene, aber dann senkte sie den Kopf. »Die Großzügigkeit Boraguls und seiner Königin ist berühmt, selbst im fernen Tsagul, auch wenn wir vor Eurer Größe so erbeben, dass wir nicht wagen, Euren Namen auszusprechen.«

Das schien Tzindr-Coraxocs Laune zu bessern. »Ich werde ihr Gesuch überdenken. Fürs Erste gewähre ich ihr eine Unterkunft. Sie ist mit ihrem Wort gebunden, dort zu bleiben, bis sie gerufen wird.«

Faryaah-Tse nickte. »Es wird geschehen, wie Ihr es wünscht.«

Die Königin gab unserer Führerin einen kurzen, abgehackten Befehl, und wir wurden augenblicklich aus dem Thronraum getrieben und einen dunklen Gang hinabgeführt. Wir stiegen eine breite Treppe mehrere Etagen hinauf, dann zeigte sie auf eine runde Tür. »Ihr werdet dort warten.«

Faryaah-Tse führte uns durch die Tür, hinter der sich ein runder Tunnel von vielleicht zehn Metern ausbreitete. Ein mittig gelegener Deckenstreifen glühte mit gelborangenem Licht auf und erhellte den Gang ausreichend, um die Bilder an den Wänden erkennen zu lassen. Sie erinnerten mich an die Ahnenstatuten in Alcida und ich ging davon aus, dass sie alle derselben Familie angehörten. Auch ohne urSreiði-Runen lesen zu können, bemerkte ich, dass sich ein bestimmtes Muster wiederholte, und ich vermutete, dass es sich um den Familiennamen der Dargestellten handelte.

Die Bilder waren zwar von Schmutz und Spinnweben überzogen, aber ihre Motive wirkten durchaus heroisch. Die Dargestellten standen triumphierend auf den Leibern besiegter Feinde oder waren von Blumen umgeben, deren Blüten sich allesamt auf sie richteten wie auf die Leben spendende Sonne. Die Hautfarbe variierte, und die Beleuchtung war nicht sonderlich gut geeignet, ein sicheres Urteil abzugeben, aber die meisten von ihnen schienen Faryaah-Tse in der Hautfarbe sehr zu ähneln.

Der Tunnel endete in einem seltsamen Raum aus zwei Kugeln, die wie Seifenblasen in der Mitte zusammenhingen. Die Eingangskugel war geräumig und enthielt einen großen Kamin unmittelbar links vom Eingang. Ein Ring von Leuchtfeldern zog sich über meinem Kopf über die Wand und verlief knapp über dem Portal, das die Verbindung der beiden Kugeln darstellte. Ein flacher Boden aus Steinfliesen schnitt in beiden Räumen die Bodenwölbung ab, aber der Boden der zweiten Kugel lag einen Meter über dem es Eingangsraums. Aus beiden führten weitere runde Türen in Nebenzimmer, und die Bemalung in beiden stellte Blumen und Tiere – darunter auch Vögel – dar, die in einem komplexen Muster aus Beinen, Schwänzen und Körpern ineinander verwoben waren. Einer der Linien zu folgen, war eine Aufgabe von hypnotischer Wirkung, die mich stundenlang hätte beschäftigen können.

Faryaah-Tse trat in die Mitte des Eingangszimmers. Im Kamin aufgeschichtete Steine leuchteten in einem sanften, pulsierenden Rotton auf und strahlten Wärme ab. Sie lächelte, jenes warme, vertraute Lächeln, das sich aus lieben Erinnerungen oder unerwarteten Entdeckungen speist. Sie streckte die Hände zum Kamin aus, dann nickte sie uns zu. »Willkommen daheim.«

Wir hatten uns über den Raum verteilt und zogen unsere schwere Winterkleidung aus. Baron Norderstett löste den wollenen Mantel und schüttelte Tropfen schmelzenden Schnees ab. »Euer ›daheim‹ klingt, als würdet Ihr diesen Ort erkennen.«

»Es ist mehr so, dass er mich erkennt.« Sie drehte sich um und kehrte der zunehmendem Glut des Kamins den Rücken zu. »Vor langer Zeit wurde in diesem Raum Magik gewirkt und Zauber gesprochen, die in der Gegenwart eines Mitglieds der Blutlinie Kimp wirksam werden. Als wir vor zehn Generationen von hier aufbrachen, um nach Süden zu ziehen, haben wir nicht erwartet, jemals zurückzukehren. Zumindest wurde mir das so überliefert. Dass die Königin uns hier untergebracht hat, ist entweder ein Zeichen von Respekt, oder sie verspottet mich als Reinblut mit meiner Rückkehr.«

Brencis Galacos strich sich über den weißen Kinnbart. »Reinblut?«

Faryaah-Tse zögerte einen Augenblick, dann drehte sie sich um und starrte in den Kamin. »Die urSreiði führen ein anderes Leben als die Menschen oder Ælfen. Diese Unterkunft, die man uns zugeteilt hat, nennt sich Coric. Hier würde für gewöhnlich die Matriarchin einer Familie residieren, dort oben, in einem der Zimmer, die von der inneren Kammer abgehen. Ihre Töchter würden ihr Gesellschaft leisten, ebenso wie Schwestern, und alle würden helfen, ihre Kinder aufzuziehen. Gelegentlich würden andere Schwestern oder Töchter die Erlaubnis erhalten, Kinder auszutragen, um Bindungen zu anderen Familien zu schaffen und Allianzen zu schließen.«

Siede zog die linke Augenbraue hoch. »Die Männer werden getrennt untergebracht, bei der Familie der Frau?«

»In der Regel ja, nachdem sie die Geschlechtsreife erlangt haben.« Sie breitete die Arme aus und deutete auf die an die untere Kugel angrenzenden Zimmer. »Das sind urZreð-Räume, sowohl für die Männer der eigenen Familie wie für Besucher, die hier sind, um einer urSreð ein Kind zu machen. Die meisten Männer erkennen diese

Regeln an, aber wenn sie rebellieren, werden sie vertrieben. Ihr habt vermutlich Geschichten über den einen oder anderen einzelgängerischen urZreð gehört, der in einer Mine arbeitet oder unter einer Brücke haust. Das sind solche Verstoßenen.«

Ich runzelte die Stirn. »Doch in diesen Geschichten werden sie wie Monster dargestellt.«

»Das sind sie auch, oder sie werden es.« Faryaah-Tse zuckte die Achseln. »Von der Zivilisation abgeschnitten werden sie bösartig, und ich fürchte, dass für die urSreiði hier dasselbe gilt.« Sie kehrte dem Kamin wieder den Rücken zu und trat etwas zur Seite, sodass wir ihr Gesicht erkennen konnten, statt sie nur als dunkle Silhouette vor der Glut zu sehen. »Stellt euch vor, ihr gebt eine Stadt auf, Yslin zum Beispiel, und niemand bleibt dort zurück außer den Krüppeln, Bettlern und Tagedieben. Tausend Jahre später hättet ihr diesen Zustand hier.«

Jeturna lachte laut. »Ihr unterschätzt die menschliche Fähigkeit, die Gesellschaft zu verderben. Wir wären schon nach ein oder zwei Monaten so weit.«

Wir mussten alle lachen, Menschen, urSreð und Ælfen, und die Spannung war gebrochen. Faryaah-Tses Erklärungen waren ihr sichtlich schwer gefallen und hatten mir mehr über die urSreiði verraten, als ich in einem Leben im Schatten Bokaguls erfahren hatte. Die urSreiði sind nicht umsonst bekannt für ihre Verschlossenheit. Sie hatte sehr viel mit uns geteilt, und ich nahm das als Zeichen dafür, wie sehr sie uns vertraute.

Bald darauf brachten ein paar urSreiði unser Gepäck und wir schafften es in die Zimmer. Ich teilte mir eine der oberen Kammern mit Siede. Sie waren eleganter als die langen, kantigen Räume für die männlichen urSreiði oder urZreð. Die Einrichtung aller Zimmer war aus Stein, aber in unserer Kammer waren die Ecken abgerundet und größere Flächen bemalt. Wir hatten einen kleinen Kamin, der eine gewisse Wärme ausstrahlte, und mehr als genug Platz unter den Schlafplatten, um unsere komplette Ausrüstung zu verstauen.

Die urZreð-Kammern wirkten eher wie Lagerhallen mit Regalen, die als Schlafstellen dienten. Sie enthielten genug Platten für zehn Mann – was vermutlich für die doppelte Anzahl urSreiði reichte –, und die Ecken und Kanten waren scharf und spitz wie die von Waffen. Außerdem waren diese Zimmer ungeheizt, aber so tief im Berg wurde es nie richtig kalt, sodass Decken und Felle genügt hätten, um behaglich warm schlafen zu können.

Nachdem wir uns eingerichtet hatten, schickte Tzindr-Coraxoc nach uns. Eine missgestaltete Führerin humpelte vor uns durch die Gänge und brachte uns zu einer Kammer, die ebenfalls eine Beziehung zur Familie Kimp besitzen musste, denn in Faryaah-Tses Gegenwart wurde es augenblicklich warm. Das lange Zimmer hatte eine mit Bildern von urSreiði bemalte Decke, die von derselben Art verwundener Knotenarbeit unterteilt wurde, wie ich sie im Coric gesehen hatte. Durch die Mitte des Raums zog sich ein langer Steintisch, der beim Bau des Zimmers aus dem Fels gehauen worden war. Hölzerne Stühle und Bänke flankierten ihn, und auf seiner Mitte standen eine Menge dicke Kerzen. Der Tisch war mit zerbeulten Tellern, Schüsseln und Pokalen aus Gold gedeckt, und auf Platten, die groß genug waren, im Kampf als Schild zu dienen, häufte sich dampfendes Essen, von dem ich stark vermutete, dass es zumindest teilweise aus unseren Vorräten stammte.

Tzindr-Coraxoc erhob sich von ihrem hochlehnigen Stuhl am entfernten Ende des Tisches und breitete die Arme aus. »Ihr habt um die Gastfreundschaft Boraguls ersucht und wir gewähren sie euch. Dies ist das Beste, was wir anzubieten haben.«

Jeder von uns hatte eine persönliche Dienerin. Meine nahm mich bei der Hand und führte mich zu meinem

Platz. Ich setzte mich auf den Stuhl und stellte fest, dass meine Knie sich oberhalb meiner Hüften wiederfanden, da mein Sitzplatz für urSreiðimaße gedacht war. Trotzdem saß ich geradezu lächerlich hoch über dem Tisch, also schob ich den Stuhl zurück und setzte mich auf den Boden.

Die Königin Boraguls schleuderte mir einen eisigen Blick zu und knurrte etwas in einer Sprache, die ich nicht verstand.

Faryaah-Tse, die zu Tzindr-Coraxocs Rechten gesetzt worden war, lehnte sich vor. »Er wollte Euch nicht beleidigen, meine Königin. Diese Menschen haben einen Eid geschworen, dass sie als einzige Sitzgelegenheit den Sattel dulden werden, bis ihre Mission erfüllt ist.«

Die Königin nickte, und auch der Rest unserer Kompanie schob die Stühle zurück. Nur Siede und Winfellis blieben auf der Bank sitzen, die sie miteinander teilten. Indem sie etwas nach vorne rutschten, konnten sie die Beine unter sich schieben, sodass sie mehr oder weniger am Tisch knieten. Drugi murmelte etwas, dass die Kälte aus dem Boden in seine alten Knochen stieg.

Brencis sah zu ihm hinüber und schnaubte: »Danach berechnet, woher wir kommen, dürfte sie eher aus den Knochen in den Stein fließen und nicht anders herum, mein Freund.«

Dieser Witz gefiel selbst der Königin. Sie lachte, dann klatschte sie in die Hände, und das Festmahl begann. Das Seltsamste daran war nicht das Essen, sondern die Art, wie es eingenommen wurde: mithilfe der Diener, deren Körper je nach Gang ihre Form veränderten und ein lebendes Besteck lieferten. Die rechte Hand meiner Dienerin wurde zuerst zu einem Löffel für die Suppe, dann zu einer Zange für das Fleisch. Während ich aß, bemerkte ich, wie sie hungrig auf mein Essen starrte. Da ich bereits vermutete, dass die urSreiði hier nicht genug zu essen bekamen und ihnen dadurch die Kraft fehlte, sich vollständig zu verwandeln, ließ ich bei allen Gängen etwas auf dem Teller, damit sie es sich später einverleiben konnte.

So bizarr die Umgebung und das Besteck auch waren, das Essen selbst war ausgezeichnet und sehr scharf. Die Suppe war eine ziemlich dünne Brühe mit Pilzen, etwas Gemüse und noch ein paar anderen Zutaten, nach deren genauer Herkunft ich lieber nicht fragte, schmeckte sehr gut und war heiß genug, mir die Lippen zu verbrennen. Es fiel mir schwerer, etwas für meine Dienerin übrig zu lassen, als ich erwartet hätte.

Die meisten anderen Gänge waren von brauner Soße überzogen, was mir sehr recht war, da ich manche der Knochen, die mir begegneten, nicht bestimmen konnte. Es schmeckte alles sehr exotisch und gar nicht übel, aber ich dinierte ganz sicher nicht bei Hühnchen, Schwein, Rind oder auch nur Hammel. Was immer es war, es schmeckte besser als Dörrfleisch, und ich verschlang es geradezu.

Der Wein erwies sich als überraschend gut. Ich besitze nicht Leifs Gabe, mit nicht mehr als einem Schnuppern Jahrgang und Herkunft eines Weins zu erraten, aber er schmeckte mir. Der dunkle Wein hatte Fülle und einen Hauch von Beerigkeit. Er schmeckte jedenfalls nicht so, als wäre er tausend Jahre irgendwo in einem Fass abgelagert gewesen, also besaßen die urSreiði von Boragul entweder versteckte Weingärten irgendwo in den hohen Gebirgslagen, oder sie betrieben einen begrenzten Handel mit anderen Völkern.

Das Glanzstück des Gelages wurde erst später aufgetragen, nach der Suppe und mehreren Vorspeisen. Vom Standpunkt eines Gourmets mochte es eine durchaus spektakuläre Mahlzeit gewesen sein, aber leider war sie auf eine Weise angerichtet, die keinerlei Zweifel über ihre Herkunft erlaubte. Das größte der Tiere lag auf der Servierplatte, wie es vor einem wärmenden Kamin gelegen haben mochte, als es noch lebte. Es war mit einem kleineren Tier gefüllt, das seinerseits ebenfalls mit einem noch kleineren Tier gefüllt war, etwa so, als hätten sie einander jeweils ganz verschlungen. Das Erstaunlichste daran aber war, dass der mit einer mit Ratte gefüllten Katze gefüllte Hund so köstlich gewürzt war, dass mir das Wasser im Munde zusammenlief, obwohl ich am liebsten davongerannt wäre.

Die Königin nickte mir zu. »Ich habe mir sagen lassen, Tarrant Valkener, dass er der Jüngste an diesem Tisch ist. Daher hat er die Ehre, sich das beste Stück nehmen zu dürfen.«

Ich hustete in die Faust, um meine Überraschung zu überspielen. Ich warf Faryaah-Tse einen schnellen Blick zu, aber sie starrte mich nur an und nickte. Meine Gedanken rasten. Ich hatte noch nie auch nur daran gedacht, einen Hund zu verspeisen, daher war die Vorstellung eines Hundes als Mahlzeit mir völlig fremd. Und das beste Stück. Was mochte das sein? Ich war kein Metzger, der Erfahrung darin hatte, welches Teil eines Tieres den besten Geschmack bot. Ich wusste nicht, welche Wahl ich treffen sollte, aber mir war klar, dass ich mich entscheiden musste, und die Tatsache, dass die Bilder sämtlicher Hunde, die ich je gestreichelt hatte, an meinem inneren Auge vorbeizogen, half dabei auch nicht gerade. Ich konnte ihre Köpfe unter meiner Hand fühlen, ihre Augen zu mir hochstarren sehen. Ich war verloren.

Faryaah-Tses zweites Nicken zwang mich, eine Entscheidung zu treffen. »Königin Tzindr-Coraxoc, in meiner Heimat Oriosa gibt es nur eine Wahl, die als das beste Stück bezeichnet werden kann.« Ich deutete auf den Kopf des Hundes. »Hier, der schmale Muskelstreifen an der Oberseite. Ich werde mir nur das Stück auf der rechten Seite nehmen, und die linke für jemand anderen lassen.«

Die Königin lächelte bedächtig. »Ausgezeichnete Wahl.«

Ich neigte den Kopf in ihre Richtung. »Danke.«

Sie klopfte mit dem Finger auf den Tisch. »Er wird mir erklären, *warum* dies das beste Stück ist.«

Meine Kaumuskeln spielten, als ich versuchte, meine Überraschung und Konsternation zu verbergen. Einmal hatte ich Glück gehabt, aber ein zweites Mal?

Ich sah sie an und zwang mich zur Ruhe, als mir die Erleuchtung kam. »Es ist das beste Stück, weil es der Muskel ist, mit dem der Hund kaut, und wir kauen ihn ebenfalls. Es ist das einzige Stück, das für uns dieselbe Bedeutung hat wie für den Hund.«

Die Königin klatschte in die Hände. »Ausgezeichnet, ausgezeichnet! Nun genießt unseren Hauptgang.«

Wir aßen alle davon, aber nur zurückhaltend. Es erschien mir recht seltsam, dass man dort Hunde, Katzen und Ratten aß, aber sich Temeryxen als Haustiere hielt. Andererseits wäre es den Boragul-urSreiði vermutlich seltsam erschienen, wenn sie gewusst hätten, dass ich Temeryx gegessen hatte, und ich kann dem geneigten Leser versichern, dass Temeryx, auch wenn er eine Spur von Wild hat, besser schmeckt als Hund.

Nachdem der Hauptgang abgetragen war, brachte man einen süßen Wein und Pastetchen gefüllt mit Beeren und Nüssen. Mit ihrer Hilfe gelang es mir, den Hundegeschmack aus meinem Mund zu spülen, und ich ließ meiner Dienerin nichts übrig. Der Wein entspannte uns und löste unsere Zungen. Wir erzählten blumige Geschichten über unsere Abenteuer, und die Königin war sprachlos, als sie hörte, was wir alles erlebt und welch weiten Weg wir hinter uns hatten.

Im ewigen Dämmerschein Boraguls hatten wir keine Ahnung, wie viel Zeit verstrichen war. Aber es dauerte nicht lange, bis sich erste Gähner unter das Gelächter mischten, und wir wussten, dass es an der Zeit war, sich zurückzuziehen. Nachdem wir uns bei unserer Gastgeberin bedankt hatten, folgten wir Faryaah-Tse zurück in unsere Unterkunft, und mit Ausnahme Drugis, der noch einen Verdauungsspaziergang machen wollte, legten wir uns schlafen.

Siede und ich liebten uns in jener Nacht und schoben unser Verlangen halb auf den Wein und halb auf die urSreiði-Magik, die für die urSreð, die Nachkommen zeugen wollten, über diese Kammern gesprochen worden war. In dieser Nacht vereinigten wir uns langsam, warm und wohlig. Nichts drängte uns, kein Gefühl, dass wir Tod oder Verderben abhalten mussten, es war nichts als eine willkommene Gelegenheit, mit und ineinander unsere Freude zu teilen.

Ich erwachte und nahm an, dass es Morgen war, auch wenn ich keine Möglichkeit hatte, das zu überprüfen. Ich zog mich an und schlenderte hinaus in die Hauptkammer, wo noch andere unserer Kompanie sich versammelten und müde die Augen rieben. Keiner von uns hatte einen Kater, was sehr erfreulich war, und wir waren uns alle einig, dass wir genug Hund für den Rest unseres Lebens gegessen hatten.

Brencis sah sich um und runzelte die Stirn. »Valkener, hast du Drugi gesehen?«

Ich schüttelte den Kopf. »Ist er nicht da drüben in seinem Zimmer?«

»Seine Decken liegen aufgeschlagen auf dem Bett, aber das hat er schon gemacht, bevor wir gestern zum Essen gegangen sind.«

Baron Norderstett kam die Stufen von der oberen Kugel herab. »Hat irgendjemand Drugi gestern Nacht zurückkommen sehen?«

Alle schüttelten den Kopf.

Mir schauderte. »Das gefällt mir gar nicht.«

»Mir auch nicht.« Baron Norderstett sah sich unter uns um. »Wir müssen nach ihm suchen. Wir werden die Suche als den Wunsch tarnen, die Pracht und Größe Boraguls zu genießen. Wir teilen uns in Zweiergruppen auf.«

Aren Asvaldget hob die Hand. »Ohne Drugi fehlt uns jemand für die letzte Paarung. Ich gehe allein.«

»Nein, ich gehe allein«, lächelte der Baron. »Du kommst auch gut mit Edamis aus. Mir ist es lieber, wenn ihr euch zusammentut. Nehmt Waffen mit. Wir wissen nicht, was los ist, und mit etwas Glück ist es ein falscher Alarm, aber ich will kein Risiko eingehen.«

Ich kehrte in die Kammer zurück, die ich mir mit Siede teilte, weckte sie und erzählte ihr, was vorgefallen war. Sie zog sich hastig an und ich legte Tsamoc um. Ich schob ein Schnattererlangmesser in die Schwertscheide an der rechten Seite und stopfte den Dolch, den ich von Net bekommen hatte, in den rechten Stiefelschaft. Sie schnürte sich Schwert und Dolch um und wir machten uns auf die Suche.

Baron Norderstetts Vorwand für die Suche war gar nicht so fadenscheinig, wie es sich anhören mag. Die Säle Boraguls waren tatsächlich eine Pracht. Ich sah zwar nicht allzu viel davon, aber Siede beschrieb mir vieles in exquisiten Einzelheiten. Ich hörte Ehrfurcht in ihrer Stimme, vor dem, was sich vor ihren nachtsichtigen Augen ausbreitete, aber auch Verärgerung darüber, dass die urSreiði es derart von Fledermäusen und anderen wilden Tieren hatten verschmutzen lassen.

»Was sie hier zugelassen haben, ist nicht besser als das, was die Aurolanen Vorquellyn antaten. Es ist böse.«

Während wir durch die Hallen wanderten, nahm ich mir die Zeit, mich umzusehen und mir jede Abzweigung zu merken. Wo ich eine dicke Staubschicht fand, zeichnete ich mit dem Stiefelabsatz ein Kreuz auf den Boden. Der Staub erwies sich auch in anderer Hinsicht als nützlich, denn er hielt Fußabdrücke über lange Zeit fest, und überall, wo Spuren von den Hauptverkehrsstrecken abzweigten, hielt ich Ausschau nach Drugis Abdrücken.

Ein paar Treppen höher und mehrere Biegungen später

sah ich eine Spur, von der ich mir nicht sicher war, ob ich sie erkannte. Sie stammte nicht von Stiefeln, und auch wenn die meisten urSreiði mit nackten Füßen herumzulaufen schienen, waren ihre Füße kleiner als jene, die diese Spur hinterlassen hatten. Außerdem war diese Spur gleichmäßig, und angesichts der Tatsache, dass die meisten hiesigen urSreiði lahm waren, schien das äußerst bemerkenswert. Siede hockte sich kurz hin und betrachtete die Spuren, dann winkte sie mich schweigend weiter, den dunklen Gang hinab, in den sie führten.

Die Spuren zogen sich noch zwanzig Meter weiter, an mehreren Eingängen vorbei, dann bogen sie nach rechts zu einem von ihnen ab. Ein großer Stein blockierte das Portal, und trotz angestrengten Lauschens war nichts zu hören. Ich deutete ein Anklopfen an, aber Siede schüttelte den Kopf. Stattdessen ließ sie mich in die Hocke gehen und ihre Beine in Kniehöhe fassen. Als ich wieder aufstand, konnte sie mit ausgestrecktem Arm den Schlussstein des Portals berühren.

Als der Stein beiseite rollte, drang ein moschusartiger Geruch an meine Nase, den ich sofort erkannte. Ich stolperte nach hinten und stürzte, und Siede fiel auf meine Brust. Ich konnte ein Husten nicht unterdrücken, dann wälzte sie sich nach links. Ich drehte mich, kam auf die Knie hoch und zog Tsamoc.

»Das kann nicht wahr sein«, hauchte sie, als sie ebenfalls blankzog.

»Es ist wahr, Siede.« Magensäure brannte in meiner Kehle. »Es war alles eine Falle.«

Das Portal gab den Weg in einen riesigen Saal frei, in dessen Innerem gedämpfte Lichter flackerten. Der Boden war mit erhöhten Plattformen übersät, die man aber kaum erkennen konnte, weil auf den ersten Blick ein dicker Teppich alles zu bedecken schien. Das Problem dabei war nur, dass dieser Teppich sich bewegte … Genau genommen wimmelte er, und zwar von kleinen Fellbündeln, die sich den Weg auf die Plattformen hinauf bahnten.

Dort oben lagen gewaltige Kreaturen, so fett wie Mastsäue, aber von der Größe eines Ochsen. Im weißen Fell ihrer Bauchseiten waren ein Dutzend rote Zitzen zu erkennen. Die Brutmütter bewegten sich so gut wie überhaupt nicht, aber ihre Nachkommenschaft, Hunderte maunzender, fleckiger Junge, bissen und kratzten einander in ihrem Bemühen, die Nahrungsquellen zu erreichen.

»Boragul, die Kinderstube der Schnatterfratzen.« Siede schüttelte den Kopf. »Lauf, Valkener, und bete, dass wir weit und schnell genug laufen können.«

Kapitel Zweiundvierzig

Wir liefen los, aber weder weit genug noch schnell genug. Tsamoc sang, als es kurze Speere parierte und im Aufwärtshieb die Leiber von Schnatterern aufschlitzte. Einer stieß nach meinem Bauch, aber beide Hände um Tsamocs Heft gelegt, zwang ich das Langmesser hoch und herum, dann griff ich nach und hieb hart abwärts.

Siede bleckte Furcht erregend die strahlend weißen Zähne in einem von Schnattererblut besudelten Gesicht. Wir ließen die toten und wimmernden Schnatterfratzen zurück und rannten die Korridore hinab. Wir begegneten hauptsächlich Schnatterern, aber gelegentlich stellten sich uns auch urSreiði mit Rudeln kleiner Temeryxen entgegen. Sie hatten sich in das verwandelt, was sie sich unter Kriegern vorstellten, mit dem Ergebnis, dass sie halb gepanzert und unzureichend bewaffnet waren. Faryaah-Tse hätte sie verspottet, hätte sie diese Gestalten zu Gesicht bekommen.

Sie stürzten sich ohne die geringste Überlegung auf uns. Vermutlich lag es daran, dass sie sich uns haushoch überlegen fühlten. Wir nahmen ihr Gefühl der Überlegenheit und hackten es zusammen mit seinen Besitzern in kleine Stücke, dann ließen wir sie auf dem kalten Steinboden zurück, wo ihre Schoßtiere sie verspeisten.

Uns war klar, dass wir tot waren, und der Irrsinn ließ uns laut aufheulen. Unser Gebrüll glich dem der Schnatterer, die uns hetzten. Wir brüllten sie umso lauter an, forderten sie heraus, und sie heulten zurück.

Wären sie Menschen gewesen, hätte die Wildheit und

Waghalsigkeit unserer Attacken sie wahrscheinlich überrascht, aber diese Kreaturen besaßen keine nennenswerte Intelligenz. Ihre Überraschung hatte allein damit zu tun, dass wir uns von ihrem Knurren nicht abschrecken ließen, dass wir es wagten, sie anzugreifen, und dass an unseren Kleidern und Körpern das Blut ihresgleichen hing.

Ich folgte Siede, rannte so schnell meine Füße mich trugen, um sie nicht aus den Augen zu verlieren. Ihre Augen sahen mehr als meine, und in gewisser Weise war ich froh, so wenig sehen zu können. Die lose flatternden Fetzen ihres Hemds zeigten mir, dass sie ebenso zugerichtet war wie ich. Keine tödlichen Verletzungen, das zumindest nicht, aber genug, um mich irgendwann langsam genug zu machen, um die Verfolger aufholen zu lassen.

Siede trieb mich an, nicht zurückzubleiben, und rannte voraus auf eine Kreuzung zu. Sie drehte sich nach rechts, und eine Schnatterfratze sprang mit einem Speer auf den Korridor und stieß sie von der Seite her durch ihre Brust. Ich hörte sie aufschreien und sah die Speerspitze in ihrem Rücken durchs Hemd stoßen. Der Schnatterer hob sie in die Höhe, mit strampelnden Armen und Beinen, und schüttelte den Speer, um sie noch lauter schreien zu lassen.

Es dauerte nur einen Herzschlag, bis ich ihren Angreifer erreicht hatte. Tsamoc zuckte herab und schlug durch den Speerschaft. Ich traf die Schnatterfratze mit der rechten Schulter und schleuderte sie zu Boden.

Ich wirbelte nach links und riss Tsamoc hoch unter einen zweiten Speer, diesmal für mich bestimmt. Ich schnitt einer Schnatterfratze mit einem waagerechten Hieb den Leib auf, dann parierte ich einen anderen Speer weit nach links. Ich duckte mich nach rechts und ließ den Schnatterer an mir vorbeilaufen, dann peitschte mein Schwert in einem flachen Bogen herum. Tsamoc sang, als es ihm den Schädel spaltete.

Ein Hieb traf mich an der linken Wade, ritzte aber nur die Haut. Ich ließ mich vom Schwung meiner Drehung weitertragen und schlug Tsamoc nach unten. Ich erwischte den Schnatterer zwischen Schulter und Hals, und eine Blutfontäne schoss mir entgegen. Er brach zusammen und ich drehte mich weiter, schlug von rechts oben nach links unten. Der Hieb traf den ersten Schnatterer, den, der Siede durchbohrt hatte, hackte ihm die Hände ab und schnitt durch seinen Hals. Er hätte ihn von der Schulter bis zur Hüfte aufgeschlitzt, hätte er nicht auf den Knien um Gnade gewinselt.

Ich rannte zu Siede, die sich an die nächste Wand geschleppt hatte. Sie hatte eine verschmierte Blutspur auf dem Boden hinterlassen, und der zerborstene Speerschaft in ihrem Leib zitterte bei jedem Atemzug. Eine glänzende Schwärze breitete sich um die Verletzung herum aus. Ich streckte die Hände aus, um sie auf die Wunde zu drücken, einfach um irgendetwas zu tun, aber ihre Hände stoppten mich.

»Geh, Tarrant, geh. Lass mich.«

»Ich kann dich nicht hier zurücklassen.«

Ihre Brust hievte mit jedem mühsamen Atemzug. »Du kannst mich nicht tragen. Ich kann nicht laufen. Geh. Geh!«

Meine Tränen ließen ihr Bild vor meinen Augen verschwimmen. »Ich kann nicht. Ich liebe dich.«

Sie lachte, und wäre ihr Lachen nicht von Schmerz gezeichnet gewesen, hätte ich es wundervoll gefunden. »Lieber Tarrant. Du musst hier fort. Wenn du mich liebst, dann erfülle mir diese Bitte.« Sie hustete, und auf ihren Lippen war Blut. »Lass mich in dem Wissen sterben, dass du entkommen bist.«

»Siede, ich kann dich nicht zurücklassen.«

»Du musst.« Sie hob die Hand und streichelte meine Wange. Ihr Daumen strich eine Träne fort. »Geh, Tarrant. Hol Hilfe, ja?«

Ich nickte. »Stirb mir nicht weg. Ich komme wieder und hole dich.«

»Ich weiß.« Sie trat kraftlos nach mir. »Beeile dich, Tarrant. Finde die anderen. Und komm zurück.«

Ich hob Tsamoc vom Boden und stand auf, dann wandte ich mich ab, um sie nicht sterben sehen zu müssen. Ich sah mich um und erkannte nichts, also wählte ich irgendeine Richtung und lief los. Ich lief so schnell und entschlossen ich konnte, um ihr zu zeigen, dass ich Hilfe holte. Es spielte keine Rolle, dass uns beiden klar war – es war für jede Hilfe zu spät. Ich wollte ihr die Möglichkeit geben, mit dieser Hoffnung zu sterben und mich mit dem Wissen trösten, dass ich sie ihr gegeben hatte.

Ich fand die anderen, so wie Siede es mir aufgetragen hatte. Ich fand sie hier und da, teilweise über Korridore verstreut. Winfellis hatte sich heldenhaft geschlagen und eine Spur verbrannter und zerschmetterter Schnatterfratzen und Vylænz hinterlassen. Wahrscheinlich hatte sie irgendwann einfach die Kraft verlassen und die Schnatterer hatten sie eingeholt und getötet.

Brencis Galacos und Jeturna Costasi waren Seite an Seite gefallen. Ein halbes Dutzend Speere hatte ihn durchbohrt. Sie hatte ihren Schwertarm verloren und jemand hatte ihr den Kopf abgeschlagen. Ich konnte ihn nirgends finden, aber ihr Körper lag über Brencis' Beinen. Ich schloss ihm die Augen und lief weiter.

Auf meiner Suche begegnete ich auch Schnatterern, aber ich fühlte mich weniger als Beute denn als Jäger. Die Regeln, nach denen ich handelte, waren einfach: Ich musste alles töten, was mir begegnete, oder ich würde sterben. Ich hatte keinen Grund, mich zurückzuhalten, keinen Grund, mich vorzusehen. Ich knurrte und schnappte mit derselben Wildheit nach ihnen, mit der sie sich auf mich stürzten. Ich hackte mit dem Schwert nach ihnen, stach mit dem Langmesser, trat und boxte, biss und fluchte. Ich kämpfte mit allen Mitteln, die ich hatte, nutzte jeden Vorteil, der sich mir bot, und kam durch.

Schließlich fand ich meine Markierungen wieder und lief die Treppen hinab. Ich schleppte mich zurück in unser Quartier. Eine Schnatterfratze lag tot vor dem Eingang, und an der Richtung, in die ihr Kopf zeigte, sah ich, dass sie aus dem Innern gekommen war. Vorsichtig stieg ich über sie hinweg und trat in den Tunnel. Er war übersät von Schnattererkadavern.

Ich fand noch fünf tote Schnatterer in der unteren Kugel und einen, der auf dem Rücken auf den Stufen zur oberen lag. Blutflecken zeichneten eine Spur zu der Kammer, in der Baron Norderstett gewohnt hatte. Ich rannte zur Tür, keuchte erschreckt, dann sprang ich hinein und fiel auf die Knie.

Baron Norderstett lehnte zusammengesunken an der Steinplatte, auf der er in der Nacht zuvor geschlafen hatte. An den Blutspuren an der Kante sah ich, dass er versucht hatte, sich hinaufzuziehen, aber seine Kräfte hatten ihn verlassen. Einen Augenblick lang glaubte ich, er wäre tot, dann öffnete sich eines seiner Augen.

»Valkener?« Er brachte das Wort kaum heraus. »Lebst?«

»Ich lebe, ja.«

»Andere?«

»Manche tot, bei anderen weiß ich es nicht.« Ich legte seinen rechten Arm über meine Schultern. »Haltet Euch fest, ich hebe Euch aufs Bett.«

Er zog zischend die Luft ein, als ich ihn hochhob. Er schaffte es trotz seiner Schmerzen, den linken Arm über den Bauch zu legen, und ich sah, dass der Unterarm brutal gebrochen war. Ich ließ ihn aufs Bett sinken, und er seufzte, als er sich ausstreckte. Dabei stellte ich fest, dass auch sein rechter Knöchel nicht mehr in Ordnung war.

»Mein Fürst, ich hole die Kräuter aus Arens Gepäck. Ich weiß genug, um Metholanth zu erkennen.«

»Nein, Tarrant.« Er klammerte sich mit der rechten Hand an meinen Arm. »Geh nicht.«

»Aber Ihr braucht die Medizin für Eure Genesung.«

Er schüttelte den Kopf. »Für mich gibt es keine Genesung.« Er hob den linken Arm am Ellbogen. »Ich habe eine Bauchwunde. Ohne Magik kann ich nicht genesen. Ich kann die Infektion schon fühlen.«

»Aber Metholanth wird helfen.«

»Zu wenig, und zu spät.« Baron Norderstett schenkte mir ein mutiges Lächeln. »Du musst etwas für mich tun. Ein Phönixritter muss verbrannt werden, nicht beerdigt. Verbrannt. Du musst meine Leiche verbrennen.«

Ich nickte. »Verbrennen, ich verstehe. Aber erst hole ich die Kräuter und erkaufe Euch etwas Zeit, um Hilfe zu holen.« Ich verdrängte das Wissen darum, dass Winfellis tot war. Es musste noch einen anderen Weg geben, ihn zu retten. »Und irgendwann in der Zukunft, in Valsina, werde ich Eure Leiche verbrennen. Ich verspreche es, bei meinem Leben und meiner Seele.«

Seine braunen Augen funkelten. »Nimm mir die Maske ab. Ich will mit dir teilen, wie ich aussehe.«

»Nein, mein Fürst. Das kann ich nicht.«

»Tu es, Tarrant. Und nenne mich bei meinem Namen.«

Ich nickte und zog seine Maske ab. Nichts, was ich darunter sah, überraschte mich sonderlich. Ich hatte mir seine Nase nicht ganz so gerade vorgestellt, oder seinen Haaransatz nicht ganz so weit zurück. Ich hätte das Gefühl haben müssen, einen völlig Fremden zu sehen, aber so war es nicht. Es schien mir, als hätte ich sein Gesicht mein ganzes Leben lang gekannt.

»So, Kenvin. Ist das besser?«

»Ja. Danke.« Er drückte die Maske in meinen Händen an meine Brust. »Bring diese Maske Leif.«

»Wie Ihr es wünscht.«

Er schloss die Augen. »Eine Sache noch sollst du für mich tun, Tarrant.«

»Was, Kenvin?«

Seine Hand glitt zu meinem linken Handgelenk herab und packte es fest. »Ich möchte, dass du mich tötest.«

»Was? Nein!«

»Doch, Tarrant. Schlitze mir die Pulsader auf. Lass mich einschlafen und verbluten.«

»Das kann ich nicht.«

»Du musst.« Baron Norderstetts Mund öffnete sich, und seine Augen schienen aus den Höhlen treten zu wollen, als sein ganzer Körper sich schüttelte. Die Schmerzen auf seinem Gesicht waren unübersehbar, und als sein Körper wieder erschlaffte, verebbte die Kraft in seinem Griff um meinen Arm. »Die Schmerzen. Ich kann …«

»Aber Ihr seid Baron Norderstett. Wie könnt Ihr vor so etwas wie Schmerzen kapitulieren?«

Ein kurzes, keuchendes Lachen drang aus seinem Mund. »Du redest von einer Legende. Ich bin nur Fleisch und Blut. Schmerzendes Fleisch. Auslaufendes Blut. Lass mich nicht so verenden.«

»Nein. Ihr habt mir Euer Vertrauen gegeben, und ich werde einen Weg finden, Euch zu retten. Darauf müsst Ihr vertrauen.«

»Valkener, Valkener.« Er lächelte mich an und schloss die Augen. »Du musst mich töten. Ich sage dir, warum.«

Dort auf seinem Totenbett verriet Baron Kenvin Norderstett mir das Geheimnis, von dem er sagte, dass nur eine einzige andere lebende Person es kannte. Er sagte mir, dass sein Geheimnis der Grund war, dass die letzte Etappe unserer Mission zum Scheitern verurteilt war. Er sagte, er habe das von Beginn an gewusst, aber sich mit der Erinnerung an die Siege, die er früher errungen hatte, eingeredet, es müsse nicht so sein. In seiner Arroganz hatte er uns alle zum Untergang verurteilt. Er hatte Siede in den Tod geführt. Er hatte sogar mich in Gefahr gebracht, nur, weil er sich und der Welt etwas beweisen musste.

Was er mir beichtete, ließ mich frösteln. Die Kälte seiner Enthüllung drang bis tief in mein Innerstes, aber zugleich beantwortete sie viele nagende kleine Fragen, die ich nie gestellt hatte. Ich werde das Geheimnis hier und jetzt nicht enthüllen, denn noch gibt es Personen, denen ich damit schaden könnte. Ich erwähne das Geheimnis überhaupt nur deshalb, weil diese Enthüllung, von der er hoffte, sie würde mich dazu motivieren, ihn zu töten, mich im Gegenteil davon überzeugte, dass ich nichts unversucht lassen durfte, sein Leben zu retten.

Seine Beichte hatte ihn erschöpft und ich zog meinen Arm aus seinem Griff und holte die Kräuter aus Arens Gepäck. Ich mischte das Metholanth mit Wasser und stopfte es in seine Wunden, auch in die beiden üblen Stichwunden in seinem Unterleib. Ich verband ihn, so gut ich konnte, dann machte ich mich daran, all unser Gepäck und alle Vorräte in sein Zimmer zu bringen. Wir hatten genug Proviant, um lange durchzuhalten, aber kaum Wasser. Natürlich brauchte Tzindr-Coraxoc nur mehr Schnatterfratzen zu schicken, und früher oder später würden sie mich überwältigen.

Irgendwann während ich dort bei Baron Norderstett saß, schlief ich ein. Ich weiß, dass ich eingeschlafen bin, weil ich aufwachte, als eine urSreə mich mit einem langen Finger anstieß. Ich schreckte hoch und hätte sie fast niedergeschlagen, aber ich erkannte die Dienerin, die sich beim Festmahl am Abend zuvor um mich gekümmert hatte.

»Du sollst kommen.« Sie drehte sich um und schlurfte aus dem Zimmer.

Ich stand auf und schob Tsamoc in die Scheide. Ich sah auf Baron Norderstett hinab und freute mich über seinen regelmäßigen Atem. Ich küsste ihn auf die Stirn, vergewisserte mich, dass eine Schale mit Wasser dicht genug an seiner linken Hand stand, sodass er daraus trinken konnte, falls er aufwachte, und verlies den Raum. Ich folgte meiner Führerin mit ruhigem Schritt, auch, als ich an den Kadavern vorbeiging.

Warum habe ich einer der urSreiðì vertraut? Ich sah keinen Grund, es nicht zu tun. Hätten sie meinen Tod gewollt, hätten sie mich erschlagen können, während ich schlief. Dass sie mit mir reden wollten, bedeutete, dass es eine Chance für Baron Norderstetts Überleben gab, und diese Chance musste ich nutzen. Es war meine einzige Hoffnung.

Wir wanderten lange durch den Berg, auf einem kurvenreichen Umweg, der mich durch lange Gänge, Treppen hinauf und hinab und durch hallende Galerien führte. Ich genoss das Knallen meiner Stiefel auf dem Boden und das Echo von den Wänden. Ich suchte nach Spuren des Kampfes, aber ich fand keine. Um genau zu sein, war selbst der Dreck verschwunden, der Ecken und Kanten der Gehwege verunziert hatte. Statuen, von denen ich mir sicher war, dass sie halb unter Fledermaus- und Vogeldreck begraben gewesen waren, waren völlig sauber. Das Licht schien etwas stärker, die Schatten etwas härter, und in mancher Hinsicht die ganze Umgebung abweisender und feindseliger als zuvor.

Kalt.

Steril.

Tot.

Meine Führerin führte mich in einen lang gestreckten Raum, der mir ein echter Thronsaal zu sein schien. Die Säulen, auf denen die Decke ruhte, hatten die Form von urSreiðì mit enormen Schultern und Armen. Die anderen Statuen waren in Wandnischen zu ganzen Szenen arrangiert, die große urSreiðì in legendären Schlachten zeigten. In einer davon hatte ein urZreð einem Drachen drei Handstachel durch den Unterkiefer in den Kopf gestoßen. Die bloße Vorstellung, dass irgendeine Kreatur in der Lage sein könnte, nahe genug an einen Drachen heranzukommen, um ihn mit bloßer Hand zu töten, erfüllte mich mit tiefster Ehrfurcht.

Meine Führerin verließ mich am Portal, aber der freie Weg zum goldenen Thron im Zentrum des Saales ließ keinen Zweifel daran, wohin ich zu gehen hatte. Ich tat mein Bestes, die Ränge von Schnatterfratzen und Vylænz zu ignorieren, die zwischen den Säulen Aufstellung genommen hatten. Temeryxen, von den kleinen braunen, die sich die urSreiði hielten, über die Arten, die ich erlegt hatte, bis zu Großtemeryxen mit ihrem farbenprächtigen Gefieder schritten hinter den Schnattererlinien auf und ab, und die kleinen schoben gelegentlich den Kopf zwischen zwei Knien hindurch, um mich zu mustern. Zwei Hôrgun standen im Schatten des letzten Säulenpaars. Ihre Muskeln wölbten sich, als sie zwei angekettete Reifreißer festhielten.

So erschreckend das Spalier war, durch das mein Weg mich führte – was mich erwartete, machte mir noch mehr Angst. Tzindr-Coraxoc lümmelte sich auf einem riesigen Thron, der viel zu groß für sie war. Hinter ihr hingen meine Gefährten in der Luft, fünf auf jeder Seite, einschließlich Baron Norderstett und Magiker Heslin. Siede, Baron Norderstett und Heslin schienen zu leben, ebenso wie andere, aber Brencis und Jeturna waren ohne Zweifel tot. Von Drugi sah ich keine Spur, aber das fand ich ganz und gar nicht ermutigend.

Als ich bis auf zwölf Schritte an den Thron heran war, hob Tzindr-Coraxoc den Kopf, und ihr Körper veränderte sich. Ihre Beine und Arme verloren die Federn und wurden dicker, fülliger. Ihr tonnenförmiger Leib streckte sich und füllte die goldene Robe. Ihr kurzes graues Haar verwandelte sich in eine goldene Mähne. Ihre Züge wurden schärfer, und die lappig in Tzindr-Coraxocs Gesicht herabhängende Haut spannte sich. Ihre Augen nahmen eine exotische blaugrüne Farbe mit kleinen Wirbelmustern an.

Sie lehnte sich schwer auf eine der Armstützen des Throns und sah auf mich herab. »Du warst sehr amüsant, Tarrant Valkener.« Ihre Stimme war weich wie Samt, aber ohne eine Spur seiner Wärme.

»Ich hätte nicht gedacht, dass dich irgendetwas amüsieren kann, Kytrin.«

»Aber dir ist es gelungen, einfach nur durch deine Schläue, mehr nicht, wie bei dem Hund.« Sie lachte leise, wie das Rauschen von Blättern im Wind, auch wenn es für meine Ohren mehr wie das Geräusch einer Schlange klang, die durch totes Laub kriecht. »Ich sehe alles, was meine Sullanciri sehen, und was ich von dir gesehen habe, war äußerst amüsant. Du bist kaum ein Mann und hast meine Sullanciri angegriffen. Der Enterhaken und der Anker, das war einfallsreich. Und der Bogenschuss war beachtlich. Auch, wie du einen meiner eigenen Pfeile gegen eines meiner Geschöpfe eingesetzt hast, das war sehr gut durchdacht. Und bei dem Letzten – der Einsatz des Schwerts. Ich hätte es selbst nicht besser machen können.«

»Das soll vermutlich ein hohes Lob sein.«

Ihre Augen wurden schmal und die Wirbel in ihren Pupillen tanzten. »So ist es, Junge, so ist es. Du solltest es auch so auffassen.«

»Zu viel der Ehre.« Ich tat mein Bestes, ihrem Blick zu begegnen und schaffte es nur, weil ich mich hinter der Maske verstecken konnte. »Leif hat deine Sullanciri getötet. Ich habe nur getan, was ich tat, um ihn und die anderen zu retten.«

»O ja, ich weiß, Tarrant. Deine Selbstlosigkeit hat mich tief berührt.« Während sie es sagte, strich sie mit einer Hand abwärts zwischen ihre Brüste. »Deshalb werde ich dir eine Chance geben, deine Freunde zu retten.«

Sie bewegte in einer beiläufigen Geste die Hand nach hinten, und meine Gefährten zuckten, als hätten ihre Finger unsichtbare Blitze geschleudert. Siede öffnete halb die Augen und sah auf mich herab, aber ich glaube nicht, dass sie mich wirklich wahrgenommen hat. Baron Norderstett tat es sehr wohl und runzelte die Stirn, konnte den Ausdruck aber nicht lange halten. Die Köpfe der anderen rollten nur kraftlos von einer Seite zur anderen, auch der Jeturnas, der mit groben Stichen wieder an ihren Hals genäht war.

»Ein Teil von ihnen ist tot.«

»Und sie werden tot bleiben, aber es gibt Schlimmeres als den Tod, und wenn du versagst, werde ich ihnen nichts davon ersparen.« Sie gestikulierte beiläufig mit der rechten Hand, dann winkte sie mit gekrümmten Fingern. Ich hörte ein Schnauben, und einer der Großtemeryxen trabte an den Reifreißern vorbei. Seine Krallen klackten auf dem Steinboden, dann blieb er neben mir stehen. Seine Schnauze lag fast auf meiner rechten Schulter. Sein Atem donnerte in meinen Ohren.

Kytrins Blick spießte mich auf. »Die Regeln lauten wie folgt: Solange du nicht versagst, werden diejenigen, die leben, am Leben bleiben, und diejenigen, die tot sind, werden tot bleiben. Du verstehst?«

»Ja.«

»Akzeptierst du?«

Ich sah zu meinen in der Luft hängenden Gefährten hoch und nickte. »Ja.«

»Gut, dann brauchst du mir nur deine Stärke zu beweisen. Um deine Freunde zu retten, darfst du dich während deiner Tortur weder bewegen noch einen Laut von dir geben.«

Sie zischte etwas, und der Temeryx bewegte sich. Er trat vor mich, nur leicht nach rechts versetzt. Das Tier hob sein rechtes Bein und streckte mir die riesige Hakenkralle entgegen. Ich fühlte sie meine Kopfhaut aufreißen und sich abwärts bewegen, langsam, so langsam, dass die Blutstropfen sie überholten. Einen Augenblick lang blieb die Kralle hängen, dann fuhr sie über meine Maske weiter herab. Ich sah einen Lederstreifen sich aufdrehen, als die Kralle an meinem rechten Auge vorbeizog und sich in meine Wange grub.

Sie riss die Haut unter meinem Wangenknochen bis zum Kinn auf. Der Fuß des Temeryx schob sich vor, um auch meinen Hals zu zerkratzen und die Blutspur über das Schulterbein zu ziehen. Dann gesellten sich auf einen neuen gezischelten Befehl Kytrins auch die beiden anderen Krallen dazu. Sie gruben sich auf ihrem Weg hinab in meinen Körper, zerfetzten meine Kleider und rissen blutige Schrammen in meine Haut.

Die Schmerzen waren keineswegs unbeschreiblich, denn sie entsprachen denen der Schnittwunden, die ich nur Stunden zuvor hatte einstecken müssen. Sie waren auch nicht die schlimmsten, die ich je gefühlt hatte, sie bauten sich nur unablässig weiter auf. Jeder Zentimeter Haut, den das Monstrum aufriss, machte die Schmerzen schlimmer. Ich wollte schreien, zucken, irgendetwas, irgendwie *reagieren,* damit ich mich nicht allein auf die Spuren konzentrieren musste, die sich lodernd meinen Körper hinabzogen.

In der Luft hinter Kytrin fand ich meine Ablenkung. Aren Asvaldget sah aus, als habe er keinen heilen Knochen mehr in seinem Körper. In Siedes Brust zuckte noch immer der Speer. Baron Norderstetts linker Arm baumelte weiterhin nutzlos herab, sein Knöchel war immer noch seltsam abgeknickt. Selbst Heslin, in dessen Körper ein Sullanciripfeil steckte. Sie alle waren schlimmer dran als ich und gaben keinen Laut von sich. Indem ich durchhielt, konnte ich sie retten, und ich würde sie retten. Zu zucken, zu schreien, hätte Kytrin den Sieg gebracht, den ich ihr bis jetzt verweigert hatte.

Ich fühlte mich von meinem Körper losgelöst. Ich konnte ihn nicht verlassen und von außen betrachten, aber ich zog mich aus ihm zurück, als wäre er nicht mehr als eine von meinem Geist getragene Maske. Die Schmerzen nahm ich noch wahr, aber sie berührten mich nicht mehr als das Geräusch der von meinem Kinn auf die Brust fallenden Blutstropfen. Die Schmerzen wurden zu einem Teil meiner Existenz, einem Teil meiner selbst. Ich konnte ihnen nicht entkommen und sah auch keinen Grund, es zu versuchen. Vor ihnen zu fliehen hätte bedeutet, dass meine Freunde leiden mussten, und das würde ich nicht zulassen.

Die Krallen des Großtemeryx bogen sich wieder ein, als sie meinen Stiefel erreichten. Das Tier hüpfte einen Schritt zurück und musterte mich neugierig, dann stieß es den Kopf vor und schnupperte an dem Blut, das aus den langen Wunden trat, die es in meinen Körper gerissen hatte. Die Hitze seines Atems schien ein entfernter Nachhall des Feuers, das sich in einer ununterbrochenen Linie von meinem Skalp bis übers Schienbein zog.

Das Stakkato des an meiner Wange und meinem Kinn herabtropfenden Bluts lieferte mir einen Hinweis auf die verstrichene Zeit. Ich glaube mich zu entsinnen, dass die Tropfen langsamer fielen, als das Blut trocknete, aber ich traute meinen Sinnen nicht. Kytrin beobachtete mich, ihre Augen brodelten, als das Blut sich in meinem Stiefel sammelte. Durch die Risse in meinen Kleidern drang kalte Luft an meinen Körper, aber das Feuer auf meiner Haut ließ nicht nach, und mir war klar, dass die Schnitte eitern würden.

Schließlich verlagerte sie mit leicht geweiteten Augen das Gewicht. »Bisher warst du nur amüsant, jetzt finde ich dich beeindruckend. Dein Gleichmut ist erstaunlich.«

Ich gestattete mir ein kurzes Nicken, und irgendwie gelang es mir, nicht wie wild umherzuspringen und zu hüpfen, um die Schmerzen auszutreiben. Ich hegte keinen Zweifel, dass sie das amüsiert hatte, aber unter den Umständen hielt ich es für besser, sie zu beeindrucken. »Unser Geschäft.«

Sie nickte. »Ich halte mich an mein Versprechen. Diejenigen deiner Freunde, die tot sind, werden es bleiben. Diejenigen, die noch leben, werden am Leben bleiben.« Kytrin gestattete sich ein leises Kichern. »Natürlich hat dein Handeln ihr Schicksal entschieden. Es ist deutlich, dass meine Invasion des Südens voreilig war, denn meine Generäle waren unfähig und meine Truppen unzureichend für die Aufgaben, die ich ihnen gestellt habe. Da du meine Sullanciri vernichtet hast, muss ich sie ersetzen, und ich ziehe es vor, gute Kommandeure und heldenhafte Führer an ihre Stelle zu setzen. Deine Freunde werden mir in dieser Hinsicht gute Dienste leisten.«

»Nein, nein, das kannst du nicht tun.« Ich ballte die Fäuste. »Sie haben Besseres verdient. Sie verdienen ihre Freiheit.«

»Tatsächlich?« Sie schnaubte laut, und die weit geblähten Nasenflügel nahmen ihren Zügen einiges an Schönheit. »Wie wäre es dann mit einem weiteren Geschäft? Ich gewähre ihnen die Freiheit im Gegenzug für etwas, das nur du mir geben kannst.«

Ich fühlte mich, als würden sich Dornenranken um mein Herz winden. »Und das wäre?«

»Deine Gefolgschaft. Deine Dienste.« Sie lehnte sich vor und lächelte verführerisch. »Du wirst mein neuer Sullanciri werden. Das Recht darauf hast du dir verdient, nachdem du die anderen vernichtet hast. Ich werde dich zu dem machen, was du werden willst, und ich werde darüber hinaus deinen Freunden die Freiheit schenken. Du wirst als mein Kriegsherr und Gefährte dienen, und die ganze Welt wird uns gehören.«

Es mag den Anschein haben, dass man sich ein derartiges Angebot lange durch den Kopf gehen lassen müsste, bevor man eine Entscheidung treffen kann. Falls ich zustimmte, erhielten meine Freunde die Freiheit. Sie wussten so viel mehr als ich und kannten mich zudem, sodass sie ohne Zweifel in der Lage waren, die Kräfte aufzubieten und die Strategien zu finden, die notwendig waren, um mich zu besiegen. Und mit einem Heer in den Süden einzufallen, das Swindger zu einem blubbernden Stück Elend zurechtstutzen würde, hatte seinen Reiz. Ich würde die Invasion sogar so lenken können, dass sie Kytrins Ziele erreichte und zugleich den Schaden für mein Volk auf ein Minimum begrenzte.

Das waren die Gedanken, die mir in diesem Augenblick durch den Kopf gingen, aber sie verflüchtigten sich augenblicklich, als mir klar wurde, dass ich Kytrin nie würde vertrauen können. Ich hatte mich auf ihr erstes Angebot eingelassen, und sie hatte sich zwar an den Wortlaut unserer Vereinbarung gehalten, nicht aber an deren Geist. Sie hatte mich bereits einmal getäuscht, und bestimmt lauerte nun der zweite Trick auf mich. Ich hatte ihr einen kleineren Erfolg geliefert, und selbst wenn es mich das Leben kosten sollte, ihr einen zweiten zu verwehren, betrachtete ich angesichts dieses Zieles selbst einen so hohen Preis für gerechtfertigt.

Ich schüttelte den Kopf. »Nein. Ich werde mich dir nicht anschließen. Ich werde mich dir niemals anschließen.«

Kytrin richtete sich auf ihrem Thron auf. »Jeder hat seinen Preis. Ich hätte gedacht, die Rettung deiner Freunde wäre der deine.«

»Oh, das wäre er tatsächlich, aber ich habe nicht den geringsten Zweifel, dass dein Angebot mich einfinge, ohne mir diesen Preis tatsächlich zu gewähren.«

Sie lachte kurz auf und wahrscheinlich klang es härter als beabsichtigt. »Sehr gut, Valkener, sehr gut. Ich werde es dir verraten: Jeder Einzelne deiner Freunde hier ist freiwillig auf meine Seite übergetreten. Ich habe ihren Preis gezahlt. Die Vorqælfe hat in ihrem letzten wachen Augenblick noch Zweifel an deiner Liebe gespürt. Sie glaubte, dass du sie im Stich gelassen hast, und sie nahm meine Gesellschaft hin. Und dein Baron Norderstett sehnte sich in seinen Schmerzen nach der Erlösung, die du ihm verweigert hast. Ich versprach ihm ein Ende seiner Schmerzen, und er schwor mir die Treue. Ebenso war es bei den anderen, selbst den Toten, die einfach nur in dieser Welt bleiben wollten. Du siehst, du hattest Recht. Selbst, wenn ich ihnen die Freiheit gewährt hätte, würden sie mir als meine Sullanciri dienen. Sie *hätten* dir als *deine* Sullanciri gedient, aber du hast dich entschieden, dich gegen mich zu stellen.« Ihre schwerlidrigen Augen schlossen sich halb. »Bisher hast du dich als schlau und tapfer erwiesen, aber ob du das Zeug für das hast, was noch kommen wird?«

Ich verwandelte meinen privaten Schmerz in den Schmerz, den sie so vielen anderen zugefügt hatte und nutzte die Wut darüber, um meinen Worten Kraft zu geben. »Wenn es nötig ist, um dich besiegen, bin ich gerne bereit, meinen Teil beizutragen. Ich werde den Kampf gegen dich niemals aufgeben.«

»Ich bin mir sicher, dass du das ehrlich glaubst, doch du solltest dich vor solch wirren Überzeugungen hüten. Sie machen leichtsinnig.« Sie breitete die Arme aus und deutete ins Rund. »Die urSreiði von Boragul waren überzeugt, als Einzige der Schwingen würdig zu sein. Ich trat als Tzindr-Coraxoc vor sie, mit gefiederten Armen und Beinen, und sie erkannten mich als ihre Königin an. Ihr Menschen des Südens seid nicht weniger dumm, und zu meinem Vorteil mehr als fähig, euch mit euren politischen Intrigen gegenseitig auszuschalten.«

»Selbst der dümmste Herrscher des Südens kann die Gefahr erkennen, die du darstellst, Kytrin.«

»Tatsächlich? Wir werden sehen.« Sie lächelte mich wieder an, und beugte sich vor wie eine Erwachsene, die einem Kind ein kleines Geschenk machte. »Ich werde dir zwei Tage Vorsprung gewähren, dann schicke ich dir meine Jäger nach. Wenn du es in den Süden schaffst, kannst du deine Könige und Königinnen warnen, dass ich wiederkomme. Du kannst ihnen die schrecklichste Warnung liefern, die du dir ausdenken kannst, und ihnen sagen, dass meine nächste Invasion noch furchtbarer sein wird. Ihre Helden sind jetzt meine Helden, und falls sie keinen Weg finden, Helden mit der gleichen Geschwindigkeit zu züchten, mit der ich Grichoska züchte – oder Schnatterfratzen, wie ihr sie nennt –, werden die Kinder von heute ihre Nachkommen nicht mehr volljährig werden sehen.« Kytrin setzte sich zurück und zog die rechte Augenbraue hoch. »Hast du diese Botschaft verstanden?«

»Das habe ich, und ich werde sie abliefern.«

»Wirst du das wirklich oder werden meine Jäger dich vorher erwischen?« Sie betrachtete mich mit brodelnden Augen. »Ich hoffe fast, dass du überlebst.«

»Ich werde überleben, und du wirst Grund haben, es zu bedauern.«

»Niemals, Valkener.« Sie stand auf und kam von ihrem Thron zu mir herab. »Ich gewinne immer, und den Sieg über dich werde ich genießen.«

Sie beugte sich zu mir herab und leckte das Blut von meiner Wange. Ich zuckte vor der Berührung ihrer Zunge zurück, aber ich war nicht schnell genug. Sie packte mein Kinn mit einer Hand, dann küsste sie mich auf den Mund.

Der Kuss brannte dermaßen, dass der Schmerz meiner Wunden dagegen verblasste, und um mich herum wurde es schwarz.

Kapitel Dreiundvierzig

Dass ich tatsächlich wieder aufwachte, ist ein Wunder, für das ich keine Erklärung habe. Vielleicht hatte einer der Halbgötter – Arel des Glücks oder Nilin der Launenhaftigkeit oder sogar Fesyin der Schmerzen – meine sterblichen Prüfungen als unterhaltsam genug empfunden, um mich überleben zu lassen. Vielleicht war auch der Eid, den ich Entschlossen und Siede gegenüber geschworen hatte, Vorquellyn zu befreien, machtvoll genug gewesen, mich zu wecken. Eigentlich ist es auch ohne jede Bedeutung, weshalb ich aufwachte. Wichtig ist nur die Tatsache, dass ich es tat.

Kytrin hatte das offensichtlich nicht geplant. Ich war aus ihrem Thronsaal getragen und aus dem Eingangstor Boraguls in die Kälte geworfen worden, mit nichts am Leib als den Kleidern, die ich bei meiner Audienz bei ihr getragen hatte. Meine Finger, Zehen, Nase und Wangen waren bereits taub vor Kälte, und wenn ich das Bewusstsein nicht wiedererlangt hätte, wären sie mir vermutlich abgefroren. Die Kälte betäubte auch den Schmerz der Schnittwunden, aber das war ein schaler Trost.

Ich fand mich im Schatten Boraguls wieder, was mir gehörige Sorgen machte, denn Boragul wirft nur nach Norden einen Schatten. In diese Richtung breitete sich eine endlose Eiswüste aus, deren einzige Unterbrechung Schneewehen waren, die ausschließlich an undeutlich blauen Schatten zu erkennen waren. Um nach Hause zu gelangen, musste ich mich nach Westen durchschlagen, zu dem Gebirgspass, den wir auf dem Anmarsch für unpassierbar erklärt hatten, und mich verfolgt von Horden heulender Schnatterfratzen bis in den zivilisierten Süden durchkämpfen.

Ich zwang mich aufzustehen und hielt mich auf der dicken Schneekruste mühsam aufrecht. Ich zog Tsamoc und machte mich daran, dicke Schneeblöcke auszustechen und so zurechtzurücken, um damit eine der Schneehütten zu bauen, deren Konsruktion Drugi uns gezeigt hatte. Ich hatte keine Erfahrung mit dem Bau einer Kuppel, aber Tsamoc schnitt Blöcke, die genau aufeinander passten. Die Arbeit wärmte mich, und nach zwei Stunden hatte ich eine Schneehütte fertig, die ein wenig größer als ein Sarg war.

Man sollte nicht glauben, dass ein Unterschlupf aus Schnee jemanden vor dem Erfrieren bewahren kann, aber der Körper stellt seine eigene Wärme her, und die Wände der Schneehütte hielten die warme Luft fest. Dadurch war sichergestellt, dass ich Schutz vor dem beißenden Nordwind hatte, der um die Hütte heulte, und nicht in wenigen Stunden erfrieren würde. Aber langsam zu erfrieren ist kaum besser. Ich versuchte mich zu bewegen, soweit mein Unterschlupf das gestattete, doch als es Nacht wurde, zehrten Müdigkeit und Schmerzen an meiner Entschlossenheit, wach zu bleiben. Ich redete mir ein, dass ich die Augen nur einen kurzen Augenblick schließen würde, um meine Kräfte zu bewahren, und irgendwie gelang es mir, mich selbst zu überzeugen, dass dieselbe Macht, die mich schon einmal geweckt hatte, es wieder tun würde.

Ich wachte tatsächlich auf und fühlte mich erheblich wärmer. Das lag ohne Zweifel an der Talgkerze, die neben meinem Kopf brannte, und der dicken Wolldecke, unter der ich lag. An meinen Füßen fand ich die schwereren Wintersachen, die ich auf dem Weg nach Norden getragen hatte, und einen Rucksack mit gemischtem Proviant – unter anderem einem Weinschlauch, einem Paket Dörrfleisch, einem Paket mit Käse und ein paar Keksen. Das

Wichtigste aber war eine Tasche mit Metholanth. Mein Silberholzbogen und der Köcher mit Pfeilen, den ich von Cavarr bekommen hatte, lagen neben Tsamoc auf dem Schneesims, das ich für das Schwert angefertigt hatte.

Ebenso wichtig war ein mit Fleisch überhäufter Goldteller und daneben ein zweiter mit einer Beerenpastete. Ich kann nur vermuten, dass mein unbekannter Wohltäter die urSreiði-Dienerin war, mit der ich einen Teil meiner Mahlzeit geteilt hatte. Das Fleisch konnte unmöglich Hund sein, dafür schmeckte es viel zu gut. Und die Pastete war schon vorher köstlich gewesen, aber jetzt war ich endgültig überzeugt, dass sie ein Essen für die Götter darstellte.

Ich mischte Metholanth mit ein wenig Wein und stopfte es in die am weitesten aufklaffenden Teile meiner Wunden. Das Hemd und die Hose riss ich in Fetzen, um die Wunden damit zu verbinden, dann zog ich die warmen Wintersachen an. Ich hielt die Hände über die kleine gelbe Kerzenflamme und genoss deren Wärme. Ich murmelte ein Gebet an Aren mit der Bitte, meine Wohltäterin möge unbestraft bleiben, und ich hoffe bis heute, dass dieses Gebet erhört wurde.

Am nächsten Morgen sammelte ich meine Habe ein und machte mich auf den Weg nach Westen. Der Schnee trug mich, und indem ich Boragul zu meiner Linken behielt, stellte ich sicher, dass ich mich tatsächlich in westlicher Richtung bewegte. Die Gleichförmigkeit der Landschaft war bedrückend, denn sie machte es äußerst schwierig zu erkennen, wie weit ich gekommen war. Aber diesen Nachteil nahm ich hin, denn die Landschaft bot meinen Feinden zugleich kaum eine Möglichkeit, sich zu verstecken. Jeder der es auf mich abgesehen hatte, oder zumindest die ersten dreißig, würden bessere Bogenschützen sein müssen als ich, und ich bezweifelte, dass auch nur einer von ihnen meine Gründe besaß, keinen Schuss zu verschenken.

Wie sie versprochen hatte, wartete Kytrin zwei Tage, bis sie ihre Jäger auf mich hetzte, und möglicherweise hätte ich sie dadurch bis zum Pass hinter mir lassen können, wäre ich nicht von einem aus Norden aufkommenden Schneesturm aufgehalten worden. Ich konnte mir einen neuen Unterschlupf bauen und wartete in seinem Innern ab, bis er vorüber war. Ich habe keine Ahnung, wie lange das dauerte, aber die Zeit reichte jedenfalls aus, dass ein Teil der Wunden sich entzündete und ich Fieber bekam.

Ich war mir darüber im Klaren, dass Entzündung und Fieber nichts Gutes verhießen, aber mein Metholanthvorrat war aufgebraucht. Mit dem stärker werdenden Fieber kam das Delirium, und in meinen wachen Augenblicken war ich überzeugt, dass es mich umbringen würde. Wie sich herausstellte, rettete es mir stattdessen das Leben.

Ich erinnere mich nur an sehr wenig aus den Tagen nach dem Sturm, und dieses Wenige besteht aus vereinzelten Augenblicken. Der Sturm muss meine Fährte wohl so gut verwischt haben, dass Kytrins Jäger an meinem Unterschlupf vorbeigingen, ohne mich zu bemerken. Danach marschierte ich in meinem fiebrigen Zustand wie in Trance nach Westen und über den Eingang zum Pass hinaus. Irgendwie bemerkte ich meinen Fehler aber und bog nach Südosten um, wo ich auf Ausläufer einer Jägergruppe stieß.

Von einem von Fieberträumen geplagten Bogenschützen würde ich zumindest keine überragenden Leistungen erwarten, und ich habe keine Erinnerung daran, was ich wo geschossen habe – doch mein Vorrat an Pfeilen sank irgendwie auf fünf herab. Ich weiß mit Sicherheit, dass ich nicht alle Jäger tötete, die hinter mir her waren, denn wir hatten danach noch mehrere Gefechte. Ich war mehr Tier als Mensch und lernte die verschiedensten Methoden, mich vor den Jägerrudeln zu verstecken und dann aus dem Hinterhalt Nachzügler zu überfallen.

Ich hatte das nördliche Vorgebirge der Boraberge erreicht, knapp westlich des Passes gelegen, und durchquerte ein spärliches Waldstück, als der Kern des Rudels, das mich verfolgt hatte, mich auch endlich fand. Ich erinnere mich an die Schatten, die zwischen den dürren Tannen zuckten, und an das Geräusch der Schritte auf dem harschen Schnee. Der Stein in Tsamocs Klinge leuchtete sanft und verstärkte das schwache Licht des Mondes. Er zog den Feind an, aber da ich die Schnatterer nur erledigen konnte, wenn sie auf Schwertweite herankamen, war mir das gleichgültig.

Die letzten Schnatterfratzen, vier Stück, wenn ich mich recht entsinne, stürmten gleichzeitig auf mich ein. Ich parierte einen Speerstoß tief nach rechts, dann zog ich Tsamoc in einem schrägen Hieb hoch, der dem Schnatterer in Taillenhöhe das Rückgrat durchschlug. Er brach durch die Schneekruste, während ich mich bereits nach links drehte und mit der behandschuhten Linken ein Langmesser beiseite stieß. Ein schwacher Schwerthieb brachte meinem Gegner nur eine Fleischwunde in der Seite bei. Dann, als ich mich gerade weiter nach links drehen wollte, um den Kampf fortzusetzen, brach ich im Schnee ein und versank bis zu den Knien. Dadurch steckten meine Füße fest, während mein Körper das Gewicht verlagerte, und ich fiel nach rechts. Tsamoc bohrte sich tief in den Schnee.

Die Schnatterfratze ragte über mir auf und hob das Langmesser mit beiden Händen über den Kopf, um es in meinen Leib zu rammen. Ich knurrte und zerrte an Tsamoc. Ich versuchte, nach dem Aurolanen zu treten, aber meine Füße steckten zu tief im Schnee. Ich schaute in die wilden Augen des Schnatterers hoch und wusste, mein Kampf war vorbei.

Dann bohrte sich ein sirrender Ton in meine Ohren und etwas blitzte durch die Nacht. Der Schnatterer schrie auf und schlug die Hände vor die Augen. Er taumelte stolpernd und im Schnee einbrechend davon. Ein anderer

Brummton wurde lauter, dann wieder leiser und endete in einem satten Schmatzen. Das Heulen der blinden Schnatterfratze brach ab. Tief aus ihrem nach hinten gekrümmten Rücken ragte ein Metallkreuz. Sie kippte aufs Gesicht und regte sich nicht mehr.

Das Sirren ertönte wieder, und ich erkannte, dass ich mich im letzten, vermutlich tödlichen Stadium des Irrsinns befand, denn ein Fieberdelirium war die einzige Erklärung, die es für das Ding geben konnte, das auf meinem Bauch landete. Die Gestalt war so lang wie mein Arm vom Ellbogen zu den Fingerspitzen und schien zum größten Teil mit glänzend schwarzen Panzerplatten wie denen eines Insekts bedeckt. Die Kreatur hatte vier Arme, die sie über der Brust verschränkte, während sie ihre vier Libellenflügel nach unten anlegte. Zwei Fühler ragten aus ihrer Stirn, unmittelbar vor einer struppigen Haarbürste. Sie betrachtete mich mit zwei juwelenartig glänzenden Facettenaugen.

»Flink, flink«, pfiff sie mit hoher Stimme. »Lebt, er lebt. Flink, flink.«

Ich hörte schwere Schritte durch den tiefen Schnee stampfen. »Verdammte Schnatterer haben die Schneekruste ruiniert.«

Die Stimme kannte ich. Ich wandte den Kopf. Das Mondlicht ließ Entschlossens weiße Haare und silberne Augen geisterhaft glänzen. Ich streckte die linke Hand nach ihm aus. Ich wollte seinen Namen rufen, brachte aber kein Wort heraus. Ich ließ den Arm auf meine Brust sinken und weinte.

Entschlossen kniete sich neben mich und grinste. »Ganz ruhig, Valkener. Du hast versprochen, Vorquellyn zu befreien, und ich werde dafür sorgen, dass du lange genug überlebst, um es wahr zu machen.«

Entschlossen packte mich auf einen langen Schlitten, wie sie für Winterreisen geeignet sind. In der Regel werden diese Gefährte von Hunden gezogen, und angesichts meines Zustands kann es durchaus sein, dass ich es mir eingebildet habe, aber ich bin mir ziemlich sicher, dass die Tiere, die uns zumindest einen Teil der Strecke zogen, Schnatterfratzen waren, die er magisch wiederbelebt hatte.

Seine Magik konnte mich nicht heilen, aber sein Begleiter schaffte es, meine Genesung zu beschleunigen. Sprynt war ein Sprijt und sammelte Metholanth und andere Heilkräuter, obwohl sie unter meterhohem Schnee begraben waren. Irgendwie wusste er, wo sie wuchsen. Entschlossen erklärte mir, dass das eine der Besonderheiten der Sprijsa war. Manchmal wussten sie einfach, dass sie irgendwo sein mussten, und dann flogen sie hin.

»Nachdem du Yslin verlassen hattest, tauchte Sprynt auf und erklärte, er wisse, dass er mit mir zusammen nach Aurolan müsse, um dich zu retten.« Der Vorqælf schüttelte den Kopf. »Zweifel hat er nicht zugelassen, und du kannst dir wahrscheinlich vorstellen, dass er ziemlich nervtötend sein kann, wenn man versucht ihn zu übergehen.«

»Hart, hart.« Der Sprijt stemmte die unteren Arme in die Hüften, während er mit den oberen meine Stirnwunde vernähte. Im flackernden Licht des kleinen Feuers, das Entschlossen angezündet hatte, konnte ich sehen, dass Sprynt in Wirklichkeit nicht schwarz war, sondern leuchtend rot, und seine Augen glänzten wie Rubine. Seine Haare waren schwarz, und die ledrige Haut zwischen den Platten des Exoskeletts hatte die Farbe eingetrockneten Bluts. Der Sprijt lächelte häufig und verarztete mich mit sanfter Hand, was wohl seiner Enttäuschung darüber abhelfen sollte, dass ich mit Sicherheit Narben zurückbehalten würde.

Entschlossen war durch den Pass nach Norden gekommen. Zu Beginn hatte er den Schlitten von verzauberten

Wölfen ziehen lassen, aber sobald er ausreichend erlegt hatte, war er auf Schnatterer umgestiegen. »Die Wölfe taten mir Leid.«

Er ging davon aus, dass Kytrin Truppen in den Pass schicken würde, um meine Flucht zu verhindern, und nachdem mein Fieber sich gelegt hatte, stimmte ich ihm bei. Um ihr einen Strich durch die Rechnung zu machen, suchten wir uns abseits des Passes einen Weg nach Süden durch die Berge. Unsere Reise führte uns über höchst unsichere Hochgebirgspässe, die wir jedoch alle ohne Zwischenfall hinter uns brachten. Schließlich erreichten wir fast genau auf der Höhe Vorquellyns die Geistermark. Dort führte Sprynt uns zu Pferden, auf denen wir nach Festung Draconis ritten.

Es ist möglicherweise ein Hinweis darauf, wie geschwächt ich war, dass die Festung mir als das wunderbarste Bauwerk erschien, das ich jemals gesehen hatte. Obwohl ich nur einen Monat unterwegs gewesen war, waren schon fast alle Trümmer aus den Mauerbreschen abgeräumt, und der Wiederaufbau hatte begonnen. Zusätzlich wurde die Festung erneut erweitert, mit einer neuen, zusätzlichen Außenmauer in Zickzackform.

Auch innerhalb der Mauern war der Wiederaufbau in vollem Gange. Die zahlreichen leeren Grundstücke legten noch immer Kunde von den Verwüstungen durch Kytrins Horden ab, aber die Straßen waren freigeräumt, und das übliche Stadtleben hatte wieder Einzug gehalten. Von den Leinen hing Wäsche, die Fenster waren mit Blumenkästen geschmückt, und viele Häuser hatten einen neuen Anstrich erhalten.

Obwohl ich als Einziger der Befehlskompanie zurückkehrte, schienen alle, die mich erkannten, für die Bedeutung dieser Tatsache immun. Soldaten salutierten und Kinder rannten vor meinem Pferd durch die Straßen und verkündeten meine Rückkehr. Sprynt war vorausgeflogen, vermutlich, um dem Markgraf Draconis meine Ankunft mitzuteilen, denn Dathan Cavarr erwartete mich bereits, als wir das Turmtor erreichten. Er half mir vom Pferd und in den Burgfried, wo ich dieselben Räume erhielt, in denen ich schon zuvor gewohnt hatte.

Nach einer Ruhepause berichtete ich Cavarr und Prinz Swindger von unserer Expedition. Mein Bericht war nicht annähernd so geordnet wie diese Niederschrift und hörte sich vermutlich wie das Geplapper eines Irren an. Damals war ich abgrundtief erschöpft, und während ich ihnen erklärte, was geschehen war, traf mich die ungebremste Trauer um meine verlorenen Freunde und erdrückte meine Seele.

Mein Fieber kehrte zurück, und Dathan Cavarr kümmerte sich um meine Pflege. Er bestand darauf, dass ich als sein Gast in der Festung blieb, bis meine Gesundheit wiederhergestellt war. Erst später fand ich heraus, dass er auf Befehl Prinz Swindgers so handelte. Es muss allerdings gesagt werden, dass Cavarr ein Kommandeur war, der mich auch ohne Befehl in der Festung behalten hätte, wenn er es für das Beste hielt.

Mir bekam es ganz sicher. Net und Leif waren schon längst zurück nach Valsina aufgebrochen, um daheim zu sein, bevor es Winter wurde. Aber auch so waren noch genügend Leute anwesend, die ich kannte, um mir viel Besuch zu sichern, und Cavarr genoss es, mir alle Einzelheiten des Wiederaufbaus zu zeigen. Selbst Entschlossen und Sprynt blieben eine Weile in der Festung, aber sie schifften sich nach Yslin ein, als die Nachricht von Prinz Augustus' Sieg in Okrannel und seiner Rückkehr nach Alcida eintraf.

Prinz Swindger war am Tag nach meinem Bericht nach Yslin aufgebrochen. Ich war froh gewesen, von seiner Abreise zu hören. Natürlich kannte ich auch damals schon den alten Spruch, dass man seine Freunde immer in der Nähe behalten sollte, und seine Feinde noch näher – aber aus irgendeinem Grund bildete ich mir ein, die einzigen Feinde, die ich auf der Welt hatte, säßen im Norden.

Wie sehr ich mich darin irrte, erfuhr ich, als im folgenden Frühjahr ein Schiff mit dem Befehl nach Festung Draconis kam, mich nach Yslin zu bringen.

Kapitel Vierundvierzig

Ich hätte vermutlich wissen müssen, dass irgendetwas nicht in Ordnung war, noch bevor ich für die Reise nach Yslin an Bord der *Tectus* ging. Während meines gesamten Aufenthalts in Festung Draconis war ich kein einziges Mal in die Versammlungshalle der Phönixritter bestellt worden. Um ehrlich zu sein, versuchte ich auch kein einziges Mal, Verbindung zu den Rittern aufzunehmen, weil meine Erinnerungen an ihre Rituale so eng mit Leif, Net und Baron Norderstett verbunden waren. Ich verbrachte in diesem Winter eine Menge Zeit damit, alles in meiner Macht Stehende zu tun, um die Erinnerung an sie zu vermeiden.

Trotzdem hätte ich erwartet, dass die Ritter mich vor die Versammlung gerufen hätten, um mich dafür zu loben, dass ich es geschafft hatte lebend zurückzukehren, um sich nach Baron Norderstetts Ableben zu erkundigen oder selbst, um mich dafür zur Rechenschaft zu ziehen, nicht an der Seite meiner Kameraden gefallen zu sein. Allermindestens hätten sie mich bestellen können, um mir weitere Instruktionen in den Pflichten meines Zunftrangs zu erteilen. Aber ich hörte nichts von ihnen, und obwohl ich viel Zeit mit Cavarr verbrachte, ließ er keine Sekunde erkennen, dass er auch nur von der Existenz der Ritter wusste, geschweige denn, dass er das Zunftrevier der Festung Draconis leitete.

Die *Tectus*, das Schiff, das mich abholen sollte, war recht klein, mit nur einem Mast und acht Rudern. Ohne günstige Winde oder Strömung schaffte es keine allzu hohe Geschwindigkeit. Tagostscha gestattete uns eine ungehinderte Überfahrt, und ein für die Jahreszeit ungewöhnlicher Nordwind trieb uns nach Süden. Wir fuhren an der Küste Loquellyns vorbei und glitten an Wruona, Væl und Vilwan vorbei, als wären wir unsichtbar.

Die Verpflegung aus Dörrfleisch, Fischsuppe und harten Schiffskeksen war noch ein wenig angenehmer als die Gesellschaft auf dieser Reise. Die Besatzung ignorierte mich völlig, und der Kapitän redete nur mit mir, wenn er es überhaupt nicht vermeiden konnte, meine Gegenwart zur Kenntnis zu nehmen. Der einzige Mensch, der regelmäßig ein Wort mit mir wechselte, war der Oriose, der meine Vorladung überbracht hatte.

Kabot Marstamm war ein unangenehmer kleiner Bursche, der sich im Laufe der Jahre zu einem missmutigen Intriganten entwickelt hatte, und daran hat sich bis heute nichts geändert. Ich hielt seine Verachtung für mich damals noch für eine Form von Neid oder Verärgerung darüber, dass ich, jemand, der gute fünf Jahre jünger war als er, der Anlass dafür war, dass er zwei lange Wochen auf See verbringen musste, während es immer noch winterlich kalt war. Das Einzige an ihm, was noch weicher und dünner war als seine Haare – damals hatte er noch welche –, waren seine Arme und Beine. In mancherlei Hinsicht erinnerte er mich an ein Kind, das den Erwachsenen spielte, und der flaumartige Schnurrbart auf seiner Oberlippe verstärkte diesen Eindruck noch.

Marstamm fragte mich unablässig über meine Abenteuer aus, und dank des Mangels an irgendeiner anderen Gesellschaft machte ich den Fehler, ihm zu antworten. Ich erzählte ihm reichlich Einzelheiten von Gesprächen und Begegnungen, die ich persönlich als so unbedeutend betrachte, dass sie in dieser Niederschrift nicht auftauchen, aber bevor ich wusste, wie mir geschah, hatte er sie zu einem Spinnennetz verwoben, in dem ich hilflos gefangen saß.

Wir erreichten Yslin ohne Zwischenfälle, und ich wurde sofort zur Feste Gryps gebracht. Ich erhielt eine Zimmerflucht für mich allein und zwei Dienstboten, sodass ich keinen Augenblick allein war. Sie kümmerten sich um alle meine Bedürfnisse und sahen viele schon voraus, noch bevor ich sie äußern konnte. Die Schränke in meinen Räumen waren bereits mit Kleidern gefüllt, die mir wie angegossen passten.

Zwei Tage nach meiner Ankunft betrachtete man mich als ausreichend ›erholt‹ von meiner Reise, um mich kommen zu lassen. Ich begab mich in der Gesellschaft mehrerer Wachen in den Großen Saal, und als ich durch die Türen trat, erwartete mich der erste Schock. Ich erinnerte mich an den Saal als den Schauplatz für den Rat der Könige während des Erntefests, in dem ein Dutzend Nationen repräsentiert gewesen waren. Jetzt allerdings waren Tische in langen Reihen aufgestellt, ähnlich den Ruderbänken einer Galeere, und die Herrscher oder Botschafter aller Nationen der bekannten Welt waren vertreten. Alle saßen sie unter einem von der Decke hängenden Banner ihrer Heimatnation. Auch alle drei ælfischen Heimstätten waren vertreten, und sogar zwei urSreiði-Kolonien.

Herzog Ried Larner, der Kämmerer Königin Lanivettes von Oriosa, stellte mich der Königlichen Versammlung vor. Ich sollte schwören, dass ich nur die Wahrheit sagen würde – was ich auch tat. Dann forderte er mich auf, den Fürsten der Welt von der Expedition zu berichten. Auch das tat ich nach besten Kräften und ich lieferte mit Sicherheit eine bessere Vorstellung ab als bei meinem Bericht an Dathan Cavarr und Prinz Swindger in Festung Draconis.

Dass ich vor Gericht stand, wurde mir vermutlich erst bewusst, als ich meinen Bericht abgeschlossen hatte und die ersten Fragen gestellt wurden. Ein Botschafter aus Nybal stand am hinteren Ende des Saals auf. »Stimmt es, dass er in Festung Draconis Prinz Swindger von Oriosa geschlagen hat, und das nicht nur einmal, sondern zweimal?«

Ich zögerte, da ich diesen Zwischenfall in meinem Bericht überhaupt nicht erwähnt hatte. »Es stimmt. Er rannte in panischer Angst vor dem Feind davon und ich wollte ihn zur Vernunft bringen, deshalb habe ich ihm zwei Ohrfeigen verpasst.«

Bei meiner Antwort ging ein Raunen durch die Versammlung. Ich entschied, wenn auch zu spät, dass es nicht wirklich ratsam war, den Mitgliedern von Königshäusern gegenüber zu erklären, dass ich es für angeraten gehalten hatte, einen von ihnen zu verprügeln. Zumindest hoffte ich, dass ihr Protest sich gegen meine Ohrfeigen richtete. Wenn sie gegen die Vorstellung protestierten, jemand aus ihrer Mitte könnte jemals Bedarf haben, zur Vernunft gebracht zu werden, war ohnehin alles verloren.

Jemand anderes fragte, ob es richtig sei, dass ich eine mächtige Waffe, mit der es möglich gewesen wäre, Sulanciri zu töten, leichtfertig ins Meer geschleudert hätte. Noch ein anderer wollte von mir wissen, wie es kam, dass alle meine Begleiter, die weit erfahrener in den Dingen der Kriegskunst gewesen waren als ich, in Boragul umgekommen waren, und ich überlebt hatte.

»Das ist eine Frage, die ich mir seit jener Zeit selbst jeden Tag stelle.«

»Und welche Antwort hat er darauf gefunden?«

»Wenn ich eine Antwort gefunden hätte, warum sollte ich mir die Frage dann noch stellen?«

Die späteren Fragen drehten sich um immer unwichtigere Einzelheiten, und ich nehme an, dass sie überhaupt nur gestellt wurden, weil die Mitglieder der verschiedenen Delegationen unter Beweis stellen wollten, dass sie zugehört hatten, nicht nur mir, sondern allem Anschein nach auch anderen, die sich über mich ausgelassen hatten. Als schließlich niemand mehr irgendwelche Fragen hatte, wurde ich zurück in meine Räume gebracht und eingeschlossen. An materiellen Bequemlichkeiten fehlte mir nichts, aber fehlende Freiheit legt sich schwerer auf die Seele, als es Ketten jemals könnten. Ich durfte keine Besucher empfangen und weder Botschaften verschicken noch entgegennehmen.

Ich gehe dabei davon aus, dass mindestens eine Person, wer auch immer, mit mir sprechen wollte.

Die Tatsache, dass ich keine Besucher empfangen durfte, bedeutete keineswegs, dass niemand meine Räume betreten durfte. An meinem letzten Morgen dort fand ich nach dem Aufstehen feine schwarze Asche auf dem Boden meines Schlafzimmers. Sie formte die Umrisse einer zeremoniellen Robe, und ich wusste, dass aus dieser Asche kein Phönixritter auferstehen würde. Diese Botschaft drang auf eine Weise zu mir durch, wie nichts anderes es geschafft hatte, und ich glaube, dieser Augenblick veränderte mich mehr als alle Ereignisse des vergangenen Jahres.

Ich stellte die Monarchen der Welt vor ein Problem. Im vorangegangenen Jahr war auf ihren Befehl eine Koalitionsstreitmacht aufgebrochen und hatte unter schweren Verlusten die aurolanischen Angreiferhorden zerschlagen. Prinz Augustus hatte eine Operation geleitet, durch die es gelungen war, die Flüchtlingsbevölkerung Okrannels zu retten, auch wenn deren Heimat immer noch von Aurolanen kontrolliert wurde, wenn auch auf umherstreifende Räuberbanden und örtliche Kriegsherren verringert. Jerana hatte sie an den Grenzen aufgehalten und Exilokraner sammelten sich dort, um ihre Heimat zu befreien. Selbst die Belagerung der Festung Draconis war gebrochen und Kytrin hatte die Flucht ergriffen.

Alles war gut gelaufen, bis auf den letzten Angriff auf Kytrin selbst, und ich war der Einzige, dessen Bericht das Bild der Helden trübte, die gegen die Invasoren aus dem Norden in den Kampf gezogen waren. Ich war die einzige Stimme, die erklärte, sie wären Kytrins Versuchungen erlegen. Ich war der Einzige, der verkündete, sie wären zu Kreaturen Kytrins geworden, und ich hatte keinen Beweis für meine Behauptung. Ich muss zugeben, dass meine Geschichte unglaubhaft klang.

Oder dass es zumindest nicht schwer war, sie unglaubhaft erscheinen zu lassen.

An jenem Tag wurde ich zurück vor den Rat befohlen, und während ich vor der Versammlung stand, verlas Herzog Larner eine Liste von Widerlegungen meiner Darstellung.

»Die hier versammelten königlichen Würdenträger haben das Folgende als Tatsachen erkannt und bestätigt:

Erstens. Es ist unvorstellbar, dass die Personen, denen das Wohlergehen der hier versammelten Nationen anvertraut wurde, zu irgendeinem Zeitpunkt und unter irgendwelchen Umständen gemeinsame Sache mit den Kräften des Bösen machen würden, zu deren Vernichtung sie ausgeschickt wurden.

Zweitens. Nach den Aussagen anderer Zeugen ist der Borapass unter so gewaltigen Schneemassen begraben, dass es dreißig Jahre dauern wird, bevor er wieder passierbar sein wird, sodass von Aurolan keinerlei Gefahr über die gelegentlich aus den Bergen herabsteigenden Banditen hinaus ausgeht.«

Ich lachte laut auf. »Das könnt ihr zwar verlautbaren, um dem gemeinen Volk den Schlaf zu sichern, aber ihr wisst, dass es nicht stimmt. Und selbst wenn es stimmen würde, könnte sie durch Boragul kommen.«

Der Herzog hatte den Blick auf das Pergament mit der Liste der Beschlüsse gerichtet und weigerte sich, mich anzusehen. »Drittens. Nach Aussage von urSreiði-Kundschaftern, die in Begleitung des Vorqælfen Entschlossen nach Boragul gereist sind, ist diese urSreiði-Kolonie völlig verlassen. Sie ist dem Einfluss der Witterung ungeschützt ausgeliefert und völlig unbewohnbar. Die Kundschafter fanden keine Schnatterer-Kinderstuben vor, sie sichteten weder Temeryxen noch sonstige Kreaturen, und es hielten sich keine urSreiði dort auf.

Viertens. Es wird aus den obigen Erkenntnissen geschlossen, dass Tarrant Valkener aus Oriosa, ein Mann, der zugegeben hat, gegen den Prinzen seiner Nation die Hand erhoben zu haben, ein Mann, der berüchtigt dafür ist, in Festung Draconis aus persönlicher Ruhmsucht das Schwert Temmer gestohlen zu haben, ein Mann, der den Schwierigkeiten einer Reise in den hohen Norden offensichtlich nicht gewachsen war, durch unbekannte Umstände von der Kompanie der Helden getrennt wurde und das schreckliche Schicksal überlebte, das sie dahingerafft hat. Es wird geschlossen, dass sie ihn davonschickten, um sein Leben zu retten oder möglicherweise sogar, damit er Hilfe hole, und dass er in einem verwirrten Geisteszustand angegriffen wurde und ohne die Intervention Dritter nicht überlebt hätte. Etwas anderes anzunehmen würde bedeuten, dass er seine Gefährten gezielt verriet, weil er sich mit Kytrin verbündet hatte, womit er Hochverrat an allen zivilisierten Nationen der Welt begangen und die gerechte Strafe dafür bekommen hätte.«

Als er den letzten Absatz verlas, versteifte ich mich unwillkürlich. Ich bewunderte das Werk der Politiker. Es war von ebenso tödlicher Eleganz wie die Bewegungen eines Meisterschwertkämpfers. Man gestattete mir zuzugeben, dass meine Kameraden mich zurückgeschickt hatten, und dass es mir ohne böse Absicht meinerseits nicht gelungen war, Hilfe zu holen. Die einzige Alternative bestand für mich darin, als Verräter gebrandmarkt zu werden, und im wörtlichen Sinne des Wortes als Verräter gebrandmarkt zu werden, wäre noch die geringste der Strafen gewesen, die ich dafür hätte erwarten können. Worauf es hinauslief, war, dass ich ihre Beschlüsse annehmen musste oder hingerichtet wurde.

Selbst ich konnte sehen, was für ein sinnloses Opfer das gewesen wäre.

Herzog Larner sah mich an. »Versteht er, was ihm vorgelesen wurde?«

»Ja.«

»Erkennt er diese Schlussfolgerungen als die Wahrheit an?«

»Ist es die Wahrheit?« Ich ließ meinen Blick über die vor mir versammelten Monarchen schweifen. »Der Pass wird wieder begehbar werden, das wissen wir alle. Boragul mag im Augenblick verlassen sein, aber für immer? Ihr wisst, dass mein Bericht die Wahrheit ist, aber es ist eine Wahrheit, deren Verbreitung ihr nicht zulassen könnt. Würde sie verbreitet, sollte ich hinausgehen und sie verbreiten, dann wüssten eure Völker, dass die Sicherheit, in der sie sich wähnen, keine ist. Diese Generation mag vor Kytrin sicher sein, aber die folgende?« Ich öffnete die Hände. »Ich werde akzeptieren, was ihr über mich behauptet, solange *ihr* euch darüber im Klaren seid, dass Kytrin zurückkehren wird, ob es in fünf Jahren geschieht, in zehn oder in dreißig. Wenn ihr nichts unternehmt, um euch auf ihre Rückkehr vorzubereiten, wird das Blut Tausender, das Blut Hunderttausender an euren Händen kleben. Gleichgültig, ob ihr noch lebt oder bereits tot seid, man wird eure Namen verfluchen und euer Angedenken verspotten.«

Neben seiner Mutter schoss Swindger in die Höhe. Die unter der Maske sichtbare Hälfte seines Gesichts war violett vor Wut, und sein anklagender Finger bebte, als er ihn in meine Richtung stieß. »Er ist in keiner Position, uns Vorschriften zu machen, Verräter!«

Das blanke Gift in seiner Stimme wollte mich verletzen, aber es machte mich nur lachen. »Und Ihr, Prinz Swindger, kennt den Schrecken, der über uns kommen wird, wenn Kytrin zurückkehrt, besser als jeder andere hier. Benutzt Eure Feigheit nicht als Schild gegen die Wahrheit.«

Seine Stimme sank zu einem grausamen Flüstern herab. »Ich werde ihm sagen, was die Wahrheit ist, Tarrant Valkener. Die Wahrheit ist, dass die hier versammelten

Monarchen in ihrer Weisheit beschlossen haben, ihn freizulassen, auf dass er sein Leben führe, wie es ihm beliebt. Aber wir in Oriosa sind denen gegenüber nicht so weichherzig, die sich gegen die rechtmäßigen Autoritäten auflehnen, ihre Herren angreifen und den Ruf unserer Helden besudeln. Er ist von diesem Tag an und auf alle Zeiten aus Oriosa verbannt.«

Swindger winkte jemanden in den Saal. Ich hörte Schritte auf dem Boden hallen, dann stand mein Vater vor mir. Ein Lächeln trat auf mein Gesicht, doch es erstarb wieder, als es auf seinen Zügen keine Antwort fand.

Ich sah keinerlei Wärme in seinen Augen. »Vater?«

»Er hat Kenvin Norderstett dem Tod überlassen und versucht es durch Lügen zu verschleiern.«

»Vater, ich ...«

Er hob die Hand, als wolle er mich schlagen. »Ich habe keinen Sohn namens Tarrant.« Er streckte die Hand aus, packte den oberen Rand meiner Maske und riss sie mir vom Gesicht.

Der Tag, an dem ich meine Maske verlor, war der Tag, an dem meine Seele starb.

Danksagungen

Der Autor möchte den folgenden Personen für deren Beitrag zu diesem Werk danken:

Tom Dupree, **Anne Lesley Groell** und **Ricia Mainhardt** für die Gelegenheit, dieses Epos zu schreiben.

Dennis L. McKiernan und **Jennifer Roberson** für ihre Einsichten zu dem Vorschlag, der Serie und den Überlegungen, die dahinter stecken.

Liz Danforth, die mir bereitwillig gestattet, die Fragmente der allmählich wachsenden Erzählung mit ihr zu teilen und sich mein Gebrummel, Gestammel, Gelaber und manisches Gelächter anhört, statt mich in die nächste psychiatrische Anstalt einweisen zu lassen, wie es vermutlich die meisten anderen täten.

Von MICHAEL A. STACKPOLE erschien in der Reihe
HEYNE SCIENCE FICTION & FANTASY:

Silberaugen · 06/5629
Es war einmal ein Held · 06/5956
Der Weg des Richters · 06/9155
Zum Helden geboren · 06/9183

DÜSTERER RUHM:
Zu den Waffen! · 06/9217
König der Düsterdünen · 06/9218 (in Vorb.)
Festung Draconis · 06/9219 (in Vorb.)

Weitere Romane in Vorbereitung

BATTLETECH:
Band 5: En Garde · 06/4687
Band 6: Riposte · 06/4688
Band 7: Coupé · 06/4689
Band 10: Tödliches Erbe · 06/4870
Band 11: Blutiges Vermächtnis · 06/4871
Band 12: Dunkles Schicksal · 06/4872
Band 17: Natürliche Auslese · 06/5078
Band 21: Kalkuliertes Risiko · 06/5148
Band 25: Die Kriegerkaste · 06/5195
Band 30: Abgefeimte Pläne · 06/5391
Band 39: Heimatwelten · 06/6239
Band 43: Der Kriegerprinz · 06/6243

SHADOWRUN:
Band 27: Wolf und Rabe · 06/6137

In der ALLGEMEINEN REIHE:
Star Wars™ – Der Kampf der Jedi · 01/10218